U0460687

中国历代通俗演义

宋史通俗演义

蔡东藩 ● 著

下

中国书籍出版社
China Book Press

图书在版编目（CIP）数据

宋史通俗演义：全 2 册/蔡东藩著 . —北京：中国书籍出版社，2015. 10

（中国历代通俗演义）

ISBN 978 - 7 - 5068 - 5236 - 4

Ⅰ. ①宋… Ⅱ. ①蔡… Ⅲ. ①章回小说 – 中国 – 现代 Ⅳ. ①I246. 4

中国版本图书馆 CIP 数据核字（2015）第 249864 号

宋史通俗演义 （下）

蔡东藩　著

图书策划	武　斌　崔付建	
责任编辑	刘　娜	
责任印制	孙马飞　马　芝	
出版发行	中国书籍出版社	
地　　址	北京市丰台区三路居路 97 号（邮编：100073）	
电　　话	(010)52257143(总编室)　(010)52257153(发行部)	
电子邮箱	chinabp@ vip. sina. com	
经　　销	全国新华书店	
印　　刷	阳谷毕升印务有限公司	
开　　本	880 毫米 × 1230 毫米　1/32	
字　　数	697 千字	
印　　张	27.75	
版　　次	2016 年 1 月第 1 版　2021 年 2 月第 2 次印刷	
书　　号	ISBN 978 - 7 - 5068 - 5236 - 4	
总 定 价	980.00 元（全十一卷）	

第五十三回

挟妓纵欢歌楼被泽　屈尊就宴相府承恩

却说延福宫左近一带，当放灯时节，歌妓舞娃，争来卖笑。一班坠鞭公子、走马王孙都去寻花问柳，逐艳评芳。就中有个露台名妓叫作李师师，生得妖艳绝伦，有目共赏，并且善唱讴，工酬应，至若琴棋书画，诗词歌赋，虽非件件精通，恰也十知四五，因此艳帜高张，喧传都市。这日天缘凑巧，开窗闲眺，正与徽宗打个照面。徽宗低声喝采，那蔡攸、王黼二人俱已闻知，也依着仰视，李师师瞧着王黼，恰对他一笑。原来王黼素美风姿，目光如电，曾与李师师有些认识，所以笑靥相迎。王黼即密白徽宗道："这是名妓李师师家，陛下愿去游幸否？"蔡攸道："这、这恐未便。"王黼道："彼此都是皇上心腹，当不至漏泄风声。况陛下微服出游，有谁相识？若进去游幸一回，亦属无妨。"蔡攸尚知顾忌，王黼更属好导。

看官道这王黼是什么人物？他是开封人氏，曾在崇宁年间，登进士第，外结宰辅何执中、蔡京，内交权阉童贯、梁师成，累迁至学士承旨，与蔡攸同直禁中。平素有口辩才，专务迎合，深得徽宗欢心。此时见徽宗赞美李师师，因即导徽宗入幸。徽宗猎艳心浓，巴不得立亲芗泽，便语王黼道："如卿所言，没什妨碍，朕就进去一游，但须略去君臣名分，毋令他人瞧破机关。"王黼应命，便引徽宗下车，徐步入李师师门。蔡攸亦即随入。李师师已自下楼，出来迎接，让他三人登堂，然后向前行礼，各道万福。徽宗仔细端详，确是非常娇艳。鬓鸦凝翠，鬓凤涵青，秋水为神玉为骨，芙蓉如面柳如眉。还有一抹纤腰，苗条可爱，三寸弓步，瘦窄宜人。师师奉茗肃宾，开筵宴客。徽宗坐了首座，蔡攸、王黼挨次坐下，李师师末坐相陪。席间询及姓氏，徽宗先诌了一个假姓名，蔡攸照例说谎。轮到王黼，也捏造了两字，李师师不禁解颐。王黼与她递个眼色，师师毕竟心灵，已是会意，遂打起精神，伺候徽宗。酒至数巡，更振起娇喉，唱了几出小曲，益觉令人心醉。徽宗目不转睛的看那师师，师师也浅挑微逗，眉目含情。蔡攸、王黼更在旁添入诙谐，渐渐的流至媟亵。好两个篾片朋友。寻且谑浪笑傲，毫无避忌，待到了夜静更阑，方才罢席。徽宗尚无归意，王黼已窥破上旨，一面密语李师师，一面又密语徽宗，两下俱已允洽，便邀了蔡攸一同出去。徽宗见两人已出，索性放胆留髡，便去拥了李师师同入罗帏。李师师骤承雨露，明知是皇恩下逮，乐得卖弄风情。这一夜的枕席欢娱，比那妃嫔当夕时，情致加倍。可惜情长宵短，转瞬天明，蔡攸、王黼二人，即入迓徽宗，徽宗没奈何，披衣起床，与李师师叮嘱后期，才抽身告别。

及回宫后，勉勉强强的御殿视朝，朝罢入内，只惦记李师师如何缱绻，如何温柔，不但王、乔诸妃无可与比，就是最爱的小刘贵妃，也觉逊她一筹。但因身居九重，不能每夕微行，好容易挨过数宵，几乎瘝痳彷徨，辗转反侧。那先承意志的王学士，复导徽宗赴约。天台再到，神女重逢，这番伸续前欢，居然海誓山盟，有情尽吐。徽宗竟自明真迹，李师师也愿媵后宫。可奈折柳章台，究不便移禁苑，当由徽宗再四踌躇，只许师师充个外妾，随时临幸。师师装娇撒痴，定欲入宫瞻仰。徽宗不得不允，惟谕待密旨宣召，方得往来。师师才觉欣然，至阳台梦罢，铜漏催归，又互申前约，反复叮咛。

　　一别数日，李师师倚门怅望，方讶官家愆约，久待不至。直到黄昏月上，忽有内侍入门，递与密简，展览之下，笑逐颜开，当即淡扫蛾眉，入朝至尊，随了内侍，经过许多重门曲院，才抵深宫。内侍也不先通报，竟引师师入室。徽宗早已待着，见了师师，好似得宝一般。及内侍退后，彻夜绸缪，自不消说。嗣是一主一妓，迭相往还，渐渐的无禁无忌。师师竟得与后宫妃嫔晋接周旋，她本是平康里中的好手，无论何种人情，均被她揣摩纯熟，一经凑合，无不惬心，何况六宫嫔御，统不过一般妇女心肠，更容易体贴入微，日久言欢，相亲相近，非但徽宗格外狎昵，连乔、刘诸贵妃等，亦爱她有说有笑，不愿相离。描摹尽致。

　　时光易过，转瞬一年，徽宗正在便殿围炉，林灵素自外进谒，由徽宗赐他旁坐，与语仙机，谈至片刻，灵素忽起趋阶下道：“九华玉真安妃将到来了，臣当肃谒。”又要捣鬼。徽宗惊问道：“哪个是九华仙妃？”灵素道：“陛下且不必问，少顷自至。”语毕，拱手兀立。既而果有三五宫女，拥一环珮珊珊的丽姝进来，徽宗亦疑是仙人，不禁起座，及该姝行近，并非别人，就是宠擅专房的小刘贵妃。徽宗禁不住大笑，灵素却恭恭敬敬的再拜殿下，至拜罢起来，又大言道：“神霄侍案夫人来了。”言甫毕，又见一丽人，轻移莲步，带着宫婢二三名，冉冉而至。徽宗龙目遥瞩，乃是后宫的崔贵嫔。灵素复道：“这位贵人，在仙班中，与臣同列，礼不当拜。”乃鞠躬长揖，仍复上阶就座。原来灵素出入宫禁，已成习惯，所有宫眷，不必避面，因此仍坐左侧。刘、崔二妃向徽宗行过了礼，自然另有座位。才经坐定，灵素忽愕视殿外道：“怪极怪极！”徽宗被他一惊，忙问何故？灵素道：“殿外奈何有妖魅气？”一语未已，见有一美妇进来，珠翠盈头，备极秾艳。灵素突然起座，取过御炉火管，大踏步趋至殿门，将击该妇，亏得内侍两旁遮拦，才得免击，那美人儿已吓得目瞪口呆，桃腮变白。徽宗也急唤灵素道："先生不要误瞧，这就是教坊中的李师师。"原来就是此人。灵素道："她是一个妖狐，若将她杀却，尸无狐尾，臣愿坐欺君大罪，立就典刑。"徽宗正爱恋师师，哪里肯依，便带笑带劝的说了数语。灵素道："臣不惯与妖魅并列，愿即告退。"李师师似妖，灵素亦未尝非怪。言讫，拂袖径去。

徽宗疑信参半，到了次日，又召见灵素，问廷臣有无仙侣？灵素答道："蔡太师系左元仙子，王学士黼恰是神霄文华使，郑居中、童贯等，亦皆名厕仙班，所以仍隶帝君陛下。"误国贼臣，岂隶仙籍？就使有点来历，无非是混世妖魔。徽宗道："朕已造玉清和阳宫，供奉仙像，请先生为朕斋醮！"灵素不待说毕，便接入道："玉清和阳宫，似嫌逼仄，乞陛下另行建造，方可奉诏。"徽宗道："这也无有不可，请先生择地经营！"灵素奉命而出，即在延福宫东侧，规度地址，鸠工建筑。由内侍梁师成、杨戬等协同监造。师成曾为太乙宫使，以善谀得宠，什至御书号令多出彼手，就是蔡京父子亦奉命维谨，王黼且视他如父。此次与灵素督建醮宫，自晨晖门即延福宫东门。至景龙门，汴京北面中门。迤长数里，密连禁署。宫中山包平地，环绕佳木清流，所筑馆舍台阁，上栋下楹，概用椴楠等木，不施五采，自然成文，亭树不可胜计。

宫既成，定名为上清宝箓宫，命灵素主斋醮事，王仔昔为副。且就景龙门城上筑一复道，沟通宫禁，以便徽宗亲临祷祀，且令各路统建神霄万寿宫。灵素遂广招徒党，齐集都中，各请给俸。每设大斋，费缗钱数万，什至穷民游手，多买青布幅巾，冒称道士，混入宝箓宫内，每日得一饱餐，并制钱三百文，称为施舍。政和七年，设立千道会，不论何处羽流，尽令入都听讲。徽宗亦在旁设幄，恭聆教旨。开会这一日，羽流云集，女士盈门，徽宗亦挈着刘、崔诸妃入幄列坐。灵素戴道冠，衣法服，昂然登坛，高坐说法，先谈了一回虚无杳渺的妄言，然后令人入问要诀。坛下瞻拜多人，灵素随口荒唐，并无精义，或且杂入滑稽，间参媟语，引得上下哄堂，嘈杂无纪，御幄内亦笑声杂沓，体制荡然。上恬下嬉，安得不亡？罢讲后，御赐斋饭，很是丰盛。徽宗与妃嫔等亦至斋堂内吃过了斋，才行返驾。灵素复令吏民诣宝箓宫，授神霄秘录，朝士求他引进，亦往往北面称徒，靡然趋附，但得灵素首肯，无不应效如神。也可称做接引道人。既而道箓院中，忽接得一道密诏，内云：

朕乃上帝元子，为太霄帝君，悯中华被金狄之教，金狄二字，刘定之谓佛身若金色，故称金狄，未知是否？遂恳上帝，愿为人主，令天下归于正道，卿等可册朕为教主道君皇帝。

道箓院当然应诺，即上表册徽宗为教主道君皇帝，想入非非。百官相率称贺。惟这个皇帝加衔，止在道教章疏内应用，余不援例。一面立道学，编《道史》。什么叫作道学呢？用《内经》、《道德经》为大经，《庄子》、《列子》为小经，自太学辟雍以下，概令肄习，按岁升贡，及三岁大比，必通习道学，方得进阶。这是林先生说出来的。什么叫作《道史》呢？汇集古今道教事，编成一部大纪志，称为《道史》。这是蔡太师说出来的。可巧道法有灵，西陲一带，屡报胜仗，徽宗尤信为神佑，越觉堕入迷途。接入西夏事，也似天衣无缝。

原来太尉童贯自督造延福宫后，仍握兵权。适值夏人李讹嘞，一译作李额叶。为环州定远军首领，本已降服中朝，暗中却通使夏监军，说是窖粟待师，可亟发大兵来袭定远。夏监军哆唛，一译作多凌。遂率万人来应。讹嘞转运使任谅，诇知讹嘞诡谋，募兵潜发窨谷。至哆啰到来，访哆啰已失所藏，只好率部众归夏。哆啰无粮可资，还兵臧底河，筑城扼守。任谅驰疏上闻，有诏授童贯为陕西经略使，调兵讨夏。贯至陕西，檄熙河经略使刘法率兵十五万，出湟州，秦凤经略使刘仲武，率兵五万，出会州，自率中军驻兰州，为两路声援。仲武至清水河，筑城屯守而还。法与夏右厢军相遇，在古骨龙地方鏖斗一场，大败夏人，斩首三千级。童贯即露布奏捷，诏令贯领六路边事。永兴、鄜延、环庆、秦凤、泾原、熙河。贯复遣王厚、刘仲武等合泾原、鄜延、环庆、秦凤各路兵马进攻臧底河城。及为夏人所败，十死四五，贯匿不上闻，再命刘法、刘仲武调熙、秦兵十万，攻夏仁多泉城。城中力孤，待援不至，没奈何出降。法入城后，竟将城内兵民杀得一个不留。如此残忍，宜乎不得善终。捷书再至宋廷，复加贯为陕西、两河宣抚使。已而渭州将种师道复攻克臧底河城，贯又得升官加爵，进开府仪同三司，签书枢密院事。蔡京亦得连带沐恩，一再赐诏，始令他三日一朝，正公相位，总治三省事，继复晋封鲁国公，命五日一赴都堂治事。

　　寻又将茂德帝姬下嫁京四子鯈，帝姬就是公主，由京改制称帝姬。姬本古姓，春秋时女从母姓，故称姬，后世或沿称为姬妾，蔡京乃以称公主，愈觉不通。茂德帝姬，系徽宗第六女，蔡攸兼领各种美差，如上清宝箓宫、秘书省、道箓院、礼制局、道史局等，均有职司。攸弟鯈亦官保和殿学士，一门贵显，烜赫无伦。会徽宗立长子桓为皇太子，桓系前后王氏所出，曾封定王，性好节俭。蔡京例外巴结，即将大食国所遗琉璃酒器，献入东宫。太子道："天子大臣，不闻勖我道义，乃把玩具相贻，莫非欲蛊我心志么？"太子詹事陈邦光在侧，又添说蔡京许多不是，惹得太子怒起，竟命左右击碎酒器，一律毁掷。这事为蔡京所闻，当然懊恨。讨好跌一交，哪得不恼？一时扳不倒太子，只好将一股毒气喷在陈邦光身上。当下阴嗾言官弹击邦光，自己又从旁诋斥，遂传出御笔手诏，窜邦光至陈州。

太宰何执中始终与蔡京友善，辅政至十余年，毫无建树，一味唯唯诺诺，赞饰太平。徽宗恩宠不衰，直至年迈龙钟，才命以太傅就第，禄俸如旧，未几病死。郑居中继为太宰，兼少保衔，刘正夫为少宰，邓洵武知枢密院事。换来换去，无非这班庸奴。居中受职后，思改京政，存纪纲，守格令，抑侥幸，振淹滞，颇洽人望，但不过与京立异，并没有什么干济才。正夫随俗浮沉，专务将顺，洵武阿附二蔡，人品学术，更不消说。既而正夫因疾辞职，居中以母丧守制，徽宗又擢余深为少宰。余本蔡家走狗，怎肯背德？应五十一回。一切政务，必禀白蔡公相，惟命是从。蔡氏父子势益滔天。

攸妻宋氏系宋庠孙女，颇知文字，出入禁中，累承恩赏。攸子名行，亦得领殿中监。有时徽宗且亲幸京第，略去君臣名分，居然作为儿女亲家，所有蔡家仆妾，均得瞻近天颜。京设宴飨帝，一酌一餐，费至千金，各种肴馔，异样精美，往往为御厨所未有。徽宗不以为侈，反说由公相厚爱，自京以下，均命列坐，彼此传觞，如家人礼。徽宗又命茂德帝姬及姑嫜姨姒等也设席左右，稚儿娇女均得登堂，合庭开欢宴之图，上寿沐皇王之宠。妾媵俱蒙诰命，厮养亦沐荣封，真所谓帝德汪洋，无微不至了。及徽宗宴罢返宫，翌日京上谢表，有云："主妇上寿，请醨而肯从，稚子牵衣，挽留而不却。"这是实事，并非虚言。可惜蔡太师生平只有这数语是真。小子有诗叹道：

误把元凶作宰官，万方皆哭一庭欢。
试看父子承恩日，国帑民财已两殚。

蔡京贵宠无比，童贯因和夏班师，也得晋爵封公。于是公相以外，又添出一个媪相来。欲知详细，下回再表。

李师师不见正史，而稗乘俱载其事，当非虚诬。蔡攸、王黼为徽宗幸臣，微行之举，必自二人启之。夫身居九重，为社稷所由寄，为人民所由托，乃不惜降尊，与娼妓为耦，以视莫愁天子，犹有甚焉，而攸、黼更不足诛已。林灵素目师师为妖，师师固一妖孽也，君子不以人废言，吾犹取之。下半回述徽宗幸蔡京第，略迹言欢，妇孺列席，与上半回挟妓饮酒事，适成映射。李师师以色迷君，蔡京以佞惑主，迹虽不同，弊实相等。读《鲁论》"远郑声放佞人"二语，足知本回宗旨，亦寓此意。喜郑声者未有不近佞人，吾于徽宗亦云。

第五十四回

造雄邦恃强称帝　通远使约金攻辽

却说童贯经略西陲，屡次晋爵，至政和八年，改元重和，贻恩内外文武百官，贯复得升为太保。越年，复改元宣和，贯又欲幸功邀赏，命刘法进取朔方。法不欲行，经贯连日催促，不得已率兵二万，出至统安城。适遇夏主弟察哥一作察克。引兵到来，法即列阵与战，察哥自领步骑为三队，敌法前军，别遣精骑登山，绕出法军背后。法正与察哥酣斗，不防后队大乱，竟被夏兵杀入。法顾前失后，顾后失前，亟拟收军奔回，怎奈夏兵前后环绕，不肯放行。督战至六七时，累得人马困乏，且部兵多半死亡，料知招架不住，只好弃军潜遁。天色已晚，黉夜奔走，行至黎明，距战地约七十里，地名盖朱崌，四顾无人，乃下马卸甲，暂图休息。少顷，有数人负担前来，法疑是商贩，向他索食。数人不允，法瞋目道："你等小民，难道不识我刘经略么？"一人答道："将军便是刘经略，我有食物在此，应该奉献。"言讫，便向担中取出一物，跑至刘法身旁。法尚道是什么食物，哪知是一柄亮晃晃的短刀，急切不及躲避，突被杀死，首级也被取去。看官听着！这数人乃是西夏的负担军，随充军前杂役，可巧碰着刘法，正是冤冤相凑，当即斩首报功。是屠城之报。察哥见了法首，恻然语左右道："这位刘将军，前曾在古骨龙、仁多泉两处连败我军，我尝谓他天生神将，不敢与他交锋，谁料今日为我小兵所杀，携首而归，这是他恃胜轻出的坏处，我等不可不戒！"察哥有谋有识，却是西夏良将。当下麾军再进，直捣震武。震武在山峡中，熙、秦两路转饷艰难，自筑城三载，知军李明、孟清皆为夏人所杀，至是城又将陷。察哥道："勿破此城，留作南朝病块，也是好的。"遂引军退去。

童贯闻夏人已退，反报称守兵击却，就是刘法败死也匿不上闻，一面通使辽主，请他出场排解，再与夏人修好。辽正与金构兵，恐得罪中朝，更增一敌，乃转告夏主，令与宋修和。夏主乾顺亦颇厌用兵，乃因辽使进表纳款。贯遂上言：夏主畏威，情愿投诚。徽宗乃饬罢六路兵，加贯太傅，封泾国公，时人称贯为媪相，与公相蔡京齐名。贯班师回朝，刚值蔡京定议图辽，遣武义大夫马政浮海使金，与约夹攻。贯本首倡此议，当然极力怂恿，主张北伐。一时兴高采烈，大有唾手燕云的情景。全是妄想。

看官道金是何邦？便是前文所说的女真部。应五十一回。徽宗政和二年时，辽天祚帝延禧赴春州，至混同江钓鱼，女真各部酋长相率往朝。阿骨打奉兄命亦出觐辽主，钓罢张宴。饮至半酣，辽主命诸酋依次起舞，轮至阿骨打，独辞不能。辽主劝谕再三，始终不肯听命。辽主欲杀阿骨打，经北院枢密使萧奉先谏阻乃止。阿骨打脱归，恐辽主疑有异志，将加讨伐，遂日夕筹防，招兵买马，先并吞附近各族，拓地图强，嗣且建城堡，修戎器，扼险要，以备不虞。至长兄乌雅束病殁，阿骨打袭位，并不向辽告丧，且自称勃都极烈。一作达贝勒。辽主遣使诘责，阿骨打道："有丧不能吊，还说我有罪么？"因拒绝来使。先是辽主好猎，每岁至海上市鹰，征使四出，道出女真，往往需求无厌，因此各部亦相继怨辽。独纥石烈部酋阿疏，当盈哥在位时，与盈哥有怨，战败奔辽。盈哥、乌雅束相继索仇，终不见遣。阿骨打又迭使往索，仍属无效。乃召集诸部，约会来流水上，一作拉林水。得二千五百人，祷告天地，誓师伐辽，进军辽境，击败辽兵，射死辽将耶律谢十，谢十一作色锡。乘势攻克宁江州。辽都统萧嗣先率兵万人，出援宁江。阿骨打时已引还，嗣先竟追至出河店，一译作珠赫店。天晚驻营。翌晨闻阿骨打返兵迎击，急令前队往阻，不到半日，已被阿骨打杀败逃回。嗣先乃整军出迎，甫经交绥，忽大风陡起，飞沙眯目，阿骨打正居上风，麾兵奋击，辽兵不能支持，尽行溃散，将校多半死亡，嗣先踉跄遁归。

　　于是阿骨打弟吴乞买等劝兄称帝。阿骨打起初不从，旋经将佐等再行劝进，乃于乙未年正月元日，即宋徽宗政和五年，就按出虎水旁，按出虎水一译作爱新水。即皇帝位，国号大金，取金质不坏的意义。建元取国，易名为旻，命吴乞买为谙班勃极烈。从兄撒改一作萨拉噶，系劾里钵兄劾者子。及弟斜也一译作舍音。为国论勃极烈。两种官名，均系女真部方言，尊贵的官长，叫作勃极烈，谙班是最尊的意思，国论就是国相。谙班一译作阿木班，国论一作固伦。

　　辽人尝言女真兵满万，便不可敌，至是已达万人以上。乃厉兵秣马，再议攻辽。辽主遣使僧家奴，一作僧嘉努。赍书往金，令为属国。金主复书，要求辽主送还阿疏，并遣黄龙府至别地，方可议和。辽主再贻书，呼金主名，谕令归降。金主亦复书，呼辽主名，谕令归阵。煞是好看。两下里各争尊长，那金主已进兵益州，直捣黄龙府。辽兵屡战屡败，黄龙府竟被夺去。辽主闻报大怒，即下诏亲征，号称七十万，分路出师。金主闻辽兵大举，乃以刀劖面，涕泣语众道："我与汝等起兵，无非苦辽邦残忍，欲自立国，今天祚亲至，恐不可当，看来只有杀我一族，大众出去迎降，或可转祸为福。"遣将不如激将。吴乞买等趋进道："火来水淹，兵来将挡，况天祚淫虐不仁，众心离散，就使来了一二百万，也不过暂时乌合，怕他什么?"金主乃道:"你等果能尽死力,须听我号令,同去御敌!"诸将齐声应令。遂调齐人马,倾国而出,行至黄龙府东,遥见辽兵遍野,势如攒蚁,乃下令军中道:"敌利速战,我利固守,且深沟高垒,静观敌衅,再行进兵。"将士遵令,择险驻扎,按兵不动。辽兵也不来挑战,越日,竟陆续退去。

原来辽副都统章奴谋立天祚叔父耶律淳,诱将士亡归上京,遣淳妃萧地里告淳。淳不愿依议,拘住迪里,会辽主闻章奴谋叛,亟遣使慰淳,淳斩迪里首,取献辽主,孑身待罪。辽主待遇如初。偏章奴入掠上京,至辽太祖庙,数天祚罪恶,移檄州县,将犯行宫。辽主亟从军中退归,军士均无斗志,也随了回去。事被金主察悉,遂拔寨齐起,西追辽主,至护步答冈,护步答一作和斯布达。见前面舆辇甲仗迤逦行去,他即分开两翼,一鼓而上,自率精兵猛将,专向辽中军杀入。辽主猝不及防,急忙退走,辽兵亦纷纷四散。金主麾杀一阵,斩馘以万计,夺得车马,兵械军资,不可胜计,乃引兵回国。辽主奔赴上京,适章奴已为熟女真部所败,众皆溃散。逻卒擒住章奴,送至辽主所在,立斩以徇。辽主乃还都。

看官听着!从前辽都临潢,号为上京,自圣宗隆绪徙都辽西,称为中京,又以辽阳为东京,幽州为南京,云州为西京,共计五京。提出五京,下文金、宋攻辽,庶有眉目可辨。章奴诛死,上京方才告靖。不意东京又闹出乱端。东京留守萧保先虐待渤海居民,为暴徒所戕,经裨将大公鼎、高清明等率兵剿捕,乱势少平。偏裨将高永昌收集溃匪入据辽阳,匝旬间,得八千人,居然僭号,称为隆基元年。辽主遣韩家奴、张林等往征,永昌恐不能敌,向金求救。金主遣胡沙补一译作华沙布。报永昌道:"同力攻辽,我愿相助,但须削去僭号,归顺我国,当以王爵相报。"永昌不从。金主遂命大将斡鲁,率诸军攻永昌,巧与辽将张琳相值,两下开仗,张琳败走,斡鲁乘势取沈州，进薄辽阳城下。永昌开城出战，哪里敌得住金军？遂败奔长松。辽阳人挞不野一作托卜嘉。擒住永昌，献与金主，眼见得一刀两段。于是辽国的东京州县及南路熟女真部陆续降金。金主任斡鲁为南路都统，斡伦一作鄂楞。知东京事。

辽主闻东京失陷，未免惊慌，乃授耶律淳为都元帅，募辽东人为兵，得二万二千余人，使报怨女真，叫作怨军，以渤海铁州人郭药师等为统领。耶律淳倡议和金，遣耶律奴苟一译作讷格。如金议好，金主要索多端，议不能决。旋由金主最后复书，迫辽以兄礼事金，封册如汉仪，方可如约，否则不必再议。辽主尚不肯许。适遇大饥，人自相食，各地盗贼蜂起，掠民充粮。枢密使萧奉先等，劝辽主暂从金议，乃册金主为东怀国皇帝。金主不悦，语册使道："什么叫作东怀国？我国明号大金，应称为大金国便了。且册书中，并无兄事明文，我不能遵约。"当下将册书掷还。金主既迫辽兄事，何必再受辽册封，这也奇怪。看官！这"东怀国"三字，明是辽人暗弄金主，取小邦怀德的意义。他总道金主未达汉文，或可模糊骗过，偏金主要他兄事，要称大金，仍然和议不成，双方决裂。

蔡京闻得此信，遂欲约金攻辽，规复燕、云。武义大夫马政航海至金，与金主面议辽事。金主亦令李善庆等赍奉国书，并北珠生金等物偕马政同至汴都。徽宗即命蔡京与约攻辽，善庆等不加可否，居十余日乃去。徽宗复令马政持诏及还赐礼物，与善庆等渡海报聘。行至登州，政奉诏止行，乃只遣平海军校呼庆送善庆等归金。金主遣呼庆归，且与语道："归见皇帝，果欲结好，当示国书，若仍用诏命，我不便受，莫怪我却还来使。"呼庆唯唯而还。至童贯入朝，力主京议，请再遣使赍书。中书舍人吴时独上疏谏阻，又有布衣安尧臣亦谏止图辽。吴且言不应败盟。安尧臣一疏，却很是剀切详明，略云：

陛下临御之初，尝下诏求言，于是谠士效忠，而佥人乃误陛下，加以诋诬之罪，使陛下负拒谏之谤，比年天下杜口，以言为讳。乃者宦寺交结权臣，共倡北伐，而宰执以下，无一人肯为陛下言者。臣谓燕、云之役兴，则边衅遂开，宦寺之权重，则皇纲不振。昔秦始皇筑长城，汉武帝通西域，隋炀帝辽左之师，唐明皇幽、蓟之寇，其失如彼；周宣王伐猃狁，汉文帝备北边，元帝纳贾捐之议，光武斥臧宫马武之谋，其得如此。艺祖拨乱反正，躬环甲胄，当时将相大臣，皆所与取天下者，岂勇略智力，不能下幽、燕哉？盖以区区之地，契丹所必争，忍使吾民重困锋镝，章圣澶渊之役，与之战而胜，乃听其和，亦欲固本而息民也。今童贯深结蔡京，同纳赵良嗣以为谋主，故建平燕之议，臣恐异时唇亡齿寒，边境有可乘之衅，狼子蓄锐，伺隙以逞其欲，此臣之所以日夜寒心者也。伏望思祖宗积累之艰难，鉴历代君臣之得失，杜塞边衅，务守旧好，无使外夷乘间窥中国。上以安宗庙，下以慰生灵，则国家幸甚！生民幸甚！

徽宗连接两疏，正在怀疑，会有二御医自高丽归，入奏徽宗，亦以图燕为非。原来高丽尝通好中国，因国主有疾，向宋求医，徽宗乃遣二医往视，及高丽送二医归国，临歧与语道："闻天子将与女真图契丹，恐非良策。苟存契丹，尚足为中国捍边。女真似虎似狼，不宜与交。可传达天子，预备为是。"高丽人颇有见语。二医遂归白徽宗。徽宗乃以吴时、安尧臣所言不为无见，拟将联金伐辽的计议暂从搁置，并拟擢安尧臣为承务郎，借通言路。可奈蔡京、童贯二人坚执前议，谓天与不取，反致受害。还有学士王黼。时已升任少宰，郑居中乞请终丧，因进余深为太宰，王黼为少宰。与蔡、童一同勾结，斥吴时为腐儒，且以安尧臣越俎进言，目为不法，怎得再给官阶？三人并力奏请，徽宗又不得不从，因遣右文殿修撰赵良嗣，借市马为名，再出使金，申请前约。

巧值辽使萧习泥烈—作萧锡里。至金续议册礼，金主仍不惬意，竟兴兵出攻上京，令宋、辽二使随着军中。辽主方在胡土白山—译作瑚图哩巴里。围猎，闻金主出师，亟命耶律白斯不等白斯不—作博硕布。简率精兵三千，驰援上京。金主至上京城下，先谕守兵速降，留守挞不野不从，金主乃督兵进攻，且语宋、辽二使道："汝等可看我用兵，以卜去就。"言讫，遂亲击桴鼓，促军猛扑，不避矢石，自辰及午，金将阇母—译作多昂摩。等鼓勇先登，部众随上，遂克外城。挞不野无法可施，只好出降。耶律白斯不等将至上京，闻城已失守，不战自退。金主入城犒师，置酒欢宴。赵良嗣等捧觞上寿，皆称万岁。丑。越日，金主留兵居守，自偕赵良嗣等还国。良嗣因语金主道："燕本汉地，理应仍归中国，现愿与贵国协力攻辽，贵国可取中京大定府，敝国愿取燕京析津府，南北夹攻，均可得志。"金主道："这事总可如约，但汝主曾给辽岁币，他日还当与我。"良嗣允诺。金主遂付良嗣书，约金兵自平地松林趋古北口，宋兵自白沟夹攻，否则不能如约。并遣勃堇—作贝勒。偕良嗣申述己意，徽宗乃复遣马政报聘，且复致国书道：

> 大宋皇帝致书于大金皇帝：远承信介，特示函书，致讨契丹，当如来约。已差童贯勒兵相应，彼此兵不得过关，岁币之数同于辽，仍约毋听契丹讲和，特此复告！

马政持书至金，金主答称如约，协议遂成。至马政返报，有诏令童贯整军待发，独郑居中以为未可，特往语蔡京道："公为大臣，不能守两国盟约，致酿事端，恐非妙策。"京答道："皇上厌岁币五十万，所以主张此议。"居中道："公未闻汉朝和亲用兵的耗费么？汉尝岁给单于一亿九十万，西域一千八百八十万，与本朝相较，孰多孰少？今乃贪功启衅，徒使百万生灵肝脑涂地，首祸惟公，后悔何及！"居中虽非好人，语却可取。京默然不答，但心中总以为可行，且已与金定约，势成骑虎，不能再下，仍与童贯决议兴兵。忽接到两浙警报，睦州人方腊作乱，睦、歙、杭诸州接连被陷，东南几已糜烂了。徽宗大惊，急召辅臣会议，暂罢北伐，亟拟南征。正是：

满望燕、云归故土，谁知吴、越起妖氛？

欲知南征时命将情形，且至下回续叙。

辽王延禧淫荒无度，以致女真部崛起东北，僭号称尊，是辽固有败亡之道，而因致敌人之侮辱者也。宋之约金攻辽，议者皆谓其失策，吾以为燕云十六州，久沦左衽，乘隙而图，未始非计。但主议非人，用兵非时，妄启兵端，适以致祸。兵志有言："知己知彼，百战百胜。"试问君如徽宗，臣如蔡京、童贯，能控驭远人否乎？百年无事，将骄卒惰，能战胜外夷否乎？且与女真素未通好，乃无端遣使，自损国威，强弱之形未著，而外人已先轻我矣。拒虎引狼，必为狼噬，此北宋之所以终亡也。

第五十五回

帮源峒方腊揭竿　梁山泊宋江结寨

却说宣和二年，睦州清溪民方腊作乱。方腊世居县堨村，托词左道，妖言惑众，愚夫愚妇免不得为他所惑。但方腊本意尚不过借此敛钱，并没有什么帝王思想。惟清溪一带有梓桐、帮源诸峒，山深林密，民物殷阜，凡漆楮杉樟诸木无不具备，富商巨贾尝往来境内，购取材料。腊有漆园，每年值价数达百金。自苏、杭设置应奉局及花石纲，朱勔倚势作威，往往擅取民间，不名一钱，腊亦屡遭损失，漆被取去，无从索价，所以怨恨甚深。当下煽惑百姓，倡议诛勔，百姓正恨勔切骨，巴不得立时捕到，将他碎尸万段，聊快人心。既得方腊为主，当然一唱百和，陆续引集，请他举事。腊尚恐众心未固，乃假托唐袁天罡、李淳风的推背图，编成四语道：

> 十千加一点，冬尽始称尊。纵横过浙水，显迹在吴兴。

"十千"是隐寓万字，"加一点"便成方字，"冬尽"为腊，"称尊"二字，无非是南面为君的意思，从来童谣图谶，多半由临时捏造，诱惑愚民。"纵横"二语，更是明白了解，没甚奥义。观此二语，见得方腊本意，不过欲扰乱苏、杭，并无燎原之志。还有睦州遗传，说有什么天子台、万年楼。从前唐高宗永徽年间，曾有女子陈硕真叛据睦州，自称文佳皇帝，后来不成而死。方腊谓这道王气，应在已身方验，巾帼当不及须眉。一时信为真话，哄动至数千人，遂削木揭竿，公然造起反来。根据地就是帮源峒，自称圣公，建元永乐，也设官置吏，以头巾为别，自红巾而上，分作六等。急切无弓矢甲胄，专恃拳殴棒击，出峒四扰。又编给符箓，谓有神效，可得冥助。大约与清季之拳匪相似。于是毁民庐，掠民财，所有妇人孺子，一律掳至峒中，腊自择美妇娈童，供奉朝夕，余尽赏给党羽，作为仆妾。不到半月，胁从且至数万，乃勒为部伍，出攻清溪。两浙都监蔡遵、颜坦率兵五千人，星夜往讨。到了息坑，正值方腊前队到来，军士望将过去，先不禁惊讶起来。原来方腊前队并不见有武夫，又不见有利械，只有妇女若干，童稚若干。妇女仍搽脂抹粉，惟服饰多系道装，手中各执拂尘，仿佛是戏剧中的师姑。童子面上统加涂饰，红黄蓝白，无奇不有，或梳发作两丫髻，或剪发成沙弥圈，遥对官军，嬉笑憨跳，并不像打仗的样子。恰是奇怪，非特见所未见，并且闻所未闻。官军面面相觑，还道他有什么妖法，不敢前进。蔡遵恰也惊疑，颜坦本是粗率，便诘蔡遵道："这是惶惑我军的诡计，有何足怕？看我驱军杀尽了他。"言已，便督军进击。兵戈所指，那妇孺吓得倒躲，没命的乱窜了去。只耐肉战，哪禁兵刃。

　　坦放胆杀入，一逃一追，但见前面的妇孺，均穿林越涧，四散奔逸，一行数里，连妇孺都不见了。此外也并无一人，惟剩得空山寂寂，古木阴阴。争战时，插此二语，倍增趣味。坦不管好歹，再向前力追，突听得一声号炮，震得木叶战动，不由的毛骨悚然。至举头四顾，又不见什么动静，煞是可怪。故曲一笔。大众捏着一把冷汗，足虽急行，面惟四望，不防扑蹋扑蹋的好几声，一大半跌入陷坑，连颜坦也坠了下去。两旁山谷中，跳出许多大汉，手执巨梃，一半乱捣陷井，一半扫荡余军。可怜颜坦以下千余人，一股脑儿埋死坑谷。后队统领蔡遵闻前军得手，也依次赶上，但与前军相隔已远，未得确实消息，渐渐的行入山谷中。猛闻后面一阵鼓噪，料知不佳，急忙令军士返步，退将出来。还至谷口，顿觉叫苦不迭，那谷口已被木石塞断了。山上几声炮响，即有无数大石，抛掷下来，军士不被击死，也多受伤。蔡遵还督令军士，移徙木石，以便通道。那后面的匪党，已持梃追到，冲杀官军。官军大乱，任他左批右抹，一阵横扫，个个倒毙，遵亦死于乱军之中。

腊众夺得甲仗，才有刀械等物，遂乘胜捣入青溪，且进攻睦州，揭示胁诱军民，只称"有天兵相助，赶紧投诚，否则蔡、颜覆辙，即在目前"云云。是时江、浙一带，承平已久，不识兵革，就是郡县守吏、汛地将弁，也只知奉迎钦差，保全禄位，并未尝修浚城濠，整缮兵甲。一闻方腊到来，好似天篷下降，无可与敌，都逃得一个不留。方腊遂破陷睦州，又西攻歙州，守将郭师中忙调兵御寇，甫经对阵，那匪党里面忽突出一班披发仗剑的人物，向空一指，即横剑齐向官军，并力冲入。官兵本不知战，更防他有妖法，哪个敢去拦阻？霎时间旗乱辙靡，如鸟兽散。师中禁遏不住，反落得一命呜呼，眼见得歙县被陷。腊复麾众东趋，大掠桐庐、富阳诸县，直抵杭州城下。知州赵霆。登城西望，遥见寇来如樯，已是惊慌得很，蓦地里冲出几个长人，约高丈许，首戴神盔，身披鼍衣，左手持矛，右手执旗，面目狰狞可怕，顿吓得魂不附体。其实这种长人统是大木雕成，中作机关，用人按捺，所以两手活动，远望如生。方腊算会欺人。赵霆胆小如鼷，晓得什么真假，当即下城还署，踌躇一会，三十六着，逃为上着，便收拾细软，挈了一妻一妾，趁着城中惊扰的时候，改装出衙，一溜烟的奔出城外。恰是见机。置制使陈建、廉访使赵约趋入州署，想与赵霆会商守御，不意署中已空空洞洞，并无一人，慌忙退出署门，那匪党已一拥入城，两人逃避不及，同时被缚。方腊煞是凶狠，既入城中，令党羽遍捕官吏，统共获得若干名，一一绑住州署门前，自己高坐堂上，置酒纵饮，饮一盃，杀一人，最凶的是不令全尸，或脔割肢体，或剜取肺肠，或熬煮膏油，或丛镝乱射，备极惨酷，反说是为民除害，足纾公愤。一面令党徒纵火，满城屠掠，除有姿色的妇女取供淫乐外，多半杀死，六日方止。

东南大震，警报与雪片相似投入京中。太宰王黼因朝廷方整师北伐，无暇顾及小寇，竟将警奏搁起，并不上闻。至淮南发运使陈遘直接奏陈徽宗，乃始知乱事。命童贯为江、淮、荆、浙宣抚使，满朝只一煴相，愧然宋臣。谭稹为两湖制置使，王禀为统制，分率禁旅，即日南下。又因陈遘疏中，谓浙兵无用，须调集外旅，速平匪乱，乃复飞饬陕西六路精兵同时南征。于是边将辛兴忠、杨惟忠统熙河兵，刘镇统泾原兵，杨可世、赵明统环庆兵，黄迪统鄜延兵，马公直统秦凤兵，冀景统河东兵，六路兵马，共归都统制刘延庆节制。总计内外各军，调赴东南，约得十五万人。各军陆续南下，免不得费时需日。至童贯等至金陵，已是宣和三年孟春月中。方腊转陷婺州，又陷衢州。衢守彭汝方被执，骂贼遇害，贼屠衢城。未几又陷处州，缙云尉詹良臣率数十人出御，为贼所擒，诱降不屈，也被杀死。嗣又令杭州守贼方七佛引众六万陷崇德县，转攻秀州。亏得统军王子武号召兵民登陴力御，斗大的秀州城，兀自守住。与杭州成一反映。童贯留偏将刘镇守金陵，进次镇江，闻秀州被围，急檄王禀驰援，可巧熙河将辛兴宗、杨惟忠亦领兵到来，两路夹攻方七佛，七佛支持不住，只好却走，秀州解围。方腊东攻不克，转图西略，连陷宁国、旌德诸县。官军为所牵制，又只得分军西援，一时顾不到浙西。

那时淮南复出一大盗，姓宋名江，纠党三十六人，横行河朔，转掠十郡，京东又复戒严，害得宋廷诸臣，议剿议抚，急切想不出什么法儿。宋江亦一渠魁，应特笔提醒。看官曾阅过《水浒传》么？水浒系元朝施耐庵手笔，演成七十回，所说皆关系宋江事。书中多系哄托，并非件件是真，不过笔墨甚佳，更兼金圣叹评注，所以流传至今，脍炙人口。但从正史上考证起来，只有。淮南盗宋江，以三十六人横行河朔，由知海州张叔夜击降数语，且并未为宋江立传。可见宋江起事，转瞬即平，并不似《水浒传》中，有什么大势力，大经营。惟旁览稗乘，又见有宋江归降后，曾效力军行，助讨方腊，克复杭州。小子生长古越，距杭州不到百里，时常往来杭地，访问古迹。那城内果有张顺祠，曾封涌金门内的土地，城外又有时迁庙，西子湖边又有武松墓。想必定有所本，不至虚传。小子演述宋史，凡事多以正史为本，间或羼以稗乘，亦必确有见闻，明知个人识短，不敢自信无遗，但凭空捏造的瞎说，究竟不好妄采，想看官总也俯谅愚衷哩。插入此段议论，所以祛阅者之疑。

　　闲文少表，且说宋江系郓城县人，表字公明，曾充当县中押司，平时性情慷慨，喜交江湖朋友，绰号遂叫作“及时雨”。嗣因私放盗犯，酿成命案，为了种种罪证，致遭捕系。当有一班江湖好友救他性命，迫入梁山泊上，做个公道大王。数语已赅括《水浒传》。梁山泊在郓城、寿张两县间，山形突兀，路转峰回，周围约二十五里。冈上恰有一方旷地，足容千人居住。冈下有泊，可汲水取饮，虽旱不干。古时本名良山，因汉梁孝王出猎于此，乃改名梁山。宋季朝政不明，吏治废弛，贪官污吏布满各路，盗贼乘时蜂起，所有淮南、京东一带，无赖亡命之徒落草为寇，便借这梁山为逋逃薮，只因么魔小丑随聚随散，所以不甚著名。

　　至宋江入居此山，由群盗推为首领，立起什么水浒寨，造起什么忠义堂，托词替天行道，哄动居民，于是“梁山泊”

三大字，遂表现出来。标明梁山泊历史地理，足补《水浒传》之缺。看官试想！这宋公明既没有偌大家私，山上又没有历年积蓄，教他如何替着天，行着道？他无非四出劫掠，夺些金银财宝，作为生计。不过他所往劫的多是富而不仁的土豪，及多行不义的民贼，尚不似那睦州方腊，一味儿逞妖作怪，恣意淫乱，因此京东一带还说宋江是个好人。知亳州侯蒙曾上言："宋江横行齐、魏，才必过人，现在清溪盗起，不若赦他前非，令南讨方腊，将功赎罪。"徽宗很以为是，拟调侯蒙任东平府，招降宋江。偏偏诏命甫下，侯蒙病剧，不能赴任，未几身亡，自是招抚一语，又成虚话。京东各军一再往剿，反被梁山群盗杀得七零八落，大败而回。宋江势且日盛，趋附的人物亦因之日多。起初尚只有三十六个头目，连宋江也排列在内，后来又得了七十二人，合成一百零八个大强盗。他却自称上应列星，伪造石碣，把一百八人的姓名镌刻碑上，三十六人号为天罡星，七十二人号为地煞星，每人又各有绰号。《水浒传》中，也曾载着，小子就此誊录一周，分列如下：

天罡星三十六员

天魁星呼保义宋江。　　　　天罡星玉麒麟卢俊义。

天机星智多星吴用。　　　　天闲星入云龙公孙胜。

天勇星大刀关胜。　　　　　天雄星豹子头林冲。

天猛星霹雳火秦明。　　　　天威星双鞭呼延灼。

天英星小李广花荣。　　　　天贵星美髯公朱仝。

天富星扑天鹏李应。　　　　天满星小旋风柴进。

天孤星花和尚鲁智深。　　　天伤星行者武松。

天立星双枪将董平。　　　　天捷星没羽箭张清。

天暗星青面兽杨志。　　　　天佑星金枪将徐宁。

天空星急先锋索超。　　　　天异星赤发鬼刘唐。

天杀星黑旋风李逵。 天速星神行太保戴宗。
天微星九纹龙史进。 天究星没遮拦穆弘。
天退星插翅虎雷横。 天寿星混江龙李俊。
天剑星立地太岁阮小二。 天平星船火儿张横。
天罪星短命二郎阮小五。 天损星浪里白条张顺。
天败星活阎罗阮小七。 天牢星病关索杨雄。
天慧星拼命三郎石秀。 天暴星两头蛇解珍。
天哭星双尾蝎解宝。 天巧星浪子燕青。

地煞星七十二员

地魁星神机军师朱武。 地煞星镇三山黄信。
地勇星病尉迟孙立。 地杰星丑郡马宣赞。
地雄星井水犴郝思文。 地威星百胜将军韩滔。
地英星天目将彭玘。 地奇星圣水将军单廷珪。
地猛星神火将军魏定国。 地文星圣手书生萧让。
地正星铁面孔目裴宣。 地辟星摩云金翅欧鹏。
地阖星火眼狻猊邓飞。 地强星锦毛虎燕顺。
地暗星锦豹子杨林。 地辅星轰天雷凌振。
地会星神算子蒋敬。 地佐星小温侯吕方。
地佑星赛仁贵郭盛。 地灵星神医安道全。
地兽星紫髯伯皇甫端。 地微星矮脚虎王英。
地慧星一丈青扈三娘。 地暴星丧门神鲍旭。
地默星混世魔王樊瑞。 地猖星毛头星孔明。
地狂星独火星孔亮。 地飞星八臂哪吒项充。
地走星飞天大圣李衮。 地巧星玉臂匠金大坚。
地明星铁笛仙马麟。 地进星出洞蛟童威。
地退星翻江蜃童猛。 地满星玉幡竿孟康。
地遂星通臂猿侯健。 地周星跳涧虎陈达。
地险星白花蛇杨春。 地异星白面郎君郑天寿地理星九尾龟陶宗旺。　　地俊星铁扇子宋清。

地乐星铁叫子乐和。　　　地捷星花顶虎龚旺。

地速星中箭虎丁得孙。　　地镇星小遮拦穆春。

地羁星操刀鬼曹正。　　　地魔星云里金刚宋万。

地妖星摸着天杜迁。　　　地幽星病大虫薛永。

地伏星金眼彪施恩。　　　地僻星打虎将李忠。

地空星小霸王周通。　　　地孤星金钱豹子汤隆。

地全星鬼脸儿杜兴。　　　地短星出林龙邹渊。

地角星独角龙邹润。　　　地囚星早地忽律朱贵。

地藏星笑面虎朱富。　　　地平星铁臂膊蔡福。

地损星一枝花蔡庆。　　　地奴星催命判官李立。

地察星青眼虎李云。　　　地恶星没面目焦挺。

地丑星石将军石勇。　　　地数星小尉迟孙新。

地阴星母大虫顾大嫂。　　地刑星菜园子张青。

地壮星母夜叉孙二娘。　　地劣星活阎婆王定六。

地健星险道神郁保世。　　地耗星白日鼠白胜。

地贼星鼓上蚤时迁。　　　地狗星金毛犬段景住。

　　一百八人已经会齐，梁山泊上的气运要算是全盛了。宋江置酒大会百余人，依次列席，大众商量进行的方法。宋江首先倡议，一是静待招安，一是出图吴会。旋经吴用等酌议，以吴会地方富庶，若攻他无备，去干一番，事情得利，便从此做去，失利亦可还寨，就抚未迟。宋江恰也赞成。嗣又议定航海南行，伺间袭击淮、扬，大家很是同意。席散后，各检点兵械，准备停当，留卢俊义守寨，指日启程。不意海州方面，偏有一位赤胆忠心的贤长官，密伺宋江行径，预先布置，专待宋江等到来。正是：

军志毋人先薄我，古云有备总无虞。

欲知海州战事，容至下回说明。

方腊、宋江虽皆亡命之徒，而非贪官污吏之有以激之，则必不能为叛逆之举。就令潜图不轨，而附和无人，亦宁能孑身起事？盖自来盗贼蜂起，未有不从官吏所致，苛征横敛，民不聊生，则往往铤而走险，啸聚成群，大则揭竿，小则越货，方腊、宋江，其已事也。惟方腊之为乱大，而宋江之为乱小，方腊之作恶多，而宋江之作恶少。本回分段叙述，于方腊无恕词，于宋江犹有曲笔，而总意则归咎于官吏。皮里阳秋，亶其然乎？

第五十六回

知海州收降及时雨　破杭城计出智多星

却说宋江带领党羽数千人，径趋海滨，适有商舶数十艘，停泊岸边，被江党一声吆喝，跳至船上，船中人多已没命，有被杀的，有自溺的，只水手等不遭杀害，仍叫他照常行驶，惟须听宋江指挥，不得有违。一艘被掳，各艘都逃避不及，一股脑儿被他劫住。他遂命水手鼓棹南行，将至海州附近，忽有水上巡卒各驾小舟，舣集左右，将有盘查大船的意思。宋江瞧着，恐被露出破绽，不如先行动手，遂一声号令，驱逐巡船。巡船慌忙逃开，并作一路，向海滨奔回。宋江率党前进，将至海旁，见四面芦苇丛集，飘飒有声。智多星吴用忙语宋江道："对面恐防有伏，不应前进。"宋江闻言，亟命退回。舟行未几，果见芦苇丛中，突出兵船多艘，前来截击，那巡船亦分作两翼，围裹拢来。江麾众抵御，且战且退，不防敌舟里面搬出许多种火物，对着宋江手下各船，陆续抛来，霎时间，各船火起，烈焰冲霄，宋江连声叫苦，也是无益。还是吴用有些主意，指挥党羽，一面扑火，一面射箭，冲开一条血路，向大海中奔去。《水浒传》中，尝写吴用计谋，所以本书亦特别叙明。此外各船，仓猝中不及施救，船中各盗目，或泅水逃逸，或恃勇杀出，剩着一大半，被官军捉住。宋江航海逃生，约行数十里，见后面已无官军，方敢就海岛下面暂行停泊。

后来三阮、二童、二张等陆续寻至，还有武松、柴进一班人物领着几只七洞八穿的残船，狼狈来会，大家统垂头丧气，不发一言。宋江检点党羽，损失多人，不禁嚎啕大哭。吴用在旁劝道："大哥哭也无益，现在兄弟们多被捉去，须赶紧设法，保他性命为要。"宋江才停住了哭，含泪答道："偌大海州城，能有多少精兵猛将，凶横至此。我当通知卢兄弟，叫他倾寨前来，与他决一死战。"吴用道："不可不可。大哥曾见过官军旗帜，有一斗大的'张'字否？"宋江道："张字恰有，究系谁人？有这么厉害！"吴用道："怕不是张叔夜么？"宋江道："'张'叔夜有什么材干？"吴用道："他字嵇仲，素善用兵，前为兰州参军，规划形势，计拒羌人，西陲一带，赖以无恐。兄弟曾闻他调任东南，莫非海州长官，便属此人！"叔夜系宋季忠臣，不得不表明履历，但借吴用口中叙出，又是一种笔法。说至此，有阮小二上前说道："确是这个张叔夜。"吴用道："既系老张在此，我等恐难与战，不若就此归抚罢！"宋江道："难道去投降不成？"吴用道："识时务者为俊杰，且可保全兄弟们性命，请大哥不必再疑！"宋江徐答道："果行此策，亦须有人通使。"吴用道："兄弟愿往。"宋江迟疑不答。吴用道："兄长尽管放心，待弟前去，包管成功。"言已，便另拨一船，向海州去讫。

　　宋江待了半日，未见吴用回来，心中忐忑不定，转眼间，夕阳已下，天色将昏，乃自登船头，向西遥望。烟波一抹，掩映残霞，隐隐有一舟东来，想是去船已归，心下稍慰。至来舟驶近，果见船中坐着吴用，当下呼声与语，吴用亦应声而起。少顷，两船相并，由吴用踱过了船，与宋江叙谈。宋江问及情形，吴用道："还是恭喜，兄弟们都羁住囚中，明日就要押往汴京，亏得今日先去请降。张知州已一概允诺，并教我等助征方腊，图个进阶，弟已斗胆与约，明晨偕兄长往会便了。"复从吴用口中，叙出请降情形，可省许多的波折。宋江淡淡的答道：

"事已至此，也只好这般做去。"言为心声，可见宋江本意，未愿招安。随即与同党说明大略。同党也不加可否，但说了"惟命是从"四字。

是夕无话。翌日辰刻，宋江率同吴用并手下头目数名，乘船至海州。海州虽在海滨，城却距海数里，宋江舍舟登陆，徒步入城。到了州署，吴用首先通报，当有兵役传入，梆声一响，军吏统登堂站立。那仪表堂堂的张知州，由屏后出来，徐步登堂，即命兵役，传召宋江。宋江与吴用等联步趋入。江向上一瞧，望见这位张知州仪容，不觉心折，便在案前跪禀道："淮南小民宋江谒见。"叔夜正色道："你就是宋江么？今日来降，是否诚心？不妨与本知州明言。如或未肯投诚，本知州也不加强迫，由你去招集徒众，来与本知州决一雌雄。"儒将风流。宋江闻言，越觉愧服，遂叩首道："宋江情愿投效，誓不再抗朝廷。"叔夜道："果愿投诚，不愧壮士。且起来，听我说明！"宋江、吴用等申谢起立，叔夜乃温颜与语道："你等皆大宋子民，应知朝廷恩德，日前不服吏命，想亦有激使然。但背叛官吏，不啻背叛朝廷。就使有贪官污吏，逞虐一时，终属难逃国法，你等何勿少忍须臾，免为大逆呢！古人有言：'既往不咎'，你等前日为非，今日知悔，本知州何忍追究！现当替你等保奏朝廷，令你等往讨方腊，成功以后，不但可赎前愆，且好算得忠臣义士，生得蒙赏，死亦流芳，岂不是名利两全吗？"大义名言，令人感佩。宋江等听这议论，都觉天良发现，感激涕零。叔夜又将俘虏释出，申诫数言，均叩头泣谢。随由宋江遵依命令，愿仍回梁山泊，调集党徒，同往江南，投效军前。叔夜即给与一札，限期赴军，宋江等拜谢而去。

叔夜将招降宋江事，奏闻朝廷，朝议以海州无事，复将叔夜调任济南府，叔夜奉命移节，自不消说。惟宋江回至梁山泊，与卢俊义等说明一切，当即将各寨毁去，并遣散喽啰，只与党徒百余人同赴江南。刚值熙河前军统领辛兴宗等在浙西境内的江涨桥与方七佛等接战。两下相持未决，宋江即麾众杀入，一阵冲荡即将方军驱退。当下遇着辛兴宗，忙缴呈叔夜手札，兴宗按阅毕，便道："既由张知州令你到此，且留在营中，静候差遣！"宋江道："江等来此投军，愿为朝廷效力，现在浙西一带，久苦寇氛，何不即日南下，规复杭州？杭州得手，便可溯江西上，进攻睦州了。"兴宗瞪视良久，方道："恐没有这般容易。"言下即有妒功忌能的意思。宋江道："江等愿为前锋，往攻杭州。"兴宗又瞋目道："你有多少人马？"宋江道："一百余人。"兴宗反冷笑道："一百多人也想破杭州城么？"宋江道："这也仗统帅派兵接应呢。"兴宗哼了一声，才答道："照你说来，仍须要我兵出力，何必劳你等前驱？惟你等既要前去，我便拨给弁目，带你同去，看你等能破杭州么？"这等统领，实属可杀。宋江愤懑交迫，急切说不出话来，还是吴用在旁接口，说道："此事全仗统帅威灵，小民等恭听指挥，胜负虽未敢预料，但既在统帅麾下，声威已足夺人，贼众自容易破灭哩。"兴宗听了这番恭维，才觉有些欢容，便召入神将一名，令率所部千人，与宋江等同攻杭州。且语吴用道："你等须要仔细，可攻则攻，否则我即前来接应。须知本统领一视同仁，并没有异心相待呢。"还要掩饰。吴用等唯唯而出。宋江语吴用道："我实不耐受这恶声，若非张知州恩义，我仍返梁山泊去。"吴用道："梁山泊亦非安乐窝，我等且去破了杭州，聊报张州官知遇。此后大家同去埋迹，做个逍遥自在的闲民，可好么？"宋江道："这恰甚是。"言已，即带领百余人，先行登程。兴宗所派的裨将亦随后进发。将到杭州，方军扼要驻守，均被百余人击退，乘势进薄城下。官军亦随至杭州，惟不敢近城，却在十里外，扎住营寨。

宋江与吴用计议道："看来官军是靠不住的，我等只有百余人，就使个个努力，亦怎能破得掉这座坚城？"吴用也皱起眉来，半晌才道："我等且退，慢慢儿计议罢！"道言未绝，忽见城门大开，方七佛驱众杀出，吴用忙命党徒退去。七佛等追了一程，遥望前面有兵营驻扎，恐防有失，乃回军入城。吴用见贼众已回，方择地安营。当夜编党徒为数队，令他潜往城下，分头探察，如或有隙可乘，速即报知。各人应声去讫。到了夜静更阑，才一起一起的回来，多说是守备甚坚，恐难为力，不如待大军到来，并力攻城。独浪里白条张顺奋然入报道："我看各处城门，统是关得甚紧，惟涌金门下，恃有深池，与西湖相通，未曾严备。待我跳入池中，乘夜混入，放火为号，斩关纳众，不怕此城不破。"吴用沉思多时，方道："此计甚险，就使张兄弟得入杭城，我等只有百余人，亦不足与守贼对敌，须通知官军，一同接应。"宋江道："这却是最要紧的。"鼓上蚤时迁道："艮山门一带，间有缺堞未修，也可伺黑夜时候，扒入城去。"吴用道："这还是从涌金门进去，较为妥当。"商议已定，遂于次日下午，将密计报闻官军。官军倒也照允，待至夜餐以后，张顺扎束停当，带着利刃，入帐辞行。吴用道："时尚早哩。且只你一人前去，我等也不放心，应教阮家三兄弟，与你同行。"张横闻声趋进道："我亦要去。"*兄弟情谊，应该如此。*吴用道："这却甚好，但或不能得手，宁可回来再商。"张顺道："我不论好歹，总要进去一探，虽死无恨。"*已寓死谶。*言已即出。

张横与阮家兄弟一同随行，趱至涌金门外，时将夜半，远见城楼上面，尚有数人守着。张顺等即脱了上衣，各带短刀，攒入池内，慢慢儿摸到城边。见池底都有铁栅拦定，里面又有水帘护住，张顺用手牵帘，不防帘上系有铜铃，顿时乱鸣。慌忙退了数步，伏住水底。但听城上已喧声道："有贼有贼！"哗噪片时，又听有人说道："城外并无一人，莫非是湖中大鱼，入池来游么?"既而哗声已歇，张顺又欲进去。张横道："里面有这般守备，想是不易前进，我等还是退归罢。"三阮亦劝阻张顺，顺不肯允，且语道："他已疑是大鱼，何妨乘势进去。"一面说，一面游至栅边，栅密缝窄，全身不能钻入。张顺拔刀砍栅，分毫不动，刀口反成一小缺。他乃用刀挖泥，泥松栅动，好容易扳去二条，便侧身挨入。那悬铃又触动成声，顺正想觅铃摘下，忽上面一声怪响，放下闸板，急切不及退避，竟赤条条被他压死。然是可怜。张横见兄弟毕命，心如刀割，也欲撞死栅旁。亏得阮家兄弟将他拦住，一齐退出，仍至原处登陆，衣服具在，大家忙穿好了，只有张顺遗衣由张横携归。物在人亡，倍加酸楚。这时候的宋江、吴用等已带着官军，静悄悄的绕到湖边，专望城中消息，不防张横等跟踉奔来，见了宋江，且语且泣。张横更哭得凄切。吴用忙从旁劝住，仍转报官军，一齐退去。尚幸城中未曾出追，总算全师而退，仍驻原寨。

越日，中军统制王禀率部到来，宋江等统去谒见。王禀问及一切，由宋江详细陈明。他不禁叹息道："烈士捐躯，传名千古，我当代为申报。惟闻城内贼众，多至数万，辛统领仅拨千人，助壮士们来攻此城，任你力大如虎，也是不能即拔，我所以即来援应。今日且休息一宵，明日协力进攻便了。"与兴宗性质不同。宋江等唯唯而出。

翌日黎明，王禀传命饱餐，约辰刻一同进军，大众遵令而行。未几已至辰牌，便拔寨齐起，直捣城下。方七佛开城搦战，两阵对圆，梁山部中的战士，先奋勇杀出，搅入方七佛阵中。王禀也驱军杀上，方七佛遮拦不住，即麾军倒退。急先锋索超、赤发鬼刘唐等大声呼道："不乘此抢入城中，报我张兄弟仇恨，尚待何时?"党徒闻言，均猛力追赶。看看贼众俱已入城，城门将要关闭，刘唐等抢前数步，闯入门中，舞刀杀死三五个门卒，急趋而进。不防里面尚有重闉，已经紧闭，眼见得不能杀入，只好退回。行近门首，城上又坠下闸板，将刘唐等关入城闉顿时进退无路，被守贼开了内城，一哄杀出。刘唐等料无可逃，拼命与斗，杀死守贼多人，等到力竭声嘶，不是被戕，就是自尽。又是一挫。宋江等留驻城外，无法施救，只眼睁睁的探望城头，不到一时，已将刘唐等首级悬挂出来。可怜宋江以下统是咬牙切齿，恨不得将城踏破。可奈王禀已传令回军，只好退归原寨。是夕，时迁与同党密约，自去扒城，将到城头，蓦见有一大蛇，长可丈许，昂头吐舌，蜿蜒而来，那时心中大骇，一个失足，坠落城下，脑浆迸裂，死于非命。同党赶紧舁回，还算是个全尸，不致身首异处。看官试想！城中正在守御，哪里来的大蛇？相传此蛇是用木制成。夜间特地设着，借吓官军。时迁不知是假，竟为所算。做了一生的窃贼，到此亦遭贼算，可谓果报昭然。

宋江闻时迁又死，越觉愁闷。吴用也急得没法，闷守了一两日，忽由王禀召他入商。宋江偕吴用进见，王禀道："此城只可智取，不可力攻，现有侦卒来报，钱塘江中有贼粮运到，我想派诸位同去夺粮，若能得手，守贼无粮可依，当不战自溃了。"吴用拍手道："不必夺粮，就此可以夺城。"王禀忙问何计，吴用请屏去左右，密与王禀谈了数语，王禀大喜。宋江、吴用返入本营，即令凌振、杜兴、李云、石秀、邹渊、邹润、李立、穆春、汤隆及三阮、二童等人扮作梢公，扈三娘、顾大嫂、孙二娘扮作梢婆，并将兵械炮石等物装入袋中，充作粮米，用军船载运，从内河绕出外江，往随粮船后面。适值城中贼众，开城纳船，各粮船鱼贯而入，假粮船亦尾随进去，城门复闭。贼众正要逐船看验，忽报官军攻城，急忙登陴拒守。官军猛扑至晚，守贼只管抵御，无暇顾及粮船。凌振等乘隙行事，将袋中兵械炮石潜行运出，弃舟上岸。寻至僻处，放起号炮，霎时间满城鼎沸，方七佛忙下城巡逻。城上守御顿疏，那梁山部中的武松、李逵等人便架梯登城，守贼纷纷逃窜。王禀亦督众随入，杀毙贼众无数。

　　方七佛料不能支，开了南门，向西逸去。武松见七佛窜出，飞步追赶，也不及招呼同党，只是大胆驰行。七佛手下尚有数十骑，回顾背后有人追来，欺他子身孤影，便回马与战。武松虽然力大，究竟双手不敌四拳，斗了片刻，左臂忽被砍断，险些儿晕倒地上。七佛跳下了马，招呼从贼。来取武松性命，忽劈面一阵阴风，吹得头眩目迷，竟致倒地。可巧张横等也已赶到，你刀我斧，杀死七佛从骑。武松见有帮手，精神陡振，即将七佛揿住，张横忙替他反缚，牵押而归。俗称武松独手擒方腊，想即由此误传。行了数步，张横问武松道："武二哥！曾见我兄弟么？"武松道："约略看见，可惜未曾瞭明。"张横道："我也这般，想是阴灵未散，来助二哥。"武松道："是了，是了。"及返入城中，余贼已经荡尽。当将方七佛推至军前，由王禀验明属实，遂摆了香案，剥去七佛衣服，作为牺牲。当下剖腹取心，荐祭张顺等一班烈士。小子有诗叹道：

　　　　休言草泽乏英雄，效顺王家肯死忠。
　　　　香火绵延祠墓在，浙西尚各仰英风。

　　祭毕，王禀拟论功加赏，忽闻辛兴宗、杨惟忠等到来，免不得出城相迎。欲知后事如何，容至下回再叙。

　　本回叙宋江归降，及克复杭城诸情形，事虽不见正史，而稗乘中固尝载及。且证诸杭人所言，更属历历可考。张顺也，时迁也，武松也，祠墓犹存，杭人犹尸祝之。倘非立功杭地，谁为之立祠而表墓者？惟俗小说中，有授宋江为平南都总管，令率全部往讨方腊，此乃子虚乌有之谈，不足凭信。即如武松独手擒方腊事，亦属以讹传讹。方腊为韩世忠所擒，正史中曾叙及之。况腊在睦州，不在杭州，其谬可知。作者虽有闻必录，而笔下自有斟酌，固非信手掇拾者所可比也。

第五十七回

入深岩得擒叛首　征朔方再挫王师

　　却说辛兴宗、杨惟忠等到了杭州，由王禀迎入城内。王禀即与言破城情形，并归功宋江、吴用等人。兴宗道："宋江本是大盗，此次虽破城有功，不过抵赎前罪罢了。"王禀道："他手下已死了多人，应该奏闻朝廷，量加抚恤。"兴宗摇首不答，王禀也不便再议。到了次日，各将拟进攻睦州，宋江等入厅告辞道："江等共百有八人，义同生死，今已多半阵亡，为国捐躯，虽是臣民分内事，但为友谊起见，不免悲悼。且余人亦多疲乏，情愿散归故土，死正首邱，还望各统帅允准！"急流勇退，也是知机。王禀道："你等不愿随攻睦州么？"说着，见武松左臂已殊，裹创上前道："看我已成废人，兄弟们亦多受伤，如何能进攻睦州？"王禀迟疑半晌，方道："壮士等既决计归林，我亦不便强留。"说至此，即令军官携出白镪若干，散给众人，作为路费。武松道："我却不要。我看西湖景色甚佳，我恰要去做和尚了。"言毕，飘然竟去。宋江以下，有取路费的，有不取的，随即告别自去。王禀尚叹息不置。后来宋江等无所表见，想是隐遁终身。或谓康王南渡时，关胜、呼延灼曾在途次保驾，拒金死节，未知确否？惟武松墓留存西湖，想系实迹，这且搁过不提。了却宋江。

　　且说王禀等既定杭州，遂水陆大举，直向睦州进发。方腊闻报，不觉心胆俱落，急急的遁还清溪。看官道是何故？原来方腊部下的精锐多在杭州，方七佛又是最悍的头目，此次全军陷没，教他如何不惊？就是西路一带，也纷纷懈体。环庆将杨可世由泾县过石壁隘，斩首三千级，进拔旌德县。泾原将刘镇败贼乌村湾，进复宁国县。六路都统制刘延庆又由江东入宣州，与杨可世、刘镇二军会合，同攻歙州。歙州贼闻风宵遁。这时候的杭州军将，也连复富阳、新城、桐庐各县，直捣睦州。睦州贼开城出战，王禀当先驱杀，辛兴宗、杨惟忠等又分两翼夹击，任他贼众如何强悍，也被杀得落花流水，弃城而逃。各路军陆续得胜，拟会合全师，协攻清溪，总道是马到成功，一鼓可歼了。前回叙攻克杭城，是用详笔，此回叙攻克诸城，独用简笔，盖因杭城一下，方腊精锐已尽，所以势如破竹。且宋江攻杭城事，只载稗乘，未见正史，不得不格外从详，此即用笔矫变处，善读者自能知之。

不意霍城一方面，忽闯出一个妖贼，叫作富裘道人，居然响应方腊，甘心奉贼年号，肆行剽掠，迭劫东阳、义乌、武义、浦江、金华及新昌、剡溪、仙居诸县。台、越一带，又复大震。还有衢州余贼，也进逼信州。官军又免不得分援，于是方腊尚得负嵎自固，再作一两月圣公。童贯以各军已逼清溪，不能再退，当拜本再乞调师。徽宗因复遣内官梁昉、监鄜延将刘光世、率兵一千八百余人，讨衢、信贼史珪，监河东将张思正、率兵二千六百余人，讨台、越贼关嫠，监泾原将姚平仲、率兵三千九百余人，讨浙东余党。刘光世至衢，贼首郑魔王披发仗剑，出城迎击，手下亦统是五颜六色的怪饰，好像一群妖魔出现。魔王下应有这般妖魔。官军却也心惊，渐渐退后。光世毅然下令道："他是假术骗人，毫无艺力，众将士尽可向前杀入。就使他有妖术，本统领自能破他，不必惊惧。"将士闻令，各放胆前进，刀枪并举，冲入贼阵。果然贼众不值一扫，碰着枪就行仆地，受着刀即已断头。郑魔王回马就奔，被刘光世连发二箭，迭中项领，一时忍不住痛，猝然晕倒，官军赶将过去，立刻擒来。余党见魔王受擒，哪里还敢入城？四散逃去。光世遂麾兵入城，嗣是复龙游，复兰溪，复婺州。姚平仲亦复浦江县，张思正又复仙居、剡溪、新昌等县。王禀遂专攻清溪，方腊复自清溪奔回帮源峒。禀径入清溪，檄各军会攻方腊，于是刘镇、杨可世、马公直等自西路进，王禀、辛兴宗、杨惟忠、黄迪等自东路进，前后夹攻，戈铤蔽天。腊众据住帮源峒，依岩为屋，分作三窟，各口甚窄，用众守住，居然有一夫当关，万夫莫开的形势。诸将一律纵火，烧入峒口，贼众扼守不住，只好退去。各军士鼓噪而进。既入峒中，又似别有一天，豁然开朗、惟路径丛杂，不知所向，就是捕得贼众，也不肯供出方腊住处，情愿受死。当下沿路搜觅，陆续剿杀，斩首至万余级，仍未得方腊下落。

有一小校挺身仗戈带领同志数人潜行溪谷间，遇一野妇，问明方腊所在野妇却指明行径。他竟直前捣入，格杀数十人，大胆进去，见方腊拥着妇女，尚在取乐，<small>纵乐如恐不及，想亦自知要死。</small>不由的大喝道："叛贼速来受缚！"方腊瞧着，方将妇女推开，拔刀来斗，战不数合，被小校用戈刺伤，活擒而出。看官道小校何人？便是后来大名鼎鼎的韩世忠。<small>世忠为南宋名将，应用特笔。</small>世忠擒住方腊，行至窟口，适值辛兴宗领兵到来，便令世忠放下方腊，饬军士将他缚住，自己带兵，再入窟中，搜得腊妻邵氏、腊子毫二太子并伪将方肥等五十二人一并絷归，所有被掠妇女概置不问。后来上表奏捷，只说方腊是自己擒住，把韩世忠的功劳略去不提。看官你道他刁不刁，奸不奸呢？<small>骂得痛快，并且找足前文。</small>各军复搜荡贼党，总计斩首七万级。还有一班良家妇女，被贼淫掠峒中，自经官军杀入，连衣服都不及穿着，多赤条条的缢死林中。其余胁从诸百姓，尚有四十余万，概令归业。总计方腊作乱，共破六州五十二县，戕平民二百万。官军自出征至凯旋，越四百五十日，用兵至十五万人。方腊解至京师，凌迟处死，妻子皆伏诛。富裘道人旋亦授首。余贼朱言、吴邦、吕师囊、陈十四公等散走两浙，亦先后荡平。有诏改睦州为严州，歙州为徽州。加童贯太师，封楚国公。各路统将俱封赏有差，相率还镇。

会金主命斜也统师侵辽中京，辽兵弃城遁去。金兵进拔泽州，辽主延禧尚在鸳鸯泺会猎，闻报大惊，即率卫士五千余骑，西走云中。途次恐金兵追至，仓忙得很，连传国玺都遗落桑乾河。金斜也复越青岭，令副将粘没喝一译作泥吗哈，即撒改子。出瓢岭两路会合，径袭辽主行宫。辽主计无所出，复乘轻骑入夹山。金兵乘胜攻西京，击败大同府援兵，竟将西京城夺去。复派别将娄室分徇东胜诸州，得将阿疏擒住执送金主。金主数责罪状，阿疏道："我乃是一个破辽鬼，若非我奔至，辽皇帝未必起兵。辽国的上京、中京、西京，怎见得为金所取哩？"虽属强词，却也有理。金主微哂道："你算是一个辩才，我便饶你死罪，活罪却不能宽免呢。"遂将加杖三百，逐出帐外。一面遣使至宋，请速出师攻燕京。是时睦寇初平，徽宗颇有心厌兵，蔡京时已奉诏致仕，独王黼进言道："古人有言：'兼弱攻昧，武之善经'，目前辽已将亡，我若不取，燕、云必为女真所有，中原故地，从此无归还日了。"你想燕、云故土，谁知故土不能重归，反要增他新土呢。徽宗乃决意出师，命童贯为两河宣抚使，蔡攸为副，勒兵十五万，出巡北边，遥应金人。

攸不习戎事，反自谓燕、云诸州唾手可得，遂趾高气扬的入辞帝阙。可巧徽宗左右有二美嫔侍着，攸望将过去，不觉欲火上炎，馋涎欲滴，便大胆指着二嫔，顾语徽宗道："臣得成功归来，请将二美人赐臣！"侮慢极了。徽宗并不加责，反对他微笑。攸复道："想陛下已经许臣，臣去了。"言毕返身自去。中书舍人宇文虚中上书谏阻，王黼恨他多言，改除集英殿修撰。朝散郎宋昭乞诛王黼、童贯、赵良嗣等，仍遵辽约，毋构兵端。疏上后，即有诏革除昭名，窜置海南。王黼就三省置经抚房，专治边事，不关枢密，且括全国丁夫，计口出算，得钱六千二百万缗，充作兵费。并贻童贯书道："太师北行，黼愿尽死力。"童贯遂偕蔡攸出师，浩浩荡荡的到了高阳关。途中遇着辽使，谓："奉天锡皇帝新命，愿与中朝，仍修盟好，宁免岁币，毋轻加兵。"童贯不许，辽使乃去。

　　小子前文所叙，只有辽天祚帝延禧，为什么有夹山天锡皇帝来？析明界限，是著书人惯技。原来辽主延禧走云中，曾留南府宰相张琳、参政李处温与都元帅耶律淳同守燕京。即辽南京。至辽主遁入夹山，号令不通，处温与族弟处能及子奭外联怨军，内结都统萧干，谋立淳为帝。张琳不能阻，遂与诸大臣耶律大石、一译作达什。左弓、虞仲文、曹勇义、康公弼等集蕃汉诸军，趋至淳府，引唐朝灵武故事，劝淳即位。淳不肯从，李奭竟持入赭袍，披上淳身，令百官就列阶前，拜舞山呼。黄袍加身以后，不谓复见此剧。淳推让再三，终不得辞，乃南面即真。遥降辽主延禧为湘阴王，自称天锡皇帝，建元天福，以妻萧氏为德妃，加封李处温为太尉，张琳为太师，改名怨军为常胜军，军中悉委耶律大石，旋闻宋军来攻燕京，因遣使议和。至得使臣返报，已知和议无成，乃遣达什统军御敌，佐以萧干，迎截宋师。

　　童贯用知雄州和诜计议，遍张黄榜，晓谕燕民，旗上悬揭"吊民伐罪"四大字。不足示威，反令人笑。且悬赏购求敌士，谓能归献燕京，当除授节度使。哪知辽人相率观望，并没有箪食壶浆，来迎王师。谐谑语。都统制种师道奉命从征，贯令护诸将进兵，师道入谏道："今日出师，譬如盗入邻家，即不能救，又欲与盗分赃，太师尚以为可行么？"贯叱道："天子有命，何人敢违？你怎得妄言惑众？如或违令，当正军法。"师道叹声而出。贯复命两路进兵，东西并发。东路兵归师道节制，进趋白沟，西路兵归辛兴宗节制，进趋范村。师道不得已，领兵前行。前军统制杨可世，已至白沟，忽见辽兵鼓噪前来，势如狂风骤雨，锐不可当。可世先已生畏，步步退却，那辽兵竟捣入阵中，来击后队。亏得师道先已预备，令军士各持巨梃，严防冲突，即闻前军溃退，忙督持梃兵出阻。两下混战一场，辽兵器械虽利，屡被巨梃格去，自午至暮，辽兵一些儿没有便宜，方才退去。师道亦退回雄州。辛兴宗到了范村，亦被辽兵击败，踉跄遁归。师道犹败，何怪兴宗。

童贯闻两军俱败，正弄得没法摆布，忽闻辽使又至，乃召他入见。辽使语贯道："女真背叛本朝，应亦南朝所嫉视，本朝方拟倚为后援，为什么贪利一时，弃好百年，结豺狼作陋邻，贻他日祸根呢？须知救灾恤邻，古今通义，还望大国统盘筹算，勿忘古礼，勿贻后忧。"看官试想！辽使这番说话乃是理直气壮，教童贯如何答辩得出？当下支吾对付，但说当奏闻朝廷，再行复告。辽使自归，种师道复请与辽和，贯仍不纳，反密劾师道通虏阻兵。王黼从中祖贯，降师道为左卫将军，勒令致仕。用河阳三城节度使刘延庆代任。嗣按徽宗手诏，暂令班师，贯与攸乃相偕还朝。

既而辽耶律淳病死，萧干等奉萧氏为皇太后，主军国事，遥立天祚帝次子秦王定为帝，改元德兴。天祚帝有六子，长名敖卢干，一译作阿喀罕。封晋王，次即秦王定，又次为许王宁，又次为赵王习泥烈，一译作锡里。《辽史·天祚纪》谓天祚四子，赵王居长，皇子表乃有六子，晋王第一，赵王第四，今依表叙明。又次为燕国王挞鲁，梁王雅里。晋王文妃萧氏，小字瑟瑟，才貌双全，尝因天祚帝无道将亡，作歌讽谏，歌只二首，第一首中有云："直须卧薪尝胆兮，激壮士之捐身；可以朝清漠北兮，夕枕燕、云。"这四语，传诵一时，偏天祚帝引为深恨。枢密使萧奉先为秦、许两王母舅，恐秦王不得嗣立，因欲谋害晋王，遂诬文妃与驸马萧昱及妹夫耶律余睹等有拥立晋王情事。天祚帝遂赐文妃死，并杀萧昱等人。独耶律余睹脱身降金。金兵入辽，曾用余覩为向导。萧奉先又因此入谗，缢杀晋王敖卢斡。及天祚帝遁入夹山，始悟奉先不忠，把他驱逐。奉先欲奔金，被辽军擒还，令他自尽。到了耶律淳疾笃，与李处温、萧干商议，欲迎立秦王。处温虽然面允，颇蓄异图。萧德妃称制，闻处温将通使金、宋，卖国求荣，乃将他处死，并置衅磔刑。

自是萧干专政，人心颇贰。消息传至宋廷，王黼又入白徽宗，申行北伐，因复命童贯、蔡攸整军再出。辽常胜军统帅郭药师留守涿州，闻宋师又至，集众与语道："天祚失国，女政不纲，宋师又复压境，看来燕京以南，必归中国。男儿欲取斗大金印，何必恋恋宗邦，不思变计呢？"后来由宋降金，亦本此意。部众应声道："唯统帅命！"药师遂率所部八千人，及涿、易二州版图，诣童贯处乞降。贯大喜，立即表奏，有诏授药师为恩州节度使，令所部归刘延庆节制。延庆奉童贯军令，出发雄州，用药师为前驱，领兵十万人，渡越白沟。延庆部下多无纪律，药师入谏延庆道："今大军拔寨启行，多不戒备，若敌人置伏邀击，首尾不相应，不就要望尘奔溃么？"延庆不从。行至良乡，辽萧干率众冲来，宋师略略与战，便即退走，被辽兵驱杀一阵，伤毙甚多。延庆收集败众，闭垒不出。药师又复献计道："萧干兵不过万人，今悉力拒我，燕山必虚，愿得奇兵五千，倍道掩袭，定可得胜。惟请公次子光世策兵援应，万不可误！"药师此计，却是可用。延庆许诺，遂遣大将高世宣、杨可世与药师引兵六千，乘夜渡过芦沟，兼程而进。到了黎明，辽常胜军偏帅甄五臣已得消息，亟率五千骑入燕城，药师等继至，城中已有人守备，经宋军猛攻数次，得入外城，遂遣使促萧后出降。萧后已密报萧干，干急率精兵三千，还燕巷战。药师只望刘光世来援，不意杳无影响。甄五臣又复杀出，害得药师等前后受敌，只好与可世一同弃马，缒城奔回。世宣竟战死城中。刘延庆进驻芦沟，既不派遣光世，复不追蹑萧干，真是没用的饭桶。被萧干出截饷道，擒去护粮将王渊及汉军二人，用布蔽目，羁留帐中。夜半却假意相语道："我军三倍宋军，明晨当分为三队，出击宋营。最精锐的兵士，可冲他中坚，左右翼为应，举火为号，好杀他片甲不回。"说罢，又阴纵一人出帐，令他还报。果然延庆中计，信为真言，待至明旦，遥见火起，疑是辽兵大至，烧营急遁，士卒自相践踏，死亡过半。萧干即纵兵追至涿水，方才退归。燕人知宋无能为，或作赋，或歌诗，讥讽宋军。延庆却没情没绪的，退保雄州，检查军实，丧失殆尽。小子有诗叹道：

痴心只望复燕、云，庸帅何堪领六军？
一败已羞偏再败，寇氛从此溢河汾。

宋师既败，童贯无法可施，没奈何遣使至金，求他夹攻燕京。毕竟燕京为谁所夺？待至下回表明。

方腊之乱，虽残破六州，究之小丑跳梁，容易荡平，乃犹调兵至十五万，劳师至四百五十日，方得穷溪荡穴，削平叛逆。原其擒渠之力，实出小校韩世忠之手，而于诸将无与，遑论童贯？贯竟偭为首功，晋爵太师，封公楚国，何其滥赏若此！未几而即有征辽之役，彼殆狃于小胜，而以为无功不可成者？讵知辽虽弩末，敌宋尚且有余，一出即败，再出复溃，不能制辽，安望制金？迨辽亡而宋自随之矣。夫燕本可图，而图者非人，望福而反以徼祸，谁谓功可妄觊乎？君子是以嫉贼臣。

第五十八回

夸功铭石艮岳成山 覆国丧身屏辽绝祀

却说童贯两次失败，无法图燕，又恐徽宗诘责，免不得进退两难。当下想了一策，密遣王瓌如金，请他夹攻燕京。金主也使蒲家奴—译作普嘉努。至宋，以出兵失期相责。徽宗复使赵良嗣往金，金主旻道：旻即阿骨打改名。"汝国约攻燕京，至今尚未成功，反要我国遣兵相助，试思一燕京尚不能下，还想什么十余州？我今发兵攻燕，总可得手，我取应归我有。不过前时有约，我不能忘，灭燕以后，当分给燕京及蓟、景、檀、顺、涿、易六州。"良嗣道："原约许给山前山后十七州，今乃只许六州，未免背约，贵国不应自失信义。"金主道："前约原是有的，但十七州为汝国所取，我应让给。目今除涿、易二州自降汝国外，汝国曾取得一州否？"应该嘲笑。良嗣道："我国曾发兵遥应，牵制辽人，所以贵国得安取四京。"金主勃然道："汝国若不发兵，难道我不能灭辽么？现在汝国攻燕不下，看我遣兵往攻，能取得否？"由他自夸。良嗣尚欲再辩，金主起身道："六州以外，寸土不与。"言至此，返身入内，良嗣怅然退出。

既而金主使李靖伴良嗣归，止许山前六州。徽宗复遣良嗣送还，命于六州以外，求营、平、滦三州。良嗣尚未到金，金已出兵三路，进攻燕京。辽萧后上表金邦，求立秦王定，愿为附庸，金主不许。表至五上，仍然未允。萧后乃遣劲兵守居庸关，金兵到了关下，辽兵正思抵御，不料崖石无故坍下，压死多人，大众哗然退走，金兵遂越关南进。辽统军都监高六等送款降金，金主闻燕京降顺，也即趋至，率兵从南门入。辽相左企弓，参政虞仲文、康公弼，枢密使曹勇义、张彦忠、刘彦义等，奉表诣金营请罪，金主一律宽免，令守旧职，并遣抚燕京诸州县。独萧德妃与萧干乘夜出奔，自古北口趋天德，于是辽五京均为金有了。宋人攻辽如此其难，金人破辽如此其易，人事耶？天命耶？

赵良嗣转至金军，乞界平、营、滦三州。金主哪里肯从，但遣使送良嗣归，且献辽俘。试问宋知自愧否？徽宗与王黼还是痴心妄想，令良嗣再去要求，金主非但不允所请，还要将燕京租税，留为己有。良嗣道："有土地必有租税，土地界我，难道租税独不归我么？"粘没喝在旁厉声道："若不归我租税，当还我涿、易诸州。"良嗣只允输粮二十万石。片语偏种祸根。金又遣使李靖等与良嗣至宋，请给岁币且及租税。王黼议岁币如辽额，惟燕京租税不能尽与金人。当又命良嗣赴金，先后往还数次，金主定要硬索租税，经良嗣再四力争，尚要每年代税钱一百万缗。粘没喝且只肯让给涿、易二州。降臣左企弓又作诗献金主云："君王莫听捐燕议，一寸山河一寸金。"你既晓明此意，为何把燕京降金？还是金主顾念前盟，才定了四条和约：（一）是将宋给辽岁币四十万，转遗金邦。（二）是每岁加给燕京代税钱一百万缗。（三）是彼此贺正旦生辰，置榷场交易。（四）是燕京及山前六州归宋，所有山后诸州，及西北接连一带山川，概为金有。良嗣不肯承认，返至雄州，着人递奏，自在雄州待命。王黼料难与争，遂怂恿徽宗，勉从金议，遥令良嗣再往允约。金主乃使扬璞赍了誓书及让给燕京六州约文呈入宋廷。有诏令童贯、蔡攸入燕交割，谁料到燕京城内，所有职官富民、子女玉帛、统已被金人掠去，单剩了一座空城。余如檀、顺、景、蓟诸州也与燕京相似。交割既毕，金主旋师。童贯、蔡攸亦奉诏还朝。

贯且奏称："燕城老幼，伏道迎谒，焚香称寿。"徽宗特下赦诏，布告燕、云，命左丞王安中为庆远军节度使，兼河北、河东、燕山路宣抚使，知燕山府。郭药师为检校少保，同知府事。一面召药师入朝，格外优待，并赐他甲第姬妾，与贵戚大臣更互设宴。又命至后园延春殿觐见，药师且拜且泣道："臣在房中，闻赵皇如在天上，不意今日得觐龙颜。"徽宗闻言喜甚，极加褒奖，并谕他捍守燕京，作为外蔽。药师忙答道："愿效死力。"徽宗又命他追取天祚帝。药师竟变色道："天祚帝系臣故主，臣不敢受诏，请转命他人。"言下涕泣如雨。所谓小信固人之意，小忠动人之心。徽宗称为忠臣，自解所御珠袍，及二金盆，赏给药师。狼子野心，岂小恩所足要结？药师拜领出殿，即将金盆翦给部众，且语众道："此非我功，乃是汝等劳力至此，我怎得坐享厚赐呢？"无非做作。越日，又加封少傅，遣他还镇。童贯、蔡攸等还都复命，徽宗进封贯为徐豫国公，攸为少师，赵良嗣为延康殿学士，并命王黼为太傅，总治三省事，特赐玉带，郑居中为太保。居中自陈无功，不愿受命，未几入朝遇疾，数日而卒。几做郑康国第二。

是年适万岁山成，改名艮岳，遂将朱勔载归的大石，运至山顶，兀然峙立。因新得燕地，特赐嘉名，号为昭功敷庆神运石。看官记着！这万岁山的经营，自政和七年创造，至宣和四年乃成，其间六易寒暑，工役至千万人，耗费且不可胜计，地址在上清宝箓宫东隅，周围十余里。初名万岁山，嗣因山在国都的艮位，因改号艮岳。看不完的台榭宫室，说不尽的靡丽纷华。曾由徽宗自作《艮岳记》，标明大略。看官试拭目览观，容小子录述出来。记曰：

尔乃按图度地，庀徒僝工，累土积石，设洞庭、湖口、丝溪、仇池之深渊，与泗滨、林虑、灵璧、芙蓉之诸山。最瑰奇特异瑶琨之石，即姑苏、武林、明越之壤，荆、楚、江、湘、南粤之野。移枇杷、橙柚、橘柑、椰榢、荔枝之木，金蛾、玉羞、虎耳、凤尾、素馨、渠那、茉莉含笑之草，不以土地之殊，风气之异，悉生成长养于雕栏曲槛，而穿石出罅，冈连阜属，东西相望，前后相续。左山而右水，沿溪而傍陇，连绵弥满，吞山怀谷。其东则高峰峙立，其下植梅以万数，绿萼承跗，芬芳馥郁，结构山根，号绿萼华堂。又旁有承岚昆云之亭，有屋内方，外圆如半月，是名书馆。又有八仙馆，屋圆如规。又有紫石之岩，祈真之磴，揽秀之轩，龙吟之堂。其南则寿山嵯峨，两峰并峙，列嶂如屏。瀑布下入雁池，池水清泚涟漪，凫雁浮泳水面，栖息石间，不可胜计。其上亭曰噰噰，北直绛霄楼，峰峦特起，千叠万复，不知其几十里，而方广兼数十里。其西则参术杞菊，黄精苨荙，被山弥坞，中号药寮。又禾麻菽麦，黍豆杭秫，筑室若农家，故名西庄。有亭曰巢云，高出峰岫，下视群岭，若在掌上。自南徂北，行冈脊两石间，绵亘数里，与东山相望，水出石口，喷薄飞注如兽面，名之曰白龙渊，濯龙峡，蟠秀练光，跨云亭，罗汉岩。又西半山间，楼曰倚翠，青松蔽密，布于前后，号万松岭。上下设两关，出关下平地，有大方沼，中有两洲，东为芦渚，亭曰浮阳，西为梅渚，亭曰雪浪。沼水西流为凤池，东出为研池，中分二馆，东曰流碧，西曰环山。馆有阁曰巢凤，堂曰三秀，以奉九华玉真安妃圣像。一宠妃耳，为之立像，又称为圣，徽宗之昏谬可知。刘妃卒于宣和三年，追赠皇后。东池后结栋山，下曰挥云厅。复由磴道盘行萦曲，扪石而上。既而山绝路隔，继之以木栈，倚石排空，周环曲折，如蜀道之难跻攀。至介亭最高诸山，前列巨石，凡三丈许，号排衙。巧怪巉岩，藤萝蔓衍，若龙若凤，不可殚穷。丽云半山居右，极目萧森居左，北俯景龙江，长波远岸，弥十余里。其上流注山涧，西行潺湲，为漱玉轩，又行石间，为炼丹亭，凝观圈山亭。下视水际，见高阳酒肆清漸阁。北岸万竹，苍翠翁郁，仰不见天。有胜筠庵，蹑云台，消闲馆，飞岑亭，无杂花异木，四面皆竹也。又支流为山庄，为回溪，自山溪石罅寨条下平陆，中立而四顾，则岩峡洞穴，亭阁楼观，乔木茂草，或高或下，或远或近，一出一入，一荣一雕，四面周匝，徘徊而仰顾，若在重山大壑深谷幽崖之底，不知京邑空旷，坦荡而平夷也。又不知郛郭寰会，纷萃而填委也。真天造地设，人谋鬼化，非人力所能为者，此举其梗概焉。

看官阅视此文，已可知是穷工极巧，光怪陆离。还有神运石旁，植立两桧，一因枝条夭矫，名为朝日升龙之桧，一因枝干偃蹇，名为卧云伏龙之桧，俱用金牌金字，悬挂树上，徽宗又亲题一诗云：

　　拔翠琪树林，双桧植灵圃。上稍蟠木枝，下拂龙髯茂。撑拿天半分，连卷虹两负。为栋复为梁，夹辅我皇构。

后人谓徽宗此诗，已寓隐谶，"桧"即后来的秦桧，"半分"、"两负"，便是南渡的预兆。着末一"构"字，又是康王的名讳，岂不是一种诗谶么？未免附会。当时各宦官争出新意，土木已极宏丽，只有巧禽罗列，未能尽驯，免不得引为深虑。

适有市人薛翁善豢禽兽，即请诸童贯，愿至艮岳山值役。贯许他入值，他即日集舆卫，鸣骅张盖，随处游行。一面用巨盘，盛肉炙粱米，自效禽言，呼鸟集食。群鸟遂渐与狎，不复畏人，遂自命局所曰来仪所。一日，徽宗往游，闻清道声，翔禽毕集，作欢迎状。薛翁先用牙牌奏道："旁道万岁山瑞禽迎驾。"徽宗大喜，赐给官阶，赍予加厚。又就山间辟两复道，一通茂德帝姬宅，一通李师师家。徽宗游幸艮岳，辄乘便至两家宴饮。嗣因万寿峰产生金芝，复更名寿岳。惟徽宗喜怒无常，嗜好不一，土木神仙，声色狗马，无不中意。但往往喜新厌故，就是待遇侍臣，也忽然加膝，忽然坠渊。最宠用的是蔡京，然尝三进三退，其次莫如道流，王仔昔初甚邀宠，政和七年，林灵素将他排斥，与内侍冯浩诖谇，即把仔昔下狱处死。灵素得宠数年，至宣和二年春季，因他不礼太子，也斥还故里。就是童贯、蔡攸收燕归来，当时是一一加封，备极恩遇，未几又嫌他骄恣，渐有后言。王黼、梁师成共荐内侍谭稹，才足任边，可代童贯。乃令贯致仕。授谭稹两河、燕山路宣抚使，稹至太原，招朔、应、蔚诸州降人，为朔宁军，威福自恣，遂又酿出宋、金失和的衅隙来了。都是这班阉人，摇动宋室江山。

　　先是辽天祚帝延禧遁入夹山，接前回。复为金兵所袭，转奔讹莎烈，一译作郭索勒。且向夏主李乾顺处求援。夏师统军李良辅率兵三万往援辽主。到了宜水，被金将干鲁、娄室等娄室一译作洛索。一阵杀败，匆匆逃归。经过野谷，又遇涧水暴发，漂没多人。夏兵不敢再发，辽主越觉穷蹙。金将干离不一译作干喇布。复与降将余睹追袭辽主至石辇驿。金兵不过千人，辽兵却有二万五千，辽兵以我众彼寡，定可获胜，遂命副统军萧特烈与战，自率妃嫔等登山遥观。不意余睹指示金兵上山掩击，辽主猝不及防，慌忙遁走，辽兵亦因此大溃，所有辎重，尽被金兵夺去。及辽主奔至四部族，萧德妃亦自天德趋至，与辽主相见。辽主竟将萧德妃杀死，追降耶律淳为庶人。

　　独萧干别奔卢龙镇，招集旧时奚人及渤海军，自立为奚国皇帝，改元天复。奚本契丹旧部，与辽主世为婚姻，本姓舒噜氏，后改萧氏，所以契丹初兴，史官或称他为奚契丹。萧干既自称奚帝，当然与辽主反对，《通鉴辑览》中，改萧干名为和勒博，本书仍称萧干，免乱人目。辽主方命都统耶律马哥往讨萧干。哪知金将干鲁、干离不等又统兵追蹑前来。辽主闻着金兵，好似犬羊遇虎一般，未曾相见，早已胆落，急忙逃往应州。干鲁等掳得辽将耶律大石，用绳牵住，令为向导，穷追辽主。途中被他赶着，把秦王定、许王宁、赵王习泥烈及诸妃公主并从臣等尽行拿住。惟辽主尚在前队，抱头窜去。季子梁王雅里及长女特里幸有太保特母哥一译作特默格。护着，乘乱走脱。辽主尽失属从，凄惶万状，还恐金兵在后追赶，乃遣人持兔纽金印，向金军前乞降，自己觑西走云内。旋得去使持还复书，援石晋北迁事，待遇辽主。契丹曾虏晋出帝。降为负义侯，置黄龙府。辽主又答称乞为子弟，量赐土地，干离不不许。辽主欲奔依西夏，萧特烈谏阻不从，遂渡河西行。特烈竟劫梁王雅里走西北部，拥立为帝，改元神历。不到数月，雅里竟死。有辽宗室耶律术烈辽兴宗宗真孙。随着，又由特烈等辅立。阅二十余日，竟遭兵乱，靺烈被弑，特烈亦死于乱军中。

　　萧干自为奚帝后，恰驱众出卢龙岭，攻破景州，继陷蓟州，前锋直逼燕城。郭药师麾众出战，大败萧干，乘胜追越卢龙岭，杀伤大半。萧干败遁，其下耶律阿古哲把他杀死，将首级献与药师。药师函首送京，得加封太尉。

　　那时辽地尽失，仅存一天祚帝，奔走穷荒，满望至西夏安身，免为俘虏。偏金人厉害得很，先遣使贻书夏主，令执送天祚帝，当割地相赠。夏主乾顺拒绝辽主，且遥奉誓表，愿以事辽礼事金，金遂如约畀地，令粘没喝割下寨以北，阴山以南，及乙室邪剌部，一译作伊锡伊喇部。吐禄、一译作图噜。洌西地与夏。夏与金自此通好，信使不绝。惟辽主不得往夏，再渡河东还，适值耶律大石自金逃归，辽主责大石道："我尚未死，你何敢立淳？"大石答道："陛下据有全国，不能一次拒敌，乃弃国远逃，就是臣立十淳，均是太祖子孙，比诸乞怜他族，不较好么？"辽主不能答，反赐他酒食，仍令随驾。会有乌古迪里部谟葛失一译作玛克锡。迎辽主至部，奉承惟谨。辽主再出兵，收复东胜诸州，到了武州，与金人接战，败走山阴。徽宗欲诱致延禧，令番僧赍书往迎，许以帝礼相待。辽主初欲南来，继思宋不可恃，拟奔党项。途次复遇金兵，恐为所见，忙弃马窜免。途穷日暮，竟至绝粮，沿途啮冰饮雪，聊充饥渴，好容易到了应州东鄙，被金将娄室追及，活捉而去。金废他为海滨王，未几将他杀死，用万马践尸。辽亡。总计辽自太祖阿保机称帝，共历八主，凡二百有十年。惟耶律大石西走可敦城，可敦一译作哈舌。会集西鄙七州十八部，战胜西域，至起儿漫一译作克将木。地方，自称天祐皇帝，改元延庆。妻萧氏为昭德皇后，又绵延了三世，历史上号为西辽。小子有诗叹天祚帝道：

> 朔漠纵横二百年，后人失德祀难延。
> 从知兴替皆人事，莫向虚空问昊天。

辽亡以后，金欲恃强南下，正苦无词可借，偏宋人自去寻衅，引他进来，看官试阅下回，自知详情。

> 费无数心力，劳无数兵民，仅得七空城，反欲铭
> 功勒石，何其侈也？艮岳山之成，需时六年，内恣侈

乐，外矜挞伐，天下有如是淫昏之主，而能长保国祚耶？夫辽天祚亦一淫昏主耳，弃国远奔，流离沙漠，卒之身为金虏，万马践尸。徽宗苟有人心，应知借鉴不远。况国势孱弱，比辽为甚，辽不能敌金，宋且不能敌辽。燕、云之约，金敢背之，其蔑宋之心，已可概见。此时励精图治，犹且不遑，遑敢恣肆乎？故吾谓北有辽天祚，南有宋徽宗，天生两昏君，相继亡国，实足为后来之鉴。后人鉴之而不知惩，亦使后人而复哀后人也。

第五十九回

启外衅胡人南下　定内禅上皇东奔

却说宣和五年六月，金平州留守张瑴或作觉。或作珏。归宋，大书特书，为宋、金启衅张本。瑴本仕辽，为辽兴军节度副使，辽主走山西，平州军乱，瑴入抚州民，因知州事。金既灭辽，仍令瑴知平州，寻改平州为南京，命瑴留守。会金驱辽相左企弓、虞仲文、曹勇义、康公弼等及燕京大家富民悉行东徙。道出平州，燕民不胜困苦，入语瑴道："左企弓等不能守燕，害得我等百姓流离道旁，今公仍拥巨镇，握强兵，何不为辽尽忠，令我等重归乡土，勉图恢复呢?"瑴闻言不禁心动，遂召诸将商议。诸将如燕民言，且谓："复辽未成，亦可归宋。"瑴乃至滦河西岸，召左企弓等数人，数他十罪，一一绞死，掷尸河中。仍守辽正朔，榜谕燕民复业，燕民大悦。瑴恐金人来讨，乃遣张钧、张敦固持书至燕山府，愿以平州归宋。宣抚使王安中喜出望外，立即奏闻。王黼亦以为奇遇，劝徽宗招纳降臣。但管目前，不顾日后。赵良嗣进谏道："国家新与金盟，若纳降张瑴，必失金欢，后不可悔。"徽宗不从，反斥责良嗣，坐削五阶。即诏安中妥加安抚，并蠲免平州三年常赋。

看官！你想金邦方当新造，强盛无比，怎肯令张瑴叛逆，不加讨伐？当即遣干离不、阇母等督兵攻平州。阇母率三千骑，先至城下，见城上守备颇严，暂行退去。瑴即捏报胜仗，有诏建平州为泰宁军，授瑴节度使，犒赏银绢数万。朝使将至平州，觳出城远迎，不料干离不乘虚掩击，设伏诱觳。觳闻警还援，遇伏败走，宵奔燕山。平州都统张忠嗣及张敦固开城出降，干离不令敦固还谕城中，并遣使偕入。城中人杀死金使，推敦固为都统，闭门固守。干离不大怒，遂督众围城，一面向燕山府索交张觳。王安中见觳奔至，匿留不遣，偏金使屡来索取，安中没法，只好将貌与觳相似的军民杀了一个，枭首畀金。妄杀平民，成何体制？金使持去，既而又来，把首掷还，定要索张觳真首级，否则移兵攻燕。安中又惊惧异常，奏请杀觳畀金，免启兵端。徽宗不得已，准奏。安中遂缢杀张觳，割了首级，并执觳二子送金。

燕降将及常胜军动了兔死狐悲的观念，相率泣下。郭药师忿然道："金人索觳，即与觳首，倘来索药师，亦将与药师首么？"于是潜蓄异图，讹言百出。安中大恐，力请罢职，诏召为上清宝箓宫使，别简蔡靖知燕山府事。会金主旻病殂，立弟吴乞买，易名为晟，谥阿骨打为"武元皇帝"，庙号"太祖"，改元天会。宋遣使往贺，并求山后诸州，金主晟以新即大位，不欲拒宋，颇有允意。粘没喝自云中驰还，入阻金主。金主乃止许割让武、朔二州，惟索赵良嗣所许粮米二十万石。谭稹答道："良嗣口许，岂足为凭？"因拒绝金使。金人遂怒宋无礼，决意南侵。会阇母攻克平州，杀张敦固，移兵应蔚，势将及燕。宋廷以谭稹措置乖方，勒令致仕，仍起童贯领枢密院事，出为两河燕山路宣抚使。定要令他拱送河山。

时国库余积早已用罄，当童贯伐辽时，已命宦官李彦，括京东西路民田，增收租赋。又命陈遘经制江淮七路，量加税率，号经制钱。至是又因燕地需饷，用王黼议，令京西、淮南、两浙、江南、福建、荆湖、广南诸路编置役夫各数十万，民不即役，令纳免夫钱，每人三十贯。委漕臣定限督缴，所得不到二万缗，人民已痛苦不堪，怨声载道。

　　徽宗尚荒耽如故，每夕微行。王黼奏称宅中生芝，徽宗以为奇异，夜往游观。见堂柱果有玉芝，信为瑞征，倍加喜慰。*芝生堂柱，就使非伪，亦是不祥。*黼设宴款待，并邀梁师成列席。师成自便门进来，谒见徽宗。原来师成私第与王黼毗邻，黼事师成如父，尝称为恩府先生，*应五十三回。*因此开户相通，借便往来。经徽宗问明底细，也欲过去临幸，命从便门越入。师成当然备宴，一呼百诺，厨役立集，不到半时，居然搬出盛肴，宴飨徽宗。徽宗高兴得很，连举巨觥，痛饮至醉。嗣复再至黼宅，继续开宴，酒后进酒，醉上加醉，竟饮得昏昏沉沉，不省人事。*若就此醉死，也省得囚死五国城。*待至五更，方由内侍十余人，拥至艮岳山旁的龙德宫，开复道小门，引还大内。翌日尚不能御殿，人情汹汹，禁军齐集教场，严备不虞。

　　及徽宗酒醒，强起视朝，已是日影过午，将要西斜，惟人心赖以少定。退朝后，适尚书右丞李邦彦入内请安，徽宗与语被酒事。邦彦道："王黼、梁师成交宴陛下，敢是欲请陛下作酒仙么？"徽宗默然不答。看官道邦彦为何等人物？他本是银工李浦子，风姿秀美，质性聪悟，为文敏而且工，初补太学生，旋以上舍及第，授秘书省校书郎，好讴善谑，尤长蹴踘，每将街市俚语集成俚曲，靡靡动人。徽宗喜弄文翰，因目为异才，累擢至尚书右丞，很加宠眷。邦彦自号李浪子，时人称他为浪子宰相。*专用这等人物，如何治国？*此次入见，轻轻一语，便引起徽宗疑心。太子桓尝私嫉王黼，黼欲援立徽宗三子郓王楷，与谋夺嫡。事尚未成，偏彼邦彦探悉，即行密奏，蔡攸又从旁作证。中丞何㮚复论黼专权误国十五事，乃勒黼致仕，擢白时中为太宰，李邦彦为少宰，张邦昌已任中书侍郎，守职如旧。赵野、宇文粹中为尚书左右丞。再起蔡京领三省事。*始终不忘此贼。*

　　京自是已四次当国，两目昏眊，不能视事，*胡不遄死？*一切裁判，均命季子絛取决。絛擅权用事，肆行无忌，白时中、李邦彦等尚畏他如虎，就是他胞兄蔡攸，亦屡讦絛罪，劝徽宗诛絛。好一个大阿哥，竟想大义灭亲。徽宗因勒停侍养，不得干政。攸意尚未释，必欲加罪季弟，且怨及乃父。看官阅过前文，应早知蔡攸父子，统是奸臣，蔡京凤爱季子，早为攸所怀恨，至攸得受封少师，权力与京相等。遂与京分党，父子几成仇敌。父既不忠，子自不孝。由是益加媒孽，接连下诏，褫絛官，复勒京致仕，且复元丰官制，命三公毋领三省事，惟晋封童贯为广阳郡王，令治兵燕山，加意防金。

是时天狗星陨，有声若雷；黑眚现禁中，状如龟，长约丈余，腥风四洒，兵刃不能加，后复出入人家，掠食小儿，二年乃息；都中有酒保朱氏女生髭，长六寸，疏秀若男人；又有卖青果男子，怀孕诞儿；有狐升御榻高坐；又有都门外的卖菜夫至宣德门下，忽若痴迷，释去荷担，戟手詈道："太祖皇帝，神宗皇帝，使我来言，宜速改为要！"逻卒捕他下开封狱，一夕省悟，并不自知前事，狱吏竟将他处死。他若京师、河东、陕西、熙河、兰州等地相继震动，陵谷易处，仓库皆没。种种天变人异杂沓而来。宋廷君臣尚是侈语承平，恬不知惧。

至金使来汴，置酒相待，每将尚方珍宝，移陈座隅，夸示富盛。哪知金人已眈眈逐逐，虎视南方，闻得汴都繁盛，恨不得即日并吞，囊括而去。宣和七年十月，金命斜也为都元帅，坐镇京师，调度军事。粘没喝为左副元帅，偕右监军谷神、一译作固新。右都监耶律余睹自云中趋太原，挞懒一译作达赉，系盈哥子。为六部路都统，率南京路都统阇母、汉军都统刘彦宗、自平州入燕山，两路分道南侵。那宋徽宗尚昏头磕脑，令童贯往议索地事宜。实是做梦。先是金使至汴，徽宗向索山后诸州，金使不允，嗣经往复筹商，才有割让蔚、应二州及飞狐、灵邱二县的允议。至是贯往受地。到了太原，闻粘没喝领兵南下，料知有变，遂遣马扩、辛兴宗赴金军问明来意，并请如约交地。粘没喝严装高坐，胁扩等庭参，如见金主礼。礼毕，扩问及交地事，粘没喝怒目道："尔还想我两州两县么？山前山后，俱我家地，何必多言！尔纳我叛人，背我前盟，当另割数城界我，还可赎罪！"扩不敢再说，与兴宗同还，复告童贯，且请速自备御。贯尚泰然道："金初立国，能有多少兵马，敢来窥伺我朝？"道言未毕，忽报有金使王介儒、撒离拇持书到来。当由贯传令入见。两使昂然趋入，递上书函。贯展阅后，不禁气慑，便支吾道："贵国谓我纳叛渝盟，何不先来告我？"撒离拇道："已经兴兵，何必再告。如欲我退兵，速割河东、河北，以大河为界，聊存宋朝宗社。"贯闻言，舌挢不能下，半晌才道："贵国不肯交地，还要我国割让两河，真是奇极！"撒离拇作色道："你不肯割地，且与你一战何如？"言已，竟偕王介儒自去。

　　童贯心怀畏怯，即欲借赴阙禀议为名，遁还京师。知太原府张孝纯劝阻道："金人败盟，大王应会集诸路将士勉力支持，若大王一去，人心摇动，万一河东有失，河北尚保得住么？"童贯怒叱道："我受命宣抚，并无守土的责任，必欲留我，试问置守臣做什么？"要你做什么郡王？遂整装径行。孝纯自叹道："平日童太师作许多威望，今乃临敌畏缩，捧头鼠窜，有何面目见天子么？"他本不要什么脸面。既而闻金兵攻克朔、代二州，直下太原，遂誓众登城，悉力固守。金兵进攻不下，才行退去。河东路已失二州，燕山路又遭兵祸，干离不等入攻燕山府，知府事蔡靖与郭药师商议，令带兵出御。药师早蓄异心，因蔡靖坦怀相待，不忍遽发，至是与部将张令徽、刘舜仁等率兵四万五千名迎战北河。金兵尽锐前来，药师料不可当，未战先却，被金兵驱杀一阵，败还燕山。至金兵追至城下，他竟劫靖出降。干离不既得药师，燕山州县当然归命，遂用药师为向导，长驱南下，直逼大河。

警报与雪片相似飞达宋廷，徽宗急命内侍梁方平率领禁军往扼黎阳。又用一个阉人。出皇太子桓为开封牧，且饬罢花石纲，及内外制造局，并诏天下勤王。宇文虚中入对道："今日事情危急，应先降诏罪己，改革弊端，或可挽回人心，协力对外。"徽宗忙道："卿即为朕草起罪己诏来。"虚中受命，就在殿上草诏，略云：

> 朕以寡昧之姿，借盈成之业，言路壅蔽，面谀日闻，恩幸持权，贪饕得志，缙绅贤能，陷于党籍，政事兴废，拘于纪年，赋敛竭生民之财，戍役困军旅之力，多作无益，侈靡成风。利源酤榷已尽，而牟利者尚肆诛求。诸军衣粮不时，而食者坐享富贵。灾异迭见，而朕不悟，众庶怨怼，而朕不知，追维已愆，悔之何及！思得奇策，庶解大纷。望四海勤王之师，宣二边御敌之略，永念累圣仁厚之德，涵养天下百年之余。岂无四方忠义之人，来徇国家一日之急，应天下方镇郡县守令，各率众勤王，能立奇功者，并优加奖异。草泽异材，能为国家建大计，或出使疆外者，并不次任用。中外臣庶，并许直言极谏，推诚以待，咸使闻知！

草诏既成，呈与徽宗。徽宗略阅一周，便道："朕已不吝改过，可将此诏颁行。"虚中又请出宫人，罢道官及大晟府行幸局，暨诸局务。徽宗一一照准。并命虚中为河北、河东路宣谕使，召诸军入援。急时抱佛脚，已来不及了。虚中乃檄熙河经略使姚古、秦凤经略使种师中领兵入卫。怎奈远水难救近火，宫廷内外，时闻寇警，一日数惊。金兵尚未过河，宋廷已经自乱，如何拒敌？徽宗意欲东奔，令太子留守。太常少卿李纲语给事中吴敏道："诸君出牧，想是为留守起见，但敌势猖獗，两河危急，非把大位传与太子，恐不足号召四方。"也是下策。敏答道："内禅恐非易事，不如奏请太子监国罢！"纲又道："唐肃宗灵武事，不建号不足复邦，惟当时不由父命，因致贻讥，今上聪明仁恕，公何不入内奏闻？"敏欣然允诺。翌日，即将纲言入奏。徽宗召纲面议，纲刺臂流血，书成数语，进呈徽宗。徽宗看是血书，不禁感动，但见书中写道：

> 皇太子监国，礼之常也。今大敌入攻，安危存亡，在呼吸间，犹守常礼可乎？名分不正而当大权，何以号召天下，期成功于万一哉？若假皇太子以位号，使为陛下守宗社，收将士心，以死悍敌，则天下可保矣。臣李纲刺血上言。

阅毕，徽宗已决意内禅，越日视朝，亲书"传位东宫"四字，付与蔡攸。攸不便多言，便令学士草诏，禅位太子桓，自称道君皇帝。退朝后，诏太子入禁中。太子进见，涕泣固辞。徽宗不许，乃即位，御垂拱殿，是为钦宗。礼成，命少宰李邦彦为龙德宫使，进蔡攸为太保，吴敏为门下侍郎，俱兼龙德宫副使。尊奉徽宗为教主道君太上皇帝，退居龙德宫。皇后郑氏为道君太上皇后，迁居宁德宫，称宁德太后。立皇后朱氏。后系武康军节度使朱伯材女，曾册为皇太子妃，至是正位中宫，追封后父伯材为恩平郡王，授李纲兵部侍郎，耿南签书枢密院事。遣给事中李邺赴金军，报告内禅，且请修好。干离不遣还李邺，即欲北归。郭药师道："南朝未必有备，何妨进行！"坏尽天良。干离不从药师议，遂进陷信德府，驱军而南，寇氛为之益炽。太学生陈东率诸生上书，大略说是：

今日之事，蔡京坏乱于前，梁师成阴贼于内，李彦敛怨于西北，朱勔聚怨于东南，王黼、童贯又从而结怨于辽。金创开边隙，使天下大势，危如丝发。此六贼者，异名同罪，伏愿陛下禽此六贼，肆诸市朝，传首四方，以谢天下。

是书呈入，时已残腊，钦宗正准备改元，一时无暇计及。去恶不急，已知钦宗之无能为。越年，为靖康元年正月朔日，受群臣朝贺，退诣龙德宫，朝贺太上皇。国且不保，还要什么礼仪？诏中外臣庶，直言得失。李邦彦从中主事，遇有急报，方准群臣进言，稍缓即阴加沮抑。当时有"城门闭，言路开，城门开，言路闭"的传闻。忽闻金干离不攻克相、浚二州，梁方平所领禁军大溃黎阳，河北、河东制置副使何灌退保滑州，宋廷惶急得很。那班误国奸臣先捆载行李，收拾私财，载运娇妻美妾、爱子宠孙，一股脑儿出走。第一个要算王黼，逃得最快，第二个就是蔡京，尽室南行。连太上皇也准备行囊，要想东奔了。搅得这副田地，想走到哪里去？

吴敏、李纲请诛王黼等，以申国法。钦宗乃贬黼官，窜置永州，潜命开封府聂昌，遣武士杀黼。黼至雍邱南，借宿民家，被武士追及，枭首而归。李彦赐死，籍没家产。朱勔放归田里。在钦宗的意思，也算从谏如流，惩恶劝善，无如人心已去，无可挽回。金兵驰至河滨，河南守桥的兵士望见金兵旗帜，即毁桥远飏。金兵取小舟渡河，无复队伍，骑卒渡了五日，又渡步兵，并不见有南军前去拦截。金兵俱大笑道："南朝可谓无人。若用一二千人守河，我等怎得安渡哩？"至渡河已毕，遂进攻滑州。何灌又望风奔还。这消息传入宫廷，太上皇急命东行，当命蔡攸为上皇行宫使，宇文粹中为副，奉上皇出都，童贯率胜捷军随去。看官道什么叫作胜捷军？贯在陕西

时，曾募长大少年，作为亲军，数达万人，锡名胜捷军。可改
名败逃军。至是随上皇东行，名为护跸，实是自护。上皇过浮
桥，卫士攀望悲号，贯惟恐前行不速，为寇所及，遂命胜捷军
射退卫士，向亳州进发。还有徽宗幸臣高俅，亦随了同去。
正是：

> 祸已临头犹作恶，法当肆市岂能逃？

上皇既去，都中尚留着钦宗，顿时议守议走，纷纷不一。
究竟如何处置，请试阅下回续详。

　　狃小利而忘大祸，常人且不可，况一国之主乎？
张毅请降，即宋未与金通和，犹不宜纳，传所谓得一
夫，失一国，与恶而弃好，非谋也。徽宗乃贪小失
大，即行纳降，至责言既至，仍函毅首以畀金，既失
邻国之欢，复隳降人之体，祸已兆矣。迨索粮不与，
更激金怒，此时不亟筹守御，尚且观芝醉酒，沉湎不
治，甚至天变儆于上，人异现于下，而彼昏不知，酣
嬉如故，是欲不亡得乎？金兵南下，两河遽失，转欲
卸责于其子，而东奔避敌，天下恐未有骄奢淫纵，而
可冀免祸难者也。故亡北宋者，实为徽宗，而钦宗犹
可恕云。

第六十回

遵敌约城下乞盟　满恶贯途中授首

却说钦宗送上皇出都，白时中、李邦彦等亦劝钦宗出幸襄邓，暂避敌锋。独李纲再三谏阻，钦宗乃以纲为尚书右丞，兼东京留守。会内侍奏中宫已行，钦宗又不禁变色，猝降御座道："朕不能再留了。"纲泣拜道："陛下万不可去，臣愿死守京城。"钦宗嗫嚅道："朕今为卿留京，治兵御敌，一以委卿，幸勿疏虞！"试问为谁家天下，乃作此语？纲涕泣受命。次日，纲复入朝，忽见禁卫环甲，乘舆已驾，将有出幸的情状，因急呼禁卫道："尔等愿守宗社呢，抑愿从幸呢？"卫士齐声道："愿死守社稷。"纲乃入奏道："陛下已许臣留，奈何复欲成行？试思六军亲属均在都城，万一中道散归，何人保护陛下？且寇骑已近，倘侦知乘舆未远，驱马疾追，陛下将如何御敌？这岂非欲安反危吗？"钦宗感悟，乃召中宫还都，亲御宣德楼，宣谕六军。军士皆拜伏门下，山呼万岁。随又命纲为亲征行营使，许便宜从事。纲急治都城四壁，缮修战具，草草告竣，金兵已抵城下，据牟驼冈，夺去马二万匹。

白时中畏惧辞官，李邦彦为太宰，张邦昌为少宰。钦宗召群臣议和战事宜，李纲主战，李邦彦主和。钦宗从邦彦计，竟命员外郎郑望之、防御使高世则、出使金军。途遇金使吴孝民正来议和，遂与偕还。哪知孝民未曾入见，金兵先已攻城，亏得李纲事前预备，运蔡京家山石叠门，坚不可破。到了夜间，潜募敢死士千人缒城而下，杀入金营，斫死酋长十余人，兵士百余人。干离不也疑惧起来，勒兵暂退。

越日，金使吴孝民入见，问纳张觳事，要索交童贯、谭稹等人。钦宗道："这是先朝事，朕未曾开罪邻邦。"孝民道："既云先朝事，不必再计，应重立誓书修好，愿遣亲王宰相，赴我军议和。"钦宗允诺，乃命同知枢密院事李梲偕孝民同行。李纲入谏道："国家安危，在此一举，臣恐李梲怯懦，转误国事，不若臣代一行。"钦宗不许。李梲入金营，但见干离不南面坐着，两旁站列兵士都带杀气，不觉胆战心惊，慌忙再拜帐下，膝行而前。我亦腼颜。干离不厉声道："汝家京城，旦夕可破，我为少帝情面，欲存赵氏宗社，停兵不攻，汝须知我大恩，速自改悔，遵我条约数款，我方退兵，否则立即屠城，毋贻后悔！"说毕，即取出一纸，掷付李梲道："这便是议和约款，你取去罢！"梲吓得冷汗直流，接纸一观，也不辨是何语，只是喏喏连声，捧纸而出。干离不又遣萧三宝奴、耶律中、王汭三人与李梲入城，候取复旨。翌旦，金兵又攻天津、景阳等门，李纲亲自督御，仍命敢死士，缒城出战，用何灌为统领，自卯至酉，与金兵奋斗数十百合，斩首千级。何灌也身中数创，大呼而亡。金兵又复退去。李纲入内议事，见钦宗正与李邦彦等商及和约，案上摆着一纸，就是金人要索的条款，由李纲瞧将过去，共列四条：

> 一、要输金五百万两，银五千万两，牛马万头，表缎万匹，为犒赏费。二、要割让中山、太原、河间三镇地。三、宋帝当以伯父礼事金。四、须以宰相及亲王各一人为质。

纲既看完条款，便抗声道："这是金人的要索么，如何可从？"邦彦道："敌临城下，宫庙震惊，如要退敌，只可勉从和议。"纲奋然道："第一款，是要许多金银牛马，就是搜括全国，尚恐不敷，难道都城里面，能一时取得出么？第二款，是要割让三镇地，三镇是国家屏藩，屏藩已失，如何立国？第三款，更不值一辩，两国平等，如何有伯侄称呼？第四款，是要遣质，就使宰相当往，亲王不当往。"此语亦未免存私，转令奸相借口。钦宗道："据卿说来，无一可从，倘若京城失陷，如何是好？"纲答道："为目前计，且遣辩士，与他磋商，迁延数日，俟四方勤王兵，齐集都下，不怕敌人不退。那时再与议和，自不至有种种要求了。"邦彦道："敌人狡诈，怎肯令我迁延？现在都城且不保，还论什么三镇？至若金币牛马，更不足计较了。"设或要你的头颅，你肯与他否？张邦昌亦随声附和，赞同和议。纲尚欲再辩，钦宗道："卿且出治兵事，朕自有主张。"纲乃退出，自去巡城。谁料李、张二人，竟遣沈晦与金使偕夫，一一如约。待纲闻知，已不及阻，只自愤懑满胸，嗟叹不已。

　　钦宗避殿减膳，括借都城金银，甚及倡优家财，只得金二十万两，银四百万两，民间已空，远不及金人要求的数目，第一款不能如约，只好陆续措缴。第二款先奉送三镇地图，第三款赍交誓书，第四款是遣质问题，当派张邦昌为计议使，奉康王构往金军为质。构系徽宗第九子，系韦贤妃所出，曾封康王。邦昌初与邦彦力主和议，至身自为质，无法推诿，正似哑子吃黄连，说不出的苦。谁叫你主和？临行时，请钦宗亲署御批，无变割地议。钦宗不肯照署，但说了"不忘"二字。邦昌流泪而出，硬着头皮，与康王构开城渡濠，往抵金营。

　　会统制官马忠自京西募兵入卫，见金兵游掠顺天门外，竟麾众进击，把他驱退，西路稍通，援兵得达。种师道时已奉命，起为两河制置使，闻京城被困，即调泾原、秦凤两路兵马，倍道进援。都人因师道年高，称他老种，闻他率兵到来，私相庆贺道："好了好了！老种来了！"钦宗也喜出望外，即命李纲开安上门，迎他入朝。师道谒见钦宗，行过了礼，钦宗问道："今日事出万难，卿意如何？"师道答道："女真不知兵，宁有孤军深入，久持不疲么？"钦宗道："已与他讲好了。"师道又道："臣只知治兵，不知他事。"钦宗道："都中正缺一统帅，卿来还有何言！"遂命为同知枢密院事，充京畿、河北、河东宣抚使，统四方勤王兵及前后军。既而姚古子平仲亦领熙河兵到来，诏命他为都统制。

金斡离不因金币未足，仍驻兵城下，日肆要求，且逞兵屠掠。幸勤王兵渐渐四至，稍杀寇氛。李纲因献议道："金人贪得无厌，凶悖日甚，势非用兵不可。且敌兵只六万人，我勤王兵已到二十万，若扼河津，截敌饷，分兵复畿北诸邑，我且用重兵压敌，坚壁勿战，待他食尽力疲，然后用一檄，取誓书，废和议，纵使北归，半路邀击，定可取胜。"师道亦赞成此计。钦宗遂饬令各路兵马，约日举事。偏姚平仲谓："和不必战，战应从速。"弄得钦宗又无把握，转语李纲。纲闻士利速战，也不便坚持前议。*智者千虑，必有一失。*因与师道熟商，为速战计。师道欲俟弟师中到来，然后开战。平仲进言道："敌气甚骄，必不设备，我乘今夜出城，斫入虏营，不特可取还康王，就是敌酋斡离不，也可擒来。"师道摇首道："恐未必这般容易。"*究竟师道慎重。*平仲道："如若不胜，愿当军令。"李纲接口道："且去一试！我等去援他便了。"*未免太急。*

计议已定，待至夜半，平仲率步骑万人，出城劫敌，专向中营斫入。不意冲将进去，竟是一座空营，急忙退还，已经伏兵四出，斡离不亲麾各队，来围宋军。平仲拼命夺路，才得走脱，自恐回城被诛，竟尔遁去。李纲率诸将出援，至幕天坡，刚值金兵乘胜杀来，急忙令兵士用神臂弓射住，金兵才退。纲收军入城，师道等接着。纲未免叹悔，师道语纲道："今夕发兵劫寨，原是失策，惟明夕却不妨再往，这是兵家出其不意的奇谋。如再不胜，可每夕用数千人分道往攻，但求扰敌，不必胜敌，我料不出十日，寇必遁去。"此计甚妙。纲称为善策。次日奏闻钦宗，钦宗默然无语。李邦彦等谓昨已失败，何可再举？遂将师道语搁过一边。浪子宰相，何知大计？

干离不回营后，自幸有备，得获胜仗，且召康王构、张邦昌入帐，责以用兵违誓，大肆咆哮。邦昌骇极，竟至涕泣。康王独挺立不动，神色自若。此时尚肯舍命。干离不瞧着，因命二人退出，私语王讷道："我看这宋朝亲王，恐是将门子孙，来此假冒，否则如何有这般大胆？你且往宋都，诘他何故劫营，并令易他王为质。"讷即奉令入都，如言告李邦彦。邦彦道："用兵劫寨，乃李纲、姚平仲主意，并非出自朝廷。"明明教他反诘。讷便道："李纲等如此擅专，为何不加罪责？"邦彦道："平仲已畏罪远窜，只李纲尚在，我当奏闻皇上，即日罢免。"讷乃去。邦彦入内数刻，即有旨罢李纲职，废亲征行营使。并遣宇文虚中至金营谢过。越是胆小，越是招祸。虚中方出，忽宣德门前军民杂集，喧声大起。内廷急命吴敏往视，敏移时即还，手持太学生陈东奏牍，呈与钦宗。钦宗匆匆展阅，其词略云：

李纲奋身不顾，以身任天下之重，所谓社稷之臣也。李邦彦、白时中、张邦昌、李梲之徒，庸谬不才，忌嫉贤能，动为身谋，不恤国计，所谓社稷之贼也。陛下拔纲，中外相庆，而邦昌等嫉如仇雠，恐其成功，因缘沮败。且邦彦等必欲割地，曾不知无三关四镇，是弃河北也。弃河北，朝廷能复都大梁乎？又不知邦昌等能保金人不复败盟否也？邦彦等不顾国家长久之计，徒欲沮李纲成谋，以快私愤。李纲罢命一传，兵民骚动，至于流涕，咸谓不日为虏擒矣。罢纲非特堕邦彦计中，又堕虏计中也。乞复用纲而斥邦彦等，且以阃外付种师道。宗社存亡，在此一举，伏乞睿鉴！

吴敏俟钦宗阅毕，便奏道："兵民有万余人，齐集宣德门，请陛下仍用李纲，臣无术遣散，恐防生变，望陛下详察。"钦宗皱了一回眉，命召李邦彦入商。邦彦应召入朝，被兵民等瞧见，齐声痛詈，且追且骂，并用乱石飞掷。邦彦面色如土，疾驱乃免。至入见时，尚自抖着，不能出声。殿前都指挥王宗濋请钦宗仍用李纲，钦宗没法，乃传旨召纲，内侍朱拱之奉旨出召，徐徐后行，被大众乱拳交挥，顿时殴死，踏成肉饼，并捶杀内侍数十人。知开封府王时雍麾众使退，众不肯从，至户部尚书聂昌传出谕旨，仍复纲官，兼充京城四壁防御使，众始欢声呼万岁。嗣又求见种老相公，当由聂昌转奏，促师道入城弹压。师道乘车驰至，众褰帘审视道："这果是我种老相公呢。"乃欣然散去。

越日诏下，饬捕擅杀内侍的首恶，并禁伏阙上书。王时雍且欲尽罪太学诸生，于是士民又复大哗。钦宗又遣聂昌宣谕，令静心求学，毋干朝政。且言将用杨时为国子监祭酒，即有所陈，亦可由时代奏。诸生都大喜道："龟山先生到来，尚有何说！我等自然奉命承教了。"

看官道龟山先生为谁？原来杨时别号叫作龟山，他是南剑州人氏，与谢良佐、游酢、吕大临三人同为程门高弟。程颢殁后，时又师事程颐。冬夜与游酢进谒，颐偶瞑坐，时与酢侍立不去。至颐醒，觉门外已雪深三尺，颐很为嘉叹，尽传所学。及颐于大观初年病逝，世称伊川先生，并谓伊川学术，惟谢、游、吕、杨四子最得真传，因亦称为程门四先生。不特补叙程伊川，并及谢、游、吕诸人。宣和元年，蔡京闻时名，荐为秘书郎，京非知贤，为沽名计耳。寻进迩英殿说书。至京城围急，时又请黜内侍，修战备，钦宗命为右谏议大夫，兼官侍讲。此次太学生等请留李纲，朝议以为暴动，时复上言："诸生忠事朝廷，非有他意，但择老成硕望的士人，命为监督，自不致轶出范围。"钦宗因有意用时，至聂昌复旨，并为陈述太学生情状，随即命时兼国子监祭酒。并除元祐党籍学术诸禁，令追封范仲淹、司马光、张商英等人。

会金营遣宇文虚中还都，并令王汭复来催割三镇地及易质亲王。钦宗遂命徽宗第五子肃王枢代质，并诏割三镇畀金。王汭返报干离不，干离不不接见肃王，乃将康王、张邦昌放还。且闻李纲复用，守备严固，遂不待金币数足，遣使告辞，以肃王北去，京城解严。御史中丞吕好问进谏道："金人得志，益轻中国，秋冬必倾国而来，当速讲求军备，毋再贻误。"钦宗不从，惟颁诏大赦，除一切弊政。贼出尚不知关门。李邦彦为言路所劾，出知邓州。张邦昌进任太宰，吴敏为少宰，李纲知枢密院事，耿南仲、李梲为尚书左右丞。会姚古、种师中及府州将折彦质引兵入援，凡十余万人，至汴城下。李纲请诏古等追敌，乘间掩击。张邦昌以为不可，遣令还镇。且罢种师道官。

未几有金使自云中来，言奉粘没喝军令来索金币。辅臣说他要索无礼，拘住来使。粘没喝即分兵向南北关，平阳府叛卒竟引入关中。粘没喝见关城坚固，非常雄踞，不禁叹息道："关险如此，令我军得安然度越，南朝可谓无人了。"水陆皆然，反令外人窃叹。知威胜军李植闻金兵过关，急忙迎降。金兵遂攻下隆德府，知府张确自尽。嗣闻泽州一带守备尚固，乃仍退还云中，围攻太原。钦宗以金兵未归，召群臣会议，三镇应否当割。中书侍郎徐处仁道："敌已败盟，奈何还要割三镇？"吴敏亦言："三镇决不可弃。"且荐处仁可相。于是钦宗又复变计。因张邦昌、李棁二人夙主和议，将他免职，擢处仁为太宰，唐恪为中书侍郎，何㮚为尚书右丞，许翰同知枢密院事，并下诏道：

> 金人要盟，终不可保。今粘没喝深入，南陷隆德，先败盟约，朕夙夜追咎，已黜罢原主议和之臣，其太原、中山、河间三镇，保塞陵寝所在，誓当固守。

诏既下，起种师道为河东、河北宣抚使，出屯渭州。姚古为河北制置使，率兵援太原。种师中为副使，率兵援中山、河间。师中渡河，追干离不出北鄙，乃令还师。姚古亦克复隆德府及威胜军，扼守南北关。钦宗闻得捷报，心下顿慰，遂拟迎还太上皇。时太上皇至南京，与都中消息久已不通，因此讹言百出，不是说上皇复辟，就是说童贯谋变。钦宗也觉疑惧，授聂昌为东南发运使，往讨阴谋。亏得李纲从旁谏止，自请往迎，钦宗乃命纲迎归上皇。上皇以久绝音信，并纷更旧政为诘问，经纲一一解释，才无异辞，当即启驾还都。钦宗迎奉如仪，立皇子谌为太子。谌系皇后朱氏所生，素得徽宗钟爱，赐号嫡皇孙，所以上皇还朝，特立为储贰，以便侍奉上皇。未必为此，殆所以杜复辟之谋。

右谏议大夫杨时奏劾童贯、梁师成等罪状，侍御史孙觌等复极论蔡京父子罪恶，乃贬梁师成为彰化军节度副使，蔡京为秘书监，童贯为左卫上将军，蔡攸为大中大夫。已而太学生陈东、布衣张炳又力陈梁师成等罪恶，遂遣开封吏追杀师成，并籍没家产，再贬蔡京为崇信军节度副使，童贯为昭化军节度副使。京天姿凶谲，四握政权，流毒四方，天下共恨。贯握兵二十年，与京表里为奸，且专结后宫嫔妃，馈遗不绝，左右妇寺交口称誉，因此大得主眷，权倾一时，内外百官多出贯门，穷奸稔恶，擢发难数。都门早有歌谣道："打破筒，拨了菜，便是人间好世界。"筒与菜，暗寓二姓。自有诏再贬，言官乐得弹劾，就是京、贯私党，亦唯恐祸及己身，交章攻讦，乃复窜京儋州，赐京子攸、儵自尽。儵平时稍持正论，闻命后，慨慨然道："误国如此，死亦何憾！"遂服毒而死。攸尚犹豫未决，左右授以绳，乃自缢。京不日道死。季子儵亦窜死白州。惟儵以尚主免流，余子及诸孙皆分徙远方，遇赦不赦。童贯亦被窜吉阳军。贯行至南雄州，忽有京吏到来，向他拜谒，谓："有旨赐大王茶药，将宣召赴阙，命为河北宣抚，小吏因先来驰贺，明日中使可到了。"贯拈须笑道："又却是少我不得。"随令京吏留着，伫装以待。次日上午，果来了御史张澂。贯亟出相迎，澂命他跪听诏书，诏中数他十罪，将要宣毕，那京吏从外驰入，拔出快刀，竟枭贯首。看官道这京吏为谁？乃是张澂的随行官。澂恐贯多诡计，且握兵已久，未肯受刑，因先遣随吏驰往，伪言给贯，免得生变。奉旨诛恶，尚须用计，贯之势焰可知。相传贯状貌魁梧，颐下生须十数，皮骨劲如铁，不类阉人。受诛后，澂即函首驰归。还有梁方平、赵良嗣等亦次第诛死。朱勔亦伏诛。惟高俅善终，但追削太尉官衔罢了。

　　只是旧贼虽去，新贼又生，耿南仲、唐恪等并起用事，杨时在谏垣仅九十日，以被劾致仕。种师道荐用河南人尹焞，也是程门高弟，焞奉召至京，因见朝局未定，仍然乞归。王安石《字说》虽已禁用，但尚从祀文庙，只罢他配享孔子。最失策的一着是战备未修，边防不固，反欲守三镇，逐强寇，日促姚古、种师中等进军太原。有分教：

　　　　老将丧躯灰众志，强邻增焰敢重来。

　　太原一战，宋军败绩，种师中阵亡，金兵遂又分道进攻了。欲知详细情形，再看第六十一回。

　　金兵南下，围攻汴都，此时尚欲议和，其何能及？《礼》曰："天子死社稷。"与其偷生以苟活，何若拼死以求存！况文有李纲，武有种师道，并有勤王兵一二十万，接踵而至，试问长驱深入，后无援应之金军，能久顿城下否乎？陈东一疏，最中要害，果能依议而行，则寇必失望而去，不敢再来，而宋以李纲为相，种师道为将，诛贼臣，斥群奸，缮甲兵，搜卒乘，虽有十金，犹足御之，惜乎钦宗之不悟也。惟其不悟，故寇临城下，谋无一断，寇去而猜疑如故，即举京、贯等而诛黜之，仍不足振士气，快人心，矧尚有耿南仲、唐恪、何㮚诸人，其误国与六贼相等耶？读此回已令人愤惋不置。

第六十一回

议和议战朝局纷争　误国误家京城失守

　　却说金将粘没喝围攻太原，姚古、种师中两军，奉命往援。古复隆德府威胜军，师中亦迭复寿阳榆次等县，进屯真定。朝议以两军得胜，屡促进兵。师中老成持重，不欲急进，有诏责他逗挠。师中叹道："逗挠系兵家大戮，我自结发从军，从未退怯，今老了，还忍受此罪名么？"随即麾兵径进，并约姚古等夹攻，所有辎重犒赏各物概未随行。未免疏卤。到了寿阳，遇着金兵，五战三胜，转趋杀熊岭，距太原约百里，静待姚古等会师。不意姚古等失期不至，金兵恰摇旗呐喊，四面赶来。师中部下已经饥馁，骤遇大敌，还是上前死战，不肯退步。自卯至已，师中令士卒发神臂弓射退金兵，怎奈无米为炊，有功乏赏，士卒多愤怨散去，只留师中亲卒百余人。金兵又复驰还，把他围住。师中死战不退，身被四创，力竭身亡。死不瞑目。

　　金兵乘胜杀入，至盘陀驿，与姚古兵相遇。古兵稍战即溃，退保隆德。种师道闻弟战死，悲伤致疾，遂称病乞归。耿南仲接着败报，又惊惧万分，谓不如弃去三镇。李纲独力持不可，钦宗遂命纲为宣抚使，刘韐为副，往代师道。纲受命出发，查得姚古失期系为统制焦安节所误，遂将安节召至，数罪正法，并奏请谪姚恤种。乃赠种师中少师，谪戍姚古至广州，另授解潜为置制副使，代姚古职。纲留河阳十余日，练士卒，修器械，进次怀州，大造战车，誓师御敌。遣解潜屯威胜军，刘韐屯辽州，幕官王以宁与都统制折可求、张思正等屯汾州，范琼屯南北关，约三道并进，共援太原。偏耿南仲、唐恪等阴忌李纲，复倡和议，令解潜、刘韐诸将仍受朝廷指挥，不必遵纲约束。徐处仁、许翰等又主张速战，促诸将速援太原。寇氛日恶，朝局尚自相水火，真令人不解。刘韐恃勇先进，金人并力与战，韐不能敌，当即败还。解潜继进，师抵南关，亦被金人击败。张思正等领兵十七万，与张孝纯子张灏宵至文水，袭击金娄室营，小得胜仗。次日再战，竟至败溃，丧兵数万人。折可求一军亦溃，退子夏山。所有威胜、隆德、汾、晋、泽、绛诸民都闻风惊避，渡河南奔，州县皆空。李纲奏言"节制不专，致有此败，此后应合成大军，由一路进，当有把握"等语。这疏上后，方拟召湖南统制范世雄，并招集溃军，亲率击敌。不意朝旨到来，召他还京，仍命种师道接任。最可笑的是宋廷宰臣不务择将练兵，反欲诱结亡国旧臣，阴图金人。于是摇动强邻，兴兵压境。赵宋一百六七十年的锦绣江山，要送去一大半了。好笔力。

先是肃王枢往金为质，宋廷亦留住金使萧仲恭及副使赵伦。萧、赵统辽室旧臣，降金得官。赵伦恐久留不遣，乃给馆伴邢偓道："我等不得已降金，意中恰深恨金人，倘有机会可图，也极思恢复故土。若贵国肯少助臂力，我当回去，联络耶律余睹，除去干离不、粘没喝两人。那时贵国可安枕无忧，即我等也可兴灭继绝了。"邢偓信为真情，忙去报知吴敏等人。吴敏等也以为真，遂将蜡书付与赵伦，令偕萧仲恭回金，转致余睹，令为内应。余睹首先叛辽，遑图兴复。就使果有此情，也不足恃宋廷辅臣，实是痴想。两人还见干离不，即将蜡书献出。干离不转达金主，金主大怒，遂令粘没喝为左副元帅，干离不为右副元帅，分道南侵。粘没喝遂急攻太原，城中久已粮尽，军民十死七八，哪里固守得住？知府张孝纯不能再支，城遂被陷，孝纯被执。粘没喝以为忠臣，劝令降金，仍为城守副都总管。王禀负太宗御容赴汾水死。通判方笈、转运使韩揆等三十人一并遇害。金兵遂分队破汾州，知州张克戬阖门死难。

宋廷诸辅臣，接连闻警，又惹起一番议论。你言战，我主和，徐处仁、许翰是主战派，耿南仲、唐恪是主和派，就是吴敏也附入耿、唐，与处仁等反对。处仁以吴敏向来主战，此次忽又主和，情迹反复，殊属可恨，遂与他面质大廷。小人皆然，何足深责。吴敏不肯服气，断断力争。处仁愤极，把案上的墨笔作为斗械，提掷过去，凑巧碰在吴敏鼻上，画成了一道墨痕。实在都是倒脸朋友，不止吴敏一人。耿南仲、唐恪等从旁窃笑。吴敏愈忿不可遏，竟要与处仁打架。还是钦宗把他喝住，才算罢休。退朝后，便有中丞李回奏劾徐处仁、吴敏，连许翰也拦入在内。分明是耿、唐二人唆使，所以将许翰列入。钦宗遂将徐处仁、吴敏、许翰等一并罢斥，用唐恪为少宰，何栗为中书侍郎，陈过庭为尚书右丞，聂昌同知枢密院事，李回签书枢密院事。当下决意主和，派著作佐郎刘岑，太常博士李若水，分使金军，请他缓师。及岑等还朝，述及干离不止索所欠金银，粘没喝定要割与三镇。钦宗不得已，再遣刑部尚书王云出使金军，许他三镇岁入的赋税。适值李纲回京，耿、唐二人，复恐他再来主战，即唆言官，交章论纲。说他劳师费财，有损无益，因即罢纲知扬州。中书舍人刘珏、胡安国，并言纲忠心报国，不应外调，谁知竟得罪辅臣，谪书迭下。珏坐贬提举亳州明道宫，安国也出知通州。

是时寇警日闻，朝议不一，何栗请分天下二十三路为四道，各设总管，事得专决，财得专用，官得辟置，兵得诛赏，如京都有警，即可檄令入卫，云云。钦宗依议，即命知大名府赵野总北道，知河南府王襄总西道，知邓州张叔夜总南道，知应天府胡直孺总东道。又在邓州置都总管府，总辖四道兵马，当简李回为大河守御使，折彦质为河北宣抚副使。南道总管张叔夜闻得都城空虚，请统兵入卫，陕西置制使钱益亦欲统兵前来。偏是唐恪、耿南仲一意言和，竟函檄飞驰，令他驻守原镇，无故不得移师。一面遣给事中黄锷由海道至金都，请罢战修和。看官！你想此时的金兵已是分道扬镳，乘锐南下，还有什么和议可言？况且前时所许金币未曾如额，所允三镇未曾割畀，并且羁留金使，诱结辽臣，种种措置乖方，多被金人作为话柄。除非宋朝有几员大将，有几支精兵，杀他一个下马威，还好论力不论理，与他赌个雌雄。明明曲在宋人。若要低首下心，向他乞和，你道金人是依不依呢？果然宋臣只管主和，金兵只管前进。干离不由井陉进军，杀败宋将种师闵，长驱入天威军，攻破真定。守将都钤辖刘竧音谱。自缢，知府李邈被执北去。复进捣中山，河北大震。

宋廷诸臣，至此尚坚持和议，接连遣使讲解。干离不因遣杨天吉、王汭等来京，即持宋廷与耶律余睹原书，入见钦宗，抗声说道："陛下不肯割畀三镇，倒也罢了，为什么还要规复契丹？"应该诘责。钦宗嗫嚅道："这乃奸人所为，朕并不与闻呢。"王汭冷笑道："中朝素尚信义，奈何无信若此？现惟速割三镇，并加我主徽号，献纳金帛车辂仪物，尚可言和。"钦宗迟疑半晌方道："且俟与大臣商议。"王汭道："商议商议，恐我兵已要渡河了。"言已欲行。钦宗尚欲挽留，王汭道："可遣亲王至我军前，自行陈请，我等却无暇久留。"随即扬长自去。强国使臣，如是如是。钦宗惶急万分，乃下哀痛诏，征兵四方。种师道料京城难恃，亟上疏请幸长安，暂避敌锋。辅臣等反说他怯懦，传旨召还，令范讷往代。师道到京，见沿途毫无准备，愤激的了不得，自念老病侵寻，不如速死，过了数日，果然病重身亡。看官阅过上文，前次汴京被围，全仗李、种二人主持，此时师道又死，李纲早出知扬州。耿南仲等尚咎纲启衅，贬纲为保静军节度副使，安置建昌军。

会王云自金营归来，谓金人必欲得三镇，否则进兵取汴都。宋廷大骇，诏集百官至尚书省，会议三镇弃守。唐恪、耿南仲力主割地，何㮚却进言道："三镇系国家根本，奈何割弃？"唐恪道："不割三镇，怎能退敌？"何㮚道："金人无信，割地亦来，不割亦来。"两下争议多时，仍无结果。那金帅粘没喝已自太原，统兵南下，陷平阳，降威胜军隆德府，进破泽州。官吏弃城逃走，远近相望。宋宣抚副使折彦质领兵十二万，沿河驻扎，守御使李回也率万骑防河。偏是金兵到来，夹河敲了一夜的战鼓，已把折彦质军吓得溃退。李回孤掌难鸣，也即逃还京师。胆小如鼷。金兵测视河流，见孟津以下，可以徒涉，遂引军径渡。知河阳燕瑛、河南留守西道都总管王襄闻风遁去。永安军郑州悉降金军，汴京又复戒严。

粘没喝且遣使索割两河，廷臣统面面相觑，不敢发言。独王云谓："前时至金，曾由干离不索割三镇，且请康王往谢，现若依他前议，当可讲和。万一金人不从，亦不过如王汭所言，加金主徽号，赠送冕辂罢了。"钦宗没法，乃进云为资政殿学士，命偕康王赴金军，许割三镇，并奉衮冕玉辂，尊金主为皇叔，加上徽号至十八字。云受命后，即与康王构出都，由滑、浚至磁州。知州宗泽迎谒道："肃王一去不回，难道大王尚欲蹈前辙么？况敌兵已迫，去亦何益？请勿再行！"幸有此着，尚得保全半壁。康王乃留次磁州。王云犹再三催迫，康王不从。会康王出谒嘉应神祠，云亦随着，州民亦遮道谏王切勿北去。云厉声呵叱，激动众怒，齐声呼道："奸贼奸贼！"云不知进退，尚欲恃威恐吓，怎禁得众怒难犯，汹汹上前，你一脚，我一拳，霎时间打倒地上，双足一伸，呜呼哀哉。该死的贼。康王也不便动怒，只好带劝带谕，解散众民。其实也怨恨王云。及返入州署，接到知相州汪伯彦帛书，请他赴相。康王乃转趋相州，伯彦身服囊鞬，带着步兵，出城迎谒。康王下马慰劳道："他日见上，当首以京兆荐公。"伯彦拜谢。又招了一个贼臣。康王遂留寓相州。

当下来了一位壮士，入城谒王。康王见他英姿凛凛，相貌堂堂，倒也暗中喝采。及问他姓氏，他却报明大略。看官听着！这人曾充过真定部校，姓岳名飞，表字鹏举，系相州汤阴县人。但叙略迹，已是烨烨生光。相传岳飞生时，曾有大鸟，飞鸣室上，因以为名。家世业农，父名和，母姚氏。飞生未弥月，河决内黄，洪水暴至，家庐漂没，飞赖母抱坐大缸中，随水流去，达岸得生。好容易养至成人，竟生就一种神力，能挽强弓三百斤，弩八石。因闻周同善射，遂投拜为师，尽心习艺，悉得所传。适刘韐宣抚真定，招募战士，飞即往投效，并乞百骑，至相州扫平土匪陶俊、贾进和。至是家居无事，乃入见康王。王问明来历，留为护卫。嗣闻相州尚有剧贼，叫作吉倩，遂命飞前去招抚。飞单骑驰入倩寨，与倩角艺。倩屡斗屡败，情愿率众三百八十人，悔过投降。飞引见康王，王嘉飞功，授为承信郎。

飞因请康王募兵御寇，康王因未接朝命，尚在踌躇。忽有一人踉跄奔来，遥见康王，便呼道："大王不好了！快快募集河北兵士，入卫京师。"康王闻声，急瞧来人非别，就是尚书左丞耿南仲。当下不及邀座，便问道："金兵已到京城么？"南仲道："自从大王出都，金使连日到来，定要割让两河，皇上命聂昌赴河东粘没喝军，要南仲赴河北干离不军，分头磋商和议。南仲虽已年老，不敢违命，只得与金使王汭一同登途，不意到了卫州。兵民争欲杀汭。南仲忙替他解释，他得脱身逃去。偏兵民与南仲为难，幸亏南仲命不该绝，才能逃免，来见大王。"从南仲口中，叙出宋廷情事，免与上文笔意重复。康王道：

"聂昌到河东去，未识如何？"南仲道："不要说起，他一至绛州，便已被什么铃辖赵子清抉目剐割了。"康王不禁搓手道："奈何奈何？"南仲道："现在只仗大王募兵入卫，或尚可保全京师。"何不要康王同去议和？康王乃与耿南仲联名署榜，招募士卒。相州一带，人情少安。

惟宋廷尚遣侍郎冯澥、李若水往粘没喝军议和。到了怀州，正值粘没喝破怀州城，掳住知州霍安国等，胁降不屈，共杀死十三人。此时气焰甚盛，还有什么礼貌待遇宋使！可怜冯、李两人，进退两难，没奈何入申和议。被粘没喝诘责数语，驱使退还。粘没喝遂与干离不会师，直至汴京城下。干离不屯刘家寺，粘没喝屯青城。

汴京里面，只有卫士及弓箭手七万人，分作五军，命姚友仲、辛永宗为统领，登陴守御。兵部尚书孙傅，调任同知枢密院事，保举了一个市井游民姓郭名京，说他能施六甲法，可以退敌。钦宗遂宣京入朝。京叩见毕，大言道："陛下若果信臣，臣只用七千七百七十七人，便可生擒敌帅。"钦宗大喜，便道："若能如此，朕尚何忧？"要他来送命了。遂授京成忠郎，赐金帛数万，令他自行召募。京不问技艺能否，但择年命，配合六甲，即可充选。所得市井无赖旬日即足。又有市民刘孝竭，亦借御敌为名，效京募兵，或称六丁力士，或称北斗神兵，或称天阙大将，整日里谈神说鬼，自谓能捍城破敌。越发希奇。钦宗也恐难恃，遣使持蜡书夜出，约康王及河北守将入援。行至城外，多为金营逻兵所获。唐恪密白钦宗，请即西幸洛阳，何㮚引苏轼论"周朝失计，莫如东迁"二语，劝阻钦宗。钦宗用足顿地道："朕今日当死守社稷，决不远避了。"能如此语，倒也是个好汉。随即被甲登城，用御膳犒赏将士。

时值仲冬，连日雨雪，士卒冒雪执兵，多至僵仆。钦宗目不忍睹，因徒跣求晴。复亲至宣化门，乘马行泥淖中，民多感泣。独唐恪随御驾后，被都人遮击，策马得脱，乃卧家求去。误国至此，还想去么？钦宗准奏，命何㮚继任。且诏复元丰三省官名，不称何㮚为少宰，仍用尚书右仆射名号。换官不换人，有何益处？冯澥还朝，受职尚书右丞，南道总管张叔夜率兵勤王，令长子伯奋将前军，次子仲雍将后军，自将中军，合三万余人，转战至南薰门外。钦宗召他入对，叔夜请驾幸襄阳。钦宗不从。但命他统军入城，令签书枢密院事。又是失着。殿前指挥使王宗濋愿出城对仗，当即拨调卫兵万人，开城出战，哪知他到了城外，略略交锋，便即遁去。金兵即扑攻南壁，张叔夜及都巡检范琼，极力备御，才将金兵击退。粘没喝复遣萧庆入城，要钦宗亲自出盟，钦宗颇有难色，但遣冯澥与宗室仲温等赴敌请和。粘没喝立刻遣还，不与交一语。东道总管胡直孺率兵入卫，被金人击败，擒住直孺，缚示城下，都人益惧。范琼以千人出击，渡河冰裂，溺死五百人，又不免挫丧士气。何㮚屡促郭京出师，京初言非至危急，我兵不出，及诏令迭下，乃尽令守兵下城，毋得窃视。六甲兵大启宣化门，出攻金兵，金人分张四翼，鼓噪而前，六甲兵慌忙退走，多半堕死护龙河，城门亟闭。京语叔夜道：“金兵如此猖獗，待我出城作法，包管退敌。”叔夜又放他去出，京带领余众，出了城门，竟一溜烟的逃去了。总算享了几日咸福。城中尚未知胜负，那金兵已四面登城，眼见得抵御不及，全城被陷。统制姚友仲、何庆言、陈克礼，中书舍人高振皆战死。内侍监军黄金国赴火自尽，守御使刘延庆夺门出奔，为追骑所杀。张叔夜父子力战受创，也只好退回。钦宗闻报大恸道：“朕悔不用种师道言，今无及了。”何止此着。小子有诗叹道：

> 不信仁贤国已虚，如何守备又终疏？
> 前车未远应知鉴，覆辙胡堪及后车。

钦宗恸哭未终，忽闻门外大哗，越吓得魂不附体。究竟何人哗噪，待至下回表明。

　　读此回而不痛心者非人，读此回而不切齿者亦非人。三镇许割而不割，犹谓要盟无质，不妨食言，然亦必慎择将帅，大修武备，惩前日之游移，定后来之果断，方可挽回危局，勉遏寇氛。乃忽而议战，忽而议和，议和之误，固不待言，而议战者亦始终无保国之方，御敌之法，甚且堕敌使之计，愈致挑动强邻。至于金人日逼，朝议益棼，谋幸谋和，更无定见。李纲罢矣，师道死矣，将相非人，游手且进握兵柄，其失可胜道乎？钦宗谓悔不用师道言，吾料其所悔者，在西幸之不果，非在前时却敌诸谋，是仍一畏懦怯弱而已。呜呼钦宗！呜呼赵宋！

第六十二回

堕奸谋阆宫被劫 立异姓二帝蒙尘

却说钦宗闻京城已陷，恸哭未休，忽卫士等鼓噪进来，求见钦宗，钦宗只好登楼慰遣。凑巧卫士长蒋宣到来，麾众使退，并拟拥护乘舆，突围出走。孙傅、吕好问在旁以为未可。宣抗声道："宰相误信奸臣，害得这般局面，尚有何说！"孙傅又欲与争，还是吕好问劝解道："汝等欲翼主出围，原是忠义，但此时敌兵四逼，如何可轻动呢？"宣乃道："尚书算知军情！"言讫乃退。何㮚欲亲率都人巷战，会得金使进来，仍宣言议和退师。还是欺骗宋人。钦宗乃命何㮚与济王栩徽宗第六子。至金军请成。及还，述及粘没喝、干离不等要上皇出去订盟。钦宗呜咽道："上皇已惊忧成疾，何可出盟？必不得已，由朕亲往。"何㮚、孙傅、陈过庭等均束手无策。钦宗顿足涕泗道："罢！罢！事已至此，也顾不得什么了。"还是一死，免得出丑。遂命何㮚等草了降表，由钦宗亲赍至金营乞降。丢脸已极。

粘没喝、干离不高据胡床，传令入见。钦宗进营，向他长揖，递上降表。粘没喝道："我国本不愿兴兵，只因汝国君臣昏庸已极，所以特来问罪，现拟另立贤君，主持中国，我等便即退师了。"又进一步。钦宗默然不答。何㮚、陈过庭、孙傅等随驾同往，因齐声抗议道："贵国欲割地纳金，均可依从，惟易主一层，请毋庸议及！"粘没喝只是摇首，干离不狞笑道：

"你等既愿割地，快去割让两河，讲到金帛一层，最少要金千万锭，银二千万锭，帛一千万匹。"何㮚等听到此层，不禁咋舌，一时不好承认。粘没喝竟将钦宗留着，并拘住何㮚等人，硬行胁迫。过了两日，钦宗与何㮚等无术求免，只好允议，乃释令还朝，限日办齐。

钦宗自金营出来，已是涕泪满颐。仿佛妇人女子。道旁见士民迎谒，不禁掩面大哭道："宰相误我父子。"谁叫你误用奸相？士民等也流涕不止。及钦宗还宫，即遣刘韐、陈过庭、折彦质等为割地使，分赴河东、河北割地畀金。又遣欧阳珣等二十人往谕各州县降金。珣尝知盐官县，曾与僚友九人上书极言："祖宗土地，尺寸不应与人。"及入为将作监丞，正值京师危极，又奏称："战败失地，他日取还，不失为直。不战割地，他日即可取还，也不免理曲。"数语触怒宰辅，因此命他出使，往割深州。到此时光还想借刀杀人，这等辅臣，罪不容死。各路使臣，统有金兵随押。欧阳珣至深州城下，呼城上守兵，涕泣与语道："朝廷为奸人所误，丧师割地，我特拼死来此，奉劝汝等，宜勉为忠义，守土报国。"道言未绝，即被金人絷送燕京。珣痛詈不屈，竟被焚死。不肯略过忠臣，无非阐扬名教。此外两河军民恰也不肯降金，多半闭门拒使，谢绝诏命。

陕西宣抚使范致虚集兵十万人入援，至颍昌，闻汴都已破，西道总管王襄先遁。致虚尚率副总管孙昭远、环庆帅王似、熙河帅王倚同出武关，至邓州千秋镇，遇金将娄室军，不战皆溃。金帅在汴，越觉骄横，一切供应，俱向宋廷索取。今日要刍粮，明日要骡马，甚且索少女一千五百人，充当侍役。可怜一班宫娥彩女闻这消息，只恐出去应命，供那鞑子糟蹋，稍知节烈的淑媛便投入池中，陆续毙命。未几，已至除夕，宫廷里面，啼哭都来不及，还有何心贺年？翌日，为靖康二年元旦，钦宗朝上皇于崇福宫，金帅粘没喝也遣子真珠率偏将八人入贺，钦宗命济王栩如金营报谢。才阅两三日，金人即来索金币。宋廷已悉索敝赋，哪里取得出许多金帛？偏敌使连番催促，到了初十这一日，竟遣人入宫坐索。否则仍邀钦宗至军，自行面议。钦宗至此，自知凶多吉少，不欲再行，何㮚、李若水进言道："圣驾前已去过，没有意外情事，今日再往，料亦无妨。"钦宗乃命孙傅辅太子监国，自与何㮚、李若水等，复如青城。

阁门宣赞舍人吴革语何㮚道："天文帝座甚倾，车驾若出，必堕虏计。"㮚不听，仍拥帝出郊。张叔夜叩马谏阻，钦宗道："朕为人民起见，不得不再往。"叔夜号恸再拜，钦宗亦流泪道："嵇仲努力！"说至此，竟哽咽不能成声。此时满城皆虏，宋廷上下，都似瓮中之鳖，钦宗若要不去，除非死殉社稷。或谓此次不行，当不至被虏，其然岂其然乎？原来嵇仲即叔夜表字，钦宗以字称臣，也是重托的意思。及往抵金营，粘没喝即将钦宗留住，作为索交金帛的押券。太学生徐揆至金营投书，请车驾还阙。粘没喝召他进去，怒言诘难。揆亦厉声抗论，竟为所害。割地使刘韐返至金营，粘没喝颇重刘韐，遣仆射韩正馆待僧舍。正语韐道："国相知君，将加重用。"韐答道："偷生以事二姓，宁死不为。"正又道："军中正议立异姓，国相欲令君代正，与其徒死无益，何若北去享受富贵？"韐仰天大呼道："苍天苍天！大宋臣子刘韐，乃听敌迫胁么？"随即走入耳室，觅得片纸，啮指出血，写了几句绝命辞。辞云：

> 贞女不事二夫，忠臣不事两君，况主忧臣辱，主辱臣死，以顺为正者，妾妇之道也，此予所以必死也。

写毕，折成方胜，令亲信持归，报明家属。自己沐浴更衣，酌饮卮酒，投缳自尽。金人也悯他忠节，瘗诸寺西冈上，且遍题窗壁，载明瘗所。越八十日，始得就殓，颜色如生，后来得褒谥忠显。

是时汴都一带，连日大风，阴霾四塞。钦宗留金营中，日望还宫，传令廷臣等搜括金银，无论戚里宗室、内侍僧道、伎术倡优等家，概行罗掘，共计八日，得金三十八万两，银六百万两，衣缎一百万匹，赍送金营。粘没喝以为未足，再由开封府立赏征求，凡十八日，复得金七万两，银一百十四万两，衣缎四万匹，仍然献纳。粘没喝反怒道："宽限多日，只有这些金银，显见得是欺我呢。"提举官梅执礼等但答称搜括已尽，即被金人杀害，余官各杖数百下，再令续缴。一面宣布金主命令：废上皇及钦宗为庶人。知枢密院事刘彦宗请复立赵氏，粘没喝不许，且设堑南薰门，杜绝内城出入，人心大恐。嗣复迫令翰林承旨吴千干，吏部尚书莫俦入城，令城中推立异姓，且逼上皇、太后等出城。上皇将行，张叔夜入谏道："皇上一出不返，上皇不应再出，臣当率励将士护驾突围。万一天不佑宋，死在封疆，比诸生陷夷狄，也较为光荣哩。"*此言却是。*上皇嗟叹数声，竟欲觅药自殉。药方觅得，不意都巡检范琼趋入，劈手夺去，即劫上皇、太后乘犊车出宫，并逼郓王楷*徽宗第三子*。及诸妃公主驸马与六宫已有位号的嫔御一概从行。惟元祐皇后孟氏因废居私第，竟得幸免。*是谓祸中得福。*

先是内侍邓述随钦宗至金营，由金人威怵利诱，令具诸王皇孙妃各名。金人遂檄开封尹徐秉哲尽行交出。秉哲令坊巷五家为保，毋得藏匿，先后得三千余人，各令衣袂联属，牵诣金军。*为丛驱雀，令人发指。*粘没喝既得上皇，即令与钦宗同易胡服。李若水抱住钦宗，放声大哭，诋金人为狗辈。金兵将若水曳出，捶击交下，血流满面，气结仆地。粘没喝忙喝住兵士，且令铁骑十余人守视，严嘱道："必使李侍郎无恙，违令处死！"若水绝粒不食，金人一再劝降，若水叹道："天无二日，若水岂有二主么?"粘没喝又胁二帝召皇后太子,孙傅留太子不遣,且欲设法保全。偏是卖主求荣的吴千干、莫俦定要太子出宫,范琼更凶恶得很,竟胁令卫士牵住皇后太子共车而出。比金还要凶悍。孙傅大恸道:"我为太子傅,义当与太子共死生。"当下将留守职务,交付王时雍,因从太子出宫。百官军吏,奔随太子号哭。太子亦泣呼道:"百姓救我!"哭声震天。至南薰门,范琼请孙傅还朝,守门的金人亦语傅道:"我军但欲得太子,与留守何干?"傅答道:"我乃宋朝大臣,兼为太子太傅,誓当死从。"乃寄宿门下,再待后命。

李若水留金营数日,粘没喝召他入问,议立异姓。若水不与多辩,但骂他为剧贼。粘没喝尚不欲加害,挥令退去。若水仍骂不绝口,恼动一班金将,用铁挝击若水唇,唇破血流,且喷且骂,甚至颈被裂,舌被断,方才气绝。粘没喝也不禁赞叹道:"好一个忠臣!"部众亦相语道:"辽国亡时,有十数人死义,南朝只李侍郎一人,好算是血性男儿。"蛮貊也知忠信。粘没喝又令吴千干、莫俦召集宋臣,议立异姓。众官莫敢发言,留守王时雍密问、傅千干、傅并答道:"金人的意思,欲立前太宰张邦昌。"时雍道:"张邦昌么,恐众心未服。"说至此,适尚书员外郎宋齐愈自金营到来,传示敌意,用片纸书就张邦昌三字,且云:"不立邦昌,金军未必肯退。"时雍乃决,遂将张邦昌姓名列入议状,令百官署印。孙傅、张叔夜均不肯署,由吴千干、莫俦报知粘没喝,粘没喝遂派兵拘去孙、张,分羁营中,且召叔夜入,绐道:"孙傅不肯署名,已将他杀毙,公老成硕望,岂可与傅同死?"叔夜道:"世受国恩,义当与国存亡,今日宁死不署名。"粘没喝不禁点首,仍令还絷。太常寺簿张浚、开封士曹赵鼎、司门员外郎胡寅皆不肯书名,逃入太学。唐恪已经署名,不知如何良心发现,竟仰药自杀。既不惜死,何必署状。王时雍复集百官,诣秘书省,阖门胁署，外环兵士，近时胁迫选举，想亦由此处抄来。令范琼晓谕大众，拥立邦昌，大众唯唯听命。惟御史马伸、吴给，约中丞秦桧自为议状，愿迎还钦宗，严斥邦昌。秦桧此时，尚有天良。事为粘没喝所闻，又将秦桧拿去。吴、莫俦遂持议状诣金营，一面邀张邦昌入居尚书省。此时邦昌初欲自尽，吴千千遣人与语道："相公前日不效死城外，今乃欲涂炭一城么？"邦昌遂安然居住，静听金命。阁门宣赞舍人吴革不肯屈节异姓，密结内亲事官数百人，谋诛邦昌，夺还二帝，约期三月八日举事。前期二日，闻报邦昌于七日受册，遂不暇延仁，即于三月六日，各焚居庐，杀妻子，起义金水门外。革披甲上马率众夺门，适值范琼出来，问明来意，佯表同情，当即给革入门，一声呼喝，琼党毕集，竟将吴革拿下。革极口痛詈，即被杀害。革有一子从军，亦同时受刃。麾下百人俱遭擒戮。越日，金人赍到册宝，立张邦昌为楚帝。邦昌北向拜舞，受册即位，遂升文德殿，设位御座旁，受百官庆贺，遣阁门传令勿拜。王时雍竟首先拜倒，百官也一律跪地。无耻之至。邦昌自觉不安，但东面仁立罢了。

是日风霾日晕，白昼无光，百官虽然行礼，总不免有些凄楚。邦昌亦变色不宁，惟王时雍、吴千千、莫俦、范琼四人欣欣然有得色。邦昌命王时雍知枢密院事，吴千千同知枢密院事，莫俦签书院事，吕好问领门下省，徐秉哲领中书省，职衔上俱加一"权"字。邦昌自称为予，命令称手书，百官文移虽未改元，已撤去靖康字样。惟吕好问所行文书，尚署靖康二年。王时雍入殿，对着邦昌尝自言臣启陛下，且劝他坐紫宸垂拱殿接见金使。赖好问力争，乃不果行。上皇在金营，闻邦昌僭位，泫然下泪道："邦昌若能死节，社稷亦有光荣，今既俨然为君，还有什么希望呢？"你要用这班贼臣，应该受此痛苦。金人也恐久居生变，遂于四月初旬，将二帝以下分作二起，押解北行。张邦昌服柘袍，张红盖，亲诣金营饯行。干离不劫上皇、太后，与亲王、驸马、妃嫔，及康王母韦贤妃、康王夫人邢氏，向滑州北行。粘没喝劫帝后、太子、妃嫔宗室，及何㮚、孙傅、张叔夜、陈过庭、司马朴、秦桧等，由郑州北行。将要启程，张邦昌复带领百官，至南薰门外，遥送二帝，二帝相望大恸。

忽有一半老徐娘素服而来，装饰与女道士相似，竟不顾戎马厉害，欲闯入金营，来与上皇诀别。看官道此妇为谁？原来就是李师师。相违久了。师师自徽宗内禅，乞为女冠子，隐迹尼庵。金人夙闻艳名，早欲寻她取乐，因一时搜获无着，只好搁置，偏她自行送来，正是喜出望外，当下问明姓氏，将她拥住。师师道："乞与我见上皇一面，当随同北去。"金人遂导见上皇，两人会短离长，说不尽的苦楚，只把那一掬泪珠儿，做了赠别的纪念。金人不许多叙，就将她扯开一旁，但听她说了"上皇保重"四字，仿佛是出塞琵琶，凄音激越。粘没喝子真珠素性渔色，看她似带雨梨花，倍加怜惜，当即令同乘一车，好言抚慰。偏偏行未数里，那李师师竟柳眉紧蹙，桃靥损娇，口中模模糊糊的念了"上皇"几声，竟仰仆车上，奄然长逝。师师虽误国尤物，较诸张邦昌等，不啻霄壤，特揭之以愧奸臣。真珠尚欲施救，哪里救得转来？及仔细查验，乃是折断金簪，吞食自殉。真珠非常叹惜，便令在青城附近，择地埋香，自己亲奠一卮，方才登程。

沿途带去物件数不胜数，所有宋帝法驾卤簿，皇后以下，车辂卤簿、冠服礼器、法物大乐、教坊乐器、祭器八宝九鼎、圭璧浑天仪、铜人刻漏古器、景灵宫供器、太清楼秘阁三馆书、天下府州县图及一切珍玩宝物，都向汴京城内括去，撵送金邦。钦宗每过一城，辄掩面号泣，到了白沟，已是前时宋、金的界河。张叔夜在途，早经不食，但饮水为生，既度白沟，闻车夫相语道："过界河了。"他竟蹶然起立，仰天大呼，嗣是遂不复言，扼吭竟死。及将到燕山，金军两路相会，真珠转白干离不，欲有所求，干离不微笑允诺。看官道是何事？原来徽宗身旁有婉容王氏及一个帝姬，生得美丽无双，为真珠所艳羡。他因徽宗一部分由干离不监押，只好向干离不请求。干离不转白徽宗，徽宗此时，连性命都不可保，哪里还顾及妻女？没奈何，割爱许给。干离不遂命真珠取纳，真珠即带进来，把这两个似花似玉的佳人拥至马上，载归营中，朝夕受用去了。昏庸之害，一至于此，真是自作自受。未几，由燕山至金都，粘没喝、干离不奉金主命，先令徽、钦二帝穿着素服，谒见金太祖阿骨打庙，明是献俘。随后引见金主于乾元殿。两朝天子，同作俘囚，只因不肯舍命，屈膝虏廷，直把那黄帝以来的汉族，都丢尽了脸，真正可羞！真正可叹！金主晟封徽宗为昏德公，钦宗为重昏侯，徙锢韩州。后来复迁居五国城，事见后文。何㮚、孙傅在燕山时，已相继毕命。总计北宋自太祖开国，传至钦宗，共历九主，凡一百六十七年而亡。小子有诗叹道：

> 父子甘心作虏囚，汴京王气一朝收。
> 当年艺祖开邦日，哪识云礽被此羞？

北宋已亡，南宋开始，帝位属诸康王构，张邦昌当然要退让了。事详下回，请看官续阅。

　　北宋之亡，非金人亡之，自亡之也。徽、钦之失无论已，试观金人陷汴，在靖康元年十一月，而掳劫二主，自汴启行，则在靖康二年之四月。此四五月间，盘桓大梁，不愿遽发，窥其来意，非必欲掳劫二帝，不过欲索金割地，饱载而归耳。不然，宋都已破，宋帝已掳，何必再立张邦昌乎？乃何㮚、吴千干、莫俦、范琼为虎作伥，既送钦宗于虎口，复劫上皇、太后及诸王、妃嫔、公主、驸马等尽入虎穴。是虎尚未欲噬人，而导虎者驱之使噬也，彼亦何惮而不受耶？惟是黜陟之权，操诸君主，谁尸帝位，乃误用匪人至此？且都城失守，大势已去，何不一死以谢社稷，而顾步青衣行酒之后尘，蒙羞忍辱，吾不意怀、愍之后，复有此徽、钦二主也。名为天子，不及一妓，虽决黄河之水，恐亦未足洗耻云。

第六十三回

承遗祚藩王登极　发逆案奸贼伏诛

却说金兵既退，张邦昌尚尸位如故。吕好问语邦昌道："相公真欲为帝么？还是权宜行事，徐图他策么？"邦昌失色道："这是何说？"好问道："相公阅历已久，应晓得中国人情，彼时金兵压境，无可奈何，今强虏北去，何人肯拥戴相公？为相公计，当即日还政，内迎元祐皇后入宫，外请康王早正大位，庶可保全。"监察御史马伸亦贻书邦昌，极陈顺逆厉害，请速迎康王入京。邦昌乃迎元祐皇后孟氏入居延福宫，尊为宋太后，<small>太后上加一宋字，邦昌亦欲效太祖耶？</small>所上册文有"尚念宋氏之初，首崇西宫之礼"等语。知淮宁府子崧系燕王德昭五世孙闻二帝北迁，即与江、淮经制使翁彦国等，登坛誓众，同奖王室，并移书诃斥邦昌，令他反正。邦昌乃遣谢克家往迎康王。

康王当汴京危急时，已受命为天下兵马大元帅，佐以陈遘、汪伯彦、宗泽，由相州出发，进次大名。金兵沿河驻扎，约有数十营。宗泽前驱猛进，力破金人三十余寨，履冰渡河。知信德府梁扬祖率三千人来会，麾下有张俊、苗傅、杨沂中、田师中等人，俱有勇力，威势颇振。宗泽请即日援汴，康王恰也愿从，偏来了朝使曹辅，赍到蜡诏，内云："金人登城不下，方议和好，可屯兵近甸，勿遽来京！"宗泽道："此乃金人狡谋，欲缓我师，愚以为君父有难，理应急援，请大王督

军，直趋澶渊，次第进垒。万一敌有异图，我军已到城下
了。”如用此计，徽、钦或不至被掳。汪伯彦道：“明诏令我暂驻，
如何可违？”宗泽道：“将在外，君命不受，况这道诏命，安
知非由敌胁迫么？”康王竟信伯彦言，但遣泽先趋澶渊。泽遂
自大名赴开德，连战皆捷。一面奉书康王，请檄诸道兵会京
城，一面移书北道总管赵野、河东北路宣抚使范讷、知兴仁府
曾楙，会兵入援。不料数路都杳无影响。泽只率孤军，进趋卫
南，转战而东，忽见金兵四集，险些儿被他围住，裨将王孝忠
阵亡。泽下令死战，军士都以一当百，斩首数千级，金人败
走。到了夜间，金人复进袭泽营，亏得泽预先迁徙，只剩了一
座空寨，反使金兵骇退。泽复过河追击，又得胜仗。陆续报闻
康王，并催他火速进军。康王已有众八万，并召集高阳关路安
抚使黄潜善及总管杨维忠，移师东平，分屯济、濮诸州。旋得
金人假传宋诏，令康王所有部众交付副元帅，自己即日还京。
幸张俊觑破诈谋，谏止康王。康王乃进次济州，静候消息。救
兵如救火，无故逗留中道，已见康王之心。

宗泽屡催无效，且闻二帝已经北去，即提孤军回趋大名，
传檄河北，拟邀截金人归路，夺还二帝。怎奈勤王兵无一到
来，眼见得独力难支，不便轻进。康王尚安居济州，至谢克家
由京到济，方得京城确报。克家当即劝进，康王不允。既而汴
使蒋思愈又至，代呈张邦昌书，无非自为解免，请康王归汴正
位云云。康王复书慰勉。独宗泽以邦昌篡逆，乞康王声罪致
讨，兴复社稷。康王正在迟疑，既而吕好问贻书康王谓：“大
王不自立，恐有不当立的人起据神器，应亟定大计为是。”张
邦昌又遣原使谢克家及康王舅忠州防御使韦渊奉大宋受命宝，
诣济州劝进。孟后亦派冯澥等为奉迎使，同至济州。康王乃恸
哭受宝，遂遣克家还京，办理即位仪物。时孟后已由邦昌尊
奉，垂帘听政，乃命太常少卿汪藻，代草手书，谕告中外道：

　　比以敌国兴师，都城失守，衅缠官阙，既二帝之蒙尘，祸及宗祊，谓三灵之改卜。众恐中原之无主，姑令旧弼以临朝。虽义形于色，而以死为辞，然事迫于危，而非权莫济。内以拯黔首将亡之命，外以纾邻国见逼之威，遂成九庙之安，坐免一城之酷。乃以衰癃之质，起于闲废之中，迎置宫闱，进加位号，举钦圣已还之典，成靖康欲复之心，永言运数之屯，坐视邦家之覆。抚躬犹在，流涕何从？缅维艺祖之开基，实自高穹之眷命，历年二百，人不知兵，传序九君，世无失德。虽举族有北辕之衅，而敷天同左袒之心。乃眷贤王，越居近服，已徇群情之请，俾膺神器之归。繇康邸之旧藩，嗣宋朝之大统。汉家之厄十世，宜光武之中兴，献公之子九人，惟重耳之尚在。兹惟天意，夫岂人谋？尚期中外之协心，同定安危之至计，庶臻小愒，渐底丕平，用敷告于多方，其深明于吾志！

　　这道手书传到济州，济州父老争诣军门上言：州城四面，红光烛天，明是上苍瑞应，请即城内即皇帝位。康王慰谕父老，令散归听命。权应天府朱胜非自任所进谒，愿迎康王至应天，谓："南京即宋州。为艺祖兴王地，四方所向，且便漕运，请即日启行。"宗泽亦以为可。康王乃决趋应天府。临行时，鄜延副总管刘光世自陕州来会，康王命他为五军都提举。既而西道总管王襄、宣抚使统制官韩世忠亦陆续到来，均随康王至应天府。于是就府门左首，筑受命坛，定期五月朔即位。张邦昌先日趋至，伏地请死，继以恸哭，亏他做作。康王仍慰抚有加。王时雍等也奉乘舆服御，齐集应天。转瞬间，就是五月朔日，康王登坛受命，礼毕后，遥谢二帝，北向悲号。旋经百官劝止，乃就府治，即位受百官拜谒，改元建炎，颁诏大赦。所有张邦昌以下及供应金军等人，概置不问。惟童贯、蔡京、朱勔、李彦、梁师成等子孙不得收叙。遥上靖康帝尊号，曰孝慈渊圣皇帝，尊元祐皇后孟氏为元祐太后。遥尊生母韦氏为宣和皇后。遥立夫人邢氏为皇后。孟后即日在东京撤帘，一切政治，归新皇专决。历史上称为南宋。且因康王后来庙号，叫作高宗皇帝，遂也沿称高宗。

小子尚有一段遗闻，未经见诸正史，只有禅乘上间或载及，因亦采入，聊供看官参阅。相传徽宗是江南李主煜后身，神宗曾梦李主来谒，因生徽宗，所以性情学术，均与李主相似。至被掳入金，金主亦仿用宋太祖见李主故事。独高宗生时，徽宗与郑后俱梦见钱王镠索还两浙，次日即报韦妃生男。钱王寿至八十一，高宗寿数，后来与钱王适合，所以世称为钱王后身。宣和年间，禁中赐宴诸王，高宗酒醉欲眠，退卧幄次。徽宗入幄揭帘，但见金龙丈余，蜿蜒榻上，当即骇退。及高宗往质金军，粘没喝疑为将家子，遣还换质，未几访问得实，遣使急追。高宗尚在途次，倦憩崔府君庙中，忽梦神人大呼道："快行快行！敌兵要追来了。"高宗惊醒，见有一马在侧，忙上马飞驰。既渡河，马不复动，视之乃是泥马，因此有泥马渡康王的遗传。此说恐未必确，彼时有张邦昌同行，且金兵已围攻汴都，往返甚近，亦不至有倦憩等事。这数种轶闻，是真是假，小子亦未敢臆断，不过人云亦云罢了。

且说高宗即位后，命黄潜善为中书侍郎，汪伯彦同知枢密院事，授张邦昌太保，封同安郡王，五日一赴都堂，参决大事，寻复加爵太傅。开手即用三大奸臣，后事可知。罢尚书左丞耿南仲，右丞冯澥，用吕好问为尚书右丞，召李纲为尚书右仆射，兼中书侍郎。置御营司，总齐军政。即令黄潜善为御营使，汪伯彦兼副使。王渊为都统制，刘光世为提举，韩世忠为左军统制，张俊为前军统制，杨维忠主管殿前公事。窜误国罪臣李邦彦至浔州，吴敏至柳州，蔡懋至英州，李棁、宇文虚中、郑望之、李邺等均安置广南诸州。宇文虚中似不应同罪。又以宣仁太后高氏从前保护哲宗，曾立大功，令国史馆改正诬谤，播告天下。追贬蔡确、蔡卞、邢恕等人。御史中丞张澄复论耿南仲主和罪状，因将南仲窜死南雄州。

宗泽入见高宗，慨陈兴复大计，适李纲亦应召而至，两人敷陈国事，统是志同道合，涕泣而谈，高宗亦为动容。偏汪、黄两人阴忌宗泽，不欲令他内用，但说襄阳为江防要口，应令泽镇守。高宗因命泽知襄阳府。汪、黄又忌李纲，复加谗间。纲稍有所闻，力辞相位。高宗面语纲道："朕知卿忠义，幸勿固辞！"纲顿首泣谢道："今日欲内修外攘，还二圣，抚四方，责在陛下与宰相。臣自知愚陋，不能仰副委任，必欲臣暂掌政柄，臣愿仿唐姚崇入相故例，首陈十事，仰干天听。如蒙陛下采择施行，臣方敢受命。"高宗道："卿尽管直陈，可行即行。"纲乃逐条说出，由小子表述如下：

（一）议国是注意在守口能而后战，能战而后和。（二）议巡幸请高宗至汴都谒见冗庙，若汴不可居，上策宣都长安，次都襄阳，又次都建康，均当先事预备。（三）议赦令祖宗登极，赦令皆有常式，不应赦及恶逆，及罪废官，尽复官职。（四）议僭逆张邦昌挟金图逆，易姓改号，宜正典刑，垂戒万世。（五）议伪命邦昌僭号，百官多受伪命，应傲唐肃宗故事，以六等治罪。（六）议战宜修明军律，信赏必罚，藉作士气。（七）议守宜于沿河、江、淮措置控御，严扼敌冲。（八）议本政宜整饬纲纪，一归中书以尊朝廷。（九）议久任戒靖康间任官不久之弊，令百官各专责成。（十）议修德劝高宗益修孝悌恭俭，副民望而致中兴。

高宗闻此十事，不加可否，但言明日当颁议施行。纲乃退出。待至次日，颁出八议，惟僭逆伪命二事，留中不发。纲又剀切上书，略云：

> 僭逆、伪命二事，乃今日政刑之大者，所关甚重。张邦昌在政府十年，渊圣即位，首擢为相，方国家祸难，金人为易姓之谋，邦昌如能以死守节，推明天下戴宋之义，以感动其心，敌人未必不悔祸而存赵氏。而邦昌方以为得计，偃然正位号，处宫禁，擅降伪诏，以止四方勤王之师。及知天下之不与，乃不得已请元祐太后垂帘听政，而议奉迎。邦昌僭逆，始末如此，而议者不同，臣请以春秋之法断之。夫春秋之法，人臣无将，将则必诛。赵盾不讨贼，则书以弑君。今邦昌已僭位号，敌退而止勤王之师，非特将与不讨贼而已。刘盆子以汉宗室，为赤眉所立，其后以十万众降。光武但待之以不死。邦昌以臣易君，罪大于盆子，不得已而自归，朝廷既不正其罪，又尊崇之，此何礼也？陛下欲建中兴之业，而尊崇僭逆之臣，以示四方，其谁不解体？又伪命臣僚，一切置而不问，何以厉天下士大夫之节乎？伏乞陛下立申睿断，毋瞻徇以失民望！

高宗览书后，召汪、黄二人与商。黄潜善代为邦昌剖辨，营救甚力。高宗因召问吕好问道："卿前在围城中，必知邦昌情形。"好问道："邦昌僭窃位号，人所共知，业已自归，惟求陛下裁处。"首鼠两端。高宗闻言，愈加踌躇。李纲复入谏道："邦昌为逆，仍使在朝，百姓将目为二天子，臣不愿与贼臣同居。如必欲用邦昌，宁罢臣职！"言下泣拜不已，高宗颇为感动。伯彦乃接口道："李纲气直，为臣等所不及。"高宗乃出纲奏议，揭邦昌罪状，贬为昭化军节度副使，安置潭州，并将王时雍、徐秉哲、吴千干、莫俦、李耀、孙觌等尽行贬谪，分窜高、梅、永、全、柳、归诸州。

先是邦昌僭居禁中，曾有华国靖恭夫人李氏屡持果实，赠遗邦昌。邦昌也厚礼答馈。一夕，李氏邀邦昌夜饮，特将养女陈氏装饰停当，令她侍宴。邦昌见了陈女，身子已酥了半边，更兼她殷勤斟酒，目逗眉挑，不由的心神俱醉。饮了数杯，便假寐席上，佯作醉状。李氏见邦昌已醉，即与陈女掖他起座，且与语道："大家事已至此，尚复何言？"当下持赭色半臂披邦昌身上，拥入福宁殿，令他小睡，且令陈女侍着。邦昌本是有心陈女，故作此态，既见李氏出去，即跃然而起，立把陈女搂住。陈女半推半就，一任邦昌所为，宽衣解带，成就好事。嗣是邦昌遂封陈女为伪妃。及邦昌还居东府，李氏私下相送，并有怨谤高宗等语。天下事若要不知，除非莫为，邦昌既贬潭州，威势尽失，当有人传达高宗，高宗即饬拘李氏下狱，命御史审讯。李氏无可抵赖，只好直供。于是邦昌罪上加罪，由马申奉诏至潭，勒令自尽，并诛王时雍等。李氏杖脊三百，发配车营。尝阅《说岳全传》，谓邦昌被兀术祭旗，充作猪羊，证诸史乘，全属不符，可见俗小说之难信。

吕好问曾受伪命，为侍御史王宾所劾，自请解职，因有诏出知宣州。宋齐愈阿附金人，首书张邦昌姓名，坐罪下狱，受戮东市。同是一死，何不死于前日。追赠李若水、刘鞈、霍安国等官。高宗方向用李纲，既任为右仆射，并命兼御营使。纲亦力图报称，知无不言，言无不尽。总计纲所规划，共有数则，无一非当时至计，小子复汇述如下：

　　一　请置河北招抚司，河东经制司，特荐张所、傅亮二人充任。高宗乃命张所为河北招抚使，王璞河东经制使，傅亮为副使。

　　二　因高宗登极时，赦诏未及两河，建炎元年六月，适潘贤妃生子旉，应援例大赦，特请遍赦两河，广示德义。

三　请调宗泽留守汴京，规复两河。泽因奉命为东京留守，兼知开封府事。

四　请立沿河、江、淮帅府，凡置府十有九，下列要郡三十九，次要郡三十八，府置帅，兼都总管。郡置守，兼钤辖都监。总置军九十六万七千五百人，别置水军七十七将，帅府置水兵二军，要郡一军，立军号曰凌波楼船军。造舟江、淮诸州。前此四道都总管，一并取消。

五　修明军法，定伍、甲、队、部、军各制。五人为伍，二十五人为甲，百人为队，五百人为部，二千五百人为军。上下相维，不乱统系。所有招置新军，及御营司兵，俱用新法团结。且诏陕西、山东诸路帅臣，并依此法，互相应援。

六　令诸路募兵买马，劝民出财，并制造战车，颁行京东西路。

七　议车驾巡幸，首关中，次襄阳，又次在邓州，不当株守应天。高宗特命范致虚知邓州，修城池，缮宫室，实钱谷，以为巡幸之备。

八　遣宣义郎傅雱使金军，但云通问二圣，不言祈请，俾上下枕戈尝胆，誓报国耻，徐使敌人生畏，自归二帝。

九　请还元祐党籍及元符上书人官爵。

高宗此时，总算言听计从，无不施行。偏黄潜善、汪伯彦两人同忌李纲，复倡和议。适值金娄室率领重兵进攻河中，权知府事郝仲连阖门死义。娄室入河中府城，复连陷解、绛、慈、隰诸州。汪、黄二人闻警，密请高宗转幸东南，高宗也觉胆怯，竟有巡幸东南的诏命。当时恼动了一位忠臣，接连上表，请帝还汴，正是：

　　　庸主偷安甘避敌，直臣报国独输忱。

欲知何人上表，俟至下回报明。

　　观康王构之留次济州，与即位应天，而已知其不足有为矣。当汴京危迫之时，能亟援君父之难，即早尽臣子之心。况宗泽连败金人，先声已振，各路兵亦陆续到来，有众至九万人，正可临城一战，力解汴围。胡为逍遥东土，但求自全，坐视君父之困乎？既而汴使来迎，一再劝进，亦应即日赴汴。先诛逆贼，继承帝祚，北向以御强虏，定两河，迎还二帝，期雪前耻。胡乃转趋应天，即位偏隅，预作避敌之计乎？且一经登极，首任汪、黄，已足为中兴之累。至僭逆如张邦昌，犹且锡以王爵，尊礼备至，微李纲之力请惩奸，则功罪不明，纪纲益紊，恐小朝廷且无自立矣。朱子谓李纲入相，方成朝廷，证以纲之谋议，其言益信。然有直臣，必贵有明主，主德不明，必有直道难容之虑，宜乎李纲之即遭摈斥也。

第六十四回

宗留守力疾捐躯　信王榛败亡失迹

却说高宗欲巡幸东南，偏有一人接连上表，请他还汴。这人非别，就是东京留守宗泽。泽受命至汴，见汴京城楼隳废，盗贼纵横，即首先下令：无论赃物轻重，概以盗论，悉从军法。当下捕诛盗贼数人，匪徒为之敛迹。嗣是抚循军民，修治楼橹，阖城乃安。会闻河东巨寇王善拥众七十万，欲夺汴城，泽单骑驰入善营，涕泣慰谕道："朝廷当危急时候，倘有一二人如公，亦不至有敌患。现在嗣皇受命，力图中兴，大丈夫建立功业，正在今日，为什么甘心自弃呢？"善素重泽名，至是越加感动，遂率众泣拜道："敢不效力。"泽既收降王善，又遣招谕杨进、田再兴、李贵、王大郎等，各遵约束。京西、淮南、河南北一带，已无盗踪。乃就京城四壁各置统领，管辖降卒，并造战车千二百乘，以资军用。又在城外相度形势，立坚壁二十四所，沿河遍筑连珠寨，联结河东、河北山水民兵，一面渡河，约集诸将，共议恢复事宜。且开凿五丈河，通西北商旅，百货骈集，物价渐平。

乃上疏请高宗还汴，高宗尚优诏慰答，惟不及还汴日期。既而金使至开封，只说是通好伪楚，泽将来使拘住，表请正法，有诏反令他延置别馆。斩使或未免太甚，延使实可不必。他复申奏行在，不肯奉诏。旋得高宗手札，命他遣还，因不得已纵遣来使。会闻金人将入攻汜水，正拟遣将往援，巧值岳飞到汴，误犯军令，坐罪当刑。泽见他相貌非常，不忍加罪，及问他战略，所答悉如泽意。泽许为将材，遂拨兵五百骑，令援汜水，将功补过。飞大败金兵而还，因擢飞为统制，飞由是知名。泽又申疏请高宗还汴，哪知此次拜表，竟不答复，反遣使至汴，迎太庙神主，奉诣行在，且连元祐太后及六宫与卫士家属统行接去。泽复剀切上书，极言汴京不应舍弃，仍不见报。既而闻李纲转任左仆射，正拟向纲致书，并力请高宗还汴，不意书尚未发，那左仆射李纲竟罢为观文殿大学士提举洞霄宫了。未几，又闻太学生陈东、布衣欧阳澈请复用李纲，罢斥黄潜善、汪伯彦，竟致激怒高宗，同处死刑。看官你想！这赤胆忠心的宗留守，能不欷歔太息么？

原来汪、黄两人常劝高宗巡幸扬州，李纲独欲以去就相争。高宗初意尚信任李纲，因汪、黄在侧时进谗言，渐渐的变了初见，将李纲撇在脑后。纲有所陈，常留中不报。嗣欲进黄潜善为右相，不得已调李纲为左相。仅过数日，潜善即促傅亮渡河。亮以措置未就，暂从缓进，纲亦代为申请。偏潜善不以为然，竟责他有意逗留，召还行在。亮本李纲所荐，遂上言朝廷罢亮，臣亦愿乞身归田。高宗虽慰留李纲，竟罢亮职。纲再疏求去，因罢为观文殿大学士，提举洞霄宫。统计纲在相位，仅七十七日，所建一切规模，粗有头绪，自罢纲后，尽反前政，决意巡幸东南。不务争存，何处得安乐窝？陈东、欧阳澈本未识纲，因为忠义所激，乃请任贤斥奸。潜善奏高宗道："陈东等尝纠众伏阙，若不严惩，恐又有骚动情事，为患匪轻。"高宗遂将原书交与潜善，令他核罪照办，潜善领书而出。尚书右丞许翰问潜善道："公当办二人何罪？"潜善道："按法当斩。"许翰道："国家中兴，不应严杜言路，须下大臣等会议！"潜善佯为点首，暗中恰嘱开封府尹孟庾竟将二人处斩。东字少阳，镇江人，欧阳澈字德明，抚州人。两人以忠义杀身，无论识与不识，均为流涕。四明李猷赎尸瘗埋。越三年，汪、黄得罪，乃追赠二人为承事郎，各官亲属一人，令州县抚恤其家属。绍兴四年，又并加朝奉郎，秘阁修撰官。闻扬忠义，不惮从详。惟许翰闻二人处斩，代著哀辞，且八上章求罢，因亦免职。

会河北州郡陆续被金军破陷，黄潜善、汪伯彦二人，力劝高宗幸扬州。高宗从二人言，指日启跸。隆祐太后以下先期出行。看官道隆祐太后是何人？原来就是元祐太后。"元祐"的"元"字，因犯太祖讳，所以改为隆祐，这是高宗启跸以前，新经改定。不肯模糊一笔。及高宗到了扬州，还道是避敌较远，可以无虞。且把故相李纲窜置鄂州，并遣朝奉郎王伦及阁门舍人朱弁同赴金邦，请休战议和，一心一意的讨好金人，想做个小朝廷罢了。

哪知宋愈示弱，金益逞强，王伦等到了云中，反被粘没喝羁住，将他软禁起来，还要起燕京八路民兵，分三路来侵南宋。看官你想！一个国家，可不图自强，专想偷安么？大声棒喝，后人听着。先是金将干离不闻高宗即位，拟送归二帝，重修和好，独粘没喝以为未可。未几，干离不死，粘没喝独握兵权，仍拟侵宋。及见王伦到来请和，料知高宗是个没用的主子，况且不向北进，反从南退，畏缩情形，不问可知。此时不乘机南下，还待何时？当下报告金主，分道南侵，自率所部兵下太行，由河阳渡河，直攻河南。分遣银术可一译作尼楚赫。攻汉上，讹里呆、一译作鄂尔多，系金太祖子，兀术一译作乌珠，金太祖四子。自燕山由沧州渡河，进攻山东。分阿里蒲卢浑一译作阿里富㐨术。军趋淮南，娄室与撒离喝、一译作萨思千。黑锋一译作哈富。自同州渡河，转攻陕西。各路金兵分头攻入。粘没喝至汜水关，留守孙昭远走死。娄室至河中，见西岸有宋军扼守，不敢径渡，乃绕道韩城，履冰涉河，连陷同州、华州。

沿河安抚使郑骧力战不支，赴井自尽。娄室遂破潼关，经制使王躞弃了陕州，竟奔入蜀，中原大震。惟兀术欲渡河窥汴，幸得宗泽预遣将士，保护河梁，兀术乃暂行退去。

转眼间，已是建炎二年了，一出正月，银术可即进陷邓州，知州范致虚遁去，安抚使刘汲战死，所备巡幸储峙均被劫去，且分兵四陷襄阳、均、房、唐、陈、蔡、汝、郑州、颍昌府。通判郑州赵伯振、知颍昌府孙默、知汝阳县郭赟皆不屈遇害。兀术又自郑州抵白沙，去汴甚近。宗泽尚对客围棋，谈笑自若，属僚忙入内问计，泽怡然道：“我已有准备了。”既而兵报到来，果得胜仗。原来宗泽先遣部将刘衍趋滑州，刘达趋郑州，牵制敌势。至是又选精锐数千骑，令绕出敌后，邀击金兵归路。金兵方与衍战，不料后面又有宋军，前后夹攻，竟致败溃。宗泽既得捷报，料知金人势盛，不肯一败即退，乃复遣部将阎中立、郭俊民、李景良等率兵趋郑。途中果遇粘没喝大军，两下对垒，中立战死，景良遁去，俊民竟解甲降金。泽闻败警，即捕到景良，将他斩首。嗣因俊民引金使来汴，持粘没喝书招降宗泽。泽撕毁来书，复喝令左右将两人杀了一双。是司马穰苴一流人物。既而刘衍还汴，金兵乘虚入滑，泽部将张㧑往援，㧑手下不过一二千人，金兵却有一二万。或请㧑少避敌锋，㧑叹道：“避敌偷生，有何面目还见宗公？”因力战而死。泽闻㧑急，忙遣王宣驰救，至已不及。宣率部兵与金人力战，竟破金兵。金兵复弃城遁去。宣入滑后，报知宗泽，泽令宣知滑州。

忽有河上屯将获住金将王策，由泽询问原委，乃系辽室旧臣，遂亲与解缚，邀他旁坐。道及辽亡遗事，及金人虚实，尽得详情。乃召诸将泣谕道：“汝等皆心存忠义，当协谋剿敌，期还二圣，共立大功。”众将闻言，皆感激思奋，誓以死报。泽遂决意大举，募兵储粮，并约前时招抚各盗魁共集城下，指日渡河。因再上疏，请高宗还汴，一面檄召都统制王彦还屯滑州。彦性颇忠勇，曾与张所、宗泽等共图恢复，泽尝遣岳飞助所，所待以国士，更派令随彦渡河。彦率师至新乡，遥见金兵数万前来，气势甚盛。彦部下不过七千人，将校十一员，飞亦在列。他将均有惧色，不敢进战，飞独持丈八铁枪，冲入敌阵，左挑右拨，无人敢当，遂夺得大纛一面，向空掷去。诸将见岳飞得手，也奋勇杀上，顿时击退金人，克复新乡。越日，再战侯兆川，飞身被十余创，士皆死战，又将金人击退。会粮食将罄，诣彦营乞粮，彦不许，飞自行措粮，转战至太行山，擒金将拓跋耶乌。金骁帅黑风大王自恃枭悍，来与飞交锋，战未数合，又被飞一枪刺死，金人骇退。插入此段，实为岳飞写生。飞因彦不给粮，不便再进，仍率所部复归宗泽。

彦骤失良将，乏人御敌，寻被金人围住，彦溃围出走，退保西山，即太行山。潜结两河豪杰，勉图再举。部下各相率刺面，涅成"赤心报国誓杀金贼"八字。既而两河响应，众至十万。金将不敢近垒，转截彦军饷道。彦勒兵待敌，斩获甚众，至接得泽檄，乃陆续拔至滑州。泽闻彦已还滑，即将所定规划，奏报行在，略云：

> 臣欲乘此暑月，是时当靖康二年夏月。遣王彦等自滑州渡河，取怀、卫、浚、相等州，王再兴等自郑州直护西京陵寝，马扩等自大名取洛、相、真定，杨进、王善、丁进等各以所领兵，分路并进。河北山寨忠义之民，臣已与约响应，众至百万。愿陛下早还京师，臣当躬冒矢石，为诸将先，中兴之业，必可立致。如有虚言，愿斩臣首以谢军民！

这疏上后，未接复诏，各处消息，反且日恶。永兴军潍州、淮宁、中山等府相继失陷。经略使唐重、知潍州韩浩、知淮宁府向子韶、知中山府陈遘、俱死难。泽忠愤交迫，又复上疏，大略说是：

> 祖宗基业，弃之可惜。陛下父母兄弟，蒙尘沙漠，日望救兵，西京陵寝，为贼所占，今年寒食节，未有祭享之地。而两河、二京、陕石、淮甸百万生灵，陷于涂炭，乃欲南幸湖外，盖奸邪之臣，一为贼房方便之计，二为奸邪亲属，皆已津置在南故也。今京城已增固，兵械已足备，人气已勇锐，望陛下毋沮万民敌忾之气，而循东晋既覆之辙！

高宗看到此奏，也不觉怦然心动，拟择日还京。偏黄潜善、汪伯彦二人阴恨宗泽所陈牵连自己，遂百端阻难，不令高宗还汴，且戒泽毋得轻动。奸臣当道，老将徒劳，可怜泽忧愤成疾，致生背疽。诸将相率问疾，泽矍然起床道："我因二帝蒙尘，积愤至此，汝等若能歼敌，我死亦无恨了。"诸将相率流涕，齐声道："敢不尽力！"及大众退出，泽复吟唐人诗道："出师未捷身先死，长使英雄泪满襟。"不亚五丈原遗恨。越宿，风雨如晦，泽病已垂危，尚无一语及家事。到了临终的时候，惟三呼"过河"罢了。到死不忘此念。泽字汝霖，义乌人，元祐中登进士第，具文武才，累任州县，迭著政绩，尚未以将略闻。至调知磁州，修城浚池，誓师固守，金人不敢犯。嗣佐高宗为副元帅，渡河逐寇，连败金人，于是威名渐著。既守东京，金人屡战屡却，益加敬畏，各呼为宗爷爷。殁时已年七十，远近号恸，讣闻于朝，赠观文殿学士谏议大夫，予谥忠简。泽子名颖，襄父戎幕，素得士心。汴人请以颖继父任，偏有诏令北京留守杜充移任，但命颖为判官。充至汴，酷虐寡谋，大失众望。颖屡谏不从，乞归守制。所有将士及抚降诸盗，统行散去。一座宅中驭外的汴京城，要从此不保了。

是时金兵所至，类多残破，娄室既陷永兴，鼓众西行，秦州帅臣李绩出降，复引兵犯熙河。都监刘惟辅率精骑二千，夜趋新店。翌晨，遇着金兵，前驱大将为黑锋，由惟辅一马突出，舞槊直刺。黑锋不及防备，一槊洞胸，堕马竟死，余众败退。都护张严锐意击贼，追至五里坡，骤遇娄室伏兵，被围败亡。粘没喝方占踞西京，*即河南府*。闻黑锋战殁，遂毁去西京庐舍，往援娄室，留兀术屯驻河阳。河南统制官翟进得入西京，复用兵袭击兀术，兀术先已预备，设伏以待进。子亮为先行，中伏殉节，进亦几殆。适御营统制韩世忠奉诏援西京，路过河阳，可巧遇着翟进败军，遂击鼓进兵，救了翟进。嗣与兀术相持数日，未得胜仗，不意兀术恰竟走了。看官道为何事？原来粘没喝引兵西进，闻娄室已转败为胜，乃自平陆渡河，径还云中。兀术得知信息，所以也有归志。惟娄室入侵泾原，由制置使曲端遣副将吴玠迎击，至青溪岭，一鼓击退金兵。石壕尉李彦仙亦用计克复陕州，及绛、解诸县。

会徽宗第十八子信王榛，本随二帝北行，至庆源，亡匿真定境中。适和州防御使马扩与赵邦杰聚兵五马山，从民间得榛，奉以为王，总制诸寨。两河遗民，闻风响应，榛遂手书奏牍，令马扩赍赴行在，呈上高宗。高宗展视，见上面写着：

> 马扩、赵邦杰忠义之心，坚若金石，臣自陷城中，颇知其虚实。贼今稍惰，皆怀归心。今山西诸寨乡兵，约十余万，力与贼抗，但皆苦乏粮，兼阙戎器，臣多方存恤，惟望朝廷遣兵来援，否则不能支持，恐反为贼用。臣于陛下，以礼言则君臣，以义言则兄弟，其忧国念亲之心无异。愿委臣总大军，与诸寨乡兵，约日大举，决见成功。

臣翘切待命之至！

高宗览毕，正值黄潜善、汪伯彦在侧，便递与阅看。潜善不待看完，便问高宗道："这可是信王亲笔么？恐未免有假。"妒心如揭。高宗道："确是信王手书。他的笔迹，朕素认得的。"伯彦道："陛下亦须仔细。"一唱一和。高宗乃召见马扩，问明一切，已经确凿无疑，当即授信王榛为河外兵马都元帅，并令马扩为河北应援使，还报信王。扩退朝后，潜善与语道："信王已经北去，如何还在真定？汝此去须要小心窥伺，毋堕奸人狡谋，致陷欺君大罪！"似乎还替马扩着想。马扩一再辩论，潜善便提出"密旨"二字，兜头一盖。且云密旨中，亦令汝听诸路节制，不得有违。扩乃不与多争，怏怏而去。既至大名，料知此事难成，逗留了好几日。上文宗泽疏中，言令马扩"自大名取洛、相、真定"，便在此时。金将讹里朵探知此事，恐扩请兵援榛，亟攻五马山诸寨，并遣人约粘没喝军速来接应。信王榛闻金兵到来，连忙督兵守御，哪知汲道被金兵截断，寨众无水可汲，顿时溃乱。讹里朵乘乱杀入，诸寨悉陷。信王榛亡走，不知所终。小子有诗叹道：

> 不共戴天君父仇，枕戈有志愿同仇。
> 如何孱主昏庸甚，甘弃同胞忍国羞！

马扩得知警报，募兵驰援，已是不及，反被金兵截击清平，吃了一个大败仗，也只好仍往和州去了。欲知后事，且看下回。

靖康之世，若信用李纲、种师道，则不致北狩。建炎之时，若信用李纲、宗泽，则不致南迁。李纲之效忠于高宗，犹钦宗时也。宗泽之忠勇，较师道尤过之。史称泽请高宗还汴，前后约二十余奏，均为黄潜善、汪伯彦所阻抑。抱诸葛之忱，婴亚夫之疾，高宗之不明，殆视蜀后主为更下乎？信王榛避匿真定，得马扩、赵邦杰等奉以为主，一成一旅，犹思规复，高宗拥数路大兵，尚误听汪、黄之言，避敌东南，甘任二奸播弄。盖至宗泽殁，信王榛亡，而两河中原，乃俱沦没矣。本回于宗泽、信王榛，叙述独详，此外则均从略，下笔固自有斟酌，非徒录前史已也。

第六十五回

招寇侮惊驰御驾　胁禅位激动义师

　　却说金娄室为吴玠所败退至咸阳，因见渭南义兵满野，未敢遽渡，却沿流而东。时河东经制使为王庶连檄环庆帅王似、泾原帅席贡、追蹑娄室。两人不欲受庶节制，均不发兵。就是陕西制置使曲端，亦不欲属庶。三将离心，适招寇虏。娄室并力攻鄜延，庶调兵扼守，那金兵恰转犯晋宁，侵丹州，渡清水河，复破潼关。庶日移文，促曲端进兵，端不肯从，但遣吴玠复华州，自引兵迂道至襄乐，与鄜会师。及庶自往御敌，偏娄室从间道出攻延安，庶急忙回援，延安已破，害得庶无处可归。适知兴元府王璪率兵来会，庶乃把部兵付璪，自率官属等，赴襄乐劳军，还想借重曲端，恢复威力。*真是痴想。*及和端相晤，端反责他失守延安，意欲将他谋死。幸庶自知不妙，将经制使印，交与曲端，复拜表自劾。有诏降为京兆守，方得脱身自去。端尚欲拘住王璪，令统制张中孚往召，且与语道："璪若不听，可持头来。"中孚到了庆阳，璪已回兴元去了。*曲端为人，曲则有之，端则未也。*

　　娄室复返寇晋宁军知军事徐徽言，函约知府州折可求夹攻金人。可求子彦文赍书往复可求，偏被金兵遇着，拘絷而去。娄室胁令作书招降可求，可求重子轻君，竟将所属麟府三州投降金军。徽言曾与可求联姻，娄室又使可求至城下，呼徽言与语，诱令降金。徽言不与多谈，但引弓注射，可求急走。徽言乘势出击，掩他不备，大败金兵，娄室退走十里下寨，其子竟死乱军中。惟娄室痛子情深，恨不把晋宁军吞下肚去，随即搜补卒乘，仍复进攻。相持至三月余，粮尽援绝，城遂被陷。徽言方欲自刎，金人猝至，拥挟以去。娄室尚欲胁降，徽言大骂，乃被杀死。统制孙昂以下一概殉难。不肯埋没忠臣，是作者本心。娄室又进破鄜、坊二州，未几复破巩州。秦、陇一带，几已无干净土了。

那时粘没喝已与讹里朵相会，接应前回。合攻濮州，知州杨粹中登陴固守，夜命部将姚端潜劫金营。粘没喝未曾预防，跣足走脱。嗣是攻城益急，月余城陷，粹中被执，不屈遇害。粘没喝遂遣讹里朵攻大名，并檄兀术再下河南。兀术连陷开德府及相州，守臣王棣、赵不试相继死节。讹里朵兵至大名城下，守臣张益谦欲遁。提刑郭永入阻道："北京即指大名府，所以遮梁宋。敌或得志，朝廷危了。"益谦默然。郭永退出，急率兵守城，且募死士缒城南行，至行在告急。会大雾四塞，守卒迷茫，金兵缘梯登城，益谦慌忙迎降。讹里朵责他迟延，吓得益谦跪求，归咎郭永。可巧永亦被执，推至帐前，讹里朵问道："你敢阻降么？"永直认不讳。讹里朵道："你若肯降，不失富贵。"永怒骂道："无知狗彘，恨不能醢尔报国，尚欲我投降吗？"讹里朵大愤，亲拔剑杀死郭永，并令捕永家属，一并屠害。

各处警报，接连传到扬州，黄潜善多匿不上闻。高宗还道是金瓯无缺，安享太平，且令潜善与伯彦为尚书左右仆射，兼门下中书侍郎。两人入谢，高宗面谕道："黄卿作左相，汪卿作右相，何患国事不济！"仿佛梦境。两人听了，好似吃雪的凉，非常爽快。退朝后，毫无谋议，整日里与娇妻美妾，饮酒欢谈。有时且至寺院中，听老僧谈经说法。蹉跎到建炎三年正月，忽屯兵滑州的王彦入觐高宗，先至汪、黄二相处叙谈。甫经见面，即抗声道："寇势日迫，未闻二公调将派兵，莫不是待敌自毙么？"潜善沉着脸道："有何祸事？"王彦禁不住冷笑道："敌酋娄室扰秦、陇，讹里朵陷北京，兀术下河南，想已早有军报，近日粘没喝又破延庆府，前锋将及徐州，是事前未叙过，特借王彦说明，以省笔墨。二公也有耳目，难道痴聋不成？"伯彦插嘴道："敌兵入境，全仗汝等守御，为何只责备宰臣？"王彦道："两河义士常延颈以望王师，我王彦日思北渡，无如各处将士未必人人如彦，全仗二公辅导皇上，剀切下诏，会师北伐，庶有以作军心，慰士望。今二公寂然不动，皇上因此无闻，从此过去，恐不特中原陆沉，连江南也不能保守呢。"汪、黄二人语塞，惟心下已忿恨得很，待王彦退后，即入奏高宗，说是王彦病狂，请降旨免对。高宗率尔准奏，即免令入觐，只命充御营平寇统领。彦遂称疾辞官，奉诏致仕。

不到数日，粘没喝已陷徐州，知州事王复一家遇害。韩世忠率师救濮，被粘没喝回军截击，又遭败衄，走保盐城。粘没喝遂取彭城，间道趋淮东，入泗州。高宗才闻警报，亟遣江、淮制置使刘光世率兵守淮。敌尚未至，兵已先溃。粘没喝长驱至楚州，守城朱琳出降，复乘胜南进，破天长军，距扬州只数十里。内侍邝询闻警，忙入报高宗道："寇已来了。"高宗也不及问明，急披甲乘马，驰出城外。到了瓜州，得小舟渡江，随行惟王渊、张俊，及内侍康履，并护圣军卒数人，日暮始至镇江府。都是汪、黄二相的功劳。黄潜善、汪伯彦尚率同僚听浮屠说法，听罢返食。堂吏大呼道："御驾已行了。"两人相顾仓皇，不及会食，忙策马南驰。隆祐太后及六宫妃嫔幸有卫士护着，相继出奔。居民各夺门逃走，互相蹴踏，死亡载道。司农卿黄锷趋至江上，军士误作黄潜善，均戟指痛詈道："误国误民，都出自汝，汝也有今日。"锷方欲辩白姓名，谁知语未出口，头已被断了。同姓竟至受累。

时事起仓猝，朝廷仪物多半委弃，太常少卿季陵亟取九庙神主以行。出城未数里，回望城中，已经烟焰冲天，令人可怖。蓦闻后面喊声大起，恐有金兵追来，急急向前逃窜，竟把那太祖神主遗失道中。驰至镇江，时已天明，见车驾又要启行，探息缘由，才知高宗要奔向杭州了。原来高宗到了镇江，权宿一宵，翌晨，召群臣商议去留。吏部尚书吕颐浩乞请留跸，为江北声援。王渊独言镇江止可捍一面，若金人自通州渡江，占据姑苏，镇江即不可保，不如钱塘有重江险阻，尚可无虞。你想保全性命，谁知天不容汝。高宗遂决意趋杭，留中书侍郎朱胜非驻守镇江。江、淮制置使刘光世充行在五军制置使，控扼江口。是夕即发镇江，越四日次平江，又命朱胜非节制平江、秀州军马，张浚为副，留王渊守平江。又二日进次崇德，拜吕颐浩为同签书枢密院事，兼江、淮、两浙制置使，还屯京口。又命张浚率兵八千守吴江。嗣是一直到杭，就州治为行宫，下诏罪己，求直言，赦死罪以下，放还窜逐诸罪臣，独李纲不赦。看官不必细问，便可知是汪、黄二人的计划，想籍此以谢金人。自以为智，实是呆鸟。一面录用张邦昌家属，令阁门祗候刘俊民持邦昌与金人约和书稿赴金军议和。专想此策。嗣接吕颐浩奏报，据言"金人焚掠扬州，今已退去。臣已遣陈彦渡江收复扬州，借慰上意"云云。高宗稍稍放心。

中丞张澄，因劾汪、黄二人有二十大罪。二人尚联名具疏，但说是国家艰难，臣等不敢具文求退。高宗方觉二人奸伪，乃罢潜善知江宁府，伯彦知洪州，进朱胜非为尚书右仆射兼中书侍郎，王渊同签书枢密院事。渊无甚威望，骤迁显职，人怀不平。苗傅自负世将，刘正彦因招降剧盗，功大赏薄，每怀怨望。至是见王渊入任枢要，更愤恨得了不得，且疑他与内侍康履、蓝珪勾通，因得此位。于是两人密谋，先杀王渊，次杀履、珪。中大夫王世修亦恨内侍专横，与苗、刘联络一气，协商既定，俟衅乃动。会召刘光世为殿前指挥使，百官入听宣制。苗傅以为时机已至，遂与刘正彦定议，令王世修伏兵城北桥下，专待王渊退朝，就好动手。王渊全未知晓，惘惘然进去，又惘惘然出来，甫经乘马出城，那桥下的伏兵顿时齐起，一拥上前，将王渊拖落马下。刘正彦拔剑出鞘，立即砍死。当下与苗傅拥兵入城，直抵行宫门外，枭了渊首，号令行阙，且分头搜捕内侍，擒斩了百余人。

康履闻变，飞报高宗，高宗吓得满身发抖，一些儿没有摆布。挖苦得很。朱胜非正入直行宫，忙趋至楼上，诘问傅等擅杀罪状。傅抗声道："我当面奏皇上。"语未毕，中军统制吴湛从内开门，引傅等进来。但听得一片哗声，统说是要见驾。知杭州康永之，见事起急迫，无法拦阻，只好请高宗御楼慰谕。高宗不得已登楼，傅等望见黄盖，还是山呼下拜。高宗凭栏问故。想此时尚在抖着。傅厉声道："陛下信任中官，赏罚不公，军士有功，不闻加赏，内侍所主，尽可得官。黄潜善、汪伯彦误国至此，尚未远窜，王渊遇贼不战，首先渡江，结交康履，乃除枢密，臣自陛下即位以来，功多赏薄，共抱不平，现已将王渊斩首，在宫外的中官亦多诛讫，惟康履等犹在君侧，乞缚付臣等，将他正法，聊谢三军。"迹虽跋扈，语却爽快。高宗亟语道："潜善、伯彦已经罢斥，康履等即当重遣，卿等可还营听命！"傅又道："天下生灵无罪，乃害得肝脑涂地，这统由中官擅权的缘故。若不斩康履等人，臣等决不还营。"高宗沉吟不决。过了片时，傅等噪声愈盛。没奈何命湛执履，缚送楼下。傅手起刀落，将履砍成两段，脔尸枭首，并悬阙门。高宗仍命他还营，傅等尚是不依，且进言道："陛下不当即大位，试思渊圣皇帝归来，将若何处置？"高宗被他一诘，自觉无词可对，只得命朱胜非缒至楼下，委曲晓谕。并授傅为承宣御营使都统制，刘正彦为副。傅乃请隆祐太后听政，及遣人赴金议和。高宗准如所请，即下诏请隆祐太后垂帘。傅等闻诏，又复变卦，仍抗议道："皇太子何妨嗣立，况道君皇帝已有故事。"得步进步，乃成叛贼。胜非复缒城而上，还白高宗。高宗嗫嚅道："朕当退避，但须得太后手诏，方可举行。"乃遣门下侍郎颜岐入内，请太后御楼。太后已至，高宗起立楹侧，从官请高宗还坐，高宗不禁呜咽道："恐朕已无坐处了。"谁叫你信用匪人。

太后见危急万分，乃弃肩舆下楼，出门面谕道："自道君皇帝误信奸臣，致酿大祸，并非关今上皇帝事。况今上初无失德，不过为汪、黄两人所误，今已窜逐，统制宁有不知么？"傅答道："臣等必欲太后听政，奉皇子为帝。"太后道："目今强敌当前，我一妇人，抱三岁儿决事，如何号令天下？且转召敌人轻侮，此事未便率行。"恰是达理之言。傅等仍固执不从，太后顾胜非道："今日正须大臣果断，相公何寂无一言？"应该责备。胜非遂退，还白高宗道："傅等腹心中有一王钧甫，适语臣云：'二将忠心有余，学识不足'，臣请陛下静图将来，目下且权宜禅位。"高宗乃即提笔作诏，禅位皇子旉，请太后训政。胜非奉诏出宣，傅等乃麾众退去。

皇子旉即日嗣位，太后垂帘决事，尊高宗为睿圣仁孝皇帝，以显宁寺为睿圣宫，颁诏大赦，改元明受，加苗傅为武当军节度使，刘正彦为武成军节度使，分窜内侍蓝珪、曾泽等于岭南诸州。傅遣人追还，一律杀毙，且欲挟太后、幼主等转幸徽、越。赖胜非婉谕祸福，才得罢议。越二日改元，赦书已达平江，留守张浚秘不宣布。既而得苗傅等所传檄文，乃召守臣汤东野及提刑赵哲共谋讨逆。巧值张俊引所部八千人至平江来会张浚。两张官名，音同字异，看官不要误阅。浚与语朝事，涕涟交下。俊答道："现有旨，令俊赴秦凤，只准率三百人，余众分属他将。想此必系叛贼忌俊，伪传此诏，故特来此，与公一

决。"浚即道："诚如君言，我等已拟兴兵问罪了。"俊拜泣
道："这是目前要计，但亦须由公济以权变，免致惊动乘舆。"
浚一再点首。正商议间，忽由江宁传到一函，由张浚启阅，乃
是吕颐浩来问消息。且言"禅位一事，必有叛臣胁迫，应共
图入讨"等语。这一书，适中张浚心坎，随即作书答复，约共
起兵，并贻书刘光世，请他率师来会。嗣又恐傅等居中，或生
他变，因特遣辩士冯幡往说苗、刘不如反正。刘正彦乃令幡
归，约浚至杭面商。浚闻吕颐浩已誓师出发，且疏请复辟，遂
也令张俊扼吴江上流，一面上复辟书，一面复告正彦，只托言
张俊骤回，人情震惧，不可少留泛地，抚慰俊军。会韩世忠
自盐城出海道，将赴行在，既至常熟，为张俊所闻，大喜道：
"世忠到来，事无不济了。"当下转达张浚，招致世忠。世忠
得浚书，用酒酹地，慨然道："吾誓不与二贼共戴天。"随即
驰赴平江，入见张浚，带哭带语道："今日举义，世忠愿与张
浚共当此任，请公无虑！"浚亦泪下道："得两君力任艰难，
自可无他患了。"遂大犒张俊、韩世忠两军，晓以大义，众皆
感愤。世忠因辞别张浚，率兵赴阙，浚戒世忠道："投鼠忌
器，此行不可过急，急转生变，宜趋秀州据粮道，静俟各军到
齐，方可偕行。"世忠受命而去。

　　到了秀州，称疾不行，暗中恰大修战具。苗傅等闻世忠南
来，颇怀疑惧，欲拘他妻子为质。朱胜非忙语傅道："世忠逗
留秀州，还是首鼠两端，若拘他妻孥，转恐激成变衅，为今日
计，不如令他妻子出迎世忠，好言慰抚，世忠能为公用，平江
诸人都无能为了。"欺之以方，易令叛贼中计。傅喜道："相公所
言甚是。"当即入白太后，封世忠妻梁氏为安国夫人，令往迓
世忠。

　　看官道梁氏为何等人物？就是那巾帼英雄，著名南宋的梁
红玉。标明奇女，应用特笔。红玉本京口娼家女，具有胆力，能

挽弓注射，且通文墨，平素见少年子弟，类多白眼相待。自世忠在延安入伍，从军南征方腊，还至京口，与红玉相见，红玉知非常人，殷勤款待。两口儿语及战技，差不多是文君逢司马，红拂遇药师。^{为红玉幸，亦为世忠幸。}先是红玉曾梦见黑虎，一同卧着，惊醒后，很自惊异。及既见世忠，觉与梦兆相应。且因世忠尚无妻室，当即以终身相托。世忠也喜得佳耦，竟与联姻，伉俪相谐，自不消说。未几生下一子，取名彦直。至高宗即位应天，召世忠为左军统制。世忠乃挈着妻孥，入备宿卫，嗣复外出御寇，留妻子居南京。高宗迁扬州，奔杭州，梁氏母子当然随帝南行。及受安国夫人的封诰，且命往迓世忠，梁氏巴不得有此一着。匆匆驰入宫中，谢过太后，即回家携子，上马疾驱出城，一日夜趋至秀州。世忠大喜道："天赐成功，令我妻子重聚，我更好安心讨逆了。"未几有诏促归，年号列着"明受"二字。世忠怒道："我知有建炎，不知有明受。"遂将来诏撕毁，并把来使斩讫。随即通报张浚，指日进兵。

张浚因遣书苗、刘，声斥罪状。傅等得书，且怒且惧，乃遣弟瑀、翊及马柔吉等率重兵，扼临平，并除张俊、韩世忠为节度使，独谪张浚为黄州团练副使，安置郴州。浚等皆不受命，且草起讨逆檄文，传达远迩。吕颐浩、刘光世亦相继来会，遂以韩世忠为前军，张俊为辅，刘光世为游击，自与吕颐浩总领中军，浩浩荡荡，由平江启行。途次接太后手诏，命睿圣皇帝处分兵马重事，张浚同知枢密院事，李邴、郑毅并同签书枢密院事。各军闻命，愈加踊跃，陆续南下。苗、刘闻报，均惊慌失措，朱胜非暗地窃笑道："这两凶真无能为。"^{你也非真大有为。}苗、刘情急，只好与胜非熟商。胜非道："为二公计，速自反正，否则各军到来，同请复辟，公等将置身何地？"苗傅、刘正彦想了多时，委实没法，不得已从胜非言，即召李邴、张守等作百官奏章及太后诏书，仍请睿圣皇帝复位。傅等且率百官朝睿圣宫，高宗漫言抚慰，苗、刘各用手加额道："圣天子度量，原不可及呢。"越日，太后下诏还政，朱胜非等迎高宗还行宫，御前殿，朝见百官。太后尚垂帘内坐，有诏复建炎年号，以苗傅为淮西制置使，刘正彦为副，进张浚知枢密院事。又越四日，太后撤帘，诏令张浚、吕颐浩入朝。张、吕等已至秀州，闻知此信，免不得集众会议，商酌善后事宜，再定行止。正是：

复辟虽曾闻诏下，锄奸非即罢兵时。

究竟行止如何，且看下回续表。

汪、黄佞臣也，而高宗信之。苗、刘逆臣也，而高宗用之。信佞臣适以召外侮，用逆臣适以酿内变，即位未几，而外侮猝乘，内变又起。当乘马疾驰之日，登楼慰谕之时，呼吸存亡，间不容发，高宗曾亦自悔否耶？夫汪、黄无莽、懿之智，刘、苗无操、裕之权。驾驭有方，则四子皆仆隶耳，宁能误人家国，肇祸萧墙哉？惟倚佞臣为左右手，而后直臣退，外侮得以乘之。置逆臣于肘腋间，而后忠臣疏，内变得而胁之。假使天已弃宋，则高宗不死于外寇，必死于内讧，东南半壁，盖早已糜烂矣。观于此而知高宗之不死，盖犹有天幸存焉。

第六十六回

韩世忠力平首逆　金兀术大举南侵

却说张浚、吕颐浩集众会议，颐浩仍主张进兵，且语诸将道："今朝廷虽已复辟，二贼犹握兵居内，事若不济，必反加我等恶名。汉翟义、唐徐敬业故事，非即前鉴么？"诸将齐声道："公言甚是，我等非入清君侧，决不还师。"议既定，复驱军直进，径抵临平。遥见苗翊、马柔吉等沿河扼守，负山面水，扎就好几座营盘，中流密布鹿角，阻住行舟。韩世忠舍舟登陆，跨马先驱，张俊、刘光世继进，统是大刀阔斧的杀上前去。翊等见来势甚猛，麾众却退。世忠复舍马徒步，操戈誓师道："今日当效死报国，将士如不用命，一概处斩！"于是人人奋勇，个个舍生，霎时间，驰入敌阵。翊引神臂弓，持满待着，世忠瞋目大呼，万众辟易，连箭杆都不及发，相率奔窜。苗翊、马柔吉禁遏不住，统行反走。各军乘胜追入北关，苗傅、刘正彦方受赏铁券，闻勤王兵杀至，急趋入都堂，将铁券取出，拥精兵二千，夜开涌金门遁去。王世修正拟出奔，劈头遇见韩世忠，被他一把抓住，牵付狱吏。张浚、吕颐浩并马入城，即进谒高宗，伏地待罪。高宗问劳再三，且语浚道："日前居睿圣宫，两宫隔绝，一日啜羹，忽闻贬卿，不觉覆手。默念卿若被谪，何人能当此任？"言毕，即解下所佩玉带，赐给张浚。浚当然拜谢。韩世忠已剿除逆党，随即进见。高宗不待行礼，便下座握世忠手，涕泣与语道："中军统制吴湛。首先助逆，现尚在朕肘腋间，能替朕捕诛么？"一逆都不能除，做什么皇帝！世忠忙称遵旨，待高宗释手，即自去寻湛，巧适湛趋过阙下，世忠佯与相见，趁势牵住湛手。湛情急欲遁，怎禁得世忠力大，彼牵此扯，但听得扑的一声，吴湛中指已被折断。湛痛不可耐，缩做一团，当被世忠擒付刑官，与王世修俱斩于市。逆党王元佐、马瑗、范仲容、时希孟等，贬谪有差。

　　高宗拟大加褒赏，朱胜非独入见道："臣昔遇变，义当即死，偷生至此，正为今日。现幸圣驾已安，臣情愿退职。"高宗道："朕知卿心，卿无庸告辞。"胜非一再固辞，高宗道："卿去，何人可代？"胜非道："吕颐浩、张浚均可继任。"高宗又问二人优劣如何？胜非道："颐浩练事而暴，浚喜事而疏。"照此说来，都不及你。高宗复道："浚年太少。"胜非道："臣向被召，军旅钱谷，都付诸浚，就是今日勤王，也是由浚创议，陛下莫谓浚年少呢。"高宗点首。待胜非退后，乃召吕颐浩为尚书右仆射，免胜非职，李邴为尚书右丞，郑毂签书枢密院事，韩世忠、张浚为御前左右军都统制，刘光世为御营副使，凡勤王僚属将佐，各加秩进官，且禁内侍干预朝政，重正三省官名，诏左右仆射并同中书门下平章事，改中书门下侍郎为参知政事，省尚书左右丞。录此数语，似无关轻重，但后文除官拜爵，非经此揭出，不足划清眉目。

　　张浚等请高宗还跸，高宗乃自杭州启行，向江宁进发。临行时，命韩世忠为浙江制置使，与刘光世追讨苗、刘。及到了江宁，改江宁为建康府，暂行驻跸。立子旉为皇太子。赦傅党马柔吉等罪名，许他自新。惟苗傅、刘正彦及傅弟翊、翊不赦。韩世忠既受命追讨，即由杭州西进，道出衢信，南下至浦城县内的鱼梁驿，巧与苗傅、刘正彦遇着。世忠徒步直前，使着一支戈矛，刺入贼垒，把贼众划开两旁。贼众望见世忠，统咋舌道："这是韩将军，我等快逃生罢！"当下左右分窜，辄乱旗靡。刘正彦尚不知死活，仗剑来敌世忠，两人步战数合，但听世忠大喝一声，已将正彦刺倒。苗翊涟忙趋救，已是不及，眼见正彦被他擒去。世忠见了苗翊，哪里还肯罢手，乘势用戈刺去。翊从旁一闪，那腰带已被世忠牵着，顺手一扯，翊已跌入世忠怀中，好似小儿吃奶一般，正好拿下。还有苗瑀见兄弟被执，舞着大刀，来与世忠搏战。世忠正欲与他交锋，忽后面闪出一人道："主帅少憩！这功劳且让与末将罢。"道言未绝，已趋至世忠前面，往斗苗瑀。世忠视之，乃是裨将王德。德与瑀交战十合，也卖个破绽，将瑀擒住，又杀将进去，斫死了马柔吉。苗傅见不可敌，早已三脚两步的跑走了去。世忠追赶不上，择地驻营，复传檄各州县，悬赏缉傅。不到数日，果有建阳县人詹飘将傅拿获，解到军前。世忠依着赏格，给付詹飘，遂把傅等押送行在。兄弟三人同时正法。高宗亲书"忠勇"二字，悬揭旗上，颁赐世忠。叙功从详，亦无非表彰勋绩。

天下事祸福相倚，忧喜交乘，首逆方庆骈诛，储君偏遭夭逝。太子旉尚在保抱，从幸建康，途中免不得受了寒暑，致生疟疾。偏宫人误蹴地上金锣，突然发响，惊动太子，遂致抽搐成痉，越宿而亡。高宗悲愤交加，谥旉为元懿太子，随命将宫人杖毙，连保母也一并置死。宜乎后来无子。正怆悼间，忽由张浚入宫劝慰，乘便禀白密谋。高宗屏去左右，与浚谈了多时，浚方辞出。看官道是何因？原来高宗即位，命惩僭伪，张邦昌等已伏罪，惟都巡检范琼恃有部众，出驻洪州。苗傅押送行在时，琼自洪州入朝，乞贷苗傅死罪。高宗不从，把傅正法。琼复入诘高宗，面色很是倨傲。高宗不禁色沮，只好卖他欢心，权授御营司提举，暗中却召张浚密议，嘱令设法除奸。浚乃与枢密检详文字刘子羽商定秘计，潜命张俊率千人渡江，佯称备御他盗，均执械前来。浚即密报高宗，请召张俊、范琼、刘光世等，同至都堂议事，就此执琼。高宗遂命浚草诏召入，且预备罪琼敕书，付浚携出。浚先传会议的诏旨，约翌日午前入议。

到了次日，张俊、刘子羽先至，浚亦趋入，百官等相继到来，范琼恰慢腾腾的至晌午方到，该死的囚徒。都堂中特备午餐，大众会食已毕，待议政务。忽由刘子羽持出黄纸，趋至琼前道："有敕下来，令将军诣大理寺置对！"琼惊愕道："你说什么？"语未毕，张俊已召卫士进来，将琼拥挟出门，送至狱中。刘光世又出抚琼部，略言："琼前时居围城中，甘心附虏，劫二帝北狩，罪迹昭著，现奉御敕诛琼，不及他人。汝等同受皇家俸禄，并非由琼豢养，概不连坐，各应还营待命！"大众齐声应诺，投刃而去。琼下狱具服，即日赐死。子弟俱流岭南。并有旨令琼属旧部，分隶御营各军。琼为罪魁，早应伏法，特志之以快人心。

张浚既除了范琼，又上书言中兴要计当自关、陕为始。关、陕尽失，东南亦不可保，臣愿为陛下前驱，肃清关、陕，陛下可与吕颐浩同来武昌，以便相机趋陕云云。高宗点首称善，遂命浚为川、陕、京、湖宣抚处置使，得便宜黜陟。浚既拜命，即与吕颐浩接洽，克日启行。谁料边警复来，金兀术大举南侵，连破磁、单、密诸州，并陷入兴仁府城了。高宗又不免惊惧，迭遣二使往金，一是徽猷阁待制洪皓，一是工部尚书崔纵。皓临行，高宗令赍书贻粘没喝，愿去尊号，用金正朔，比诸藩卫。何甘心忍辱乃尔？及粘没喝与皓相见，粘没喝却胁皓使降；皓不少屈，被流至冷山。崔纵至金请和，并通问二帝，金人傲不为礼。纵以大义相责，且欲将二帝迎还，遂至激怒金人，徙居穷荒。后来纵竟病死，皓至绍兴十二年方归，这且慢表。

单说吕颐浩送别张浚，本拟扈跸至武昌，适闻金兵南来，遂变易前议，谓："武昌道远，馈饷难继，不如留都东南。"滕康、张守等且言："武昌有十害，决不可往。"高宗乃仍拟都杭，命升杭州为临安府，先授李邴、滕康二人权知三省枢密院事，奉隆裕太后往洪州。时东京留守杜充因粮食将尽，即欲离任南行。岳飞入阻道："中原土地，尺寸不应弃置，今一举足，此地恐非我有，他日再欲取还，非劳师数十万，不易得手了。"充不肯从，竟擅归行在。高宗并未加罪，反令他入副枢密，<small>失刑若是，何以驭将。</small>另命郭仲荀、程昌寓、上官悟等，相继代充，徒拥虚名，毫无能力。且复遣京东转运判官杜时亮及修武郎宋汝为同赴金都申请缓兵，并再贻粘没喝书，书中所陈，无一非哀求语，几令人不忍寓目。小子但录大略，已知高宗是没有志节了。书云：

> 古之有国家而迫于危亡者，不过守与奔而已。今以守则无人，以奔则无地，所以鳃鳃然，惟冀阁下之见哀而已。故前者连奉书，愿削去旧号，是天地之间，皆大金之国，而尊无二上，亦何必劳师远涉而后快哉！闻此书，令人作三日呕。

看官试想！从前太祖的时候，江南尝乞请罢兵，太祖不许，且谓卧榻旁不容他人鼾睡，难道高宗不闻祖训么？况戎、狄、蛮、夷，唯力是视，有力足以制彼，无力必为彼制，徒欲痛哭庭廷，乞怜再四，他岂肯格外体恤，就此恩宥？这叫作妾妇行为，只可行于床第，不能行于国际间呢。<small>议论透彻。</small>果然宋使屡次求和，金兵只管南下。起居郎胡寅见高宗这般畏缩，竟放胆直陈，极言高宗从前的过失，并胪列七策，上请施行！

（一）罢和议而修战略。（二）置行台以区别缓急之

务。（三）务实效，去虚文。（四）大起天下之兵以图自
强。（五）都荆、襄以定根本。（六）选宗室贤才以备任
使。（七）存纪纲以立国体。

　　统计一篇奏牍，约有数千言，直说得淋漓透彻，慷慨激
昂。偏高宗不以为然，吕颐浩亦恨他切直，竟将胡寅外谪，免
得多言。既而寇警益迫，风鹤惊心，高宗召集文武诸臣会议驻
跸的地方。张浚、辛企宗请自鄂、岳幸长沙。韩世忠道："国
家已失河北、山东，若又弃江、淮，还有何地可以驻跸？"吕
颐浩道："近来金人的谋划，专伺皇上所至，为必争地，今当
且战且避，奉皇上移就乐土，臣愿留常、润死守。"且战且避，
试问将避至何地方为乐土？高宗道："朕左右不可无相。吕卿应
随朕同行。江、淮一带，付诸杜卿便了。"遂命杜充兼江、淮
宣抚使，留守建康，王璫为副。又用错两人。韩世忠为浙西制
置使，守镇江，刘光世为江东宣抚使，守太平、池州，皆听杜
充节制。自启跸向临安去了。

　　金兀术闻高宗趋向临安，遂大治舟师，将由海道窥浙。一
面檄降将刘豫。攻宋南京。豫本宋臣，曾授知济南府，金将挞
懒一作达贵。陷东平，进攻济南，豫遣子麟出战，为敌所围，
幸郡倅张东引兵来援，方将金兵击退。挞懒招降刘豫，啖以富
贵，豫竟举城降金。挞懒令豫知东平府，豫子麟知济南府，并
令金界旧河以南，悉归豫统辖，豫甚为得意。及接兀术檄书，
遂进破应天，知府凌唐佐被执，唐佐伪称降金，由豫仍使为
守。唐佐阴欲图豫，用蜡书奏达朝廷，乞兵为援。不幸事机被
泄，竟被豫捕戮境上，连家属一并遇害。高宗得唐佐蜡书，还
想去通好挞懒，令阻刘豫南来。故臣尚不可保，还欲望诸房帅，真
是愚不可及。遂派直龙图阁张邵赴挞懒军，邵至潍州，与挞懒
相遇。挞懒令邵拜谒，邵毅然道："监军与郡，同为南北使

臣，彼此平等，哪有拜礼？况用兵不论强弱，须论曲直，天未厌宋，贵国乃纳我叛臣刘豫，裂地分封，还要穷兵不已。若论起理来，何国为直，何国为曲，请监军自思！"慨当以慷，南宋之不亡，还赖有三数直臣。挞懒语塞，但仗着强横势力，将邵押送密州，囚住祚山寨。还有故真定守臣李邈，被金人掳去，软禁三年，金欲令知沧州，邈不从命。及是，由金主下诏：凡所有留金的宋臣，均易冠服。邈非但不从，反加诋骂。金人挝击邈口，尚吮血四喷，旋为所害。总不肯漏一忠臣。高宗虽有所闻，心目中都只存着两个字儿，一个是"和"字，一个是"避"字。先因兀术有窥浙消息，诏韩世忠出守圌山、福山，并令兵部尚书周望为两浙、荆、湖宣抚使，统兵守平江。旋闻兀术分两路入寇，一路自滁、和入江东，一路自蕲、黄入江西，他恐隆裕太后在洪州受惊，又命刘光世移屯江州，作为屏蔽，自己却带着吕颐浩等竟至临安。留居七日，寇警愈逼愈紧，复渡钱塘江至越州。你越逃得远，寇越追得急。

那金兀术接得探报，知高宗越去越远，一时飞不到浙东，不如向江西进兵，去逼隆裕太后。当下取寿春，掠光州，复陷黄州，杀死知州赵令峸，长驱过江，直薄江州城下。江州有刘光世移守，整日里置酒高会，绝不注意兵事。至金兵已经薄城，方才觉着，他竟无心守御，匆匆忙忙的开了后门，向南康遁去。知州韩相也乐得弃城出走，追步刘光世的后尘。金人入城，劫掠一空，再由大冶趋洪州，滕康、刘珏闻金兵趋至，亟奉太后出城。江西制置使王子献也弃城遁去。洪、抚、袁三州，相继被陷。太后行次吉州，蓦闻金兵又复追至，忙雇舟夜行。翌晨至太和县，舟子景信又起了歹心，劫夺许多货物，竟尔叛去。都指挥使杨维忠本受命扈卫太后，部兵不下数千，亦顿时溃变。宫女或骇奔，或被劫，失去约二百名。滕康、刘珏二人也逃得无影无踪。可怜太后身旁卫卒不过数十，还算存些良心，保着太后及元懿太子母潘贵妃自万安陆行至虔州。也是他两人命不该死。土豪陈新又率众围城，还亏杨维忠部将胡友自外来援，击退陈新，太后才得少安。

金人入破吉州，还屠洪州。转犯庐州、和州、无为军。守臣非遁即降，势如破竹。惟知徐州赵立方率兵三万，拟趋至行在勤王。杜充独留他知楚州，道过淮阴，适遇金兵大队，蜂拥前来。立部下劝还徐州，立奋怒道："回顾者斩！"遂率众径进与金人死斗，转战四十里，得达楚州城下。立两颊俱中流矢，口不能言，但用手指挥，忍痛不辍，及入城休息，然后拔镞。金人颇惮他忠勇，不敢进逼，却改道掠真州，破溧水县，再从马家渡过江，攻入太平。杜充职守江、淮，一任金人入寇，并未尝发兵往援，统制岳飞泣谏不从。至太平失守，与建康相去不远，乃遣副使王璞、都统制陈淬与岳飞等截击金人。甫经交绥，璞军先遁，陈淬、岳飞相继突入敌垒，淬竟战死，独岳飞挺枪跃马，奋力冲突，金人不敢近身，只好听他驰骤。无如各军已经败溃，单靠岳飞一军，究恐众寡不敌，没奈何麾众杀出，择险立营，为自保计。写岳飞不肯下一直笔。杜充闻诸军败溃，竟弃了建康，逃往真州。诸将怨充苛刻，拟乘机害充，充闻知消息，不敢还营，独寓居长芦寺。会接金兀术来书，劝他降顺，且言："当封以中原，如张邦昌故事。"充大喜过望，遂潜还建康。巧值兀术驰至城下，即与守臣陈邦光、户部尚书李梲、开城迎降，拜谒道旁。兀术既入城，官属皆降，惟通判杨邦义用指血大书襟上，有"宁作赵氏鬼，不为他邦臣"十字。金兵牵他至兀术前，兀术见他血书，心下恰是敬佩，惟婉言劝使归降，不失官位。邦又大骂求死，兀术不得已，将他杀害，事后尚嘉叹不置。杀身成仁，也足怵强虏之胆。

高宗往还杭、越。忽拟亲征，忽思他去。至闻杜充降金，不禁魂飞天外，忙召吕颐浩入议道："奈何奈何？"颐浩道：

"万不得已，莫如航海。敌善乘马，不惯乘舟，俟他退去，再还两浙。彼出我入，彼入我出，也是兵家的奇计呢。"这还称是奇计，果将谁欺？高宗即东奔明州。兀术乘胜南驱，自建康趋广德，发守臣周烈驰越独松关，见关内外并无一人，遂笑语部众道："南朝但用羸兵数百，扼守此关，我等即不能遽度了。"当下直抵临安。守臣康允之遁去，钱塘县令朱跸自尽。兀术安心入城，即遣阿里蒲卢浑率兵渡浙，往追高宗。那时高宗无可抵敌，真个是要航海了。小子有诗叹道：

> 未能战守漫言和，大敌南来竟弃戈。
> 不是庙谟输一着，乘舆宁至涉洪波。

欲知高宗航海情形，且至下回再阅。

苗、刘之平，虽尚易事，然非韩世忠之奋往直前，则前此未必即能驱逆，后此亦未必即能擒渠。高宗既已知其忠勇，则镇守江、淮之举，曷不付诸世忠，而乃嘱诸擅离东京，未战先逃之杜充，果奚为者？况令韩世忠、刘光世诸人均受杜充节制，置庸驽于天闲之内，良骥固未肯屈服，即老马亦岂肯低首乎？彼江、淮诸将之闻风而逃，安知不怨高宗之未知任帅，而预为解体也！若夫吕颐浩、张浚同入勤王，颐浩之心术胆量不逮张浚远甚，而高宗又专相之。武昌之巡幸未成，而奔杭，而奔越，而奔明州，甚且以航海之说进，亦思我能往，寇亦能往，岂一经入海，便得为安乐窝乎？以颐浩为相，以杜充为将，此高宗之所以再三播越也。

第六十七回

巾帼英雄枹鼓助战　须眉豪气舞剑吟词

　　却说高宗闻金兵追至，亟乘楼船入海，留参知政事范宗尹及御史中丞赵鼎，居守明州。适值张俊自越州到来，亦奉命为明州留守，且亲付手札，内有"捍敌成功，当加王爵"等语。吕颐浩奏令从官以下，行止听便。高宗道："士大夫当知义理，岂可不扈朕同行？否则朕所到处，几与盗寇相似了。"于是郎官以下多半从卫。还有嫔御吴氏亦戎服随行。吴氏籍隶开封，父名近，尝梦至一亭，匾额上有"侍康"二字，两旁遍植芍药，独放一花，妍丽可爱，醒后未解何兆。至吴女生年十四，秀外慧中，高宗在康邸时，选充下陈，颇加爱宠。吴近亦得任官武翼郎，才识"侍康"的梦兆确有征验。及高宗奔波江、浙，惟吴氏不离左右，居然介胄而驰，而且知书识字，过目不忘，好算是一个才貌双全的淑女。至是随高宗航海，先至定海县，继至昌国县，途次有白鱼入舟，吴氏指鱼称贺道："这是周人白鱼的祥瑞呢。"高宗大悦，面封吴氏为和义郡夫人。*无非喜谀，但宫女中有此雅人，却也难得。百忙中插叙此文，为后文立后张本。*未几已是残腊，接到越州被陷消息，不敢登陆，只好移避温、台，闷坐在舟中过年。到了建炎四年正月，复得张俊捷报，才敢移舟拢岸，暂泊台州境内的章安镇。过了十余日，忽闻明州又被攻陷，急得高宗非常惊慌，连忙令水手启椗，直向烟波浩渺间飞逃去了。*果得安乐否？*

　　小子叙到此处，不得不将越州、明州陷没情形，略略表明。自金将阿里蒲芦浑带领精骑，南追高宗，行至越州。宣抚使郭仲荀奔温州，知府李邺出降。蒲芦浑留偏将琶八守城，自率兵再进。琶八送师出行，将要回城，忽有一大石飞来，与头颅相距尺许。他急忙躲闪，幸免击中。当下喝令军士，拿住刺客。那刺客大声呼道："我大宋卫士唐琦也。如闻其声。恨不能击碎尔首，我今死，仍得为赵氏鬼。"琶八叹道："使人人似彼，赵氏何致如此？"嗣又问道："李邺为帅，尚举城迎降，汝为何人，敢下毒手？"琦厉声道："邺为臣不忠，应碎尸万段。"说至此，见邺在旁，便怒目视邺道："我月受石米，不肯悖主，汝享国厚恩，甘心降虏，尚算得是人类么？"琶八令牵出斩首。琦至死，尚骂不绝口，不没唐琦。这且按下。惟阿里蒲芦浑既离越州，渡曹娥江，至明州西门。张俊使统制刘保出战，败还城中。再遣统制杨沂中及知州刘洪道水陆并击，众殊死战，杀死金人数千名。是日正当除夕，沂中等既杀退敌兵，方入城会饮，聊赏残年。翌日为元旦，西风大作，金兵又来攻城，仍不能下。次日，益兵猛扑，张俊、刘洪道登城督守，且遣兵掩击，杀伤大半。余兵败窜余姚，遣人向兀术乞师。越四日，兀术兵继至，仍由阿里蒲芦浑督率进攻。张俊竟胆怯起来，出城趋台州，刘洪道亦遁，城中无主，当然被金兵攻入，大肆屠掠。又乘胜进破昌国县，闻高宗在章安镇，亟用舟师力追。行至三百余里，未见高宗踪迹，偏来了大舶数艘，趁着上风，来击金兵。金兵舟小力弱，眼见得不能取胜，只好回舟逃逸，倒被那大舶中的宋军，痛击了一阵。看官欲问那舶中主帅，乃是提领海舟张公裕。公裕既击退金兵，返报高宗，高宗始回泊温州港口。

　　翰林学士汪藻，以诸将无功，请先斩王璨，以作士气，此外量罪加贬，令他将功赎罪，高宗不从。幸兀术已经饱欲，引兵还临安，复纵火焚掠，将所有金帛财物，装载了数百车，取道秀州，经过平江。留守周望奔入太湖，知府汤东野亦遁。兀术大掠而去，径趋常州、镇江府。巧值浙西制置使韩世忠在镇江候着，专截兀术归路。兀术见江上布满战船，料知不便径渡，遂遣使至世忠处通问，且约战期。世忠批准来书，即于明日决战。是时梁夫人也在军中，闻决战有期，向世忠献计道："我兵不过八千人，敌兵却不下十万，若与他认真交战，就是以一当十，也恐抵敌不住，妾身却有一法，未知将军肯见用否？"世忠道："夫人如有妙计，如何不从？"梁夫人道："来朝交战时，由妾管领中军，专任守御，只用炮弩等射住敌人，不与交锋，将军可领前后二队，四面截杀，敌往东可向东截住，敌往西可向西截住，但看中军旗鼓为号，妾愿在楼橹上面，竖旗击鼓，将军视旗所向，闻鼓进兵，若得就此扫荡敌兵，免得他再窥江南了。"写梁夫人。世忠道："此计甚妙，但我也有一计在此。此间形势无过金山，山上有龙王庙，想兀术必登山俯望，窥我虚实。我今日即遣将埋伏，如兀术果中我计，便可将他擒来，不怕金兵不败。"写韩世忠。梁夫人喜道："何不急行！"世忠遂召偏将苏德，令带了健卒二百名登龙王庙，百人伏庙中，百人伏庙下岸侧。俟闻江中鼓声，岸兵先入，庙兵继出，见敌即擒，不得有误。苏德领命去讫。世忠便亲登船楼，置鼓坐旁，眼睁睁的望着山上，不消数时，果见有五骑登山，驰入庙中。他急用力抌鼓，声应山谷。庙中伏兵先行杀出，敌骑忙即返驰，岸兵稍迟了一步，不及兜头拦截，只好与庙兵一同追赶。五骑中仅获二骑，余三骑飞马奔逃。一骑急奔被蹶，坠而复起，竟得逃脱。世忠望将过去，见此人穿着红袍，系着玉带，料知定是兀术，惟见他脱身而去，不禁长叹道："可惜可惜！"至苏德将二骑牵来，果然是兀术逃窜，愈觉叹惜不止，惟婉责苏德数语，便即罢事。

是夕，即依着梁夫人计议，安排停当，专待厮杀。诘朝由梁夫人统领中军，自坐楼橹，准备击鼓。但见她头戴雉尾，足踏蛮靴，满身裹着金甲，好似出塞的昭君，投梭的龙女。煞是好看。兀术领兵杀至，遥望中军楼船，坐着一位女钗裙，也不知她是何等人物，已先惊诧得很。辗转一想，管不得什么好歹，且先杀将过去，再作计较。当下传令攻击，专从中军杀入。哪知梆声一响，万道强弩注射出来，又有轰天大炮，接连发声，数十百斤的巨石似飞而至，触着处不是毙人，就是碎船，任你如何强兵锐卒，一些儿都用不着。兀术忙下令转船，从斜刺里东走，又听得鼓声大震，一彪水师突出中流，为首一员统帅，不是别人，正是威风凛凛的韩世忠。兀术令他舰敌着，自己又转舵西向，拟从西路过江，偏偏到了西边，复有一员大将，领兵拦住。仔细一瞧，仍是那位韩元帅。用笔神妙。兀术暗想道："我今日见鬼了。那边已派兵敌住了他，为何此处他又到来？"正在凝思的时候，旁边闪出一人大呼杀敌，仗着胆跃上船头，去与世忠对仗。兀术瞧着，乃是爱婿龙虎大王，忙欲叫他转来，已是两不相闻，霎时间对面敌兵统用长矛刺击，带戳带钩，把这位龙虎大王钩下水去。兀术急呼水手捞救，水手尚未泅江，那边的水卒早已跳下水中，擒住龙虎大王，登船报功去了。兀术又惊又愤，自欲督兵突路，哪禁得敌矛齐集，部众纷纷落水，眼见得无隙可钻，只好麾众退去。

韩世忠追杀数里，听鼓声已经中止，才行收军。返至楼船，见梁夫人已经下楼，不禁与她握手道："夫人辛苦了！"梁夫人道："为国忘劳，有什么辛苦！惟有无敌酋拿住？"世忠道："拿住一个。"夫人道："将军快去发落，妾身略去休息，恐兀术复来，再要动兵。"有备无患，的是行军要诀。言毕，自去船后。世忠即命将龙虎大王牵到，问了数语，知是兀术爱婿，便将他一刀两段，结果性命。只难为兀术爱女。此外检查军士，没甚死亡，不过伤了数名，统令他安心调治。忽有兀术遣使致书，情愿尽归所掠，放他一条归路。世忠不许，叱退来使。来使临行时，又请添送名马，世忠仍不许，来使只好自去。

兀术因世忠不肯假道，遂自镇江溯流而上，世忠也赶紧开船。金兵沿南岸，宋军沿北岸，夹江相对，一些儿不肯放松。就是夜间亦这般对驶，击柝声互相应和。到了黎明，金兵已入黄天荡。这黄天荡，是个断港，只有进路，并无出路。兀术不知路径，掠得两三个渔父，问明原委，才觉叫苦不迭，再四踌躇，只有悬赏求计。俗语说得好："重赏之下，必有勇夫"，就是得一谋士，也藉千金招致。当下果然有一土人献策道："此间望北十余里，有老鹳河故道，不过日久淤塞，因此不通。若发兵开掘，便好通道秦、淮了。"此人贪金助虏，办属可恨。兀术大喜，立畀千金，即令兵士往凿。兵士都想逃命，一齐动手，即夕成渠，长约三十余里，遂移船趋建康。

薄暮到了牛头山，忽然鼓角齐鸣，一彪军拦住去路，兀术还道是留驻的金兵，前来相接，因即拍马当先，自去探望。遥见前面列着黑衣军，又当天色苍茫，辨不出是金军，是宋军。正迟疑间，突有铁甲银鍪的大将挺枪跃马，带着百骑，如旋风般杀来。兀术忙回入阵中，大呼道："来将是宋人，须小心对敌。"部众亟持械迎斗，那大将已驰突入阵，凭着一杆丈八金枪，盘旋飞舞，几似神出鬼没，无人可当。金人被刺死无数，并因日色愈昏，弄得自相攻击，伏尸满途。兀术忙策马返奔，一口气跑至新城，才敢转身回顾，见逃来的统是本部败兵，后面却没有宋军追着，心下稍稍宽慰，便问部众道："来将是什么人？有这等厉害！"有一卒脱口应道："就是岳爷爷。"兀术道："莫非就是岳飞吗？果然名不虚传。"从金人口中，叙出岳飞，力避常套。

是晚在新城扎营，命逻卒留心防守。兀术也不敢安寝，待到夜静更阑，方觉矇眬欲睡，梦中闻小校急报道："岳家军来了！"当即霍然跃起，披甲上马，弃营急走。金兵也跟着奔溃。怎奈岳家军力追不舍，慢一步的，都做了刀下鬼，惟脚生得长，腿跑得快，还算侥幸脱网，随兀术逃至龙湾。兀术见岳军已返，检点兵士，十成中已伤亡三五成，忍不住长叹道："我军在建康时，只防这岳飞截我后路，所以令偏将王权等留驻广德境内，倚作后援，难道王权等已经失败么？现在此路不得过去，如何是好？"将士等进言道："我等不如回趋黄天荡，再向原路渡江，想韩世忠疑我已去，不至照前预备哩。"兀术沉吟半晌，方道："除了此策，也没有他法了。"遂自龙湾乘舟，再至黄天荡。

小子须补叙数语，表明岳飞行踪。岳飞自兀术南行，曾令部军在后追蹑，行至广德境内，可巧遇着金将王权，两下交战数次，王权哪里敌得过岳飞，活活的被他拿去。还有首领四十余，一并受擒。岳飞将王权斩首，余众杀了一半，留了一半，复纵火毁尽敌营，进军钟村。本思南下勤王，只因军无现粮，不便远涉，且料得兀术不能持久，得了辎重，总要退归原路。于是移驻牛头山，专等兀术回来，杀他一场爽快。至兀术既经受创，仍逼还黄天荡，又想江中有韩世忠守着，自己又带着陆师，未合水战，不如回攻建康，俟建康收复，再截兀术未迟，于是自引兵向建康去了。是承上起下之笔，万不可少。

且说兀术回走黄天荡，只望韩世忠已经解严，好教他渡江北归，好容易驶了数里，将出荡口，不意口外仍泊着一字儿战船，旗纛上面，统是斗大的韩字，又忍不住叫起苦来。将士等恰都切齿道："殿下不要过忧，我等拼命杀去，总可获殿下过江，难道他们都不怕死吗？"兀术道："但愿如此，尚可生还，今且休息一宵，养足锐气，明日并力杀出便了。"是夕两军相持不动。到了翌晨，金兵饱食一餐，便摩拳擦掌，鼓噪而出。那口外的战船果被冲开，分作两道。金兵乘势驶去，不料驶了一程，各战船忽自绕漩涡。一艘一艘的沉向江底去了。怪极。看官道是何故？原来世忠知兀术此来，必拼命争道，他却预备铁缏，贯着大钩，分授舟中壮士，但俟敌舟冲出，便用铁钩搭住敌舟，每一牵动，舟便沉下。金兵怎知此计，就是溺死以后，魂入水晶宫，还不晓得是若何致死。兀术见前船被沉，急命后船退回，还得保全了好几十艘，但心中已焦急的了不得，只好请韩元帅答话。世忠即登楼与语，兀术哀求假道，誓不再犯。也有此日。世忠朗声道："还我两宫，复我疆土，我当宽汝一线，令汝逃生。"兀术语塞，转舵退去。

　　会闻金将字董太——一译作贝勒搭叶。由挞懒遣来，率兵驻扎江北，援应兀术，兀术遥见金帜，胆稍放壮，再求与韩元帅会叙。两下答话时，兀术仍请假道，世忠当然不从。兀术道："韩将军你不要太轻视我！我总要设法渡江。他日整军再来，当灭尽你宋室人民。"世忠不答，就从背后拈弓注矢欲射，毕竟兀术乖巧，返入船内，连忙返棹。世忠一箭射去，只中着船篷罢了。兀术退至黄天荡，与诸将语道："我看敌船甚大，恰来往如飞，差不多似使马一般，奈何奈何？"诸将道："前日凿通老鹳河，是从悬赏得来，殿下何不再用此法？"兀术道："说得甚是。"遂又悬赏购募，求计破韩世忠。适有闽人王姓登舟献策，谓"应舟中载土，上铺平板，并就船板凿穴，当作划桨，俟风息乃出。海舟无风不能动，可用火箭射他箬篷，当不攻自破了。"又是一个汉奸。兀术大喜，依计而行。韩世忠恰未曾预防，反与梁夫人坐船赏月，酌酒谈心。两下里饮了数巡，梁夫人忽颦眉叹道："将军不可因一时小胜，忘了大敌，我想兀术是著名敌帅，倘若被他逃去，必来复仇，将军未得成功，反致纵敌，岂不是转功为罪么？"世忠摇首道："夫人也太多心了。兀术已入死地，还有什么生理，待他粮尽道穷，管教他授首与我哩。"梁夫人道："江南、江北统是金营，将军总应小心。"一再戒慎，是金玉良言。世忠道："江北的金兵乃是陆师，不能入江，有何可虑?"言讫乘着三分酒兴，拔剑起舞，*将军有骄色了*。口吟满江红一阕，词曰：

> 万里长江，淘不尽壮怀秋色。漫说道秦宫汉帐，瑶台银阙，长剑倚天氛雾外。宝光挂日烟尘侧，向星辰拍袖整乾坤，消息歇。龙虎啸，凤江泣，千古恨，凭谁说? 对山河耿耿，泪沾襟血。汴水夜吹羌管笛，銮舆步老辽阳幄。把唾壶敲碎，问蟾蜍，圆何缺? *此词曾载《说岳全传》。他书亦间或录及，语语沉雄，确是好词，因不忍割爱，故亦录之。*

吟罢，梁夫人见他已饶酒兴，即请返寝，自语诸将道："今夜月明如昼，想敌虏不敢来犯，但宁可谨慎为是。汝等应多备小舟，彻夜巡逻，以防不测。"诸将听命。梁夫人乃自还寝处去了。谁料金兵一方面已用了闽人计，安排妥当，由兀术刑牲祭天，竟乘着参横月落、浪息风平的时候，驱众杀来。正是：

> 瞬息军机生巨变，由来败事出骄情。

毕竟胜负如何，且至下回续叙。

余少时阅《说岳全传》，尝喜其叙事之热闹。及长，得览《宋史》，乃知《岳传》中所载诸事多半出诸臆造，并无确据，然犹谓小说性质本与正史不同，非意外渲染，固不足醒阅者之目。迨阅及是编，载韩世忠、夫人与金兀术交战黄天荡事，与《说岳传》中相类。第彼则犹有增饰之词，此则全从正史演出，而笔力之矫悍，独出《说岳全传》之上。乃知编著小说，不在伪饰，但能靠着一支笔力，纵横鼓舞，即实事亦固具大观也。人亦何苦为凭空架饰之小说，以愚人耳目乎？

第六十八回

赵立中炮失楚州　刘豫降虏称齐帝

却说金兀术驱众杀出，时已天晓，韩世忠夫妇早已起来，忙即戎装披挂，准备迎敌。世忠已轻视兀术，不甚注意，惟饬令各舟将士照常截击。看那敌舟往来却比前轻捷，才觉有些惊异。蓦闻一声胡哨，敌舟里面，都跳出弓弩手，更迭注射。正想用盾遮蔽，怎奈射来的都是火箭，所有篷帆上面，一被射中，即哗哗剥剥的燃烧起来。此时防不胜防，救不胜救，更兼江上无风，各舟都不能行动，坐见得烟焰蔽天，欲逃无路。智者千虑，必有一失。亏得巡江各小舟，统已舣集，梁夫人忙语世忠道："事急了，快下小船退走罢！"世忠也无法可施，只好依着妻言，跳下小舟，梁夫人亦柳腰一扭，蹿入小舟中央，百忙中尚用风韵语。又有几十个亲兵，陆续跳下，你划桨，我鼓棹，向镇江逃去。其余将弁以下，有烧死的，有溺毙的，只有一小半得驾小舟，仓皇走脱。兀术得了胜仗，自然安安稳稳的渡江北去。虽是人谋，恰寓天意。惟世忠奔至镇江，懊怅欲绝，等到败卒逃回，又知战死了两员副将，一是孙世询，一是严允。看官你想！世忠到了此际，能不恨上加恨，闷上加闷么？还是梁夫人从旁劝慰道："事已如此，追悔也无及了。"世忠道："连日接奉谕札，备极褒奖，此次骤然失败，教我如何复奏？"梁夫人道："妾身得受封安国时，曾入谢太后，见太后仁慈得很，对着妾身已加宠眷，后来苗贼乱平，妾随将军同至建康，亦入谒数次，极蒙褒宠。现闻皇上已还越州，且向虔州迎还太后，妾当陈一密奏，形式上似弹劾将军，实际上却求免将军，想太后顾念前功，当辅语皇上，豁免新罪哩。"此为高宗及太后俱还越州，特借梁氏口中叙过。且稗乘中曾称梁氏劾奏世忠，夫妇间宁有互劾之理，得此数语，方为情理兼到。世忠道："这却甚好，但我亦须上章自劾哩。"当下命文牍员草了两奏，由夫妇亲加校正，遂录好加封，遣使赍去。过了数天，即有钦使奉诏到来，诏中谓"世忠仅八千人，拒金兵十万众，相持至四十八日，数胜一败，不足为罪。特拜检校少保，兼武成感德诏节度使，以示劝勉"云云。世忠拜受诏命，即送使南归，夫妇同一欢慰，不必细表。

　　且说金兀术渡江北行，趋向建康，还道建康由金兵守住，徐徐的到了静安镇。甫到镇上，遥见有旗帜飘扬，中书"岳"字，他不觉大惊，亟令退兵。兵未退尽，后面已连珠炮响，岳飞领大队杀到，吓得兀术策马飞奔，驰过宣化镇，望六合县遁去。到了六合，收集残兵，又失去了许多辎重，及许多士卒，当下顿足叹道："前日遇着岳飞，被他杀败，今日又遇着他，莫非建康已失去不成？"言甫毕，即接得挞懒军报，说是"建康被岳飞夺去，所有前时守兵，幸由孛堇太一救回。现我军围攻楚州，请乘便夹击"等语。了过孛堇太一及建康事，简而不漏。兀术想了一会，又问来人道："楚州城果容易攻入否？"来人道："楚州城不甚坚固，惟守将赵立很是能耐，所以屡攻不下。"兀术道："我现在急欲北归，运还辎重，赵立欲许我假道，我也没工夫击他，否则就往去夹攻便了。"遂备了一角文书，遣使至楚州投递，问他假道。待了三日，未见回来，还是挞懒着人走报，方闻去使已被斩讫，枭示城头。统用简文叙过。兀术不禁大怒道："什么赵立？敢斩我使人？此仇不可不报！"随即遣还挞懒来使，并与语道："欲破楚州，须先截他的粮道，我愿担当此任。城内无粮，不战自溃，请转告汝主帅便了。"来使领命自去。兀术遂设南北两屯，专截楚州饷道。

楚州既被挞懒围攻，又由兀术截饷，当然危急万分，任你守将赵立如何坚忍，也有些支持不住，不得不向行在告急。时御史中丞赵鼎正与吕颐浩作死对头，屡劾颐浩专权自恣，颐浩亦言鼎阻挠国政。诏改任鼎为翰林学士，鼎不拜，复改吏部尚书，又不拜，且极论颐浩过失至数千言。颐浩因求去，有诏罢颐浩为镇南军节度使，兼醴泉观使，仍命鼎为中丞。寻又令鼎签书枢密院事。鼎得赵立急报，拟遣张俊往援。俊与颐浩友善，不愿受鼎派遣，遂固辞不行。乃改派刘光世调集淮南诸镇往援楚州。

看官阅过上文，应亦晓得刘光世的人品，他本不足胜方面的重任，除因人成事外，毫无能力。品评确当。部将如王德、郦琼等皆不服命，就使奉命赴援，也未必足恃，况又闻得张俊不行，乐得看人模样，逍遥江西。任用这等将军，如何规复中原？高宗迭次下札，催促就道，他却一味逗留，始终不进。

那时楚州日围日急，赵立尚昼夜防守，未尝灰心。挞懒料他援绝粮穷，再四猛攻。立撤城内沿墙废屋，掘一深坎，燃起火来，城上广募壮士，令持长矛待着，每遇金人缘梯登城，即饬用矛钩入，投掷火中，金人却死了无数。挞懒又选死士穴城而入，亦被缚住，一一枭首。惹得挞懒性起，誓破此城，遂命兵士运到飞炮，向城轰击。立随缺随补，仍然无隙可乘。又相持了数日，立闻东城炮声隆隆，亟上登磴道，督兵防守，不意一石飞来，不偏不倚，正中立首。立血流满面，尚是站着，左右忙去救他，立慨然道："我已伤重，终不能为国殄贼了。"言讫而逝，惟身仍未倒。不愧其名。经左右舁下城中，与他殓葬。金兵疑立诈死，尚不敢登城，守兵亦感立忠勇，仍然照旧守御。又越十日，粮食已尽，城始被陷。赵立，徐州人，性强毅，素不知书，忠义出自天性。恨金人切骨，所俘金人，立刻处死，未尝献馘计功。及死事后，为高宗所闻，追赠奉国节度使，赐谥忠烈。

岳飞方引兵赴援，至泰州，闻楚州已陷，不得已还军。金兀术闻楚州得手，北路已通，便整装欲归。忽闻京、湖、川、陕宣抚使张浚自同州、鄜延出兵，将袭击中途。因又变了归计，拟转趋陕西，为先发制人的计策。兀术固是能军。可巧金主亦有命令，调他入陕，遂自六合引兵西行。到了陕西，与娄室相会。回应六十五回。娄室谈及攻下各城，多被张浚派兵夺去，心实不甘，所以请命主子，邀一臂助。兀术道："张浚也这般厉害吗？待我军与决一战，再作区处。"

原来张浚自建康启行，直抵兴元，适当金娄室攻陷鄜延及永兴军，关陇大震。浚招揽豪俊，修缮城湟，用刘子羽为参议，赵开为随军转运使，曲端为都统制，吴璘、吴玠为副将，整军防敌，日有起色。既而娄室攻陕州，知州李彦仙向浚求救。浚遣曲端往援，端不奉命，彦仙日战金兵，卒因援师不至，城陷自杀。娄室入关攻环庆，吴玠迎击得胜，且约端援应，端又不往。玠再战败绩，退还兴元，极言端失。浚本欲倚端自重，至是始疑端不忠。及闻兀术入寇江、淮，意欲治军入卫，偏端又从中作梗，但诿称西北兵士，不习水战。浚乃因疑生怒，罢端兵柄，再贬为海州团练副使，安置万安军，端实不端，加贬已迟。自督兵至房州，指日南下。一面遣赵哲复鄜州，吴玠复永兴军，复移檄被陷各州县，劝令反正。各州县颇多响应，再归宋有。

至兀术北归，浚自还关、陕，调合五路大军，分道出同州、鄜延，东拒娄室，南击兀术。是段补接六十六回中语。兀术因此赴陕，会娄室军相偕西进。浚亟召集熙河经略刘锡、秦凤经略孙偓、泾原经略刘锜、环庆经略赵哲并及统制吴玠，合五

路大兵，共四十万人，马七万匹，与金兵决一大战。当令刘锡
为统帅，先驱出发，自率各军为后应。统制王彦入谏道："陕
西兵将不相联络，未便合作一气，倘或并出，一有挫失，五路
俱殆，不若令各路分屯要害，待敌入境，檄令来援，万一不
捷，尚未为大失哩。"浚未以为然。刘子羽又力言未可，浚慨
然道："我岂不知此理？但东南事尚在危急，不得已而出此。
若此处击退狡虏，将来西顾无忧，东南可专力御寇了。"志固
可嘉，势却不合。吴玠、郭浩又皆入谏，浚仍然不从，遂麾军启
行。前队进次富平，刘锡会集诸将，共议出战方法。吴玠道：
"兵以利动，此间一带平原，容易为敌所乘，恐有害无利。应
先据高阜，凭险为营，方保万全。"各将多目为迂论，齐声
道："我众彼寡，又前阻苇泽，纵有铁骑前来，也无从驰骋，
何必转徙高阜哩！"刘锡因众议不同，亦未能定夺。诸将各是其
是，统帅又胸无定见，安得不败？

　　偏娄室引兵骤至，部下皆舁柴囊土，搬投泽中，霎时间泥
淖俱满，与平地相似。胡马纵辔而过，进逼宋将各营，兀术也
率众趋到，与娄室为左右翼，列阵待战。刘锡见敌已逼近，当
命开营接仗。吴玠、刘锜等敌左，孙偓、赵哲等敌右。左翼为
兀术军，经刘锜、吴玠两人身先士卒，鼓勇驰突，前披后靡。
兀术部众，虽经过百战，也不免少怯，渐渐退后，兀术也捏了
一把冷汗。惟娄室领着右翼，与孙偓、赵哲两军厮杀，孙偓尚
亲自指挥，不少退缩，偏赵哲胆小如鼷，躲在军后。适被娄室
看出破绽，竟领铁骑直奔赵哲军，哲慌忙驰去，部众随奔，孙
军也被牵动，不能支持，顿时俱溃。刘锜、吴玠两军望见右边
尘起，已是惊心，怎禁得娄室杀败孙、赵，又来援应兀术。并
力攻击，于是刘锜、吴玠亦招架不住，纷纷败北。统帅刘锡见
四路俱败，还有何心恋战，当然的退走了。一发牵动全局，故师
克在和，不在众。

张浚驻节邠州，专听消息，忽见败兵陆续逃回，料知邠州亦立足不住，只好退保秦州。及会见刘锡，痛加责备。刘锡归罪赵哲，乃召哲到来，数罪正法，并将锡谪窜，安置合州，饬刘锜等各还本镇。上书行在，自请待罪。旋接高宗手诏，尚多慰勉语，浚益加愤激。怎奈各军新败，寇焰日张，泾原诸州军多被金兵攻陷，还有叛将慕洧导金兵入环庆路，破德顺军。浚自顾手下，只有亲兵一二千人，哪里还好再战？且警耗日至，连秦州也难保守，没奈何再退至兴州。或谓兴州也是危地，不如徙入蜀境，就夔州驻节，才有险阻可恃，永保无虞。浚与刘子羽商议，子羽勃然道："谁创此议，罪当斩首！四川全境向称富庶，金人非不垂涎，徒以川口有铁山，有栈道，未易入窥，且因陕西一带，尚有我军驻扎，更不能飞越入蜀。今弃陕不守，纵敌深入，我却避居夔峡，与关中声援两不相闻，他时进退失计，悔将何及？今幸敌方肆掠，未逼近郡，宣司但当留驻兴州，外系关中人望，内安全蜀民心，并急遣官属出关，呼召诸将，收集散亡，分布险要，坚壁以待，俟衅而动，庶尚可挽救前失，收效将来。"侃侃而谈，无一非扼要语。浚起座道："参军所言甚是，我当立刻施行。"言下，即召诸参佐，命出关慰谕诸路将士。参佐均有难色，子羽竟挺身自请道："子羽不才，愿当此任。"浚大喜，令子羽速往。

子羽单骑径行，驰至秦州，檄召散亡各将士。将士因富平败后，惧罪而逸，几不知张浚所在。及奉命赦罪，仍复原职，自然接踵到来。不消数日，便集得十余万人，军势复振。子羽返报张浚，即请遣吴玠至凤翔，扼守大散关东的和尚原；关师古等聚熙河兵，扼守岷州的大潭县；孙偓、贾世方等，集泾原、凤翔兵，扼守阶、成、凤三州。三路分屯，断敌来路，金兵始不敢轻进。且因娄室病死，兀术自觉势孤，暂且择地屯兵，俟养足锐气，再图进步，这且待后再表。

　　且说金挞懒略地山东，进陷楚州，且分兵攻破汴京，汴守上官悟出奔，为盗所杀。汴京系北宋都城，旧称东京，河南府称西京，大名府称北京，应天府称南京，至是尽为金有。金主晟本无意中原，从前遣粘没喝等南侵，曾面谕诸将道："若此去得平宋室，须援立藩辅，如张邦昌故事。中原地由中原人自治，较为妥当。"粘没喝奉谕而出。及四京相继入金，复提及前议。刘豫闻这消息，亟用重金馈献挞懒，求他代为荐举。挞懒得了重赂，颇也乐从，遂转告粘没喝，请立刘豫为藩王。粘没喝不答。挞懒再致书高庆裔，令替刘豫作说客。庆裔受金命为大同尹，即就近至云中，谒见粘没喝道："我朝举兵，只欲取两河，所以汴京既得，仍立张邦昌。今河南州郡已归我朝，官制尚是照旧，岂非欲仿张邦昌故事么？元帅不早建议，乃令恩归他人，窃为元帅不取呢。"粘没喝听了此言，不由的被他哄动，遂转达金主。金主即遣使至东平府，就刘豫部内咨问军民，应立何人？大众俱未及对。独豫同乡人张浃首请立豫。众亦随声附和，因即定议，使人返报金主。挞懒亦据情上闻，金主遂遣大同尹、高庆裔及知制诰韩昉备玺绶宝册，立刘豫为齐帝。豫拜受册印，居然在大名府中，耀武扬威的做起大齐皇帝来了。

　　高宗建炎四年九月，即金主晟天会八年，大名府中，也筑坛建幄，请出那位卖国求荣的刘豫，穿戴了不宋不金的衣冠，郊过天，祭过地，南面称尊，即伪皇帝位。用张孝纯为丞相，李孝扬为左丞，张柬为右丞，李俦为监察御史，郑亿为工部侍郎，王琼为汴京留守，子麟为大中大夫，提领诸路兵马，兼知济南府事。张孝纯尝坚守太原，颇怀忠义，后因粘没喝劝降，遂致失节。粘没喝遣他助豫，豫因拜为丞相。豫升东平府为东京，改东京为汴京，降南京为归德府，惟大名府仍称北京，命弟益为北京留守。且自以为生长景州，出守济南，节制东平，称帝大名，就四郡间募集丁壮，得数千人，号为云从子弟。尊母瞿氏为太后，妾钱氏为皇后。钱氏本宣和宫人，颇有姿色，并习知宫掖礼节。豫乃舍妻立妾，格外加宠。君国可背，遑问妻室！即位时，奉金正朔，沿称天会八年，且向金廷奉上誓表，世修子礼。嗣因金主许他改元，乃改次年为阜昌元年。嗣是事金甚恭，赠遗挞懒，岁时不绝。挞懒心下甚欢，寻又想了一法，特将一个军府参谋纵使南归，令他主持和议，计害忠良，作了金邦的陪臣，宋朝的国贼。这人非别，就是遗臭万年的秦桧。大忠大奸，必用特笔。

自徽、钦二帝被掳，桧亦从行，应六十二回。二帝辗转迁徙，至韩州时，桧尚随着。徽宗闻康王即位，作书贻粘没喝，与约和议，曾命桧润色书词。桧本擅长词学，删易数语，遂觉情文凄婉，词致缠绵。及粘没喝得了此书，转献金主，金主晟也加赞赏，因召桧入见，交与挞懒任用。挞懒本金主晟弟，颇握重权，及奉命南侵，遂任桧参谋军事，兼随军转运使。桧妻王氏，曾被金军掠去，同桧北行。桧既得挞懒宠任，王氏自然随侍军中。或说王氏与挞懒私通，小子未得确证，不愿形诸楮墨，《说岳全传》中谓王氏与兀术私通，尤属大谬。秦桧夫妇并不在兀术军中，何从与私？后人恨他们同害岳飞，姑作快论，但究不免虚诬耳。惟制造军衣，充当厨役，王氏亦尝在列。挞懒因秦桧夫妇，勤劳王事，格外优待。桧夫妇亦誓愿报效，所以将前此拒立异姓的天良已在幽、燕地方抛弃得干干净净。挞懒相处已久，熟悉他两口儿的性情，遂与他密约，纵使还南。

桧遂挈妻王氏航海至越州，诈言杀死监守，夺舟回来。廷臣多半滋疑，谓桧自北至南约数千里，途中岂无讥察？就使从军挞懒纵令来归，亦必拘质妻属，怎得与王氏偕行？于是你推我测，莫名其妙。独参知政事范宗尹、同知枢密院事李回素与桧善，力为析疑，并荐桧忠诚可任。高宗乃召桧入对，桧即首奏所草与挞懒求和书，并劝高宗屈从和议，为迎还二帝，安息万民地步。高宗甚喜，顾谓辅臣道："桧朴忠过人，朕得桧很是欣慰。既得二帝母后消息，又得一佳士，岂非是一大幸事么？"要他来误国家，原是幸事。遂拜桧为礼部尚书，未几即擢为参知政事。小子有诗叹道：

> 围城守义本成名，何意归来志已更。
> 假使北迁身便死，有谁识是假忠贞？

桧既邀宠用，因请高宗定位东南。高宗升越州为绍兴府，且诏令次年改元绍兴，一切后事，详见下回。

赵立为知州，而忠义若此，刘像为知府，而僭逆若彼，两相比较，愈见立之忠与豫之逆。若张浚，若秦桧，亦足为比较之资。浚与赵立名位不同，原其心，犹之立也，不得因其丧师而遂目为不忠。桧与刘豫行迹不同，原其心，犹之豫也，不得因无叛迹而遂谓其非逆。故立与豫固本回之主也，而浚与桧亦本回之宾中主耳。一薰一莸，十年尚犹有臭，不期于此回两见之。

第六十九回

破剧盗将帅齐驱　败强虏弟兄著绩

却说建炎四年冬季，下诏改元，即以建炎五年，改为绍兴元年。高宗因秦桧南归，得知二帝消息，因于元旦清晨，率百官遥拜二帝，免朝贺礼。自从金人南下，骚扰中原，兵民困苦流离，多啸聚为盗，迭经各路将帅剿抚兼施，盗稍敛迹。惟尚有著名盗目忽降忽叛，为地方患，宋廷复设法羁縻，令为各路镇抚使，如翟兴、薛庆、陈求道、李彦先等，既食宋禄，颇知效力王事，甘为国死。独襄阳盗桑仲，江、淮盗戚方、刘忠、邵青，襄、汉盗张用，建州盗范汝为，未曾剿平。又有叛贼李成本为江东捉杀使，建炎二年，叛据宿州，为刘光世所破，窜迹江、淮、湖、湘，横行十数郡，势最强横，且多造符谶，煽惑中外。高宗特命吕颐浩为江东安抚制置使，令讨李成，反为成部马进所败，且将江州夺去。颐浩实属无能。时王彦破桑仲，岳飞破戚方，戚至张俊处乞降，俊拜表奏闻，高宗乃授俊江、淮招讨使，岳飞为副，往讨李成。俊遂约飞会师，飞尚未至，忽得筠州急报，州城被马进破陷了。俊奋然道："江、筠迭失，豫章危了，我不可不先往。"遂麾兵急赴，驰入豫章，自喜道："我得入洪州，破贼不难了。"当下令军士，坚壁清野，固守勿动。一面檄飞到洪州。马进领着党羽，乘胜进犯，连营南昌山，声势锐甚。俊并不发兵，但饬军固守。相持旬余，进致书约战，书中字迹写得很大，俊偏用着蝇头小楷，约略答复，也未尝说明战期。进以为怯，殊不设备。可巧岳飞领兵到来，入城见俊，问及战守情状。俊与言大略，飞接口道："现在却不妨出战了。贼势虽众，只顾前不顾后，若用奇兵，沿着江流截住生米渡，再用重兵潜出贼右，攻他无备，定可破贼。"俊极口称善。飞因自请为先锋，俊益大喜，遂令杨沂中带精骑数千，往截生米渡，更遣飞自率所部掩击贼寨。

飞重铠跃马，直趋西山，行近贼营，便当先突入，部众一齐随上。马进急出营抵敌，甫至门首，见岳飞已挺枪刺来，慌忙用刀招架，战不数合，即被飞杀败，拖刀逃走。飞率众追杀，但见得人仰马翻，血飞尸积，不到一时，已将各座营盘一律扫净，化为平地。极写岳飞。进奔还筠州。飞赶至城下，扎营城东，料进未敢出战，遂想了一个诱敌的法儿，用红罗为帜，中刺岳字，选骑兵二百人，拥帜巡行，自己却伏在城隅，令骑兵诱进来追，然后杀出。进在城楼了望，见骑兵拥着岳字旗帜，往来城东，军中又未见岳飞，还疑飞未曾亲到，但遣骑兵扬旗示威，恐吓城中，随即引兵杀出。骑兵见进出城，立刻返奔，进策马力追，驰过城隅，背后忽大呼道："狗强盗往哪里去？"进勒马回顾，大呼的不是别人，正是岳飞。他已与飞交过了手，自知不敌，又因飞拦住归路，不能回城，便弃城东走。飞复大呼道："不愿从贼的，快快坐着，我不杀汝。"贼众闻言，多半弃械就坐，由飞按名录簿，共得八万人，好言慰谕，遣归乡里。复率军追赶马进。进拼命奔驰，不意张俊、杨沂中也领兵杀到，前后夹击，把进困在垓心。进用尽气力，才杀开一条血路，向南康急奔。张、杨两军刚欲追赶，乃值岳飞驰到，自愿前驱，乃让飞先行，两军随后策应。飞夤夜追进，到了朱家山，与进后队相遇，刺死贼目赵万成，余贼四窜。飞趁势再追，到了楼子主，遥见尘头大起，李成引贼十余万，蜂拥而来。飞毫不畏怯，但舞动一杆长枪，迎头乱刺。霎时间，戮倒了数十人。贼众从未见过这般猛将，都各顾生命，倒退下去，反致冲动自己的后队，互相践踏，乱个不休。李成见部众捣乱，亟上前弹压，恰巧碰着岳飞杀入，便抖擞精神，舞刀接仗。谁料岳飞这支枪杆，与寻常大不相同，仅三五合，杀得李成一身臭汗，看看要败将下去，旁边闪出一骑，竟抡刀相助，双战岳飞。飞左挑右拨，纯任自然，三匹马盘旋片时，那来骑手下略松，竟被飞刺落马下。看官道是谁人？原来就是马进。不肯使一直笔。进坠马后，身尚未死，偏李成见他下马，纵辔返奔，岳家军随着主帅，一拥而上，马蹄杂沓，顿将马进踏得稀烂，名足副实。复追奔至十里外，斩馘至数千级，方下营待着后军。

张俊与杨沂中驰到，见飞已得胜，自然欢慰。俊语飞道："岳先锋天生神力，无患不胜，但部众未免劳苦，应休息为佳，待我等追杀一阵，何如？"飞乃让两军前进，自就险要处驻营。俊与沂中引兵追成，约行十余里，为河所阻，对岸恰遍立贼营，蚁屯蜂集。杨沂中语俊道："贼势尚众，不应力敌，须用智取，今夜由沂中从上流渡河，绕系贼后，制使可绝流径渡，腹背夹攻，必胜无疑。"俊称为妙计，当令沂中乘夜潜渡，越一二时，料知沂中已达对岸，也击鼓渡河。李成闻有鼓声，忙呼众迎敌，正在交锋，不防后面由沂中杀到，那贼众多半乌合，统是胜不相让，败不相救，一遇危急时候，便四面乱窜。其实是窜得越慌，死得越快。看似俚语，实是名言。十多万强盗，被张、杨二军，首尾截杀，伤毙了三四万，招降了两三万，逃去了一二万，可怜李成数年的积聚一旦抛尽，单剩了三五千人越江遁去。张俊也逾江穷追，至蕲州、黄梅县，得及李成。成众看见张字旗号。好似老鼠遇猫，吓得魂不附体，且走且呼道："张铁山到了！张铁山到了！"俊面目黧黑，因呼他为张铁山。成复经此创，已是不能成军，只好走降刘豫。俊等乃还取江、筠诸州城，兴国军等处，伏盗闻风远遁。

惟张用自襄、汉东下，再袭江西，被岳飞探悉。飞与用同籍相州，即致书谕用道："我与汝同里，能战即来，不能战即降。"用得书，知飞不可敌，即复书愿降。飞亲往慰抚，用等皆喜服。自是江、淮悉平。俊表奏飞功第一，有诏进飞为右军都统制，令屯洪州，弹压余贼。既而邵青为刘光世部将王德所擒，献诣行在，奉旨特赦，编入御前忠锐军。范汝为由韩世忠往剿，五日破灭，汝为自焚死，东南少定。可巧江东、陕西两处，亦陆续有捷报到来，江、浙益安。

金挞懒自攻陷楚州，进窥通、泰诸州。适有武功大夫张荣。在兴化缩头湖畔，联舟作寨，为自守计。挞懒欲渡江南侵，拟先破荣寨，荣遂率舟师迎战，见敌舰不多，但用小舟出击。会值天旱水涸，敌舰为泥淖所阻，不能前进，荣分军为二，一半用舟，一半登陆。舟师大呼前进，奋击敌舰，敌舰不能行驶，禁不住荣兵四至，只好从舟中跃出，褰裳登岸，急不暇择，脚忙手乱，往往溺毙水中，或陷入泥淖，不能自拔，即遭杀死。幸而得达彼岸，又被荣兵截住，乱杀乱剁，经挞懒指麾健卒，冲开血路，方才走脱。荣收军回营，检点俘馘，约五千余人，遂奉表告捷。荣本梁山泺渔人，聚舟数百，专劫金人。杜充驻师江、淮，曾借补荣为武功大夫。金人屡攻不克，至是以杀敌报功，遂擢荣知泰州。

挞懒奔至楚州，闻刘光世引兵来攻，遂不敢逗留，退屯宿迁，未几北去，光世遂进复楚州。*正好去凑现成。* 高宗又欲起用汪伯彦，命为江东安抚大使，旋经侍御史沈与求论劾，才将他褫职，勒令回籍。江东已无金人，只有陕西一带，尚为金兀术所盘踞，连破巩、河、乐、兰、郭、积石、西宁诸州。熙河副总管刘惟辅被执，骂敌遇害。兀术又进陷福津，蹂躏同谷，入逼兴州。宣抚使张浚退保阆州，令张深为四川制置使，刘子羽同趋益、昌，王庶为利、夔制置使，节制陕西诸路，兼知兴元府。寻复用吴玠为陕西都统制，且召曲端至阆州，仍欲重用。端与吴玠、王庶均有宿嫌，俱见前文。玠遂入白张浚，谓端再起用，必与公不利。且在手中写着"曲端谋反"四字，密示张浚。王庶亦上言谮端，谓端尝作诗题柱，有"不向关中争事业，却来江上泛渔舟"两语，意在指斥乘舆。浚乃逮端下恭州狱。适夔路提刑康健曾因事忤端，被端鞭背，至此正好因公报私。命狱吏把端絷住，用纸糊端口，外爇以火。端口渴求饮，给以烧酒，遂致七窍流血，死于狱中。端有马名铁象，日驰四百里，豢爱如子息。及被逮下狱，闻康健提刑，呼天长叹，自知必死，又连称铁象可惜。及端死，铁象亦毙。端早有可诛之罪，惟浚不杀之于前时，独杀之于此日，殊为非法。

　　时关、陇六路尽破，止余阶、成、岷、凤、洪五州，及凤翔境内的和尚原，陇州山内的方山原罢了。吴玠扼守和尚原，积粟缮兵，列栅固垒，为死守计。金兀术遣部将没立一译作默呼。自凤翔出兵，乌勒折合一译作额勒济格。自大散关出兵，约会和尚原，夹攻吴玠。或劝玠退屯汉中，玠慨然道："我在此，寇不敢越，保此地就是保蜀呢。"随即搜集兵甲，预备出师。旋有侦骑来报：金将乌勒折合已到北山。玠整军出发，严阵以待。乌勒折合贻书请战，玠不慌不忙，分军为前后二队，径逼北山。金兵沿山列阵，见玠军逼近，便麾众出战。玠怒马突出，劈头遇着金将，手起刀落，砍落马下，金兵为之夺气。玠率前队军杀入，与金兵鏖斗一场，自巳至午，杀伤过当。两军俱回阵午餐，餐毕复战。玠令前队休息，将后队抽出，与敌再斗。金兵已觉力乏，怎禁得一支生力军，杀将过来，顿时遮拦不住，逐步退后。玠督兵进逼，乌勒折合料难抵挡，就回马奔驰。主将一逃，无人不走，被吴玠驱杀数里，丧失无数。没立方攻箭筈关，玠复遣将往击，杀败没立。两军终不得合，急忙报知兀术。兀术大愤，会集诸将及兵卒十余万，亲自督领，就渭水上筑起浮梁，陆续渡兵，进抵宝鸡。当从宝鸡县起，结连珠寨，垒石为城，夹涧与玠军相拒，进薄和尚原。

玠闻金兵大至，恐部下骇愕，遂召齐将士，勉以忠义，并啮臂出血，与众设誓。众皆感泣，愿尽死力。玠弟名璘，亦在军中，玠与语道："今日是我兄弟报国的日子，万一兵败，宁我兄弟先死，决不使将士先亡。"璘奋然应诺，诸将亦齐声道："主将兄弟报国，我等亦愿报主将。"可见用兵全在主帅，主帅致命，将士自然随命。玠大喜，遂与璘挑选劲弩，与诸将分番迭射，连发不绝，势如雨注，号为驻队矢，金兵少却。玠又分遣诸将，从间道绕出，断敌粮道，且令璘带弓弩手三千，往伏神岔沟，自度敌众粮尽且走，竟纵兵夜击，连破敌营十余座，兀术仓皇败走，奔至神岔，一耳炮响，箭如飞蝗。兀术抱头前窜，身上还中了两箭，耳中且听得有人呼道："兀术休走！"此时天色未明，不辨左右，兀术恐被敌认识，亟把须髯剃尽，飞马遁去。

嗣是知陕西地不易攻守，竟命归刘豫统辖，中原尽为豫有。豫遂于绍兴二年，徙居汴京，尊祖考为帝，就宋太庙立主。忽然间，暴风卷入，屋瓦皆振。豫所悬大齐旗帜尽被狂飙卷去，竿亦吹折，宋祖有灵，胡不威吓金人，而独威吓刘豫耶？士民大惧，豫亦未免扫兴。时襄阳盗桑仲已就抚为襄阳镇抚使，上疏行在，请合诸镇兵复中原。吕颐浩正败贼饶州，进拜少保，入为尚书左仆射，见了仲奏，遂乞高宗准议。命仲节制军马，规复刘豫所置州郡，且令翟兴、解潜、王彦、陈规、孔彦舟、王亨等诸镇抚使互为应援。仲受命后，至郢州调兵。知郢州霍明疑仲有逆谋，诱他入门，击碎仲首。仲将李横方任襄、邓统制，闻仲死耗，便起兵击明。明败走，横入郢州。既而河南镇抚使翟兴为神将杨伟所戕，伟受豫重赂，因此杀兴，携首奔豫。横承仲志，闻这消息，即进兵阳石，破刘豫军，乘胜下汝州，破颍顺军，攻入颍昌府。豫接颍昌警报，遣降盗李成率兵二万往援，并向金乞援。金调兀术救豫，两军同至牟驼冈，夹攻李横。横寡不敌众，只好退走，颍昌复失。

先是兀术在陕，因和尚原败退，不敢再行问津，诸将群以为怯。至兀术往援刘豫，吴玠闻信，留弟璘守和尚原，自率军驻河池，一面檄熙河总管关师古收复熙、巩诸州。金将撒离喝得报大怒，即命降将李彦琪驻秦州，窥仙人关，牵制吴玠，复令游骑出熙河，牵制关师古，自统兵从商、于进发，直捣上津，攻金州。金、均、房三州镇抚使王彦，迎战败绩，退保石泉，三州均被陷没。撒离喝乘胜而进，直趋洋汉。时刘子羽调知兴元府，闻王彦败退，急命田晟守饶凤关，并遣人召吴玠入援。玠自河池驰救，日夜趋三百里，至饶凤关，用黄柑遗金将，且致书道："大军远来，聊用止渴。"撒离喝大惊，用杖击地道："尔来何速，真令人不解呢。"当下督军仰攻，一人先登，二人拥后，前仆后继，更番迭上。玠军弓弩乱发，兼用大石推压，相持至六昼夜，尸如山积，关仍如旧。撒离喝更募死士，由间道出祖溪关，绕至玠后，乘高瞰饶凤关，诸军支持不住，相继溃去，金兵入洋州，玠邀子羽同去，子羽恰留玠同守定军山。玠以为难守，竟退保西县。子羽亦不得已，焚去兴元积贮，退屯三泉。撒离喝遂驰入兴元，进兵金牛镇，四川大震。子羽从兵不满三百，粮食复尽，但与士卒取草芽木甲，权作充饥，一面遗玠书，誓死诀别。子羽系刘韐长子，韐为国殉忠，应有是跨灶儿。玠已往仙人关，得子羽书，尚无行意。爱将杨政大呼道："节使不可负刘待制，否则政等亦舍去节使，自去逃生了。"义声直达。玠乃从间道往会子羽，子羽因留玠共守三泉。玠答道："关外为西蜀门户，不应轻弃。"乃留兵千人，助刘子羽守三泉，自己仍回守仙人关。

　　子羽既与玠别，即巡阅形势，设计保守。望见附近有潭毒山，峭壁斗绝，上面却宽平有水，乃督兵建设营垒。垒方筑就，金兵大至，相隔只数里。子羽据着胡床，危坐垒口，并没有慌张情状。诸将俱泣告道："这非待制坐处。"子羽道："死生有命，子羽命中该死，就死在这里，汝等不必惊慌，要死同死，或者倒未必死哩。"道言未绝，金兵蚁附而来，但仰见子羽戎服雍容，安然坐着，反令金人莫名其妙。撒离喝亲出觇视，也疑子羽是诱敌计，不敢近前，况又山势陡绝，不便援登，就使用箭上射，也万分吃力，未必能及，因即挥兵退去。子羽见金兵已退，方起兵回营。诸将均服他胆识，益加敬佩。撒离喝返至凤翔，复遣使十人，往招子羽。子羽将九人斩首，独放一人归去，且明谕道："归语尔帅，欲来即来，我愿与死战，岂肯降汝？"使人吓得心胆俱裂，抱头驰还。撒离喝终不敢再进，并因饷运不继，杀马以食。子羽与玠复屡用游兵四扰，弄得撒离喝寝食不安，只好还军。子羽复约玠出师掩击，金兵统有归志，无心返战，徒落得堕溪坠涧，丧毙无算，所有辎重尽行弃去。王彦乘势复金、均、房三州。

　　越年，金兀术、撒离喝及刘豫部将刘夔三路连合，攻破和尚原，转趋仙人关，吴玠先命弟璘设寨关右，号为杀金平。金兵凿厓开道，循岭东下，誓破此关。吴玠守第一隘，吴璘守第二隘，金人用云梯，用铙钩，用火箭，想尽攻关的法儿，始终不能破入，反死了若干士卒。玠与璘且带领诸将分紫白旗，捣入金营，金阵大乱。金将韩常被射中目，金人始宵遁。玠又遣王浚等埋伏河池，扼敌归路，复得一回胜仗。那兀术、撒离喝、刘夔等人都垂头丧气，奔还凤翔去了。小子有诗咏吴玠兄弟道：

　　　　一门竟出两名臣，伯仲同心拒敌人。

　　莫怪蜀民崇食报，迄今庙貌尚如新。仙人关下有吴氏庙。

　　吴氏兄弟名扬陇、蜀，金、齐诸军始不敢再犯，有诏授玠为川、陕宣抚副使，玢为定国军承宣使，此外一切详情，容至下回续陈。

　　史称南渡诸将，莫如张、韩、刘、岳。张即张俊，非张浚也。俊与岳飞，同剿李成，遇事与商，言必听，计必从，同心破贼，让功与飞，告捷之时，推为第一。向使不变成心，协图恢复，无后来附桧之失，则名将之称，尚属无愧，惜乎其晚节不终也。韩世忠功虽逊岳，犹足副名，刘光世一庸将耳，毫不足道，或谓以刘锜当之，理或然欤？（锜事见后）惟吴玠兄弟，保守陇蜀，迭建奇功，乃不与韩、岳并称，殊令后人无从索解。尽信书则不如无书，春秋以后，岂尚有董狐哉？

第七十回

岳家军克复襄汉　韩太尉保障江淮

却说张浚镇守关、陕三年，因刘子羽及吴玠兄弟，赞襄军务，虽未能规复关、陕，但全蜀赖以安堵。且以形势牵制东南，江、淮亦少纾敌患。自吕颐浩入相后，与张浚虽无宿嫌，恰也不甚嘉许，更有参政秦桧，阴主和议，当然是反对张浚。桧平居尝大言道："我有二策，可安抚天下。"及问他何策，他又言："未登相位，说亦无益。"高宗还道他果有奇谋，即拜为尚书右仆射。桧乃入陈二策，看官道是何计？他说是："将河北人还金，中原人还刘豫。"这等计策，却是言人所不敢言。高宗此时，还有些明白，却驳斥道："桧言南人归南，北人归北，朕系北人，当归何处？"桧无词可对，复易说以进道："周宣王内修外攘，所以中兴，今二相一同居内，如何对外？"此语是排挤吕颐浩。高宗乃命颐浩治外，秦桧治内。颐浩请高宗移跸临安，自至镇江开府，都督江、淮、荆、浙诸军事。高宗准如所请，移跸临安。会召胡安国为中书舍人，兼官侍读，专讲《春秋》。秦桧欲延揽名士，布列清要，借作揄扬。既见安国入用，遂与他虚心论交。安国为所笼络，竟极力称桧，说他人品学术在张浚诸人上。高宗亦颇信用。

会颐浩奉诏还临安，荐朱胜非代任都督，高宗遂起用胜非。安国劾胜非附和汪、黄，尊视张邦昌及苗、刘肆逆，又贪生畏死，辱及君父，此人岂可再用？高宗乃收回成命，改任胜非为侍读。安国复持诏不下。颐浩特命检正黄龟年另行草诏，颁示行阙。安国遂托疾求去。颐浩劝高宗降旨遣责安国，将他落职，只命提举仙都观。秦桧三上章，乞留安国，均不见报。侍御史江跻左司谏吴表臣等二十余人上言胜非不可用，安国不当责，均坐桧党落职，台省为之一空。颐浩又暗使侍御史黄龟年等劾秦桧专主和议，阻挠恢复远图，且植党专权，罪应黜逐。乃罢桧相，榜示朝堂，永不复用。遂进朱胜非为右仆射，兼知枢密院事。胜非本与张浚有宿憾，因日言浚短，高宗乃遣王似为川、陕宣抚处置副使，名为辅浚，实是监浚。浚始不安于位，上疏辞职，且言似不胜任。看官你想吕、朱两相左牵右掣，哪里容得住张德远？浚字德远。当下召浚至临安，但说要他入任枢密，及浚既奉命南还，即由中丞辛炳，侍御史常同等劾浚丧师失地，跋扈不臣诸罪，竟将浚落职，奉祠居住福州，并安置刘子羽于白州，张浚已枉，子羽尤枉。擢王似为宣抚使，卢法原为副使，与吴玠并镇川、陕。既而辛炳、常同又迭论颐浩过失，于是颐浩亦罢为镇南节度使，提举洞霄宫，命赵鼎参知政事，且授刘光世为江东、淮西宣抚使，屯兵池州，韩世忠为淮南东路宣抚使，屯兵镇江，王璪为荆、湖制置使，屯兵鄂州，岳飞为江西南路制置使，屯兵江州。

适刘豫将董质以虢州归宋，由统制谢皋接收。刘豫复遣李成攻虢州，谢皋猝不及防，竟被执去。皋指腹示成道："我腹中只有赤心，不似汝等鬼蜮哩。"言毕，自破心腹，肠出而死。李成进破邓州、襄阳府，豫更派兵陷伊阳，并与金人合兵图西北。熙河总管关师古拒战败绩，竟举洮、岷二州降豫。豫更联络洞庭湖贼杨么，令与李成合军，自江西趋浙。岳飞闻警，即奏请规复襄阳六郡，除心膂大患，先逐李成，次平杨么，然后进图中原。规画秩然，不等空谈。高宗语朱胜非、赵鼎，胜非言："襄阳为江、浙上流，不可不急取。"鼎谓："知上流厉害，无如岳飞，当令飞专任此事。"乃命飞兼荆南制置使，规复襄阳。

飞既接诏，即日渡江，顾语僚属道："飞不擒贼，誓不返渡。"大有祖逖击楫中流气象。遂长驱至郢州。郢州已为刘豫所有，遣部将京超拒守。超有勇力，素号万人敌，闻飞抵城下，登陴守御，自恃勇力，不甚设备。飞下令道："先登者赏，退后者斩！"部将王贵、牛皋等奋勇登城，飞麾众随上，前仆后继。霎时间拔去齐帜，换了宋帜。京超开城逃走，由飞遣将追蹑，超投崖死，郢州遂复。飞安民已毕，即进趋襄阳。李成率众迎战，分步骑为两队，步兵列平野，骑兵临襄江。飞视后微晒道："步兵利险阻，骑兵利平旷，今李成乃适与相反，显违兵法，虽有众十万，怕他什么？"虏在目中，何妨笑视。遂从马上举鞭指示王贵道："尔可用长枪步卒，击他骑兵！"又指牛皋道："尔可率骑兵，击他步卒！"两将奉令，分头前进。

王贵杀入敌骑阵内，专用长枪，刺他坐马，马中枪即坠，骑贼纷纷落马，戳毙无数，余骑多逼入江中，也多半溺死。牛皋杀入步兵队里，怒马驰骋，锐不可当，步贼不遭刃毙，也被踏毙，又伤亡了无数。李成顾命要紧，也无心管及部下，只好飞马逃去。飞遂克复襄阳。还有刘豫部将驻扎新野，收成溃众，准备再战。飞派牛皋攻随州，王贵攻唐州、邓州，张宪攻信阳军，自率裨将王万，分作左右两翼，掩击新野贼兵。成众已是虎口余生，早知岳家军厉害，一见岳字旗帜，早已魂胆飞扬，逃得不知去向，此外伪齐兵士自觉形势孤单，当然溃散。被岳飞、王万两翼痛剿一阵，徒落得尸横遍野，血流成渠。待岳飞回至襄阳，牛皋、王贵、张宪等陆续报道胜仗，所有随州、唐州、邓州、信阳军一律收复。于是襄、汉悉平。飞移屯德安，军声大振，当即露布告捷。高宗闻报大喜道："朕素闻飞行军有律，不料他遽能破敌，竟成大功。"因下诏褒奖。飞疏陈恢复事宜，大旨略道：

> 金人所爱，惟子女玉帛，志已骄惰。刘豫僭伪，人心终不忘宋，如以精兵二十万，直捣中原，恢复故疆，诚易为力。襄阳、随、郢地皆膏腴，苟行营田，其利甚厚，臣候粮足，即过江北剿敌，以慰宸廑。谨闻！

高宗得奏，乃命赵鼎知枢密院事，兼都督川、陕、荆、襄诸军事。鼎以不才辞，高宗面谕道："四川全盛，财赋半天下，朕尽以付卿，可便宜黜陟，朕不遥制。"鼎乃条奏便宜行事等件。高宗颇欲听从，偏朱胜非从中阻抑，有意牵制。鼎复上书直陈，略云：

> 顷者陛下遣张浚出使川、陕，国势百倍于今，浚有补天浴日之功，陛下有砺山带河之誓，君臣相信，古今无二，而终致物议，以被窜逐。夫丧师失地，浚则有之，然未必如言者之甚也。大抵专黜陟之典，受不御之权，则小人不安其分，谓爵赏可以苟求，一不如意，便生觖望，是时蜀士，至于酿金募人，诣阙讼之，以无为有，何以自明？故有志之士，欲为国立事者，每以浚为戒。今臣无浚之功，当此重任，去朝廷远，恐好恶是非，行复纷纷于阙廷之下矣。现臣所请兵，不满数千，半皆老弱，所赏金帛至微，荐举之人，除命甫下，弹墨已行，臣日侍宸衷，所陈已艰难，况在万里之外乎？所望悯臣孤忠，使得展布四体，少宽陛下西顾之忧，则不胜幸甚！

疏入未报，会霪雨连绵，诏求直言。侍御史魏矼劾奏朱胜非，说他："蒙蔽主聪，致干天谴。"胜非亦自请去职，乃将胜非免官，左右两相，次第罢职。高宗正拟择人继任，忽闻刘豫向金乞援，金遣讹里朵、挞懒、兀术率兵五万人应豫。豫令子麟、侄猊与金兵会，分道南侵。骑兵自泗攻滁，步兵自楚攻承州，大有吞视江南的气象。高宗甚为焦急，适值赵鼎入朝辞行，拟赴川、陕。高宗道："金、齐连寇，国势阽危，卿岂可离朕远去？当遂相卿。"鼎叩首而退。越日，即拜鼎尚书右仆射，兼知枢密院事，另命沈与求为参政。鼎决意主战，与求亦与鼎同意。鼎乃劝高宗特颁手诏，促韩世忠进屯扬州。

是时世忠正搜剿江湖剧盗，降曹成，斩刘忠，受爵太尉，功高望重。既接高宗手谕，便感泣道："主忧如此，臣子何可贪生？"遂自镇江济师，进屯扬州，使统制解元守承州，御金步卒，亲提骑兵驻大仪，抵挡敌骑。且伐木为栅，自断归路，誓与金、齐决一死战。会吏部员外郎魏良臣奉使如金，途中与世忠相遇。世忠知良臣是主和派，故意撤去炊爨，然后与良臣会叙。且伪言已经奉诏移屯平江，兵不厌诈，不得谓世忠无信。良臣额首，匆匆驰去。世忠待良臣出境，即奋然上马，下令军中道："视吾手中鞭，鞭指何处，即向何处，不得稽迟！"将士应令，随世忠出发。世忠相视形势，随地设伏，少约百人，多约千人，计自大仪以北，设伏二十余处。自置营五座，令各伏兵，闻营中鼓声，一同出击，违令者斩！筹画既定，专等金兵到来。是谓好谋而成。

金前将军聂儿字堇一译作聂呼贝勒。正拟遣派侦骑，探悉宋军所向，巧值魏良臣驰至，即问明宋军消息。良臣自述所见，字堇大喜，急引兵至江口，距大仪不过数里。别将挞不野一译作托卜嘉。拥着铁骑，骤马向前，经过韩世忠五营东首。世忠早已瞧着，忙令营中擂鼓，鼓声一响，伏兵四起，各奋力突入金兵阵中。挞不野虽然骁悍，怎奈一人不能四顾，东塞西决，南防北溃，霎时间四面八方，统夹入宋军旗帜，几乎目眩神迷，无从指挥。蓦见有一队健卒横入阵中，人持一斧，斧柄甚长，上掐人胸，下斫马足，眼见得金兵大乱，人马迭仆。挞不野到了此时，也顾不得许多了。三十六着，走为上着，也想觅路逃生。偏偏退了数步，竟陷入泥淖中，怎禁得宋军四至，围裹与铁桶相似，所有骑士，统被擒去，挞不野也只好束手待毙，坐受捆缚罢了。世忠既擒住挞不野，再进军攻金兵，一面遣偏将成闵率骑卒数千往援解元。

解元到了承州，也是设伏待着，且决河阻住金兵。金兵涉水攻城，将至北门，解元即放起号炮，呼召伏兵，伏兵一齐杀出，金兵怯退。既而又至，再战再却，却而又进，一日至十三次。解元也自觉疲乏，但总相持不退。总算劲敌。遥听东北角上鼓声大震，一彪军远远杀到。解元疑是金军，却也未免心惊，忽见金兵阵脚已动，似有慌乱的情状。解元登高了望，见是"韩"字旗帜，便大呼道："韩元帅到了！"大众闻"韩元帅"三字，仿佛是天兵天将，前来相助，顿时精神倍奋，统鼓勇杀上。金兵腹背受敌，当然支撑不住，一哄儿逃走了。解元追将过去，正遇着前来的援师，仔细一瞧，乃是统领成闵，便问道："韩元帅到未？"成闵道："元帅已亲追金兵去了，派我前来援应。"解元听着，已知成闵一军是冒着"韩"字旗号，恐吓金人，明人不消细说，遂与成闵合军，追蹑金兵。沿途俘获甚多，直追到三十里外，方才回军。

成闵自往世忠处报捷，世忠已至淮上，大败金将聂儿字董等，金兵渡淮遁去。世忠得胜回营，见成闵进谒，方知承州并捷，遂将详情奏报行在。群臣相率称贺，高宗道："世忠忠勇，朕知他必能成功。"沈与求奏道："自建炎以来，我朝将士，未尝与金人迎敌，今世忠连捷，功勋卓著，要算是中兴第一功臣了。"高宗点首道："朕当格外优奖，卿可为朕拟赏哩。"与求奉命，将应赐世忠帛马，及世忠部将解元、成闵等，俱一一加秩。高宗自然照行。赵鼎更劝高宗亲征，借作士气，高宗至此也自觉胆大起来，居然下亲征诏命，孟庾为行宫留守，指日督兵临江。鼎退朝，僚属喻樗语鼎道："六龙临江，兵气百倍，但公自料此举，果否万全，还是孤注一掷呢？"鼎慨然道："中国累年退避，士气不振，敌情益骄，义不可以更屈，所以劝帝亲征。成败由天，非我所敢逆料。"樗答道："据此说来，公应先筹归路。张德远有重望，若令宣抚江、淮、荆、浙、福建，募诸道兵赴阙，他的来路，就是朝廷归路呢。"鼎不禁称善，乃入白高宗，请起用张浚。高宗准奏，召浚为资政殿学士。浚奉旨入朝，高宗与语亲征事，浚极力赞同。乃手诏为浚辩诬，复命知枢密院事。浚拜命退朝，往见赵鼎，与鼎握手道："此行举措，颇合人心。"鼎笑道："这是喻子才喻樗字。的功劳，他尚思推贤任能，难道鼎敢蒙蔽么？"归功喻樗，不愧相度。浚逊谢。鼎又道："公既复任，应即执殳赴敌，为王前驱。"浚即答道："明日即当陛辞，出赴江上。"鼎喜抚浚背道："如此才可杜人口呢！"浚遂告别。越宿入辞高宗，即赴江上视师。

　　高宗也启跸临安，刘锡、杨沂中率禁兵扈驾，赵鼎当然随行。途次饬刘光世移军太平州，为韩世忠声援。光世与世忠有私隙，不愿移兵，且遣人讽鼎道："相公既受命入蜀，何事为他人任患？"韩世忠也有传言，谓赵丞相真是敢为。鼎闻韩、刘等言，请高宗即日遣使劝勉韩、刘，并面奏道："陛下养兵千日，用兵一时，若少加退沮，人心立涣。长江虽险，不足恃了。"高宗乃命御史魏矼往谕韩、刘，刘光世乃移驻太平州。高宗亦进次平江，始下诏暴刘豫罪，整厉六师，且欲渡江决战。鼎恐胜负难料，不堪一挫，乃谏阻高宗道："敌众远来，利在速战，骤与争锋，恐属非计。且逆豫尚且遣子，陛下何必亲自临阵，但中途调度，已足声明天讨了。"高宗乃止。想是巳不得有此语。

会闻庐州告警，飞札令岳飞往援，岳飞提兵趋庐，命牛皋为先锋，徐庆为副。皋至庐州城下，见伪齐兵已围住城北，金兵且陆续继至，便一马当先，遥呼金将道："敌将听着！我乃岳元帅部下先锋牛皋是也！能战即来，可与我斗三百合。"仿佛《三国演义》中张翼德口吻。金将闻声相顾，果见"岳"字旗帜，飞扬城南，便语部众道："岳家军不可犯，我等不如退回罢！"言已遂去。伪齐兵见金人退走，也不战自溃。牛皋待岳飞到来，与飞相见。飞语皋道："快快追去！我若不追，便自回军，恐他又再来了。"皋乃追击三十余里，金、齐两军还疑岳飞亲自追到，慌忙溃退，互相践踏，并被宋军杀死，不可胜计。

金兵返屯泗州竹墩镇。挞懒领泗州军，兀术领竹墩镇军，为韩世忠所扼，贻书币约战。世忠遣麾下王愈及两伶人报以橘茗，且传言张枢密在镇江已颁下文事，命决战期，兀术道："闻张枢密已贬岭南，何从在此？你不要欺我！"愈持浚文书出示，兀术不觉变色，半晌才答道："汝国尝遣使议和，现在魏良臣方自北归南，曾由我朝与约，拟在建州以南，封汝国为藩属，免得争战不休，汝国尚以为未足，乃欲与我开战，将来兵败国亡，恐尺寸地非汝有了。"魏良臣使事，即借兀术口中叙过。愈答道："我国非不愿与贵国议和，但贵国逼我太甚，夺我两河、三镇，羁我二帝，尚欲逞兵江、淮，册立叛逆，试问如何和得？自来国家存亡半由天命，半由人事，人定亦能胜天，姑与贵国再决胜负，请看我朝果毫无能为否？"理直气壮。兀术几无词可答，但说道："要战就战，难道我朝怕汝不成？"言毕遣还王愈等。

世忠得愈归报，正拟调兵遣将，隔宿出发。到了翌晨，由侦卒来报，金兵已经夜遁，伪齐兵亦逃去了。世忠亟饬兵往追，途中只收得辎重若干，统是伪齐兵所弃，那人马早已去远，料知追赶不及，因即回营。看官道金、齐二军，何故速退？原来是时为绍兴四年暮冬，天大雨雪，饷道不通，军中杀马代粮，各有怨言，挞懒、兀术见部众已无斗志，宋军又防御甚严，料知不能深入，且因金主病笃，不得不赶紧退回。金兵一退，刘麟、刘猊哪里还敢独留，连辎重都不及携去，急急的遁走了。

世忠奏达平江，高宗喜语赵鼎道："各路将士，翕然效命，所以得却强敌，但皆由卿一人之力。"鼎拜谢道："事出圣断，臣何力可言？惟强寇今虽遁归，他日未必不来，须博采群言，为善后计。"实是要着。高宗称善。乃诏令宰执以下，会议攻战备御的方法。侍御史魏矼等奏请罢"讲和"二字，代以"攻守"，饬厉诸将，力图攘敌。所以魏良臣持来金约，简直不复。命韩世忠屯镇江，刘光世屯太平，张俊屯建康，搜兵阅乘，协力防御。召张浚还行在，扈跸回临安，进赵鼎、张浚为左右仆射，并同平章事，兼知枢密院事，都督各路军马，时在绍兴五年二月。随时点清年月，以清眉目。小子有诗咏道：

将相同逢济世才，六飞一出敌人回。
当年庙算能长定，大业胡为不再恢？

嗣闻金主晟已殂，兄孙亶继立，免不得又要遣使了。欲知所使何人，待至下回再详。

得赵鼎、张浚为相，得岳飞、韩世忠为将，此正天子高宗以恢复之机，令其北向以图中原，不致终沦江左也。观岳飞之一出襄、汉，而六郡即平，观韩世忠之独扼江、淮，而二寇屡败，高宗亦尝褒奖岳飞，

嘉许韩世忠，似非不知韩、岳之忠勇者。迨下诏亲
征，出次平江，而金、齐二军又即远飏，虽未必因战
败而去，然亦可借此以作士心、挽国脉，此后能决定
庙谟，用贤御寇，安知中原之不可复？讵必鳃鳃然议
和为哉？本回所叙，实南宋转摈之机关，宋之所以不
即亡者，赖有此尔。一阳初长，剥极而复，奈何高宗
之得此已足乎？

第七十一回

入洞庭擒渠扫穴　返庐山奉榇奔丧

却说绍兴五年，金主晟病殁，金人称他为太宗，当由粘没喝、兀术等拥立金太祖孙合剌为主。合剌一作赫拉。合剌易名为亶，继立后，却也没甚变动。偏宋廷诸大臣以为金立新君，或肯许和，应遣使通问，借觇情势。惟中书舍人胡寅极力谏阻，高宗下诏褒谕。会张浚奏称："国家遣使系兵家机权，将来能辟地复土，终归和好，未可遽绝。"乃遣忠训郎何藓使金。胡寅见所言不从，遂乞外调，因出知邵州。使臣非必不可通，但徒向虏廷乞和，殊属无益。

时洞庭贼杨么，异常猖獗，张浚以洞庭据长江上游，杨么为乱，不急讨平，恐滋蔓为害，乃自请视师江上。高宗准奏，命浚出视师，先至潭州，次至醴陵。沿途稽查狱囚，多系杨么部下的侦探。浚一一释出，好言抚慰，各给文牒，令他还招诸寨。各犯欢呼而去。自是贼寨次第来降，惟杨么抗命如故。么本名太，系鼎州盗钟相部党。相尝以左道惑众，胁聚至数千人，自称楚王，改元天载。尝攻陷澧州，嗣被降盗孔彦舟所袭，把相擒住，并获相子子昂，槛送行在，一律伏诛。独杨太竟得漏网，收集散贼，盘踞龙阳，渐渐的鸱张起来。楚人向称少年为么，因呼杨太为杨么。太自恃剽悍，亦即以么自号，立钟相少子子仪为太子，令部众臣事子仪，自己也算在子仪属下，但僭称大圣天王，一切兵权，掌在手中，他要做这样，子仪只好依他这样，他要做那样，子仪也只好依他那样，因此洞庭湖中，单晓得杨么，不晓得有钟子仪。实是杨么使习，看官莫说是恋情故主。高宗令都统制王，会兵往讨，本是个没用人物，但遣忠锐军统制崔增等进攻杨么。崔增等一去不回，后来接得军报，才知是全军覆没了。既而杨么乘着水涨麾众出来，攻破鼎州杜木寨，守将许筌战死。王瓒却束手无策，不得已奏达败仗。

　　高宗既遣张浚视师，复封岳飞为武昌郡开国侯，兼清远军节度使，代王瓒招捕杨么。飞部下皆西北人，不惯水战，至是奉命即发。且下令军中道："杨么据住洞庭湖，出没水中，人家都说他厉害，不便往剿。其实用兵讨寇，何分水陆？但教将帅得人，陆战胜，水战亦胜。本使自有良法破这水寇，诸将士不用担忧，总叫依我号令，齐心并力，看杨么能逃我手么？"看得真，拿得稳，并非大言不惭。大众被辖有年，早知岳元帅智勇，自然惟命是从。飞先遣使招谕么党，旋接来使还报，黄佐愿降。飞喜道："佐系杨么谋士，得他来降，尚有何说！"言毕，遂欲起身往抚。牛皋、张宪等俱劝阻道："贼党来降，恐有诡计，不可不防！"飞笑道："古人有言，不入虎穴，焉得虎子？我欲破灭杨么，全在黄佐一人身上，难道真要用我陆师攻他水寇么？"当下命前使导着，竟单骑出营，去见黄佐。驰至佐寨，令前使传语道："岳制使来。"几似郭子仪单骑见虏。黄佐问有若干人？去使道："只有岳制使一人。"佐即召语部下道："岳节使号令如山，若与他对敌，万无生理，所以我拟往降。今岳节使单骑自来，诚信可知，必善待我等，我等开寨迎接便了。"部下都无异言，遂开门迎见岳元帅，执礼颇恭。岳飞亦下马慰劳，且用手抚佐背道："汝晓明顺逆大义，深足嘉尚，此后诚能立功，封侯也是易事。"佐不待说毕，便道谢节使裁成，随即引飞至寨，令部目一一进谒。飞温言慰谕，众皆悦服。飞复语佐道："彼此俱中国臣民，并非金虏可比，我此来特宣示大义，俾大众革面洗心，同卫王室，剿除异族。现拟遣汝至湖中，代达我意，可劝则劝，偕彼同来，视有才能，定当保荐。不可劝，劳汝设法擒捕，我回营后，即当拜本上奏，先请朝廷奖赏，借示鼓励。"恩威并济，何敌不克？佐不禁感泣，誓以死报。飞与佐握手为约，当即返营，立保佐为武义大夫，遣人报知，一面暂按兵不动，静待黄佐消息。

会值张浚至潭州，参谋席益疑飞玩寇，入语张浚，请浚上疏劾飞。浚摇首道："岳侯忠孝兼全，怎得妄劾？汝疑他玩寇，他何至若是？兵有深机，非常人所能预测呢。"席益被浚驳斥，自觉怀惭，因即退出。隔了数天，飞往见张浚，述及战事，且云："黄佐已袭破周伦寨，把伦击死，并擒伪统制陈贵等人，现已上表奏功，拟迁佐为武功大夫了。"浚答道："智勇如公，何愁水寇？"相知有素。飞又道："前统制任士安不服王瓒命令，因此致败，如欲申明军律，不能不加罪士安。"浚点首示意。飞又与浚密谈数语，浚益大喜。飞即告别，还至营中，传任士安入帐，诘责罪状，加鞭三十，并指士安道："限汝三日，便当平贼，否则斩首不贷。"士安唯唯而出，自率部下入湖，扬言岳家军二十万，朝夕可至。杨么素恃险固，尝大言道："官军从陆路来，我可入湖，从水路来，我可登岸，欲要破我，除非飞来。"隐伏言谶。因此并不在意。部众报岳军进攻，乃调拨水兵数艘出去迎敌。湖中遇着士安，不过数千兵士，便一拥上前，围住士安战船，并力猛攻。士安恐退后被诛，也拼命死战。士安亦知拼命，无非惮岳忠勇，否则不几降寇耶？正酣斗间，东西两面俱有岳家军杀到，贼舟大乱。士安趁势杀出，与援兵会剿一阵，击沉贼舟好几艘，余贼遁去。

岳军与士安等回营报功，飞闻捷，即拟亲捣贼巢。忽接到张浚手书，内言："奉旨防秋，即日入觐，洞庭事暂且搁置，俟来年再议。"飞览毕，忙驰见张浚，开口便道："都督且少留，待飞八日，决可破敌。"浚微哂道："恐没有这般容易哩。"飞袖出小图，指示张浚道："这是黄佐献来洞庭全势，及杨么平素守御，详列无遗，按图进攻，不出十日，可扫荡贼巢了。"浚尚以水战为难，飞答道："王四厢即王瓒。用王师攻水寇，所以难胜，飞用水寇攻水寇，自转难为易。水战我短彼长，我以短攻长，如何不难？若因敌将，用寇兵，翦他手足，离他腹心，使他孤立无助，然后用王师捣入，一鼓可平。八日内当俘诸酋，献诸帐下。"胸有成竹。浚半晌才道："既如此，我权留八日，八日后恕不相待了。"飞应诺而出，遂督兵赴鼎州。

可巧黄佐求见，立即召入。佐禀道："现有杨钦愿降，佐特与俱来，进谒节使。"飞喜道："杨钦素称骁悍，今亦前来效顺，大事成了，快去引他进来！"佐领命召入杨钦。钦至案前下拜道："钦慕元帅盛名，久思拜谒，只因族兄倡逆，恐罪及同族，未蒙相容，所以不敢径投。今武功大夫黄佐盛称元帅厚恩，不追既往，用特登门请罪，还乞元帅宽恕！"岳飞亲自下座，将钦扶起道："朝廷定例，自首减等，况汝能先自振拔，不甘从逆，理应赦免前愆，本使还要特别保举，表荐汝为武义大夫，汝可再归湖中，招抚同侪，按功加赏。"钦欢跃而去。黄佐也即走了。

越两日，钦引余端、刘诜等来降，总道此次入见，定邀奖叙，哪知行近案前，仰见岳飞面上已带怒容，真是摸不着头脑。没奈何对他行礼，详禀招降情状。忽闻惊堂木一拍，随着厉声道："我叫你尽招诸酋，你为何止招两三人便来见我？显见你是乖刁得很。左右快拖他下去，杖责五十！"令人怪极！杨钦尚思分说，已被帐下健卒七手八脚的牵了出去，揪倒地上，杖责了五十下。钦连声呼冤，那里面又传出号令，饬将士百人押钦出湖，令他再往招抚。

　　钦暗思岳飞如此糊涂，悔不该听了黄佐，前来投降。今着将士押我返湖，我当诱他深入，杀他一个精光，方泄我恨。随即与将士同行。已堕岳飞计中。时已天晚，湖上一带烟波浩淼，暝色苍茫，更兼是仲夏天气，湖水为暑气所蒸，尤觉得烟雾迷濛，前后莫辨。岳飞既遣将士百名，押钦出湖，复嘱令牛皋、王贵等率兵数千，随钦继进。钦不顾后面，只管前进，曲曲折折的导入深巢，有一绝大水寨，驻扎贼众约数万人，便传一口号，当有巡贼前来迎接。钦引将士百人正要入寨，忽听后面鼓角齐鸣，战船丛集，不由的吓一大惊，回头一望，见牛皋、王贵等已从船头跃上水寨，眼见得不能对敌，只好把胸中所有盘算一齐抛向湖水中去。便招呼牛皋、王贵一同入寨。牛皋、王贵已受岳飞密嘱，未敢造次随入，即问钦道："寨内人士，果尽降否？如欲不降，我等便当杀入了。"钦无可奈何，乃大声呼道："全寨兄弟们听着！现岳元帅有数万人来到此地，问你等愿否归降？愿降大宋，请即迎谒，不愿降，速即出战！"看官！你想寨众全未预备，如何可以出敌？况岳军来势甚盛，若要与战，有死无生，大家顾命要紧，乐得应了一声，保全性命。牛皋、王贵又令他全数投械，才引兵入寨，一面遣报岳飞。

　　飞遂航湖自至，见水寨正在君山脚下，甚得形势，便登山四望，见湖右尚有贼舟，舟下有轮，鼓轮激水，行驶如飞。两旁置有撞竿，所当辄碎。当下长叹道："怪不得前此官军常被撞沉呢。"随命军士斩伐君山大木，穿成巨筏，塞诸港汊，又命用腐木乱草，乘上流浮下，择水浅处，使兵士驾着小舟，前行诱敌，且行且骂。贼众听着骂声，争来追赶，那诱敌兵却徐徐驶去。贼舟鼓轮撑篙，费尽气力，偏偏驶不上去，好像胶住一般。原来舟轮都被败草壅住，并有腐木拦着，处处都是窒

碍，所以不便行驶。不料官军这方面，恰有大股战船一齐杀
到，连这位白袍银铠的岳元帅也亲自到来。贼众未免丧胆，要
想倒退，又是万分为难，不得已奔至港中。及入港口，复连声
叫苦，见里面都是巨筏塞住，筏上载着官军，统跃上贼船，乱
砍乱戳，港外又有官军进来，正是哑子吃黄连，说不尽的苦
楚。说时迟，那时快，贼众正在危急，那杨么引兵来援，港口
的官军又退去抵挡杨么，港内贼舟总道有生路可望，也逃出港
口。一到港外，见两下正杀得厉害，官军各张着牛皮，抵挡矢
石，且举巨木横撞，把杨么的坐船都撞成好几个窟窿。俄听得
官军大叫道："逆渠杨么投水了！"俄又听得官军拍手道："好
好！逆渠受擒了。"贼众探头遥望，果然自己的大圣天王被一
黑面将军从水中擒出，跳上岳元帅船中去了。从贼众眼中，叙出
杨么被擒，又是一种笔墨。贼众愈觉慌忙，继复听得官军大呼：
"降者免死！"这时候除了此法，不能再活，自然口称愿降。
岳飞派牛皋等收抚降众，自率张宪突入贼巢。巢中尚有余贼守
着，闻岳飞猝至，群惊为神，俱开了寨门，挟着钟子仪，迎拜
马前。飞亲行诸寨，示以忠义，令老弱归田，籍少壮为军。除
将杨么枭首外，余皆赦免。当遣部将黄诚携杨么首至张浚处
报捷。

　　浚得捷报，屈指计算，适合八日期限，不禁惊叹道："岳
侯真是神算，无人可及！"乃令黄诚返报，请飞屯兵荆、襄，
北图中原。自启节由鄂、岳二州。转入淮东，至行在觐见高
宗。高宗召对便殿，浚奏事毕，复进《中兴备览》四十一篇，
经高宗褒奖数语，命置座隅。浚又荐李纲忠诚可以重任，高宗
乃命纲为江西安抚制置大使。纲自罢相落职，至绍兴二年，曾
起为湖广宣抚使，兼知潭州。荆、湖、江、湘一带，流民溃卒
不可胜数，闻纲就宣抚任，均附首帖耳，不敢为非。纲日思规
复中原，迭陈大计，不下万言，偏抚臣与他反对，竟说他空言

无补，且在任所不闻善状，因又将他罢职。至是再命他安抚江西。纲入觐高宗，仍抱定规复宗旨，面陈金、齐两寇屡扰淮、泗，非出奇无以制胜，应速遣骁将，自淮南进兵，约岳飞为犄角，东西夹击，方可成功。高宗颇为嘉许，纲告辞而去。

张浚因秋防紧要，拟再视师江、淮，锐图大举。当即入朝面请，且力保韩世忠、岳飞两人可倚大事，高宗又一一照准。浚尚未出，已得韩世忠军报，略言："在淮阳杀退金兵，惟城尚未下。"看官道这淮阳城是归何国？原来是属刘豫管辖。豫聚兵淮阳，为南侵计，世忠欲先发制人，竟引兵渡淮，直薄淮阳城下。适值金兀术来会刘豫，世忠即督兵与战。金先锋牙合字董一译作叶赫贝勒。恃勇前来，由世忠部将呼延通与他搏斗，战至数十合，未分胜负。两人杀得性起，各将兵械弃去，徒手步战，终被呼延通扼吭擒住。世忠乘胜掩击，金人败去。既而兀术、刘猊复引兵来援，世忠向张浚求救，待久不至，世忠竟勒阵向敌，且遣人驰语道："锦衣骢马，兀立阵前，便是韩相公，汝等何人善战，便即过来，一决雌雄！"一身都是胆。既而果有两敌将冲来，世忠不待近身，奋戈直出，左右一挥，两敌将死了一双，余兵怯退。世忠乃奏报行阙。高宗与张浚商议，浚言："且会师镇江，再作计较。"乃下诏令世忠还屯楚州。及浚至镇江，诸将毕集。浚派张俊屯盱眙，韩世忠仍屯楚州，刘光世屯合肥，杨沂中为张俊后援，岳飞屯襄阳，令图中原。

飞自戡定洞庭，还军襄阳，每日枕戈待旦，以恢复中原为己任。自得张浚驰书奖勉，越发激昂鼓励，锐图恢复。未几朝命又下，改授武胜定国军节度使，兼宣抚副使，命置司襄阳，且往武昌调军。飞即日部署，终朝毕事，越宿即趋往武昌。正在募兵集旅，忽接襄阳家报："姚太夫人病逝了。"飞不禁变色，只叫了"母亲"二字，便晕厥过去。左右忙将他掖住，齐声号呼，好容易唤醒了他，但见他仰天大恸道："上未能报国全忠，下未能事亲尽孝，忠孝两亏，如何为臣？如何为子？"左右竭力解劝，乃星夜奔丧，驰回襄阳。

　　小子于岳飞履历，第六十一回曾已略叙，此处更宜补述一段故事。飞幼失怙，全赖母亲姚氏饮食教诲，始得成人。飞年渐长，事母至孝，但经母命，无一敢违。母尝以忠义勖飞，且把飞背上刺着"尽忠报国"四大字，深入肤理，用醋墨涂在字上，令他永久不变。所以飞一生记着，孝字以外，就是忠字。揭出忠孝，借古讽今。先是庐州解围，飞得优叙，赐封母为太夫人。飞感朝廷恩遇，拟俟规复中原，辞官终养。庐州解围，事见前回。经此骤闻母丧，如何不痛？既至襄阳，将母尸棺殓，扶榇至庐州守制，一面上报丁忧，且乞终丧。偏有诏令他墨绖从戎，起复为京、湖宣抚使。飞再四奏辞，未邀俞允，但责令移孝作忠。乃不得已，仍就原职。朝廷又命他宣抚河东，节制河北诸路。飞因遣牛皋复镇汝军，杨再兴复河南长水县，自督军攻克蔡州。又饬王贵、郝政、董先等复虢州及卢氏县，获粮十五万石，降敌众数万，再进军唐州，毁去刘豫兵营。于是慨然上表，请进军恢复中原。小子有诗咏岳制使道：

　　　　一生系念只君亲，亲殁惟存报主身。
　　　　愿复国仇三上表，如公才不愧忠臣。

　　未知高宗曾否准奏，且看下回便知。

　　　　岳武穆之忠孝，备见本回，而智勇亦寓于其间。观其入洞庭，擒杨么，预定期限，不愆时日，此非料敌如神，因寇制寇，乌能得此奇捷耶？杨么谓除非飞来，不意果有此飞将军自天而下，恃险者卒以险亡，捣险者不以险怯，此可知世无不可平之巨寇，视我之有以制寇否也。岳母姚氏抱飞免厄，事载《宋史》本传，而背涅"尽忠报国"四字，见诸飞被诬对簿、裂裳示验之时，史虽不详为岳母所刺，而稗史所载，故老相传，当非无稽，故本回亦录及之。及母丧守制，屡诏起复，不得已墨绖从事，彼岂贪恋职位者比？殆激于忠义之忱，欲达恢复中原之本旨，因有此权宜之举耳。张浚称岳侯忠孝，诚然！

第七十二回

髯将军败敌扬威　愚参谋监军遇害

却说岳飞奏请进取中原，诏饬从缓。飞乃召王贵等引还鄂州。张浚闻高宗未从飞奏，心甚怏怏，遂自淮上入觐，面请驾幸建康，奖励三军，力图恢复。高宗意尚迟疑，会闻刘豫复欲南寇，浚申请益力。赵鼎亦劝高宗，进幸平江。高宗与张、赵二人商议启跸，且欲用秦桧为行营留守。桧被斥后，本有永不复用的榜示，偏高宗是个没有主张的主子，今日说他是恶人，明日又说他是善人。想是贵人善忘的缘故。因此罢桧逾年，又令他知温州，寻复令知绍兴府。桧性成奸诈，料知张、赵为相，和议必不可成，不若虚与周旋，暂将"议和"二字搁起，换了一副假面目，对待张浚、赵鼎。浚本戆直。遂以桧为可用，荐为醴泉观使，兼官侍读。至是高宗又欲留桧守临安，浚当然赞成。鼎未以为然，因经浚力保，也不便多口，遂以桧为行营留守，孟庾为副，并准参决尚书省枢密院事。

高宗乃启行至平江，浚先往江上，探察伪齐消息。谍报刘豫令子麟、侄猊，分道入寇，且有金人为助。浚半晌才道："我料金人未必肯来，金人助豫数次，屡致失败，难道还欲相助么？"遂将此意入奏。嗣闻刘麟由寿春进犯合肥，刘猊由紫荆山出涡口，进犯定远。还有反复无常的孔彦舟，前已降宋，继复降豫，也由光州进犯六安。张俊、刘光世俱张大敌势，俊请益兵，光世欲退师。浚即贻书二将道："贼豫以逆犯顺，若不剿除，何以立国？朝廷养兵，正为今日，只宜进战，不宜退保。"书发后，又接到赵鼎手书，令杨沂中急援张俊，同保合肥，于是促沂中趋濠州，与俊合兵，且特给手书道："朝廷待统制甚厚，应及时立功，借报知遇。"这书发出，复接高宗手札，谓："张俊：刘光世恐不足任，当令岳飞率兵东下，抵制逆豫。俊与光世等军，不如命他退守江滨。"浚不禁愤叹道："这事怎可使得？赵丞相日侍帝侧，难道亦不加谏阻么？"遂援笔写了数语，令文牍员装着首尾，即遣参谋吕祉驰奏。看官道是何语？由小子节叙如下：

俊等渡江，则无淮南，而淮南之险，与贼共有。淮南之屯，正所以屏蔽大江，使贼得淮南，因粮就运，以为久计，江南其可保乎？今正当合兵掩击，可保必胜，若一有退意，则大事去矣。且岳飞一动，襄、汉有警，何所恃乎？愿朝廷勿专制于中，使诸将有所观望也。

奏入，又由庐州驰到军报，刘光世已退趋采石了。浚顿足道："光世这般畏怯，如何对敌？"道言未绝，正值吕祉驰回，入报浚道："上已有旨，诸从公议，如各将有不用命，听军法从事。"浚大喜，便命吕祉驰往光世军，传达谕旨。祉亟往采石，截住光世，且厉声语道："诏命已下，如有一人渡江，即斩以徇。"光世不觉股栗，乃仍回庐州。逐节叙写，见得军务倥偬，非常危急，于此可窥笔法。

刘猊进军淮东，为韩世忠所拒，转趋定远。刘麟从淮西架三浮桥，接连渡军，进次濠州、寿春交界。张俊出兵抵御，相持未决。刘猊自定远趋宣化，欲寇建康，至越家坊，适与杨沂中相遇。正待整军交锋，不意沂中已奋杀过来，连迎战都属无暇。猊料不可当，忙麾军退去，改向合肥进发，意欲与麟合兵，集众后进。甫抵藕塘，望见前面有官军拦住，大纛上书一"杨"字，猊惊忿道："莫非又是这髯将军么？"原来沂中击退刘猊，料知猊军必趋合肥，遂从间道进军，赶过刘猊前面，立营待着。沂中多髯，猊因呼为髯将军．当下刘猊据山列阵，命骑士挽弓注射，矢下如雨。沂中令统制吴锡率劲兵五千先行突阵，自率大军为后应。吴锡奉令登山，前队多中箭倒退，锡怒马突出，左持刀，右执盾，飞步上冈。部兵见主将前进，也不管死活，拼命随上。猊众不及拦阻，阵势稍动。沂中纵军四击，并自麾精骑，横冲猊军，且大呼道："贼破了！"猊不觉骇顾，部下亦错愕失色，顿时溃乱。可巧统制张宗颜亦奉到张浚檄文，自泗州来援合肥，正当猊众背后，乘势夹攻，猊众大败，被杀无算。猊奔至李家湾，又值张俊统兵杀来，猊吓得魂胆飞扬，忙向前夺路，专想逃生。偏张俊不肯放他过去，指挥兵士，把他困住。猊左冲右突，不能脱身，亏得谋士李愕令猊卸甲弃盔，钻入步兵队里，方免官军注目，从斜刺里溜出重围，才得走脱。

猊与愕狂奔数里，四顾无人，方敢少憩。事后愈觉恓惶，不由的痛哭起来，且用首触愕道："不意此次用兵，遇着一个髯将军，真正晦气，害得我全军覆没，真好苦呢！"愕问是何人？猊带哭带语道："闻官军称他为杨殿前，大约是杨沂中哩。他真是厉害，锐不可当。"愕也自觉没颜，只好劝慰数语，猊才止哭。俄见有败军数十人，骑马逃来，已是盔甲不全，狼狈得很。喘息片刻，方语猊道："此处非休息的地方，恐追兵又要到来了。"猊慌忙起立，向骑兵中牵得一马，扬鞭遁去。愕亦借马走脱。骑卒无马可乘，不免落后，嗣经杨沂中追到，大声呼叱，遂投械请降。沂中复赶了一程，不见刘猊，始收军退回。为这一役，把猊众杀死了好几万，收降了好几万，伪齐大为夺气。刘麟闻猊初败，已退军数十里，不敢与张俊相持，所以俊得转攻刘猊。至是闻猊众尽没，越觉丧胆，因即回去。孔彦舟也撤光州围，引众遁还。

是时金兀术亦屯兵黎阳，作壁上观，未尝进援。看官道是何故？先是刘豫发兵南侵，曾向金乞师，金主亶召群臣会议。太宗长子蒲卢虎道：蒲卢虎一作博郭勒。"先帝前日立豫，无非欲借作屏藩，使为宋害。今豫进不能取，退不能守，兵连祸结，无日休息，若屡从豫请，得一胜仗，惟豫收利，不幸致败，我且受弊。况前年因豫出师，已遭挫损，难道尚可许他么？"金主亶因不肯发兵，但遣兀术驻兵黎阳，坐观成败。至麟、猊等败还，且遣使诘责，说他无能。至是刘豫进退两难，渐失金人欢心了。

张浚因刘豫各兵俱已败退，请乘势攻河南，且乞车驾速幸建康。偏赵鼎谓不如回跸临安。看官试想！高宗果欲图恢复，理应北进，不应南退。鼎亦南宋名相，与浚协力图功，为何浚请高宗幸建康，鼎反请回临安呢？这其间也有一段隐情。自浚视师江上，尝遣参谋吕祉奏事。祉与鼎言，即极力夸张，鼎不免沮抑。及返报浚时，每言鼎有意牵掣，浚信以为真，将所有愤懑，形诸奏牍。高宗尝语鼎道："他日张浚与鼎不和，必出自吕祉一人，卿不可不防！"鼎答道："臣与浚本如兄弟，毫无嫌怨，今既由吕祉离间，致启浚嫌，不若留浚专政，俾得尽展才具，臣愿告退。"高宗道："俟浚归再议。"浚与鼎俱抱公忠，既知由吕祉启嫌，鼎何勿推诚相与？为高宗计，亦应剀切下谕，调和两相，乃鼎告退，高宗即有再议之言，君臣两失之矣。

既而浚至平江，面请高宗进趋建康。又言："刘光世骄惰不战，请罢免军政。"时鼎亦在旁，奏言："光世累代为将，无端罢免，恐将士离心，反滋不安。"浚奋然道："朝廷方日图恢复，尚可令骄帅逍遥，自由往返么？现应严申赏罚，振作士气，庶可入攻河南，讨平逆豫。"鼎又答辩道："河南非不可取，但得取河南，能保金人不内侵么？平豫尚易，敌金实难。"赵鼎两番奏辩，俱属未当，彼因与浚有嫌，故如是云云。浚复作色道："逆豫不平，是多一重寇敌，且株守东南，金虏亦未必不来，试思近年以来，陛下一再临江，士气百倍，成效已经卓著，尚可退然自沮么？"高宗顾浚道："卿言甚是，朕当从卿。"浚乃趋退。鼎遂力求解职，因罢为观文殿大学士，知绍兴府。越年为绍兴七年，诏命陈与义参知政事，沈与求同知枢密院事。张浚复欲视师，不告与求，既得旨。与求叹息道："这是军国大事，我不得与闻，如何备位？"乃乞请辞官。高宗不许，未几病殁。与求遇事敢言，朝右颇倚以为重。病殁后，上下咸哀。

越数日，忠训郎何薛自金归来，报称道君皇帝及郑太后相继告崩，高宗不禁大恸道："隆祐太后爱朕如己出，不幸前已崩逝，就高宗口中，补叙隆祐之崩，亦一销纳笔法。所望太上帝后，得迎奉还朝，借尽人子孝思，哪知复崩逝异域，抱痛何如？"遂命持服守制。百官七上表，请以日易月。知严州胡寅独请服丧三年，衣墨临戎，以化天下。高宗因欲行三年之丧，会张浚奏言："天子孝思与士庶不同，当思所以奉宗庙社稷，不在缟素虚文。今梓宫未还，天下涂炭，愿陛下挥泪而起，敛发而趋，一怒以安天下，方为真尽孝道。"高宗乃命浚草诏，告谕群臣。外朝勉从众请，宫中仍服丧三年。看官听着！隆祐太后孟氏崩逝在绍兴元年四月间，享年五十九，丧祭用母后临朝礼，所以追上尊谥，也用四字称为昭慈献烈皇太后。后来复改献烈为圣献，至道君皇帝去世，实在绍兴五年四月，郑太后去世，距道君只隔数月，年五十二，两人俱死于五国城。高宗服孟后丧，是临时即服的。服生父嫡母丧，直待何薛南归，才得闻知，因此距丧期已隔二年。当下追尊太上皇道君尊号曰徽宗，郑太后尊谥曰显肃。惟高宗生母韦贤妃也从徽宗北徙，建炎初年，曾遥尊为宣和皇后。至是因郑太后已殁，又遥尊为皇太后。本文连类并叙，故于先后夹写中，仍标清年限。高宗且谕左右道："宣和太后春秋已高，朕日夜记念，不遑安处，屡欲屈己讲和，以便迎养，怎奈金人不许，令朕无法可施。今上皇太后梓宫未归，不得不遣使奉迎，如金人肯归我梓宫，并宣和太后等，朕亦何妨少屈呢！"言已，遂召王伦入朝，命为奉迎梓宫使，且语伦道："现在金邦执政，闻由挞懒等专权，卿可转告挞懒，还我梓宫，归我母后，当不惜屈已修和。且河南一带，与其付诸刘豫，不若仍旧还我，卿其善言，毋废朕命！"伦唯唯而出，即日北去。张浚闻高宗又欲议和，即入见高宗，请命诸大将率三军发哀成服，北向复仇。高宗默然不答。浚退朝后，复上疏道：

> 陛下思慕两宫，忧劳百姓，臣之至愚，获遭任用，臣每感慨自期，誓歼敌仇，十年之间，亲养阙然，爱及妻孥，莫之私顾。其意亦欲遂陛下孝养之心，拯生民于涂炭。昊天不吊，祸变忽生，使陛下抱无穷之痛，罪将谁执？念昔陕、蜀之行，陛下命臣曰："我有大隙于此，刷此至耻，惟尔是属。"而臣终赣成功，使敌无惮。今日之祸，端自臣致，乞赐罢黜，以正臣罪，臣不胜惶恐待命之至！

这疏上呈，高宗乃下诏慰留。浚再疏待罪，高宗仍不许。浚乃请乘舆发平江至建康，随行奏对，始终不离"国耻"二字，高宗亦尝改容流涕。既至建康，申奏刘光世沉湎酒色，不恤国事。乃下诏罢光世为万寿观使，令部兵改隶都督府。浚命参谋吕祉赴庐州节制刘军，枢密副使张守谏浚道："光世既罢，军士未免觖望，必得一闻望素高，足以制服舆情，方可遣往，吕祉恐不可用呢。"浚不以为然。会飞自鄂入觐，高宗从容问道："卿得良马否？"飞答道："臣本有二马，材足致远，不幸相继以死，今所乘马日行只百里，已力竭汗喘，实属驽钝无用。可见良材是不易得呢！"高宗称善，面授太尉，继除宣抚使，命王德、郦琼两军受飞节制，且谕德、琼道："听飞号令，如朕亲行。"飞又手疏，论规复大略，最关紧要的数语，节录如下：

> 金人所以立刘豫于江南，盖欲荼毒中原，以中国攻中国，粘罕即没粘喝。因得休兵观衅。臣欲陛下假臣日月，便则提兵趋京、洛，据河阳、陕府、潼关以号召五路判将。判将既还，遣王师前进，彼必弃汴而走河北，京畿、陕右可以尽复，然后分兵浚、滑，经略两河。如此则刘豫成擒，金人可灭，社稷长久之计，实在此举。

高宗览奏，便批答道："卿能如此，朕复何忧？一切进止，朕不遥制。"继复召飞至寝阁，殷勤面谕道："中兴事一以委卿。"飞感谢而出，拟图大举。偏秦桧暗中忌飞，多方谗间。张浚又欲令王德、郦琼两人往抚淮西，节制前时刘光世部军。高宗自觉为难，只得令飞诣都督府议事。于此可见高宗之庸。飞奉命见浚，浚与语道："王德为淮西军所服，浚欲任他为都统，再命吕祉以督府参谋，助德管辖，太尉以为何如？"飞应声道："德与郦琼素不相下，一旦德出琼上，定致相争。吕参谋未习军旅，恐不足服众。"浚又道："张俊何如？"飞复道："张宣抚系飞旧帅，飞本不敢多口，但为国家计，恐张宣抚暴急寡谋，尤为琼所不服。"浚面色少变，徐徐答道："杨沂中当高出二人。"飞又道："沂中虽勇，与王德相等，亦怎能控驭此军？"浚不禁冷笑道："我固知非太尉不可。"飞正色道：

“都督以正道问飞，不敢不直陈所见，飞何尝欲得此军哩！”浚终心存芥蒂，面上露着慢色。飞立刻辞出，即日上章告假，乞终丧服，令张宪暂摄军事，自己竟步归庐山，至母墓旁筑庐守制去了。浚固不能无私，飞亦未免率真。

　　浚闻飞去，恨上加恨，竟命张宗元权宣抚判官，监制岳军，一面令王德为淮西都统，郦琼为副，吕祉为淮西军统制。王德等甫至任所，郦琼即与德龃龉，吕祉不能调和，便即还朝。德与琼各自列状交诉都督府及御史台，浚无可奈何，召德还建康，命祉复赴庐州，别命杨沂中为淮西置制使，刘锜为副，就庐州驻扎。祉先至庐州，琼又向祉讼德，祉语琼道：“张丞相但喜人向前，倘能立功，虽大过且不计较，况小小嫌疑呢？祉当为诸公力辩，保无他虞。”琼闻言感泣，军事少定。祉见军心已靖，恰密请罢琼等兵权。奏疏方发，偏有书吏漏口语琼。琼即令人遮祉所遣邮置，得祉奏折，果如书吏所言，遂大加忿恨。会闻朝廷已命杨沂中为制置使，且召己赴行在，又觉惊惧交乘，左思右想，只有谋叛一法。越宿，诸将谒祉，琼亦在列，亟从袖中取出吕祉奏牍，示中军统制张璟道：“诸军官有何罪状？琼亦自想无他，吕统制乃无端诬人，奏白朝廷，令人不解。”祉闻声欲走，被琼抢上数步，将祉握住两手，且喝令左右缚祉。张璟看不过去曰：“凡事总可妥商，奈何擅执命官？”琼厉声道：“朝廷如此糊涂，我还要在此何为？汝等欲死中求生，快随我投刘豫去！”璟叱道：“你降刘豫，便是叛贼！”统制刘永衡，及兵马钤辖乔仲福等大呼道：“叛臣贼子，人人得诛，我等应为国讨贼。”言未毕，琼已拔剑出鞘，指令军士来杀张璟等人。张璟、刘永衡、乔仲福也拔剑奋斗，毕竟寡不敌众，斗了片刻，三人相继毕命。不愧为忠。琼遂率全军四万人，挟着吕祉北趋至淮。祉抗声语琼道：“刘豫逆贼，我岂可往见？”琼众牵祉前行，祉怒骂道：“叛奴！我死就死，不愿北渡。"琼尚不欲杀祉，祉又大声谕众道："刘豫逆臣，何人不晓？尔军中岂无英雄，乃愿随郦琼去么？"众颇感动，有千余人环立不行。琼恐摇动军心，竟用刀刺杀吕祉，策马先渡，竟投刘豫去了。祉死后，地上遗落括发帛，有人拾得，归至吴中，交付祉妻吴氏。吴氏向西恸哭一番，竟持帛自缢。小子有诗叹道：

> 宁死江头不渡淮，报君甘掷罪臣骸！
> 原心略迹应堪恕，难得闺魂亦与偕。

张浚闻吕祉被害，方悔不信岳飞，致有此变，乃引咎自劾。究竟高宗是否允准，待小子下回陈明。

　　将相和则士心附，此古今不易之至言。赵鼎、张浚为左右相，鼎居内，实握相权，浚居外，相而兼将者也。观刘豫之分道入寇，而鼎、浚二人内外同心，因得奏绩，此非将相二人和衷之效乎？厥后以吕祉之谗间，即至成隙，鼎固失之，而浚亦未为得也。高宗因父母之丧复欲议和，浚请举哀北向，誓报国仇，其志可嘉。刘光世军无纪律，遇敌不前，罢之亦非过甚。惟必欲重用吕祉，及擢王德统淮西军，良言不用，反且迁怒，何其昧于知人，愚而自用若此。郦琼谋叛，吕祉遇害，祉虽不失为忠，然激变之咎，祉实阶之，而浚亦与有过焉。要之私心一起，无事可成，鼎与浚为宋良臣，犹蹈此失，此宋之所以终南也。

第七十三回

撤藩封伪主被絷　拒和议忠谏留名

　　却说张浚因郦琼叛逆，引咎自劾，力求去职。高宗问道："卿去后，秦桧可否继任？"浚答道："臣前日尝以桧为才，近与共事，方知桧实暗昧。"高宗道："既如此，不若再任赵鼎。"浚叩首道："陛下明鉴，可谓得人。"及浚退朝，即下诏命赵鼎为尚书左仆射，兼枢密使，罢浚为观文殿学士，提举江州太平兴国宫，且撤除都督府。惟秦桧本望入相，偏经张浚奏阻，如何不恼？遂唆使言官交章论浚。高宗又为所惑，拟加窜谪。会赵鼎乞降诏安抚淮西，高宗道："俟行遣张浚，朕当下罪己诏。"鼎即对道："浚母已老，且浚有勤王功。"高宗不待说完，便艴然道："功罪自不相掩，朕惟知有功当赏，有罪当罚罢了。"<small>恐未能如此。</small>至鼎退后，竟由内旨批出，谪浚岭南。鼎持批不下，并约同僚奏解。翌晨入朝，即为浚辩白。高宗怒尚未息，鼎顿首道："浚罪不过失策，天下无论何人，所有计虑，总想万全，若一挫失，便置诸死地，他人将视为畏途。即有奇谋秘计，谁复敢言？此事关系大局，并非臣独私浚呢。"<small>浚荐鼎，鼎亦救浚，两人不念夙嫌，可谓观过知仁。</small>张守亦代为乞免，乃只降浚为秘书少监，分司西京，居住永州。李纲再上疏营救，不复见答。

　　惟浚既去位，高宗复念及岳飞，促召还职。飞力辞，不许，乃趋朝待罪。高宗慰谕有加，命飞出驻江州，为淮、浙

援。飞抵任，想了一条反间计，使金人废去刘豫，然后上疏请
复中原。看官欲知飞策，待小子详细叙明。

　　从前金立刘豫，系由挞懒运动粘没喝，因得成事。粘没喝
尝驻守云中，及金主宣立，召入为相，高庆裔亦随他入朝，得
为尚书左丞相。独蒲卢虎与二人未协，屡欲加害。高庆裔窥透
隐情，劝粘没喝乘机篡立，兼除蒲卢虎，粘没喝惮不敢发。既
而高庆裔犯贪赃罪，被逮下狱，粘没喝乞免高为庶人，贷他一
死，金主不许。及高临刑，粘没喝亲至法场，与他诀别，高庆
裔哭道："公若早听我言，岂有今日？"粘没喝亦相对呜咽。
转瞬间高已枭首，粘没喝泣归。金主又将粘没喝党羽加罪数
人，粘没喝恚闷得很，遂绝食纵饮而死。既有今日，何不当初宽
宋一线？刘豫失一外援，并因藕塘败后，为金人所厌弃，金人
已有废豫的意思。

　　岳飞探得消息，正想设法除豫，凑巧获得金谍，飞强指为
齐使，佯叱道："汝主曾有书约我，诱杀金邦四太子，奈何到
今未见施行？今贷汝死，为我致书汝主，不得再延！"金使顾
着性命，乐得将错便错，答应下去。飞遂付与蜡书，令还报刘
豫，且戒他勿泄。装得像。金谍得了此书，忙驰报兀术。兀术
览书，大惊又急，返白金主。适刘豫遣使至金，请立麟为太
子，并乞师南侵。金主因与兀术定谋，伪称济师，长驱到汴。
将抵城下，先遣人召刘麟议事。麟至军，兀术即指挥骑士将麟
擒住，随即率轻骑驰入汴城。豫尚率兵习射讲武殿，兀术已突
入东华门，下马呼豫。豫出殿相见，被兀术扯至宣德门，喝令
左右将他拥出，囚住金明池。翌日，集百官宣诏废豫，改置行
台尚书省，命张孝纯权行台左丞相，胡沙虎为汴京留守，李俦
为副，诸军悉令归农，听宫人出嫁。且纵铁骑数千，围住伪
宫，抄掠一空。挞懒亦率兵继至，豫向挞懒乞哀，挞懒责豫
道："昔赵氏少帝出京，百姓燃顶炼臂，号泣盈途，今汝被

废，并无一人垂怜，汝试自想，可为汴京的主子么？"豫无词可对，只俯首涕泣罢了。福已享尽，势已行尽。兀术遂逼刘豫家属徙居临潢。

岳飞闻金已中计，即约韩世忠同时上疏，请乘机北征。哪知高宗此时已受着秦桧的蒙蔽，一意主和，还想什么北伐。可巧王伦自金归南，入报高宗，谓金人许还梓宫及韦太后，且许归河南地。高宗大喜道："若金人能从朕所求，此外均无容计较哩。"已甘心臣虏了。越五日，复遣伦至金，奉迎梓宫，一面议还都临安。张守上言道"建康为六朝旧都，气象雄伟，可以北控中原，况有长江天堑，足以捍御强虏，陛下席未及暖，又拟南幸，百司六军，不免勤动，民力国用，共滋烦扰，不如就此少安，足系中原民望"等语。

看官！你想秦桧得志，高宗着迷，哪里还肯听信忠言？当下自建康启跸，还都临安。首相赵鼎也受秦桧笼络，谓桧可大任，荐为右相。张守见朝局愈非，力求去职，竟出知婺州。秦桧居然得任尚书右仆射，兼枢密院使。吏部侍郎晏敦复道："奸人入相，恢复无望了。"朝士尚谓敦复失言，不料桧一入相，竟将"和议"二字老老实实的抬了出来。赵鼎初时曾说秦桧奸邪，后来桧入枢密，惟鼎言是从，鼎遂深信不疑，极力举荐。桧既与鼎并肩，遂改了面目，与鼎龃龉。既而王伦偕金使南来，高宗命吏部侍郎魏矼馆待金使，矼见秦桧，极言敌情狡狯，不宜轻信。桧语道："公以智料敌，桧以诚待敌。"矼冷笑道："但恐敌不以诚待相公，奈何？"桧恨他切直，竟改命吴表臣为馆伴，导金使至临安。入见高宗，备述金愿修好，归还河南、陕西。高宗大悦，慰劳甚殷。

及金使已退，召谕群臣道："先帝梓宫果有还期，稍迟尚属不妨。惟母后春秋已高，朕急欲迎归，所以不惮屈己，期得速和。"廷臣多以和议为非，高宗不觉动怒。赵鼎进奏道：

"陛下与金人，所谓君父之仇，不共戴天，今欲屈己讲和，无非为梓宫及母后起见，惟群臣愤懑情词，亦由爱君所致，不可为罪。陛下如将此意明谕，自可少息众议了。"高宗乃从鼎言，剀切下谕，廷臣才无异词。但鼎意是不愿主和，参知政事刘大中亦与鼎同意。秦桧欲排挤二人，特荐萧振为侍御史，令劾大中。高宗竟将大中免职。鼎语同僚道："振意并不在大中，但借大中开手呢。"振闻鼎言，亦语人道："赵丞相可谓知几，不待论劾，便自审去就，岂非一智士么？"未几，殿中侍御史张戒弹劾给事中勾涛。涛上疏自辩，内言张戒劾臣，由赵鼎主使，且诋鼎内结台谏，外连诸将，意不可测。鼎遂引疾求罢，高宗竟从所请，命为忠武军节度使，出知绍兴。桧率僚属钱行，鼎不与为礼，一揖而去。

桧益憾鼎，极力反鼎所为，决计主和。其实尚不止此，无非受挞懒嘱托耳。每当入朝，群臣皆退，桧独留对，尝言："臣僚首鼠两端，不足与议，若陛下果欲讲和，乞专与臣议，勿许群臣预闻。"高宗便道："朕独委卿何如？"桧复道："臣恐不便，望陛下三思！"越三日，桧复留身奏对，高宗仍主前说。桧答言如故。又三日，桧再留身奏对，高宗始终不变，乃始出文字，乞决和议。要结主心，一至于此。中书舍人勾龙如渊献策语桧道："相公为天下大计，偏中外不察，异议朋兴，为相公计，何不择人为台谏，令尽击去异党？那时众论一致，和议自可就绪了。"桧大喜，即保荐如渊为中丞，遇有异议，立上弹章。又引孙近参知政事，近一一承桧意旨，差不多与孝子顺孙一般。

会金主遣张通古、萧哲为江南招谕使，许归河南、陕西地，与伦偕来。既至泗州，传语州县须出城拜谒，知平江府向子諲不肯出拜，且奏言不应议和，竟乞致仕。及通古至临安，提出要求，须由高宗待以客礼，方宣布国书。桧疑国书中有册封语，劝高宗屈己听受。高宗道："朕嗣太祖、太宗基业，岂可受金人封册？"初意原有一隙之明。桧亦语塞。嗣由勾龙如渊想了一法，拟与金使婉商，将金书纳入禁中，免得宣布。给事中楼炤复举古人谅阴三年事，推秦桧摄行冢宰，诣馆受封。桧依计而行。通古尚欲百官备礼，桧乃使省吏朝服至馆，引金使纳书禁中，方模模糊糊的混了过去。掩耳盗铃。桧又令礼部侍郎兼直学士院曾开草答国书，体制与藩属相似。开不肯起草，桧婉语道："主上虚执政待君，君尽可拟草。"开答道："开只知有义，不知有利，敢问我朝对待金人，果用何礼？"桧语道："如高丽待遇本朝。"开正色道："主上以盛德当大位，公应强兵富国，尊主庇民，奈何忍耻若此？"真是无耻。桧勃然怒道："圣意已定，还有何言！公自取盛名而去。桧但欲息境安民，他非所计。"开始终不肯草诏，自请罢职，且与同僚张焘、晏敦复、魏矼、李弥逊、尹焞、梁汝嘉、楼炤、苏符、薛徽言，御史方廷实，馆职胡珵、朱松、张扩、凌景、夏常明、范如珪、冯时中、许忻、赵雍等，联名具疏，极言不可和。又有枢密院编修胡铨且请斩王伦、秦桧、孙近等，语尤激烈，时人称为名言。连金人都出千金买稿，真是南宋史上一篇大文章。曾记疏中有云：

> 臣谨按王伦本一狎邪小人，市井无赖。顷缘宰相无识，举以使虏，专务诈诞，欺罔天听，骤得美官，天下之人，切齿唾骂。今者无故诱致虏使，以招谕江南为名，是欲刘豫我也。刘豫臣事丑虏，南面称王，自以为子孙帝王万世不拔之业，一旦豺狼致虑，捽而缚之，父子为虏。商鉴不远，而伦又欲陛下效之。夫天下者陛下之天下也。陛下所居之位，祖宗之位也。奈何以祖宗之天下，为金虏之天下，以祖宗之位，为金虏藩臣之位？陛下一屈膝，则祖

宗庙社之灵，尽汙夷狄，祖宗数百年之赤子，尽为左衽，朝廷宰执，尽为陪臣，天下士大夫，皆当裂冠毁冕，变为胡服，异时豺狼无厌之求，安知不加我以无礼如刘豫也哉！夫三尺童子，至无识也，指犬豕而使之拜，则怫然怒；今丑虏则犬豕也，堂堂大国，相率而拜犬豕，曾童孺之所羞，而陛下忍为之耶？伦之议乃曰："我一屈膝，则梓官可还，太后可复，渊圣可归，中原可得。"呜呼！自变故以来，主和议者，谁不以此说陛下哉？然而卒无一验，则虏之情伪，已可知矣。而陛下尚不觉悟，竭民膏血而不惜，忘国大仇而不报，含垢忍耻，举天下而臣之甘心焉。就令虏决可和，尽如伦议，天下后世，谓陛下何如主？况丑虏变诈百出，而伦又以奸邪济之，梓官决不可还，太后决不可复，渊圣决不可归，中原决不可得，而此膝一屈，不可复伸，国势凌夷，不可复振，可谓痛哭长太息矣。向者，陛下间关海道，危如累卵，当时尚不忍北面称臣，况今国势稍张，诸将尽锐，士卒思奋，只如顷者，丑虏陆梁，伪豫入寇，固尝败之于襄阳，败之于淮上，败之于涡口，败之于淮阴，较之往时蹈海之危，固已万万。倘不得已而至于用兵，则岂遽出虏人下哉？今无故而反臣之，欲屈万乘之尊，下穹庐之拜，三军之士，不战而气已索，此鲁仲连所以义不帝秦，非惜夫帝秦之虚名，惜天下大势有所不可也。今内而百官，外而军民，万口一谈，皆欲食伦之肉，谤议汹汹，陛下不闻，正恐一旦变作，祸且不测，臣窃谓不斩王伦，国之存亡，未可知也。虽然，伦不足道也，秦桧以腹心大臣，而亦为之，陛下有尧、舜之资，桧不能致君如唐虞，而欲导陛下为石晋，孙近傅会桧议，遂得参知政事，天下望治，有如饥渴，而近伴食中书，不敢可否，桧曰虏可和，近亦曰可和，桧曰天子当拜，近亦曰当拜，臣尝至参事堂三发问，而近不答，但曰："已令台谏侍从议矣。"呜呼！参赞大政，徒取充位如此，有如虏骑长驱，尚能折冲御侮耶？臣窃谓秦桧、孙近亦可斩也。臣备员枢属，义不与桧等共戴天，区区之心，愿断三人头，竿之藁街，然后羁留虏使，责以无礼，徐兴问罪之师，则三军之士，不战而气自倍。不然，臣有赴东海而死耳，宁能处小朝廷而求活耶？冒死渎陈，伏维垂鉴。

看官！你想秦桧看到此奏，能不触目惊心，倍增忿恨。当下劾铨狂妄凶悖，鼓众劫持，应置重典。高宗下诏，除铨名，编管昭州。给舍台谏，多上章救解，桧亦为公论所迫，乃改铨监广州盐仓。宜兴进士吴师古锓行铨疏，为桧所闻，坐流袁州。曾开也因是罢官。统制王庶，言金不可和，迭上七疏，且面陈六次，嗣因与桧辩论，笑语桧道："公不记东都抗节，力存赵宗时么？"桧且怒且惭。庶因累疏求去，遂罢为资政殿大学士，出知潭州。李纲在福州，张浚在永州，先后上疏，请拒绝和议，均不见报。时岳飞已奉诏还鄂，上言："金人不足信，和议不足恃，相臣谋国不臧，恐贻讥后世。"这语是明明指斥秦桧，桧当然引为恨事。未几为绍兴九年正月，和议已成，布诏大赦，赦文到鄂，飞又上疏力谏，中有"愿策全胜，收地两河，唾手燕、云，终欲复仇报国，誓心天地，尚令稽首称藩"云云。桧益加愤恨，遂与飞成仇隙。为矫诏杀飞伏笔。高宗进飞开府仪同三司，飞固辞，至奖勉再三，方才受命。史馆校勘范如圭，因金人已归河南地，疏请速派谒陵使，上慰祖灵。高宗乃遣判大宗正事士褒宗正一职，属诸皇室，故不书赵姓。及兵部侍郎张焘赴河南修奉陵寝。秦桧以如圭不先白己，将他罢免，命王伦为东京留守，周聿为陕西宣谕使，方庭实为三京宣谕使。伦至汴，金人归河南、陕西地，由伦接收。庭实至西京，见先朝陵寝皆被发掘，哲宗陵且至暴露，北宋之亡，祸启哲宗，宜其暴露。庭实解衣覆盖，还白高宗。桧亦因此嫉庭实，另派路允迪为南京留守，孟庾兼东京留守，李利用权留守西京。权吏部尚书晏敦复与桧反对，桧以利禄为饵，敦复道："性同姜桂，到老愈辣，请勿复言。"桧竟入白高宗，将他出知衢州。

会岳飞因士襃谒陵，路过鄂州，请自率轻骑，随从洒扫。桧料飞有他谋，请旨驳斥。士襃出蔡颍，河南百姓夹道欢迎，且喜且泣道："久隔王化，不图今日，复为宋民。"士襃沿途慰谕。既至柏城披历榛莽，随宜葺治，遂向诸陵一一祭谒，礼毕乃还。张焘亦随返入朝复命，焘面奏道："金人入寇，祸及山陵，就使他日灭金，尚未足雪此仇耻，愿陛下勿恃和议，遂忘国仇。"高宗问诸陵寝，有无损动？焘叩首不答，但言万世不可忘此仇。不言甚于明言。高宗默然。秦桧又恨他激直，出焘知成都府。既而吴玠卒于蜀，李纲卒于福州，皆追赠少师。玠疾亟时，任四川宣抚使，扶拜受命，未几去世。蜀人因保土有功，立祠祭享。纲忠义凛然，名闻遐迩，每有宋使至金，金人必问他安否？终以谗间见疏，赍恨以终。著有文章歌诗及奏议百余卷，无非光明磊落，慷慨激昂。高宗亦尝称他有大臣风度，但罢相以后，终未闻召置殿庭，这真所谓见贤而不能举呢。一言断尽。金人既归还三京，要索日甚。议久未决，乃再遣王伦如金议事。权刑部侍郎陈霂又疏驳和议，致遭罢斥。秦桧方得君专政，意气扬扬，但望梓宫太后归还，便算大功告成，可以受封拜爵。谁料一声霹雳，惊动奸魂。那位和事老王伦竟被金人拿住，只遣副使蓝公佐回来。正是：

奸相主和甘卖国，强邻变计又生波。

欲知五伦被执情由，俟至下回再表。

　　金立刘豫，非有爱于豫也，借豫以制南宋耳。豫每寇宋，卒皆败北。金知其不可恃，乃从而废之。假使从岳飞、韩世忠之谋，乘间以捣中原，收复汴都，何难之有？高宗不信忠言，反从贼桧，甚至诏谕使自北而南，盈廷皆议拒绝，独桧劝高宗屈己听受，此可忍，孰不可忍乎？胡铨一疏直足怵奸贼之胆，虽未邀听信，反遭贬谪，而正气自昭于天壤，南宋之不即亡，赖有此人，亦赖有此疏，读此可以起懦而警顽，令人浮一大白。

第七十四回

刘锜力捍顺昌城　岳飞奏捷朱仙镇

　　却说王伦赴金议事，正值金蒲卢虎等谋反的时期，蒲卢虎自以太宗长子，跋扈日甚，遂与挞懒密谋篡弑，不幸事泄。蒲卢虎伏诛，挞懒以位处尊亲，更立有大功，特置不问，命为行台左丞相，杜充为行台右丞相。挞懒奋然道："我是开国功臣，奈何使与降臣为伍？"遂复谋反。先是与宋议和，许割河南、陕西地，多出挞懒、蒲卢虎主张，至是金主宣疑他阴结宋朝，故有此议，遂命捕诛挞懒。挞懒南走，为追兵所及，将他杀死，于是并执住王伦，令宣勘官耶律绍文审问私通情弊。伦答言无有。绍文复问及来意，伦答道："前贵使萧哲曾以国书南来，许归梓宫及河南地，天下皆知。伦特来通好申议，有什么别情？"绍文道："你但知有元帅，尚知有上国么？"遂将伦拘住河间，但遣副使蓝公佐还，议岁贡正朔誓命等事。时高宗皇后邢氏亦病殁五国城，金人亦秘不使闻。蓝公佐返报高宗，高宗用秦桧言，再擢桧党莫将为工部侍郎，充迎护梓官，及奉迎两宫使。

　　莫将方行，哪知金兀术、撒离喝已分道入寇。兀术自黎阳趋河南，势如破竹，连陷各州县。东京留守孟庾、南京留守路允迪、不战即降。权西京留守李利用弃城遁回，河南复为金有。撒离喝自河中趋陕西，入同州，降永兴军，陕西州县，亦相继沦陷，金兵遂进据凤翔。警耗迭传，远近大震。宋廷方遣胡世将为四川宣抚使。世将至河池，闻金人已入凤翔，忙召诸将会议。吴璘、孙偓、杨政、田晟等相继到会，偓言河池不可守，政与晟亦请退守险要。璘厉声道："懦语沮军，罪当斩首！璘愿誓死破敌。"吴氏兄弟，迥异寻常。世将起座，指帐下道："世将亦愿誓死守此。"好世将。遂遣诸将分守渭南。寻接朝廷诏命，饬世将移屯蜀口，以璘同节制陕西诸路军马。璘既得节制全权，即令统制姚仲等进兵至石壁寨，与金兵相遇。仲麾旗猛进，将士都冒死直前，立将金兵击退。撒离喝复使鹘眼郎君率精骑三千，从间道趋入，来击璘军。璘早令统制李师颜在途候着，见鹘眼郎君到来，突然杀出。鹘眼郎君猝不及防，竟被师颜军冲入队中，分作数橛，眼见得不能取胜，只好且战且逃，抛下许多兵杖，一溜烟的走了。撒离喝连接败报，顿时大怒，自督兵至百通坊，与姚仲等战了一仗，又是不利，只好退回。金人先在扶风，筑城设兵驻守，复被璘军攻入，擒住三将，及队目百余人。撒离喝自此夺气，仍返凤翔，不敢越陇行军了。了过陕西一方面。

只有河南一方面，金兀术已据东京，且派兵南下。适刘锜奉命为东京副留守，行至涡口，方会食，忽西北角上刮到一阵暴风，把坐帐都吹了开去，军士皆惊。锜从容道："这风主有暴兵，系贼寇将来的预兆，我等快前去抵御便了。"不识天文者不可为将。遂下令兼程前进，至顺昌城下，知府陈规出迎，且言金兵将至。锜即问道："城中有粮食否？"规答言："有米数万斛。"锜喜道："有米可食，便足战守。"遂偕规入城，为守御计。检点城中守备，一无可恃，诸部将相率怯顾，多说应迁移老稚，退保江南。惟一将姓许名清，绰号夜叉，挺身出语道："太尉奉命副守汴京，军士扶携老幼而来，一旦退避，欲弃父母妻孥，情有不忍，欲挈眷偕逃，易为敌乘，不如努力一战，尚可死中求生。"锜大悦道："我意亦是如此，敢言退者斩!"原来刘锜曾受爵太尉,部下多是王彦八字军,因往守东京,所以俱携带家属,连刘锜亦挈眷同行。锜既决计守城,遂命将原来的各舟,击沉江底,示无去意,并就寺中置居家属,用薪积门,预戒守吏道:"脱有不利,即焚吾家属,无污敌手。"于是军士争奋。男子备战守,妇人砺刀剑,各踊跃奋呼道:"平时人欺我八字军,看我此番杀贼哩。"行军全在作气。锜取得伪齐所造痴车,以轮辕埋城上,又撤民户扉作为屏蔽,焚去城外民庐数千家,免为敌有。

阅六日,整缮粗竣,便有敌骑驰至。锜预设伏兵,骤然突出,获住骑士二人。当由刘锜讯问,一不肯答,为锜所杀,剩下一人,叫作阿黑,一译作阿哈。见同党被戮,不敢不据实相告。但说韩将军驻营白沙窝,距城三十里。

看官道韩将军为谁?便是金将韩常。锜即夜遣锐卒千人,往捣韩营。韩常仓猝拒战,禁不住来军勇猛,更兼月黑灯昏,自相攻击,冤冤枉枉的死了数百人,不得已退兵数里。那来军却得着胜仗,全师自归,韩常只好自认晦气。涉笔成趣。既而金三路都统葛王乌禄率兵三万,与龙虎大王又出一个龙虎大王,未知是否前时龙虎大王之子?合兵薄城。锜却大开城门,似迎接一般,乌禄等反不敢进城,猛闻城楼上一声梆响,箭似飞蝗般射来。金兵多中箭落马,渐渐退走。锜亲督步兵,从城中杀出。可怜金兵落荒而逃,被锜军蹙至河边,溺毙无数。锜回军入城,休息二日,闻金兵又进驻东村,距城二十里,乃复遣部将阎充募敢死士五百人,乘夜袭敌。

可巧是夕天雨,电光四闪,阎充领壮士突入金营。从电光影下,见有辫发兵,立即杀毙,金兵又骇退。锜闻阎充获胜,又募百人往追,每人各给一鹍,同叫。如市中儿戏的叫子,作为口号,且嘱他见电起击,电止四匿,百人受计而去。金兵正被阎充击却,退走十五里,正思下寨,蓦听得鹍声四起,不由的慌乱起来，那电光忽明忽灭，电光一明，便有刀光过来，飕飕的好几声，有几个好头颅，被它斫去，电光一灭，刀光也没有了，头颅也不动了。金兵疑神疑鬼，起初尚不敢妄动，等到队中兵士多做作无头鬼，忍不住奋起乱击。哪知击了一阵，统是自家人相杀，并没有宋军在内。统将命各爇火炬，偏是大风乱吹，随点随熄。俄顷鼘声又起，飞刀复至，害得金兵扰乱终宵，神情恍惚，自思站留不住，再退至老婆湾。锜军百人，一个儿也不少，金兵却积尸盈野，多向枉死城中叫冤去了。阎罗王恐也不管。

兀术在汴，屡得败警，即率兵十万来援。锜又会诸将计议，或云今已屡捷，可全师南归。陈规道："朝廷养兵十年，正所以备缓急，况已挫敌锋，军声少振，就使寡不敌众，也当有进无退。"锜接入道："府公是个文人，尚誓死守，况汝等本为将士呢？试思敌营甚迩，兀术又来，若我军一动，为敌所追，反致前功尽废，金虏得侵轶两淮，震惊江浙，我辈报国忠诚，岂不是变成误国大罪么？"将士闻言，方齐声道："惟太尉命！"于是军心复固，专待兀术到来。

兀术抵城下，严责部将丧师，大众俱答道："南朝用兵，非前日比，元帅临城，自知厉害。"兀术不信，适锜遣耿训约战，兀术怒道："刘锜怎敢与我战？我视此城，一靴尖便可趯倒呢。"兀术亦成骄帅。训微哂道："太尉不但请战，且谓四太子必不敢渡河，愿献浮桥五座，令贵军南渡，然后接战。"兀术狞笑道："我岂畏刘锜么？你回去报知刘锜，休得误约！"耿训自回。

锜即于夜间，使人至颍，置毒颍水上流，及水滨草际，戒军士毋得饮水。待至黎明，竟就颍水上筑五座浮桥，令敌得渡。时当盛夏，天气酷暑，兀术率兵渡颍，人马多渴，免不得饮水食草，人中毒辄病，马中毒辄死，兀术尚未知中计，渡颍薄城，列阵以待。锜以逸待劳，按兵不动。至日已过午，天气少凉，乃遣数百人出西门，与敌对仗。兀术见锜兵甚少。毫不在意，但令前军接战。锜军统制赵撙、韩直麾兵奋斗，身中数矢，并不少却。兀术再遣兵助阵，把赵、韩两将围住。谁知城内发出一彪人马，从南门杀来，口中并没有呼喊声，但持巨斧乱斫，将金兵冲作数截。兀术见不可挡，亲督长胜军前进。什么叫作长胜军？军士皆着铁甲，戴铁鍪，三人为伍，贯以韦索，每进一步，即用拒马随上，可进不可退，以示必死。兀术屡恃此得胜，此次复用出故技来斗锜军。锜早已预备，即率长枪手、刀斧手两大队，亲自督战。长枪手在前，乱挑金兵所戴的铁鍪，刀斧手继进，用大斧猛劈，不是截臂，就是碎首。兀术复纵出铁骑，分左右翼，号为拐子马，前来抵敌。锜仍命长枪大斧，驱杀过去，拐子马虽然强健，也有些抵挡不住，逐步倒退。忽然大风四起，斜日无光，锜恐为金军所乘，亟用拒马木为障，阻住敌骑，且高呼兀术道："金太子兀术听着！两军已斗了半日，想尔军亦应饥馁，不如彼此少休，各进夜餐，再行厮杀！"兀术也自觉腹饥，巴不得有此一语，遂应声允诺。

锜即命军士入城担饭，须臾持至饭羹，分饷军士。锜亦下马进餐，从容如平时。是谓好整以暇。兀术也命部众饱食干粮，两下食竟，风势稍减。锜军复乘着上风，撤去拒马木，再行接仗。锜见兀身披白袍，骑马督阵，便奋呼道："擒贼先擒王，何不往擒兀术？"军士闻命，都拼命上前，向兀术立马处杀入。兀术手下的亲兵不及拦阻，只好拥着兀术倒退下去。为这一退，阵势随动，顿时大乱，遂四散奔窜，兀术亦即退走。刘锜乘势追杀，但见道旁弃尸毙马，血肉枕藉，车旗器甲，积如山阜。好容易搬徙两旁，金兵已逃得很远，料知追赶无益，乐得将道旁弃物搬凑数车，打着得胜鼓回城。是夕，大雨如注，平地水深尺余，兀术退军二十里外，仍然立足不住，竟率败军回汴去了。锜报称大捷，高宗甚喜，授锜武泰军节度使，兼沿淮置制使，将士等亦赏赉有差。了过顺昌战事。

岳飞闻刘锜奏捷，遂遣王贵、牛皋、杨再兴、李宝等经略西京及汝、郑、颍昌、陈、曹、光、蔡诸州郡，又命梁兴渡河，纠合河北忠义社，分徇州县，一面上表密奏，请长驱以图中原。高宗进飞少保衔，授河南府路兼陕西、河东北招讨使，且传命道："设施之方，一以委卿，朕不遥度。"寻复改授河南北诸路招讨使。飞遂誓师大举，进兵蔡州，一鼓入城。再遣张宪往颍昌，击败金将韩常，收复淮宁府，郝晸复郑州，张应、韩清复西京，杨遇复南城军，乔握坚复赵州，他将所至，无不得利。河南兵马钤辖李兴也纠众应飞，收复伊阳等八县并及汝州。金河南尹李成弃城遁去。飞遂荐兴知河南府，且遣张应会兴复永安军。捷报屡达临安，秦桧反引为深忧。既而韩世忠又收复海州，张俊部将王德又收复宿州、亳州。金人大震，募死士致书秦桧，责他负约。桧益愧恨。得胜而悠，不知是何肺肠？先是金人败盟，桧恐为高宗所责，私谕给事中冯楫，令他密探上意。楫入奏道："金人长驱犯顺，势必兴师，为国家计，不如起用张浚，付以兵权。"高宗正色道："朕宁覆国，不用此人。"请问与浚挟何深仇？楫退报秦桧，桧窃自喜，自是又嗾中丞王次翁等诬劾赵鼎罪状，鼎被贬为清远军节度副使，安置潮州。桧因引次翁为参政。次翁乘间入奏道："前日国是，初无主议，事有小变，改用他相，恐后来继任，未必皆贤。且将排黜异党，纷更朝局，靖康已事，可为殷鉴，愿陛下引为至戒！"高宗顿首称善，因此任桧益坚。

桧遂复主和议，遣司农少卿李若虚驰抵飞营，劝他班师。看官！你想这赤胆忠心的岳少保正当逐节进攻，逐节得胜的时候，肯半途回军么？当下谢绝若虚，一意进剿。留大军驻守颍昌，命诸将分道出战，自率轻骑赴郾城，兵势锐甚。兀术大惧，召集诸将拟并力一战。飞闻报大喜道："越来得多，越是好的，我能乘此杀败了他，免得他再觑中原。"正说着，又有钦使到营，传读谕旨，令飞自行审处，不得轻进。飞受诏后，语钦使道："金人伎俩已穷，飞自足破敌，请钦使回奏皇上，保毋他虞。"钦使自去。

飞遂令游击日出挑战，兼加痛詈。兀术大怒，即会集龙虎大王、盖天大王及将军韩常等兵，直逼郾城。飞召子岳云入帐，嘱使出战，且与语道："如若不胜，先当斩汝！"云领命而退，便领精骑数千，出城搦战。从前云年十二，已从张宪出征，手握两铁锤，重八十斤，所向无前，辄立战功，军中呼为赢官人。至是又越十年，受官防御使，尝统数千骑兵，自成一队。<small>叙岳云履历，亦万不可少。</small>至是开城出斗，突入金兵阵内，鏖战数十合，杀伤甚众。兀术见岳云这般厉害，便又放出拐子马来，抵御岳云。这回的拐子马，约有一万五千骑，互相钩连，逐排驰骤，马上骑士，俱着重铠，连面上亦用铁皮为罩，只露出一双眼睛，所有刀剑等械，不能刺入，他却手执利器，随心刺击。这是兀术手下最强的雄兵，一向横行中原，没人敢挡。只颍昌一战，为刘锜所败，但彼时尚只有数千骑，面上且不罩假面，但戴着铁胄，所以被锜军枪挑斧斫，转致挫失。此次越加精练，补隙增兵，竟在郾城濠外一齐驱出来困岳云。云也不管死活，抖擞精神，与他厮杀，复冲突了一小时，身上已中数创，尚是勉力支撑。兀术见岳云被围，心下大喜，忽城中冲出一队藤牌军，到了阵前，左手用藤牌蔽体，右手各执麻扎刀，蹲身向地，专斫马足。拐子马互为连贯，一马倒仆，二马不能行，霎时间，人仰马翻，一万五千骑拐子马，都变做四分五裂，七颠八倒。<small>实在是笨东西。</small>岳云乘势杀出，岳飞又纵军奋击，杀得金兵大败亏输，向北遁去。

兀术逃了一程，见岳军收回，方敢下营，忍不住大恸道：

"我自海上起兵，均赖拐子马得胜，今被岳飞破灭，从此休了。"韩常等劝解数语，乃转悲为恨道："我再添兵与战，誓决雌雄。"于是收集败兵，再从汴京调到生力军，复来决战。飞止率四千骑士出摩敌垒，又将兀术杀败。兀术愤甚，复会师十二万众转趋临、颍。杨再兴正率骑兵三百巡至此地，望见金兵到来，也不顾敌多我少，即突入敌阵，左挑右拨，杀死金兵二千人及金万户撒八孛堇千户百人。兀术见来势甚猛，麾兵佯退，诱再兴至小商桥，一阵乱箭将再兴射死。再兴本剧盗曹成部将，归降岳飞，屡破寇虏。及射死小商河，张宪驰救不及，但将兀术击走，觅得再兴尸骸，检拔箭镞，共得二升，不觉为之泪下，驰报岳飞。飞亦悲悼不已，止哀后，见岳云在侧，忙与语道："兀术虽败，必还攻颍昌，那边只有王贵一人把守，恐遭挫衄，汝可速往援应！"云应声即行。甫抵颍昌，果见金兵大至，云与王贵左右夹击，十荡十决。兀术婿夏金吾握刃相迎，战未数合，被岳云一锤打死，金兵又骇奔十五里。云与贵既得全胜，方才收兵。

会太行忠义两河豪杰与岳飞部将梁兴连败金兵，夺回怀、卫诸州，太行道绝，金人大恐。飞遂进军朱仙镇，距汴四十五里，与兀术对垒列阵。飞但遣背嵬军五百骑北人呼酒瓶为嵬，大将之酒瓶，必令亲信人负之，故韩、岳皆取为亲随军之名。先驱杀入，已将兀术阵势冲动，再经岳飞挺枪跃马，驰入阵内，众将各奋勇向前，任你兀术是百战强寇，到此也没法遮拦，真个似猛虎入山，犬羊立靡，神龙搅海，虾蟹当灾。金兵十毙六七，兀术亦几乎丧命，幸亏转身得快，一口气跑回汴京，才得保全性命。岳飞遣使修治诸陵，一面联络河北义士李通等，克日会师，直捣黄龙。小子有诗咏岳武穆道：

丹忱誓欲保王家，忠勇完名震迩遐。

十万虏兵齐弃甲，千秋谁似岳爷爷。

岳飞正拟扫北，兀术意欲逃归，偏奸相秦桧私通金虏，竟请旨促飞班师。究竟班师与否，下回再行叙明。

刘锜、岳飞，忠勇相似，锜力守顺昌，连败金兵，飞进军郾城，直抵朱仙镇，又连败金兵。是时金将之能军者，莫如兀术，兀术既不能敌锜，复不能敌飞，得毋所谓强弩之末，不能穿鲁缟者耶？况有韩世忠等之为后劲，克复中原，不啻反手，设无贼桧，中兴自肇，安见梓宫之不可还，韦后之不复归也？本回前半叙刘锜之战，后半叙岳飞之战，写得奕奕有光，正为宋室恢复之兆。尤妙在演写正史，并无一语虚诬，然则作历史小说者，就事叙事，何尝不令人刮目，岂必凭空架造为哉？

第七十五回

传伪诏连促班师　　设毒谋构成冤狱

却说兀术败回汴京，再议整军迎敌，偏诸将垂头丧气，莫敢言战。兀术复传檄河北，调集诸路兵士，亦没人到来。是时中原一带，如磁、湘、泽、潞、晋、洚、汾、隰诸境，多响应岳家军，遍悬"岳"字旗帜，父老百姓争备糗粮馈送义军。就是金陵将乌陵噶思谋及统制王镇、统领崔庆、偏将李凯、崔虎、叶旺等俱有意降宋。还有龙虎大王以下的将官忔查、一译作噶克察。千户高勇等亦密受飞旗榜，连韩常也欲率众内附。兀术自知危急，便长叹道："我自带兵以来，从未有这等败衄，今已至此，还有何言！"随即带领亲卒，乘马欲奔。方拟出城，忽有一书生叩马谏道："太子毋走！岳少保且退！"兀术在马上答道："岳少保只用五百骑，能破我兵十万，汴京人士，日夕望他到来，我难道坐待俘囚，不管生死么？"书生笑道："太子说错了。从古未有权臣在内，大将能立功于外。岳少保尚且不免，怎得成功哩？"这书生不知谁氏，可惜姓名不传。这数语，提醒兀术，便返辔回入，仍留汴京。

那时气吞金虏的岳元帅正召谕诸将整装出发，且传语道："直抵黄龙府，与诸君痛饮。"言未已，忽有朝使到来，促飞班师。飞问朝使道："这是何故？"朝使答道："秦丞相与金议和，已有头绪，所以请少保还朝。"飞愤然道："恢复中原，十得七八，奈何中道班师？"朝使默然而去。飞即日上疏，略言"金人丧胆，尽弃辎重，疾走渡河，现在豪杰向风，士卒用命，正当猛进图功，时不再来，机难轻失"云云。桧得飞奏，非常懊恼，他想了一个釜底抽薪的计策，先致书张俊、杨沂中等，令他速回，然后上言："飞只孤军，不应久留。"高宗也糊糊涂涂的应了一声。桧遂连下十二道金牌，催飞速归。看官道什么叫作金牌？乃系牌上写着金字，凡遇紧急命令，即用此牌。飞一日接奉金牌十二道，不觉悲愤交集，向东再拜道："十载功劳，一旦废弃，奈何奈何？"拜毕泣下，阅至此，令人亦废书三叹。遂下令班师。百姓遮马挽留，且泣且诉道："我等戴香盆，运粮草，迎接官军，金人早已知晓。相公若去，我辈无噍类了。"飞亦悲泣，取金牌指示道："我食君禄，尽君事，既奉君命，不敢擅留。"百姓听了飞言，顿时哭声震野。飞乃下令道："愿从我去，速即整装，我当再待五日。"大众齐声应命。飞复下马暂留，至五日期满，因即启程。百姓随军南行，仿佛如市。飞亟从途次拜本，请将汉上六郡闲田，俾民暂住，总算复旨允准。

兀术闻飞已退军，复分道出兵，把江南新复州郡，尽行夺去。及飞至鄂，闻知寇警，越加愤悒，因奏请罢免兵权，高宗不许。嗣由庐州入觐，经高宗问及战状，兼慰谕数语。飞惟叩头拜谢，并不道及自己战功。退朝后，仍静待后命。秦桧复遣使谕韩世忠等罢兵还镇，且贬秘阁修撰张九成等官阶。九成素不主和议，至是与同僚喻樗、陈刚中、凌景夏、樊光远、毛叔度、元盟六人一同降黜，专意与金人议和。偏金兀术留屯京亳，出入许、郑各州，调集两河军与旧部，凡十余万，再图大举。撒离喝攻泾州不克，转破庆阳、河东。经略使王忠植率兵往援，为叛将赵惟清所执，送至金军，忠植不屈遇害。兀术闻庆阳得手，也南向出师，攻陷寿春，且渡淮入庐州。

有诏令张俊、杨沂中驰救淮西，岳飞进驻江州，且饬韩世忠、刘锜亦督兵出援。既招之来，胡为麾之使去？张俊部将王德闻兀术前锋已至历阳，将到江上，急率所部渡采石矶，夜入和州。俊督军继进，兀术退保昭关，寻复来争和州，为俊所败。王德又追击兀术，连获胜仗，收复含山及昭关。时刘锜亦自太平渡江，与张俊、杨沂中会议，谋复庐州。锜先引兵出清溪，两战皆捷。兀术率骑兵十万，驻扎柘皋，柘皋地面广坦，利于驰骤，所以兀术驻着，专待宋师。锜进兵石梁河，与兀术夹水列阵，河通巢湖，广约二丈，锜命曳薪垒桥，顷刻即成，遂遣甲士数队，逾桥卧枪而坐。且遣使促张俊、杨沂中赶即进军。翌日，杨沂中及王德、田师中等率军驰至，惟俊独后期。锜与诸将分军为三渡河击敌，师中欲俟俊至，德奋然道："事当乘机，何必再待！"当下与锜上马临河，沂中继进。兀术将骑兵分为两翼，夹道而阵。德语锜道："敌骑右阵较坚，我独先击敌右。"遂麾军径渡，首犯敌锋。一敌将被甲跃马，出迎王德，德引弓注射，一发即殪，因大呼直前，冲入敌阵。诸军亦鼓噪而进，敌众辟易。兀术复用拐子马来战，不怕前时麻扎刀耶？德率众鏖斗，沂中道："虏恃弓矢，我有一法，可以制敌。"因令万人各持长斧，排列如墙，一鼓齐上，各斫马足。敌骑东倒西歪，当然不能成列，便即溃乱。锜、德、沂中三路并击，杀得金人积尸如山，流血成渠。金兵溃至东山，正思小憩，忽后面追兵又至，回头一瞧，乃是"刘"字及"王"字旗号，不禁大惊道："这是顺昌旗帜，还有王夜叉同来，如何可当？快避走罢！"随即退保紫金山。

看官阅过上文，应知刘锜力卫顺昌，杀败金兵，应为金人所惧，如何复夹出王夜叉来？原来王德在钦宗时曾领十六骑入隆德府，缚献金守臣姚太师。姚谓就缚时只见夜叉，因此军中呼王德为王夜叉，连金人也闻他大名。嗣兀术复迎战店步，又为杨沂中所败，捷闻于朝。高宗急欲退敌，复札饬岳飞即日进兵。前日何故，召他回朝？飞方苦寒嗽，力疾启行。将至庐州，兀术正为沂中所窘，又闻岳家军到，便弃城遁去。飞乃回驻舒城，高宗以飞小心恭谨，国尔忘身，一再褒奖。独秦桧硬欲讲和，复促张俊、杨沂中、刘锜等班师。张俊首先退兵，杨沂中、刘锜亦只得退还，行才数里，谍报金人出攻濠州。俊驻军黄连镇，不敢往援。沂中进薄城下，遇伏败还，濠城被陷。高宗又促岳飞应援，飞至濠州，兀术又遁，渡淮北去。桧用给事中范同言，乘敌退还，召韩世忠、张俊、岳飞入朝，只说是柘皋得胜，论功行赏。于是世忠、俊同时入觐，独飞后至。桧又请旨敦促，及飞到来，遂拜世忠、俊为枢密使，飞为副使，各至枢密府治事，加杨沂中开府仪同三司，赐名存中。王德为清远军节度使。看官道是何意？无非是阳示推崇，隐夺兵柄，免得他在外作梗，好一心一意的与金议和了。一语道破。

　　岳飞在诸将中年龄最少，三十岁即统领一军，独当方面，且累立战功，诸将多积不能平。张俊初时颇盛称飞勇，及飞与并肩，也阴怀猜忌，淮西一役，即上文庐、濠二州战事。张俊曾逐步缓进，每战愆期，回朝后，反诬飞逗留中道，托词乏饷，有观望意。飞虽闻知，也不与计较。及既入枢密，俊与飞奉诏至楚州阅军，乘便抚韩世忠旧部。俊欲分韩背嵬军，飞顾友谊，不肯从俊，俊尤失望。会世忠军吏景著与总领胡昉言："二枢密若分世忠军，恐致生事。"俊以告桧，桧因世忠不从和议，本与有隙，至是捕着下大理狱，将假"谋变"二大字中伤世忠。飞得信，驰书向世忠报知，世忠即入白高宗，自明心迹，桧计因是不行，惟恨飞益甚。兀术复私遗桧书道："汝朝夕请和，奈何令岳飞掌兵，日图河北？汝必杀飞，然后可和。"桧至是极力营谋，必欲置飞死地，乃偿私愿，试问汝何德于金？何仇于宋？遂讽中丞何铸、侍御史罗汝楫、谏议大夫万俟卨，交章论飞，劾他"逗留舒州，不援淮西，近与张俊视兵淮上，复欲弃去山阳，居心殆不可问"云云。这种弹文，若经那明眼人瞧着，早知是挟嫌诬奏，应该反坐，偏高宗心地糊涂，瞧了这种奏章，又有些疑惑起来。岳飞满腔忠义，动遭谗谤，如何忍得下去？便累表请罢枢柄，高宗居然准奏，罢飞为万寿观使，出奉朝请。

桧因初次下手，即已得利，索性得步进步，陷飞至死，好拔去那眼中钉。当下与张俊密谋，诱飞部曲能告飞过，优与重赏。怎奈此令一出，没人应命。俊闻飞尝欲斩统制王贵，且屡加刑杖，乃诱贵讦飞罪状。贵摇首道："大将手握兵权，总不免以赏罚使人，若以此为怨，将怨不胜怨了。"*言之甚是。* 俊以私事劫贵，贵不禁胆怯，勉强相从。*是何私事？甘心从贼。* 桧又闻飞部将王俊，绰号雕儿，素性奸贪，屡受张宪抑制。遂阴加嗾使，令他告讦。张俊自为讦状，交给王俊，王俊即向枢密府投诉。*两俊相耦，飞命终矣。* 那状中捏造呈词，只说是："副都制张宪谋据襄阳，还飞兵柄。"俊收了讦状，即遣王贵捕宪，亲行鞫炼。属吏王应求白俊，谓枢院无审讯权，俊叱退应求，竟高坐堂上，传宪对簿。

宪极口呼冤，俊拍案骂道："飞子云与汝手书！教汝谋变，为飞图复兵权，汝尚得抵赖么？"宪答道："云书何在？"俊叱道："云书交与汝手，汝何故不先自首，反向我索书么？"宪抗声道："何人见有岳云的手书？"俊狞笑道："我料汝不受刑，汝亦未肯实供。"遂喝左右，先杖五十。左右一声吆喝，便将张宪拖了下去，重杖五十，打得鲜血淋漓，仍叫他上堂供状。宪大呼道："宪宁受死，不敢虚供。"俊又命重杖五十，左右照前动手，这次更是厉害，可怜宪身无完肤，已死复醒，仍然不肯伏罪。俊械宪入大理狱，自己捏造一纸口供，送交秦桧。*张俊何苦？* 桧即入朝请旨，乞召飞父子，证明宪事。高宗道："刑以止乱，倘妄加追证，反至摇动人心。"桧默然趋出，竟假传诏旨，逮飞父子下狱。立命中丞何铸、大理卿周三畏讯问。飞见了二人，便道："皇天后土，可表此心。"言毕，即解衣露背，请何、周两人审视。两人望将过去，乃是"尽忠报国"四大字，深入肤理。周三畏不觉起敬，就是与桧同党的何铸，也居然良心发现，说了一个"好"字，当下命飞还狱，即往白秦桧，言飞无辜。桧只摇首徐语道："这是上意。"吾谁欺，欺天乎？铸即接口道："铸亦何敢左袒岳飞，不过强敌未灭，无故戮一大将，恐士卒离心，非国家福。"桧亦不能答，支吾了一会，铸乃退出。周三畏挂冠自去。

　　桧遂命谏议大夫万俟卨，办理此案。卨素与飞有隙，审问数次，也经过几番拷讯，害得岳飞死去活来，始终不肯承认。万俟卨也自作供状，诬飞曾令于鹏、孙革致书张宪、王贵，令虚报敌至，耸动朝廷。云亦与宪通书，令宪设法，还飞兵柄。且云："书已被焚，无从勘证，应再求证人，以便谳狱。"桧又悬赏募集人证，悬宕了两个月，并无人出证飞罪。桧也没法，只好责成万俟卨。卨多方商榷，有人与卨定计，谓不如将淮西逗留事作为证据。卨遂白桧，向飞家搜查得所赐御札，与往来道途日月，皆历历登录，并无逗留事迹。桧竟将御札等件尽行藏匿，为灭迹计，一面使于鹏、孙革证飞受诏逗留，且令评事元龟年取行军时日，颠倒窜改，附会成狱。那时恼了一班朝右忠臣，如大理卿薛仁辅、寺丞李若朴、何彦猷等均为飞呼屈。判宗正寺士褒且愿以百口保飞，并言："中原未靖，祸及忠义，是不欲中原恢复，二圣重还，如何使得？"偏这人面兽心的贼桧，除"飞死"二字外，没一语不是逆耳。韩世忠心怀不平，向桧诘问飞罪。桧答道："飞子云与张宪书，虽未得实据，恐怕是莫须有的事情。"世忠忿然道："莫须有三字，奈何服天下？丞相须审慎为是。"桧不与再言。

　　世忠还第，尚带怒容，梁夫人问着何事？世忠为述飞冤，梁夫人道："奸臣当道，尚有何幸？妾为相公计，不如见机而作，明哲保身罢！"好智妇。世忠道："我亦早有此意，只因受国厚恩，不忍遽去，目今朝局益紊，徒死无益，也只得归休了。"

随即上书辞职。初不见允,及再表乞休,乃罢为醴泉观使,封福国公。自是世忠杜门谢客,绝口不言兵事,有时跨驴携酒,带着一二奚童,纵游西湖,在家与梁夫人小饮谈心,自得乐趣,这真所谓优游卒岁,安享余生了。算是有福。

惟岳飞自绍兴十一年十月被系,迁延到了年底,尚未决案。十二月二十九日,桧偕妻王氏在东窗下,围炉饮酒,忽由门卒传进一书,桧瞧着书面,乃是万俟卨投来。启封谛视,系由建州布衣刘允升汇集士民上讼飞冤。卨恐久悬未决,反生他变,特请示办法等语。桧眉头一皱,似觉愁烦。王氏惊问何故?桧将原书递交王氏阅看,王氏笑道:"这有什么要紧?索性除灭了他,免得多口。"世间最毒妇人心。桧尚在沉吟,王氏复道:"缚虎容易纵虎难。"桧闻此言,私计遂决,当即取过纸笔,写了数语,折成方胜,遣干仆密付狱吏。是夕,即报飞死,或云被狱吏勒毙风波亭,或云由狱吏佯请飞浴,拉胁而殂,享年三十九岁。岳云、张宪同时毕命。狱卒隗顺痛飞无罪致死,负尸出葬栖霞岭下。

飞家无姬妾,亦乏产业,吴玠素来敬飞,愿与交欢,曾饰名姝以进。飞怫然道:"主上宵旰焦劳,难道是大将安乐时么?"即令来使挈还名姝,玠益敬服。高宗欲为飞营第,飞辞谢道:"金虏未灭,何以家为?"或问天下何时太平?飞答道:"文官不爱钱,武官不惜死,天下自然太平。"名论不刊。平时待驭军士,严而有恩,部兵或取民束刍,立斩以殉。兵有疾苦,亲为调药。诸将远戍,尝遣妻慰问家属。朝廷颁给犒赏,立刻分给,秋毫不私。遇有将士死事,必替他抚孤育雏。因此军心爱戴,遇敌不挠。敌常为之语道:"撼山易,撼岳家军难。"张俊尝问以用兵要术,飞谓:"仁、信、智、勇、严,阙一不可。"自飞统军后,无战不胜,上章报捷,辄归功将士。子云因功受赏,屡次乞辞,云以左武大夫终身,死时仅二十三岁。余四子雷、霖、震、霆均被窜岭南。有女痛父冤，抱银瓶投井自尽，后人因呼为银瓶小姐，号井为孝娥井。秦桧且遣吏抄没岳家，只得金玉犀带数条，及锁铠兜鍪，南蛮铜弩，镔刀弓剑鞍辔，及布绢若干匹，粟麦若干斛罢了。直至孝宗嗣立，诏复飞官，以礼改葬。相传尚尸色如生，还可更殓礼服，这也是忠魂未散的凭证。至淳熙六年，追谥武穆，嘉定四年，追封鄂王。曾记清人袁子才有岳王墓吊古诗数首，小子节录二绝云：

> 灵旗风卷阵云凉，万里长城一夜霜。
> 天意小朝廷已定，岂容公作郭汾阳？
> 远寄金环望九哥，事见后文。一朝兵到又回戈。
> 定知五国城中泪，更比朱仙镇上多。

岳飞已死，还有代飞诉冤的人物，也一律坐罪，待小子下回报明。

岳飞奉诏班师，而中原无恢复之期，人皆惜之，至有以不能达权病飞者，是实不然。飞若孤军深入，内外乏援，亦安能长保必胜？知难而退，实飞之不得已耳。惟飞既明知秦桧专政，势无可为，何不效韩蕲王之乘时谢职，口不谈兵，免致奸党侧目？且年甫强壮，来日方长，或者天意祚宋，炀蔽无人，再出而图恢复，亦未为晚。乃见机不早，坐堕奸谋，忠有余而智未足，此则不能不为岳武穆惜也。若夫凶狡如秦桧，党恶如张俊、万俟卨等，皆不足诛，而高宗构固识飞忠，固不欲妄加追证者，胡飞死而并未闻诘及贼臣，为飞诛贼也？王之不明，岂足福哉？观此回而不禁长太息矣。

第七十六回

屈膝求和母后返驾　刺奸被执义士丧生

却说岳飞死后，于鹏等亦连坐六人，薛仁辅、李若朴、何彦猷等亦皆被斥，刘允升竟被拘下狱，瘐死图圄。连判宗正寺齐安王士褭也谪居建州。非高宗昏庸，何至若此？桧遂通书兀术，兀术大喜，他将俱酌酒相贺，乃遣宋使莫将先归通意，嗣令审议使萧毅、邢具瞻同至临安。萧毅等入见高宗，议以淮水为界，索割唐、邓二州及陕西余地，且要宋主向金称臣，岁纳银币等物。高宗令与秦桧商议，桧一律承认。金使许归梓宫及韦太后，当下议定和约，共计四款：

一、东以淮水西以商州为两国界，以北为金属地，以南为宋属地。
二、宋岁纳银绢各二十五万。
三、宋君主受金封册，得称宋帝。
四、宋徽宗梓宫及韦太后归宋。

和议已成，即命何铸为签书枢密院事，充金国报谢使，赍奉誓表。一面令秦桧祭告天地社稷，即日遣何铸偕金使北行。萧毅等入朝告辞，高宗面谕道："若今岁太后果还，自当遵守誓约，如或逾期，这誓文也同虚设哩。"萧毅乐得答应，启行至汴，铸与兀术相见，兀术索阅誓表，但见表文有云：

臣只此一字，已把宋担宋宗的威灵，扫地无余构言：今来画疆，以淮水中流为界。西有唐、邓州，割属上国，自邓州西南属光化军，为敝邑沿边州城。既蒙恩造，许备藩方。亏他说出。世世子孙，谨守臣节。连子孙都不要他挣气。每年皇帝生辰并正旦，遣使称贺不绝。岁贡银绢二十五万匹，自壬戌年为首。即绍兴十二年。每岁春季，搬送至泗州交纳。有渝此盟，明神是殛。坠命亡氏，踣其国家。臣今既进誓表，伏望上国早降誓诏，庶使敝邑，永为凭焉。

兀术阅毕，一无异言，喜可知也。当令铸及萧毅等共往会宁。金主看过誓表，即檄兀术向宋割地。兀术贪得无厌，且遣人要求商州及和尚、方山二原。秦桧也不管什么，但教金人如何说，他即如何依，遂将商州及和尚、方山二原，尽行割界，退至大散关为界。于是宋仅有两浙、两淮、江东西、湖南北、西蜀、福建、广东西十五路，余如京西南路，止有襄阳一府，陕西路，止有阶、成、和、凤四州。金既划界，因建五京，以会宁府为上京，辽阳府为东京，大定府为中京，大同府为西京，大兴府为南京。寻复改南京为中都，称汴京为南京。

知商州邵隆在任十年，披荆榛瓦砾，作为州治，且招徕商民，屡败金人。自被割后，隆徙知金州，居常怏怏，尝率兵出境，意图规复，金人因此责桧。桧复迁他知叙州。未几，隆竟暴卒，共说由桧使人鸩死。凶焰滔天，令人发指。金主尚不肯归还韦太后，经何铸再三恳请，始归徽宗及郑后、邢后棺木与高宗生母韦氏。韦太后颇有智虑，既得许还消息，恐金人反复无常，待役夫毕集，始启攒宫。钦宗卧泣车前，并对韦太后道："归语九哥与宰相，高宗系徽宗第九子，故呼九哥。为我请还。我若回朝，得一太乙宫使，已满望了，他不敢计。"韦太后见他泪容满面，心殊不忍，遂满口应许。钦宗复出一金环，作为信物。还有徽宗贵妃乔氏与韦太后曾结为姊妹，送行时，携金五十两，赠金使高居安道："薄物不足为礼，愿好护送姊还江南。"复举酒饯韦太后道："姊途中保重！归即为皇太后，妹谅无还期，当老死沙漠罢了。"*巫峡猿啼，无此哀苦。*韦太后与她握手，恸哭而别。

时当盛暑，金人惮行，沿途逐节逗留。韦太后防有他变，托词称疾，须待秋凉进发，暗中却向高居安借贷三千金，作为犒赏。*高居安肯贷多金，想尚不忘乔贵妃语。*役夫得了犒金，连天热也忘记了，*总是阿堵物最灵。*便即趱程前进。行至楚州，由太后弟安乐郡王韦渊奉诏来迎，姊弟相见，悲乐交并。及抵临安，高宗以下，俱在道旁候。宋奉迎使王次翁、金扈行使高居安先白高宗。高宗慰劳已毕，遂前迎徽宗帝后梓宫。拜跪礼成，然后谒见韦太后。母子重逢，喜极而泣。嗣复迎邢后丧枢，高宗也不禁泪下，且语群臣道："朕虚后位以待中宫，已历十六年，不幸后已先逝，直至今岁，始得耗闻，回念旧情，能不增痛。"*妻室可念，兄弟乃可忘怀么？*秦桧等劝慰再三，悲始少解。乃引徽宗帝后两梓宫奉安龙德别宫，并将邢后枢，袝殡两梓宫西北，然后奉韦太后入居慈宁宫。徽宗帝后，前已遥上尊谥，惟邢后未曾易名，因追谥懿节。

是时金已遣左宣徽使刘筈赍着衮冕圭册，册高宗为宋帝，高宗居然北面拜受且御殿召见群臣，行朝贺礼。*何贺之有？*晋封秦桧为秦、魏两国公。桧嫌与蔡京同迹，辞不肯受，乃只封他为魏国公，兼爵太师。余官亦进秩有差。惟刘锜已早罢兵权，出知荆南府，王庶且安置道州。何铸自金还后，桧恨他不附飞狱，谪居徽州。张俊本附桧杀飞，不意亦为桧所忌，竟令台臣江邈劾俊。俊遂罢为醴泉观使，惟封他一个清河郡王虚衔，算是酬他杀飞的功劳。独刘光世早解兵柄，随俗浮沉，素与桧无嫌隙，总算保全禄位，奄然告终。既而徽宗皇帝、显肃皇后均安葬永固陵，懿节皇后亦就陵旁祔葬。秦桧等累表请立继后，韦太后亦以为然。这时后宫的宠嫔，第一个是吴贵妃，她本是有侍康的瑞兆，更兼才艺优长，性情委婉，自韦太后南归后，亦能先意承旨，侍奉无亏，所以韦太后亦颇垂爱，高宗更不必说，即于绍兴十三年闰四月，册立吴贵妃为皇后。后初与张妃并侍高宗，每遇晋封，两妃名位相等，不判低昂。绍兴二年，张氏因元懿太子殀逝，后宫未得生男，特请诸高宗，召宗子伯琮入宫，育为养子。伯琮系太祖七世孙，为秦王德芳后裔，父名子偁，曾封左朝奉大夫。伯琮入宫时仅六岁，越年授和州防御使，赐名曰瑗。吴氏亦欲得一养子，因选宗室子伯玖为螟蛉，系太祖七世孙，子彦子，年七岁，赐名曰璩。绍兴十二年，张妃病殁，瑗与璩并为吴氏所育。瑗性恭俭，尤好读书，高宗爱他勤敏，累岁加封。至吴氏立后时，已封瑗为普安郡王。吴后语帝道："普安二字，系天日之表，妾当为陛下贺得人了。"

先是同知枢密院事李回及参知政事张宇均上言："艺祖传弟不传子，德媲尧、舜，陛下应远法艺祖，庶足昭格天命。"高宗颇为感动。所以于瑗、璩二人内拟择一人为皇嗣。独秦桧献媚贡谀，特为高宗代画二策：第一策是教高宗不必迎还渊圣，免致帝位摇动；第二策是劝高宗待生亲子，才立储贰，免得传统外支。叫高宗无祖无兄，确是个好宰相。高宗闻此二策，深合私衷，因此韦太后还朝，本带着钦宗金环，转遗高宗，高宗面色不怿，连韦太后也不便多言。了过钦宗卧泣之言。就是立嗣问题，亦累年延宕过去。

还有行人洪皓、张邵、朱弁三使自金释归，三使留金多年，未尝屈节，及归朝，高宗俱欲加官封秩。偏三人辞旨愤激，语多忤桧。皓言金人素惮张浚，宜即起用。邵言金人有归还钦宗及诸王后妃意，应遣使奉迎。弁言和议难恃，当卧薪尝胆，图报国仇。这种论调，都是秦桧所厌闻，就是高宗亦不愿入耳。于是皓出知饶州，邵出为台州崇道观使，弁仅易官宣教郎，入直秘阁，抑郁以终。桧且欲中伤赵鼎兼及张浚，平时检鼎疏折，有请立皇储语，遂嗾中丞詹大方劾鼎尝怀诡计，妄图侥福。有诏徙鼎至吉阳军。鼎出知绍兴府后，屡为桧党所劾，累贬至潮州安置，闭门谢客，不谈世事，至是复移徙吉阳。鼎上谢表，有"白首何归，怅余生之无几；丹心未泯，誓九死以不移"等语。桧览表，冷笑道："此老倔强犹昔，恐未必能逃我手呢。"

未几，有彗星出现东方，选人康倬上书，谓彗现乃历代常事，毫不足畏。桧特擢倬为京官，且请高宗仰体天意，除旧布新，颁诏大赦。高宗当然听从，偏恼了一位被黜复进的旧臣，竟上疏极陈星变，应先事豫备，任贤黜邪，以固社稷等语。桧见此疏，不禁大怒道："我正要与他拼命，他却敢来虎头上搔痒么？"看官道此疏是何人所奏？原来就是故相张浚。浚谪居永州，因赦还朝，提举临安府洞霄宫。绍兴十一年，改充万寿观使，越年，因和议告成，太后回銮，推恩加封为和国公。浚嫉桧揽权，屡欲奏论时弊，只缘母计氏年老，恐言出祸随，致贻母忧。计氏窥知浚意，特诵浚父咸对策原文，中有二语云："臣宁以言死斧钺，不忍不言以负陛下。"好浚母。浚意乃决，即上疏直陈。桧知浚有意斥己，怎肯干休？立令中丞何若等联名劾浚。诏放浚出居连州，寻复徙至永州。仍回原处。自是朝廷黜陟，俱自桧出，但教阿顺桧意，无不加官，少一忤桧，就使前时与桧同党，亦必罢斥。万俟卨附桧杀飞，得列参政，嗣因桧除拜私人，卨不肯署名，立即罢退。楼炤、李文会均得桧援，入副枢密，后来皆稍稍忤桧，相继被斥。高宗且待桧益厚，宠眷日隆，封桧母为秦、魏国夫人，养子熺举进士，授秘书少监，领国史。

　　桧妻系王晚妹，无出，熺系王晚庶子，桧被金掳去，晚妻出熺为桧后，名目上是为桧承宗，暗地里是因晚妒宠。不愧为长舌妻之嫂。至桧自金归，即率熺见桧，桧心颇喜，遂命熺为继子。熺既掌国史，进建炎元年至绍兴十二年日历，凡五百九十卷，所有前时诏书章疏，稍侵及桧，即改易焚弃。且自诵桧功德，约二千余言。浼著作郎王扬英、周执高呈献高宗。王、周俱得显秩。桧又禁私家著述，遇有守正辟邪诸学说，辄视为曲学旁门，一律查毁，不得梓行。到了绍兴十五年，熺升任翰林学士，兼官侍读。未几，赐桧甲第，并绯钱金帛。又未几，高宗亲幸桧第，凡桧妻以下，皆加恩贴封。又未几，御书"一德格天"四字，赐桧家立匾阁中。又未几，许桧立家庙，御赐祭器，真是恩遇优渥，享尽荣华，比那徽宗时代的蔡京，且有过无不及哩。

　　当时中外官吏揣摩迎合，竞称桧为圣相，几乎皋、夔、稷、契尚不足比。自是称祥言瑞，诸说又复纷起。雨雪称贺，海清称贺，日食不见又称贺。知虔州薛弼上言，朽柱中忽现文字有"天下太平年"五字。五字出于朽柱，就使真确，亦不足谓祥瑞。桧执奏以闻，诏付史馆。高宗越发偷安，视临安为乐国，不再巡幸江上了。桧又窜洪皓，流胡铨，贬郑刚中，且必欲害死赵鼎，令吉阳军随时检察，每月俱报赵鼎存亡。鼎遣人至家，遗书嘱汾道："秦桧必欲杀我，我死汝辈尚可无虞，否则恐祸及全家了。"书发后，复自书墓石，记乡里及除拜岁月，且写了联语十四字，作为铭旌。上联云："身骑箕尾归天上"，下联云："气作山河壮本朝"。又作遗表乞归葬，遂绝粒而死。总计南宋贤相，赵鼎称首。鼎既殁，远近衔悲。参政段拂闻讣叹息，为桧所闻，竟降拂为资政殿大学士，旋且褫职，谪居兴国军。

至绍兴十八年，有诏令秦熺知枢密院事，桧问僚属胡宁道："儿子近除枢密，外议何如？"宁答道："外议谓公相谦冲，必不效蔡京所为。"桧听了此语，心中虽很是怀怨，口中却不能不道一"是"字。归与子熺商议，只好由熺具疏乞辞，掩饰耳目。熺因罢为观文殿学士，位次右仆射，寻又加授少保。桧心犹未怿，欲将生平反对的人物一网打尽，直教他子子孙孙永远不能翻身，然后可泄尽宿忿，任所欲为。就使将南宋半壁篡取了来，也是唾手的事情。直揭桧意，并非虚诬。筹画已定，便按次做去。先是绍兴八年，第一次与金议和，廷臣啧有烦言，桧独引吏部尚书李光入为参政，并署和议。光始为桧所欺，因和图治，后见桧撤守备，黜诸将，才知桧纯是歹意，入朝时，面与桧争。桧大为怫然，光遂去职。桧余怒未息，累谪光至藤、琼诸州。至绍兴二十年，由两浙转运副使曹泳讦称光次子孟坚录记父光所作私史，语涉讥讪，请即查办。桧入朝奏白高宗，乞惩光父子罪。光遇赦不赦，孟坚流戍峡州。又有胡寅、程瑀、潘良贵、宗颖、张焘、许忻、贺允中、吴元许八人均坐光私党，一应黜逐。此时的高宗已被桧欺诈胁迫，毫无主意，简直是木偶一般，便即唯唯听从。桧大踏步，趋出朝堂，登舆而归。

行至中途，忽有一壮士突出，遮住秦桧肩舆，从腰间拔出利刃向桧刺去。偏桧命未该死，连忙把身一闪，这刀锋只戳入舆中坐板，并不伤及桧身。那壮士拔刀费事，旁边走过秦氏家将，七手八脚把壮士打倒，上前捉住壮士。可惜当时没有炸弹。桧虽幸免害，这一惊也是不小，当命左右带着刺客随舆至家。惊魂少定，叫左右将壮士牵到阶前，厉声问道："你是何人？擅敢大胆行刺！想总有人主唆，快说出来，我便饶你！"那壮士面不改色，也抗声怒骂道："似你这般奸贼，欺君误国，哪个不想食你肉？寝你皮？我姓施名全，现为殿前小校，意欲为天下除奸，生前不能诛你，死后必为厉鬼，勾你奸魂，看你逃到哪里去！"虽不能杀桧，恰也骂得爽快。桧被他痛骂，气得发抖，急命将施全拿交大理狱中，越宿全被磔死。桧经此一吓，派家将五十名，各持长梃作为护卫，居则司阍，出必随护。但自此梦寐不安，时觉冤魂缠绕，免不得酿成一种怔忡病症，整日里延医调治，参茸等物服了无数，才觉有点起色。高宗特地赐假，且诏执政赴桧第议事。桧因病已少愈，乃肩舆入朝，有诏令桧孙埙、堪扶掖升殿，免拜跪礼。还第以后，复思大兴党狱，诛锄善类。念念不忘。

　　凑巧太傅韩世忠病殁，桧心中益欢。从前韦太后南还，因金人畏惮韩、岳，很加器重。岳已遇害，惟韩尚存，迎銮时，即特别召见，慰劳备至，后来且时加慰问，令高宗垂念功臣，晋封他为咸安郡王。韩虽不预政事，桧因两宫向他敬礼，尚有所惮。至韩已去世，无一足畏。闻王庶病死贬所，庶子之奇、之荀抚棺恸哭，曾有"誓报父仇"等语，遂命将之奇流戍海州，之荀流戍容州。且因赵鼎虽死，子侄尚多，竟欲斩草除根，藉杜后患，密谋了好几载，苦被老病侵寻，屡致中辍，直延到绍兴二十五年，潭州郡丞汪召锡，密告知泉州赵令衿，太祖五世孙。曾观桧家庙记，口诵："君子之泽，五世而斩"二语。桧即谪令衿至汀州。嗣闻赵鼎子汾饯令衿，因大喜道："此次在我手中了。"遂暗嘱侍御史徐嘉劾奏赵汾与令衿饮别厚馈，必有奸谋。有诏逮汾与令衿至大理鞫问。汾等被逮下狱，桧嗾狱吏胁汾自诬，与张浚、李光、胡寅、胡铨等五十三人共谋大逆。狱吏承旨，不管汾诬供与否，竟捏造了一篇供状，献与秦桧。桧坐一德格天阁下，瞧到此状，喜欢的了不得。当下取过笔来，意欲加入数语，格外锻炼，不意这笔杆竟会作怪，好似有千钧力量，手力几不能胜。桧大为惊诧，向上一瞧，忽不觉大叫一声道："阿哟，不好了！"道言未绝，身子往后一仰，随椅倒地。正是：

> 恶贯已盈褫巨魄，忠臣有后庆更生。

毕竟秦桧是否死去，容待下回续详。

高宗不忘母后，因欲屈己求和，无识者或以为孝。亦思二帝未归，中原陆沉，恝情于父兄，而独睠怀于一母，尽孝者固如是乎？况朱仙镇之捷，兀术胆落思归，两河人士翘待王师，设无金牌之召，而令岳武穆即日渡河，韩、刘等相继并进，安知不可直捣黄龙，迎还父母兄妻耶？顾乃听信贼桧，谗害忠良，向虏称臣，仅归一母，甚且今日封桧，明日赐桧，凡桧家妻妾子孙无不累邀荣典，高宗犹有人心，应不至愚昧若此。其所以与桧相契者，贪位苟安，拒兄攘国，为贼桧逆揣而知，有以劫持于无形耳。忠哉施全，舍生取义，虽不即诛桧，而桧之魂魄已因之沮丧。厥后大狱之不成，未始非一击一詈之阴为所怵也。桧死而南宋少宁，天不欲亡艺祖之后，乃为之绵延一线也欤。

第七十七回

立赵宗亲王嗣服　弑金帝逆贼肆淫

却说秦桧晕倒地上，顿时昏迷过去，不省人事。桧妻王氏及家人仆役等疑他中风，慌忙扶救，一面召医灌药，好容易才得救醒。王氏将廷吏叱去，私问桧身所苦。桧不肯直说，但嘱道："快备后事，我已不能复活了。"到死不肯自陈罪恶，真是大奸。言已，又复晕去。再经王氏等极力呼号，方见他四肢颤动，与杀鸡相似，口中模模糊糊的说了几声饶命。王氏亦不禁毛骨俱悚，贼胆心虚。当令家人往延御医。医师王继先本是秦桧心腹，尝在宫中伺察动静，至是闻病，亟至就榻诊治。秦桧忽双目圆睁，呼他为岳少保，又忽呼他为施义士，既而又把赵鼎、王庶等官职名号都叫了出来，连王继先都吓得心惊胆落，勉强拟了一方，慌忙趋出。桧服继先药，愈觉沉重，不是连声呼痛，就是满口呼冤，那身上的皮肤，忽红忽青，随时变色。王氏等正在着忙，有门役报称御驾到来，急命秦熺出外迎驾。至高宗入内问疾，桧稍觉清醒，想是皇帝到来，众鬼退避。但口中已不能出词，只对着高宗流了几点鼻涕眼泪。高宗便语秦熺道："卿父病休，势已垂危，看来是不能挽救了。"熺跪奏道："臣父倘有不测，他日继臣父后任，应属何人？"居然想代父职。高宗摇首道："这事非卿所应预闻。"言讫拂袖出室，乘辇还宫，当命直学士沈虚中草制，令桧父子致仕。表面上却加封桧为建康郡王，熺为少师。熺子埙、堪并提举江州、太平兴国

・ 643 ・

宫。是夕，桧嚼舌而死。

桧居相位十九年，除一意主和外，专事摧残善类，所有忠臣良将诛斥殆尽。凡弹劾事件均由桧亲手撰奏，阴授言官。奏牍中罗织深文，朝臣多知为老秦手笔。一时辅政人员不准多言。十余年间，参政易至二十八人，而且贿赂公行，富可敌国，外国珍宝死犹及门。高宗初奇桧，继恶桧，后爱桧，晚复畏桧，一切举措辄受桧劫制。桧党张扶请桧乘金根车，吕愿中献秦城王气诗，桧窃自喜，几欲效王莽、曹操故事。至暴死后，高宗语杨存中道："朕今日始免靴中置刀了。"然尚赠桧申王，赐谥忠献。至宁宗开禧二年，始追夺王爵，改谥缪丑。

张俊于桧死前一年，已经病死。桧妻王氏未几亦死。独万俟卨失秦桧欢，累贬至沅州。高宗因桧死择相，还疑卨非桧党，召为尚书右仆射，并同平章事，汤思退知枢密院事，张纲参知政事。汤思退向来附桧，桧卧病时，曾召嘱后事，赠金千两，思退不受。高宗闻却金事，遂加拔擢。其实思退却金，是怕桧故意尝试，所以谢却，并不是有心立异哩。沈该已列参政，本是个随俗浮沉的人物，惟张纲曾为给事中，嫉桧乞休，家居已二十余年，至是召为吏部侍郎，立升参政，颇有直声。御史汤鹏举等得他为助，因累劾秦桧病国欺君、党同伐异诸罪状，乞黜退桧家姻党。于是户部侍郎曹泳谪窜新州，端明殿学士郑仲熊、侍御史徐嘉、右正言张扶及待制吕愿中等相继斥逐。赵汾、赵令衿免罪出狱，李孟坚及王之奇兄弟许令自便。复张浚、胡寅、洪皓、张九成等原官，迁还李光、胡铨于近州，又追复赵鼎，郑刚中等官爵。

浚既复官，拟因丧母归葬，适值高宗因彗出求言，浚不待启行，即上言"沈该、万俟卨、汤思退等未餍众望，难胜相位。且金人无厌，恐又将启衅用兵，宜亟任贤才，以期安攘"云云。此老也算好事。看官你想，沈该、万俟卨、汤思退三人能不动恼么？万俟卨尤为忿懑，亟嗾台官劾浚，说他煽惑人心，摇动国是，因复将浚安置永州。三次至永，莫非有缘。既而卨亦暴死。卨与张俊均附桧杀飞，所以后世于岳王墓前，特铸铁人四个作长跪状，男三女一，三男即秦桧、张俊、万俟卨，一女即桧妻王氏。时人咏岳王墓诗有云："青山有幸埋忠骨，白铁无辜铸佞臣"，二句脍炙人口。桧墓在江宁，至明成化年间，为盗所发，窃得珍宝，值资巨万。盗被执，有司饬吏往验，见桧与妻王氏各僭用水银为殓，面色如生。当下碎尸投厕，且减轻盗罪，大众称为快事。千百年后，犹令人恨视逆桧夫妇，贼男贼女，其可为乎？

　　闲文少表，且说万俟卨既死，汤思退继代卨任，张纲罢职，用吏部尚书陈康伯为代。思退主和固位，与秦桧、万俟卨相同。沈该无所建白，旅进旅退，朝廷幸还无事。至绍兴二十九年，该以贪冒被劾，落职致仕。思退转左仆射，康伯进右仆射。是年为韦太后八十寿期，行庆祝礼，不意祝嘏方终，大丧继起。太后不豫数日，竟崩逝慈宁宫。高宗事母甚谨，自迎归后，先意承志惟恐不及，及居丧悲恸不已，谥曰显仁，葬永佑陵旁。时高宗年已五十有余，仍无子嗣，高宗意早属瑗，起初为秦桧所制，故尔迁延。桧死后，复恐母意未合，且有吴后养子璩同时长养，亦加封恩平郡王。东西开府，左右两难，所以仍然延宕。及母后既崩，密问吏部尚书张焘，求定大计。焘逆揣上意，便进言道："立储为国家大事，今日国计，无过于此。请早就两邸中，择人建立！"高宗喜道："朕亦早有此意，俟来春饬议典礼。"焘顿首而退。高宗已明知璩不及瑗，惟恐吴后尚有异言，无以杜口，特出宫女二十人，分给普安、恩平两邸中。璩得十女，左抱右拥，其乐陶陶。瑗得十女，却仍令给役，毫不相犯。过了一年，高宗调回宫女，在瑗邸内十人均尚完璧，在璩邸内十人尽已破瓜。遂与吴后言及，决意立瑗。

高宗择嗣，亦可谓历试诸艰。巧值利州提点刑狱范如圭掇拾至和、嘉祐间名臣章奏，凡三十六篇，合为一编，囊封以献。高宗知他有意讽谏，即日下诏，立普安郡王瑗为皇嗣，更名为玮，加封璩开府仪同三司，判大宗正寺，改称皇侄，仍将宫女一律给还。册储礼成，中外大悦。

忽由左相陈康伯入报高宗道："陛下应亟筹边，防金人要败盟了。"汤思退在侧，便怫然道："去岁王伦使金，曾还言邻国恭顺，和好无他，不知今日有什么败盟消息？臣意以为沿边将吏，贪功觊权，所以有此讹言。"康伯微笑道："恐此番未必是讹传了。"高宗道："且待探问确实，再行计较。"陈、汤两人依次退出。已而败盟警耗日紧一日，侍御史陈俊卿劾论思退巧诈倾邪，有意蒙蔽。思退因即免职。康伯转任左仆射，参政朱倬进任右仆射。饬利州西路都统吴拱知襄阳府，派部兵三千戍边，兵备始逐渐讲求，南北又要开战了。暂作一束。

看官！欲知金人败盟的原故，说来又是话长，待小子补述出来。原来金主亶嗣位后，颇好文学，有志修文，在上京建立孔庙，求孔子支派四十九代孙琟，封为衍圣公。惟孔氏嫡派从宋南渡寓居衢州。今有衢州孔氏学。金干本、兀术两人，内外夹辅，初政清明，吏民安堵，后来亶后裴满氏一译作费摩氏。干政，朝臣多购通内线，得叨荣宠。亶欲立继嗣，为后所制，心怀抑郁，因纵酒自遣。哪知杯中物足以消愁，亦足以惹祸。亶嗜酒无度，往往因醉使性，妄杀大臣，连宋使王伦亦为所戮。自是上下离心，国势渐衰。挞懒遗子胜花都郎君挞懒被诛见七十五回。逃往西北，连结蒙古，屡寇金边。蒙古民族就是唐朝的室韦分部，向居斡难河、克鲁伦河两流域，游牧为生。初属辽，继属金，至哈不勒有众数千，帮助挞懒遗胤与金为敌。兀术自汴京回国，特带兵往剿，屡战不胜，没奈何与他讲和，册封哈不勒为蒙兀国王，蒙兀一作蒙辅。把西平、河北二十七团

寨尽行割畀，方得罢兵息民。插此数语，为蒙古肇兵张本。兀术
班师，未几病逝。金主亶用从弟迪古乃平章政事。迪古乃改名
为亮，自以为派衍九潢，与金主同为太祖孙，有觊觎帝位的思
想。平居阴结党羽，揽窃大权，且与裴满后有勾通情事，金主
亶茫无所闻，且进亮为右丞相。亮生辰受贺，金主亶赐亮玉叶
鹘厥马及宋司马光画像。后来闻裴满后亦有私馈，因大起猜
嫌，夺回赐物。亮本怀怨望，哪堪金主如此慢待，免不得挟恨
愈深。金主亶弟常胜曾封胙王，颇有权力，亮日加谗间，只说
胙王阴谋篡立，惹动主怒，立逮胙王下狱。可怜胙王不明不
白，竟受了大逆不道的冤诬，活活处死。

　　胙王妻名撒卯，本拟连坐，偏金主亶爱她美丽，竟赦罪入
宫，令她侍寝。裴满后顿怀醋意，诘问金主。金主方宠撒卯，
视裴满后如眼中钉，不待三言两语，便拔出腰剑，把后砍死。
又将德妃乌古论氏、一译作乌库哩氏。夹谷氏、一译作瓜尔佳氏。
张氏等一并杀毙，居然把弟妇撒卯册为中宫。已开逆亮先声。
于是怨声四起，物议沸腾，亮得乘间逞谋，暗结金主侍卫作为
内应。金主有护卫十人，卫长叫作仆散忽土，旧受干本厚恩，
干本即亮父，亮遂倚为心腹。尚有卫士徒单、一作徒克坦。及
阿里出虎、一作额勒楚克。与亮有姻戚谊，亦愿为亮臂助。内
侍大兴国及尚书省令史李老僧也与亮联合一气，亮遂秘密合
谋，竟做出一出谋王杀宫的把戏来了。

　　金主亶皇统九年，即宋高宗绍兴十九年十二月丁巳日，仆
散忽土与阿里出虎，入值宫中，待至二鼓，大兴国盗出符钥，
偷启宫门，亮与妹婿徒单贞一作图克坦贞。及平章政事秉德、
左丞唐古辨、大理卿乌达、李老僧等各怀利刃，鱼贯而入。秉
德、唐古辨曾受杖刑，怨恨金主，古辨本尚金主女，至此也为
了私恨，竟欲刭刃乃翁。乌达系亮爪牙。当时守门禁卒以古辨
是国婿，亮系皇弟，俱属至亲懿戚，有何可疑？遂任他进去。

直达寝殿，破扉径入。金主惊起，索刀四觅无着，不由的慌了手脚。阿里出虎拔刀先刺，仆散忽土随后继进，立把金主砍翻地上。亮上前一刀，血溅满面，称帝十四年的金主亶呜呼告终！答由自取。亮麾众出宫，诈传金主诏旨，夜召群臣议事。群臣尚未闻耗音，错疑有特别大故，统共赶到。及至朝堂，方知亮欲称帝。曹国王宗敏、左丞相宗贤稍有异言，均被杀死。群臣相顾错愕，莫敢再言。亮遂上登御座，竟自称帝，命秉德为左丞相，唐古辨为右丞相，乌达为平章政事。废故主亶为东昏王，独谥裴满后为悼平皇后，不忘旧情，惟撒卯不知如何处置？大赦国中，改元天德。何不改称暴德。追尊父干本为帝，庙号德宗。嫡母徒单氏一作徒克坦氏。及生母大氏俱为太后。徒单氏居东宫，大氏居西宫，两氏向来辑睦，毫无间言。及亮弑亶，徒单氏语亮道："主虽失道，人臣究不应如此。"亮引为深憾。

及徒单氏生日，宫中大开筵宴，酒至半酣，大氏起座，跪进寿觞。徒单氏方与诸公主宗妇笑谈，未及下视，大氏长跪片时，始为徒单氏所见，亟起身受觞。亮疑为故意，怀怒而出。次日，传召诸公主宗妇诘问何故笑语，一一加杖。大氏闻知，慌忙出阻。亮忿然道："今日儿为皇帝，岂尚同前日么？"及公主宗妇等忍痛而去，亮反大笑道："好教她们知我厉害呢。"既而大杀宗室，把太宗子孙七十余人，粘没喝子孙三十余人，一并屠戮，无一孑遗。诸宗室亦杀死五十余人，又杀宗室左副元帅撒离喝等，夷灭家族，并因左丞相秉德不先劝进，也将他一刀两段，连亲属尽行骈诛。杀人之父，人亦杀其父，杀人之兄，人亦杀其兄，天道不为无知。

自是大兴土木，留意声色，遣左丞相张浩、右丞相张通古调集诸路匠役，改筑燕京宫室，一切制度俱依汴京程式。宫殿遍饰黄金，加施五采，金屑在空中飞舞，几如落雪。每殿需费以亿万计，稍不合意，即令拆造，务极华丽。金屋既成，当然要选集娇娃，贮为妃妾。第一着下手，见叔母阿懒饶有姿色，他即将叔父阿鲁补杀死，据阿懒为己妾，封为昭妃。继而一美不足，再求众美，遂命徒单贞语宰辅道："朕嗣续未广，前所诛党人诸妇多朕中表亲，可尽令入宫，备朕选纳。"张浩等奉命维谨，即搜得罪妇百余人送入宫中。亮仗着一双色眼，东瞧西望，就中美丽恰也不少，惟有四妇尤为妖艳。一个是阿鲁子莎鲁啜妻，莎鲁啜一译作莎罗绰。一个是胡鲁一译作华喇，与阿鲁皆太宗子。子胡里剌妻，胡里剌一译作华喇。一个是胡里剌弟胡失打妻，胡失打一译作呼达。一个是秉德弟嘉哩妻，四妇收入后宫，轮流取乐。嘉哩妻尤工淫媚，封为修仪。正在寻欢纵乐的时候，忽由乌达妻唐括定哥一译作唐古定格。遣侍婢来朝，亮猛然记忆道："不错不错，唐括定哥，我本与她约为夫妇，只因乌达有功，我不忍杀他，特调他为崇义军制度使，令挈妻同去，免我眷恋。今唐括定哥愿践旧约，我也顾不得许多了。"遂宣来婢入见，且面谕道："你归报主母，她能自杀乌达，我定当纳她为后，否则将族灭她家。"婢领命而去。

　　不到半月。唐括定哥果盛妆前来，亮见她杏脸桃腮，比前更艳，不由的搂抱入怀，笑颜问道："你夫乌达现尚存否？"唐括定哥道："上命难违，妾已将他缢死了。"亮大喜道："好好！"随即拥入帏中，重续旧欢。次日即封为贵妃，大加宠幸。偏唐括定哥素不安分，在家时与俊仆私通，唐括定哥入宫，俊仆亦随入。亮虽宠幸唐括定哥，究竟有许多妃妾，总不免随时应酬，唐括定哥不耐孤寂，乘隙与俊仆叙情。不料为亮所闻，立将俊仆杖死，连唐括定哥亦令自尽。淫妇该有此结果。唐括定哥既死，亮又不觉追悔，闻唐括定哥有妹，名叫唐括石哥，亦颇姣好，曾为秘书监完颜文妻，当即颁诏下去，令完颜文将妻献出。完颜文只好奉诏，把唐括石哥献将上去。亮见她绰约风流，不亚乃姊，即面授为丽妃，列入嫔嫱。已而亮忆及姊女蒲察义察—作富察彻辰。也有美色，惟已嫁乙剌补，一作伊里布。当令乙剌补出妻献纳，乙剌补亦不敢有违。嗣复闻济南尹葛王乌禄—作乌鲁。妻乌林荅氏—译作乌凌噶氏。仪容秀整，又遣使召令入宫。乌林荅氏泣语乌禄道："我若不行，上必杀王，我当自勉，不致相累。"乌禄也不禁泪下。乌林荅氏复召王府臣仆道："为我往祷东岳，皇天后土，明鉴我心，我誓不失节哩。"言已，即与乌禄诀别，上车北行。到了良乡，南向洒泪，暗中低语道："我今日与大王长别了。"遂袖出一蒯，刺喉殉节。难得有此贞媛。亮闻报，迁怒乌禄，竟将他降为曹国公。且大括宗室美妇，无论亲戚姊妹，但有三分姿色，一股脑儿收入宫中，供他受用。

寿宁县主什古—作什贵。系干离不女；静乐县主蒲剌—作希拉。及习拈—作希延。系兀术女；师古儿—作锡古兰。系讹鲁观女；混同县君莎里古贞—作苏埒和琢。与妹余都—作伊都。系阿鲁女，都是亮的从姊妹。郧国夫人崇节—作重节。系蒲卢虎女孙，是亮侄女；张定安妻奈剌忽—作鼐喇固。系太后大氏的兄嫂；蒲卢胡只—作富鲁和琢。系丽妃石哥妹，均已适人。亮毫无忌耻，一律召入，逼与之淫。起初尚令她出入，随后留在宫内，日夕淫恣。尤可怪的是与妇女交合，必奏乐撤帏，令妃嫔列坐旁观，且于卧榻前，遍设地衣，令各妇裸逐为戏。至淫兴一发，即抱卧地上，赤体交欢。可怜这班含羞忍耻的妇女，只因一念贪生，没奈何玉体横陈，任他糟蹋。亮意尚未足，闻江南多美妇人，且有一刘贵妃宠冠宋宫，色艺无双，意欲兴兵南下，为劫掠计。

不料太后大氏一病不起，弥留时，召亮至榻前，泣嘱道："我与徒单太后始终和好，汝迁都燕京，独将她留着会宁，未曾迎来，今我将死，不能见她一面，殊为可恨。此后汝须迎她到此，事她如事我一般，休要忘记！切嘱切嘱！"亮总算应命。及大氏已殂，丧葬礼毕，便亲自往迎，命左右持杖二束，跪语徒单太后道："亮自知不孝，久疏温清，愿太后惩罪加笞。"是一条苦肉计。徒单太后究是女流，见他这般认过，自然软了心肠，便亲掖亮起，且道："百姓有克家子，尚不忍加笞，我有子如此，宁忍笞么？"随叱左右携杖退去。当下偕亮至燕，入居寿康宫。亮貌极恭顺，后出必随，后起必扶，后有所需，尝亲自供奉。宫廷内外，盛称亮孝。连徒单氏亦喜慰非常。满身作伪。

绍兴三十一年，钦宗病死五国城，亮秘不报丧，但令签书枢密院事高景山、右司员外郎王全、至宋贺天中节。临行时，亮语王全道："汝见宋主，可面责他沿边买马，招致叛亡，且毁去南京宫室，阴怀异志，如诚心修好，可速割汉、淮地界我，方好赎罪。"全唯唯而出。到了临安，入见高宗，即将亮言转达。高宗道："公亦北方名家，奈何出言背理。"全厉声道："汝国君臣莫非因赵桓已死，敢生变志么？"高宗闻此二语，立即起座入内，令辅臣询明渊圣死耗，全答言死了数日。于是诏令举哀，持服三年，尊谥渊圣庙号为"钦宗"。总计钦宗在位仅二年，被掳后，居金三十余年，寿六十有一，小子有诗叹钦宗道：

> 卧车泣语已嫌迟，老死冰天苦自知。
> 和虏已成身不返，九哥毕竟太营私。

毕竟宋廷如何对付金使？且至下回表明。

　　高宗一生行事，惟择立储贰最称公允，其可以质天地告祖宗者，止此而已。然亦未始非由艺祖传弟，不私神器，彼苍者天，为艺祖后裔计，特隐牖高宗之私衷，令其独断不惑耳。不然，胡崇信奸邪，屈害忠良，甘为小朝廷以求活耶？金主亶始勤终怠，酗酒好色，身死亮手，实其自取。然族灭之惨，毋乃太酷。意者，由其父吴乞买灭辽侵宋，虐焰已甚，天特假手逆亮，以为好杀之报欤。且粘没喝、干离不席卷汴京，兀术、撒离喝尽锐南牧，金源将帅、为宋害者，无逾四人。亮或族其家，或淫其女，自来夷狄烝报，未有如此之横逆者也。天道岂果无凭乎？

第七十八回

金主亮分道入寇　虞允文大破敌军

却说钦宗死耗，传至宋都，廷议拟俟金使北还，然后治丧。左史黄中入语宰执道："这是国家大故，臣子至痛，奈何尚可失礼？"陈康伯即答道："左史言是。"当即日奏请治丧。中退后，康伯入奏照准，宫廷内外，相率举哀。一连数日，把金使要索条件搁置不提。金使迫不及待，转问宰臣。康伯道："天子居丧，尚有何心议及此事？贵国如仍顾旧约，幸勿败盟，否则且俟缓议。"金使再欲争论，康伯不与一言，累得金使没趣，悻悻自去。康伯亟奏白高宗，有诏召同安郡王杨存中及三衙帅赵密同至都堂，共议军事。又令侍臣台谏一并集议。康伯首先提议道："今日不必论和与守，但当论战。"存中接入道："强虏败盟，曲在彼，不在我，自应主战为是。"独赵密不发一言，右仆射朱倬亦未闻置议。康伯见二人作壁上观，便语存中道："现在国势虽弱，并非不足一战，但必须君臣上下一德一心，方可制胜，我且入朝申请，俟上意坚定，然后再议，何如？"存中也即赞成，大众遂退。

康伯仔细探听，才知内侍省都知张去为阴阻用兵，且有劝幸闽、蜀消息，于是手缮奏牍，极陈"金敌败盟，天人共愤，事已有进无退，请圣意坚决，速调三衙禁旅，出扼襄、汉，观衅后动，勿再迁延"等语。殿中侍御史陈俊卿也上疏乞诛张去为。杨存中又上备敌十策，乃命主管马军司成闵率兵三万，出戍鄂州，与前时调守襄阳的吴珙犄角相应。且将金使王全所述遍谕诸路统制、郡守监司，令他随宜应变。命吴璘宣抚四川，与制置使王刚中措置边防。起刘锜为江淮、浙西制置使，屯驻扬州，节制诸路军马。杨存中、刘锜二人，可谓当时的硕果。这边方慎修武备，那边亦妄动干戈。

金主亮因高、王两使返报宋事，顿时无名火高起三丈，勃然道："朕举兵灭宋，易如反手，此时讨平高丽、西夏，合天下为一家，才算得一统哩。"以若所为，求若所欲，犹缘木而求鱼也。参政敬嗣晖、李通等俱献谀贡媚，怂恿起兵。亮遂修战具，造兵船，括民马，指日南下。独徒单太后屡次劝阻，亮遂因是挟嫌，并且征兵愈亟，使掌牌印官燥合一译作素赫。赴西北路，募故辽兵。辽人不愿行，偏燥合挟势逞威，鞭笞交下。该死的暴徒。西北路招讨使译史萨巴乘辽人怨望，攻杀燥合及招讨使完颜沃侧，沃侧一作乌色。遂集众叛金，立故辽遗族老和尚一译作楞华善。为招讨使，联合咸平府穆昆括里，有众数万，声焰日张。

金主亮令仆散忽土西征，忽土陛辞，且入谒徒单太后。太后忽颦眉道："国家世居上京，既徙中都，今又欲往汴，且闻将兴兵渡江，往伐南宋，恐人民疲敝，将生他变。我尝好言谏阻，不闻见允，今辽人又复叛乱，为之奈何？"忽土劝慰数语，出宫西去。哪知徒单太后这番言论已有人向亮报知。这人为谁？就是太后的侍婢高福娘。自徒单太后至燕后，尝令福娘问候起居，福娘面目妖娆，居然为亮所赏识，与她私通，因此太后言动，无不传报。亮闻此言，不禁忿怒道："这老妪又来絮聒，她想阻我，我偏要徙汴，偏要伐宋。"当下传令迁都，即日登程。徒单太后以下，均从行至汴，太后入居宁德宫。亮又命搜捕宋、辽宗室，共得一百三十余人，均先时被掳至金，至此一律处死。且密嘱福娘道："此后宁德宫中，倘再有违言，我与她不两立了。"

福娘本已有夫，叫作特末哥。一作特默格。尤生得狡猾异常，福娘将亮语转告乃夫，特末哥道："你何不借此立功哩？"纵妻肆淫，还要导主弑母，想是别有心肝。福娘乃时进谗言，只说太后有废立意。亮益怒道："怪不得她私养郑王充，现在充四子已长大了，她想抬举他做皇帝么？"借亮口中，叙出徒单氏被弑原因。遂召点检大怀忠等入内，特给一剑道："你去杀了宁德宫老妪，回来报我！"怀忠持剑而去，至宁德宫，适值徒单太后作樗蒲戏。怀忠叱太后道："快跪读诏敕！"太后莫名其妙，愕然问道："何人使我下跪？"言未已，那怀忠背后已突出一人，乃是尚衣局使虎特末，一作华特默。贸然上前，捽后令跪，且向她背后连击三拳。后再起再仆，已是气息奄奄，势将垂毙。高福娘手持一绳，套入后颈，可怜这位金邦嫡母，双足一伸，呜呼哀哉！阅至此，令人发指。还有太后左右数人，亦一并杀死。怀忠等返报，亮命焚太后尸，弃骨水中。穷凶极恶。并拿捕郑王充子二人，一名檀板，一作塔纳。一名阿里白，一作阿里布。立即杀毙。郑王充及余二子，想已逃去，故不见史乘。且恐仆散忽土在外拥兵，蓄有异图，特召他还朝，结果性命。仆散忽土有弑君罪，死已晚矣。封高福娘为郧国夫人，特末哥为泽州刺史。何不封他为元绪公？

一面大举南侵，分诸道兵为三十二军，置左右大都督及三道都统制府，总率师干。命奔睹一译作璹都。为左大都督，李通为副。纥石烈良弼一作吓舍哩良弼。为右大都督，乌延蒲卢浑为副。蒲卢浑一作富坪繲。苏保衡为浙东道水军都统制，完颜郑家奴家奴一作嘉努。为副，由海道趋临安。刘萼为汉南道行营兵马都统制，自蔡州进瞰荆、襄。徒单合喜一作图克坦喀尔喀。为西蜀道行营都统制，由凤翔趋大散关。左监军徒单贞别将兵二万入淮阴。亮召诸将授方略，赐宴尚书省，命皇后徒单氏与太子光英居守，张浩、萧玉、敬嗣晖留治省事，自己戎服整装，跨马启程，后宫妃嫔一律随行。一班娘子军，不耐肉战，不耐兵战奈何？

先是亮尝遣使赴宋，令画工偕往，描写临安湖山，持归作屏。且命绘入己像，立马吴山顶上，自题一诗，有"立马吴山第一峰"七字。至是语侍臣道："朕此次南行，要实践图中绘事了。"要向鬼门关去了。亮众约六十万，号称百万，毡帐相望，旗鼓连绎不绝。徒单合喜长驱西进，直抵大散关，令游骑攻黄牛堡。守将李彦坚告急，人情汹汹，制置使王刚中乘快马驰二百里，突入吴璘营中。璘尚高寝，刚中呼璘速起，正色与语道："大将与国家同休戚，奈何敌已侵边，尚是高枕安卧？"璘大惊道："有这般事么？"随即率帐前亲卒，披甲上马，与刚中驰至杀金平，厄守青野原，益调内省兵，分道并进，援黄牛堡。徒单合喜见宋师四集，不敢进攻，退驻桥头寨。吴璘遣裨将彭青率兵夜进，劫破徒单合喜，退还凤翔。在黄牛堡的金兵亦被守将李彦坚用神臂弓射退，西路金兵已退。川边解严。璘又遣彭青复陇州，他将刘海复秦州，曹休复洮州，西北已无虞了。

东北的大名府早已属金，至是有高平人王友直少谙兵法，志复中原，闻金亮渝盟，遂联络豪杰，权称河北等路安抚制置使，遍谕州县勤王。未几，得数万人，分为十三军，进攻大名，一鼓即克。抚定众庶，令奉绍兴正朔，并遣人入朝奏事。后自寿春来归，诏授忠义都统制。

又有宿迁人魏胜，素号智勇，应募为弓箭手，及金亮南侵，跃然而起，立聚义士三百，渡淮取涟水军，进攻海州。遍张旗帜，举烟火为疑兵。又使人招降守卒，谕以金人败盟兴兵，朝廷特兴师问罪，如能开门迎降，秋毫无犯。城中人闻言甚喜，即开城相迓。魏胜驰入城中，擒住金知州高文富，阵毙文富子安仁，其余不戮一人。复招谕朐山、怀仁、沭阳、东海诸县，一律平定。胜蠲租税、释罪囚、发仓库、犒战士，驰檄远近，四方响应。<small>居然有大将风。</small>乘势进拔沂州，得甲具数万。金将蒙恬、镇国领万人来争海州，胜设伏以待，待金兵近城，伏兵猝发，击死镇国，余众遁去。淮南总管李宝代奏胜功，诏命胜知海州事。

金主亮闻数路警报，亟拟渡淮南进，命李通至清河口筑梁济师。且恐魏胜袭他后路，即分兵数万往围海州。胜遣使向李宝乞援，宝正率师航海，拟从海道拒敌胶西。既得魏胜急报，即带着手下兵士往援魏胜。适值金兵到了新桥，距海州城仅十余里，宝麾兵迎击，战斗方酣，魏胜也出城夹攻，金兵腹背受敌，顿时溃走。胜还守北关，金兵又进，复被胜击退。既而金兵再攻东门，胜单枪匹马，出城呵叱，敌皆骇散。翌晨，阴雾四塞，金兵四面薄城，仍不能入，乃拔寨驰去。

李宝既解海州围，遂引舟师赴胶西白石岛。会值金将完颜郑家奴驱战舰出海口，泊陈家岛，相距仅一山。宝祷诸石臼神，北风骤起，正好乘风出战，霎时间过山薄敌，鼓声震荡，海波腾跃，敌众大惊。连忙掣碇举帆，怎奈风浪卷聚，帆不得驶，反害得心慌意乱，无复行列。宝用火箭注射，火随风炽，延烧敌舟数百艘。尚有未曾被火的敌舟还思向前迎敌，宝叱壮士跳跃而过，各用短刀乱斫，金兵手足无措，但见得头颅乱滚，血肉横飞。完颜郑家奴无处奔避，也做了刀头面。余将倪润等情愿乞降。宝将降将絷献，降兵收留，夺得统军符印及文书器甲粮斛数以万计，余物不便载还，尽行焚毁。火光熊熊，历四昼夜才熄。海上亦报肃清。<small>航海金兵又尽覆殁。</small>

金主亮连得警报，忧怒交并，拟即向清河口济师。偏有宋老将刘锜用兵扼住，水中暗伏水手，遇有敌舟，用钉凿沉。亮又不敢径渡，没奈何改趋淮西。淮西守将王权由锜所遣，独不从锜命，闻得金兵大至，即弃了庐州，退屯昭关。金主亮渡淮入庐州，权又自昭关退保和州。未几，又退屯采石。锜闻亮已渡淮，也只得引还扬州。亮进陷和州，又遣高景山率兵攻扬州，锜适患病，自扬州退驻瓜州，扬州被陷，沿江上下，难民塞途。锜力疾趋皂角林，收抚流民，并命步将吴超、员琦、王佐等整军御敌。金将高景山领兵前来，气势锐甚，锜跃马径出，麾军突阵。金兵分作两翼，来围锜军。锜左驰右骤，督众死斗，约有两个时辰，马受伤致蹶，锜遂下马步战，杀开一条血路，回趋本营。高景山从后追蹑，约半里许，道旁列有丛林，一声号炮，林中突出许多弓箭手攒射金兵，金兵多半中箭，只好退去。这弓弩手系王佐步卒，佐见主帅被围，一面设伏，一面往援，可巧锜退敌进，遂督弓弩手射退敌兵。锜回营易马，复招集各将，追击高景山。景山不及预防，被锜一马冲入，手起刀落，砍落马下，余众大溃，锜乃收兵回营。为此一战，锜病益剧，乃上疏求代。

　　时两淮警耗迭至临安，高宗召杨存中至内殿，商议避敌，且命转询陈康伯。康伯闻存中到来，从容延入，解衣置酒，与商大计。存中道："主上又思航海去了。"想是还有余味。康伯道："我已闻有这般消息，明晨入朝，当极力谏阻。"存中意亦相同，尽欢而散。康伯于次日入奏，极陈航海非计，高宗亦颇感悟，康伯乃退。不意隔了一夕，忽接到高宗手诏，内有"敌若未退，当散百官"等语。专想逃走。康伯愤甚，竟取了一火，将手诏焚去，且驰奏高宗道："百官岂可散得？百官一散，主势益孤，臣请陛下发愤亲征，前时平江一役，陛下曾记忆否？"应七十回。高宗被康伯一激，方有些振作起来。仍是一种侥幸思想。乃命知枢密院事叶义问督师江、淮，往视锜疾。中书舍人虞允文参赞军事，杨存中为御营宿卫使，择日亲征。殿中侍御史陈俊卿上言："张浚忠荩，决可起用。"高宗因复浚原官，召判建康，并褫王权职，编管琼州，命都统制李显忠往统权军。召刘锜还镇江养疴，兼顾江防。

锜留侄汜，率千五百人扼瓜州。都统制李横率八千人为援应。金主亮陷没两淮，分兵犯瓜州。汜用克敌弓接连发矢，金兵却退。叶义问到了镇江，见锜正病剧，未便与论战事，但令李横暂统锜军，督兵渡江，且饬刘汜继进。横以为未可，独汜颇欲出战，入问诸锜。锜意亦与汜相反，但摇手示意。汜尚未信，拜家庙而行。义问复促横并进，横不得已，与汜同时渡江。甫登对岸，蓦见敌骑奄至，似狂风骤雨，迎头冲来。汜不禁胆怯，下舟返奔。少年使气，往往如是。横孤军当敌，眼见得不能支持，左军统制魏俊、右军统制王方、陆续战死。横慌忙却走，连所佩都统制印俱致失去，部军十死七八，徒落得血满长江罢了。

义问自得败耗，亟走建康。遣虞允文驰往芜湖迎李显忠，交代王权军，乘便犒师。允文到了采石，王权已去，显忠未来，军士三五星散，均解鞍束甲，坐列道旁。及见了允文，方起立行礼，通报各队将弁。统制时俊等出迓允文，允文才入帐中，忽有侦卒来报：金主亮已渡江前来了。令人愕然。

原来亮闻瓜州大捷，即筑台江上，自披金甲登台，杀马祭天，并用一羊一豕，投入江中。下令全军渡江，先济有赏。蒲卢浑进谏道："臣观宋舟甚大，行驶如飞，我舟既小，行驶反缓，水战非我所长，恐不可速济。"亮怒道："汝昔从梁王疑指兀术。追赵构至海岛，曾有大舟么？"侍卫梁汉臣道："诚如陛下所言，此时若不渡江，尚待何时？"亮转怒为喜，即在岸上悬设红旗黄旗号令进止。长江上下，舳舻如织，亮独乘龙凤大船绝流而渡，采石矶头，钲鼓相闻。

各将都面面相觑，不发一言。独虞允文慨然起座，语诸将道："大敌当前，全仗诸公协力同心，为国杀敌。现在金帛诰命，均由允文携带至此，以待有功。允文一介书生，未娴戎事，亦当执鞭随后，看诸公杀贼建功哩。"诸将经此数语，也一齐起立道："参军且如此忠勇，某等久效戎行，且有参军作主，敢不誓死一战。"正要汝等出此一语。允文大喜，惟随从允文的幕僚掣允文衣，密语道："公受命犒师，不受命督战，若他人败事，公忍受此咎么？"允文怒叱道："危及社稷，我将奚避？"乃命诸将严阵以待，分戈船为五队，两队分列东西两岸，作为左右军，一队驻中流，作为中军，还有两队潜伏小港，作为游兵，防备不测。部署甫毕，敌已大呼而至，亮在后面，自执红旗，麾舟数百艘，鱼贯前来。霎时间，已有七十艘渡至南岸，猛薄宋师。宋师见来势甚猛，稍稍退却。允文督战中流，拊统制时俊背上，婉颜与语道："将军胆略，素传远迩，今退立阵后，反似儿女子一般，威名宁不扫地么？"遣将不如激将。时俊闻言，即跃登船头，手挥双刀，拼命相搏。军士亦努力死战，两下里相持不舍。允文复召集海鳅船猛冲敌舟，敌舟不甚坚固，被海鳅船锐角相撞，沉没了好几艘。他尚仗着多舟，半死半战，直至日暮，尚不肯退。允文也觉焦灼，遥见西岸有许多官兵，陆续到来，便即驶舟拢岸，登陆招呼，约略询问，方知是光州溃卒。眉头一皱，计上心来，遂与语道："你等到此，正好立功，我今授你旗鼓，绕道从山后转出，敌必疑为援兵，定当骇走了。"大家依计，受了旗鼓，欢跃而去。允文复下舟督战，不到片刻，那受计的军士已绕出山后，携着大宋旗号踊跃前进。金主亮果疑是援军，抛去红旗，改用黄旗，麾兵退去。允文又命强弓劲矢，尾击追射，把金兵射毙无算。直至金兵均退至北岸，方才收兵。亮还至和州，检点兵士，丧失甚多，遂迁怒各将，捶杀了好几人。

蓦有警信传至，曹国公乌禄已即位东京，改元大定。亮不禁拊髀长叹道："朕本欲平江南，改元大定，不料乌禄先已如此，这难道是天意不成？"因从文牍箧中取出改元拟诏，有"一戎衣天下大定"等语，指示群臣，并与语道："乌禄既叛，朕只好北归，平定内乱，再来伐宋了。"李通接着道："陛下亲入宋境，无功即归，若众溃在前，敌乘诸后，大事去了。"亮又道："既如此，且分兵渡江，朕当北返。"李通复道："陛下北去，就使留兵渡江，恐将士亦皆懈体。为陛下计，不若令燕北诸军，先行渡江，免得他有异志，且敛舟自毁，绝他归望，那时众知必死，锐意南进，不怕宋室不灭。灭宋以后，陛下威灵大振，回旗北指，平乱如反掌了。"不如是，何由致毙？亮大喜道："事贵神速，明日再行进兵。"乃传谕诸将，越宿进发。

　　到了次日，亮督军再进，甫至杨林河口，见已有海舟排列非常严肃，不由的惊诧起来。看官道海舟里面系是何人？原来是宋将盛新。他受虞允文命令，料知亮必复来，已于夜半驶舟直上，整备着许多火箭来烧金船。亮还道宋军无备，因此诧异。正拟上前突阵，忽闻鼓声一响，宋船中的火箭好似万道金光一齐射至。天空中的风伯也助宋逞威，把金舟尽行延烧。亮亟督兵扑救，偏宋师四面驶集，都来纵火，连亮自坐的龙凤舟也被燃着。亮且扑且逃，好容易奔回北岸，龙头也焦了，凤尾也黑了，其余三百号战船，只剩了一半，还都是残缺不全，不能再驶。亮遭此大败，急得暴躁不堪，便欲将各舟尽行毁去。还是蒲卢浑献上一策，请招降宋将王权，为疑间计。仍似做梦。亮依计而行，遣使持诏至宋营。允文得书，微笑道："这明明是反间计，敢来欺我吗？"遂亲作复书，交来使去讫。金使持书回报，亮拆书阅读道："权因退师，已置宪典，新将李显忠也愿再战，以决雌雄。"亮读毕，旁顾诸将道："我只知南宋老将有一刘锜，怎么又有一个李显忠也这般厉害？"诸将多不知显忠履历，无词可对，惟有一偏校道："莫非就是李世辅？"

亮闻言益怒，遂召入梁汉臣，厉声叱道："你首先劝朕渡江，难道不知有李世辅么？"言未已，拔剑一挥，把汉臣斩作两段。并命将龙凤舟毁去。连造舟工役亦杀死两人，自率兵趋向扬州去了。正是：

　　　　一鼓竟能褫逆魄，六军从此服儒生。

看官欲问李显忠履历，待小子下回表明。

　　历代无道之主，莫如金亮，亮之罪上通于天，大举伐宋，正天益之疾而夺其魄耳。假使高宗构有恢复之志，声其罪而加之讨，则南北义士，奋起讨逆，大憝授首，炎宋中兴，宁非快事？乃闻寇南来，即思退避，愚弱不振，一至于此。幸陈康伯劝阻于内，虞允文达权于外，始得侥幸一胜，保全东南。论者谓以弱制强，以寡败众，允文之功居多。夫允文诚有功，然安知非天之嫉亮已甚，特借义士忠臣以诛逐之耶？故予谓采石一役，盖犹有天幸云。

第七十九回

诛暴主辽阳立新君　隳前功符离惊溃变

却说李显忠原名世辅，系绥德军青涧人，父名永奇，为本军巡检使。显忠年十七，即随父出入行阵，颇有胆略，积功至武翼郎，充副将。至金人陷延安，授显忠父子官，永奇私语显忠道："我为宋臣，乃可为金人用么？"显忠尝念父言，每欲乘间归宋，嗣兀术令显忠知同州，适金将撒离喝到来，显忠用计擒住撒离喝，急驰出城，拟赴宋献功。偏为金人所追，至沿河，又无舟可渡，乃与撒离喝折箭为誓，一不准杀同州人，二不准害永奇等，方准释还。撒离喝情愿如约，因放他北还，一面急遣人告知永奇。永奇挈眷南行，途次被金人追及，家属三百口皆遇害。显忠西奔至夏，乞师复仇，愿取陕西五路。夏主令为延安经略使。显忠至延安，适延安复为宋有，遂有意归宋，执住夏将王枢，夏人用铁鹞子军来取显忠，被显忠一阵击退，获马四万匹，因用绍兴年号，揭榜招兵，匝旬得万余名，缉得杀父仇人，碎尸泄愤。四川宣抚使吴璘遣使宣抚，谕以南北议和，毋多生事。显忠乃往见吴璘，璘送显忠至行在，高宗抚劳再三，赐名显忠，寻授为都统制。显忠上恢复策，为秦桧所忌，复至落职。桧死，显忠得复原官。叙入显忠履历，亦善善从长之意。

金主亮南侵，王权败退，因命显忠代将。显忠颇为金人所惮，所以虞允文虚声扬威，金主亮亦有戒心。已而显忠果至，允文接见甚欢，且与语道："敌入扬州，必与瓜州舟兵合，京口无备，我当往守，公能分兵相助么？"显忠道："同是朝廷军吏，有何不可？"遂分兵万六千人与允文。允文即日至京口，且谒刘锜问疾。锜执允文手道："疾何必问。朝廷养兵三十年，一技不施，大功反出一儒生，真令我辈愧死了。"言甫毕，有诏传入，召锜还朝，提举万寿观，别命成闵为淮东招讨使，李显忠为淮西招讨使，吴拱为湖北、京西招讨使。锜既接诏，遂与允文告别而去。未几杨存中奉诏来守京口，与允文临江阅兵，命战士试船中流。三周金山，往来如飞。适金主亮至瓜州，命部众持矢射船，船疾矢迟，俱不能中，众皆骇愕。亮狞笑道："恐怕是纸船哩。"恐是你死在目前，眼先昏花了。言未已，有一将跪白道："南军有备，不可轻敌，陛下不如回驻扬州，徐图进取。"亮怒叱道："汝敢慢我军心么？"喝令左右，把该将杖责五十，随即召集诸将，限令三日渡江，否则尽杀不贷。自此令一下，军士都有变志，骁骑高僧一译作喝山。欲诱私党亡去，为亮所觉，命将高僧乱刀分尸。且下令军士逃走，应杀弁目，弁目逃走，应杀总管。众闻令，益加危惧。嗣又运鸦鹘船至瓜州，约期次日渡江，敢后者斩。自期速死，所以申令激变。军中遂私自会议，想出一条最后的计策，商诸浙西都统制耶律元宜等。元宜问明计议，大众齐声道："宋军尽扼淮渡，若我等渡江，个个成擒了。近闻辽阳新天子即位，不若共行大事，然后举军北还，免得同死江南。"元宜迟疑半晌，方道："诸位果齐心否？"众复应声道："大众同心。"元宜道："既已齐心，事不宜迟，明晨卫军番代，即当行事。"众复允诺。

到了翌晨，元宜即会同各将，齐薄亮营。亮正驻龟山寺，闻变遽起，还疑是宋兵猝至，即令近侍大庆山出召军士迎敌。庆山将行，忽有一箭射入，被亮接住。顾视箭枝，不禁大骇道："这箭是我军所射，并不是宋军。"道言未绝，闻外面喧噪道："速诛无道昏君！"大庆山忙语亮道："事已急了，请陛下急走！"亮接口道："走将何往？"遂转身取弓，哪知背后有丛矢攒射，贯入项颈，禁不住一声叫痛，晕倒地上。延安少尹纳合干鲁补一作纳哈培干喇布。首先抢入，持刀径下，砍了数刀，但见他手足尚动，遂取带将他勒死。弑君、弑母，还令自受。众将士陆续趋进，先将李通、郭安国、徒单永年、梁珫、大庆山等次第拿下，然后再把所有妃嫔一股脑儿牵将出来，捆在一处。大众各呼道："速杀速杀！"霎时乱刀齐下，凡助亮为虐的从臣，及供亮宣淫的妖娆，统变作血肉模糊，几成菹酱。为妃嫔计，若知有这般结果，不若从前死节。再取骁骑指挥使大磐衣巾裹了亮尸，厝薪纵火，焚骨扬灰。应该如此。元宜自为左领军副大都督，派兵至汴，杀毙亮后徒单氏及亮子光英。一面退军三十里，遣使持檄诣镇江军议和。杨存中拒绝来使，金使驰去。嗣闻荆、襄、江、淮一带所有金兵，尽行北去。

先是亮发汴京，将士已有贰心，易苏一译作和硕。馆猛安福寿、一作明安完颜福寿。高忠建、卢万家、婆娑一作博索。路总管谋衍、一作默音即娄室子。东京穆昆金住等皆举部亡归，且在路中扬言道："我辈今往东京去立新天子了。"原来东京留守曹国公乌禄，素性仁孝，向得士心，自妻乌林荅氏被召殉节，未免怨亮，且闻亮有弑母屠族等情，恐祸及己身，更怀忧虑。兴元少尹李石本乌禄舅，劝乌禄先发制人，乌禄因将副留守高存福擒住，适值福寿等拥入东京，愿戴乌禄为主，乌禄遂杀高存福，御宣政殿，即位大赦，易名为雍，改元大定，下诏数亮罪恶数十事，饬部众截亮归路，追尊父讹里朵为帝，讹里朵系太祖子。号为睿宗。至亮已被杀，遂自辽阳入燕京，召归南征诸将士，追废亮为海陵炀王，斥退萧玉、敬嗣晖等，诛特末哥及高福娘，以张浩有贤名，仍任为尚书令。寻又复故主宣帝号，尊为熙宗，且讨弑熙宗罪，再废亮为庶人。一面令高忠建为招谕宋国使，并告即位。

时高宗已启跸至建康，由张浚迎拜道左，卫士见浚，俱以手加额，欢跃异常，高宗亦温言抚慰。入城后过了残年。即绍兴三十一年之末。虞允文自京口来朝，高宗语陈俊卿道："允文文武兼全，差不多是朕的裴度呢。"遂命他为川陕宣谕使。允文陛辞，面奏道："金亮既诛，新主初立，正天示我恢复的机会，若再主和，海内气沮，不如主战，海内气伸。"高宗道："朕知道了，卿且去，与吴璘经略西陲！"允文乃行。高宗仍欲还临安，御史吴芾请驾留建康，北图恢复，高宗不从，只托言钦宗神主应袝太庙，随即启行，返至临安。适刘锜呕血而亡，因诏赠开府仪同三司，赐锜家银三百两，帛三百匹，寻谥武穆。锜系德顺军人，慷慨沉毅，有儒将风，为金人所敬畏。至是以刘汜败绩，病不能报，赍恨以终，远近叹息。

惟金使高忠建已到临安，廷议当遣使报聘，且贺即位。工部侍郎张阐请慎择使臣，正敌国礼，庶可复我声威，高宗也以为然，乃谕诸执政道："向日主和，本为梓宫太后，虽屈己卑词，亦所不顾，今两国已经绝好，宜正名分，画境界，改定岁币朝仪。"陈康伯奉命转告金使，高忠建不肯如约，且闻两淮州郡，由成闵、李显忠等依次收复，便因是抗言相责。康伯谓弃好背盟，咎在金，不在宋，说得忠建无词可答，只好默然。高宗乃遣洪迈为贺登极使，并用手札赐迈道："祖宗陵寝，睽隔三十年，不得按时祭扫，朕心甚痛。若金人能以河南见归，或可仍遵前约，否则非改议不可。"语意仍不免畏葸。当下给交国书，改去臣构字样，直称宋帝。迈赍书至燕，金阁门见国书不依前式，令迈改草，且令自称陪臣。朝见礼节，概用旧仪。迈坚执不允，被金人锢使馆中，三日水浆不通，迈不屈如故。金廷欲将迈拘住，独张浩谓使臣无罪，不如遣还。迈才得南归，惟和议仍无头绪，南北尚不能无争。

四川宣抚使吴璘出屯汉中，复商、虢诸州，分兵收大散关，又遣姚仲攻德顺军，四旬不克。璘用李师颜代将，师颜子珽出战百亭，大败金兵，擒金将耶律九斤等百三十七人。金兵悉锐趋德顺，璘亲往督师，又与金人大战，仍得胜仗。金兵入营固守，会天大风雪，乃拔营遁去。璘遂整军入城，再派严忠取环州，姚仲、耿巩、王彦等复兰、会、熙、巩等州及永兴军。虞允文至陕，与吴璘会同规画，次第进行，西陲好算顺手，东土亦得捷音。金遣豆斤太师—作乌珍太师。发诸路兵二十路，进攻海州，先派骑兵绕出州城西南，阻截饷道。知州魏胜择劲悍三千余骑往拒石闸堰，金军不能进，只得退还。胜留千骑扼守险要，金兵十余万来争，胜率众往援，杀死金兵数千人，余众遁去。及胜还城中，金兵复乘夜薄城，围至数匝，胜竭力守御，且缒兵向李宝告急。宝飞章奏闻，高宗命镇江都统张子盖驰援。子盖发兵至石湫堰，见河东列着敌阵，即率精骑冲击。统制张氾奋勇先驱，甫入敌阵，被流矢射中要害，倒毙马下。子盖大呼道："张统制殉难了，此仇岂可不报？"道言未绝，已跃马直前。部兵一并随上，纵横驰骤，锐不可当。金兵正苦难支，又见魏胜统军杀来，也似生龙活虎一般，那时如何招架，便相率奔溃。后面阻着石湫河，急切无从逃避，多半拥入河中。能泅水的还侥幸逃生，不能泅水的当然毙命。海州自是解围，魏胜收军还城，子盖亦带兵回镇。李显忠闻海州围解，金兵又败，拟乘势规复中原，奏请"出师西向，自宿、亳趋汴京，直通关、陕。关、陕既通，鄜延一路，素知臣名，必皆响应，然后招集部曲，转取河东"云云。哪知高宗非但不从，反下诏撤销三招讨使，召显忠主管侍卫马司，成闵主管殿前衙司，吴拱主管侍卫步军司。显忠不得已，奉命还朝，又是枉费心机。途次接得内禅诏旨，亟驰贺新主去了。

当金亮入寇时，群臣多劝高宗避敌，皇子玮不胜忿懑，入白高宗，愿率师御寇。高宗亦颇感动，乃下诏亲征。玮扈跸同行，及还临安，高宗以年老倦勤，意欲禅位。仍然不脱主和故智，因此得休便休。陈康伯密赞大计，乞先正名，因立玮为太子，更名为昚。音慎。且追封太子父子偁为秀王。未几，由高宗降诏，令太子即皇帝位，自称太上皇帝，后称太上皇后，退居德寿宫。太子昚固辞不受，高宗勉谕再三，又出御紫宸殿，面谕群臣，嗣即入内，由侍臣拥太子出殿，至御座旁，侧立不坐。侍臣扶掖至七八次，乃略就座。宰相率百僚拜贺，太子又遽起立。辅臣升殿固请，太子愀然道："君父有命，本诸独断，自恐无德，未克当此大位。"辅臣免不得恭维数语。于是草草成礼，片刻退班。高宗移驻德寿宫，太子自整袍履，步出祥曦门，冒雨扶辇随行。及宫门尚未止步，高宗一再麾退，并令左右扶掖以进，因顾群臣道："付托得人，我无忧了。"越日，颁诏大赦。又越日，以即位礼成，告天地宗庙社稷，是为孝宗皇帝。定五日一朝德寿宫，旋因上皇未允，改为每月四朝。

孝宗闻张浚重名，既即位，即召浚入朝。浚至拜谒已毕，孝宗赐他旁坐，且改容与语道："久闻公忠勇过人，今朝廷所恃惟公，幸有以教朕！"浚从容对道："人主所恃，以心为本，一心合天，何事不济？古人所谓天即是理，秉理处事，使清明在躬，自然赏罚举错毋有不当，人心皆归，敌仇亦服。"孝宗悚然道："当不忘公言！"遂加浚少傅，封魏国公，宣抚江淮。浚一再进谒，极陈："和议非计，请遣舟师，自海道捣山东。命诸将出师犄角，进取中原。"孝宗颇也称善。

无如当时，有个潜邸旧臣，姓史名浩，曾任翰林学士，时预枢密。他是秦缪丑的流亚，专讲和议，从中掣肘，这也是天意已定，无可挽回，因此出了一位孝宗，复出一个史浩。实仍由孝宗用人不明。浩上言："官军西讨，东不可过宝鸡，北不可过德顺，若离蜀太远，恐致敌人潜袭，保蜀反以亡蜀。"孝宗竟为所惑，遂拟弃秦陇三路。虞允文遥谏不从，反将他罢知夔州，并诏吴璘班师。璘此时已收复十三州三军，正与金将阿撒相持，既接诏命，乃下令退兵。僚属交谏道："将在外，君令有所不受，此举所关甚重，奈何退师？"璘慨然道："璘岂不知此！但主上新政，璘远握重兵，若不遵诏，岂非目无君上么？"遂退师还河池。自是秦凤、熙河、永兴三路，新复十三州三军，又皆为金人夺去。及虞允文自川、陕还朝，入对时，以笏画地，极言弃地利害，且云今日有八可战。孝宗始叹，谓"史"浩误朕，这是后话慢表。

且说孝宗于绍兴三十二年六月即位，越年改元隆兴，进史浩为尚书右仆射，同平章事，兼枢密使。备叙官衔，见孝宗之倚畀非人。且诏宰执以下各陈应敌定论以闻。廷臣多半主战，独史浩主守。守字即和字之变相。正争议间，忽由张浚呈入金将来书，系索海、泗、唐、邓、商各州地，所有往来通问悉如金熙宗时旧约，否则请会兵相见云云。

原来金主雍称帝以后，本已诏罢南征，惟遣右副元帅谋衍等往讨西北乱党。应前回萨巴之乱。时萨巴已为党羽移剌窝干所杀，老和尚亦就缚，移剌窝干自称都元帅，寻且潜号皇帝，改元天正，兵势颇强。谋衍等师久无功，因遣他将仆散忠义一作布萨忠义。及纥石烈志宁一作赫舍哩志宁。往代谋衍。两将驱兵深入，连败移剌窝干。移剌窝干北走沙陀，被党徒执献金军，枭首以殉，余党悉平。金主遂进仆散忠义为都元帅，赴汴京节制诸军。纥石烈志宁为副元帅，驻军淮阳，为南攻计。纥石烈志宁贻书张浚，求如故约，且遣蒲察徒穆一作富察图们。大周仁屯虹县，萧琦屯灵壁，积粮修城，准备出发。

浚既将来书呈入，又极力主战，劝孝宗临幸建康，鼓动士气，勿堕敌诈谋。孝宗览后，手诏召浚入议。浚仍执前说，且请乘敌未发，先捣虹县及灵壁。孝宗点头会意，独史浩进奏道："帝王出师，当策万全，岂可冒昧尝试，侥幸图逞？"浚与他力辩，并奏言："浩意主和，恐失机会。"孝宗道："魏公既锐意恢复，朕难道独甘偷安么？"浚拜谢而退。李显忠时已在朝，兼任淮西招抚使，亦请出师，愿为前驱。建康都统邵宏渊复献捣虹县、灵壁的计策。孝宗遂决意兴师，且语陈俊卿道："朕倚魏公如长城，不容浮言摇夺。"当下将兵马大权付与张浚。

浚至建康，开府江、淮，遣李显忠出濠州，趋灵壁。邵宏渊出泗州，趋虹县。这次出师的旨意，并不由三省枢密院决议。及兵已调发，浩始得闻，心中很是不平，面请辞职。侍御史王十朋劾浩怀奸误国等八罪，浩遂罢知绍兴府。十朋再疏劾浩，复斥令奉祠。李显忠自濠梁渡淮，直抵陡沟，金右翼都统萧琦用拐子马来拒，金人只有此技显忠麾众猛击，萧琦败走，遂克灵壁。惟宏渊围攻虹县，旷日不下，显忠遣灵壁降卒，至虹县开谕祸福。金守将蒲察徒穆、大周仁俱出降，连萧琦亦情愿投诚。偏宏渊自耻无功，阴怀妒忌，这种人最属可恨。会值显忠降将，入诉显忠，谓被宏渊部卒夺去佩刀，显忠即向宏渊索得罪人，讯明属实，竟喝令斩首。宏渊愈加衔恨。显忠乘胜至宿州，大败金兵，追奔二十余里，至收军回营，方见宏渊到来。两下相见，宏渊微笑道："招抚真关西将军呢。"言下有不满意。显忠道："公既远来，请闭营休士，明日并力攻城。"宏渊默然。显忠知宏渊不可恃，独于次日誓众登城。军士血薄上登，城已垂破，见宏渊军尚闲立濠外，大呼促进，方渡濠过来。及显忠已入城，宏渊才到，巷战逾时，寻斩数千人，宿州遂复。捷报到了临安，孝宗大喜，授显忠为淮南、京东、河北招讨使，宏渊为副。宏渊欲发仓库犒士，显忠不可，止以现钱为赏，士卒始有怨词。显忠此举，未免失策。

会闻金副元帅纥石烈志宁自睢阳引兵来攻，部众约万余人，显忠道："区区万人，怕他什么？当令十人执一人。"日与降人置酒高会。亦渐骄了。到了翌晨，金兵蚁附而至，显忠登城远视，差不多有十万。便道："这何止万人呢？"嗣得侦卒入报，来将系金帅索撒一作博索。自汴京率步骑十万，前来攻城。显忠乃往语宏渊，合力出击，宏渊道："敌势甚锐，不如退守。"显忠勃然道："我只知有进，不知有退。"遂亲督部众，开南门出战。战未数合，统制李福、统领李保忽然倒退。显忠大怒，驰到二李面前，拔刀挥去，左斩右劈，二李头颅依次落地。显忠宣示道："将士们瞧着！如不前进，请视此二人。"诸将不觉股栗，遂拼死向前，击退孛撒。翌日，孛撒复益兵进攻，显忠驻军城外，用克敌弓注射，一鼓退敌。时方盛夏，炎日当空，军士多解甲喘息，汗出不休。宏渊从容巡视，顾语大众道："天气酷暑，寻一清凉处，摇扇纳凉，尚且不堪，况蒸炙烈日中，被甲苦战呢。"可杀。看官你想！行军全靠着鼓气，怎可作此等语令人懈体？于是人心遂摇，无复斗志。到了夜间，中军统制周宏鸣鼓大噪，阳言敌至，自与邵世雍、刘侁等率部下遁去。继而统制左士渊、统领李彦孚又遁。显忠急移军入城，统制张训通、张师颜、荔泽、张渊又一并遁去。金人乘虚薄城，显忠尚竭力抵御，斩首虏二千余人。忽见东北角上有敌人架梯登城，急忙自执长斧，砍断云梯。梯间数十人坠下，尽行毙命，敌始退却。显忠太息道："若使诸军相与犄角，自城外掩击，敌兵可尽，敌帅可擒，奈何离心离德，自失机会呢？"宏渊闻言，竟收军自去。临行时，入语显忠道："闻敌人又添生力军二十万，来此攻城了。若再不退兵，恐变生不测。"显忠正欲答言，那宏渊已转身去了。显忠仰天长叹道："苍天苍天，尚未欲平中原么？为何阻挠至此？"乃待夜引还，退至符离，全军大溃。小子有诗叹道：

两将离心至覆兵，大功竟尔败垂成。

阜陵孝宗崩，葬永阜陵。空作长城倚，德远即张浚，注见前文。原无择将明。

显忠驰至盱眙，见了张浚，纳印待罪。欲知张浚如何处置，待至下回表明。

递亮诛，乌禄立，国势未定，正天予宋以恢复之机会，虞允文之言当矣。高宗内禅，孝宗嗣位，当时以英明称之，有相如陈康伯，有帅如张浚，宜若可锐图恢复矣。显忠勇号无敌，尤一时干城选，而西北且有吴璘、王刚中等人，济以虞允文智勇兼优，俱足深恃。奈何内厕一史浩，外厕一邵宏渊，西北十三州三军，既得而复弃之，灵璧、虹县及宿州相继收复，淮西一带，将成而又隳之。盖忠奸不并容，邪正不两立，未有奸邪在侧，而忠正之士能竟大功者也。惟西北事误于史浩，而邵宏渊之忌李显忠，则张浚不能无咎。孝宗既以全权付浚矣，彼邵、李二人之龃龉，宁不闻之？不预察于几先，致隳功于事后，自是恢复之机遂绝。读宋史者盖不能无惜焉。

第八十回

废守备奸臣通敌　申和约使节还朝

却说张浚见了李显忠，闻知符离兵溃，所有军资器械，抛弃殆尽，免不得抚膺太息。乃改命刘宝为镇江军都统制，自渡淮入泗州，招抚将士，复退还扬州，上疏自劾。朝右一班主和党纷纷论浚，孝宗尚不为所动，且赐浚手书道："今日边事倚卿为重，卿不可遽畏人言，朕当与卿全始全终。"浚得此书，乃令魏胜守海州，陈敬守泗州，戚方守濠州，郭振守六合，在淮阴聚水军，在寿春屯马军，大修两淮战备。孝宗复召浚子栻，入问守御情形。浚附呈奏折，略言"自古明良交会，必协谋同志，借成治功。今臣孤踪外寄，动辄掣肘，陛下亦无所用臣，臣愿乞骸骨归里"等语。孝宗览奏，顾语栻道："朕信任魏公，不当令退。"既而和议复兴，汤思退复入为醴泉观使，右正言尹穑遂附思退劾浚。孝宗亦未免动疑，竟降授浚为特进枢密使，宣抚江、淮东西路，贬显忠为果州团练副使，安置潭州。邵宏渊虽降官阶，仍任建康都统制。贬李显忠，仍任邵宏渊，以此为明，谁其信之？参知政事辛次膺前因力阻和议，触忤秦桧，落职至二十年，自孝宗召入枢密，寻擢参政，至是劾论汤思退，情愿免官，遂罢为奉祠。思退竟进任尚书右仆射，兼枢密使。

思退当然主和，去一史浩，复来一汤思退，如何恢复中原？独陈俊卿上疏抗章，谓和议必不可成，张浚仍当复用。孝宗乃仍令浚都督江、淮军马。未几，复得金帅纥石烈志宁来书，大旨仍如前言。思退劝孝宗和金，参政赵葵亦附思退议。工部侍郎张阐奋进道："敌来议和，畏我呢，爱我呢？恐怕是款我呢？臣意谓决不当和。"恰是个硬头子。孝宗道："朕意也是如此。且随宜应付，再作计较。"乃遣卢仲贤如金师，赍交复书。仲贤陛辞，孝宗谕以海、泗、唐、邓诸州，不宜轻许。仲贤应命而出。偏汤思退伫待朝堂，私语仲贤道："如果可和，四州亦不妨许金。"必欲割地，是何用意？

　　是时金都元帅仆散忠义已进据宿州，仲贤至宿州，进见仆散忠义，恫喝多端，吓得仲贤不敢措词，但答言归当禀命。忠义乃再给文书，要索四事：一、南北通书，改称叔侄；二、割让海、泗、唐、邓四州；三、岁纳银币如旧额；四、须送交叛臣，及还中原归附人民。仲贤匆匆还朝，把来书献入。孝宗颇悔遣仲贤，张浚也遣子栻入奏，谓仲贤辱国无状。孝宗遂下仲贤狱，责他擅许四州罪状。镌夺三阶，寻复除名，窜往郴州。偏汤思退急欲求和，又奏遣王之望充金国通问使，龙大渊为副，暗中嘱之望许割四州，惟求减岁币的半数。之望等去后，右正言陈良翰始得闻知，亟奏言："朝议未决，之望遽行，恐辱国不止仲贤，应追还之望，先遣一使往议，改定原约，然后通问未迟。"张浚亦上言："金未可和，请车驾亟幸建康，锐图进兵。"孝宗乃诏饬之望等待命境上，毋得亟往，改命胡昉为金国通问所审议官，一面命廷臣会议和金得失。陈康伯谓："金人要索四事，最关重大的条目，便是欲得四州。我朝以祖宗陵寝，及钦宗梓宫为言，因此未决，乞召张浚还朝，悉心咨议。"汤思退等俱言和为上计。时虞允文已调任湖北、京西宣谕使，胡铨已召为起居郎，还有监察御史阎安中皆力阻和议。又有监南岳庙朱熹应召入对，谓非战无以复仇，非守无以制胜。孝宗默然不答。其意可知。汤思退又从中谗间，止除熹为武学博士，熹辞职告归。康伯与思退不合，亦上章求去，孝宗准奏。竟调思退为左仆射，另授张浚右仆射，仍都督江、淮军马。

越年，接得边报，使臣胡昉被金人执去。孝宗不禁叹息道："和议不成，大约是有天意呢。"遂召王之望等回朝，且命张浚巡视江、淮，整缮兵备。汤思退暗地焦灼，奏请孝宗禀达上皇，再定大计。孝宗亲自批答道："金人无礼如此，卿尚欲议和么？况今日敌势，非秦桧时比，卿乃日夕言和，比秦桧尚且不如。"思退得批大骇。可巧胡昉自金遣还，于是思退又得借口，振振有词了。原来胡昉至金，金人责宋失信，把他拘留。嗣由金主雍释归，令昉传报宋廷，妥商和议。思退遂暗唆王之望及户部侍郎钱端礼等奏称守备未固，国帑已虚，愿以符离为鉴，易战言和。孝宗乃令之望、端礼两人宣谕两淮，且召张浚入供相职。

浚此时正大治战舰，号令两河豪杰，锐意兴师，并令降将萧琦，统领降众，檄谕辽人，约为声援。偏钱端礼到了淮上，竟遣人入奏，有"名曰守备，守未必备，名曰治兵，兵未必治"等语。看官！你想张浚如何不愤？如何不恼？还至平江，上表乞休，共至八次。孝宗乃授浚少师，兼保信军节度使，南判福州。侍御史周操乞请留浚，反遭罢斥。且撤退两淮边备。浚行次余干，积郁成疾，寝至弥留，遗书嘱二子栻、枸道："我尝相国，不能恢复中原，湔涤国耻，死后不当葬我先人墓侧，但葬我衡山下便了。"既而讣闻于朝，孝宗颇思浚忠，初赠太保，进赠太师，予谥忠献。浚，绵竹人，凤具大志，终身不主和议。孝宗即位，颇加倚畀，称魏公不称名。所惜忠勇有余，才智不足，符离师溃，几令孝宗绝望，所以忽战忽和，终无定见。论断精当。

自浚殁后，又少了一个反对和议的健将，当由思退奏请，派遣宗正少卿魏杞使金，拟定国书称，侄大宋皇帝脊再拜奉书于叔大金皇帝，岁币二十万。孝宗又面谕杞道："今遣卿赴金议和，一正名，二退师，三减岁币，四不发还归附人。"杞又条陈十七事，由孝宗随事许可，乃叩首辞别道："臣奉旨出疆，怎敢不勉？万一敌人无厌，愿速加兵。"孝宗称善。杞乃退朝，整装北去。

胡铨又上疏极陈，谓："和议成，有十可吊，不成、有十可贺。"且有"再拜不已，必至称臣，称臣不已，必至请降，请降不已，必至纳土，纳土不已，必至舆榇，舆榇不已，必至如晋怀帝青衣行酒，然后为快。今日举朝大臣类似妇人，臣情愿放流窜殛，不愿朝廷再辱"云云。孝宗见疏，并不批答，也不加罪。最可恨的是汤思退，恐和议不成，竟遣私党孙造潜往金军，劝他用重兵胁和。真是秦桧不若。于是金元帅仆散忠义等复议渡淮南侵。宋廷闻警，又不觉惶急起来。汤思退尚唆令御史尹穑劾罢反对和议的官吏，多至二十余人。忽有诏旨发下，命他都督江、淮军马。他是个和事老，若叫他卖国求荣，倒是好手，怎么要他去做元帅呢？孝宗亦觉昏愦。当下入朝固辞，乃改命杨存中代任。存中甫受职，忽闻金兵已攻陷楚州，魏胜战死。那时存中驱驰至淮，连防守几来不及了。

看官道魏胜如何战死？原来魏杞奉使如金，由金帅仆散忠义求观国书。杞答言书经御封，须见过金主，方可廷授。忠义料不如式，又求割商秦各州，及岁币二十万。杞遣人奏闻孝宗，从思退议，许割四州，岁币如二十万数目。再易国书，交杞赍去。哪知仆散忠义已与纥石烈志宁自清河口攻楚州，都统制刘宝闻风出走，独魏胜领忠义军往拒河口，拟截击金兵饷道。偏刘宝檄止胜军，谓不应自挠和议。金既入侵，尚欲顾全和议，非痴即騃。胜只好按兵不动。及金兵渡淮而南，已入宋境，胜急往抵御，彼此交锋，自卯至申，未决胜负。不意金将徒单克宁带了数万生力军自斜刺里杀到，眼见得众寡不敌，主客悬殊，胜尚率众死战，至矢尽力疲，自知必死，乃顾亲卒道："我当死此，尔等如得脱归，可上报天子。"言已，令步卒居前，骑兵殿后，且战且走。至淮阴东十八里，中箭身亡。楚州遂破，江、淮又震。幸杨存中星夜驰到，檄调诸将，令互相援应，稍固边防。

怎奈金兵得步进步，入濠州，拔滁州。都统制王彦又复南遁，朝议至欲舍淮渡江。想又是思退主张。独杨存中坚持不可。且追咎两淮守备无端撤去，致有此变。孝宗始悔用思退言。台官仰窥上意，交劾思退。思退因得罪落职，谪居永州。太学生张观等七十二人，复伏阙上书，极言："思退及王之望、尹穑二人，奸邪误国，招致敌人，乞速诛以谢天下！"孝宗虽不见从，这消息已传达远方，思退行至信州，闻信变色，发颤了好几日，当即死了。还是侥幸。孝宗复召陈康伯为尚书左仆射，进钱端礼签书枢密院事，虞允文同签书枢密院事，三人中又夹一奸党。并命王之望劳师江上。之望系思退爪牙，当然奉着衣钵，专以割地啖金为得计。钱端礼与之望同谋，仍奏遣国信所大通事王抃，至金军议和。之望益檄令诸将不得妄进。至言官劾罢之望，王抃已得金帅复书，核准和议了。这次和议的大纲，共计三条：

一　两国境界如前约。

二　宋以叔父礼事金。宋主得自称皇帝。

三　岁纳银币，照原约各减五万，计银二十万两，绢二十万匹。

和议既成，进钱端礼参知政事，兼知枢密院事，虞允文同知枢密院事，王刚中签书院事，且下诏肆赦道：

比遣王抃远抵颍滨，得其要约，寻澶渊之信，仿大辽书题之仪，正皇帝之称，为叔侄之国，岁币减十万之数，地界如绍兴之时，怜彼此之无辜，约叛亡之不遣，可使归正之士，咸起宁居之心，重念数州之民，罹此一时之难，老稚有荡析之灾，丁壮有系累之苦，宜推荡涤之宥，少慰凋残之情。所有沿边被兵州军，除逃遁官吏不赦外，杂犯死罪情轻者减一等，余并放遣。此诏。

这篇诏命，相传系洪适所草，适亦主和党人，从前宋廷贬节求和，四方尚未尽闻知，自有此诏，才知朝廷近事。时论统咎洪适失词。其实南北两宋均为"和"字所误，既已言和，还有什么掩耳盗铃呢？评论亦是。且说孝宗嗣位之年，因南北修和，改元乾道，罢江、淮都督府，授杨存中为宁远、昭庆节度使，又撤销两淮及陕西、河东宣抚招讨使。未几，陈康伯病殁，赐谥文恭。康伯，弋阳人，器识恢宏，临事明断，孝宗尝称他可比谢安。至陈康伯既殁，一时继相乏人，只命虞允文参知政事，王刚中同知枢密院事。既而刚中又殁，擢洪适为签书枢密院事。

到了暮春，魏杞自金归来，入谒孝宗，谓已与金正敌国礼了。先是杞至燕山，金馆伴张恭愈见国书上列着"大宋"字样，便胁杞除去"大"字。杞毅然道："南朝天子不愧圣神，现今豪杰并起，共思敌忾，北朝用兵能保必胜么？不过为生灵计，能彼此息兵安民，方免涂炭，所以命杞前来修好，若北朝果允践盟，幸勿再加指摘，迫人所难。"张恭愈入白金主，金主御殿见杞，杞仍如前言。金主雍方道："朕亦志在安民，所以谕令息兵，此后当各照新约，固守勿替，朕不再苛求了。"杞才称谢。乃彼此签定和约，既不发还叛人，也没有再受册封、再上誓表。惟海、泗、唐、邓四州及大散关外新得地一律归金。杞告别南还，孝宗闻他详报，自然心喜，慰藉甚厚。金主雍召还仆散忠义等，只留六万人戍边，且将宋国岁币分赏诸军。仆散忠义先还，拜为左丞相，寻召左副元帅纥石烈志宁入见，授平章政事，仍令他还镇南京。仆散忠义越年病逝，纥石烈志宁又越十年乃殁，《金史》上称为贤将相，这也毋庸细表。

单说宋廷自议和后，国家无事，孝宗乃立邓王愭为皇太子。愭系故妃郭氏所出，郭氏生四子，长即愭，次名恺，又次名惇，又次名恪，既而薨逝。及孝宗即位，追册郭氏为皇后，封愭为邓王，恺为庆王，惇为恭王，恪为邵王，一面续立贤妃夏氏为皇后。夏氏为袁州宜春人，生时有异光穿室，及长，姿貌秀丽，父协因将女纳宫中，得为吴太后阁愭中侍御。太后因郭妃去世，特以夏氏赐孝宗，寻受册为正宫。叙两后事，乃是插笔。及愭为皇储，愭妻钱氏，当然为太子妃。看官道钱氏为谁？乃是参政钱端礼的女儿。正意在此。端礼倚着贵戚，早已觊觎相位，至是因宰执久虚，女且益贵，满拟宰辅一席在掌握中。偏侍御史唐尧封上言，"端礼帝姻，不应执政。"有诏迁尧封为太常少卿，朝右大哗。吏部侍郎陈俊卿又面陈："本朝故事，从未闻帝戚为相，愿陛下谨守家法！"孝宗颇以为然。端礼阴怀私怨，出俊卿知建宁府，自己亦奏请避嫌，不意孝宗已批答出来，罢端礼为资政殿大学士，兼提举万寿观使。端礼没法，只好怏怏受命。又越数月，竟令洪适为右仆射，兼枢密使。适自中书舍人半岁四迁，骤登右相，廷臣又不免生议。适亦无所建白，不安于位，至乾道二年春季，以霪雨引咎乞休。乃命参政叶颙为左仆射，魏杞为右仆射，蒋芾参知政事，陈俊卿同知枢密院事，当时号为得人。

不幸宫廷内外，迭遭大丧，几乎老成凋谢、懿戚沦亡的痛苦接踵而来。乾道二年十一月，宁远节度使杨存中卒，存中出入宿卫四十年，大小二百余战，未尝大衄，人共称为忠义。殁时，举朝震悼，予谥武恭。越年三月，秀王夫人张氏卒。秀王早薨，至是夫人张氏又殁。孝宗笃念本生，成服后苑，又不免一番哀戚。越两月，太傅四川宣抚使新安王吴璘又卒，遗疏请："毋弃四川，毋轻出兵。"孝宗览疏，也不禁泪下，追赠太师，加封信王。又越月，皇后夏氏崩，又越月，皇太子愭亦逝世，后谥安恭，太子谥庄文。孝宗哀上加哀，痛中增痛，还赖内外臣工多方劝慰，才觉少解悲怀。不如意事，杂沓而来，却是难为孝宗。惟左右两相随时变更，叶颙、魏杞罢相后，专任蒋芾。芾以母丧去位，改任陈俊卿、虞允文。允文拟遣使如金，以陵寝为请，俊卿以为未可，谓使节不应轻遣。孝宗方向用允文，罢俊卿，判福州。遣起居郎范成大为金国祈请使，求陵寝地，及更定受书礼。先是绍兴年间，金使至宋捧书升殿，宋帝必降榻受书，转授内侍。至孝宗初年，陈康伯执政，每值金使到来，但令伴使取书以进。及汤思退为相，复寻绍兴故事，孝宗渐有悔心，乃令成大口请。成大密草章牍，怀诸袖中，当入谒金主时，先进国书，辞意慷慨。金君臣方倾听间，成大忽奏道："两国既为叔侄，受书礼尚未合式，外臣有章疏具陈。"言至此，即从袖中出疏，笏以进。金主雍愕然道："这岂是献书处么？"掷疏不受。成大拾疏再进，毫不动容。金太子允恭侍金主侧，禀金主道："宋使无礼，应加死罪。"金主雍不从，令退居馆所。越宿，发交复书，遣令南归。复书有云：

　　和好再成，界河山而如旧。缄音遽至，指巩、洛以为言。既云废祀，欲申追远之怀，正可奉还，即俟刻期之报。至若未归之旅榇，亦当并发于行涂，抑闻附请之辞，欲变受书之礼，于尊卑之分何如？顾信誓之诚安在？此复。

孝宗得书，心尚未死，复遣中书舍人赵雄往贺金主生辰，别函仍申前请。金主不许，至雄辞归，因语雄道："汝国为何舍去钦宗，专请巩、洛山陵呢？如不欲钦宗归榇，我当为汝国代葬。"诘得有理。雄不便答词，但说当禀命再达。金主待了一年，杳无音信，遂用一品礼葬钦宗于巩、洛之原。小子有诗叹道：

　　　五国城中怨别离，生还无望死犹羁。
　　　祖宗可念兄甘拒，莫怪南朝动虏疑。

嗣是允文所建两议迄无成功，孝宗因建储立后，未遑顾及此事，暂从搁置。欲知建储立后等情，容待下回说明。

　　议战议和，迄无定见，盖犹是高宗朝之故态耳。史浩去，汤思退来，一意主和，无异史浩。甚且阴遣心腹，令敌以重兵胁宋，是贼桧之所不敢为者，而思退竟为之。孝宗既明知思退之奸，为贼桧所不若，何以胡昉一还，复依思退原议，拱手称侄，甘与敌和耶？人谓孝宗英明，远过高宗，谁其信之？魏杞第争一大字，有名无实，与宋何裨？范成大、赵雄一再至金，祈请陵寝，及改受书礼，终无成效，反滋敌笑。当日者，幸金主雍之亦欲罢兵耳。假使乘宋无备，席卷长驱，几何而不蹈靖康之祸也。然则为国家者，其顾可临事寡断，任人不明乎哉？

第八十一回

朱晦翁创立社仓法　宋孝宗重定内禅仪

却说太子愭殁后，庆王恺依次当立，孝宗因第三子惇英武类己，竟越次立为太子。孝宗自己亦未见若何英武，所以子更不逮，后且为悍妻所制。惟进封恺为魏王，判宁国府，命宰执设饯玉津园。宴毕，送恺登车。恺顾语虞允文道："还望相公保全！"允文当然劝慰。恺乃挈眷而去。既而吴太后妹夫张说攀援亲属，竟擢为签书枢密院事。诏命下后，朝议大哗。左司员外郎兼侍讲张栻。遂上疏切谏，且诣朝堂责虞允文道："宦官执政自京、黼始，近习执政自相公始。"允文不禁惭愤，入白孝宗，孝宗乃收回成命。至乾道八年，改左右仆射为左右丞相，左相仍属虞允文，右相任用梁克家，嗣复出张栻知袁州，仍命张说入枢密院。侍御史李衡、右正言王希吕又上书谏阻，直学士院周必大不肯拟诏，给事中莫济封还录黄。孝宗将他四人一齐罢免，都人士称为四贤。虞允文因谏院乏人，特荐用李彦颖、林光朝、王质三人，孝宗不报，独用幸臣曾觌所荐的人员，于是允文力求去位，孝宗竟调他宣抚四川，但进封雍国公。允文莅任逾年，即疾终任所，诏赠太傅，赐谥"忠肃"。他本隆州仁寿县人，夙具智略，采石一战，遂得成名。入相后，遇事纳忠，知无不言，也是一位救时良相。梁克家外和内刚，自允文去后，独相数月，旋与张说论及外交，语多未合，亦乞外调，遂出知建宁府。说好为欺罔，渐被孝宗察觉，才加罢斥。

乾道八年残腊，又拟改元，越日元旦，改为淳熙元年。左相虚位不设，右相亦屡有变更。曾怀、叶衡等忽进忽退，多半是庸庸碌碌，没甚建树。叶衡且荐举左司谏汤邦彦，为金国申议使。邦彦至金，为金所拒，旬余乃得引见，两旁列着卫士统是控弦露刃、耀武扬威。吓得邦彦心惊胆战，一语都不能发，竟匆匆辞归。孝宗恨他辱命，流戍新州。自是申请陵寝的朝议乃不再提及了。徒向他人乞怜，究竟无益。是年冬季，立贵妃谢氏为后，后本丹阳人氏，幼年丧父，寄养翟氏，因冒姓为翟。及长，颇有容色。入宫侍吴太后，太后转赐孝宗，封为婉容，越年晋封贵妃。淳熙三年，孝宗挈妃至德寿宫，谒见上皇，上皇见她端肃恭谨，因谓可继位中宫。孝宗仰承亲命，乃立贵妃为后，复姓谢氏。孝宗不喜渔色，宫闱里面，除谢后外，只有蔡、李两妃，此外不载史乘，小子据实叙明，不必多表。

惟当时有一位道学先生，远师孔、孟，近法周、程，专讲正心诚意的功夫，称为南宋大儒，看官欲知此人姓名，就是上回叙及的朱熹。邦重出之。从前北宋年间，有周敦颐、张载、邵雍及程颢、程颐等人，均以道学著名。程门中有谢良佐、游酢、吕大临、杨时四子，俱宗师说，称为河南程氏学。杨时授学罗从彦，从彦授学李侗。婺源人朱松曾为吏部员外郎，生子名熹，字元晦，幼即颖悟，甫能言时，松指天示熹道："这就是天呢。"熹问道："天上尚有何物？"松不觉惊异。及就傅，授以《孝经》，熹题注书上，有"不若是非人也"六字。暇时与群儿出游，诸儿在沙上嬉嬲，独熹择僻处端坐，用手画沙。至群儿过视，乃画的先天八卦图，及后天八卦图，大家有笑他的，有敬他的，他毫不动容。叙熹幼时所为，可作儿童教育一则。松与李侗本同学友，因遣熹从学，熹尽得师传。绍兴十八年登进士第，任泉州同安县主簿，日与秀民讲论圣道，未几卸职，改监潭州南岳庙。孝宗践祚，诏求直言，熹上陈圣学，且力排和议。孝宗颇为嘉纳，拟加擢用。汤思退等暗地阻挠，止授武学博士，熹即辞归。见前回。后来陈俊卿、胡铨、梁克家等相继荐引，屡征不至。会孝宗复怀念史浩，召为醴泉观使，兼侍讲，孝宗复召史浩，仿佛高宗再用秦桧。浩欲延揽名人，借塞众口，遂荐熹知南康军。熹再辞不许，没奈何受命赴任。适值南康大旱，乃力行荒政，民赖以生。暇辄与士子讲学，且访唐李渤白鹿洞书院，奏复旧规。儒学大兴，一时称最。及史浩复入为相，曾觌、王抃、甘昇等，联作党援，招权纳贿，任意黜陟。继而浩亦与抃有嫌，竟至罢相。淳熙六年，夏日亢旱，又有诏访求直言，朱熹自南康上疏道：

臣闻天下之务，莫大于恤民，而恤民之本，在人君正心术以立纪纲，盖纪纲不能以自立，必人主之心术公平正大，无偏党反侧之私，然后有所系而立。君心不能以自立，必亲贤臣，远小人，讲明义理，闭塞私邪，然后可得而正。今宰相台省师傅宾友谏诤之臣，皆失其职，而陛下所与亲密谋议者，不过二三近习之臣，上以蛊惑陛下之心志，使陛下不信先王之大道，而悦于功利之卑说，不乐庄士之谠言，而安于私培养嬖之鄙态，下则招集士大夫之嗜利无耻者，文武汇分，各入其门，所喜则阴为引援，擢置清显，所恶则密行訾毁，公肆挤排。交通货赂，所盗者皆陛下之财，命卿置将，所窃者皆陛下之柄。陛下所谓宰相师傅宾友谏诤之臣，或反出其门墙，承望其风旨，其幸能自立者，亦不过觑觑自守，而未尝敢一言以斥之。其甚畏公论者，乃能略警逐其徒党之一二，既不能深有所伤，而终亦不敢正言，以捣其囊橐窟穴之所在。势成威立，中外靡然。向之使陛下之号令黜陟，不复出于朝廷，而出于一二人之门，名为陛下独断，而实此一二人者，阴执其柄，盖其所怀，非独坏陛下之纪纲而已，并与陛下所以立纪纲者而坏之，使天下之忠臣义士，深忧永叹，不乐其生，而贪利无耻，敢于为恶之人，四面纷然，攘袂而起，以求逞其所欲，然则民安得而恤？财安得而理？军政何自而修？土宇何自而复？宗社之仇耻，又何自而雪耶？臣且恐莫大之祸，必至之忧，近在朝夕，而陛下尚可不悟乎？臣应诏直陈，不知忌讳，幸乞睿鉴。

孝宗览到此疏，不禁大怒道："这是讥我为亡国主呢。"幸枢密使赵雄在侧，上前奏解道："士人多半好名，若直谏被斥，反增其誉，不若格外包容，因长录用，看他措置，是否合宜，那时优劣自见了。"孝宗才觉霁颜，乃诏令熹提举常平茶盐。未几，即调任浙东。浙右大饥，熹单车入阙，复面奏灾异由来，请孝宗修德任人，且指陈时弊凡七事。孝宗改容静听，并褒他切直。熹乃陛辞至浙，甫下车，即移书他郡，募集米商，蠲免赋税，米商大集，浙民始无忧乏食。熹遂钩访民隐，按行境内，轻车简从，所经各处，往往为属吏所不及知。郡县有司多惮他丰采，不敢为非。才阅半年，政绩大著。乃进熹入直微猷阁。时各地尚旱蝗相仍，民多艰食，熹尚在浙，上言"乾道四年间，曾在乡请诸官府，得常平米六百石，赈贷乡民，夏受粟，冬加息，计米以偿，逐年敛散，岁歉蠲半息，大饥将岁息尽蠲，先后历十四年，除原数六百石还官外，积得三千一百石，立为社仓，不复收息，每石止收耗米三升，所以一乡四十五里间，虽值荒年，民不歉食，此法可以推行"云云。孝宗闻言称善，因命熹草定规则，颁诏各路，一律仿行，当时号为社仓法，大略如下：

法以十家为甲，每甲推一人为首，五十家则推一人通晓者为社首。其逃军及无行之士，与有税粮暨衣食者，并不得入甲。其应入甲者，又问其愿与不愿，愿者开其一家大小口若干，大口一石，小口五斗，五岁以下者不预，置籍以贷之。其以湿恶不实还者有罚。

越年，熹按行至台州，适知州唐仲友为民所讼，熹察得实情，确系仲友贪妄。进上章弹劾，接连三疏，并不见答。原来金华人王淮累擢至左丞相，仲友与王淮同里，且有戚谊，因此暗中庇护，所有朱熹奏本概行藏匿，但调仲友为江西提刑。熹不肯徇情索性贻书王淮，但说是要入朝面陈，淮知不可匿，乃将熹疏进呈，仲友亦上疏自辩。恐亦由王淮指导。偏淮想了一法，竟将江西提刑一职转授朱熹，不令仲友莅任。一面擢大府寺丞陈贾为监察御史，令他与熹反对。阳示德，暗报怨，却是个好法儿。贾受职入朝，即奏言："道学二字，无非假名售奸，愿陛下悉心考察，摈弃勿用，免为所欺。"这数语虽不指名斥熹，其实是为熹而发。还有吏部尚书郑丙亦迎合淮意，力诋二程学说。借程倾熹，也是良策。看官！你想朱晦翁并非笨伯，闻得这种蜚语，怎肯贸然拜受新命？遂累乞奉祠，诏令他主管台州崇道观。右文殿修撰张栻幸与熹学说相合，甚为投契。淳熙七年病殁，世称为南轩先生。熹与友书，谓为吾道益孤。著作郎吕祖谦为吕夷简五世孙，与张栻、朱熹为友，熹尝谓学如伯恭，方是能变化气质。伯恭即祖谦别字。淳熙八年去世，世称为东莱先生。尚有婺州人陈亮，字同父，才气豪迈，议论风生。隆兴初，曾上中兴五论，未蒙见答。淳熙中又诣阙上书，极言时事，孝宗拟加擢用，亮慨然辞归。尝自言涵养功夫，应让道学诸儒，惟推倒一世智勇，开拓万古心胸，颇有所长。后来策试进士，御笔擢为第一，授签书建康判官，寻即病殁，也可谓一位志士了。

　　且说高宗自退居德寿宫后，自安颐养，不闻朝政。经孝宗始终侍奉，未尝失礼，颇也优游自适，乐享天年。至淳熙十四年间，已享寿八十一岁了。秋季遇疾，孝宗辍朝入侍。越月，高宗驾崩，孝宗号痛擗踊，二日不进膳，并谕宰相王淮道："从前晋孝武、魏孝文二主，均实行三年丧服，素衣听政。司马光'通鉴'中纪载甚详，朕亦欲遵行此制呢。"淮答道："晋孝武虽有此意，嗣在宫中，也止用深衣练冠。"孝宗道："当时群臣不能顺上美意，所以见讥后世。"淮不便再言，孝宗乃下诏道：

　　　　大行太上皇帝，奄奄至养，朕当衰服三年，群臣自遵易月之令。特载此诏，以明孝宗之孝。

　　总计高宗在位，两次改元，凡三十六年。内禅后，安居德寿宫，又历二十五年。翰林学士洪迈请庙号世祖。直学士院尤袤谓汉光武为长沙王后，布衣崛起，不与哀、平相继，所以称祖无嫌。上皇中兴虽同光武，实继徽宗正号，以子继父，非光武比。乃定号高宗。高宗素性恭俭，器具服饰，概从简省。就是晚年爱宠的刘贵妃恃色好奢，亦尝阴加抑制。刘贵妃系临安人，初入宫为红霞帔，系宋宫女使之称。艳丽轶群，大得宠幸，累迁婕妤、婉容。绍兴二十四年，进为贤妃，嗣封贵妃。从前金亮入寇，意图掠取，便是这位刘丽妃。补前文所未详。妃尝因盛夏天署，用水晶作为脚踏，高宗取以作枕，妃乃稍加儆惕，不敢再蹈旧饰。但高宗宠眷至老未衰。贵妃去世，就在淳熙十四年间，高宗悲泣逾恒，因此得病，旋亦崩逝。也算一对比翼鸟。后人谓高宗偷安忍耻、慝怨忘亲，初为汪、黄所惑，终为秦桧所制。李纲、赵鼎、张浚相继被斥，岳飞父子冤死狱中，有可用的将相，有可乘的机会，终至臣事仇虏，残喘苟延，这也所谓愚不可及哩。总结高宗一朝行事。

孝宗次子魏王恺，先高宗数年病殁，孝宗尝泫然道："前时越次立储，正为此儿福薄，不料他果然薨逝了。"究竟不足为训。因追赠徐、扬二州牧，谥惠宁。恩平王璩，后高宗一年病殁，孝宗本待他甚厚，每召入内宴，呼官不呼名。殁后追封信王，累赠太保太师。这俱是销纳文字。孝宗居高宗丧，白衣布袍，视事内殿，朔望诣德寿宫，仍然衰绖持杖。且诏皇太子参决庶务。既而王淮罢相，右相周必大仍荐朱熹为江西提刑。熹奉诏入朝，有熹友在途中相遇，语熹道："正心诚意，上所厌闻，君此去幸勿再言！"熹慨然道："我生平所学，只此四字，奈何入白大廷，反好隐默呢？"及入对，即极言天理、人欲不能并容，孝宗也不加可否，徐语道："久不见卿，浙东事朕早闻知，今当处卿清要，不再以州县相烦了。"时曾觌已死，王抃亦逐，独内侍甘昪尚在，熹谓昪不应任用。孝宗谓昪曾侍奉上皇，颇有才识，熹对道："小人无才，怎能动人主欢心？"孝宗默然。越日，改授熹为兵部郎官，熹以足疾乞祠。兵部侍郎林栗劾熹托名道学，自高声价，应亟予罢斥。孝宗得栗言，顾语周必大道："林栗所言，亦未免太甚了。"必大道："熹上殿时，足疾未瘳，勉强登对，并非敢托词欺上呢。"孝宗道："朕亦见他跛曳，所以谓栗言过甚。"左补阙薛叔似、太常博士叶适均誉熹毁栗，陆续上奏。侍御史胡晋臣复劾栗喜同恶异，妄毁正士，乃出栗知泉州，改命熹主管西京嵩山崇福宫。越月，复召熹为崇政殿说书。熹仍固辞不受，孝宗也不复勉强，只命他奉祠罢了。

淳熙十六年，孝宗调周必大为左丞相，擢留正为右丞相。必大入见，孝宗密给一绍兴传位亲札。留正愕然，孝宗道："礼莫如重宗庙，朕当孟享，尝因病分诣，孝莫若执丧，朕不得日至德寿宫，欲不退休，尚可得乎？卿可预拟草诏，择日传位。"必大见上意已决，不再劝阻，遂退拟诏命。过了数日，改德寿宫为重华宫，移吴太后居慈福宫。必大进呈诏草，孝宗即命颁诏，传位太子。届期由孝宗吉服御紫宸殿，行内禅礼。太子惇出殿受禅，大致与孝宗受禅时约略相同。礼毕，孝宗入内，仍易丧服，退居重华宫。太子惇即位，是为光宗皇帝，尊孝宗为寿皇圣帝，皇后谢氏为寿成皇后，皇太后吴氏为寿圣皇太后，大赦天下。立元妃李氏为皇后，后系安阳人，庆远军节度使李道中女，生时有黑凤集道营前，因名凤娘。道尝以为异，闻道士皇甫坦善相术，特邀令人相诸人。及凤娘出见，坦惊起道："此女当母天下，非善为抚视不可。"后来坦入白高宗，高宗遂聘凤娘为恭王妃，生嘉王扩，旋立为皇太子妃。哪知这位凤娘，貌虽轶群，性却妒悍，尝在高、孝二宫前挑是翻非，屡言太子左右过失。高宗不怿，私语吴后道："是妇将种，不识柔道，我为皇甫坦所误，悔无及了。"谁叫你信方士。孝宗亦屡加训敕，令以皇太后为法，否则将要废汝。凤娘不但不戒，反引为深恨。及立为皇后，她遂一飞冲天，放出一番手段来了。小子有诗咏道：

　　　闺范无如宋六宫，刑于犹有圣王风。
　　　何来黑凤娇痴甚，方士虚言误阿蒙。

　　看官不必过急，还有金邦一段遗闻，须要先叙明白，然后述及李后凤娘事，一切情迹，均至下回表明。

　　　孝宗称南宋贤辟，而求治不力，任人不专，较之高宗，不过五十里与百里之比，相去盖有限耳。观其践祚以后，所用诸相，贤否不一，且无数年不易之宰辅，其猜疑之私，已可见矣。朱熹为一代名儒，既知其贤，何不留侍经筵，常使启沃？乃第用一社仓法，而此外所言，未闻采纳。且迭置之于奉祠之列，一官冷落，虽有若无，于朝廷何裨乎？高宗因畏事而内禅，孝宗因居丧而内禅，情迹若异，而究其退避之心，实同一辙。人臣或以恬退为知几，人君系国家之大，宁亦可以恬退为智耶？故观于此回，而孝宗之为国，亦可得而论定矣。

第八十二回

揽内权辣手逞凶　劝过宫引裾极谏

却说孝宗末年，金主雍亦病殂，号为世宗。这金世宗却是一个贤主，即位后，以故妃乌林荅氏死节，终身不立后，已好算作世界上的义夫。至南宋讲和，偃武修文，与民休息，所用人士多半贤良。性尤俭约，命宫中饰品毋得用黄金。稍有修筑，即以宫人所省的岁费，移作工资，因此薄赋宽征，家给人足。刑部每岁录囚，死罪不过十余人，国人称为小尧、舜。夏相任得敬胁迫夏主割畀土地，且为己向金请封。金世宗料事独明，谓必由权奸所逼，定非夏主本意，遂却还来使，并赐谕夏主道："祖宗世业，汝当固守，今来请命，事出非常，如系由奸人播弄，不妨直陈，朕当为尔兴师问罪。"得敬接到此谕，始有戒心。嗣夏主诛死得敬，因遣使申谢。未几高丽国王睍，为弟晧所废，晧上表乞请册封，但说是由兄所让。世宗疑晧篡国，更令有司详问。至得睍表文，谓遵父遗训，传与弟晧，乃不得已遣使册封。既而高丽西京留守赵位宠占据四十余城，奉表降金，世宗又言："朕为共主，岂助叛臣为虐？"执位宠使付高丽，高丽王遂讨平位宠。世宗又兴太学，求直言，所有宋、辽宗室寓死金邦，悉移葬河南广宁旧陵旁。在位二十九年，远近讴歌，逝世时悲声彻野。太子允恭早卒，孙璟嗣立，不逮乃祖，金邦自是浸衰了。插入此段，隐仿孔子夷狄有君之义，且以见金主贤明，尚非孝宗所可及。惟南北两朝吊死问生已成常例，不必细叙。

且说光宗受禅后，改元绍熙，废补阙拾遗官，罢周必大，用留正为左丞相，王蔺为枢密使，葛邲参知政事，胡晋臣签书枢密院事。四大臣同心辅政，还算是蔪蔪承平，没甚弊政。无如宫中有个妒后李凤娘不肯安分，日思离间三宫，乘间窃柄。偏光宗又懦弱不振，对了这位女娘娘，好似晋惠帝碰着贾南风，唐高宗碰着武则天，唯唯承命，不敢忤旨。但心中颇有一些浏亮，明知李后所恃。全仗宦官，欲要釜底抽薪，须将宦官一律诛逐，免得老虎添翼。只是计画虽良，一时又未敢实行，偏宦官已窥知上意，按日里谀媚李后，求她庇护。李后一力担承，每遇光宗憎嫌宦官，她即极口包庇，害得光宗有口难言，渐渐的酿成一种怔忡病。英武何在？

寿皇闻光宗得着心疾，当然怀忧，随时召御医入问，拟得一个良方，好容易合药成丸，欲俟光宗问安时，教他试服。何不叫御医往诊，偏要这般鬼祟？不料光宗并不来朝，这合药的消息却已传遍宫中。宦官乘此生风，便入诉李后道："太上皇合药一大丸，拟俟宫车往省，即当授药，万一不测，岂非贻宗社忧？"李后闻言，便深信不疑。非惟不疑，且将深幸。等到光宗稍稍痊可，即用出一番狐媚手段，暗嘱宦官备了可口的膳馐搬入宫中，请光宗上面坐着，自己旁坐相陪，与光宗浅斟低酌，小饮谈心，席间语光宗道："扩儿年已长成了，陛下已封他为嘉王，何不就立为太子，也好助陛下一臂之力？"隐恨寿皇，偏从此处用计，正是奇想。扩封嘉王，即从李后口中带过。光宗欣然道："朕亦有意，但非禀明寿皇不可。"李后道："这也须禀明寿皇么？"光宗道："父在子不得自专，怎得不先行禀明？"李后默然。

可巧过了两三天，寿皇闻光宗少痊，召他内宴。李后竟不使光宗闻知，乘辇自往重华宫。既至宫门，乃下辇入见寿皇，

勉强行过了礼。寿皇问及光宗病状,李后道:"昨日少愈,今
日又不甚适意,特嘱臣妾前来侍宴。"寿皇皱眉道:"为之奈
何?"你道他英武类己,如何这般模样? 李后即接口道:"皇上多
疾,据妾愚见,不如亟立嘉王扩为太子。"寿皇摇首道:"受
禅甫及一年,便要册立太子,岂不是太早么? 且立储亦须择
贤,再待数年未迟。"李后不禁变色道:"古人有言,立嫡以
长。妾系六礼所聘,嘉王扩又是妾亲生,年已长了,为何不可
立呢?"振振有词,可谓悍妇。看官! 试想这几句话儿,不但唐
突寿皇,并唐突寿成皇后,寿成皇后谢氏系是第三次的继后,
并且世系寒微,本非名阀,光宗又是郭后所生,并非出自谢
后。李凤娘有意嘲笑,所以特出此言。惟寿皇听了此语,忍不
住怒气直冲,便叱道:"汝敢来揶揄我么? 真正无礼!"李后
竟转身退出,也不愿留侍内宴,即上辇还宫。冤冤相凑,一入
寝室,恰不见了光宗,诘问内侍,才知到黄贵妃宫内去了。

　　黄贵妃本在德寿宫,光宗为皇太子时,旁无姬侍,孝宗因
内禅在迩,移徙德寿宫,入见黄氏体态端方,特赐给光宗。光
宗格外爱宠,即位后便封为贵妃。惟李后妒悍性成,平时见了
黄贵妃,好似一个眼中钉,此次往重华宫,正被寿皇斥责,又
闻光宗去幸黄贵妃,教她如何不气? 如何不恼? 当下转至黄贵
妃处,不待内侍通报,便闯将进去。蓦见光宗与黄贵妃正在促
膝密谈,愈不禁醋兴勃发,就在门首大声道:"皇上龙体少
愈,应节除嗜欲,奈何复在此处调情?"光宗见了,连忙起
立。黄贵妃更吓得魂不附体,不由的屈膝相迎。李后竟不答
礼,连眼珠儿都不去瞧她。光宗知已惹祸,不便再留,便握住
李后的手同往中宫,心中还似小鹿儿相撞。待至宫中,但见李
后的眼眶内簌簌的流了许多珠泪。光宗大惊,只好加意温存。
李后道:"妾并不为着黄贵妃,陛下身为天子,止有几个妃
嫔,难道妾不肯相容么? 不过陛下新痊,未便纵欲,妾是以冒

昧劝谏。此外还有一种特别事故，要与陛下商议。"黄贵妃是掌中物，不妨暂置，要是立储要紧。言至此，更呜呜咽咽的大哭起来。亏她做作。光宗摸不着头脑，再三婉问，她方嘱内侍召入嘉王扩，令跪伏帝前，自己亦陆的下跪道："寿皇要想废立了，妾与扩儿两人，将来不知如何结局，难道陛下尚不知么？"光宗听了，越觉惊得发抖，再加询问。李后才将寿皇所说述了一遍，更添了几句不好听的话儿。光宗到了此时，自然被她引入迷团，便道："朕不再往重华宫了。汝等起来，朕自有计较！"李后方挈嘉王扩起身，彼此密谈多时，无非是说抵制寿皇的计策。李后又欲立家庙，光宗也是允从，偏枢密使王蔺以为皇后家庙不应由公费建筑，顿时忤了后意，立请光宗将他罢职，进葛邲为枢密使。

一日，光宗在宫中盥洗，由宫人奉匜进呈，光宗见她手如柔荑，禁不住说了一个"好"字。适被李后听闻，怀恨在心。越日，遣内侍献一食盒，光宗亲自揭启，总道是果脯等物，哪知盒中是一双血肉模糊的玉手，令人惨不忍睹，那时又不好发作，只得自怨自悔，饬内侍携了出去。忍哉李后！懦哉光宗。自是心疾复作，梦寐中尝哭泣不休。至绍熙二年十一月，应祭天地宗庙。向例由皇帝亲祭，光宗无从推诿，没奈何出宿斋宫。这位心凶手辣的李凤娘趁着这个空隙召入黄贵妃，责她蛊惑病主，不异谋逆，竟令内侍持入大杖，把黄贵妃重笞百下。可怜她玉骨冰姿哪里熬受得住？不到数十下，已是魂驰魄散，玉殒香消。李后见她已死，令内侍拖出宫外，草草棺殓，一面报知光宗，诡说她暴病身亡。光宗非常惊骇，明知内有隐情，断不至无端暴毙，可奈身为后制，不敢诘问。并且留宿斋宫，不能亲视遗骸，抚棺一诀，悲从中来，解无可解。是夕，在榻中翻去覆来，许久不曾合眼，直至四鼓以后，蒙眬睡去。突见黄贵妃满身血污，泪眼来前，此时也顾不得什么，正要与她抱头大哭，忽外面一声怪响，顿将睡魔儿吓去。双眸齐启，并没有什么爱妃，但听得朔风怒号，檐马叮噹，窗棂中已微透曙色了。急忙披衣起床，匆匆盥洗，连食物都无心下咽。外面早已备齐法驾，由光宗出门登辇，直抵郊外。天色已经大明，只是四面阴霾，好似黄昏景象。下辇后步至天坛，蓦觉狂风大作，骤雨倾盆，就使有了麾盖，也遮不住天空雨点，不但侍臣等满身淋湿，就是光宗的祭服上面也几乎湿透。到了坛前，祭品均已摆齐，只是没法燃烛，好容易爇着烛光，禁不起封姨作对，随爇随灭。天亦发怒。光宗本已头晕目眩，又被那罡风暴雨激射下来，越觉站立不住，勉强拜了几拜，令祝官速读祝文。祝官默承意旨，止念了十数句，便算读完，即由侍臣掖帝登辇，踉跄回宫。嗣是终日奄卧，或短叹，或长吁，饮食逐日减少，渐渐的骨瘦形枯。

李后却乘此干政，外朝奏事，多由她一人作主，独断独行。事为寿皇所闻，轻车视疾，巧值李后出外，遂令左右不必通报，自己悄悄的径入殿幄，揭帐启视，见光宗正在熟寐，不欲惊动，仍敛帐退坐。既而光宗已醒，呼近侍进著。内侍因报称寿皇在此，光宗矍然惊起，下榻再拜。寿皇看他面色甚癯，倍加怜恤，便令他返寝。一面问他病状，才讲得三两语，外面即趋入一人，形色甚是仓皇，寿皇瞧将过去，不是别人，正是平日蓄恨的李凤娘。李后闻寿皇视疾，不觉惊讶，便三脚两步的赶来，既见寿皇坐着，不得不低头行礼。寿皇问道："汝在何处？为什么不侍上疾？"李后道："妾因上体未痊，不能躬亲政务，所有外廷奏牍，由妾收阅，转达宸断。"寿皇不觉哼了一声，又道："我朝家法，皇后不得预政，就是慈圣、指曹太后。宣仁指高太后。两朝，母后垂帘，也必与宰臣商议，未尝专断，我闻汝自恃才能，一切国事，擅自主张，这是我家法所不许哩。"李后无词可对，只好强辩道："妾不敢违背祖制，所有裁决事件，仍由皇上作主。"寿皇正色道："你也不必瞒我，你想上病为何而起？为何而增？"李后便呜咽道："天有不测风云，人有旦夕祸福，奈何推在妾一人身上？"寿皇道："上天震怒，便是示儆。"说至此，闻光宗在卧榻上叹了一声，触着心病了。因即止住了口，不复再言。父母爱子之心，无所不至。只劝慰光宗数语，即起身出去。光宗下榻送父，被李后竖起柳眉，瞋目一瞧，顿时缩住了脚。如此怕妻，真是可怜。李后俟寿皇去远，免不得带哭带骂，又扰乱了好多时。光宗只好闭目不语，听她咒诅罢了。

自光宗增病后，经御医多方调治，服药数十百剂，直至三年三月，才得告痊，亲御延和殿听政。群臣请朝重华宫，光宗不从，从前寿皇诞辰及岁定节序，例应往朝，只因光宗多疾，辄由寿皇降旨罢免。至是群臣因请朝不许，再联络宰辅百官以及韦布人士伏阙泣谏，光宗始勉强允诺。谁知一过数日，仍然不往。宰执等又复奏请，方于夏四月间往朝一次，自后并不再往。到了五月，光宗旧病复发，朝政依旧不管，哪里还顾及重华宫。及长至节相近，病已痊可，逐日视朝。节前一日，丞相留正等面奏光宗，请次日往朝寿皇，光宗不答。留正只好约同百官，于翌晨齐集重华宫，入谒称庆，礼毕退归。兵部尚书罗点、给事中尤袤、中书舍人黄裳、御史黄度、尚书左选郎官叶适等复上疏请朝重华宫，仍不见报。秘书郎彭龟年更上书极谏，略云：

寿皇之事高宗，备极子道，此陛下所亲睹也。况寿皇今日止有陛下一人，圣心惓惓，不言可知。特遇过宫日分，陛下或迟其行，则寿皇不容不降免到官之旨，盖为陛下辞责于人，使人不得以窃议陛下，其心非不愿陛下之来。自古人君处骨肉之间，多不与外臣谋，而与小人谋

之，所以交哄日深，疑隙日大，今日两宫万万无此。然臣
所忧者，外无韩琦、富弼、吕诲、司马光之臣，而小人之
中，已有任守忠者在焉。宰执侍从，但能推父子之爱，调
停重华，台谏但能仗父子之义，责望人主，至于疑间之
根，盘固不去，曾无一语及之。今内侍间谍两宫者，实不
止一人，独陈源在寿皇朝，得罪至重，近复进用，外人皆
谓离间之机，必自源始。宜亟发威断，首逐陈源，然后肃
命銮舆，负罪引慝，以谢寿皇，使父子欢然，宗社有赖，
讵不幸欤！

是时吏部尚书赵汝愚未曾入奏，龟年责他谊属宗卿，何故
坐视？汝愚被他激动，遂入奏内廷，再三规谏。光宗乃转告李
后，令同往朝重华宫。李后初欲劝阻，继思自己家庙已经筑
成，不若令光宗朝父，然后自己可归谒家庙，免致外廷异言，
于是满口应允。长至节后六日，光宗先往重华宫，后亦继至。
此次朝谒，父子间甚是欢洽，连李凤娘也格外谦和，对着寿皇
夫妇，只管自认罪愆。寿皇素来长厚，还道她知改前非，也是
另眼相看。又被她瞒过了。因此欢宴竟日，才见帝后出宫。都
下人士欣然大悦。哪知才过两日，即有皇后归谒家庙的内旨，
斯时无人可阻，礼部以下只好整备凤辇，恭候皇后出宫。

李凤娘凤冠凤服，珠玉辉煌，装束与天仙相似，由宫娥内
侍等人簇拥而出，徐徐的登了凤舆，才经大小卫役呵道前行。
及至家庙门内，凤娘始从容下辇。四面眺望，觉得祠宇巍峨，
规模崇敞，差不多与太庙一般，心下很是喜慰。并因高祖以
下，均已封王，殿中供着神主，居然玉质金相，异常华丽。那
时喜上加喜，说不尽的快乐，瞻拜已毕，当有李氏亲属入庙谒
后，由凤娘一一接见，除疏戚外，计得至亲二十六人，立即推
恩颁赏，各亲属不胜欢谢。无如驹光易过，未便留恋，没奈何

辞庙回宫。是夕，即传出内旨，授亲属二十六人官阶，并侍从一百七十二人，俱各进秩。甚至李氏门客，亦得五人补官，这真是有宋以来特别的旷典。雌凤儿毕竟不凡。

转眼又是绍熙四年，元旦这一日，光宗总算往朝重华宫，到了暮春，再与李后从寿皇、寿成后幸玉津园，自是由夏及秋，绝迹不往。至九月重明节，光宗生辰。群臣连章进呈，请光宗朝重华宫，光宗不省，且召内侍陈源为押班。中书舍人陈傅良不肯草诏，并劾源离间两宫，罪当窜逐。给事中谢深甫亦上言："父子至亲，天理昭然，太上皇钟爱陛下，亦犹陛下钟爱嘉王。太上皇春秋已高，千秋万岁后，陛下何以见天下？"光宗闻得此言，始传旨命驾往朝，百官排班鹄立，待了多时，见光宗已趋出御屏，大众上前相迎，不料屏后突出李凤娘，竟揽住光宗手，且作媚态道："天气甚寒，官家且再饮酒！"老脸皮。光宗转身欲退，陈傅良竟跑上数步，牵光宗背后的衣裾，抗声道："陛下幸勿再返！"李后恐光宗再出，复用力一扯，引光宗入屏后。傅良亦大着胆跟了进去。李后怒叱傅良道："此处是何地？你秀才们不怕斫头么？"傅良只好放手，退哭殿下。李后遣内侍出问道："无故恸哭，是何道理？"傅良答道："子谏父不听，则号泣随之。此语曾载入礼经。臣犹子，君犹父，力谏不从，怎得不泣？"内侍入报李后，李后愈怒，竟传旨不复过宫。

群臣没法，只好再行上疏。怎奈奏牍呈入，好似石沉大海，毫无转音。直待了两阅月，仍然没有影响，于是丞相以下，俱上疏自劾，乞即罢黜。嘉王府翊善黄裳，且请诛内侍杨舜卿、秘书郎彭龟年，又请逐陈源，均不见批答。太学生汪安仁等二百十八人，联名请朝重华宫，亦不见从。至十一月中，工部尚书赵彦逾，复入内力请，才得一回过宫。既而五年元日，也由光宗往朝寿皇。越十二日，寿皇不豫，接连三月，光

宗毫不问疾，群臣奏请不报。父疾不视，光宗全无人心了。立夏
后，光宗反偕李后游玉津园，兵部尚书罗点请先过重华宫，光
宗不允，竟与后游幸终夕，尽兴始归。彭龟年已调任中书舍
人，三疏请对，概置不答。会光宗视朝，龟年不离班位，伏地
叩额，血流满地。光宗才问道："朕素知卿忠直，今欲何言？"
龟年奏道："今日要事，莫如过宫。"同知枢密院事余端礼随
奏道："叩额龙墀，曲致忠恳，臣子至此，可谓万不得已了。"
光宗道："朕知道了。"言毕退朝，仍无过宫消息。群臣又接
连进奏，方约期过宫问疾。届期由丞相以下，入宫候驾，待至
日昃，才见内侍出报道："圣躬抱恙，不便外出。"群臣懊怅
而返。到了五月，寿皇疾已大渐，竟欲一见光宗，每顾视左
右，甚至泣下。这消息传入大廷，陈傅良再疏不答，竟缴还告
敕，出城待罪。丞相留正等率辅臣入宫谏诤，光宗竟拂衣入
内。正引帝裾极谏，罗点也泣请道："寿皇病势已危，若再不
往省，后悔无及。"光宗并不答言，尽管转身进去。留正等随
着后面，至福宁殿，光宗趋入殿中，忙令内侍阖门。正等不能
再进，恸哭出宫。越二日，正等又请对。光宗令知阁门事韩侂
胄侂音托。传旨道："宰执并出。"正等闻旨，遂相率出都，至
钱塘江北岸的浙江亭待罪去了。正是：

　　人纪无存胡立国？忠言不用愿辞官。

　　光宗闻正等出都，尚不为意，独寿皇闻知，忧上加忧，遂
召韩侂胄入问。欲知侂胄如何对答，且看下回表明。

　　　孝宗越次立储，已为非法，顾犹得曰："光宗即
　　位以前，魏王已殁，福薄之说，信而有征。"尚得为
　　孝宗解也。至悍后专权，阉人交构，过宫礼阙，定省

久疏，悍后不足责，光宗犹有人心，宁至天良泪尽乎？且宫人断臂，贵妃被杀，光宗应亦愤恨，愤之而不能斥，恨之而不能制，以天子之尊，不能行权于帷帘间，英武果安在乎？且因畏妻而成疾，因疾深而远父，甚至孝宗大渐，不敢过问，吾不知光宗何心？李后何术？而致演此逆伦之剧也。语有之："知子莫若父"，其然岂其然乎？

第八十三回

赵汝愚定策立新皇　韩侂胄弄权逐良相

却说韩侂胄入重华宫，见了寿皇，请过了安，寿皇问及宰臣出都事，侂胄奏对道："昨日皇上传旨，命宰执出殿门，并非令他出都，臣不妨奉命传召，宣押入城。"寿皇称善。侂胄遂往浙江亭，召回留正等人。次日，光宗召罗点入对，点奏请道："前日迫切献忠，举措失礼，陛下赦而不诛，臣等深感鸿恩。惟引裾也是故事，并非臣等创行。"光宗道："引裾不妨，但何得屡入宫禁？"点引魏辛毗故事以谢，且言寿皇止有一子，既付神器，宁有不思见之理？光宗为之默然。嗣由彭龟年、黄裳、沈有闻等，奏乞令嘉王诣重华宫问疾，总算得光宗允许。嘉王入省一次，后亦不往。

至六月中，寿皇竟崩逝重华宫。宫中内侍先奔讣宰执私第，除留正外，即至赵汝愚处。汝愚时已知枢密府，得了此讣，恐光宗为后所阻，不出视朝，特持讣不上。翌晨入朝，见光宗御殿，乃将哀讣奏闻，且请速诣重华宫成服。光宗不能再辞，只好允诺，随即返身入内。谁知等到日昃，尚未见出来。父死之谓何？乃尚坐视耶？留正、赵汝愚等只得自往重华宫，整备治丧。惟光宗不到，主丧无人，当由留正、赵汝愚议请寿圣吴太后暂主丧事。吴太后不许。正等申奏道："臣等连日至南内，请对不获，屡次上疏，又不得报，今当率百官再行恭请。若皇上仍然不出，百官或恸哭宫门，恐人情骚动。为社稷忧，乞太后降旨，以皇帝为有疾，暂就宫中成服。惟临丧不可无主，况文称孝子嗣皇帝，宰臣何敢代行？太后系寿皇母，不妨摄行祭礼。"太后乃勉从所请，<u>有子而令母代，亦旷古所未有</u>。发丧太极殿。计自孝宗受禅，三次改元，共历二十七年，至光宗五年乃终，享寿六十有八。孝宗为南宋贤主，但也未免优柔寡断，用舍失宜，不过外藩入继，奉养寿皇，总算全始全终，毫不少忤。庙号曰"孝"，尚是名实相副呢。

治丧期内，由光宗颁诏，尊寿圣皇太后为太皇太后，寿成皇后为皇太后，惟车驾仍称疾不出。郎官叶适语丞相留正道："皇上因疾，不执亲丧，将来何辞以谢天下？今嘉王年长，若亟正储位，参决大事，庶可免目前疑谤，相公何不亟图？"留正道："我正有此意，当上疏力请。"于是会同辅臣，联名入奏道："皇子嘉王仁孝夙成，应早正储位，借安人心。"疏入不报。越宿复请，方有御批下来，乃是"甚好"二字。又越日，再拟旨进呈，乞加御批，付学士院降诏。是夕，传出御札，较前批多了数字，乃是"历事岁久，念欲退闲。"正得此八个大字，不觉惊惶起来，急与赵汝愚密商。汝愚意见谓不如请命太皇太后，竟令光宗内禅嘉王。正以为未妥，只可请太子监国。两下各执一词，正遂想了一法，索性辞去相位，免得身入漩涡。次日入朝，佯为仆地，装出一般老迈龙钟的状态。及卫士扶回私第，他即草草写了辞表，命卫士带回呈入。表中除告老乞休外，有"愿陛下速回渊鉴，追悟前非，渐收人心，庶保国祚"等语。至光宗下札慰留，他已潜出国门，竟一溜烟似的走了。<u>留正意议较汝愚为正，但因所见未合，即潜身遁去，毋乃趋避太工</u>。

正既出都，人心益震，会光宗临朝，也晕仆地上，<u>莫非也学留正么</u>？亏得内侍掖住，才免受伤。赵汝愚情急势孤，仓皇万状。左司郎中徐谊入讽汝愚道："古来人臣不外忠奸两途，为忠即忠，为奸即奸，从没有半忠半奸可以济事。公内虽惶急，外欲坐观，这不是半忠半奸吗？须知国家安危关系今日，奈何不早定大计？"汝愚道："首相已去，干济乏人，我虽欲定策安国，怎奈孤掌难鸣，无可有为。"徐谊接口道："知阁门事韩侂胄，系寿圣太后女弟的儿子，何勿托他禀命太后，即行内禅呢？"汝愚道："我不便径托。"谊又道："同里蔡必胜，与侂胄同在阁门，待谊去告知必胜，要他转邀侂胄，何如？"汝愚道："事关机密，请小心为是！"谊应命而别。是夕，侂胄果来访汝愚，汝愚即与谈及内禅事，面托代达太后。侂胄许诺。太后近侍有一个张宗尹，素与侂胄友善，侂胄既辞别汝愚，即转至张宗尹处，嘱令代奏。宗尹入奏二次，不获见允。适侂胄待命宫门，见了内侍关礼，问明原委。关礼道："宗尹已两次禀命，尚不得请，公系太后姻戚，何妨入内面陈，待礼为公先容便了。"侂胄大喜。

礼即入见太后，面有泪痕。小人惯作此态。太后问他何故？礼对道："太皇太后读书万卷，亦尝见有时事若此能保无乱么？"太后道："这…这非汝等所知。"礼又道："事已人人知晓，怎可讳言？今丞相已去，只恃赵知院一人，恐他亦要动身了。"言已，声泪俱下。太后愕然道："知院同姓，与他人不同，乃亦欲他往么？"礼复道："知院因谊属宗亲，不敢遽去，特遣知阁门事韩侂胄输诚上达。侂胄令宗尹代奏二次，未邀俯允，赵知院亦只好走了。"太后道："侂胄何在？"礼答道："小臣已留他待命。"太后道："事果顺理，就命他酌办。"礼得了此旨，忙趋出门外，往报侂胄，且云："明晨当请太皇太后在寿皇梓宫前，垂帘引见执政，烦公转告赵知院，不得有误。"侂胄闻命，亟转身出宫，往报汝愚。天色已将晚了，汝愚得侂胄报闻，也即转告参政事陈骙及同知院事余端礼，一面命殿帅郭杲等亟夜调集兵士，保卫南北大内。关礼又遣阁门舍人傅昌朝密制黄袍。是夕，嘉王遣使谒告，不再入临。汝愚道："明日禫祭，王不可不至。"来使应命而去。

翌日为甲子日，群臣俱至太极殿，嘉王扩亦素服到来。汝愚率百官至梓宫前，隐隐见太后升坐帘内，便再拜跪奏道："皇上有疾，未能执丧，臣等曾乞立皇子嘉王为太子，蒙皇上批出'甚好'二字，嗣复有'念欲退闲'的御札，特请太皇太后处分。"太后道："既有御笔，相公便可奉行。"汝愚道："这事关系重大，播诸天下，书诸史策，不能无所指挥，还乞太皇太后作主。"太后允诺。汝愚遂袖出所拟太后指挥以进，内云："皇帝抱恙，至今未能执丧，曾有御笔，欲自退闲。皇子嘉王扩可即皇帝位，尊皇帝为太上皇帝，皇后为太上皇后。"太后览毕，便道："就照此行罢！"汝愚复奏道："自今以后，臣等奏事，当取嗣皇处分，但恐两宫父子或有嫌隙等情，全仗太皇太后主张，从中调停。且上皇圣体未安，骤闻此事，也未免惊疑，乞令都知杨舜卿提举本宫，担负责任。"太后乃召杨舜卿至帘前，当面嘱讫，然后命汝愚传旨，令皇子嘉王扩嗣位。嘉王固辞道："恐负不孝名。"汝愚劝谏道："天子当以安社稷定国家为孝，今中外人人忧乱，万一变生，将置太上皇于何地？"遂指挥侍臣扶嘉王入素幄，被服黄袍，拥令即位。嘉王尚却立未坐，汝愚已率百官再拜。拜毕，由嗣皇诣几筵前，哭奠尽哀，百官排班侍立殿中。嗣皇衰服出就东庑，内侍扶掖乃坐。百官谨问起居，一一如仪。嗣皇乃起行禫祭礼，礼毕退班，命以光宗寝殿为泰安宫，奉养上皇。民心悦服，中外安然，这总算是赵知院的功劳了。计下有未足意。

越日，由太皇太后特旨，立崇国夫人韩氏为皇后。后系故忠献王韩琦六世孙，初与姊俱被选入宫，事两宫太后。独后能曲承意旨，因此归嘉王邸，封新安郡夫人，晋封崇国夫人。后父名同卿，侂胄系同卿季父，自后既正位，侂胄兼得两重后戚，且自居定策功，遂渐渐的专横起来。为后文写照。汝愚请召还留正，命为大行攒宫总护使。留正入辞，嗣复出城。太皇太后命速追回。汝愚亦入请帝前，乃特下御札，召留正还，仍命为左丞相，改令郭师禹为攒宫总护使。一面由嗣皇带领群臣拜表泰安宫。光宗方才闻知，召嗣皇入见。韩侂胄随嗣皇进谒，光宗瞪目视道："是吾儿么？"光宗已死了半个。复顾侂胄道："汝等不先报我，乃作此事，但既是吾儿受禅，也无庸说了。"嗣皇及侂胄均拜谢而退，自是禅位遂定。历史上称作宁宗皇帝，改元庆元。

韩侂胄欲推定策功，请加封赏。汝愚道："我是宗臣，汝是外戚，不应论功求赏。惟爪牙人士，推赏一二，便算了事。"侂胄怏怏失望，大为不悦。汝愚但奏白宁宗，加郭杲为武康节度使。还有工部尚书赵彦逾，定策时亦曾预议，因命为端明殿学士，出任四川制置使，兼知成都府。侂胄觊觎节钺，偏止加迁一官，兼任汝州防御使。徐谊往见汝愚道："侂胄异时必为国患，宜俾他饱欲，调居外任，方免后忧。"汝愚不从，错了。别欲加封叶适。适辞谢道："国危效忠，乃人臣本务，适何敢徼功？惟侂胄心怀觖望，现若任为节度，便可如愿以偿，否则怨恨日深，非国家福。"汝愚仍然不允。适退后自叹道："祸从此始了，我不可在此遭累呢。"遂力求外补，出领淮东兵赋。见机而作，不俟终日。

宁宗拜汝愚为右丞相，汝愚不受，乃命为枢密使。既而韩侂胄阴谋预政，屡诣都堂，左丞相留正遣省吏与语道："此间公事，与知阁无与，知阁不必仆仆往来。"侂胄怀怒而退。会留正与汝愚议及孝宗山陵事，与汝愚未合。侂胄遂乘间进谗，竟由宁宗手诏，罢正为观文殿大学士，判建康府，授汝愚为右丞相。汝愚闻留正罢官，事出侂胄，不禁愤愤道："我并非与留相有嫌，不过公事公议，总有未合的时候，为什么侂胄进谗，竟请出内旨，将留相罢去？若事事统照此办法，恐谗间日多，大臣尚得措手足么？"你何不从徐、叶之言，将他调往外任？签书枢密院事罗点在侧，正要接入论议，忽报韩侂胄来谒相公。汝愚道："不必进来！"吏役即传命出去。罗点忙语汝愚道："公误了！"汝愚不待说毕，却也省悟，再命吏役宣侂胄入见。侂胄闻汝愚拒绝，正拟转身出门，嗣又闻吏役传回，乃入见汝愚。两下会面，各没情没绪的谈了数语，侂胄即辞去。自此怨恨越结越深了。

　　侍御史章颖劾论内侍陈源、杨舜卿、林亿年等十人离间两宫的罪状，乃将诸人贬官斥外。复因赵汝愚奏荐，召朱熹为焕章阁待制，兼官侍讲。熹奉命就道，途次即上陈奏牍，请斥近幸，用正士。及入对时，复又劝宁宗随时定省，勿失天伦。宁宗也不置可否，由他说了一通。熹见宁宗无意听从，复面辞新命，宁宗不许。汝愚又奏请增置讲读诸官，有诏令给事中黄裳及中书舍人陈傅良、彭龟年充选，更有祭酒李祥、博士杨简、府丞吕祖俭等均由汝愚荐引。在汝愚的意思，方以为正士盈朝，可以无恐，哪知挟嫌衔忿的韩侂胄已日结奥援，千方百计的谋去汝愚。宁宗复向用侂胄。看官试想，这赵丞相还能长久在位么？已而罗点病逝，黄裳又殁。汝愚入朝泣语宁宗道："黄裳、罗点相继沦谢，这非官的不幸，乃是天下的不幸呢。"宁宗也没甚悲悼。但听了韩侂胄说话，用京镗代罗点后任。镗本任刑部尚书，宁宗欲命他镇蜀，汝愚道："镗望轻资浅，怎能当方面重任？"宁宗乃留诏不发。镗闻汝愚言，当然怀恨。侂胄遂联为知交，荐镗入枢密院，日夜伺汝愚隙，以快私图。

　　知阁门事刘弼，即古弼字。自以不得预定策功，心怀不平，因语侂胄道："赵相欲专大功，君非但不得节钺，恐且要远行岭海了。"侂胄愕然道："这且奈何？"弼答道："只有引用台谏，作为帮手。"侂胄又道："倘他又出来阻挠，将奈何？"弼笑道:"从前留丞相去时,君如何下手?"侂胄亦自哂道:"聪明一世,蒙懂一时,我已受教了。"过了一天,即有内批发出,拜给事中谢深甫为中丞,嗣复进刘德秀监察御史,也由内批授命。继而刘三杰、李沐等统入为谏官,弹冠相庆。朱熹见小人幸进,密约彭龟年同劾侂胄,偏龟年奉命,出伴金使,遂不果行。熹乃转白汝愚,谓:"侂胄怨望已甚,应以厚赏酬劳,出就大藩,勿使在朝预政。"汝愚道:"他尝自言不受封赏,有什么后患呢?"至此犹且不悟,汝愚真愚。熹遂自去进谏,面陈侂胄奸邪,宁宗不答。右正言黄度将上疏论侂胄罪,偏被侂胄闻知,先请御笔批出,除度知平江府。度愤然道:"从前蔡京擅权,天下遂乱,今侂胄假用御笔,斥逐谏臣,恐乱端也将发作了。我岂尚可供职么?"遂奏乞归养,飘然径去。

熹见黄度告归,因上疏极谏,略言"陛下即位未久,乃进退宰臣,改易台谏,均自陛下独断,中外人士统疑由左右把持,臣恐主威下移,求治反乱"云云。这疏呈入,侂胄大怒,会值宁宗召优入戏,侂胄暗嘱优人峨冠阔袖,扮大儒像,演戏上前,故意把性理诸说变作诙谐,引人解颐。侂胄因乘此进言,谓:"朱熹迂阔,不可再用。"宁宗点首,俟看戏毕,即书手诏付熹道:"悯卿耆艾,恐难立讲,当除卿宫观,用示体恤耆儒之至意。"这诏颁出,应先经过都堂,赵汝愚见是御笔,即携藏袖中,入内请见。且拜且谏,并将御批取出缴还。宁宗不省,汝愚因求罢政。宁宗摇首不许。越二日,侂胄乞得原诏,用函封固,令私党送交朱熹。熹即上章称谢,出都自去。中书舍人陈傅良、起居郎刘光祖、起居舍人邓驿、御史吴猎、吏部侍郎孙逢吉、登闻鼓院游仲鸿交章留熹,均不见报,反将傅良、光祖落职,特进侂胄兼枢密院都承旨。

侂胄势焰益张,彭龟年以劾奸致罢。陈骙谓龟年不应罢职,也坐罪免官。用余端礼知枢密院事,京镗参知政事,郑侨同知枢密院事。京镗两次迁升，统由侂胄一力保举，他心中非常感激，每日至侂胄私第，商量私计。侂胄欲逐赵汝愚，苦无罪名，镗即献策道："他系楚王元佐七世孙，本是太宗嫡派，若诬他觊觎神器，谋危社稷，岂不是一击即中么？"奸人之计，煞是凶狡。侂胄欣然道："君也可谓智多星了。"镗复道："汝愚尝自谓梦见孝宗，授以汤鼎，背负白龙升天，是辅翼今皇的预兆，我等何妨指他自欲乘龙，假梦惑人。"汝愚履历，及自言梦事，均借京镗口中叙告，省笔墨。侂胄鼓掌道："甚善。我便嘱李沐照奏一本，不怕此人不去。"李沐尝向汝愚求节钺，汝愚不许，侂胄遂荐引李沐，入为右正言。至此召沐与商，教他劾奏汝愚。李沐极口应允，即日具疏入奏，略称"汝愚以同姓为相，本非祖宗常制，方上皇圣体未康时，汝愚欲行周公故事，倚虚声，植私党，定策自居，专功自恣。似此不法，亟宜罢斥，以安天位而塞奸萌"云云。汝愚闻得此疏，亟出至浙江亭待罪。有旨罢免右相，授观文殿学士，出知福州。中丞谢深甫等又上言："汝愚冒居相位，今既罢免，不应再加书殿隆名。帅藩重寄，乞收回出守成命。"于是又将汝愚降职，只命提举洞霄宫。祭酒李祥、博士杨简、府丞吕祖俭等连章请留汝愚，俱遭内批驳斥。祖俭疏中有侵及侂胄语，侂胄更入诉宁宗，加诬祖俭罪状，说他朋比罔上，窜往韶州。太学生杨宏中、周端朝、张衢、林仲麟、蒋传、徐范六人不由的动了公愤，伏阙上书道：

近者谏官李沐，论罢赵汝愚，中外咨愤，而李沐以为父老欢呼，蒙蔽天听，一至于此。陛下独不念去岁之事乎？人心惊疑，变在旦夕，是时非汝愚出死力，定大议，虽百李沐，罔知攸济。当国家多难，汝愚位枢府，据兵柄，指挥操纵，何向不可？不以此时为利，今天下安恬，乃独有异志乎？章颖、李祥、杨简发于中激，力辩前非，即遭斥逐，李沐自知邪正不两立，思欲尽覆正人以便其私，必托朋党以罔陛下之听。臣恐君子小人之机，于此一判，则靖康已然之验，何堪再见于今日耶？伏愿陛下念汝愚之忠勤，察祥、简之非党，窜沐以谢天下，还祥等以收士心，则国家幸甚！天下幸甚！特录此疏，以示学风。

看官！你看这书中所言，也算明白彻底，偏此时的宁宗已被侂胄蛊惑成癖，把所有七窍灵气尽行蔽住，辨不出什么是奸，什么是忠，看了此疏，反惹懊恼，即援笔批斥道："杨宏中等罔乱上书，煽摇国是，甚属可恨，悉送至五百里外编管。"这批发出，杨宏中等六人呼冤无路，只好屈体受押，随吏远徙去了。

侂胄尚未快意，必欲害死汝愚，再令中丞何澹、监察御史胡纮、申行奏劾，只说："汝愚倡引伪徒，谋为不轨，乘龙授鼎，假梦为符，暗与徐谊造谋，欲卫送上皇过越，为绍兴皇帝等事。"宁宗也不辨真假，竟谪汝愚为宁远军节度副使，安置永州。徐谊为惠州团练副使，安置南安军。汝愚闻命，从容就道，濒行语诸子道："侂胄必欲杀我，我死后，汝辈尚可免祸哩。"至此才知为侂胄所害，毋乃已迟。果然行至衡州，衡守钱鍪受侂胄密谕，窘辱百端，气得汝愚饮食不进，竟至成疾，未几暴卒。是时正庆元二年正月中了。当有敖陶孙题诗阙门，隐寓感慨，小子止记得二句云：

　　一死固知公所欠，孤忠赖有史长存。

汝愚已死，后事如何，且待下回再叙。

　　光、宁授受，事出非常，留正以疑惧而去，独赖赵汝愚定策宫中，始得安然禅位。汝愚之功，固不可谓不大矣。然汝愚固非能成此举也，创议赖徐谊，成议赖韩侂胄。事定以后，自当按功论赏，岂可因己不言功，遂谓人之欲善，谁不如我乎？侂胄所望不过一节钺耳，苟请命宁宗，立除外任，则彼已餍望，应不致遽起邪心。小人未尝无才智，亦未必不可用，在驭之有道而已。乃靳其节使，反使居内，徐谊、叶适、朱熹等屡谏不从，反自言乘龙授鼎诸梦兆，使奸人得援为口实，忠有余而智不足，古人之论汝愚也，亶其然乎？若第以功成不退，为汝愚咎，汝愚固贵戚之卿，非异姓之卿也，异姓可去，贵戚不可去，子舆氏有明训矣。然则汝愚之不早退，犹可自解，误在刊印不封，无以塞小人之望耳。故观于汝愚之行谊，殆不能无叹惜云。

第八十四回

贺生辰尚书钻狗窦　侍夜宴艳后媚龙颜

却说赵汝愚既死，擢余端礼为左丞相，京镗为右丞相，谢深甫参知政事，郑侨知枢密院事，何澹同知院事。端礼本与汝愚同心辅政，及汝愚窜逐，不能救解，未免抑郁不平，并因中外清议，亦有谤词，遂称疾求退。宁宗初尚不允，及再表乞休，乃罢为观文殿大学士，提举洞霄宫。京镗遂得专政。他想把朝野正士，一网打尽，遂与何澹、刘德秀、胡纮三人定出一个伪学的名目，无论是道学派，非道学派，但闻他反对侂胄与攻讦自己，统说他是伪学一流。他才算是真小人。刘德秀首先上言，愿考核真伪，辨明邪正，宁宗即颁发原疏，令辅臣复议。京镗遂搜取正士姓名，编列伪籍，呈入宁宗，拟一一窜逐。太皇太后吴氏闻这消息，劝宁宗勿兴党禁。宁宗乃下诏道："此后台谏给舍论奏，不必更及往事，务在平正，以副朕建中至意。"这诏一下，京镗等当然愤闷，韩侂胄愈加忿怒，国子司业汪逵、殿中侍御史黄黼、吏部侍郎倪思均因推尚道学，先后被斥。又有博士孙元卿、袁燮、国子正陈武等统皆罢去。端明殿学士叶翥严斥伪学，得入枢密。御史姚愈尝劾倪思倚附伪学，得擢为侍御史。太常少卿胡纮复极陈"伪学误国，全赖台谏排击，得使元恶殒命，群邪屏迹。今复接奉建中诏命，恐将蹈建中靖国的覆辙，宜严行杜绝，勿使伪学奸党，得以复萌"等语。大理司直邵褒然亦上言"伪学风行，不但贻祸朝廷，并且延及场屋，自后荐举改官及科举取士，俱应先行申明，并非伪学，然后可杜绝祸根"云云。宁宗居然准奏，命即施行。

先是朱熹奉祠家居，闻赵汝愚无辜被逐，不忍默视，因手草封事数万言，历陈奸邪欺主及贤相蒙冤等情，拟即缮录拜发。惟子弟诸生更迭进谏，俱言此草一上，必且速祸，熹不肯从。门人蔡元定请卜易以决休咎，乃揲蓍成爻，占得遁及同人卦辞。熹亦知为不吉，因取稿焚毁，只上奏力辞职衔。有诏命仍充秘阁修撰，熹亦不至。当胡纮未达时，尝至建安谒熹，熹待学子向来只脱粟饭，不能为纮示异，纮因此不悦。及为监察御史，即意图报复，以击熹为己任，只因无隙可寻，急切无由弹劾。至伪学示禁，便以为机会已至，乐得乘此排斥。草疏已成，适改官太常少卿，不便越俎言事。可巧来了一个沈继祖，因追论程颐为伪学，得任御史。纮遂把疏草授与继祖，令他奏陈，谓可立致富贵。继祖是抱定一条升官发财的宗旨，偶然得此奇缘，仿佛是天外飞来的遭际，遂把草疏带回寓中。除录述原稿外，再加添几条诬陷的话儿，大致是劾熹十罪，结末是"熹毫无学术，惟剽窃张载、程颐的余论，簧鼓后进，乞即褫职罢祠。熹徒蔡元定，佐熹为妖，乞即送别州编管"。果然章疏朝上，诏令暮发，削秘阁修撰朱熹官，窜蔡元定至道州。已而选人余纮上书，乞诛熹以绝伪学。谢深甫披阅纮书，看是一派狂吠，遂将书掷地道："朱熹、蔡元定不过自相讲明，有什么得罪朝廷呢？"还是他有点天良。于是书不得上，众论稍息。蔡元定，字季通，系建阳人氏。父名发，博学群书，尝以程氏《语录》、邵氏《经世》、张氏《正蒙》等书，授与元定，指为孔、孟正脉。元定日夕研摩，通晓大义，嗣闻朱熹名，特往受业。两下晤谈，熹惊诧道："季通你是我友，不当就弟子班列。"元定仍奉熹为师。尤袤、杨万里等交相荐引，屡征不起。会伪学论起，元定叹道："我辈恐不免哩。"及道州遭谪，有司催迫甚急，元定毫不动容，即与季子沈徒步就道，驰行三千里，足为流血，无几微怨言，且贻书诫诸子道："独行不愧影，独寝不愧衾，勿因吾得罪，遂懈尔志。"逾年病殁，当世称为西山先生。

庆元三年冬季，太皇太后吴氏崩，遗诏谓："太上皇帝疾未痊愈，应由承重皇帝服齐衰五月。"宁宗改令服丧期年，尊谥为"宪慈圣烈"四字，攒祔永思陵。越月诏籍伪学，列籍凡五十九人，一并坐罪。试录述姓氏如下：

赵汝愚	留　正	周必大	王　蔺	曾居宰辅	
朱　熹	徐　谊	彭龟年	陈傅良	章　颖	薛叔似
郑　湜	楼　钥	林大中	黄　由	黄　黼	何　异
孙逢吉	曾任特制以上官职				
刘光祖	吕祖俭	叶　适	杨　芳	项安世	李　埴
沈有开	曾三聘	游仲鸿	吴　猎	李　祥	杨　简
赵汝谠	赵汝谈	陈　岘	范仲黼	汪　逵	沈元卿
袁　燮	陈　武	田　澹	黄　度	张体仁	蔡幼学
黄　颖	周　南	吴柔胜	王厚之	孟　浩	赵　巩
白炎震	曾任散官				
皇甫斌	范仲壬	张致远	曾任武官		
杨宏中	周瑞朝	张　衢	林仲麟	蒋　傅	徐　范
蔡元定	吕祖泰	俱士人			

党禁既兴，《六经》、《论语》、《孟子》、《中庸》、《大学》诸书亦垂为世禁。朝右无一正士，所有宰辅以下，统是韩家门内的走狗，侂胄亦早封保宁军节度使，寻复加官少傅，封豫国公。吏部尚书许及之谄事侂胄，无所不至，每思侂胄援引，得

预枢要。偏待了两年有余,望眼将穿,一些儿没有佳报。他心中是说不出的苦楚,没奈何静俟机缘,再行乞请。想是官运未通。可巧侂胄生日,开筵庆寿,群臣各敬送寿仪,届期往祝。及之也硬着头皮,割舍千金,备得一分厚礼,先日恭送。到了往拜的时候,日未亭午,总道时候尚早,不妨迟迟吾行。谁知到了韩宅,阍人竟掩门拒客。他惊惶得了不得,轻轻的敲了数下,但听门内竟呵叱出来。再自述官衔,乞求放入,里面又厉声道:"什么里部吏与里字同音。外部?如来祝寿,也须清早恭候,现在是什么时候了。"及之心下益慌,情愿厚赠门金,恳他容纳。已是临渴掘井。阍人方指示一条门径,令他进去。看官道是何路?乃是宅旁一扇偏门,凡奴隶及狗由此进出。及之已喜出望外,便向偏门中伛偻而入。那阍人已经待着,由及之馈他多金,方引入正厅拜寿。及之到寿坛前,恭恭敬敬的行了三跪九叩礼,然后转入客座,但见名公巨卿统已先在座中。你会巴结,谁知别人比你还要巴结。自己愈觉懊悔,及酒阑席散,先抢步上前谢宴,最后方才退出。过了两日,再去拜见侂胄,寒暄已毕,便历叙知遇隆恩与自己衰癃情状,甚至涕泪满颐。侂胄慢腾腾的答道:"我也念汝衰苦,正想替汝设法呢。"及之听得此语,好似恩纶下降,自顶至踵,无不感悦,不由的屈膝下跪道:"全仗我公栽培!"侂胄微笑道:"何必如此,快请起来!当即与君好音。"及之又磕了几个响头,才自起立,口中谢了又谢,始告别而去。不到两天,即有内批传出,令及之同知枢密院事。都下有知他故事的,遂赠他两行头衔,一行是"由窦尚书"四字,一行是"屈膝执政"四字,及之并不自惭,反觉意气扬扬,入院治事。笑骂由他笑骂,好官我自为之。

同时还有天潢贵胄,叫作赵师嶧,即古择字。是燕王德昭八世孙,曾举进士第,累任至大府少卿,自侂胄用事,更加意献媚,得擢司农卿,知临安府。当侂胄庆寿时,百官争馈珍异金珠等类，不胜枚举。师夔独袖出小盒，呈与侂胄道："愿献小果核贿筋。"大众都疑是什么佳果，至开箧出视，乃是栗金葡萄小架，上缀大珠百余粒，都是精圆秀润，烨烨生光。众人齐声称赏，侂胄却不过说了"还好"二字，顿使人人惭沮，自觉礼仪太轻，赧然而退。侂胄有张、谭、王、陈四姜，均封郡夫人。三夫人绰号满头花，妖冶异常，尤得宠幸。其次又有十婢，也是日抱衾裯，未曾失欢。适有趋炎附热的狗官，献入北珠冠四顶，侂胄分给四夫人，惟十婢统是向隅。十婢且羡且妒，自相告语道："我等未尝非人，难道不堪一戴么？"自是对着侂胄，不是明讥，便是暗讽，添了侂胄一桩心事。这消息传至师夔耳中，亟出钱万缗，购得北珠冠十枚，夔得侂胄入朝，径自献入。十婢大喜，分持以去。至侂胄退归，十婢都来道谢，侂胄也是心欢。过了数日，都市行灯，十婢各带珠冠招摇过市，观者如堵，无不称羡。十婢返语侂胄道："我辈得赵太卿厚赠，光价十倍，公何不酬给一官呢？"侂胄允诺，次日即进师夔为工部侍郎。

　　侂胄又尝与客饮南园，师夔亦得列座，园内装点景色，精雅绝伦，就中有一山庄，竹篱茅舍，独饶逸趣。侂胄顾客道："这真田舍景象，但少鸡鸣犬吠呢。"客方谓鸡犬小事，无关轻重，不料篱间竟有狺狺的声音，震动耳鼓，侂胄未免惊讶。及仔细审视，并不是韩卢晋獒，乃是现任工部侍郎赵师夔，确是狗官。侂胄不禁大笑。师夔益摇头摆尾，作乞怜状，他客虽暗暗鄙薄，但也只好称他多能，取悦侂胄。侂胄益亲信师夔。太学诸生有六字诗道："堪笑明廷鹓鹭，甘作村庄犬鸡。一日冰山失势，汤燖镬煮刀剚。"这真是切实描写，差不多似当头棒喝呢。

　　且说伪学禁令，愈沿愈严，前起居舍人彭龟年及主管玉虚观刘光祖俱追夺官职。京镗调任左丞相，谢深甫进任右丞相，何澹知枢密院事，韩侂胄竟晋授少师，封平原郡王。京镗、何澹、刘德秀等尚日日排击善类，唯恐不尽。独朱熹在籍，与诸生讲学不休。或劝熹谢遣生徒，熹但微笑不答。至庆元三年六月，老病且笃，尚正座整衣冠，就寝而逝，年七十一。熹著述甚富，有《周易本义》《启蒙》《蓍卦考误》《诗集传》《大学中庸章句或问》《论语孟子集注》《太极图通书》《西铭解》《楚辞集注辨正》《韩文考异》诸书，至若编次成帙，有《论孟集义》《孟子指要》《中庸辑略》《孝经刊误》《小学书》《通鉴纲目》《宋名臣言行录》《家礼》《近思录》《河南程氏遗书》《伊洛渊源录》《仪礼经传通解》，无不原原本本，殚见洽闻。门人不可胜计，如黄干、李燔、张洽、陈淳、李方子、黄灏、辅广、蔡沈诸子，最为著名。干尝述熹行状，谓："道统正传，自周、孔以后，传诸曾子、子思、孟子，孟子以后，得周、程、张诸子，继承绝学。周、程、张以后，要算朱夫子元晦。"看官不要说他阿私所好呢。惟同时有金溪陆氏兄弟以儒行著，与朱子学说不同，常相辩难。陆氏有兄弟三人，长名九龄，字子寿，次名九渊，字子静，又次名九韶，字子美。九龄曾知兴国军，九渊亦知荆门军，俱有政绩，因此声名益著，学徒号为二陆。九韶隐居不仕，惟著有《梭山文集》，流传后世。九渊尝至鹅湖访朱熹，互谈所学，宗旨各殊。及熹守南康，九渊又往访，熹邀九渊至白鹿洞，九渊对学徒演讲，为释《论语》中《君子喻义，小人喻利》一章，说得淋漓透澈，听者甚至泣下。熹亦佩服，叹为名论，足药学士隐痼。惟无极太极的论解，始终龃龉，辩论不置。杨简、袁燮、舒璘、沈焕等均传陆学，称九渊为象山先生。后来韩侂胄遭诛，学禁悉弛，追赠朱熹宝谟阁直学士，赐谥曰文。理宗宝庆三年，晋赠太师，封徽国公。陆九龄亦得追赠朝奉郎，予谥文达，九渊得谥文安，朱子为道学名家，故特详述，二陆亦就此插叙，仍不没名儒之意。这也不必细表。

单说太上皇后李氏，自宁宗受禅后，却还安分守己，没甚做作。至庆元六年，一病即逝，尊谥慈懿。仅逾两月，太上皇亦崩。庙号光宗，合葬永崇陵。既而皇后韩氏亦殁，谥为恭淑。后父同卿，曾知泰州事，因后既正位，累迁至庆远军节度使，加封太尉。他却持盈保泰，不敢自恣，所以中外人士，但知侂胄为后族，不知同卿为后父。同卿先后一年卒。后殁后，侂胄仍骄横如故，引陈自强为签书枢密院事。自强为侂胄童子师，闻侂胄当国，乃入都待铨。侂胄即令从官交章论荐，不次超迁，计自选人至枢府，才阅四年。侂胄荐引陈自强，我谓其尚知有师。处士吕祖泰，即祖俭弟，击鼓上书，请诛韩侂胄，宫廷中诧为奇事。相传书中有警语云：

> 道学自古所恃以为国者也。丞相汝愚，今之有大勋劳者也。立伪学之禁，逐汝愚之党，是将空陛下之国，而陛下尚不知悟耶？陈自强，韩侂胄意稚之师，蹿至宰辅，陛下旧学之臣彭龟年等，今安在耶？侂胄徒自尊大，而卑陵朝廷，一至于此。愿急诛侂胄，而逐罢自强之徒，故大臣在者，独周必大可用，宜以代之。不然，事将不测矣。

未几诏下，谓："祖泰挟私上书，语言狂妄，着拘管连州。"右谏议大夫程松与祖泰为总角交，闻祖泰得罪，恐自己不免被嫌，遂独奏称："祖泰应诛，且必有人主使，所以狂言无忌，就使圣恩宽大，待以不死，亦当加以杖黥等罪，窜逐远方。"殿中侍御史陈谠亦以为言，乃杖祖泰一百，发配钦州收管。周必大虽早罢相，尚存太保官衔，至是也为监察御史林采等所劾，贬为少保，侂胄反得加封太傅。至庆元七年，改元嘉泰，临安大火，四日乃灭，焚烧民居至五万三千余家。宁宗虽下诏罪己，避殿减膳，但侂胄仍然专权。进陈自强参知政事，程松同知枢密院事。松初知钱塘县，不到二年，即为谏议大夫。看官不必细问，便可知他是谄事侂胄，所以官运亨通。既而满岁未迁，特出重价购一美姝，取名松寿，送与侂胄，不怕四夫人吃醋么？侂胄问松道："奈何与大谏同名。"松答道："欲使贱名常达钧听呢。"侂胄不禁加怜，因令松升入枢府。越年，复以苏师旦兼枢密院都承旨，师旦本侂胄故吏，尝司笔札，侂胄爱他敏慧，特将师旦姓名参入嘉王邸中，目为从龙旧臣，于是权势日盛。惟是时京镗早死，何澹、刘德秀、胡纮三人亦渐失侂胄欢心，相继罢职。侂胄颇自悔党禁，意欲从宽。从官张孝伯、陈景思等亦劝侂胄勿为已甚，乃追复赵汝愚、留正、周必大、朱熹等官。

会值继后议起，杨贵妃与曹美人均得宠宁宗，各有册立的希望。杨性机警，颇涉猎书史，知古今事。曹独柔顺，与杨不同。平时韩家四夫人出入宫闱，尝与杨、曹二妃，并坐并行，不分尊卑。杨心中颇存芥蒂，未免露诸词色，曹却和颜相待，毫不争论。四夫人转告侂胄，侂胄因劝宁宗册曹置杨。毕竟杨妃心灵，早有所觉，她与曹阳示和好，爱同姊妹，平居道及心事，尝谓："此后中宫，不外你我二人，应各设席请幸，觇知上意，以决此举。"曹当然应允。惟设席时须分迟早，杨却让曹居先，自愿落后。曹不知是计，反窃自欣幸，只面子上不得不推逊一番。偏杨氏决意照议，曹欢然如约而去。届期这一日，曹美人先邀帝饮，待至日旰，才见车驾到来。当由美人接入，请帝上坐，自己检点酒肴，侧坐相陪。酒甫二巡，忽有宫女入报道："贵妃娘娘来了。"曹美人只好起座，延令入室，邀她同席。杨妃对宁宗道："陛下一视同仁，此处已经赏光，应该转幸妾处。"宁宗闻言，便欲起身，急得曹美人连忙遮拦，再求宁宗加饮几杯。杨妃复道："曹姊何必着急，陛下到

妾处一转，仍可回至姊处。"宁宗也连声称善，便挈杨妃竟
行。既至杨妃宫内，杨妃放出一番柔媚手段，笼络宁宗。银缸
绿酒，问夜未央，宝髻红妆，似花解语。睹娇姿兮如滴，觉酒
意之更醺。等到霞觞催醉，玉山半颓，那边是倦眼微饧，留髡
欲睡，这边是余情缱绻，乘势乞求。宁宗也不遑细想，便令杨
妃取过纸笔，写了数字，乃是贵妃杨氏可立为皇后一语。够
了。杨妃大喜，惟还要宁宗再书一纸，仍然照前语写就。于是
屈膝谢恩，一面细嘱近侍，把御笔分发出去，一面撤去残肴，
卸了晚妆，并替宁宗解去龙衣，拥入寝中。这一夕的龙凤交
欢，比寻常侍寝的时候，更增十倍。小子有诗咏道：

> 到底名花不让人，一枝竟占六宫春。
> 深宵侍宴承恩泽，雨露从来不许匀。

翌晨，百官入朝，但见一位椒房贵戚，匆匆登殿，从袖中
取出御笔，宣布杨氏为皇后了。欲知此人是谁，待至下回
交代。

　　观许及之、赵师𩰚及松寿事，仿佛是一部《官场
　现形记》。观杨贵妃及曹美人事，仿佛一编宫闱夺宠
　录。而伪学之禁，与侂胄之横，均系本回中宾位文
　字。要之女子与小人，皆为难养，小人未有不献谀
　者，女子亦未有不取媚也。吾谓女子犹不足责，以须
　眉而同巾帼，耻已极矣。甚至比巾帼之不如，可耻更
　何若耶？孟子谓人之求富贵利达者，其妻妾不羞且泣
　也几希，观此回而其言益信。

第八十五回

倡北伐丧师辱国　据西陲作乱亡家

却说后位已定，登殿宣布的贵戚叫作杨次山，杨贵妃尝认他为兄，其实并不是至亲骨肉，但因他籍贯相同，彼此冒认。杨妃出身微贱，随母张氏入隶德寿宫乐部。丽质聪明，闻声即悟，雏喉娇小，按节能歌，并且生就一副楚楚身材，亭亭玉貌。所有六宫妇女，自妃嫔以下，均觉相形见绌，因此都叹为尤物。未几母老归籍，独女留宫中，入侍吴太后，善承意旨。太后颇加怜爱，遂赐与宁宗。宁宗见她色艺过人，当然欣慰，遂封为婕妤，累迁至贵妃。此时与曹美人阴争后位，竟仗着心灵手敏，夺得锦标。又恐韩侂胄与她反对，或至封诏驳还，所以请宁宗书就两纸，一纸照常例颁发，一纸特交杨次山，嘱令先示朝堂，免致中变。确是智女。及侂胄闻知，没法变更，只好仰承上意，听百官准备册后隆仪，迨吉举礼罢了。一着输与娘子军。

册后礼成，群臣多半加秩，侂胄竟进位太师，独谢深甫力求罢政，奉诏准奏。进陈自强为右丞相，许及之知枢密院事。自强性甚贪鄙，四方致书，必加馈遗，方才启视，否则概置不阅。且纵令子弟亲戚，关通货贿，凡仕途干进，必先讲定价值，然后给官。当都城大火时，自强所贮金帛，俱成煨烬，侂胄首赠万缣，辅臣以下，闻风致馈，不数月间，得六十万缣，比较前时所失，竟得倍偿。自强喜跃得很，尝语人道："自强只有一死，以报师王。"有时与僚属谈及，必称侂胄为恩主恩父，父生师教，故父与师尚得相连，从未有称徒为父者，有之，由自强始。苏师旦为叔，堂吏史达祖为兄。侂胄专揽国柄，自强与他表里为奸，朝政益不可问。只是恃宠生骄，久静思动，这个位极人臣的韩师王，居然欲整军经武，觊立大功，做一番掀天揭地的事业。看官道是何事？乃是恢复中原，北伐金邦的创议。是自寻死路了。

金自世宗殁后，嗣主璟沉湎酒色，不修朝政，内宠幸妃李师儿，外宠佞臣胥持国。师儿因父湘得罪，没入宫庭，寻以慧黠得幸，势倾后宫。胥持国曾与试童子科，以通经列选，为太子祗应司令。金主在东宫时，已加信任，及即位，遂召为参政。他与李师儿密通关节，相倚为援，金人为之语道："经童作相，监婢为妃。"自是政治大紊，兵刑废弛。北方鞑靼等部屡来扰边，金廷遂连岁兴师，士卒疲敝，府库空匮。好容易击退外寇，又复内讧迭起，盗贼相寻，以是民不堪命，几无宁日。

韩侂胄闻这消息，以为有机可乘，乐得出些风头，自张权力。苏师旦更极力怂恿，于是聚财募卒，出封桩库金万两，待赏功臣。且市战马，造战舰，增置襄阳骑军，加设澉浦水军。安丰守臣厉仲方上言淮北守臣咸愿归附。浙东安抚使辛弃疾又入称金国必亡，愿属元老大臣备兵应变。又有邓友龙自使金归来，具言金国困弱，反手可取状。侂胄大喜，决计用兵，并追崇韩、岳诸人，风厉将士。韩世忠已于孝宗庙，追封蕲王，独岳飞只予谥"武穆"，未得王爵，侂胄乃请命宁宗，追封岳飞为鄂王。寻夺秦桧官爵，改谥"缪丑"。封岳夺秦，似属快心之举，但不应出诸韩侂胄。当下与许及之商议，意欲令守金陵。这及之是个蔑片朋友，教他做个磕头虫，很是善长，若要他出守要塞，独当方面，他直是茫无所知，如何敢去，不得已坚辞不行。侂胄反懊恼起来，竟令致仕。这遭坏了，连磕头都没用了。

惟陈自强却想出一条好计，请遵孝宗典故，创国用司，总核内外财赋，侂胄一力赞成，竟把这国用使职掌，令自强兼任，且命参政费士寅、张岩同知国用事。这三人统是剥民好手，一齐上台，正好将东南元气斫丧殆尽。一面劝宁宗下诏改元，振作士气，宁宗无不依从，遂命将嘉泰五年，改作开禧元年。适武学生华岳上书，谓："朝廷不宜用兵，轻启边衅，并乞斩韩侂胄、苏师旦等以谢天下。"侂胄大怒，下岳大理，旋编管建宁，命皇甫斌知襄阳府，兼七路招讨副使，郭倪知扬州，兼山东、京东招抚使。侂胄尚恐中外反对，特令陈自强、邓友龙等代为奏请，劝宁宗委任重权，得专戎政。宁宗遂令侂胄平章军国事，三日一朝，赴都堂议政。且将三省印信并纳侂胄私第中。侂胄益自恣肆，升黜将帅往往假作御笔，绝不奏白。倚苏师旦为腹心，使为安远节度使，领阁门事。

是时金主璟已闻宋将用兵，召诸大臣会议边防。诸大臣均奏对道："宋方败衄，自救不暇，恐未敢叛盟。"完颜匡独矍然道："彼置忠义、保捷各军，取先世开宝、天禧纪元，岂甘心忘中原么？"宁宗改元之意，却被完颜匡揭明。金主璟点首称是，乃命平章仆散揆一译作布萨揆。会兵至汴，防御南军。仆散揆既至汴京，移文至宋，诘责败盟。宋廷诡言增戍防盗，并无他意。揆遂按兵不动，且入奏金主，不必加防。既而宋使陈景俊往贺金主正旦。金主璟与语道："大定初年，我世宗许宋世为侄国，迄今遵守勿忘。岂意尔国屡犯我边，朕特遣大臣宣抚河南，尔国曾谓未敢败盟。朕念和好已久，委曲涵容。恐侄宋皇帝未曾详悉，尔归国后，应详告尔主，谨守盟言！"景俊应命而归，先白陈自强，自强戒使勿言。嗣金使太常卿赵之杰来贺正旦，韩侂胄故意令赞礼官，犯金主父嫌名，挑动衅隙。之杰当然动怒，入朝相诘。侂胄请帝拒使，著作郎朱质且言：

"金使无礼，乞即斩首！"宁宗还算有些主意，不从质言，只令金使改期朝见。之杰忿恚自去。侂胄遂令邱崈为江、淮宣抚使，崈辞不就命，且手书切谏侂胄道："金人未必有意败盟，为中国计，当力持大体，平时申儆军实，常操胜势，待衅自彼作，庶彼曲我直，方可动兵。否则胜负难料，恐未免误国呢。"侂胄不悦，竟饬皇甫斌、郭倪等就近规复。

至开禧二年，皇甫斌进兵唐州，郭倪进兵泗州，侂胄因再令程松为四川宣抚使，兴州都统制吴曦为副。曦系吴璘孙，节度使吴挺次子，本任殿前副都指挥，郁郁不得志，因纳赂宰辅，自求还蜀。陈自强为白韩侂胄，侂胄遂使为兴州都统制。曦即日出都，既至兴州，便谮去副统制王大节，收揽兵权，潜蓄异图。及程松入蜀，召曦议事，拟责曦廷参。曦半途折回。松用东西军千八百人自卫，又被曦抽调以去。松尚未悟，寻有诏令曦兼陕西、河东招抚使。知大安军安丙，屡向松发曦异谋，松仍不省。<small>献松寿时何其智？遇吴曦时何其愚？</small>就是朝内的韩侂胄，也还道他是一个将种，可为爪牙腹心，日夕望他建功。哪知他已令门客姚巨源潜至金都，愿献关外阶、成、和、凤四州，求封蜀王了。侂胄闻泗州得利，新息、褒信、颍上、虹县陆续克复，心下大喜，遂嘱直学士院李璧草诏伐金，略云：

> 天道好还，中国有必伸之理；人心效顺，匹夫无不报之仇。蠢尔丑房，犹托要盟，腴生灵之资，奉溪壑之欲，此非出于得已，彼乃谓之当然。军入塞而公肆创残，使来廷而敢为桀骜，洎行李之继迁，复嫚词之见加；含垢纳污，在人情而已极，声罪致招，属胡运之将倾。兵出有名，师直为壮，言乎远，言乎近，孰无忠义之心？为人子，为人臣，当念祖宗之愤。敏则有功，时哉勿失！

　　此诏一颁，即遣薛叔似宣抚京、湖，邓友龙宣抚两淮，按日里遣将调兵，逐队北伐。金主璟闻已宣战，仍遣仆散揆领汴京行省，尽征诸道籍兵，分守要塞。并因战事起自韩侂胄，恐人民发掘韩琦坟，特令彰德守臣派兵守护。观金主此举，可见曲有攸归。侂胄尚未知金兵厉害，迭饬各路进兵，哪知金人已处处有备，无懈可击。郭倪遣郭倬、李汝翼等进攻宿州，被金人杀得大败，遁还蕲州。金人追击郭倬，将倬围住，倬顾命要紧，竟把马军司统制田俊迈执畀金人，只说是由他启衅。金人才放他一线生路，狼狈逃回。既而建康都统制李爽攻寿州，也为所败，皇甫斌又败绩唐州，江州都统王大节，往攻蔡州，金人开城搦战，大节部下立即溃退。败报连达宋廷，韩侂胄方惊慌起来，没奈何请出邱崈，令代邓友龙职，往抚两淮。崈字宗卿，江阴军人，素怀忠义，他本主张恢复，只因宿将凋零，时不可战，所以前次辞职不就。至是闻两淮日棘，不得不应命赴镇，崈非真将帅材，不过为当时计，尚算他是老成，故亦补叙履历。所有王大节、皇甫斌、李汝翼、李爽等均皆坐贬。郭倬罪状较著，斩首镇江。侂胄也自咎轻举，悔为苏师旦所误，凑巧李璧入访，侂胄留与共饮，席间谈及师旦事，璧遂极言：“师旦怙势招权，使公负谤，非窜逐不足谢天下。”侂胄因罢师旦官，籍没家资，谪令韶州安置。师旦罪固不贷，还问用师旦者为谁，如何不自知罪？

　　过了月余，忽有警报传入，金兵分九道南来了。原来仆散揆闻宋师败退，遂议定九道南侵的计策，自率兵三万出颍、寿，完颜匡率兵二万五千出唐、邓，纥石烈子仁纥石烈一作赫舍哩。率兵三万出涡口，纥石烈胡沙虎一译作赫舍哩呼沙呼。率兵二万出清河口，完颜充率兵一万出陈仓，蒲察贞率兵一万出成纪，完颜纲率兵一万出临潭，石抹仲温石抹一作舒穆噜。率兵五千出盐川，完颜璘率兵五千出来远。九路兵依次南下，急得韩侂胄寝食不安，只好重任两淮宣抚使邱崈，令签书枢密院事，督视江、淮军马。金将胡沙虎自清河口渡淮，进围楚州。淮南大震。或劝崈弃淮守江，崈怫然道：“我若弃淮，敌便临江，是与敌共长江的险阻了，此事岂可行得？我当与淮南共存亡！”乃益增兵防守，日夕戒严。

偏金兵逐节进攻，势如破竹。完颜匡陷光化，入枣阳，江陵副都统魏友凉突围南奔，招抚使赵淳焚樊城夜遁。完颜匡更破信阳、襄阳、随州，进围德安府。仆散揆也引兵至淮，潜渡八叠滩。守将何汝励、姚公佐仓猝溃走，自相践踏，死亡无数。仆散揆遂夺颖口，下安丰军，及霍邱县，围攻和州。还有纥石烈子仁一军破滁州，入真州，郭倪遣兵往援，不战而溃，倪遂弃扬州遁去。亏得副将毕再遇引兵趋六合，截住金兵。纥石烈子仁麾兵大至，再遇伏兵南门，自督弓弩手登城，掩旗息鼓，持满以待，至金兵临濠，一声梆响，万弩齐发，射毙金兵无数，再令伏兵出关，掩杀过去，金兵立即惊溃，再遇收兵回城。翌日，纥石烈子仁自来督攻，城中矢尽，不免惊惶。再遇道：“不妨不妨，我自有借箭的法儿。”当下令步兵张盖，往来城上，金兵总道是统兵大员，挽弓争射，不到多时，城楼上面，集矢如猬。再遇令守兵拔矢还射，不下数万支。再用奇兵出击，敌复遁去。

仆散揆闻子仁不利，仍欲通好罢兵，觅得韩琦五世孙元靓，遣令渡淮，示意邱崈。崈问所由来？元靓谓：“两国交兵，北朝皆谓韩太师意，今相州宗族坟墓，皆不可保，只得潜踪南来，走依太师。”崈复询及金人情势及和战大略。元靓始露讲解的意思。崈复使人护送北归，令他往求金帅文书，方可议和。未几，元靓复返，得仆散揆来函，约议和款。崈乃上表奏闻，侂胄已亟欲讲和，遂谕崈主持和约。崈乃遣刘佑持书贻揆，愿讲好息兵。揆谓：“须称臣割地，献出首祸，才可言和。"刘佑返报，宓遣王文再往，言："用兵乃苏师旦、邓友龙、皇甫斌等所为，非朝廷意，今三人皆已贬黜，无庸再议了。"揆又道："侂胄若无意用兵，师旦等怎敢专权？此语未免欺人呢。"_{应有此语。}仍遣文归报。宓复遣使继往，许还淮北流民，及本年岁币，揆乃暂许停战，自和州退屯下蔡，再行正式议和。

侂胄闻金人欲罪首谋，恐和议不成，尚遣人督促吴曦进兵，希冀一胜，或得容易言和。曦佯遣兵攻秦陇，暗待姚巨源还报消息。至巨源归来，报称金人许封蜀王，令他按兵闭境，曦遂令部将王喜等退师。金将蒲察贞入和尚源，陷西和州，乘势进大散关，曦节节退让，直至罝口，由金将完颜纲遣使与会，令曦献出诰敕。曦尽行交付，纲乃传金主诏命，遣马良显赍给书印，封曦为蜀王。曦秘密拜受，遂还兴州。是夕，天赤如血，光焰烛地。到了黎明，曦召僚属与语道："东南失守，车驾已幸四明，此地恐亦难保。现金已遣使招降，封我王蜀，我拟从权济事，免得蜀民涂炭呢。"_{明明叛逆，还要作什么诳语？}部吏王翼、杨之抗议道："东南并未有这般警信，副使从何处得来？就使东南危急，亦应戮力效忠，否则相公忠孝八十年门户，一朝扫地了。"曦奋然道："我意已决，尔等不必多言。"遂遣任辛奉表至金，献蜀地图及吴氏谱牒。一面致书程松，言"金使欲得阶、成、和、凤四州，方肯许和。公可守则守，不可守则去。"程松时在兴元，闻报大惊，_{想是没有耳目。}仓皇无措。会报金兵大至，慌忙夜走，逾米仓山西行，道出阆州，顺流至重庆。贻书与曦，径称蜀王，求给路费。_{所志如此。}曦用匣封致馈，松望见大恐，疑为藏剑，起身亟奔。来使追及松后，传言匣中乃是馈金，松始敢发。及开篋，果系黄白物，乃返使道谢，亟兼程出峡，西向掩泪道："我今始保住头颅了。"_{留下这个头颅，有什么用处？}

邱崈闻吴曦叛信，上疏请勉成和议，申讨叛逆，且言："金人既指韩侂胄为首谋，移书金帅时，请免系韩名。"侂胄大怒，竟罢崈职，令张岩往代崈任。且拟封曦为蜀王，令他反正御敌。诏尚未发，曦已自称蜀王，改开禧三年为元年了。曦既受金命，遂遣部将利吉导金兵入凤州，付给四郡版图，表铁山为界，即以兴州为行宫，乘黄屋、建左纛、改元、置百官，遣董镇至成都修筑宫殿，以便徙居。并遣人告知伯母赵氏。赵氏怒绝来使，不令进见。转告叔母刘氏。刘日夜号泣，骂不绝口，曦扶令她去。族子㒟为兴元统制，接得伪檄，心甚不平。独曦自鸣得意，分部兵十万为十军，各置统帅，遣禄祈、房大勋戍万州，泛舟下嘉陵江，声言约金人夹攻襄阳。且传檄成都、潼川、利州、夔州四路，募兵图宋。改兴州为兴德府，召随军转运使安丙为丞相长史，权行都省事。丙阳奉阴违，俟隙以图。曦又召权大安军杨震仲，震仲不屈，饮药自尽。曦从弟睍劝曦引用名士，笼络人心。曦迭下征命，士人多不屑就征。陈咸削发为僧，史次泰涂目为瞽，李道传、邓性甫等均弃官潜走。又有权漠州事刘当可、简州守李大全、高州巡检郭靖皆不屈自杀。孤忠可表。

知成都府杨辅尝言吴曦必反，宁宗曾闻辅言，遂以为辅能诛曦，密授四川制置使，许他便宜行事。青城山道人安世通遂劝辅仗义讨逆，辅自思不习兵事，且内郡无兵可用，因迁延不发。曦恐他有异谋，移辅知遂宁府，辅即以印授通判韩植，弃城自去。独监兴州、合江仓杨巨源密谋讨曦，阴与曦将张林、朱邦宁及忠义士朱福等深相结好，共图举义。眉州人程梦锡探得密图，转告转运使安丙。丙方称疾不视事，嘱梦锡函招巨源，延入寝室。巨源道："先生甘为逆贼的丞相长史么？"丙流涕道："目前兵将，我所深知，多是酒囊饭袋，不足与谋。必得豪杰，乃灭此贼。"巨源竟起座道："非先生不能主此事，非巨源不足了此事。"丙转悲为喜，遂与巨源共议诛曦。会兴州中军正将李好义亦结军士李贵、进士杨君玉、李坤辰、李彪等数十人谋倡义举。好义语众道："此事誓死报国，救西蜀生灵，但诛曦后，若后任非人，恐一变未息，一变复生，终无了局。我意宜奉安运使主事，才保无虞。"大众同声赞成。好义遂使坤辰来邀巨源，巨源立刻往会，与他定约，即返报安丙。丙始出视事。杨君玉与白子申共草密诏，中有数语云："惟干戈，省厥躬，既昧圣贤之戒，虽犬马识其主，乃甘夷虏之臣？邦有常刑，罪在不赦。"

诏已草定，待至夜半，好义即率徒众七十四人潜至伪宫。转瞬间晨光熹微，阍人启户，好义突然闯入，且大呼道："奉朝廷密诏，用安长史为宣抚，令我入诛反贼，敢抗命者族诛！"曦卫兵千余，闻有诏到来，皆弃梃四逸。巨源出会好义，持诏乘马，自称奉使入室，至曦寝门。曦正启门欲逸，李贵拔刀相向道："逆贼往哪里走？"言未已，刃中曦颊。曦忍痛反扑，与贵同时仆地。好义亟呼王换，用斧斫入曦腰，贵得跃起，再用刀猛斫曦首，一颗好头颅，遂与身体分作两截了。好义拾取曦首，驰报安丙，丙即出厅宣诏，军民拜舞，声动天地。又持曦首抚定城中，市不易肆。遂尽收曦党，一一枭斩。众推丙权四川宣抚使，巨源权参赞军事。丙函曦首，及违制法物与曦所受金人册印，遣使赍送朝廷。且自称矫制平贼，应受处分等语。总计曦僭位至此，只四十一日。小子有诗叹道：

> 西陲传首达行都，乱贼由来法必诛。
> 为问吴家贤祖父，生前可有逆施无？

欲知宋廷如何处置，且看下回叙明。

　　光、宁以前误于和，光、宁以后误于战，要之皆幸臣用事之故耳。韩侂胄之奸佞，不贼桧若。桧主和，侂胄主战，其立意不同，其为私也则同。桧欲劫制庸主，故主和，侂胄欲震动庸主，故主战。桧之世，可战而和者也。侂胄之时，不可战而战者也。苏师旦笔吏进身，程松献妾求宠，以卑鄙龌龊之徒，欲令其运筹帷幄，决胜疆场，能乎否乎？盖不待智者而已知其必败矣。吴曦之叛，又下于刘豫，豫僭位有年，而曦仅得四十余日，且倡义者只数十人，直走伪宫，即斫逆首，须臾乱定。是而欲乘黄屋，建左纛，多见其不自量也。谚有之："一蟹不如一蟹。"微特光、宁以后无大忠，即大奸亦已歇绝无闻，彼韩侂胄、吴曦诸徒，亦不过乘时以逞奸耳。故秦桧得善终，而侂胄遭殛，刘豫不伏法而吴曦竟诛。

第八十六回

史弥远定计除奸　铁木真称尊耀武

却说吴曦伏诛，函首至都，入献庙社，且徇市三日。诏诛曦妻子，家属徙岭南，夺曦父挺官爵，迁曦祖璘子孙出蜀，存璘庙祀。曦年十余岁时，父挺尝问曦志，曦已有不臣语，挺顿时发怒，蹴曦仆炉火中，面目焦灼，家人号为吴巴子。及出调至蜀，校猎塞上，戴月而归，仰见月中有人，亦骑马垂鞭，与自己面目相似。问诸左右，谓所见皆符，因私念道："想我当大贵，月中人是我前身呢。"遂扬鞭作相揖状，月中人亦扬鞭作答，大约是魔眼昏花，误影作月，左右亦随口贡谀而已。于是异谋益决。从事郎钱巩之夜梦曦祷神祠，用银杯为珓。甫掷地上，神忽起立与语道："公何疑？公何疑？政事已分付安子文了。"曦似未解，神又道："安子文有才，足能办此。"巩之醒后，遂以语曦。以子文即安丙别字，乃召丙用事，哪知为安丙所图，就此被诛，这也可谓妖梦是践哩。

时金主正遣术虎高琪术虎一作珠赫术。奉册至曦，尚未到蜀，曦已伏法。杨巨源、李好义与安丙道："曦死，敌已破胆了，何不亟复关外四州？否则必为后患。"安丙即遣好义攻西和州，张林、李简攻成州，刘昌国攻和州，张翼攻凤州，孙忠锐攻大散关，数路依次得手，金统将完颜钦遁去。四州及大散关，一并克复。宋廷命杨辅为四川宣抚使，安丙为副，许奕为宣谕使，改兴州为沔州。丙自恃功高，与辅未合，为政府所

闻，乃复召辅南还，授知建康府，别授吴猎为四川置制使。李
好义既复西和州，拟进取秦陇，牵制淮寇。偏为曦旧将王喜所
忌，暗加媒蘖。安丙听王喜言，檄令停军，士气皆沮。金将术
虎高琪复调集各军夺去大散关，孙忠锐败走。安丙闻忠锐退
还，密嘱杨巨源、朱邦宁率兵往援，乘间诛忠锐。巨源至凤
州，闻忠锐来迎，遂命壮士伏在幕后，待忠锐入帐，突发伏
兵，拿下忠锐，把他斩首，并杀忠锐子揆。丙以忠锐附金，奏
闻朝廷，有诏仍奖丙有加。

惟巨源前次诛曦，未得重赏，诏书中也无一字提及巨源，
巨源疑丙掩功，颇有怨言。丙乃保荐巨源为宣抚使司参议官，
至是掩杀忠锐，又不闻录叙。俄报王喜得任节度使，心益不
平。喜为曦故将，贪淫狠愎，诛曦时不肯拜诏，且遣徒党入伪
宫，劫掠几尽。又取曦姬妾数人，回家取乐。巨源与好义，统
说他不法，独安丙不以为意。喜阴图陷害二人，特嘱令死党刘
昌国潜图好义。昌国投入好义军，佯与结欢，好义性情豪爽，
不设城府，尝偕昌国畅饮。一夕，欢宴达旦，好义心腹暴痛，
霎时晕毙。及入殓，口鼻爪指，均已青黑，往觅昌国，已早
远。部众才知为昌国所毒，号恸如私亲。后来昌国报喜，喜极
称其能，昌国也扬扬自得。偏偏忠魂未泯，竟来索命，昌国白
日出游，忽见好义持刃相刺，遂至惊怖仆地，经旁人扶救回
家，背中忽起一恶疽，痛不可忍，叫号数日，旋即死了。事见
《宋史·李好义传》，可为下手毒人者戒。

巨源闻好义被害，愈滋不悦，便赂书安丙，斥喜主谋。丙
但将喜奏调，移任荆、鄂都统制，始终不言喜罪。巨源抑郁不
堪，作启与丙，内有数语道："飞矢以下连城，深慕鲁仲连之
高谊；解印而去彭泽，庶几陶靖节之清风。"丙得书，已知巨
源阴怀怨望，免不得猜忌起来。王喜且屡遣人诉丙，谓："巨
源与私党米福、车彦威谋乱。"喜尚未去沔州，丙即令喜捕鞫

车、米两人。看官！你想此事由王喜发起，至此又令他鞠治，就使事无佐证，也要锻炼成狱，眼见得米福、车彦威冤枉就刑了。丙闻谋乱属实，密使兴元都统制彭辂往逮巨源。巨源正在凤州附近的长桥旁与金人交战，不利而还，途中与彭辂相值。辂询问数语，即令武士挽巨源裾，送至阆州对簿。舟行至大安龙尾滩，将校樊世显乘他不备，竟用利刃枭巨源首。不绝仅守。巨源既死，还说惧罪自刭。过了数日，方由安丙下令瘗埋，蜀人都代他呼冤。剑外士人张伯威作文相吊，尤为悲切。直至朝廷记念旧功，才赐庙褒忠，赠宝谟阁待制，予谥忠愍。李好义亦追谥忠壮，这且无暇细表。

且说金帅仆散揆退屯下蔡，专待和议，宋廷亦遣使与商。仆散揆定要加罪首谋，议卒未决。会揆病逝，金主命左丞相完颜宗浩继揆后任，再与宋议和，仍然不成。韩侂胄特征求使才，选得萧山丞方信孺，令为国信所参议官，驰赴金军。信孺至濠州，金将纥石烈子仁责令缚送首谋，信孺不屈，子仁竟缚置狱中，露刃环守，断绝饮食，迫允五事。信孺神色不变，从容与语道："反俘归币，尚可相从，若缚送首谋，向来无此办法。至若称藩割地，更非臣子所敢言。"子仁怒道："你不望生么？"信孺道："我奉命出国门时，已将死生置诸度外了。"子仁恰也没法，释信孺缚，令他至汴，见完颜宗浩。宗浩也坚持五议，信孺侃侃辩答，说得宗浩无词可对，但畀他复书，令返报朝廷，再定和战事宜。信孺持书还奏，廷议添派林拱辰为通谢使，与信孺持国书誓草，并许通谢钱百万缗，再行至汴，入见宗浩。宗浩怒道："汝不能曲折建白，骤执誓书前来，莫非谓我刀不利么？"信孺仍不为动，旁有将命官进言道："此事非犒军可了，须别议条款。"信孺道："岁币不可再增，故把通谢钱作代，今得此求彼，我惟有一死报国了。"会闻安丙出师，收复大散关，宗浩乃遣信孺等返宋，仍致复书道："若能称臣，印就江、淮间取中为界，欲世为子国，即尽割大江为界。且斩首谋奸臣，函首来献，并添岁币五万两匹，犒师银一千万两，方可议和。"

信孺归见韩侂胄，侂胄问金帅作何语？信孺道："金人要索五事：一割两淮，二增岁币，三索归附人，四犒军银，还有第五条不敢明言。"侂胄道："但说何妨。"信孺踌躇片刻，竟脱口道："欲得太师头颅。"侂胄不禁变色，拂袖而起，竟入白宁宗，夺信孺三级官阶，居住临江军，<small>奸臣当道，忠臣还有何</small>用？<small></small>一面再议用兵，撤还两淮宣抚使张岩，另任赵淳为两淮置制使，镇守江、淮。为了再战问题，复引出一个后来的奸臣，要与韩侂胄赌个死活，一判低昂。这人为谁？就是史浩子弥远。<small>一奸未死，一奸又来。</small>

弥远以淳熙十四年举进士，累迁至礼部侍郎，兼任资善堂直讲。侂胄轻开边衅，弥远独与反对，曾奏言不宜轻战。至是复密陈危迫，请诛侂胄以安邦，宁宗不省。可巧杨后闻知，也欲乘此报怨，暗嘱皇子荣王曮弹劾侂胄。曮系燕王德昭九世孙，原名与愿，庆元四年间，丞相京镗等因帝未有嗣，请择宗室子为养子。宁宗乃召入与愿，育诸宫中，赐名为曮，封卫国公。开禧元年，立曮为皇子，晋封荣王。荣王曮既奉后命，便俟宁宗退朝，当面禀陈，谓："侂胄再启兵端，将危社稷。"宁宗尚叱他无知，杨后复从旁进言，宁宗意仍未决。<small>想是前生与侂胄有缘。</small>杨后道："宫廷内外，哪个不知侂胄奸邪？只是畏他势力，不敢明言，陛下奈何未悟呢？"宁宗道："恐怕未确，且待朕查明，再加罢黜。"杨后道："陛下深居九重，何从密察？此事非嘱托懿亲不可。"宁宗方才首肯。后恐事泄，急召杨次山入商，令密结朝右大臣，潜图侂胄。次山应命而出，转语弥远。

弥远遂召钱象祖入都。象祖曾入副枢密，因谏阻用兵，忤侂胄意，谪置信州，至是奉召即至，与弥远定议。弥远又转告礼部尚书卫泾著作郎王居安、前右司郎官张镃，共同决策。继复通知参政李璧，璧亦认可。弥远往来各家，外间已有人滋疑，报知侂胄。侂胄一日至都堂，忽语李璧道："闻有人欲变局面，参政知否？"李璧被他一诘，禁不住面色发赤，徐徐答道："恐无此事。"及侂胄退归，璧忙报弥远。弥远大惊，复商诸张镃。镃答道："势必不两立，不如杀死了他。"弥远本未敢谋杀侂胄，既闻镃言，乃命主管殿前司公事夏震统兵三百，候侂胄入朝，下手诛奸。侂胄三夫人满头花适庆生辰，张镃素与通家，遂移庖韩第，佯送寿筵，与侂胄等酣饮达旦。是夕，有侂胄私党周筠密函告变。侂胄方被酒，启函阅毕，摇首道："这痴汉又来胡说了。"遂将来函付诸烛烬。俟至黎明，命驾入朝。筠复踉门谏阻，侂胄怒叱道："谁敢谁敢！"*天夺其魄，所以屡劝不信。*遂升车而去。甫至六部桥，见前面有禁兵列着，便问为何事？夏震出答道："太师罢平章军国事，特令震赍诏来府。"侂胄道："果有诏旨，我何为不知？莫非矫旨不成！"*你亦尝假托御笔，所以得此报应。*夏震不待辩说，即挥令部下夏挺、郑发、王挺等率健卒百余人，拥侂胄车竟往玉津园。既入园中，把侂胄拖出，勒令跪读诏旨。震即宣诏道：

> 韩侂胄久任国柄，轻启兵端，使南北生灵，枉罹凶害，可罢平章军国事。陈自强阿附充位，可罢右丞相。

读至此，夏挺等转至侂胄背后，用锤一击，将侂胄头颅捣碎，一道魂灵，往阎王殿中报到去了。史弥远等久待朝门，至晚尚未得消息，几欲易衣逃去，可巧夏震驰到，报称了事，于是众皆大喜。惟陈自强踽踽不安，钱象祖从怀中出诏，授陈自强道："太师及丞相，俱已罢职了。"自强道："我得何罪？"

象祖道："你不看御批中说你阿附充位么？"自强乃退，登车自去。弥远、象祖等遂入延和殿，以韩侂胄事奏闻。宁宗尚属未信，想尚未醒。及台谏交章论列，亦不加批。越三日，始知侂胄真死，乃下诏数侂胄罪恶，颁示中外。且令籍没侂胄家产。当下抄出物件，多系乘舆御服等类，惟各种珍宝，被侂胄宠姜张、王二夫人，自行击碎，因此二姜坐徒。侂胄无子，养子玙亦流配沙门岛。四妾十婢，尚未得一后嗣，天之报恶人也亦酷矣。

越日，窜陈自强至永州，诛苏师旦于韶州，安置郭倪于梅州，邓友龙于循州，郭僎于连州，张岩、许及之、叶适、薛叔似、皇甫斌等皆坐党落职，连李璧亦降夺官阶。立荣王曮为皇太子，更名为洵。授钱象祖为右丞相，兼枢密使，卫泾、雷孝友参知政事，史弥远同知枢密院事，林大中签书院事，杨次山晋封开府仪同三司，赐玉带。夏震亦得升任福州观察使。且改元嘉定，决计主和。时已遣右司郎中王楠如金军，请依靖康故事，以伯父礼事金，增岁币为三十万，犒军钱三百万贯。金将完颜匡仍索韩侂胄、苏师旦首级，楠谓俟和议定后，当函首以献。完颜匡乃转奏金主，金主仍命匡移文宋廷，索侂胄首，且须改犒军钱为银三百万两。匡奉命后，正值宋相钱象祖致书金军，述侂胄伏法事。遂召楠入问道："韩侂胄贵显，已历若干年？"楠答道："已十余年。平章国事，不过二年余。"匡又道："今日可否除去此人？"曮尚未知侂胄死耗，便答道："主上英断，除去何难！"匡不禁微笑，遂与语道："侂胄已诛死了，汝回去，可亟令送首级来！"楠唯唯而出。还白朝廷，有诏令百官集议，吏部尚书楼钥道："和议重事，待此乃决。况奸恶已诛，一首亦何足惜。"如不顾国体何？随命临安府斫侂胄棺检取首级，再由韶州解到苏师旦首，一并畀金，仍遣王楠持送金都。金主御应天门，备黄麾，立杖钺，受二人首，并命悬竿示众，揭像通衢，令吏民纵观。然后漆首藏库，与王楠鉴定和约。条款如下：

  一　两国境界仍如前。
  二　嗣后宋以侄事伯父礼事金。
  三　增岁币为银帛各三十万。
  四　宋纳犒师银三百万两与金。

  和议告成，是谓宋、金第五次和约。金主遣使归还侵地，命完颜匡等罢兵，王楠亦得南归。诏以和议已成谕天下，适形其丑。调钱象祖为左丞相，史弥远为右丞相，雷孝友知枢密院事，楼钥同知枢密院事，娄机参知政事。未几象祖罢相，弥远以母忧去位，逾年即诏令起复。自是弥远遂得专国政了。嘉定元年，金主璟病殁。璟无子嗣，疏忌宗室，只有世宗第七子永济，素来柔顺，为所钟爱，特封他为卫王。会金主罹疾，永济自武定入朝，遂留宫不遣。既而金主去世，元妃李氏、黄门李新喜、平章政事完颜匡等定策奉永济即位，尊故主璟为章宗。永济闻章宗遗诏，曾谓："妃嫔中有二人得孕，生男当立为储贰。"因此恐帝位不固，先事预防，当下令仆散端一译作布萨端。为平章政事，秘密与谋，仆散端遂奏称先帝承御贾氏，当以十一月分娩，今已逾期，还有范氏产期，合在正月，今医称胎形已失，愿削发为尼。永济即以贾氏无娠，范氏损胎，诏告中外。元妃李氏与承御贾氏因有违言，竟被永济鸩死，托词暴毙。永济实是阴险，安得称为柔顺。进仆散端为右丞相，军民自是不服。

  那东北的斡离河旁，杭爱山下，已有一个蒙古部长，建九旒白旗，自称成吉思汗，一译作青吉思汗。为后来建立元朝的太祖，他名叫铁木真，一译作特穆津，铁或作帖。系是哈不勒汗的曾孙，哈不勒汗受金封册，为蒙兀国王。相传他始祖叫做乞颜，曾在阿儿格乃衮山麓，辟地居住，数十传后，出了一个朵奔巴延，一译作托奔默尔根。娶妻阿兰郭斡，一作阿兰果火。生下二子，朵奔巴延病死，阿兰郭斡寡居，夜寝帐中，梦白光自天窗中攒入，化为金色神人，来趋卧榻，与交有孕，复接连生了三子。季子名勃端察儿，状貌奇异，沉默寡言。后来子孙日蕃，各自为部，五传至哈不勒，就是蒙兀国主。见八十回。孙名也速该，并吞邻近诸部，威势颇盛。得妻诃额仑，一作谔楞。产下一男，手握凝血，色如赤石，巧值也速该攻塔塔儿部，擒住敌目铁木真，遂以铁木真名子。也速该被塔塔儿人毒死，铁木真母子相依，非常艰苦，幸赖诃额仑智艺轶群，抚育孤儿，得成伟器。好容易东剿西略，破了泰赤乌部，泰赤乌一作泰楚特。平了蔑里吉部，又灭克烈部及塔塔儿部。邻境乃蛮部最强，乃蛮一作奈曼。部酋太阳汗率众来争，复被铁木真擒住，杀死了事。以此远近诸部落相率恐慌，争来归附，情愿奉他为大汗。"汗"字是外国主子的通称，取名成吉思汗，就是最大的意义。

　　铁木真既即汗位，事在宁宗开禧二年。又用兵西南，出攻西夏。西夏自李乾顺殁后，子仁孝嗣。仁孝庸懦，为相臣任得敬所制，亏得金世宗扶助仁孝，讨平乱事，国乃不亡。仁孝遂一意服金，与南宋罕通往来。见八十二回。仁孝病殁，子纯佑继立，为从弟安全所篡，内乱相寻，势且衰弱，哪里敌得过威棱初震的铁木真？铁木真率兵亟进，连下数城，擒住夏将高令公，明威令公，及太傅西璧氏，长驱至夏都。李安全惶急万分，飞使至金邦乞援。偏偏援师不至，敌兵反昼夜猛攻，那时没有别法，只好城下乞盟。凑巧铁木真遣使额特入城招谕，遂与他议定和约，并将爱女察合献与铁木真。铁木真平时最爱人家妇女，见察合妩媚可人，乐得卖些情谊，撤兵回国。叙入铁木真事，笔甚简约，盖此系《宋史》，不是《元史》，看官欲知详细，请阅作者所编之《元史演义》可也。李安全因金援不出，动了怒意，竟转攻葭州。葭州为金国边地，守将庆山奴一鼓击退夏人。安全愤无可泄，因北诉蒙古，怂恿伐金。铁木真也想南下，造箭制盾，练兵养马，为攻金计。适值金主永济，遣使至蒙古，布即位诏敕，令铁木真南向拜受。铁木真先问金使道："新天子是何人？"金使答是卫王。铁木真唾了一口，复正色道："我道中原皇帝，是天上人做的，哪知此等庸奴，也做了皇帝，还想要我下拜么？"即令撵出金使，金使怏怏而返。先是永济为卫王时，铁木真曾至静州，献纳岁币，与永济相见，知他柔弱，所以藐视得很。此时既不受命，遂趁着秋高马肥的时候，带着长子赤，一作卓齐特。次子察合台，一作察罕特。三子窝阔台，一作谔格德依。统兵数万，祃纛出发，浩浩荡荡的杀奔金国来了。小子有诗叹道：

> 金源浩荡契丹亡，谁料蒙人又代昌。
> 黄雀捕蝉方饱欲，他人弹雀已擎枪。

未知胜负如何，试看下回便知。

史弥远非可与有为者也，当其定计诛奸，一再被泄，非韩侂胄之恶贯满盈，应遭诛殛，则彼必先发制人，弥远等早身首异处矣。侂胄死而贪天之功，以为己有，滥叨厚赏，幸列高官，且函韩、苏二人之首，以献金人，试思侂胄系宋之罪臣，于金何与？刑赏乃宋之国典，于金何关？岂可冀和议之速成，不顾国威之襄辱耶？况蒙古初兴，金患方亟，控北且不暇，何暇南侵？诚能据理相争，亦何至再屈如此。故以诛奸和邻为弥远功，无惑乎奸伪益滋，而国且日弱也。彼铁木真崛起朔方，所向无敌，考其所为，徒以兵力屈人，绝无仁义之足言。而后来开国十传，混一区宇，岂真老氏所谓天道不仁耶？本书叙元事从略，已于细评中注明，姑不赘述云。

第八十七回

失中都金丞相殉节　获少女杨家堡成婚

却说铁木真率兵南下，特令部将哲别为先锋，径抵乌沙堡，金遣平章政事独吉千家奴一译作通吉迁嘉努。及参政完颜胡沙胡沙一作和硕。率兵抵御，未及设备，已被哲别掩至，顿时溃走。哲别遂拔乌沙堡及乌月营。铁木真也即继进，破白登城，进攻西京。留守纥石烈胡沙虎突围遁去，铁木真遂取西京及桓、抚各州，命三子各率一军，分道攻云内、东胜、武朔、丰靖诸州邑，所至皆下。金主永济再命招讨使完颜九斤、九斤一作纠坚。监军完颜万奴等万奴一作鄂诺勒。统兵四十万，扼守野狐岭。这野狐岭势极高峻，相传雁飞过此，遇风辄堕，本是一个西北的要隘。完颜胡沙又奉诏为后应，端的是重兵扼境，飞鸟难行。九斤部将明安劝九斤屯兵固守，九斤不从，再劝他发兵袭敌，又是不从。至铁木真进兵獾儿觜，与野狐岭只隔西冈，九斤乃遣明安至蒙古军，问他入寇的原因。真是笨鸟。明安恨九斤不从良言，竟降了铁木真，说明金军虚实。这也是个虎伥。铁木真遂乘夜进击，九斤毫不及防，顿时蒙古兵突入，一番蹂躏，大半伤亡。九斤、万奴等落荒而逃。蒙古兵乘胜追击，又杀伤了无数。完颜胡沙正来接应，闻败即走，至会河堡，为蒙古兵所追及，大杀一阵，全军覆没，胡沙仅以身免，逃入宣德州。铁木真攻克晋安县，分兵薄居庸关，守将完颜福寿弃关遁去。蒙古兵驰入关中，径抵金都城下。金主永济，惶急失措。欲南徙汴京，幸得卫兵誓死迎战，杀了一日一夜，才把蒙古兵杀退。铁木真闻金都不下，留兵守居庸关，自率三子回国，再图后举。

金都解严，征上京留守徒单镒徒单一作图克坦。为右丞相，纥石烈胡沙虎为右副元帅。胡沙虎自西京遁还，至蔚州，擅取官库金银衣物；入紫荆关，又擅杀涞水县令。金主并不问罪，反令他为副元帅。胡沙虎益无忌惮，自请兵二万北屯宣德。金主只与他五千，令屯妫州。胡沙虎遂移文尚书省道："鞑靼兵来，时金人称蒙古为鞑靼。必不能支，一身不足惜，三千兵为可忧。且恐十二关及建春、万宁宫均将不保了。"金主始恨他跋扈，数责十五罪，罢归田里。会金益都防御使杨安儿亡归山东，聚党横行，四出劫杀。千户耶律留哥哥一作格。本系辽人，降金得官，至是也归附蒙古，取金辽东州郡，自立为辽王。金将完颜胡沙往讨留哥，大为所败。金主乃复胡沙虎为右副元帅，令将兵屯燕城北，徒单镒切谏不听。胡沙虎终日驰猎，不顾军事，金主以蒙古兵尚留居庸关，饬胡沙虎整兵往击，诏令中有诘责语，胡沙虎不但不悛，反暗生忿恨，竟与私党完颜丑奴、丑奴一作绅诺。蒲察六斤、一作富察雅尔锦。乌古论夺剌一作乌裤哩道喇。三人，私下定议，造起反来。他不说自己造反，反说人家造反，当下号令军中，诡言奉诏入讨知大兴府徒单南平。军士哪里知晓，便随他同入金都。胡沙虎屯兵广阳门，遣心腹徒单金寿往召南平，南平茫无头绪，奉召而至。胡沙虎乘马以待，见南平到来，大喝道："你敢谋反么？"南平不觉惊愕，正要答辩，那胡沙虎已拔出腰刀，将南平劈落马下，死得不明不白。遂进至东华门。

护卫斜烈、一作色埒默。和尔一作纥儿。等引他入宫，胡沙虎遂自称监国都元帅，陈兵自卫，遍邀亲党，置酒高宴，琼筵醉月，声伎侑觞，居然是酒地花天，流连忘倦。到了次日，用武士胁金主出宫，移居卫邸，留卫兵二百人监守，且令黄门入宫收玺。尚宫左夫人郑氏执掌玺印，勃然愤道："玺乃天子所掌，胡沙虎乃是人臣，取玺何用？"黄门道："今时势大变，主上且不保，况一玺呢。御侍亦当为自免计。"郑夫人厉声叱道："汝辈是宫中近侍，恩遇尤隆，主上有难，应以死报，奈何为逆臣夺玺呢？我可死，玺不可与。"不意金邦有此烈妇。遂瞑目不语。胡沙虎复遣人夺取宣命御宝，除拜乱党数十人。丞相徒单镒正坠马伤足，告假在家，胡沙虎意欲僭位，因镒为民望所关，特自行往访。镒从容答道："翼王珣系章宗兄，众望咸归，元帅诚决策迎立，乃是万世功勋呢。"胡沙虎默然。乃令宦官李思中就卫王邸中鸩杀金主永济。另遣徒单铭等至彰德迎升王珣，珣初封翼王，后封升王。诣燕京即位。立子守忠为太子，追废永济为东海郡侯。

胡沙虎因完颜纲将兵十万，在缙山领行省事，特诱他回来，设伏击死，复尽撤沿边诸军，尽令回郡。铁木真闻金防已撤，复进兵怀来。金元帅右监军术虎高琪拒战败绩，蒙古兵乘胜薄中都。胡沙虎适患足疾，乘车督战，大败蒙古兵。惟足疾益剧，几乎不能行动，乃召高琪入卫，限次日到京。高琪逾期乃至，胡沙虎责他违令，意欲处斩，还是金主珣决意从轻，谕令免死。胡沙虎乃益高琪兵，令他出战，且面饬道："胜乃赎罪，不胜立斩。"高琪驱军迎敌，自夕至晓，北风大作，吹石扬沙，不能举目。金兵正处下风，适为敌人所乘，眼见得支撑不住，只好败回。高琪谕军士道："我等虽得脱归，仍然难免一死，不如往诛逆贼胡沙虎，再作计较。"军士齐声得令，一哄至胡沙虎第，将他围住。胡沙虎知事不妙，忙趋至后垣，逾墙欲遁，偏因足疾未瘥，扳登不便，急切里为衣所绊，坠落地上，竟至伤股，卧不能起。高琪率兵突入，见了胡沙虎，哪里还肯容情，手起刀落，分作两段，逆贼终没有好结果。随即取首诣阙，自请坐罪。金主珣反加慰抚，下诏暴胡沙虎罪恶，追夺官爵，且命高琪为左副元帅，一行将士，论功行赏。

惟蒙古兵恰四处分略，所向残破，连陷金九十余郡。两河、山东数千里尸骸遍道，鸡犬为墟。再进兵攻中都，铁木真因遣使告金主道："汝山东、河北郡县，统为我有，汝所守只有燕京，我不难一鼓踏平，但天既弱汝，我不忍再逼汝，汝可速行犒师，消我诸将怒气，我便当回国了。"金主珣犹豫未决。高琪主战，独右丞完颜承晖主和，金主乃遣承晖出城议款，铁木真道："你主有子么么？何不遣来侍我？"专想人家的妇女。承晖无奈，还达金主，金主想得一法，把故主永济的少女饰作公主，送给铁木真受用。他人女儿，乐得慷慨。并将金帛童男女各五百，马三千匹，作为犒师费。铁木真乃驱军北还，出居庸关，把所虏两河、山东少壮男女数十万，尽行杀毙，奏凯而去。真是一个杀星。

金主珣因国蹙兵弱，防敌再至，因欲迁都汴京，为苟安计。左丞相徒单镒进谏道："銮舆一动，北路皆不守了。今已讲和，聚兵积粟，固守京都，乃是上策。若恃辽东为根本，倚山负海，备御一面，尚不失为中策。若迁至汴京，四面受敌，恐真是无策呢。"切要之言。金主珣只是不从，徒单镒忧郁而亡。金主珣遂命完颜承晖为都元帅，穆延尽忠为左丞，奉太子守忠留守中都，自率六宫启行赴汴。

事为铁木真所闻，竟愤愤道："既与我和，还要迁都，是明明疑嫌未释，不过借着和议，作个缓兵的计策，我难道为他所欺么？"遂大阅军马，再行南侵。会值金糺军糺即糺字，音纠，糺军所收之军也。作乱，戕杀主帅索温，一作索衮。另推卓达等卓达一作卓多，一作斫答。为帅，击败金都防兵，遣使至蒙古乞降。铁木真遂遣降将明安等出助卓达，会兵围攻燕京。金主珣闻燕京被围，亟召太子守忠来汴。守忠一行，燕人益惧。蒙古将木华黎复分徇辽西，攻金北京。守将银青出战败还，为裨将完颜昔烈、高德玉等所戕，改推寅答虎为帅。寅答虎是个没用的家伙，见蒙兵势盛，当即出降。辽西诸郡闻风归附，单剩了一座燕京城，就是铜浇铁铸，也是孤危万分。留守都元帅完颜承晖，因尽忠久在行阵，尽把兵权交付，自己得总揽大纲，飞书至汴，乞发援兵。金主珣命左监军永锡率中山真定军，左都监乌古论庆寿乌古论一作乌库哩。率大名军，共约数万，驰援燕京。又命御史中丞李英主饷运，行省术鲁为后应。李术鲁一作富珠哩。英赴大名，终日饮酒，蒙古兵竟来劫粮，英全然不觉，冒冒失失的到了霸州。途中正遇蒙古兵，大刀阔斧的冲杀过来，把所有粮车，尽行夺去。英尚是酒气醺醺，似醒非醒，被蒙古兵杀到马前，乱枪搠死。余众悉毙。庆寿、永锡闻粮已失去，如何行军？当然遁归。

　　自是燕都援绝，内外不通。完颜承晖与尽忠会议死守，尽忠言语支吾，承晖自知必死，索性辞别家庙，自作遗表，付尚书省令史师安石，赍送至汴，大致论尽忠奸状，并及平章政事左副元帅高琪，谋国不忠。且自言"不能保燕，死有余辜，恳主上速任贤去邪，整军经武，以保孱局"等语。一面尽出私财，分给家人，阖家统是号泣。独承晖神色泰然，仰药以殉。有此忠臣，也足为《金史》光。尽忠决计南奔，束装至通元门，忽见妇女拥杂，呼令挈逃。尽忠瞧着，都是留住燕京的妃嫔，他却出言相绐道："我当先出，与诸妃启途。"诸妃嫔乃让他出城，他带着爱妾，携着细软物件，竟急奔而去，毫不返顾。妃嫔等进退无路，正在惶急，被蒙古兵一拥杀入，老丑的死刀下，少壮的统被掳散，任情奸污去了。

　　燕都既陷，宫室被焚，府库财宝搜括殆尽。金祖宗的神主一股脑儿取掷坑中。至金主得承晖遗表，但赠他为尚书令，兼广平郡王，所有尽忠弃城的罪名置诸不问，反令他为平章政事。也与永济一样糊涂。就是术虎高琪亦任职如故。蒙古兵进攻潼关，急切不能攻下，另由嵩山小路趋汝州，直赴汴京。金急召花帽军往阻，击败蒙古兵前队，蒙古兵乃还。金主因敌兵已退，特遣仆散安贞统领花帽军，往平山东。山东自杨安儿作乱，群盗响应，势甚猖獗。回应上文。安儿少无赖，以鬻马鞍为业，市人呼为杨鞍儿，他即自称为安儿。安儿有妹年约二十，膂力绝伦，能在马上舞双刀，人莫敢敌。以此兄妹二人，招募徒众，结寨自固，号为杨家堡。金行山东省事完颜霆遣使招抚，任安儿为防御使。及蒙古兵薄燕都，金人募军往援，令唐括合打一作唐古哈达。为都统，安儿为副，军至鸡鸣山，安儿亡归，攻劫州县，杀掠官吏。适潍州北海人李全起自农家，锐头蜂目，颇善骑射，能运铁枪，人号为李铁枪，也招集无赖子弟，出没淄、青二州，寇掠州郡。徒党皆红衣衲袄以为识，因有红袄贼的名目。沿途所经，各村堡无不畏惧，各载牛酒往迎，期免抄掠。独杨家堡称霸一方，与李全分张盗帜，两不相容。

　　李全径至杨家堡决斗，赌个强弱，安儿即带同徒众，出堡交锋。全大呼道："你我统算好汉，还是两人自行厮杀，我输与你，我便让你为霸王，你输与我，须要让我。"安儿道："我岂惧你，便和你战三百合。"言已，即抢刀出阵，与李全对杀。两边徒众，各退后作壁上观。二人战到四五十合，安儿刀法渐乱，几乎招架不住，忽后面有人娇声呼道："哥哥少歇！我来了。"全溜眼一瞧，乃是一个红颜女子，挺着双刀，直奔前来。他即用枪架住安儿的刀，抗声道："我有言在前，一个对一个厮杀，你为什么请出帮手来？"安儿道："你果是好汉，赢得我妹子手中刀，那时我才服你。"全便道："你且退去，我便与你妹子争个输赢。"安儿就退后数步，让妹子抢前角斗。一男一女，你枪我刀，大战了七八十合，不分胜负。全暗暗喝采，复抖擞精神，与她酣战，大约又是五六十合，仍然胜负不分。安儿恐妹子有失，便呼道："李全！你可愧服否？"全应声道："不服不服。"安儿道："今日天晚，明日再战，可好么？"全答道："我便让你等多活一夜罢!"言毕,彼此退回。

次日再战,全与杨家妹子,斗了一天,两下里全无破绽,端的是棋逢敌手,将遇良材。全且忿且惭,兼加爱慕,就是杨家妹回寨后,也称羡不置。为安儿许婚张本。越宿,全乘马至堡前讨战,杨家妹也怒马冲出,来与争锋。全问道:"你我战了两日,尚未问你闺名,请先道来!今日决要擒你。"杨家妹道:"我叫做四娘子。"全笑道:"好一个闺名,我便擒你去做娘子罢了。"杨氏不禁面赤,向李全瞅了一眼道:"休得胡说!"安儿在后掠阵,窥知妹子心事,便接入道:"李全!你如果能赢我妹子,我便把妹子嫁你为妻。"全答道:"甚好。"于是两人又奋力决战,约四五十合,全佯作力怯,虚幌一枪,拨马便走。杨氏还道他是真败,策马赶来,中计了。约数百步,两旁有竹夹杂,全跃马而前,杨氏亦驱马直进,相距不过数武,忽然踢踏一声,杨氏马失前蹄,把杨氏掀落马下。全回身下马,竟将杨氏擒挟而去。看官道是何因?原来李全战杨氏不下,特令二壮士夜伏中,用刀斫马足,杨氏不及防备,所以为全所擒。那时安儿也从后赶到,见妹子被擒,便呼李全道:"快快释我妹子,便邀你同至我堡,今夕成婚。"全答道:"你休得抵赖!"安儿道:"天日在上,如违此言,神明不佑。"全乃放下杨氏,招引徒党,一同入杨家堡。安儿宰牛设酒,大开筵宴,即于是夕令两人交拜,成为夫妇。枕席欢娱,自不消说。《宋史·李全传》中,谓与杨氏私通在安儿死后,惟弇阳周密所编《齐东野语》,系在安儿生时,两人交战结婚,今从之。

安儿既与李全和亲,威势益盛,遂僭号称王,分置官属,居然改元天顺,号令一方。金将仆散安贞统花帽军至山东,与行省完颜霆会师讨杨安儿。适值李全还归青州,惟安儿兄妹与金人对敌,究竟乌合之众不及纪律之师,连战连败,航舟入海。金人悬赏募李全首,有舟人曲成袭击安儿,安儿投水自尽。惟四娘子仗着膂力，竟得逃生。安儿余党刘全等收拾散卒，权奉四娘子为主，号称姑姑，且召李全回援。全星夜驰至，与杨氏合军再战，又为完颜霆所败，退保东海。金兵复剿平他盗刘二祖等，余盗霍仪、彭义斌、石珪、复全、时青、葛德广诸人，穷无所归，溷迹岛屿间，剽掠为生。李全夫妇也只好做这桩买卖，聊且度日。会宋知楚州应纯之令镇江武锋卒沈铎、定远民李先、招抚山东群盗，号为忠义军，分二道伐金。李全亦率五千人归附，与副将高忠皎合兵攻克海州。嗣因粮运不济，退屯东海。未几，李全又与兄李福袭金莒、密、青州，相继攻克。纯之遂密奏："山东群盗均已归正，中原可复。且请授李全官阶，风厉余众。"于是宋廷遂授全为武翼大夫，兼京东副总管，时已在嘉定十一年正月中了。正是：

> 失马非忧得马惧，引狼容易驭狼难。

当李全归附时，宋、金又复开战，欲知战事如何？且看下回表明。

　　金主珣避敌迁汴，最为失策。敌既退矣，为亡羊补牢计，亟宜缮边备，修内政，而乃弃燕南行，苟安旦夕，亦思我能往，寇亦能往乎？完颜承晖留守中都，援城亡与亡之义，仰药自殉，不失为金之忠臣。然中都失而汴京亦不可保矣。李全亦小丑耳，盗弄潢池，擒杨安儿妹，据境称雄，嗣为金人所迫，归附宋朝。论者以宋人纳盗为非计，夫盗非不可抚，在驭之得其道耳。若恩威并济，使供奔走，则红祆诸贼，亦未始非吾爪牙也。顾抚盗有人，而驭盗无人，卒至养盗贻患，祸乱相寻，惜哉！

第八十八回

寇南朝孱主误军谋　据东海降盗加节钺

却说金主珣迁汴以后，曾遣使告达宋廷，且督催岁币。宁宗召辅臣会议，或主张绝金，或仍主和金，这是宋人故智。起居舍人真德秀上疏请绝岁币、图自治，略云：

女真以鞑靼侵陵，徙巢于汴，此吾国之至忧也。盖鞑靼之图灭女真，犹猎师之志在得鹿，鹿之所走，猎必从之，既能越三关之阻以攻燕，岂不能绝黄河之水以趋汴？使鞑靼遂能如刘聪、石勒之盗有中原，则疆场相望，便为邻国，固非我之利也。或如耶律德光之不能即安中土，则奸雄必得投隙而取之，尤非我之福也。今当乘虏之将亡，亟图自立之谋，不可幸虏之未安，姑为自安之计也。语语中的。夫用忠贤、修政事、屈群策、收众心者，自立之本。训兵戎、择将帅、缮城池、饬戍守者，自立之具。以忍耻和戎为福，以息兵忘战为常，积安边之金缯，饰行人之玉帛，女真尚存，则用之女真，强敌更生，则施之强敌，此苟安之计也。陛下不以自立为规模，则国势日削，人心日偷，虽弱虏仅存，不能无外忧。盖安危存亡，皆所自取。若失当事变方兴之日，而示之以可侮之形，是堂上召兵，户内延敌也。微臣区区，窃所深虑，愿陛下详察。

宁宗得此疏后，遂罢金岁币。夏主李安全已殁，族子遵顼继立，贻书蜀中，请夹攻金人，同复故土。蜀臣以闻，宋廷不报。嗣复遣使贺金廷正旦，刑部侍郎刘铎等及太学诸生上章谏阻，亦皆不答。既而命真德秀为江东转运副使，德秀陛辞，奏陈五事：

（一）宗社之耻不可忘。指报金仇。

（二）比邻之盗不可轻。指鞑靼及山东二寇。

（三）幸安之谋不可恃。指金衰不足为幸。

（四）导谀之言不可听。

（五）至公之论不可忽。

五事以下，又历陈从前祸患，共有十失，反复约一二万言。宁宗也不置可否，随他说了一通，好似没有见闻一般，真德秀只好走了。嘉定十年，金主珣信王世安言，意图南侵，令为淮南招抚使。术虎高琪也劝金主侵宋，开拓疆土，金主即命乌古论庆寿、完颜赛不率兵渡淮，取光州中渡镇，杀死榷场官盛允升。庆寿复分兵犯樊城，围枣阳光化军，另遣完颜阿邻入大散关，攻西和、阶成诸州。宋廷闻警，亟命京、湖制置使赵方，江、淮制置使李珏，四川制置使董居谊，分御金人，便宜行事。赵方字彦直，衡山人氏，尝从张栻游，晓明大义，淳熙中举进士，授青阳县，政教卓著。尝谓："催科不扰，是催科中抚字，罪罚无差，是刑罚中教化。"时人叹为名言。嗣累迁至京、湖制置使，闻金人入寇，召二子范、葵入语道："朝廷忽战忽和，计议未定，徒乱人意，我惟有提兵决战，效死报国罢了。"遂率二子赴襄阳，檄统制扈再兴、陈祥、钤辖孟宗政等往援枣阳，复分扼要塞，作为犄角。再兴等甫抵团山，遥见金兵疾趋而来，势如风雨。急命陈祥、孟宗政设伏以待，自率部军迎敌，稍战即退。金兵追了一程，两旁炮响，伏兵骤发，陈祥自左杀来，孟宗政自右杀来，那时金兵三面受敌，招架不迭，顿时逃的逃，死的死，尸骸枕藉，血肉模糊。孟宗政乘胜前进，兼夜赴枣阳，驰突如神，围住枣阳的金兵立刻骇退。写扈、陈、孟三人，便是写赵方处。宗政入枣阳城，报捷襄阳，赵方大喜，便令宗政权知枣阳军。未几，京、湖将王辛、刘世兴亦连败金人于光山、随州间，于是赵方遂请旨伐金。宁宗连闻胜仗，也激昂起来，当即下诏道：

> 朕励精更化，一意息民，犬羊跨我中原，天厌久矣，狐兔失其故穴，人竞逐之，岂不知机会可乘，仇耻未复？念甫申于信誓，实重起于兵端。今虏首败盟，敢行犯顺，彼曲我直，师出有名，偕作同仇，时不可失。合诏谕中原官吏军民，各申义愤，共讨逆胡。果有非常之勋，自有不次之赏。有能去逆效顺，倒戈用命者，亦当赦彼前愆，量能录用。朕有厚望焉！

这诏下后，两边备战日亟。李全适在是时破莒、密、青三州，应得任官。应前文。金完颜赛不复率众攻枣阳，号称十万。孟宗政修城掘濠，誓师守御，又约扈再兴为外应，与金兵相持三月，大小七十余战，无一挫失。赛不忿甚，仗着兵众，环濠筑垒。宗政乘间突击，垒不能成，复盛兵薄城。宗政随方力拒，城赖以全。随州守许国率援军至白水，鼓声相闻，宗政遂统军出战，金兵披靡，相率遁去。惟金将完颜赟率步骑万人西犯四川，破天水军，进焚大散关，入皂郊堡。利州统制王逸号召兵民，驱逐金兵，夺还大散关，追斩金统军完颜赟，复进秦州，至赤谷口。沔州都统制刘昌祖命退军，竟至全部溃散。金人又合长安、凤翔的屯卒，再攻入西和、成阶州，进薄河池。

兴元都统吴政麾兵驰御，击退金兵，尽复所失土地。金兵已是
强弩之末。金主珣闻各路将士胜败无常，未免动了悔意。又兼
河北郡县多为蒙古所夺，腹背受敌，不便再战，乃遣开封府治
中吕子羽为详问使，渡淮议和。中途为宋人所拒，因即折还。
金主珣乃复遣仆散安贞为副元帅，辅太子守绪南侵，且令西路
诸军再攻西和、成、凤诸州，入黄牛堡。吴政拒战败绩，竟至
阵亡。金兵长驱入武休关，破兴元府，陷大安军，直下洋州。
沿途守将，望风奔溃，连四川制置使董居谊也都逃走。亏得都
统张威令部将石宣等至大安军邀截金兵，歼敌三千人，擒住金
将巴土鲁安，巴土鲁一作巴图鲁。金兵乃退。

　　已而金兵复入洋州，焚掠而去。宋廷乃加罪董居谊，安置
永州，改任聂子述为四川制置使。子述望浅资卑，不足镇压，
兴元戍卒张福、莫简等作乱，头裹红巾为号，窜入利州，子述
退保剑门。时故制置使安丙，早卸除兵柄，退为醴泉观使，只
丙子癸仲知果州，子述檄令统兵讨贼，张福等竟转掠果州并及
阆州，四川大震。宋廷乃复起丙知兴元府，兼利州路安抚使，
川民闻丙复至，私相庆慰，惟叛贼掠遂宁、入普州、负茗山。
丙自果州至遂宁，调集诸军，把茗山围住，绝贼樵汲。福众屡
次冲突，均不能脱。沿州都统制张威又奉檄到来，福穷蹙乞
降。威执福献丙，丙斩福以徇。威又捕到莫简及贼众千三百
人，尽行伏诛，红巾贼悉平，川境复安。丙乃班师还至利州，
金人也不敢再进。

　　独金太子守绪等南侵，遣将完颜讹可等复围枣阳，讹可一
作鄂和。孟宗政竭力拒守，且遣人至襄阳告急，乞请济师。赵
方语二子道："金人大举攻枣阳，唐、邓等处势必空虚，尔等
可会同许国、扈再兴两军，分攻唐、邓，令敌还救，枣阳自可
解围了。"二子遵命启程。临行时，方又嘱道："范可监军，
葵可殿后，若不克敌，毋再相见！"言毕，又给刘文两道，令

分投许、扈两人。二子持劄而去，当即与许、扈会师，遵行事。国进攻唐州，再兴进攻邓州，两路锐进，焚敌粮储。敌人敛兵固守，两军各分驻城下，专待金兵还援，以便截杀。这时候的淮西一方面，又由金左都监纥石烈牙吾答—译作赫舍哩要赫德。及驸马阿海围攻安丰军及滁、濠、光诸州。又分兵数路，一攻黄州的麻城，一攻和州的石碛，一攻滁州的全椒、来安及扬州的天长，真州的六合，淮南大扰。江、淮制度使李珏，命池州都统制武师道、忠义军都统陈孝忠往援。皆畏金人声势，逗留不前。淮东提刑贾涉继应纯之后任，权知楚州，节制京东忠义军，即山东降盗。闻江、淮危急，飞檄陈孝忠赴滁州，夏全、时青赴濠州，季先、葛平、杨德广赴滁、濠，李全兄弟断敌归路。全奉檄趋涡口，与金将纥石烈牙吾答等连战化湖陂，杀金将数人，得敌金牌。金人乃解诸州围，尽行北去。全追至曹家庄，复斩馘数百人，乃还军献俘，并缴上所获的金牌，向涉求赏。涉曾悬赏格，有条例数则，能杀金太子，赏节度使，能杀亲王，赏承宣使，能杀驸马，赏观察使。全只说杀死驸马阿海，请如约受赏，涉也不暇详查，竟替他奏请，授全广州观察使。其实阿海仍然活着，并没有死过呢。据此一端，已见李全习诈。

且说许国、扈再兴两军分攻了数十日，本意是望枣阳解围，来援唐、邓，所以不甚猛攻。偏金兵仍围住枣阳，未尝撤回。赵方迭接军报，令许国退回随州，扈再兴与二子移援枣阳。枣阳受攻已八十余日，金将完颜讹可百计攻扑，炮弩迭施，俱由孟宗政设法堵住。间出奇兵奋击，屡挫金兵。赵范、赵葵、扈再兴转战而南，连败金人，直抵枣阳城。孟宗政见援兵大至，亟自城中出击，内外合势，士气大振，自傍晚杀至三更，毙金兵三万人，余众大溃。完颜讹可单骑遁去。宗政等追到马磴寨，焚去城堡，夺得资粮器械不可胜算，方才收军而还。金人自是不敢窥襄、汉、枣阳。中原遗民陆续来归，宗政给以田庐，选择勇壮，号忠顺军，俾出没唐、邓间。金人惧宗政威名，争呼为孟爷爷。

赵方以金人屡败，必且复来，不若先发制人，借沮敌谋。乃遣扈再兴、许国、孟宗政等率兵六万，分三道伐金，戒以毋深入，毋攻城，但毁寨夺粮，撤彼守备，便足示威了。再兴、许国等遂分攻唐、邓，见金人有备，不过沿途抄掠，驰骤了好几日，随即退还。金人率众来追，径至樊城，赵方亲督诸军，击退金人。孟宗政复进破湖阳县，擒金千户赵兴儿。许国遣将耶律均与金人会战北阳，杀金将李提控。扈再兴又攻入高头城。金兵连败，声势日蹙。新除观察使李全因战胜化湖陂，渐萌骄志，佯与贾涉结欢，曲意趋承。涉已受朝廷命令，主管淮东制置司，节制京东、河北军马。分忠义军为两屯，都统仍属陈孝忠，更令季先为副。李全自为一军，营领五寨。季先素有豪侠名，为降众所敬服，全独怀妒忌，阴结涉吏莫凯，令潜季先。涉误信为真，诡遣季先赴枢密院议事，暗令心腹刺先道中，先不及防，竟被刺死。涉遣统制陈选代统先众。

看官！你想先无辜被杀，含冤莫白，他的部下肯俯首帖耳不起怨言么？坐实贾涉罪状。当下有裴渊、宋德珍、孙武正、王义深、张山、张友六人为先发丧，倡义拒选，潜迎旧党石珪为统帅。选还报涉，涉无法可施，只得再用羁縻计策，笼络石珪，保举珪为涟水忠义军统辖。益启盗心。李全以去一季先，来一石珪，仍然是一个敌手，复欲设法除珪。一面招降金益都守将张林，得青、莒、密、登、莱、潍、淄、滨、棣、宁、海、济南诸郡，奉表归宋，买动朝廷欢心，一面袭金泗州及东平，自夸威武。政府一再奖谕，贾涉亦一再慰劳，全志态益骄，降军多半不服。时青为金将所招，先行叛去，金命为济州宣抚使。蒙古帅木华黎乘隙入济南，降将严实亦至蒙古军前奉款投诚。木华黎授实行尚书事。自是石珪亦渐萌异志，谋叛贾涉。李全以为时机已至，即向涉上书，自请讨珪。涉乃调全众至楚州，陈列南渡门，更移淮阴战舰至淮安，示珪有备。且诱招珪众，来者增粮，否则停饷。珪众逐渐解散，珪竟往降蒙古军。全复请诸涉，乞并统涟水军，涉不能却，竟以付全。

全愈加骄悍，目空一切，旋假超度国殇为名，往金山寺作佛事。知镇江府乔行简用方舟迎全，舟中备设筵宴并及女乐，全入舟高坐，畅饮尽欢，旁顾左右，满列吴姬，这几个是纤秾合度，那几个是妖冶绝伦，待至度曲侑觞，歌声迭起，一片娇喉，传入耳鼓，令人不禁销魂。比四娘子何如？只碍着行简面上，一时不便搂抱，只好硬着心肠，自存官体。及到了金山，入寺设坛，除开场主祭外，尽好出外游赏，触目无非妖娆，到眼总是佳丽，不由的叹美道："六朝金粉，名不虚传，我得志后，定当在此处营一菟裘，方不虚过一生哩。"究竟是个盗贼。既而佛事已竣，仍返故镇，遍语徒党道："江南繁丽无比，汝等也愿往游么？"大众当然赞成。全始造方舟，寄泊胶西，扼宁海冲要，令兄福守舟榷货，为窟宅计。时互市始通，北人尤重南货，价值十倍。全诱商人至山阳，舟载车运，与商分利。

舟由李福主运，车归张林督办，林一无所得，已是不平。且林已受命总管京东，所恃盐场税则作为军饷，福又欲与林分场，林不肯允。福怒道："渠忘吾弟恩德吗？待与吾弟商量，取渠首级。"林闻言益惧，同党李马儿劝林归蒙古，林遂以京东诸郡，向蒙古乞降。木华黎任林行山东东路都元帅府事，又激走了一个。福恐林袭击，遁还楚州，嗣由知济南府仲往讨张林，林败走。李全乘间据青州，宋廷竟授全为保宁节度使，兼京东、河北镇抚副使。贾涉叹息道："朝廷但知官爵，可得士心，哪知愈宠愈骄，将来更不可制呢。"你也未尝无过。原来右丞相史弥远早欲授全节钺，贾涉屡上书劝阻，至是骤然下诏，所以涉有此叹。涉知全必为变，不易控驭，因力求还朝，弥远不允。涉竟忧愤成疾，疾笃得请，卸任南归，竟在途中逝世了。

是时京、湖制置使赵方及四川宣抚使安丙相继沦亡，几不胜宿将凋零的感痛。方守襄、汉殆十年，以战为守，合官民兵为一体，知人善任，有儒将风，所以金人扰边，淮、蜀皆困，独京西一境，安全无恙。嘉定十四年，在任病剧，召扈再兴等至卧室，勉以忠义。是夕，有大星陨襄阳，适与方死时相符。宋廷追封银青光禄大夫，累赠太师，谥忠肃。安丙再起抚蜀，转危为安，复遣夏人书，夹攻金边。夏遣枢密使宁子宁率众围巩州，丙亦命利州统制汪士信等接应夏人。嗣由攻巩不克，双方退师。既而丙卒，讣闻于朝，追赠少师，立祠沔州，理宗朝赐谥忠定。丙颇有将材，为蜀人所畏服，惟杀害杨巨源、李好义，为世所诟，未免累德。后任为崔与之，拊循将士，开诚布公，蜀人亦安。

金主因侵宋无功，岁币复绝，尚不甘歇手，再命完颜讹可行元帅府事，节制三路军马，复出侵宋，以同签书枢密院事时全为副，由颍寿渡淮登陆。至高桥市，击败宋军，进攻固始县，破庐州将焦思忠援兵。嗣闻宋与蒙古通好，恐南北夹攻，无路可归，讹可乃定议北还。行至淮水，诸军将渡，偏时全矫称密旨，留军淮南，割取宋麦，令每人刈麦三石，作为军需。逗留三日，讹可语全道："今淮水浅涸，可以速渡，倘或暴涨，将不便渡军，更虑宋师乘我后路，迫险邀击，那时转不能完归了。"全不肯从命，但说无妨。不意是夜即大雨滂沱，淮水骤涨，讹可乃决意渡淮，造桥济军。全亦不能独留，鱼贯而进。蓦闻炮声四响，鼓声随震，宋军从后杀来。全惶急无措，急乘轻舟先济，部卒不及随上，纷纷投水，多半溺死。尚有未投水的留在岸上，被宋军杀了一阵，统作刀头之鬼。讹可遂归咎时全，禀白金主，金主下诏诛全，自是无南侵意。

蒙古帅木华黎奉成吉思汗命令，受爵大师，晋封国王，经略太行山南，攻取河东诸州郡，又拔太原城。金元帅乌古论德升及行省参政李革等皆自尽。蒙古降将明安领偏师趋紫荆关，降金元帅左监军张柔。柔导蒙古军南下，攻克雄易、保安诸州，乘胜下河北诸郡。金主大封郡公，督令恢复。真定经略使武仙封恒山公，财富兵强，为各郡首，偏遇着蒙古将士，屡战屡败，竟举真定城出降。余郡更不消说得了。瓦解土崩，无可挽救。金主虽诛穆延尽忠，戮术虎高琪，去奸求贤，势已无及。屡次向蒙古求和，木华黎不允，且略山东，攻山西，直薄陕西凤翔府。累得金主珣昼夜不安，酿成心疾，到了宁宗嘉定十六年腊月，竟呜呼哀哉，伏维尚飨了。总计金主珣在位十一年，无岁不被兵，又无岁不弄兵，北不能御蒙古，南不能据宋境，徒落得跋前疐后，坐待衰亡。小子有诗叹道：

　　　蒙儿势盛已堪忧，况复邦危主益柔。
　　　北顾未遑南牧马，多招败辱向谁尤。

金主珣殁，太子守绪立，尊故主为宣宗。越年秋，宋宁宗也竟归天，为了嗣位问题，又酿成一场大变。看官欲知详细，试看下回便知。

　　金至宣宗之世，正蒙古勃兴，亟图南下之时，为宣宗计，正宜南和宋朝，北拒蒙古，备兵力于一方，或尚可杜彼强寇，固我边防。乃听高琪、王世安之邪言，以为取彼可以益此，亦思前门攘羊，后门进虎，羊未得而虎已先噬室人乎？况宋尚有赵方、安丙诸人，具专阃才，固不弱于完颜诸将也。然则金先败盟，宋乃北伐，直在宋而曲在金，原非开禧时比。惟淮西一带，降盗甚多，得良帅以驭之，容或收指臂相联之效，贾涉非其伦也。涉初任季先而招李全，旋信李全而杀季先，降盗因是离心，狡谋反且益逞，涉一举而蹈二失，其尚能坐镇淮西乎？及加授李全节钺，涉乃归咎于史弥远，夫弥远之谬，固不待言，然试问教猱升木者为谁？而顾欲以一去塞责，责其可塞否耶？语有之："父欲行劫，子必杀人。"无惑乎贾似道之再出误国也。

第八十九回

易嗣君济邸蒙冤　逐制帅楚城屡乱

却说宁宗本立荣王曮为皇子，改名为竑，至嘉定十三年，询竟病逝，谥为景献，后宫仍然无出，免不得仍要另选。先是孝宗孙沂王柄无嗣，立燕王德昭九世孙均为后，赐名贵和，嘉定十四年，立贵和为皇嗣，改赐名为询。惟询已过继宁宗，是沂王一支又要择人承继。宁宗曾命选太祖十世孙，年过十五，得储养宫中，如高宗择普安王故事。史弥远亦劝宁宗小心立嗣，不妨借沂王置后为名，多选一二人，以备采择。会弥远馆客余天锡性甚谨厚，为弥远所器重，令为童子师。天锡，绍兴人，因欲还乡秋试，告假暂归。弥远密与语道："今沂王无后，君此去如得宗室中佳子弟，请挈他同来。"天锡应命而去。

既渡浙江，舟抵越西门，天适大雨，不得已至全保长家，为暂避计。保长知为丞相馆师，当即杀鸡为黍，殷勤款待。席间有二少年侍立，天锡问为何人？保长道："此乃敝外孙与莒、与芮，系是天潢宗派，就是开国太祖的十世孙呢。"确是龙种。天锡不禁起座道："失敬失敬！"再问二人履历，始知父名希瓐，母全氏。还有一种奇怪的事情。与莒生时，室中有五采烂然，红光烛天，如日正中。既诞三日，家人闻户外车马声，出视无睹。及三五岁时，昼寝卧榻，身上隐隐有龙鳞，以此邻里争相诧异。平时令日者批命，亦谓与莒后当极贵，即与

芮亦非凡品，天锡遂夸奖了一番。及还临安，具告弥远。弥远
命召二子入见，全保长大喜，鬻田得资，为治衣冠，集姻党送
行，几视为天外飞来的奇遇。弥远操相人术，既见二子状貌，
亦暗暗称奇。嗣恐事泄干禁，遽使复归，全保长大失所望。既
而弥远复嘱天锡，召入与莒，转白宁宗，立为沂王后，赐名贵
诚，授秉义郎，时贵诚年已十七了。叙理宗皇帝出身，不得不格
外从详。贵诚凝重端庄，洁修好学，每朝参待漏，他人或笑语，
贵诚必整肃衣冠，不轻言动。弥远益叹为大器。

　　惟弥远秉政已久，内借杨后为护符，外结私人为党助，台
谏藩阃多所引荐，莫敢谁何。惟皇子竑积不能平，隐与弥远有
隙，弥远亦颇觉着。因竑好鼓琴，特购一善琴的美人，献入青
宫，令伺竑动息。竑既得知音，复逢佳丽，就使明知弥远不怀
好意，也被这情魔迷住，一时无从解脱。更兼那美人知书慧
黠，事事称意，浸润既久，反把她视作贤妇，无论什么衷曲，
都与密谈。尝书杨后及弥远事于几上，后加断语道："弥远当
决配八千里。"又尝指宫壁地图，指琼崖地示美人道："我他
日得志，当置弥远于此地。"有时呼弥远为新恩，言不窜新
州，必置恩州。何疏率乃尔？那美人曾受弥远嘱托，当然转告
弥远，弥远不觉大惊。一日，弥远至静慈寺，为父浩建设经
坛，期加冥福，百官等多来助荐，国子学录郑清之亦至，弥远
独邀清之登慧日阁，私与语道："皇子不堪负荷，闻沂邸后嗣
甚贤，今欲择一讲官，我意属君，请君善为训导。事成后，弥
远的座位就是君的座位。但语出我口，止入君耳，一或漏泄，
你我皆族灭了。"清之唯唯从命。越日，即派清之教授贵诚。
清之日教贵诚为文，又购高宗御书令他勤习。贵诚本是灵明，
功随时进，清之遂往谒弥远，出示贵诚诗文翰墨，誉不绝口，
且说他品学醇厚，端的不凡。弥远于是迳奏宁宗，历言竑短，
且极赞贵诚，宁宗尚莫明其妙。终身糊涂。

及宁宗不豫，弥远径遣郑清之往沂王府，密语贵诚以易储意。贵诚嗫不一言。清之道："丞相因清之从游有年，特将心腹语相告，今不答一言，教清之如何答复丞相？"贵诚始拱手徐言道："绍兴尚有老母，我何敢擅专？"不明言拒绝，只以老母为词，想寸心已默许了。清之转告弥远，因共叹为不凡。过了五日，宁宗疾笃，弥远竟假传诏旨，立贵诚为皇子，赐名昀，授武泰军节度使，封成国公。又越五日，宁宗驾崩，弥远遣杨后兄子谷石，将废立事入白皇后。杨后愕然道："皇子竑系先帝所立，怎敢擅变？"谷等出报弥远，弥远再令入请，一夜至往返七次，后尚未许。谷等泣拜道："内外军民，皆已归心成国，若不策立，祸变必生，恐杨氏无噍类了。"设词恫赫，易动妇女之心。后迟疑了好一歇，方徐徐道："是人何在？"四字够了。谷不待说毕，便三脚两步的跨出宫门，往语弥远。弥远立遣快足宣昀，且语去使道："今所宣召，是沂王府中皇子，不是万岁巷中皇子，汝苟误宣，立即处斩！"及昀入宫见后，后抚昀背道："汝今为吾子了。"昀未尝辞谢，其情可见。弥远引昀至枢前，举哀已毕，然后召竑。

竑已闻讣，竑足待召，良久不至，乃开门待着。但见快足经过府前，并未入内，不由的疑虑交乘，待至日暮，似有数人策马驰过，也不辨为谁氏。至黄昏以后，始有人宣召，急忙带着侍从，匆匆入宫。每过一宫门，必有卫士呵止从吏，到了停枢的殿前，已只有单身一人。弥远出来，引入哭临。止哭后，复送他出帐，令殿帅夏震监守。竑心中大疑，无从索解。俄见殿内宣召百官，恭听遗诏。百官入殿排班，竑亦登殿，由传宣官引至旧列。竑愕然道："今日何日，还要我仍列旧班？"夏震佯说道："未宣制前，应列在此，已宣制后，才可登位。"竑始点首无词。须臾，见殿上烛炬齐明，竟有一少年天子，出登御座，宣即位诏。宣赞官呼百官拜贺，竑不肯拜，被震在后推腰挣首，没奈何跪拜殿下。拜贺礼成，又颁出遗诏，授皇子竑开府仪同三司，进封济阳郡王，判宁国府，尊杨后为皇太后，垂帘听政。于是这位成国公昀，安安稳稳的占了大位，是为理宗皇帝，大赦天下。寻复封竑为济王，赐第湖州，追封本生父希瓐为荣王，本生母全氏为国夫人，以弟与芮承嗣。明年改元宝庆，越三月，葬宁宗于永茂陵，总计宁宗在位三十年，改元四次，享年五十七岁。初任韩侂胄，继任史弥远，两奸专国，宋室益衰。

理宗幼在家中，与群儿戏，尝登高独坐，自称大王，群儿亦共呼为赵大王，至是居然登基。有志求贤，召知潭州真德秀入直学士院，知嘉定府魏了翁，入为起居郎，两人皆理学名家，一时并召，颇孚众望。改元才数日，忽闻湖州不靖，有谋立济王消息，于是丞相史弥远，亟遣殿司将彭壬率禁军驰赴湖州。湖州人潘壬及从兄甫弟丙，闻史弥远擅行废立，心甚不平，关卿甚事？至济王奉祠就第，意欲就近奉立，成不世功。乃遣甫密告李全，求他援助。全欲坐观成败，佯与约期起兵，其实口是心非，毫无诚意。甫还报壬，壬遂部分众人，待全到来。及期不至，当然着急，且恐密谋被泄，必遭逮捕，遂招集杂贩盐盗千余人，结束如全军状，扬言自山东来，夜入州城，求见济王。

济王闻变，奔匿水窦中，被壬觅着，拥至州治，用黄袍加王身上。专抄袭陈桥故事。王号泣不从，恐亦非真意。壬等齐声道：“大王若不肯允，我等有进无退，将与大王同死了。”王不得已，乃与约道：“汝等能勿害太后、官家么？”壬等复同声如约。于是发军库金帛，犒赏众人。知州谢周卿率官属入贺，壬等复伪为李全榜文，揭示城门，声明史弥远废立罪状，且有“领精兵二十万，水陆并进”等语，州人均被耸动。及黎明出视城外，陆上只有巡尉兵卒，水中只有太湖渔舟，并没有什么李全，也没有李全的水陆人马。济王闻报，知难成事，亟与谢周卿商议，遣州吏王元春入报朝廷，自率州兵讨王。壬变名走楚州，甫、丙皆死。及彭壬到来，乱事已平。已而淮右小校明亮捕壬送临安，立即伏法。史弥远始终忌竑，诈言济王有疾，令余天锡挟医至湖州，暗中却嘱委天锡，假称谕旨，逼竑自缢，反以疾薨奏闻。天锡以谨厚闻，胡为亦作是事？寻诏追贬竑为巴陵郡公，又降为县公，改湖州为安吉州。真德秀、魏了翁及员外郎洪咨夔，共替济王法鸣冤，理宗不省。

过了月余，接得淮东警报，制置使许国被李全所逐，窜死道中，楚州竟大乱了。许国曾为淮西都统，卸职家居，至贾涉死后，国上言："李全必反，非豪杰不能弭患。"朝廷即以国为豪杰，令继贾涉后任。国奉命至镇，适李全趋山东，全妻杨氏出郊迎国。国拒不令见，杨氏怀惭而归。及视事，痛抑北军，犒赏银十减八九。全从青州致书称贺，国出示徒众道："全仰我养育，我略示恩威，便竭诚奔走了。"谈何容易。遂复书邀全，令来相见。全诱约不至，国屡致厚馈，坚欲邀全。全党刘庆福亦使人觇国意，知国无意加害，便请全见国。全集将校道："我不往见制阃，未免理曲，我便一往便了。"乃径至楚州，入谒宾赞语全道："节使当庭参，制使必令免礼。"全乃入拜，国端坐不动。全出语道："全归本朝，未尝不拜人，但恨他非文臣，与我相等，他前以淮西都统谒贾制帅，亦免他庭参，他有何功业，一旦位出我上，便如许自大么？全赤心报朝廷，并不造反呢。"国闻全言，颇也自悔，乃设盛宴待全，慰劳加厚，全终未惬意，庆福谒国幕宾章梦先，梦先但隔幕唱喏，庆福亦怒。既而全欲往青州，恐国不允，遂自忖道："渠不过欲我下拜呢，我能得志，何惜一拜。"因折节为礼，动息必请，下拜至再。国喜语家人道："我已折伏此虏了。"一厢情愿。全请往青州，国即允诺，及全已至青，即遣庆福还楚为乱。

　　庆福与杨氏谋，拟蓄一妄男子，指为宗室，潜约盱眙四军谋变。盱眙四将不从，庆福乃止欲除国。计议官苟梦玉侦得密谋，劝国预防。国大言道："尽管令他谋变，变即加诛，我岂儒生不知兵吗？"梦玉见国不从，惧祸将自及，因求檄往盱眙，且转告庆福道："制使欲图汝。"庆福因迫不及待，胁众害国。适国晨起视事，庆福等挟刃而入，国料知有变，竟厉声道："不得无礼！"言未毕，矢已及额，流血蔽面而走。庆福遂指挥乱党，闯入内室，将国全家杀害，且纵火焚署，抢劫库财。国狼狈出奔，由亲兵数十人，掖登城楼，缒下逃命。行至中途，自思家属被害，下无以保妻孥，上无以报国家，还有什么生趣，索性解带自缢，了却残生。不死何为？章梦先被庆福杀死，独苟梦玉家反由乱党保护。

　　楚州既乱，扬州亦震，史弥远闻变，尚欲含忍了事。默思大理卿徐晞稷曾守海州，与李全友善，遂授他为制置使。晞稷至楚，李全亦到，全佯责庆福不能弹压，戮乱党数人，自己上表待罪，一面庭参晞稷。晞稷忙降等止参，全乃喜慰。嗣是全益骄纵，不可复制。晞稷却一意媚全，甚称全为恩府，全妻杨氏为恩堂，尊卑倒置，煞是可笑。实是无耻。全竟檄恩州，内有"许国谋反，已经伏诛，汝等军士，应听我节制"等语。那恩州守将也是一个降盗，就是上文所说的彭义斌，见七十七回。他却有点忠心，不似李全狡诈，当下扯碎来书，奋然大骂道："逆贼背国厚恩，擅杀制使，我必报此仇。"遂南向告天，誓师讨逆。全闻报大愤，即率众攻恩州。义斌出城迎战，击败李全，夺去马二十四。刘庆福引兵救全，又为义斌所败，全不禁气馁，贻书晞稷，请代向义斌讲和。晞稷居然替他排解，义斌知阎稷无用，自与沿江制置使赵善湘书，愿共诛全。盱眙四总管亦欲协力讨贼。知扬州赵范，又上书弥远，幸毋姑盗。偏弥远姑息偷安，禁止妄动，遂令狼心狗肺的李全，逍遥法外。

义斌以山东未定，拟先图恢复，后诛逆全，遂移兵攻东平。东平守将严实已降蒙古，至是因兵少粮虚，阳与义斌连和，暗中却约蒙古将孛里海一译作博勒和。共攻义斌。义斌全未闻知，竟转徇真定，道出西山，与孛里海军相值。两下交锋，未分胜负。不料严实从背后袭击，以致全军大乱，义斌马踬被擒。蒙古将史天泽劝他投降，义斌厉声道："我乃大宋臣子，岂降汝狡虏么？"随即遇害。降盗中要算此人。京东州县，接连被陷，蒙古复进围青州。李全挟青州为营窟，怎肯弃去？便与蒙古军鏖战数次，始终不利，因与兄福相商。福自愿居守，劝全从间道南归，乞兵赴援。全摇首道："数十万劲敌，恐兄未能支持，不若留弟守城，兄去乞援便了。"福乃缒城夜出，自往楚州。史弥远闻全被困，乃欲乘间图全，调回徐晞稷，改任知盱眙军刘琸为淮东制置使。琸赴任时，惟调镇江兵三万自随。盱眙忠义军总管夏全请从，琸料不易驭，令他留镇。偏镇江副都统彭忔移住盱眙，也欲调开夏全，免为己患。乃语夏全道："楚城贼党，不满三千人，健将又在山东，刘制使今日到楚，明日便可平楚，太尉何不继往，共成大功。"全欣然许诺，竟俟刘琸去后，率部众五千名，蹑踪前往。琸至楚城，夏全已随入。那时无法使回，只好留他自卫。

会李福回楚，拟分兵援青州，琸不肯从。福与全妻杨氏遂嗾动部众哗噪不休。琸令夏军驻扎楚城内外，严防兵乱，且限李福等三日出城。全妻杨氏因想出一个离间的方法，密遣人告夏全道："将军非自山东归附么？兔死狐悲，李氏灭，夏氏宁得独存？愿将军垂盼。"数语易入夏耳。夏全不禁心动，遂往杨氏宅中。杨氏盛饰出迎，由夏全瞧入眼波，但见她丰容盛鬋，华服凝妆，威武中寓斌媚态，几惹的目眩神迷。杨氏故意的卖弄风骚，留夏宴饮，自己侧坐相陪。夏全屡顾杨氏，杨氏亦眉目含情，待酒至数巡，杨氏竟娇声语全道："人传三哥已死，三哥指李全，想是排行第三。我一妇人，怎能自立？便当事太尉为夫。子女玉帛，皆太尉物，且同出一家，何故相戕？若今日剿除李氏，太尉能自保富贵么？"原来夏全已受封太尉，所以前时的彭忹，此时的杨氏，均以太尉相呼。夏全闻到此语，喜出望外，几把那身都酥麻了半边，色之迷人，甚于盗贼。便斜着一双色眼道："姑姑！此语可当真吗？"杨氏索性进一步道："太尉若能诛逐刘琸，便即如约。"杨氏之狡，不亚李全。夏全大喜，召入李福，同谋逐琸。

　　议既定，即于次日起事，合攻州署，焚官民舍，杀守藏吏，闹得天翻地覆，鬼哭神愁。琸赖镇江军保护，缒城而出。镇江军与贼夜战，将校多死，器甲钱粟，尽为贼有。夏全既将琸逐出，便跃马赴杨氏营，总道此夜是欢谐鱼水，颠倒鸳鸯，哪知到了营前，竟请他一碗闭门羹，而且满营兵士，列刃以待。当下策马回奔，招众出城，径趋盱眙，沿途大掠。盱眙将张惠、范成进已知夏全为乱，竟闭城拒全，且将全母及妻，在城内捕至，一律斩首，抛掷城下，气得夏全咬牙切齿，恨不得将盱眙城吞了下去。满望多增一妻，谁知反失一妻，哪得不恨？正欲麾众攻城，那城中竟驱兵杀出，反被他蹂躏一阵，丧失部众千人，一时无路可归，竟奔降金人去了。

　　宋廷严责刘琸，琸已至扬州，恐坐罪被诛，竟尔忧死。有诏令军器少监姚翀知楚州，兼制置使。翀毫无材略，也是徐晞稷一流人物，临行时，留母及妻子居都城，自己购得二妾，驾舟径往。枪刃之下，岂可作藏娇窟耶？至楚城东，翀舟治事。探得杨氏无害己意，乃入城往见，用晞稷故例，更加谄媚。杨氏乃许翀入城，翀见州署被毁，尚未修筑，急切无从托足，乃寄治僧寺中，苟延时日。幸有二妾侍奉，倒也不虑寂寞，整日里左拥右抱，乐得寻欢。既而李全守不住青州，竟降蒙古。刘庆福尚分守山阳，自知已为厉阶，惶惧不安，意欲杀李福以赎罪。李福已有所闻，亦欲将庆福杀害。二人互相猜忌，不复相见。一日，杨氏请姚翀议事，翀不敢却，只好前往。既入李营，见刘庆福亦即到来，杨氏开口道："哥哥有疾，军务不能主持，所以请姚制帅及刘总管共议军情。"庆福道："李大哥何时得恙，我却未曾闻知？"杨氏正要回答，里面已有人传出，说要请刘总管入见。刘以李福有疾，料也没甚意外，遂随了传报的人，趋入内室，迂曲数四，才至李福卧处。遥见福卧不解衣，未免疑虑，不得已走近榻前，开口问道："大哥有恙么？"福答道："烦恼得恁地。"刘左右一顾，见榻旁有剑出鞘，益觉心动，亟忙退出。福竟跃起床上，持刀追杀庆福，庆福徒手不支，立被杀死。福竟携首出外堂，交与姚翀。翀大喜道："庆福首祸，一世奸雄，今头颅乃落措大手么？"能杀庆福，岂不能杀汝么？遂驰还寺中，立刻草奏，遣白朝廷。复旨到来，翀蒙优奖，福得增秩，杨氏竟进封楚国夫人。惟楚州自夏全乱后，库储俱尽，纲运不继，李福常向翀索饷。翀无从应付，只说待朝廷颁发，便当拨给。福屡催无着，私下动怒道："朝廷若不养忠义军，何必建阃开幕？今建阃开幕如故，独不给忠义军钱粮，是明借这阃帅，来制压我忠义军呢。"随即与杨氏密谋，邀翀过宴。翀昂然竟往，就坐客次，并不见杨氏出陪，须臾见自己二妾也被召入内，他不知葫芦里面。卖什么药。俄见一班纠纠武夫，在客次外狞目探望，料知不是好兆，便起身急走，甫出客次，但听得一片喧声道："姚制使走了！姚翀逃了！"吓得姚翀无处躲避，几乎心胆俱碎。正是：

逐帅几同棋易子，抢头好似杖惊儿。

毕竟姚翀能逃得性命否？待至下回再叙。

天下事莫不坏于一"私"字。私心一起，则内而作奸，外而犯科，皆因之而起。史弥远之擅谋废立，私也。杨后之允行废立，由恐无噍类之说所激，亦一私也。即济王竑之隐嫉弥远，形诸笔墨，亦无非一私也。即潘壬弟兄之欲奉济王，期建非常之业，亦何一非私也？若夫许国、徐晞稷、刘琸、姚翀诸人，陆续被逐，均为一私字所致。许、徐二人欲制全，而反为所制，刘、姚二人尝媚全，而无益于媚，一念萦私，着着失败，彼夏全、刘义福辈，更不足道也。观此回，不禁为好私者慨矣。

第九十回

诛逆首淮南纾患　戕外使蜀右被兵

却说姚翀闻变，抱头出审，见外面已露刃环列，几无生路可寻。还亏李全部下的郑衍德，挺身保护，翼他出围，沿途尚闻有哗噪声，连忙薙去须髯。缒城夜走，遁至明州，未几病死。二妾不知如何着落？

宋廷以淮乱相仍，再四逐帅，乃欲轻淮重江，楚州不复建阃，就用统制杨绍云兼制置使，改楚州为淮安军，命通判张国明权守。盱眙守彭忔，想乘此建功立业，潜遣张惠、范成进入淮安，语全将国安用、阎通道："朝廷不降忠义军钱粮，无非因刘庆福、李福等屡次生乱，所以停给。今庆福已除，李福尚在，何不一并除去，为朝廷弭患呢？"国、阎二人也以为然，并联络王义深、邢德一同举事。时张林又来降宋，亦欲除福复仇，遂与四人合议，同率众趋李福家。适李福出门，邢德兜头一刀，将福枭了首级，复闯入内室，杀死仝次子通，并四觅杨氏，适得一妇人匿床下，便即牵出，杀死了事。遂将这妇人首，充作杨氏，与李福头颅，并至杨绍云处献功。绍云遣送临安，阖廷皆喜。看官试想！这杨氏李姑姑曾善用双刀，具有一身胆力，难道便畏匿床下，坐听枭首么？原来这妇人首乃是仝姜刘氏，那杨氏早已轻装易服，逃往海州去了。雌儿毕竟不凡。朝廷以功由彭忔，即令他经理淮东。张惠、范成进不得邀赏，又因粮饷缺乏，密约降金，拟执忔为贽仪，遂趋还盱眙，设宴邀忾。两人奉觞上寿，接连灌到数十杯，忾竟醉倒席上，被两人捆缚起来，竟渡淮降金去了。

李全受蒙古命，经略山东，闻兄妾被害，当然不肯干休，便请诸蒙古元帅，愿报兄仇。蒙古元帅不肯遽从。全断指为示道："全若再归南朝，有如此指！"于是蒙古帅命全下淮南。全服蒙古衣冠，移文两淮，自称山东淮南领行省事。杨绍云见了移文，便避往扬州。王义深也奔降金人。国安用独不奔避，诱杀张林、邢德，携首投全军，自行赎罪。全乃不杀安用，与他同入淮安，复移兵占住海州、涟水等处。全妻杨氏又至淮安与全相会，仍然是夫妻完聚，骨肉团圆。史弥远尚专务招抚，使人说全，令毋用兵淮南，当仍加节钺。全以东南利用舟楫，急切里不得水师，不如阳顺朝命，阴习水战。绍定元年，即理宗四年，改颁正朔，李全广募水卒，不限南北，宋军多往应全募，遂增设战舰，与杨氏大阅海洋。一个是两邦阃帅，甲胄辉煌，一个是半老佳人，冠笄绚烂，好算作盗贼世界、儿女英雄。李全夫妇，不伦不类，故用笔亦若讽若刺。全又与金合纵，约把盱眙畀金，金封全为淮南王，全佯辞不受。自是盘踞淮境，对宋称臣，好索饷豢兵，对蒙古也称臣，就将淮南商税盐利，一并垄断，好作为蒙古岁贡，对金且虚与周旋，免他作梗。不愧狡兔。宋廷士大夫都晓得全怀异志，只因弥远执政，专事羁縻，哪个敢来多嘴。全因节钺未加，复遣私人入都，请建阃山阳。一时未得所请，竟密令部将穆椿等潜入皇城纵火，毁去御前军器库，把先朝庋藏的兵甲尽付一炬。朝廷已明知由全所使，还是苟且偷安，不加责问。及全采麦舟过盐城，知扬州翟朝宗，令尉兵出来夺麦，惹得全怒气冲天，立率水陆兵数万名来捣盐城。戍将陈益、楼强皆遁，知县陈遇亦逾城逃去，公私盐货皆为全有。朝宗忙遣干官王节至盐城恳全退师。全哪里肯依，留郑祥、董友守盐城，自提兵还淮安，上表朝廷，只说"捕盗过盐城，县令等弃城遁去。全恐军民惊扰，所以入城安众，现已返楚"云云。弥远尚以全守臣节，授彰化、保康节度使，兼京东镇抚使，谕令释兵。全勃然道："朝廷待我如小儿，啼乃授果，我要这节钺何用？"你明明是个宠儿，屡次变脸。弥远复为罢朝宗，命通判赵璈夫暂摄州事。

全造舟益急，历招沿海亡命充作水手。又贻书璈夫，托词防备蒙古，须增给五千人钱粮，并求誓书铁券。政府尚遗饷不绝，他军士见淮海输粟，都窃议道："朝廷唯恐贼不饱，教我辈何力杀贼？"射阳湖人至有"养北贼，戕淮民"的谣言。时赵范、赵葵已接奉朝命，节制镇江、滁州军马，赵善湘为江、淮制置使。三赵俱嫉全如仇，力主用兵。会值弥远告假，诸执政不加可否，独参政郑清之深以为忧，遂与枢密袁韶、尚书范楷力劝理宗讨逆。理宗准奏。清之又转告弥远。弥远乃亦改图。遂请旨削全官爵，并下诏谕道：

君臣天地之常经，刑赏军国之大柄，顺斯柔抚，逆则诛夷。惟我朝廷，兼爱南北，念山东之归附，即淮甸以绥来。视尔遗黎，本吾赤子，故给资粮而脱之饿莩，赐爵秩而示以宠荣，坐而食者逾十年，惠而养之如一日，此更生之恩也，何负汝而反耶？蠢兹李全，侪于异类，蜂屯聚，初无横草之功，人面兽心，曷胜擢发之罪。谬为恭顺，公肆陆梁，因馈饷之富以啸聚徒徒，挟品位之崇以胁制官吏，凌蔑帅阃，杀逐边臣，刈我民，输掠其众，狐假威以为畏己，犬吠主旁若无人，姑务包含，愈滋猖獗，稔兹恣暴，用怨酬恩，舍是弗图，孰不可忍？李全可削夺官爵，停给钱粮，敕江、淮制臣，整诸军而讨伐，因朝廷佥议，坚一意以剿除。蔽自朕心，诞行天罚。肆予众士，久衔激愤之怀，暨尔边氓，期洗沉冤之痛。益勉思于奋厉，以共赴于功名。凡曰胁从，举宜效顺，当察情而宥过，庸加惠以褒忠。爰饬邦条，式孚众听，能擒斩全首者，赏节度使钱二十万，银绢二万匹，同谋人次第擢赏。能取夺现占城壁者，州除防御使，县除团练使，将佐官民兵，以次推赏。逆全头目兵卒，皆我遗黎，岂甘从叛？良由创制，必非本心，所宜去逆来降，并与原罪，若能立功效者，更加异赉。噫！以威报虐，既有辞于苗民，惟断乃成，斯克平于淮、蔡。布告中外，咸使闻知！

相传此诏即郑清之所草。诏下后，李全便率众至扬州湾头，来夺扬城，赵璡夫惶急欲奔，为副都统丁胜所阻，乃闭城拒守。会璡夫得史弥远书，许增全万五千人粮，劝归淮安，因即遣部吏刘易赴全营，持书相示。全笑道："史丞相劝我归，丁都统与我战，非相绐么？"即掷书不受。易返报璡夫，璡夫亟发牌印至镇江迎接赵范。范亦约葵同援。葵即率雄胜、宁淮、武定、强勇四军，共万五千名，驰赴扬州。全党郑衍德劝全先取通、泰二州，再攻扬城，全乃引兵攻泰州。知州宋济迎降，全入掠子女货币，转趋扬州。途次闻范、葵已入扬城，便举起马鞭挞郑衍德道："我本欲先取扬州，汝等劝我取通、泰，今二赵已入扬州了，试问扬州易下否？"衍德无词可答。

全乃分兵守泰州，自率众攻扬州，进扑东门。赵葵出城搏战，拒濠问答。葵问全来何为？全答道："朝廷动见猜疑，今复绝我粮饷，我并非背叛，但来索粮呢。"葵怒道："朝廷视汝作忠臣孝子，汝乃反戈攻陷城邑，怎得不绝汝钱粮？汝云非叛，欺人呢？欺天呢？由汝道来！"揭破狡谋。全理屈词穷，竟弯弓抽矢，向葵射来。葵用枪拨矢，矢入濠中，遂驱军越濠，拟与全决战，全竟退去。翌日，全悉众攻城，也被葵击退。嗣是屡攻屡却，二赵更迭战守，并陆续有援军到来，无懈可击。

全拟筑长围困住守兵，自己跨马张盖，部下奏乐，督兵筑垒。范令诸门用轻兵牵缀，自领锐卒出堡寨，向西攻全。全亦分兵酣战，自辰至未，杀伤相当，两下方鸣金收军。越宿，范复出师大战，令偏将金玠袭击全粮船，杀败全将张友，夺得粮船数十艘。又越宿，葵复出战，亦将全军杀败。惟全自恃兵众，始终不肯退去。

自绍定三年冬季，相持至四年孟春，全尚欲浚堑固垒，范、葵遣诸将出城掩击，全不及防，奔入土城，蹂溺甚众。范列阵西门，上马待战，偏全众闭垒不出。葵语范道："贼俟我收兵，方来追击呢。"当下命将校李虎伏骑破垣间，佯收步卒诱贼。贼果掩杀出来，李虎奋起力斗，城上亦矢石如雨，贼乃败回。到了上元，城中放灯张乐，故示整暇。全亦往海陵，召伎侑觞，张灯设宴。越日，复置酒高会平山堂，有堡寨候卒，识全枪上垂有双拂，便入报赵、范。范语葵道："此贼好勇而轻，既出土城，定当成擒。"乃先授李虎密计，然后尽选精锐，西出攻全，却故意用羸卒旗号诱他迎击。全望见旗帜，突斗而前，范麾兵并进，葵轻出搏战，各军俱踊跃上前，无一落后。全始知不可敌，且战且退，欲奔还土城，将至瓮门，忽有一彪军突出，阻住马前，为首一员统帅跃马抡刀，大呼道："贼全休走！李虎在此！"不亚虎名。全无心恋战，复拍马返奔。赵葵、李虎前后相迫，杀得全兵东倒西歪，十丧七八。全夺路北走，径趋新塘。新塘淖深数尺，适值久晴，浮尘如燥壤，全手下只有数十骑，拼命乱逃，急不择路，更兼天色将昏，前途难辨，扑通扑通的响了数声，那数十骑都陷入淖中，全亦当然被陷。官军从后追至，竞持长枪乱刺，全急呼道："毋杀我，我乃头目。"官军闻得头目两字，越发奋力刺全，全立被刺毙。所从三十余人，也毋一得生。军士且支解全尸，分夺鞍马器械，回营报功。看官！你道全陷淖中，何故尚自称头目？他以为"头目"两字乃是普通贼目的称呼，并非贼帅，意欲将此哄骗官军，幸图脱难。哪知官军里面的赏格，已有获一头目，应赏若干的条例，所以军士恐夺不调匀，索性把他支解，碎尸而去。好诈者终以诈败。全既死，余党欲溃，惟国安用不从，议推一人为首，莫肯相下，乃还趋淮安，欲奉全妻杨氏为主。赵范、赵葵追击，复大破贼党，方才四散。范、葵收军还扬州，使人瘗新塘骸骨，检得一尸，左手无一指，方信全已真死。李全断指见前文。先是全祷茅司徒庙，不得应验，全怒，断神像左臂，或梦神语道："全伤我，全死亦当如我。"至是果然。

扬州解严，赵善湘露布上闻，朝右相庆，诏加善湘为江、淮制置大使，范为淮东安抚使，葵为淮西提刑，余将亦赏赉有差。范与葵再率步骑十万，直捣盐城，屡败贼众，复进薄淮安城，杀贼万计，焚二千余家，城中哭声震天，未几城破，烧寨栅万余。全妻杨氏语郑衍德道："二十年黎花枪，天下无敌手，今事势已去，不能再支，汝等未降，想因我在的缘故。我今去了，汝等不妨出降呢。"遂带了亲卒百人，闯出城外，向北径去。至此尚能漏网，好算是奇妇人。贼党乃遣伪参议冯垍等纳款军门，范准他降顺。淮安乃平。就是海州、涟水等处，也即收复。杨氏窜归山东，又数年乃毙。十年强寇至此始扫荡无遗了。归结李全。

且说理宗初年，亲用儒臣，有心求治，只因弥远当国，邪正不能并容，且因真德秀、魏了翁等尝讼济王竑冤，更为弥远所侧目。弥远遂引用三凶，并入谏院。三凶为谁？一是梁成大，一是李知孝，一是莫泽。成大尤谄事弥远，由知县骤任御史，以排斥正士为要旨。会太后撤帘归政，国事由理宗亲理，三凶遂交劾真、魏，说他私祖济王，朋邪误国。真、魏相继罢官，连员外郎洪咨夔亦连坐被斥。魏了翁且谪居靖州。成大贻书亲友道："真德秀乃真小人，魏了翁为伪君子。"当时目为狂吠，因呼成大为成犬。理宗录用名贤后裔，如程、朱、张、陆等子孙均授官秩，并建昭勋崇德阁，图绘先朝功臣，共二十四人，赵普为首，赵汝愚为殿。但徒追既往，不顾目前，所有真、魏诸贤黜逐殆尽，这真所谓叶公好龙，欲得反失呢。

是时蒙古主铁木真与木华黎分略南北，木华黎略南方，铁木真略北方，适乃蛮部酋太阳汗子屈曲律逃奔西辽。西辽据葱岭东西地，自辽人耶律大石即耶律达什。痛辽被灭，往走回疆，联合回纥诸部成一大国，有志规复，未成而死，再传至孙直鲁克，君临如故。惟东方属部，多为蒙古所夺，国势渐衰。屈曲律奔投西辽，由直鲁克招为女夫，畀以大权。屈曲律竟篡了王位，东向袭蒙古属境。铁木真遣哲别往征，哲别率军直入，屈曲律战败西遁，至巴克达山，被哲别追获，一刀了事。西辽全土尽归蒙古。哲别归国后，蒙古商人往花剌子模，被他杀掠。花剌子模在西辽西境，向奉回教。铁木真遣使诘问，又复被杀，乃亲督兵攻花剌子模。花剌子模王谟罕默德敌不住蒙古军，窜死里海岛中。谟罕默德长子札兰丁奔至哥疾宁，纠集余众，出御蒙古。战了两三仗，被蒙古军杀得人仰马翻，只剩札兰丁一人一骑逃至印度河边，投河南渡。铁木真再拟南追，遇着了一个奇兽，名叫角端，文臣耶律楚材乘势劝主罢兵，只说："这兽是旄星精灵，好生恶杀，特来儆告主子，罢兵息民。"铁木真闻言，才准班师。尚有哲别、速不台二军，逾太和岭袭钦察部，阿罗思即俄罗斯。诸侯王联兵援钦察，俱为哲、速二将所破，歼馘无算。哲别遇疾退军，铁木真班师命令亦已颁到，乃收兵而回。

铁木真回国后，因西征时征兵西夏，夏主不从。再饬夏主遣子入质，夏主又不从。惹得铁木真非常恼恨，更兼木华黎病殁南方，缺一统帅，因拟南征西夏，乘便经略中原。西夏自李安全后，又易二主，安全传与从子遵顼，遵顼复传子德旺，德旺本庸弱无能，国是由悍臣阿沙敢钵处决。前此蒙古使至，征兵征子，都是他一人拒绝。此次铁木真决意出师，行至中途，忽然罹疾，乃只遣使诘责夏主。阿沙敢钵对着蒙使又挺撞了好几语。蒙使返报铁木真，铁木真勃然起床，麾兵大进，直指贺兰山。阿沙敢钵居然率众迎击，哪知蒙古兵煞是厉害，任你阿沙敢钵如何大胆，至此全没用处，只好弃众逃走。也是一个景延广。铁木真遂下西凉，入灵州，破临洮，据洮河、西宁二州，进攻德顺。夏主李德旺忧悸而死。弟子睍继立，睍尚幼弱，晓得什么军务，官民统依山凿穴，偷避敌锋。及德顺被陷，敌逼夏都，夏主睍穷蹙出降，蒙古兵一齐入城，掳了财帛，劫了子女，所有夏主宫眷，一股脑儿牵扯了去，或杀或辱，自不消说。还有匿居土窟的官民，也被蒙古兵搜着，财物夺去，性命呜呼。总计夏自元昊称帝，共传十主，历二百有一年而亡。

　　铁木真养疾六盘山，病势日重，自知不起，语左右道："西夏已灭，金势益孤，我本拟乘胜灭金，奈天命已终，势难再延，若嗣君能继我遗志，南略中原，最好是假道南宋，宋、金世仇，必肯假我，我下兵唐、邓，直捣大梁，不怕他不为我灭。比那取道潼关，难易相去十倍哩！"此即避坚攻瑕之计。言讫遂逝，年六十六。蒙古人称为太祖，遗旨命少子拖雷监国。拖雷亦作图类。越年，开蒙古大会，由诸王诸将等齐来会议，叫作库里尔泰会，推太祖第三子窝阔台为大汗。窝阔台既即汗位，承父遗志，一意攻金。宋理宗绍定三年冬月，偕弟拖雷等入陕西，连下山寨六十余所，进逼凤翔，分兵攻潼关。越年，凤翔被陷，惟潼关不下。窝阔台汗忆父遗言，命速不罕一作绰斯工。为行人，往宋假道，到了沔州，被统制张宣杀死。窝阔台汗得了此信，自然不肯干休，遂命拖雷率骑兵三万人，竟趋宝鸡，攻入大散关，破凤州，屠洋州，出武休东南，围住兴元。军民走死沙窝，约数十万。再遣别将入泚州，取大安军路，开鱼鳖山，撤屋为筏，渡嘉陵江，略地至蜀。四川制置使桂如渊逃归，被蒙古拔取城寨，共四百四十所。有诏令李暨为四川制置使，知成都府，赵彦呐为副使，知兴元府。两使正在出发，那蒙古兵已饱掠蜀境，舍蜀而去，小子有诗叹道：

> 无端戎使怒邻邦，骄子雄心岂肯降？
> 虽是偏师攻蜀右，几多血嵴淹西江。

欲知蒙古兵何故去蜀，俟至下回再详。

李全之骄，史弥远酿之也。李全之悍，亦史弥远纵之也。全无文材，无武略，徒恃诈术以欺人，掉而去之，一将力耳。况彼已败降蒙古，复入楚州以报私仇，甚至旁陷郡邑，四掠人民，是明明一宋之叛贼也，弥远尚欲授以节钺，真令人无从索解。且于全则豢之唯恐不优，于真、魏则屏之唯恐不远，是诚何心？得毋所谓方以类聚，物以群分者欤？非郑清之之决讨于内，二赵之力制于外，几何不糜烂江、淮也。若蒙古主之灭西辽，平西域，亡西夏，皆《元史》中事。本回第撮举大要，惟假道南宋一节，为《宋史》中最关紧要之事。夫假道伐虢，虞随以亡，绳以唇亡齿寒之谊，宋固不宜假道，然辞其使可也，戕其使不可也。杀一人而丧千万人，其得失为何如耶？

第九十一回

约蒙古夹击残金　克蔡州献俘太庙

却说蒙古太祖少子拖雷分兵略蜀，拔取城寨四百四十所，因尚未遽绝宋好，但借偏师示威，即行召还。会兵陷饶凤关，渡汉江东行，将趋汴京。金主守绪急令诸将分屯襄、邓，行省完颜合达合达一作哈达。及移剌蒲阿，一作伊喇丰阿拉。率诸军入邓州，杨沃衍、陈和尚、一作禅华善。武仙等皆会，乃出屯顺阳。适蒙古兵渡过汉江，来袭金军背后，哈达见蒙兵势盛，拟从旁道走避，那敌骑已是驰至，几乎招架不住。还亏部将蒲察定住一作富察鼎珠。奋力截杀，敌骑始退。哈达屯留四日，不见敌兵，便引军还邓，不料行至半途，忽从林间突出敌骑，将他辎重劫去，金兵几不成列。幸敌骑得了辎重，即行远，军士才免丧亡。哈达返邓后，反称大捷，捏报汴都，金廷相率庆贺。

隔了数月，蒙古主窝阔台汗亲自督兵南下，由白坡镇渡河，进次郑州。遣速不台领兵攻汴。金主守绪不意北兵猝至，吓得手足无措，忙召合达、蒲阿还援。合达等奉命即行，偏拖雷又出来作对，自率铁骑三千，追尾金军。金军还击，他却退去，金军启程，他又来袭，害得金军不遑休息，且行且战，至黄榆店，天忽雨雪，不能前进。蒙古将速不台已派兵阻金援师，于是金军前后被阻。至雨雪少霁，接连得汴京来使，催他速援。合达不得已再行，至三峰山，蒙古兵已两路齐集，四面兜围。金兵无从得食，饿至三日，顿时大溃，武仙率三十骑先奔，杨沃衍等战死。合达知大势已去，忙邀蒲阿与商，拟下马死战。哪知蒲阿已杳如黄鹤，不知去向，只有陈和尚等尚是随着，乃相偕突围，走入钧州。窝阔台汗复遣将接应拖雷，合攻钧州。钧州城内只有败兵数千，哪里保守得住？眼见得被他攻入，合达、陈和尚皆被杀，连先行逃走的蒲阿，也被蒙古兵追获，结果性命。蒙古兵移攻潼关，守将李平迎降，转围洛阳。留守撒合辇一作萨哈连。背上生疽，不能出战，投濠自尽。兵民推警巡使强伸为府金事，死守三月，无隙可乘，敌始退去。

　　窝阔台汗意欲北归，遣使自郑州至汴，谕令速降。金主没法，乃封荆王守纯子讹可一作鄂和。为曹王，令尚书左丞李蹊送往蒙古军前，纳质请和。仿佛徽、钦受围时情景，天道好还，一至于此。偏蒙古将速不台仍然攻城，连日不懈。幸汴城坚固，炮石迭下，一守一攻，相持至十六昼夜，内外积尸如山。速不台知不可下，乃与金议和。金主乃遣户部侍郎杨居仁出犒蒙古兵，酒肉以外，并有金帛珍异等件。速不台乃麾兵退去，散屯河、洛间。已而蒙古行人唐庆等来金通好，被金飞虎军头目申福等杀死，于是和议复绝。蒙古主窝阔台汗复议大举，特遣使臣王旻南至京、湖，与宋京、湖制置使史嵩之议协力攻金。史嵩之奏报宋廷，廷议统以为机不可失，应从蒙古所请，乘此复仇。独淮东安抚使赵范进言道："宣和时，海上定盟，初约甚坚，后卒取祸，不可不鉴。"理宗不从，命史嵩之遣使往报，愿出师夹攻金人。嵩之乃遣邹伸之往报蒙古，蒙古主许俟成功，当把河南地归宋。依然一约金灭辽的故辙。伸之乃还。

　　是时金主守绪因和议决裂，恐蒙古兵复来攻汴，遂募民为兵，括粟为粮。怎奈百姓多不愿充役，更兼民食缺乏，自己难谋一饱，哪里还有余粟可以接济军饷？左丞相李蹊及参政合周，一作哈准。不管人民死活，硬要他输粟入官，所括不满三万斛，已是满城萧索，死亡枕藉。金主守绪自思粮尽兵虚，汴城终恐难守，遂议徙都避难，命右丞相赛不、一作萨布。平章白撒、左丞相李蹊等率军扈从。留参政奴申、一作讷苏肯。枢密副使习捏阿不一作萨尼雅不。等守汴，自与太后、皇后、妃主等告别，大恸而去。既出城，茫无定向，诸将请幸河朔，乃自蒲城渡河。适归德统帅石盏女鲁欢一作什嘉纽勒珲。送粮至蒲城，留船二百艘，张布为幰，请金主乘船北渡。渡未及半，忽然大风四起，波浪沸腾，后军不能再济。冤冤相凑，蒙古将回古乃乘隙来追，金元帅贺喜力战捐躯，部兵溺死约千人。金主在北岸相望，吓得胆战心惊，亟奔往泜麻冈。嗣遣白撒领兵攻卫州，蒙古兵渡河来援，白撒急退，到了白公庙，被蒙古将史天泽大杀一阵，弄得全军覆没，只剩白撒一人狼狈遁还。金主大惧，忙趋往归德，遣人往汴京奉迎太后及皇后、妃主等人。哪知汴京西面元帅崔立因此作乱，竟杀死留守大臣，请故主永济子梁王从恪监国，自为太师都元帅尚书令郑王，输款蒙古举城降敌了。

蒙古将速不台进军青城，立盛服往见，称速不台为父。速不台大喜，赐以酒宴，立酣醉而归。托词金主出外，索随驾官吏家属，征集妇女至宅中，名为待送行在，实则借此图欢，见有姿色的丽姝，便牵入卧室，硬令受污，日乱数人，尚嫌不足；一面将天子衮冕后服，出献速不台，既而复劫金太后王氏、皇后徒单氏，梁王从恪、荆王守纯暨各宫妃嫔，统送至蒙古军前。宋有范琼，金有崔立，凶狡相同，立为尤甚。速不台杀死荆、梁二王，所有金太后以下，俱派兵监送和林。在途艰苦万状，比金人掳徽、钦二帝时，尤加虐待，可见祖宗行恶，子孙还报，天理原是昭彰呢。当头棒喝。速不台入汴城，蒙古兵一并随入，径往崔家，把崔立的妻女玉帛，也一并掳去。立尚在城外，闻报归来，已是空空洞洞，不留一物，免不得顿足大哭。转思汴京尚在我手，已失当可取偿，遂也罢了。休想！休想！

且说金主守绪，既到归德，闻汴城失守，两宫被掳，当然忧上加忧。元帅蒲察官奴一作富察固纳。劝金主转幸海州，为石盏女鲁欢所阻。官奴竟率众攻杀女鲁欢及左丞相李蹊以下凡三百人，且将金主锢禁照碧堂。金主愤甚，密与内侍局令宋珪，奉御女奚烈完出、一作纽祜禄温绰。乌古孙爱实一作乌克逊爱锡。等，同谋讨贼。适东北路招讨使乌古论镐一作乌库哩镐。运米四百斛至归德，劝金主南徙蔡州。金主转谕官奴，即日南迁，偏是官奴不从，且号令军民道："敢言南迁者斩！"金主乃与宋珪等定计，令完出、爱实埋伏门间，佯召官奴议事。官奴昂然入门，完出、爱实左右杀出，刺伤官奴。官奴负伤出走，被二人追及，杀死了事，金主乃御门慰抚诸军，俾安反侧。留元帅王璧守归德，径往蔡州。

蒙古兵又进薄洛阳，城内粮尽，留守强伸力战被擒，不屈遇害。宋京西兵马钤辖孟珙复自枣阳出师，与金唐州守将武天锡交战光化，斩天锡首，俘将士四百余人，进拔顺阳，逐金帅武仙，追击至马磴山，杀戮无算。武仙遁至石穴，珙冒雨前进，率锐攻入，仙又遁去。再追至鲇鱼寨及银葫芦山，两战皆捷。那时武仙手下，只剩了五六骑，易服而逃，奔往择州，后为戍兵所杀。余众七万人尽行降宋。珙乃收军还襄阳，方才解甲休息，接得史嵩之檄文，令速进兵攻蔡州。原来蒙古都元帅塔察儿，一作塔齐尔。复令王旻南来，与史嵩之约议攻蔡，嵩之允诺，即发兵先攻唐州。金将乌古论黑汉战死，城遂陷，乃拟进攻蔡州。适孟珙回至襄阳，乃令珙与统制江海，率兵二万，运米三十万石，向蔡州进发，往会蒙古军。

金主守绪尚似睡在梦中，反遣完颜阿虎带一作阿尔岱。至宋乞粮，且面谕道："我不负宋，宋实负我。我自即位以来，常戒饬边将，毋犯南界，今乘我疲敝，来夺我土，须知蒙古灭国四十，遂及西夏，夏亡及我，我亡必及宋，唇亡齿寒，势所必至，若与我连和，贷粮济急，为我亦是为彼，卿可将此言转告便了。"阿虎带到了宋廷，宋廷哪里肯依，顿时下逐客令。可怜阿虎带徒手而回，返报金主。金主无法可施，只得拜天祷祝，并赐宴群臣，谕他效力。酒尚未罢，侦骑已入奏道："蒙古兵到了！"武臣跃座而起，争愿出战。金主遂命诸将分为二队，一队守城，一队拒敌，果然出战的将士，踊跃异常，立将蒙古兵击退。塔察儿自来督攻，也致败却。蒙古兵不敢进逼，只分筑长垒，为围城计。可巧宋将孟珙、江海带了兵粮驰至蔡州城下，与塔察儿相会。塔察儿很是喜欢，当下与孟珙互约分攻，蒙古军攻北面，宋军攻南面，南北军不得相犯。议约已定，遂各安排攻具，分头薄城。看官！你想金人到此，已是残局，一座斗大的孤城，怎经得起两国夹攻？分明是危如累卵，朝不及夕了。

金尚书右丞完颜忽斜虎一作完颜呼沙呼，亦作完颜仲德。日把国家厚恩、君臣大义，激厉军民，誓死固守。塔察儿遣张柔率精兵五千，缘梯登城，城上守将，用长矛钩去二卒，且接连射箭。柔身上齐集流矢，状甚危急。宋将孟珙忙麾先锋往援，才得将柔挟出。次日，珙进攻柴潭，立栅潭上，命部将夺柴潭楼。金人忙来堵御，被宋军一拥而上，无法拦阻，只好倒退。那柴潭楼即由宋军占住。蔡州恃潭为固，外即汝河潭，高出河身五六丈，珙语部众道："金人全仗此水，若决堤注河，涸可立待了。"遂命众凿堤，堤防一溃，水即泄尽。乃命刘薪填潭，以便通道。蒙古兵亦决练江，两军并济，捣入外城。金统帅孛术鲁、一作富珠里。中娄室娄室一作洛索。两人，率精锐五百夜出西门，每人负一束藁，藁上沃油，拟毁两军营寨。蒙古兵先已觉着，埋伏隐处，用强弩迭射。火甫及发，矢已先到，金兵伤毙甚众，只好退回。两军遂合攻西城，前仆后继，又复陷入。惟里面尚有内城，忽斜虎乃饬兵抵御，昼夜不懈。金主守绪自知不支，泣语侍臣道："我为金紫十年，太子十年，人主十年，自思无甚过恶，死亦何恨？所恨祖宗传祚百年，至我而绝，与古来荒暴的君主，等为亡国，未免痛心。但国君死社稷，乃是正义，朕决不受辱虏廷，为奴为仆呢。"还算有些志气。左右相率恸哭，金主乃取出御用器皿分赏战士，并杀厩马犒军。无奈事势已去，无可挽回。已而金徐州复叛降蒙古，行省右丞相完颜赛不殉难，转瞬间已是理宗端平元年了。急点年月。

蔡州城内人困马乏，粮绝援穷。孟珙见黑气压城，上日无光，因命诸军分运云梯，密布城下。金主守绪闻外攻益急，乃召东面元帅完颜承麟入见，谕令传位。承麟泣拜不敢受。金主叹道："朕实不得已的计策，朕身体肥重，不便鞍马驰突，卿平时捷，且有材略，若幸得脱围，保存一线宗祚，我死也安心了。"承麟乃起身受玺。翌日，承麟即位，百官亦列班称贺，礼甫毕，外面已有人入报道："宋军入南城了。"完颜忽斜虎忙出去巷战，但见宋军鼓噪而来，蒙古兵亦随至，自顾手下不过千人，就使以一当十也觉众寡不敌，但到了此时已是无可奈何，只得拼了命与他厮杀。奋斗多时，部下伤亡将尽，忽斜虎已蓄着死志，惟尚欲见金主一面，方才殉国。退至幽兰轩，闻金主守绪已经自缢，遂语将士道："我主已崩，我尚在此做什么？死也要死得明白，诸君可善自为计。"言讫，跃入水中，随流而没。将士皆道："相公能死，我辈独不能死吗？"于是兀术鲁、中娄室以下，统皆从死，共得五百余人。

承麟退保子城，因金主自尽，偕群臣入哭，随语大众道："先帝在位十年，勤俭宽仁，图复旧业，有志未就，实是可哀，应追加尊谥为哀宗。"众无异议，乃爵为奠，奠尚未毕，子城又陷。奉御完颜绛山绛山一作京锡。奉金主守绪遗命，急焚遗骸，霎时间兵戈四集，杀人盈城，承麟等无从脱逃，均死乱军中。宋将江海抢入金宫，正值金参政张天纲，便麾兵将他缚住。孟珙亦到，问天纲道："汝主何在？"天纲道："已殉国了。"殉国两字，声大而宏。珙令他引觅遗尸，到了幽兰轩，屋已尽毁，当命军士扑灭余火，检出金主尸骨，已是乌焦巴弓，不堪逼视。适蒙古统帅塔察儿亦至，乃拟把金主守绪余骨析作两份，一份给蒙古，一份给宋，此外如宝玉法物，均作两股分派，且议定以陈蔡西北地为界，蒙古治北，宋治南，彼此告别，奏凯而回。总计金自太祖阿骨打建国，传至哀宗守绪，历六世，易九主，共一百二十年而亡。

孟珙还至襄阳，当将俘获等件交与史嵩之。嵩之即遣使赍送临安，除金主遗骨及宝玉法物外，尚有张天纲、完颜好海等俘囚一并押献。知临安府薛琼问天纲道："汝有何面目到此？"天纲慨然道："一国兴亡，何代没有？我金亡国比汝二帝何如？"琼不禁惭赧，但随口叱骂数语。徒自取羞。次日，奏白理宗，理宗召天纲问道："汝真不怕死吗？"天纲答道："大丈夫不患不得生，但患不得死，死得中节，有什么可怕？请即杀我罢了。"理宗却也嘉叹，令还系狱中。刑官复令天纲供状，令书金主为虏主，天纲道："要杀就杀，要什么供状？"刑官不能屈，乃令随便书供。天纲但书称："故主殉国。"余无他言，理宗乃献俘太庙，藏金主遗骨于大理寺狱库。朽骨何用？加孟珙带御器械，江海以下，论功行赏有差。

先是孟珙等出师攻蔡，外由史嵩之奏请，内由史弥远主持。至蔡城将下，弥远已晋封太师，兼任左丞相，郑清之为右丞相，薛极为枢密使，乔行简、陈贵谊参知政事。越数日，弥远因有疾乞休，乃准解左丞相职，加封会稽郡王，奉朝请。又越数日，弥远竟死。弥远入相凡二十六年，理宗因他有册立功，恩宠不衰。二子、一婿、五孙皆加显秩。初意颇欲收召贤才，力反韩侂胄所为，至济王冤死，廷臣啧有烦言，遂引用金壬，排斥五士，权倾中外，全国侧目。就是理宗也不能自主，一切尽归弥远主裁。弥远死，理宗始得亲政，改元端平。逐三凶，远四木，三凶已见前回，四木乃是薛极、胡榘、聂子述、赵汝述，均系弥远私党，名字上各系一木，所以叫作四木。召用洪咨夔、王遂为监察御史。咨夔语遂道："你我既为谏官，须当顾名思义，愿勿效前此台谏，但知趋奉权相，徒作鹰犬呢。"遂很是赞成。于是献可赞否，荐贤劾邪，盈廷始知有谏官。至嵩之献俘，遂劾论嵩之，说他："素不知兵，矜功自侈，谋身诡秘，欺君误国。在襄阳多留一日，即多贻一日忧。"疏上不报。咨夔又上言："残金虽灭，邻国方强，加严守备，尚恐不及，怎可动色相贺，自致懈体？"这数语上陈，还算得了优奖的诏命。太常少卿徐侨尝侍讲经筵，开陈友爱大义，隐为济王竑鸣冤。理宗亦颇感悟，复竑官爵，饬有司检视墓域，按时致祭。竑妻吴氏自请为尼，特赐号慧净法空大师，月给衣资缗钱，朝政稍觉清明。忽由赵范、赵葵倡了一条守河据关、收复三京的计议，顿时兵衅复起，南北相争，惹出一场大祸祟来了。

　　燕、云未复虏南来，北宋沦亡剧可哀。
　　何故端平循覆辙，横挑强敌衅重开？

　　欲知二赵计划，且看下回说明。

　　　　本回文字，与作者所编之《元史演义》略有异同。《元史》以蒙古为主脑，故详蒙古军而略宋军，本书以宋为主脑，故详宋军而略蒙古军。即如金之失汴京，失蔡州，亦不及《元史演义》之详。盖金之被灭也，由于蒙古，而宋不过一臂之力，是书就宋论宋，故蒙古与金，皆从略叙而已。至若蒙古与金诸将帅，译名互歧，各史亦多歧出，本文均添附小注，以便与《元史演义》互相对证，非一手两歧，所以便阅者之互忆耳。惨淡经营，于此可见。

第九十二回

图中原两军败退　寇南宋三路进兵

却说赵范、赵葵，因蔡州已复，请乘时抚定中原，收复三京。廷臣多以为未可，就是赵范部下的参议官邱岳，亦以为不应败盟。史嵩之、杜杲等又均言宜守不宜战。参政乔行简时方告假，更上疏谏阻，所言最详。其辞云：

八陵有可朝之路，中原有可复之机，以大有为之资，当大有为之会，则事之有成，固可坐而策也。臣不忧师出之无功，而忧事力之不可继，有功而至于不可继，则其忧始深矣。夫自古英君，必先治内而后治外。陛下视今日之内治，其已举乎？其未举乎？向未揽权之前，其弊凡几，今既亲政之后，其已更新者凡几。欲用君子，则其志未尽伸，欲去小人，则其心未尽革。上有励精更始之意，而士大夫仍苟且不务任责，朝廷有禁苞苴、禁贪墨之令，而州县仍黩货不知盈厌。纪纲法度，多废弛而未张，赏刑号令，皆玩视而不肃。此皆陛下国内之臣子，犹令之而未从，作之而不用，乃欲阖辟乾坤，混一区宇，制奸雄而折戎狄，其能尽如吾意乎？此臣之所忧者一也。自古帝王，欲用其民者，必先得其心以为根本。数十年来，上下皆怀利以相接，而不知有所谓义。民方憾于守令，缓急岂有效死勿去之人；卒不爱其将校，临阵岂有奋勇直前之士？蓄怒含愤，积于平日，见难则避，遇敌则奔，惟利是顾，遑恤其他。人心如此，陛下未有以转移固结之，遽欲驱之北向，从事于锋镝，忠义之心，何由而发？况乎境内之民，久困于州县之贪刻，于势家之兼并，饥寒之氓，尝欲乘时而报怨，茶盐之寇，尝欲伺间而窃发，彼知朝廷方有事于北方，其势不能以相及，宁不动其奸心，酿成萧墙之祸？此臣之所忧者二也。自古英君，规恢进取，必须选将练兵，丰财足食，然后举事。今边面辽阔，出师非止一途，陛下之将，足当一面者几人，非屈指得二三十辈，恐不足以备驱驰，陛下之兵，能战者几万，分道而趋京洛者几万，留屯而守淮、襄者几万，非按籍得二三十万众，恐不足以事进取。借曰帅臣威望素著，以意气招徕，以功赏激劝，推择行伍，即可为将，接纳降附，即可为兵，臣实未知钱粮之所从出也。兴师十万，日费千金，千里馈饷，士有饥色。今之馈运，累日不已，至于累月，累月不已，至于累岁，不知累几千金而后可以供其费也。今百姓多垂磬之室，州县多赤立之帑，大军一动，厥费多端，其将何以给之？今陛下不爱金帛，以应边臣之求，可一而不可再，可再而不可三，再三之后，兵事未已，欲中辍则弃前功，欲勉强则无多力，国既不足，民亦不堪，臣恐北方未可图，而南方已骚动矣。中原蹂躏之余，所在空旷，纵使东南有米可运，然道里辽远，宁免乏绝？由淮而进，纵有河渠可通，宁无盗贼劫取之患？由襄而进，必须负载三千钟而致一石，亦恐未必能达。千里之外，粮道不继，当是之时，孙、吴为谋主，韩、彭为兵帅，亦恐无以为策。他日粮运不继，进退不能，必劳圣虑，此臣之所忧者三也。愿坚持圣意，定为国论，以绝纷纷之议，毋任翘切之至！乔之行谊不足道，惟谏图汴不为无识，故录之。

这一疏很是详明，偏右丞相郑清之力主赵议，劝理宗立即施行。理宗也好大喜功，遂命赵范、赵葵移司黄州，刻日进兵。又令知庐州全子才合淮西兵万人赴汴。汴京由崔立居守，都尉李伯渊、李琦等素为立所轻侮，密图报怨，闻子才军至，通书约降，佯与立会议守城。立未曾戒备，乘马赴会，被伯渊拔出匕首，就马上刺立，穿入立胸，立倒撞下马，仆地即毙。伯渊将尸首系住马尾，号令军前道："立杀害劫夺，烝淫暴虐，大逆不道，古今无有，应该杀否？"大众齐声道："该杀！该杀！他的罪恶，寸斩还是嫌轻哩。"公论难逃。乃枭了立首，望承天门祭哀宗，尸骸陈列市上，一听军民脔割，顷刻即尽。伯渊等出迎宋军，全子才整军入城，屯留旬余，赵葵率淮西兵五万，自滁州取泗州，又由泗趋汴，与子才相见，即语子才道："我辈始谋据关守河，汝师已到此半月，不急攻潼关、洛阳，尚待何时？"子才道："粮饷未集，如何行兵？"葵忿然作色道："现在北兵未至，正好乘虚急击，若待史制使发饷到来，恐北兵早南下了。"子才不得已，乃命淮西制置司机宜文字徐敏子统领钤辖范用吉、樊辛、李先、胡显等，提兵万三千名，先行西上。别命杨谊率庐州强弩军万五千人作为后应。两军只各给五日粮。

徐敏子启行至洛，城中并无守兵，只有人民三百多家，即开城出降。敏子当然入城，次日军食便尽，惟采蒿和面，作饼充饥。那蒙古已调兵前来，与宋相争，适太常簿朱扬祖奉命赴河南，谒告八陵甫至襄阳，由谍骑走报：蒙古前哨，已至孟津、陕府、潼关、河南，皆增兵戍。且闻淮东驻扎的蒙兵亦自淮西赴汴。扬祖不觉大惊，几至进退两难，忙与孟珙商议。珙答道："敌兵两路遥集，计非旬余不达，我为君挑选精骑，昼夜疾驰，不十日即可竣事。待敌至东京，君已可南归了。"扬祖尚是胆怯，珙愿与他同往，乃兼程而进，至陵下奉宣御文，成礼乃退。及返襄阳，来去都平安无恙。扬祖谢别孟珙，自回临安复旨去了。述此一事，应上文乔行简疏中语。

　　惟杨谊为徐敏子后应，行至洛阳东三十里，方散坐蓐食，忽见数里以外，隐隐有麾盖过来，或黄或红，约略可辨。宋军方错愕间，不意胡哨一声，敌兵四至，杨谊仓猝无备，如何抵敌，急忙上马南奔，部众随溃。蒙古兵追至洛水，蹙溺宋军无数，谊仅以身免。行军怎可无备？杨谊也是一个饭桶。蒙古兵遂进迫洛阳城，敏子出城搦战，还幸胜负相当。无如士卒乏粮，万不能枵腹从戎，也只好弃洛退归。赵葵、全子才在汴，屡催史嵩之解粮，始终不至。蒙古兵又自洛攻汴，决河灌水，宋军既已苦饥，哪堪再行遭溺，索性丢去前功，引军南还。一番规划都成画饼。赵范自觉没颜，上表劾全子才，连亲弟葵也挂名弹章，说他两人轻遣偏师，因致挠败。自己要想脱罪，同胞也可不管，此等行迹，恐没人赞成。有诏将葵与子才各削一秩，余将亦贬秩有差。郑清之力辞执政，优诏慰留。史嵩之亦上疏求去，准令免职。嵩之不肯转饷，罪尤甚于清之。即命赵范代任京、湖制置使。既而蒙古复使王檝来宋，以"何为败盟"四字相责，廷臣无可答辩，悻悻而去。自是河、淮以南，几无宁日，南宋的半壁江山，要从此收拾呢。

　　当时宋朝的将才，第一个要算孟珙。珙系孟宗政子，智勇兼优，绰有父风，自留任襄阳，招中原健儿万五千名，分屯汉北、樊城、新野、唐、邓间，以备蒙古，名镇北军。诏命珙为襄阳都统制。珙赴枢密院禀议军情，乘便入对，理宗道："卿是将门子，忠勤体国，破蔡灭金，功绩昭著，朕深加厚望呢。"珙奏对道："这是宗社威灵，陛下圣德，与三军将士的功劳，臣有何力可言？"理宗道："卿不言功，益见德度。"遂授主管侍卫马军司公事，嗣复令出驻黄州。珙入陛辞行，理宗问他恢复的计策。珙对道："愿陛下宽民力，蓄人材，静待机会。"理宗又问道:"议和可好么?"珙又对道:"臣系武夫,理当言战,不当言和。"理宗点首称善,优给赐赍。珙谢赐后,即赴黄州驻扎,修陴浚隍,搜访军实,招辑边民,增置军寨,黄州屹成重镇。

理宗又欲俯从民望,召还真、魏二人,以真德秀为翰林学士,魏了翁直学士院。德秀入朝,将平时著述的《大学衍义》,进呈御览,且面言"祈天永命,不外一'敬'字,如仪狄的旨酒,南威的美色,盘游弋射的娱乐,声色狗马的玩好,皆足害敬,请陛下详察!"至了翁入对,亦以修身齐家,选贤建学为宗旨。理宗统敛容以听,温语相答。看官!你道真、魏所言,果真是纸上空谈,毫无所指么?

原来理宗初年,议选中宫,其时曾选入数人,一系故相谢深甫侄孙女,一系故制使贾涉女。涉女生有殊色,为理宗所属意,即欲册立为后。独杨太后语理宗道:"谢女端重有福,宜正中宫。"理宗不好违拗,只得册立谢女,别封贾女为贵妃。谢皇后曾瞎一目,面且黧黑,父名渠伯,早已去世,家产中落,后尝躬视汲饪。至深甫入相,兄弟欲纳女入宫,叔父樺伯道:"看渠面目,只可做一灶下婢,就使有势可援,得入大内,也不过做个老宫人。况且当厚给装资,急切也无从筹措呢。"事乃中止。会元夕张灯,天台县中,有鹊来巢灯山,众以为后妃预兆,县中巨阀,首推谢氏,乃共为摒挡行装,送后入宫。樺伯不能止。后就道病疹,已而脱痂,面竟转白,肤如凝脂,复得良医治目去瞎,竟成好女。杨太后闻此异征,并因自己为后时,深甫亦阴为帮忙,乃决议册立谢后。但謇笑工妍,妩媚动人。究竟谢不及贾,所以谢正后位,左右共私语道:"不立真皇后,乃立假皇后么?"册立谢后,系绍定四年间事,本文借此补叙。惟谢后素性谦和,待遇贾妃,毫无妒意,太后益以为贤。理宗亦待后以礼。越年,杨太后崩,谥为"恭圣仁烈"。杨太后崩，亦就此叙过。

　　贾贵妃益得专宠，弟名似道，素行无赖，竟得为籍田令。似道仍恃宠不检，每日纵游诸妓家，入夜即燕游湖上。理宗尝凭高眺望，远见西湖中灯火辉煌，便语左右道："想又是似道狎游呢。"翌日，遣人探问，果如所料。乃令京尹史岩之戒饬似道，岩之奏对道："似道落拓不羁，原有少年习气，但才可大用，陛下不应拘以小节。"无非谄事贾贵妃。理宗竟信以为真，自此有向用似道意。岩之可杀。贾贵妃外，还有宫人阎氏，也累封至婉容，美艳不亚贾女，竟得并宠后宫，与内侍董宋臣等，表里用事。因此真、魏二贤，一劝理宗远色，一劝理宗齐家。理宗虽然面从，但大廷正论，怎敌得床笫私情？内嬖当然如故，不过外面却虚示优容。论断确当。

　　当下进真德秀参知政事，德秀时已得疾，屡表辞职，乃改授资政殿学士，提举万寿宫，逾旬即殁。追赠光禄大夫，谥文忠。德秀，浦城人，长身玉立，海内俱以公辅相期，出仕不满十年，奏疏积数万言，均切当世要务，及宦游所至，惠政深洽，行不愧言。所著有《西山甲乙稿》《对越甲乙集》《经筵讲义》《端平庙议》诸书，后世号为真西山先生。真既病逝，与真同志的名士只剩一魏了翁，理宗乃召崔与之参政。与之曾为四川制置使，抚字称能，嗣召为礼部尚书，他竟乞归广州，不肯受命，自是屡诏不起。会粤东摧锋军作乱，诏授他为安抚使，他即肩舆入城，叛兵皆俯伏听命，散归田里。嗣后仍返家治事，至此复召为参政，仍然力辞。惟疏请理宗进君子，退小人。理宗召命益力，辞书至十三上，寻又召他为右丞相，谢征如故。越二年疾终原籍，予谥清献，加封南海郡公。此段统是销纳文字。魏了翁在朝，声气益孤，连疏请促与之入朝，与之又不至，他亦只好不顾利害，直言无隐，先后二十余奏，洞中时弊。理宗颇欲令参政务，偏为执政所忌，暗暗排挤。

　　会值蒙古主窝阔台汗遣子阔端一作库腾。将塔海等侵蜀；忒木解、一作特穆德克。张柔等侵汉；温不花、一作琨布哈，亦作口温不花。察罕等侵江、淮，三路南侵，宋廷大震。郑清之已任左丞相，乔行简进任右丞相，两人会议军务，保荐了一个文臣，出握兵权。看官道是何人？原来就是魏了翁。明是排挤。理宗以执政所奏，说他知兵体国，遂授为端明殿学士，同签书枢密院事，督视京湖军马。又因江、淮督府曾从龙忧悸而死，遂并以江、淮事付了翁。廷臣大骇，多上书谏阻，偏理宗概不见从，已有先入之言。竟命了翁即日视师，并赐便宜诏书，如张浚故事。了翁五辞不获命，恐宰臣责他避事，因把这副重担子勉力承挑。可算好汉。陛辞时，御书唐人严武诗及“鹤山书院”四大字，作为特赐，此外无非是金带鞍马等物。又由宰臣奉命，饮饯关外。了翁出都，竟赴江州、开封视事，用吴潜为参谋官，赵善瀚、马光祖为参议官，申儆将帅，调遣援师，献边防十议，大有一番振作气象。

　　蒙古将温不花攻唐州，全子才等弃师而逃，幸由赵范往援，至上阎击败敌兵，敌始退去。阔端一军入沔州，知州事高稼孤军失援，力战身亡。蒙古兵进围青野原，经利州统制曹友闻，黾夜赴救，方却敌围。嗣又转援大安，击败蒙古先锋汪世显。宋廷闻两路军报，还道蒙古兵不甚厉害，容易守御。转恐了翁因此得功，反被他占了便宜，不如调回了他，撤去军权。遂由两相建议，召了翁还，命签书枢密院事。了翁固辞不拜，乃改授资政殿学士，出任湖南安抚使，兼知潭州。了翁仍旧力辞，诏令提举临安府洞霄宫。未几复命知绍兴府，兼浙东安抚使。又未几，改知福州，兼福建安抚使。了翁累章乞休，理宗不许，寻即病逝。了翁，蒲江人，与真德秀齐名，著有《鹤山集》《九经要义》《周礼井田图》《说古今考》《经史杂抄》等书。理宗闻讣，以用才未尽为恨，特赠少师，赐谥文靖。

　　自了翁谢世，朝右乏敢言士，蒙古兵日益猖獗。赵范在襄阳，任北军将王旻、李伯渊、樊文彬、黄国弼等为腹心。北军权力出南军上，南军积不能平，遂致交讧。范抚驭失宜，旻与伯渊竟纵火焚城郭仓库，走降蒙古。南军将李虎等又乘火大掠，席卷而去。襄阳自岳飞收复以来，城高池深，生聚日蕃，至是城中官民，尚四万七千有奇，库中所贮财粟，不下三十万，军器约二十四库，金银盐钞，尚不在内。南北一场劫夺，遂把累年蓄积，荡得精光。范坐罪落职，以范弟葵为淮东制置使，兼知扬州。葵垦田治兵，严饬边防。惟襄、汉一带，由蒙古将忒木䚟等长驱直入，破枣阳军及德安府，陷随、郢二州及荆门军。温不花也乘势入淮西，蕲、舒、光州诸守臣皆弃城远遁。三州兵马粮械均为蒙古兵所得。温不花直趋黄州，游骑自信阳趋合肥。还有阔端一路攻武休，陷兴元，直入阳平关。利州统制曹友闻与弟友万、友谅率军驰援，适遇风雨骤至，为敌所乘，友闻与弟友万均战死。阔端遂麾兵入蜀，不到一月，凡成都、利州、潼川三路所属府州军，多被陷没。西蜀全境，唯夔州一路，及潼川路所属泸、合二州及顺庆府，还算保存。阔端居成都数日，复移师北攻文州。知州刘锐、通判赵汝芗固守待援，逾月不至。锐自知不免，召集家人，尽令服药。家人素守礼法，不敢违慢。幼子才六岁，饮药时尚下拜而受。及阖家尽死，锐聚尸付火，并所有公私金帛告命尽行一炬，然后自刎而亡。州城遂陷，汝芗被执，大骂敌人，竟遭惨死。军民同死约数万人。碧血千秋。

　　警报迭达宋廷，理宗颇悔前事，下诏罪己。郑、乔二相俱上疏辞职，因一并免官。特起史嵩之为淮西制置使，进援光州，赵葵援合肥，沿江统制陈靷遏和州，为淮西声援。嵩之闻忒木䚟至江陵，亟檄孟珙往援。珙遣民兵部将张顺先渡，自率全军为后应，叠破蒙古二十四寨，援出难民二万余。既而蒙古将察罕攻真州，知州事邱岳战守有方，连却敌军，复出战胥浦桥，设伏诱敌，俟敌来追，伏起炮发，击毙蒙古守将，敌乃引去。是年为端平四年，翌岁改元，号为嘉熙。理宗因继相乏人，仍用乔行简为左丞相，兼枢密使，郑清之知枢密院事，兼参知政事，邹应龙签书枢密院事，李宗勉同签书枢密院事，蒙古兵稍稍敛迹。至秋冬交季，温不花复率兵进攻黄州。正是：

> 蒿目边民遭惨劫，惊心虏骑又凭城。

毕竟黄州能否固守，待至下回申叙。

收复三京之议，廷臣多以为未可，言之固当。但吾以为三京非不可复，所误者将相之非人耳。赵范、赵葵虽尚具将才，而恢复之责不足以当之。清之夤缘权相，得秉大政，自问已属有愧，彼其果能立大功、建大业，得为中兴名佐乎？成事不足，贻祸有余，卒至强敌压境，风鹤频惊，推原祸始，清之何能辞焉？况贾、阎二妃相继专宠，不闻有远色之言。真、魏二贤同时就征，复至有遭忌之举。危不持，颠不扶，焉用彼相为哉？迨蒙古三路进兵，势如破竹，所恃者第一孟珙，天下事已岌岌矣。清之虽去，嵩之又来，有识者已知宋祚之将倾云。

第九十三回

守蜀境累得贤才　劾史氏力扶名教

却说蒙古主窝阔台汗，既发兵南侵，复遣将撒里塔东征高丽。高丽本为宋属，自辽、金迭兴，又转服辽、金，至蒙古盛强，复入贡蒙古。会高丽王皞嗣位，夜郎自大，杀死蒙使，因此撒里塔奉命东征。高丽屡战屡挫，不得不遣使谢罪，愿增岁币。撒里塔转报窝阔台汗，窝阔台汗令遣子入质，才许言和。高丽王只得应命。既而窝阔台汗又遣将绰马儿罕击死札兰丁，<small>即模罕默德子，事见前文。</small>荡平西域，再遣太祖孙拔都、速不台等西征钦察，乘势攻入阿罗思部，北向屠也烈赞城，陷莫斯科，进兵欧洲，分入马札儿、<small>即今匈牙利。</small>孛烈儿<small>即今波兰地。</small>诸境，欧洲北部诸侯王合兵迎击，俱遭杀败，仿佛似天兵下界，所向无前，全欧大震。捏迷思<small>即今德意志。</small>部民均荷担遁去。窝阔台汗因从事西征，暂把南方军务，略从缓进。至西方接连报捷，才促南军进行。<small>叙此数语，简而不漏，欲闻其详，请阅</small>《元史演义》。

温不花进攻黄州，孟珙自江陵还援，仗着一股锐气，把温不花击退。温不花转攻安丰，知军事杜杲缮城力守，城外炮声迭震，垣墙多被洞穿，杲随缺随补，始终不懈。敌复填濠为二十七坝，杲募壮士出夺坝路，踊跃死战。巧值池州都统制吕文德也率军驰至，两下夹击，得将蒙古兵杀退，淮右粗安。越年，史嵩之奉命参政，督视京湖、江西军马，开府鄂州。蒙古将察罕入达庐州，嵩之急檄杜杲赴援，杲入城守御，望见蒙兵到来，差不多有数十万，所携攻具比围安丰时多至数倍。他却全不惧怯，看敌如何摆布，然后随宜抵拒。那蒙兵既薄城下，即搬运土木，赶紧筑坝，霎时间高埒城楼。杲用油灌草，以火爇着，纷掷坝下，坝遂被焚。杲又就串楼内筑立雁翅七层，堵御敌炮，敌开炮轰击，为雁翅所阻，反射敌营，敌众皆惊。杲趁这机会，开城出击，大败敌兵，追蹑至数十里乃还。且练舟师扼淮河，遣子庶及统制吕文德、聂斌等分伏要隘，蒙古兵不能进，乃退去。杲以捷闻，有诏加杲淮西制置使，力写杜杲。并命孟珙为京湖制置使，规复荆、襄。珙谓必得郢州，乃可通馈饷，必得荆门，乃可出奇兵。于是檄江陵节制司进捣襄、邓，自至岳州召集诸将指授方略。各将依计深入，遂复郢州、荆门军。再遣将士分取信阳、光化军及樊城、襄阳，因上言保守方法，略云：

> 取襄不难，而守为难。非将士不勇也，非车马器械不精也，实在乎事力之不给尔。襄樊为朝廷根本，今百战而得之，当加经理，如护元气，非甲兵十万，不足分守。与其抽兵于敌来之后，孰若保此全胜，上兵伐谋，此不争之争也。

理宗得奏，当令珙便宜行事。珙乃编蔡、息降人为忠卫军，襄、郢降人为先锋军，择要驻扎，襄、汉以固。会蒙古将塔海复率兵入蜀，制置使丁黼自誓死守，先遣妻子南归，然后登城拒敌。塔海自新井进兵，诈竖宋将旗帜，诱惑城中。黼果疑为溃卒，遣人招徕，及蒙古兵将到城下，方审知情伪，乃领兵夜出城南，至石笋街迎战，全寡不敌，兵败身亡。塔海复蹂躏汉、印、简、眉、阆、蓬诸州，进破重庆、顺庆诸府，直达成都。再移趋蜀口，欲出湖市。孟珙探知消息，料他必道出施黔，亟请粟十万石，分给军饷，以三千人屯峡州，千人屯归州，命弟瑛率精兵五千驻松滋，为夔州声援，并增戍归州隘口万户谷，加派千人屯施州。嗣闻塔海渡江东下，忙分布战舰，增置营寨，且遣兵从间道抵均州，防遏要冲。及蒙兵渡万州湖滩，施夔震动，幸珙兄知峡州，出拒归州大埞寨，击退蒙古前哨兵，进战巴东，复得胜仗，夔州始得保全。珙复谍知蒙古军帅就襄樊、信阳、随州等处招集军民布种。又在邓州的顺阳境内，屯积船林。遂分兵讥察，且将蒙古所储材料暗地焚毁。又遣兵潜入蔡州，烧去蒙古屯粮。蒙古兵乃不敢进窥襄、汉。

理宗因蜀事未平，特调珙为四川宣抚使，兼知夔州，节制归、峡、鼎、澧军马。珙受命至镇，招集散民为宁武军，用降人回鹘、爱里巴图鲁等为飞鹘军。适四川制置使陈隆之与副使彭大雅不协，互相奏讦。珙贻书责二人道："国事如此，合智并谋尚恐不克，两司乃犹事私斗，岂不闻廉、蔺古风么？"不愧忠告。隆之、大雅得书，各自怀惭，因改怨为睦，不生龃龉。珙遂厘清宿弊，订立条目，颁发州县，最要数语是"不择险要立寨栅，无从责兵卫民，不集流离安耕种，无从责民养兵。"此外如赏罚不明、减克军粮、官吏贪黩、上下欺罔等弊，均严行申诫。自是吏治一新，兵防亦密。寻复兼任夔州路制置、屯田两使，乃调夫筑堰。募农给种，自秭归至汉口，为屯二十，为庄百七十，为顷十八万八千二百八十。又创南阳、竹林两书院，居住襄、汉、四川流寓人士，用李庭芝权施州建始县。庭芝训农治兵，招选壮士，随时训练，甫至期年，士民皆知战守，无事服农，有事出战。珙将庭芝所行诸法，饬属遵行。珙不特长于武事，并且长于文教。

是时乔行简已为少傅，平章军国重事，李宗勉为左丞相，兼枢密使，史嵩之为右丞相，督视江、淮、四川、京、湖军马。这三相中，还算宗勉清谨守法，若行简遇事模棱，无好无恶，嵩之执拗任性，恶闻直言。当时谓乔失之泛，李失之狭，史失之专。已而行简告老，旋即病逝，宗勉亦卒，嵩之更独擅政柄。朝内正士，如杜范、游侣、刘应起、李韶、徐荣叟、赵汝腾等多与嵩之不合，相继罢斥。惟孟珙一人，素为嵩之所推重，因此珙有所为，未尝牵制。

及嘉熙五年，又改元淳祐，会蒙古主窝阔台汗病殂，庙号太宗，第六后乃马真氏称制，*乃马真一译作鼐玛锦。*调回拔都等西征各军，*应本回首文。*独南军仍然未归。塔海部将汪世显等再行入蜀，进围成都。制置使陈隆之固守经旬，誓与城同存亡。偏副将田世显送款蒙兵，乘夜开城。汪世显等立即突入，执住隆之，陈氏数百口皆死。隆之被执至汉州，世显命招守臣王夔降，隆之呼夔道："大丈夫当舍生取义，何畏一死，幸勿降虏。"言至此，已被蒙古军一刀两段。夔率汉州兵三千出战，兵败遁去，城遂破陷，人民尽被屠灭。蒙古兵又回师出蜀。是时蒙古使王檝已五入宋都议和，两下终相持不决。檝病殁宋境，宋廷送归檝枢。蒙古复遣月里麻思*一作伊拉玛斯。*来宋续议，从行约七十余人，甫至淮上，被守将阻住，劝令归降。月里麻思不从，被拘长沙飞虎寨。*无故拘使，其曲在宋。*于是蒙古复遣也可那颜、*一作伊克那颜。*耶律朱哥等自京兆取道商房，直趋泸州。宋制置使孟珙急分军往截，一军屯江陵及郢州，一军屯沙市，一军自江陵出襄阳，与诸军会。又遣一军屯涪州，且下令出守兵官不得失弃寸土。权开州梁栋因乏粮还司，珙怒道："这便是违令弃城呢。"立斩以徇。诸将相率股栗，禀命惟谨。蒙古将士闻守备甚严，当然畏惧三分，不复进窥。*极写孟珙。*

淳祐三年，宋廷又命余玠为四川制置使，兼知重庆府。玠系蕲州人氏，家世贫微，落拓不羁，尝谒淮东制置使赵葵，葵颇奇玠材，留置幕府，旋令率舟师溯淮，入河抵汴，所向有功，累推至淮东副使。自陈隆之死节，悬缺未补，玠入对称旨，遂授为四川宣抚使。未几，即加制置使。四川财赋本甲天下，自宝庆三年，失去关外，端平三年，蜀地残破，所存州郡无几，国用益穷。历任宣抚、制置各使均支绌万分，咸叹束手。监司戎帅各自为令，官无法纪，民不聊生。玠莅任后，大改弊政，简选守宰，又重贤礼士，特就府左筑招贤馆，量能录用。

播州冉琎及弟璞具有文武才，隐居蛮中，前后阃帅辟召，皆坚辞不至，及闻玠贤，自诣府上谒。玠以上客礼相待，琎、璞留馆数月，毫无所陈，玠颇怀疑，遣人觇视。两人相对踞坐，终日用垩画地，或绘山川，或绘城池，非旁人所能解。玠亦莫名其妙。又隔旬余，始见他兄弟进谒，请屏左右。玠立即如教，冉琎乃献议道："为今日西蜀计，莫若徙合州城。"玠不禁起座道："玠也见到此着，但虑无处可迁。"琎复道："蜀口形胜无过钓鱼山，请徙城该处，择人扼守，积粟以待，功可过十万师，巴、蜀自固若金汤了。"玠大喜道："玠固疑先生非浅士，今得此谋，玠不敢掠为己美，当上报朝廷，即日照行。"冉琎兄弟乃退。玠立刻拜表，照议陈请，并乞授二人官秩。*真实爱才。* 诏命冉琎为承事郎，权发遣合州，璞为承务郎，权通判州事。徙城事悉委二人。阃府闻命，顿时大哗。玠忿然道："此城若成，蜀赖以安，否则玠独坐罪，与诸君无涉。"他人遂不敢再言。乃就青居、大获、钓鱼、云顶、天生各山，筑十余城，均因山为垒，棋布星分，当将合州旧城移徙钓鱼山，专守内水。利戎旧城移徙云顶山，借御外水。表里相维，声势联络，各屯兵聚粮，为必守计。蜀民始有所恃，共庆安居。

只江、淮间仍遭寇掠，蒙古兵渡淮南指，攻入扬、滁、和各州，进屯通州。史嵩之以江、淮保障，首推江陵，即调孟珙知江陵府，以资守御，理宗自然准奏。会嵩之父弥远去世，嵩之应居庐守制，及数日诏令起复，仍为右丞相，兼枢密使，将作监徐元杰疏请收回成命，理宗不从。太学生黄恺伯等百四十四人又叩阍上书道：

臣等窃谓君亲等天地，忠孝无古今。事亲孝，故忠可移于君。自古求忠臣必于孝子之门，未有不孝而可望其忠也。昔宰予欲短丧，有期年之请，夫子犹以不仁斥之。宰予得罪于圣人，而嵩之居丧，即欲起复，是又宰予之罪人也。且起复之说，圣经所无，而权宜变化，衰世始有之。我朝大臣若富弼，一身关社稷安危，进退系天下轻重，所谓国家重臣，不可一日无者也。起复之诏，凡五遣使，弼以金革变礼，不可用于平世，卒不从命，天下至今称焉。至若郑居中、王黼辈，顽忍无耻，固持禄位，甘心起复，灭绝天理，卒以酿成靖康之祸，往事可鉴也。

彼嵩之何人哉？心术回邪，踪迹诡秘，曩者开督府，以和议惰将士心，以厚资窃宰相位，罗天下之小人，为之私党，夺天下之利权，归之私室。蓄谋积虑，险不可测。在朝廷一日，则贻一日之祸，在朝廷一岁，则贻一岁之祸，万口一辞，惟恐其去之不速也。嵩之亡父，以速嵩之之去，中外方以为快，而陛下乃必欲起复之者，将谓其有折冲万里之才欤？嵩之本无捍卫封疆之能，徒有劫制朝廷之术。将谓其有经理财用之才欤？嵩之本无足国裕民之能，徒有私自封殖之计。陛下眷留嵩之，将以利吾国也，殊不知适以贻无穷之害尔。嵩之敢于无忌惮，而经营起复，为有弥远故智，可以效尤。然弥远所丧者庶母也，嵩之所丧者父也，弥远奔丧而后起复，嵩之起复而后奔丧，以弥远贪黩固位，犹有顾恤，丁艰于嘉定改元十一月之戊午，起复于次年五月之丙申，未有如嵩之之匿丧罔上，珍灭天常，如此其惨也。且嵩之之为计亦奸矣！自入相以来，固知二亲耄矣，必有不测，旦夕以思，无一事不为起复张本。当其父未死之前，已预为必死之地，近畿总饷，本不乏人，而起复未卒哭之马光祖。京口守臣，岂无胜任？而起复未终丧之许堪。故里巷为十七字之谣曰："光祖作总领，许堪为节制，丞相要起复，援例。"夫以里巷之小民，犹知其奸，陛下独不知之乎？台谏不敢言，台谏嵩之爪牙也。给舍不敢言，给舍嵩之腹心也。侍从不敢言，侍从嵩之肘腋也。执政不敢言，执政嵩之羽翼也。嵩之当五内分裂之时，方且擢奸臣以司喉舌，谓其必无阳城毁麻之事也；植私党以据要津，谓其必无惠卿反噬之虞也。自古大臣不出忠孝之门，席宠怙势，至于三代，未有不亡人之国者。汉之王氏，魏之司马氏是也。史氏秉钧，今三世矣，军旅将校，惟知有史氏，而陛下之前后左右，亦惟知有史氏，陛下之势，孤立于上，甚可惧也。天欲去之而陛下留之，堂堂中国，岂无君子？独信一小人而不悟，是陛下欲艺祖三百年之天下，坏于史氏之手而后已。臣方惟涕泣裁书，适观麻制有曰："赵普当乾德开创之初，胜非在绍兴艰难之际，皆从变礼，迄定武功。"夫人必于其伦，曾于奸深之嵩之，而可与赵普诸贤，同日语耶？赵普、胜非之在相位也，忠肝贯日，一德享天，生灵倚之以为命，宗社赖之以为安。我太祖高宗，夺其孝思。俾之勉陈王事，所以为生灵宗社计也。嵩之自视器局，何如胜非？且不能企其万一，况可匹休赵普耶？臣愚所谓擢奸臣以司喉舌者，此其验也。臣又读麻制有曰："谍报愤兵之聚，边传哨骑之驰，况秋高而马肥，近冬寒而地凛。"方嵩之虎踞相位之时，讳言边事，通州失守，至逾月而复闻，寿春有警，至危急而后告，今图起复，乃密谕词臣，昌言边警，张皇事势以恐陛下，盖欲行其劫制之谋也。臣愚所谓攫奸臣以司喉舌者，又其验也。臣等于嵩之本无私怨宿怨，所以争趋阙下，为陛下言者，亦欲揭纲常于日月，重名教于邱山，使天下为人臣，为人子者，死忠死孝，以全立身之大节而已。孟轲有言："学则三代共之，皆所以明人伦也。"臣等久被化育，此而不言，则人伦扫地，将与嵩之胥为夷矣。惟陛下裁之！

疏入仍不见报。武学生翁日善等六十七人，京学生刘时举、王元野、黄道等九十四人，又接连上书，始终未见听从。徐元杰再入朝面陈，略谓："嵩之起复，士论哗然，乞许嵩之举贤自代，免从众谤！"理宗谕道："学校虽是正论，但所言亦未免太甚。"元杰对道："正论乃国家元气，今正论犹在学校，要当力与保存，幸勿伤此一脉。"理宗嘿然。元杰因自求解职，理宗亦不允。至元杰退后，左司谏刘汉弼入奏，亦请听嵩之终丧。理宗稍稍感动。嵩之也自知众论难违，疏乞终制，才见诏旨下来，从嵩之所请，改任范钟、杜范为左右丞相，并兼枢密使。小子有诗咏嵩之道：

> 如何父死不奔丧？世道人心尽泯亡。
> 幸有儒生清议在，尚留天壤大纲常。

杜范，黄岩人，素有令望，既登相位，当有一番举措，俟小子后文再表。

> 国有良将，无不可治之土，亦无不可守之城。孟

珙驻节京、湖而寇以却，移抚四川而寇又不敢近，诗所谓"公侯干城"，孟珙有焉。继以余玠镇蜀，礼贤下士，徙城设守，军民交安，是亦一干城选耳。乃外有将，内无相，史嵩之专政，第有器重孟珙之一长，此外则斥正士，引匪人，甚至父丧不欲守制，尚恋恋权位，阴图起复，吾不解理宗当日，何独于史氏有恩，而宠眷竟若是优渥也？夫史弥远有册立功，始终得邀上宠，犹为可说，嵩之何所恃而得君若此？父骨未寒，觍然起复，忍于亲者必忍于君，此岂尚堪重用耶？录黄恺伯等伏阙一书，所以揭嵩之无父之罪，即所以正天下后世忠孝之防。著书人固具有深心了。

第九十四回

余制使忧谗殒命　董丞相被胁罢官

　　却说杜范入相，即上陈五事：第一条是正治本；第二条是肃宫闱；第三条是择人才；第四条是惜名器；第五条是节财用。结末是应早定国本，借安人心。理宗颇为嘉纳。继又上十二事：一、公用舍；二、储材能；三、严荐举；四、惩赃贪；五、专职任；六、久任使；七、杜侥幸；八、重阃寄；九、选军实；十、招土豪；十一、沟土田；十二、治边理财。各项都详细规划，悉合时宜，当时称为至论。孟珙正移节江陵，驻军上流，朝廷方疑他握权过重，将来恐不可制。以珙之忠勇，犹有功高震主之嫌，况不如珙者乎？至是珙贻书杜范，语多颂扬，范复书道："古人谓将相调和，士乃豫附，此后愿与君同心卫国，若用虚言相笼络，殊非范所屑为哩。"这数语复达孟珙，珙很是愧服。范复拔徐元杰为工部侍郎，一切政事，辄与咨议。元杰知无不言，多所裨益。都人士喁喁望治，谁料天不假年，老成遽谢，总计范在相位只八十日而卒，追赠少傅，予谥清献。

　　过了月余，元杰当入值，先一日谒见左丞相范钟，在阁堂吃了午餐，下午归寓，忽觉腹中未快，一入黄昏，寒热交作，至夜四鼓，指爪暴裂，大叫数声而亡。三学诸生均伏阙上书，略言"历朝以来，小人倾陷君子，不过令他远谪，触冒烟瘴以死，今蛮烟瘴雨，不在岭海，转在朝廷，臣等实不胜惊骇"

云云。于是有诏令阁中役使逮付临安府鞫治，怎奈狱无佐证，哪个肯来实供？临安府尹也知事关重大，乐得延宕了事，何苦结怨权奸。未几，刘汉弼又以肿疾暴亡。太学生蔡德润等百七十三人，又叩阍上书讼冤，理宗也弄得没法，只好颁给徐、刘两家官田五百亩，钱五千缗，作为抚恤。众议越觉藉藉。有谓："故相杜范也是中毒。"大家惩前毖后，甚至堂食都不敢下箸，情愿枵腹从公。究竟是何人置毒，一时无从指定。惟史嵩之从子璟卿，因平日劝谏嵩之，也致暴毙，从此调出毒谋，共谓由嵩之主使，范钟匿嫌。

既而知江陵府孟珙因病乞休，诏授宁武军节度使，以少师致仕。使命才到江陵，珙已病殁任所，时当淳祐六年九月初旬。珙卒而京、湖已不可保，故大书年月。是月朔日，有大星陨境内，声崩如雷。珙死日，又有大风怒号，飞石拔木。讣达都中，理宗震悼辍朝，赙银绢各千匹，累赠至太师，封吉国公，谥忠襄，立庙享祀，号曰威爱。后任委了一个贾似道，似道行谊，略见上文，如此重任，却令此人担当，已可见理宗的昏庸了。尚不止此。左丞相范钟屡乞归田，乃免相职，令提举洞霄宫，任便居住。召用郑清之为右丞相，兼太傅衔。中使及门，清之方放浪湖山，寓居僧寺，诘旦始还。乃随使入朝，力辞不允，勉膺简命。又授赵葵为枢密使，督视江、淮、京、湖军马，兼知建康府，陈韡知枢密院事，任湖南安抚大使，兼知潭州。

史嵩之时已服阕，觊觎复用，理宗亦有起用意。殿中侍御史章琰、右正言李昂英、监察御史黄师雍劾嵩之无君无父，竟忤上旨，均致落职。翰林学士李韶又与同官抗疏力阻，乃命嵩之致仕，示不复用。未几，升任贾似道为两淮制置使，兼知扬州；李曾伯为京、湖制置使，兼知江陵府。赵葵且因言官纠弹，上疏辞职，言官谓："葵不由科目进身，难任枢密。"葵辞表中有俪语云：“霍光不学无术，每思张咏之语以自惭。后稷所读何书？敢以赵忭之言而自解。”四语流传人口，理宗竟改授葵为观文殿大学士，兼判潭州。葵亦一专闻选，理宗因谏罢葵，反用贾、李等人，朝局可知。

自淳祐纪元后，京、湖有孟珙，巴、蜀有余玠，淮西有招抚使吕文德，均能安排守备，无懈可击，所以蒙古兵屯留境上，未敢进行。但也由蒙古内乱未平，不遑外略，虽有游骑往来，毕竟没甚战事。

看官道蒙古有何内乱？因六皇后乃马真氏称制，国内无君，竟历四年，宠用侍臣奥都剌合蛮一作谔多拉哈玛尔。及回妇法特玛，内外勾通，斥贤崇奸，把朝右旧臣黜去大半。中书令耶律楚材竟致忧死。嗣因太祖弟帖木格大王以入清朝政为名，竟自藩镇起兵，由东而西。乃马真后不免着急，乃召长子贵由入都，贵由一作库裕克。立为国主，借此杜帖木格话柄，帖木格才收兵回去。贵由汗虽然嗣位，朝政犹归母后。过了数月，后已逝世，贵由汗乃将奥都剌合蛮及法特玛等一并处死，宫禁肃清，渐有起色。无如贵由汗素多疾病，自谓都城水土未合养疴，不如往居西域。乃托词西巡，直至横相乙儿地方，横相乙儿一译作杭锡雅尔。一住经年，抱病益剧，竟尔毕命。皇后斡兀烈海迷失尊贵由汗为定宗，自抱侄儿失烈门一作锡哩玛勒，系太宗孙父，名曲出，亦作库春。听政，诸王大臣多半不服，别开库里尔泰大会，推戴拖雷子蒙哥一译作莽赉扣。为大汗，驰入都城。

这时元都已奠定和林，都内官民争出城相迓。及蒙哥正位，杀定宗后海迷失，及失烈门生母，徙太宗后乞里吉帖思尼一作克勒奇库塔纳。出宫，放失烈门至没脱赤一作摩多齐。禁锢终身。蒙哥汗有弟名忽必烈，一作呼必赉，佐兄定命，素有大志，至是遂总治漠南，开府金莲川，延聘藩府旧臣，及四方文学士，访求治道。如刘秉忠、姚枢、许衡、廉希宪等皆一时贤豪，尽归录用。量能授官，京兆称治。元朝一统，定基于此。忽必烈遂锐意南略，遣将察罕等，窥伺淮、蜀，一面在汴京分兵屯田，俟机南下。

宋廷尚姑息偷安，毫不为备。左丞相郑清之年力已衰，政归妻孥，免不得招权纳贿，为世诟病。既而告老乞休，命充醴泉观使，越六日即死。理宗又欲起用史嵩之，念念不忘此人。草诏已成，不知如何省悟，竟令改制，命谢方叔为左丞相，吴潜为右丞相，潜颇有贤名，方叔却意气用事。遂令蜀右长城，又要从此隳坏了。西蜀制置使余玠镇守四川，边关无警。

偏利州都统王夔素性残悍，向不受制使节度，所至残掠，蜀民号为夜叉。玠因此阅边，到了嘉定，夔率部众迎谒，班声若雷，江水为沸，所张旗帜俱写着斗方大的"王"字，非常鲜明。玠孤舟径入，左右皆为失色，独玠毫不改态，传夔入见，从容与语。夔亦不禁心折，出语人道："不意儒生间乃有此人。"玠命吏颁赏，事毕乃回，密语亲将杨成道："我看王夔骄悍，终非善类，但欲乘此诛夔，恐他部下或有违言，转致生变，此事颇费踌躇了。"成答道："今若勿诛，养成势力，愈觉难图。他日变动，西蜀定恐难保呢。"玠点首道："既如此，只可用计除夔。"遂与成附耳数语。成直任不辞，应声而去。玠乃夜召夔议事，夔甫离营，杨成已单骑直入，传玠军令，暂代夔职。比至翌晨，闻夔已为玠所斩，悬首桅樯，且揭示罪状。部众相率惊讶，惟尚不敢为乱。会统制姚世安，欲继夔任，暗中运动戎州都统保荐自己。玠得书，以军中举代，最为弊害，特复书不允。且调三千骑至云顶山下，径遣都统金某往代世安。世安素与谢方叔子侄互相结纳，遂遣使求援方叔，自拥兵拒绝来将。玠方欲进讨世安，不意有诏到来，竟召他入都，授为资政殿学士。看官不必细问，就可知是丞相方叔，阴援世安了。

　　珍治蜀后，任都统张实治军旅，安抚使王惟忠治财赋，监抚朱文炳治宾客，皆有常度。宝庆以来，蜀中阃帅要推珍为巨擘。但久假便宜，不免专擅，所有平时奏疏，词意间亦多未谨，理宗已是不平，一经方叔谮间，当即召他回朝，另调知鄂州余晦为四川宣谕使。珍闻命，郁郁不欢，晦尚未到，珍竟暴卒。或谓系仰药自尽，亦未知是真是假，无从证实。蜀人多悲惜不置。侍御史吴燧反劾珍聚敛罔利共七罪，理宗也不加查察，竟令籍珍家资，犒师赈边。子若孙认钱三千万，征索累年，始得缴足。

　　及余晦至蜀，遣都统甘闰率兵数万，筑城紫金山。蒙古将汪德臣竟简选精骑，衔枚夜进，突击甘闰部卒。闰闻变即奔，全军大溃，所建新城，即被蒙古兵夺去。理宗方擢晦为制置使，接到甘闰败报，尚不欲将晦调开。参政徐清叟本与方叔同排余珍，至此又入奏道："朝廷命令不行西蜀，已是十有二年。今天毙余珍，正陛下大有为的机会。乃以素无行检，轻儇浮薄的余晦充当制使，臣恐五十四州军民，将自此懈体。就是蒙古闻知，也窃笑中国无人了。"理宗乃召晦还，命李曾伯继晦后任。晦小名再五，安抚使王惟忠尝呼道："余再五来了。真正可怪！"晦闻言大怒，竟诬奏惟忠潜通北国。诏捕下大理狱，经推勘官陈大方锻炼成罪，斩首市曹。惟忠呼大方道："我死当上诉天阍，看你能久生世上么？"果然惟忠死后，大方亦死。何苦逞刁。是时蒙古藩王忽必烈命兀良合台即速不台子。统辖诸军分三道攻大理，虏国王段智兴。进军吐蕃，国王唆火脱一作苏固图。惶恐乞降。忽必烈乃下令班师，转图西蜀。

　　理宗正改元宝祐，自庆升平。后宫贾贵妃殒命，阎婉容晋封贵妃，内侍董宋臣因妃得宠，益邀主眷。理宗命他干办佑圣观，宋臣逢迎上意，筑梅堂、芙蓉阁、香兰亭，擅夺民田，假公济私。且引倡优入宫，蛊惑理宗，无所不至，时人目为董阎罗。监察御史洪天锡弹劾宋臣，并不见报。还有内侍卢允升也是夤缘阎妃，得与宋臣相济为奸。萧山县尉丁大全本贵戚婢婿，面带蓝色，最善钻营，暗中与董、卢两宦官勾通关节，托他在阎贵妃前并作先容。董、宋所爱惟财帛，阎贵妃所爱惟金珠，经大全源源送去，自然极力援引，累迁至右司谏，拜殿中侍御史。适值四川地震，闽、浙大水，并临安雨土。洪天锡又不忍不言，力陈阴阳消息的理由，并申劾董、卢两内侍，疏至六七上，统如石沉大海一般，并不闻有复音。天锡竟解职自去。宗正寺丞赵宗嶓贻书责丞相谢方叔，说他不能救正。方叔因对人道："非我不欲格君，实因上意难回，徒言无益呢。"这数语是自己解嘲，并非反对董、宋。偏被两人闻知，竟贿嘱台谏力诋天锡兼及方叔，无非说他朋奸误国，应加黜逐。这位好色信谗的理宗竟将方叔、天锡免官。右丞相吴潜，已早卸职奉祠，两揆虚席，乃任参政董槐为右丞相。

　　槐系定远人，累任外职，素著政声，及入参内政，遇事敢言，既任右丞相，颇思澄清宦路，革除时弊。这时候的宫廷内外已变做妇寺专横，戚幸交通的局面，单靠一个董丞相实心为国，如何行得过去？小人道长，君子道消。槐未免郁愤，入白理宗，极言三害：一是戚里不奉法，二是执法大吏擅威福，三是皇城司不检士，力请理宗除害兴利。理宗尚将信将疑，一班蝇营狗苟的小人已是闻风生怨，视董丞相如眼中钉。丁大全尤为忧虑，密遣心腹至相府，与槐结欢。槐正色道："自古人臣无私交，我只知竭诚事上，不敢私自给约，幸为我谢丁君！"待小人之法，也不能徒事守经。大全得报，变羞成怒，遂日夜隐伺槐短，槐复入劾大全，不应重任。理宗道："大全未尝毁卿，愿卿弗疑！"宰相有任贤退不肖之责，难道徒徇毁誉？这明是袒护大全语。槐对道："臣与大全何怨，不过因大全奸邪，臣若不言，是负陛下拔擢隆恩。今陛下既信用大全，臣已难与共事，愿乞骸骨归田里！"理宗竟怫然道："卿亦太过激了。"槐乃趋退。大全遂上章劾槐，尚未批答，那大全竟擅用台檄调兵百余人露刃围槐第，并迫令出赴大理寺。槐徐步入寺中，宫内竟传出诏旨，罢槐相职。妇寺威奉，威权至此。于是士论大哗。三学生交章谏诤，乃诏授槐为观文殿大学士，提举洞霄宫。太学生陈宜中、黄镛、林则祖、曾唯、刘黻、陈宗六人又联名攻大全，大全嗾使御史吴衍劾奏六人妄言乱政，遂致六人削籍，编管远州。且立碑三学，戒诸生不得妄议国事。士论遂称宜中为六君子。大全反得迁任谏议大夫。惟有丞相一职，改任程元凤。未几且命大全签书枢密院事，马天骥同签书院事。元凤谨饬有余，风厉不足，天骥与大全同党，也是因阎妃进用。朝门外发现匿名揭帖，上书八字道："阎、马、丁当，国势将亡。"大全等毫不为意。笑骂由他笑骂，好官我自为之。至宝祐五年，且任贾似道知枢密院事。越年，程元凤自请罢职，竟擢大全为右丞相兼枢密使。一丁一贾，并握枢机，宋室事可知了。不亡何待。

且说蒙古主蒙哥汗，闻前使月里麻思锢死长沙，早欲兴兵报怨。且因兀良合台平西南夷，破交趾，宗王旭烈兀等前后略定西域十余国，威震中外，乃决拟自行南下。留少弟阿里不哥守和林。当下分军三路，自由陇州趋散关，诸王莫哥一作穆格。由洋州趋米仓，万户李里又一作布尔察克。由潼关趋沔州。一面令忽必烈率军攻鄂，且命兀良合台自交、广引兵北还，往应忽必烈军。东西并举，宋廷大震。当时四川制置使李曾伯早已还朝，后任为蒲择之，因蒙古入寇，亟遣安抚使刘整等出据遂宁江箭滩渡，断敌东路。蒙古将纽璘一作聂坍。领兵到来，见宋军已截住渡口，遂麾兵大战，自旦至暮，刘整等支持不住，只好退回。纽璘长驱直进，径达成都。择之命杨大渊等守剑门及灵泉山，自率兵至成都城下。偏纽璘转袭灵泉山，大破杨大渊军，进围云顶山城，扼择之归路。择之军饷被断，顿时溃散。成都、彭、汉、怀、绵等州及威、茂诸蕃悉降蒙古。蒙哥汗闻前军得胜，遂渡嘉陵江，督军继进。行至白水，命总帅汪德臣造浮梁济师，进薄苦竹隘。守将杨立战死，张实被擒亦为所害。蒙古兵直捣长宁山，守将王佐、徐昕又相继阵亡。鹅顶堡不战即降，由是青居、大良、运山、石泉、龙州等处望风输款，均向蒙古军投诚。惟运山转运使施择善，不屈被戕。

宋廷接连闻警，飞遣京、湖制置使马光祖移司峡州。六郡镇抚向士璧移司绍庆，两军相会，合击蒙古兵。房州一战，总算奏捷。蒙哥汗转趋阆州，宋将杨大渊自灵泉山败奔至阆，闻敌兵又至，急整军守城。蒙哥汗督兵猛攻，炮石交射，泥堞齐飞，大渊不觉惊骇，因开城出降，推官赵广殉难。蒙哥汗进图合州，先遣降人晋国宝招谕守将王坚，被坚叱出。还至峡口，又由坚遣将捕归，牵至阅武场，责他不忠不孝，枭首以殉。当下涕泣誓师，登陴死守。蒙哥汗乃自引兵攻合州，坚乘他初至，督军出战。将士都拼着死命，大刀蒙古兵复更迭来攻，终不得手。会宋廷调回蒲择之，令吕文德代任。文德领兵援蜀，攻破涪江浮桥，转战至重庆，遂率艨艟千余，溯嘉陵江上渡。蒙古将史天泽分军为两翼，顺流纵击，文德势处逆流，眼见得不能抵敌，被蒙古兵夺去战舰百余，自率残众奔回。蒙哥汗得天泽捷书，索性大集各军，围攻合州。偏王坚守御有方，相持数月，竟不能下。军中又复遇疫，十病六七，恼了前锋将汪德臣，募集壮士夜登外城。坚忙麾兵堵截，战了一夜，杀伤相当。德臣单骑驰呼道："王坚，我来活汝一城，快早投降！"道言未绝，那面前忽来一大石，正要击中面目，慌忙一闪，已被飞石压中右肩，大叫一声，堕落马下。劝人不忠，应遭此击。正是：

巨石足倾胡虏命，孤城免被敌人屠。

未知汪德臣性命如何，且至下回交代。

宋廷非无贤将相，如杜范、吴潜、董槐等皆相才也，孟珙、余玠、马光祖、向士璧、王坚等皆将才也。若乘蒙古之有内乱，急起而修政治、整军实，勉图安攘，尚不为迟，乃嬖艳妃、昵腐竖、宠贵戚、引奸邪，即当承平之世，尚惧危亡，况强敌压境，触机立发，而可若是之颠顸乎？杜范殁矣，孟珙逝矣，内外已乏一贤将相。至谢方叔进而余玠蒙谗，丁大全用而董槐被逐，仅有二三材士以扶危局，反欲尽排去之，理宗之不知理国若此，几何而不沦胥也。然则淳宝之际，亡形已成，不过因蒙古大统，尚未遽集，故尚有合州之蹉跌，及蒙古君臣之沦谢耳。理宗之不为亡国主，幸哉！

第九十五回

捏捷报欺君罔上　拘行人弃好背盟

却说蒙古将汪德臣被石击伤，坠落马下，当由蒙古兵救回，天意也未欲亡蜀，秋风秋雨淅沥而来，竟致攻城梯折，蒙古兵愈觉气沮，遂相率退去。是夕，汪德臣伤重身亡，蒙哥汗顿兵城下，几及半年，又遇良将伤毙，免不得忧从中来，抑郁成疾。合州城外即钓鱼山，遂登山养疴，竟至不起。诸王大臣用二驴载尸，掩以绘椆，拥向北行，合州解围。王坚据实报闻，廷旨擢坚为宁远军节度使。坚益缮城凿濠，防敌再至，这且慢表。

惟蒙古将士既已北还，因即治丧颁讣，尊蒙哥汗为宪宗。忽必烈方悉兵渡淮，自将兵进大胜关，令别将张柔进虎头关，分道并入，势如破竹。宋军皆闻风远飏。兀良合台亦引兵下横山，蹂躏宾州、象州，入静江府，连破辰沅，直抵潭州。还有李全子李璮也受蒙古命，陷入海州涟水军。京、湖、江、淮同时告急。宋廷改元开庆，专任一贾似道为长城，官爵职权，接连下逮。俄而令为枢使，兼两淮宣抚使；俄而令为京、湖南北四川宣抚大使；俄而令兼督江西、两广人马。南宋半壁江山尽付这贾节使掌中。满望他旗开得胜，马到成功，可谓匪夷所思。其实他是个色中魔鬼，酒里神仙。要他选色征歌，倒是一个能手，欲令出司阃事，真是用非所学，学非所用。

忽必烈已窥破情实，料知必胜，忽闻凶讣南来，召令北归，他不肯遽还，便语众将道："我奉命到此，岂可无功而退？"乃自登香炉山，俯瞰大江，大江北有武湖，武湖东有阳逻堡，南岸即浒黄洲。宋军用大舟济师，军容甚盛。忽必烈歆歙道："北人使马，南人使舟，此语原不可易哩。"正道着，旁闪出一将道："长江天险，宋恃此立国，势必死守，我军非破他一阵，不足扬威。末将愿前去一试！"忽必烈视之，乃是董文炳，便点首称善。文炳即自山趋下，令弟文忠、文用带领敢死士数百，驾着艨艟大舰，鼓棹渡江，自率马军沿岸往战。宋军水陆驻扎，不下数万，遇着蒙古兵到来，好似羊入虎口，未斗先溃。文炳兄弟水陆大进，杀得宋军东逃西躲，没命乱窜，霎时间两岸肃清，一任蒙古兵渡江。至忽必烈率兵接应，文炳等早已安渡了。翌日，全师毕济，进围鄂州，分兵破临江，知府事陈元桂死节。转入端州，知府事陈昌世，百姓素爱戴，不令殉难，拥他出城，向南逸去。

右丞相丁大全，初尚匿着军报，不令上闻，至都中人皆知，他无从壅蔽，始申奏军情，并附疏乞休。事宽则蒙蔽，事急则趋避，真好计策。理宗乃罢大全为观文殿大学士，判镇江府。中书舍人洪芹缴、御史朱貔孙、饶虎臣等相继纠弹，先时何不弹劾。乃诏令致仕，召吴潜为左丞相，兼枢密使。大出内府银币，犒赏军士，令出御敌。并将右丞相一职特给贾似道，令进军汉阳，为鄂外援。权阉董宋臣，因边报日急，竟请理宗迁都四明，借避敌锋。惟小人最怕死。军器太监何子举转报吴潜道："若銮舆一出，都中百万生灵何所依赖？"潜即入廷谏阻，朱貔孙亦上书切谏，理宗意尚未决，经谢皇后坚请留跸，以安人心，才将迁都事罢议。宁海军节度判官文天祥上疏乞斩宋臣，留中不报。鄂州副都统张胜日坐围城，望援不至，乃登城绐敌兵道："这城已为汝军所有，但子女玉帛尽在将台，可往彼取给便了。"蒙古兵信为真言，遂焚城外民居，移师自去。

　　会襄阳统制高达引兵来援，贾似道亦进驻汉阳，遥为声应。张胜复缮城为备，蒙古将苦彻拔都儿—作哲辰巴图鲁。又领兵进攻，先遣使入鄂州城，诘他违约。张胜将来使杀死，竟出袭蒙古营。谁知苦彻拔都儿已先防备，等到张胜杀到，竟张军两翼，把他围住。胜左冲右突，不能脱身，自知不免一死，遂刎颈而亡。幸各路重兵，都来援鄂，如吕文德、向士璧、曹世雄等陆续至城外，请贾似道督战。似道闻各军云集，才放胆前来。高达自恃武勇，尝轻视似道，每语众将道："渠但峨冠博带，晓得什么军情，也好来督制军马么？"因此开营接战，必须似道先自慰遣，然后出兵，否则常使军士哗噪军门。吕文德谄事似道，辄使人呵止道："宣抚在此，尔等何得乱哗？"由是似道亲吕恨高。还有曹世雄、向士璧两人也瞧不起似道，一切举动未尝关白，似道亦暗中怀恨。为后文张本。方在抵拒敌军，忽有廷寄到来，乃是诏似道移军黄州。看官道是何因？原来蒙古将兀良合台进攻潭州，江西大震。左丞相吴潜用御史饶应予言，以鄂州已集重兵，当可无虑。不如令似道改防黄州。黄州在鄂州下流，正当两湖及江西要冲，蒙古兵若渡湖出江，黄州就要吃紧。似道明知冒险，但已接朝旨，不得不去。

　　统制孙虎臣率精骑七百送似道至苹草坪，俄接侦骑入报道："北兵来了。"似道吓得发抖，顾语虎臣道："怎么好？怎么好？"虎臣道："使相不必着急！待末将去抵挡一阵，再作计较！"总是武臣有胆。似道支吾道："我军只有七百骑，恐不足赴敌。"虎臣见他面如土色，料知不能督战，便道："使相且暂退一程，由我去拦截罢！"似道尚抖着道："你……你须小心！"虎臣带兵自去。似道奔回数里，拣一幽僻的地方，暂且躲避，还带抖带语道："死了死了！可惜死得不明白哩。"待至日昃，尚未见有音信，好容易到了黄昏，才敢出头探望；嗣见有数骑驰到，报称："孙统制已经得胜，擒住敌将一人，现已先往黄州，候使相入城！"似道方转忧为喜，夤夜赶至黄州，由虎臣迎入。当下禀白似道，北兵系是游骑，劫掠民间，由叛将储再兴为首领，现已将再兴擒住，候使相发落。似道大悦，夸奖数语，便令将再兴牵入，乐得摆些威风，叱骂一番，才命推出斩首。描摹丑态，惟妙惟肖。

过了两日，鄂州、潭州的警报接沓而来，一些儿没有放松。心中又非常焦灼。没奈何想了一条下计，密令私人宋京诣蒙古大营，情愿称臣纳币。忽必烈尚不肯允，遣还宋京。会合州守将王坚使阮思聪兼程来鄂，以蒙古主讣闻，谓敌当自退，尽可放心。偏贾似道似信非信，再遣宋京往蒙古军求和，忽必烈尚坚持未决。部下郝经谏道："今国遭大丧，神器无主，宗族诸王，莫不窥伺，倘或先发制人，据有帝位，恐大王且腹背受敌，大事去了。现不如与宋议和，立即北归，别遣一军逆先帝灵舆，收皇帝玺，召集诸王发丧，议定嗣位，那时大宝有归，社稷自安，岂不善么？"忽必烈大悟，遂与宋京定议，令纳江北地，及岁奉银绢各二十万，乃退兵北去。并檄兀良合台解潭州围，留偏将张杰、阎旺、至新生矶赶筑浮桥，渡兀良合台还师。

兀良合台奉檄趋至湖北，由新生矶渡兵，不意后面却有宋军杀到，斯时蒙古兵已无心恋战，赶紧飞渡，只有殿卒百数十人，不及随行，被宋军攻断浮桥，一律杀死。看官道这宋军从何而来？乃是贾似道用刘整计，命将夏贵蹑敌归路，侥幸图功，偏偏迟了一步，只杀毙了一百多人，还报似道。似道想入非非，竟将称臣奉币的和议隐匿不报，反捏称诸路大捷，鄂围始解，江、汉肃清，宗社危而复安，实万世无疆的幸福。理宗览表大喜，以似道有再造功，召令还朝。及似道将至，诏百官郊劳，如文彦博故事。既入觐，而奖再三，进封少师，爵卫国公。吕文德功列第一，授检校少傅，高达为宁江军承宣使，刘整知泸州，兼潼川安抚副使。夏贵知淮安州，兼京东招抚使。孙虎臣为和州防御使，范文虎为黄州武定诸军都统制。向士璧、曹世雄以下，各加转有差。

似道既得售欺，入操巨柄，第一着即从事报复，闻前时移节黄州，议出吴潜，累得惶恐终日，至此即欲将潜捽去，聊以泄愤。适值皇储问题延案未决，似道遂得乘机下手，设法倾陷。先是理宗嗣位，曾追封本生父希瓐为荣王，母全氏为夫人，以母弟与芮承嗣袭爵，理宗有子名缉，早年夭游，后来妃嫔虽多，始终无子。至宝祐元年，理宗年逾半百，仍然乏嗣，乃令与芮子孜入宫，作为皇子，赐名曰禥，封永嘉郡王。越年，进封忠王。至鄂州解围，贾似道以大捷入奏，理宗接连改元。出兵时已纪元开庆，回兵时又纪元景定，趁这贺捷的时候，便欲立忠王禥为太子。吴潜独密奏道："臣无弥远才，忠王无陛下福。"理宗年力已衰，立储原系要务，若忠王不足主器，何妨劝帝改立，吴潜乃出此语，殊属未当。这两语已忤上旨。似道就进陈立储大计。并阴令侍御史劾潜谓"册立忠王，足慰众望，潜独倡为异议，居心殆不可问"云云。理宗遂罢潜相位，竟令似道专政。似道遂申请立储，即于景定元年六月，立忠王禥为皇太子。

相传禥母黄氏，系湖州德清县人，与似道母胡氏，本属同邑，相去仅数里。两妇皆系出寒微，均生贵子。黄氏以媵仆入荣邸，适与芮苦未生男，见她面目韶秀，乃密令侍寝，一索得男，就是忠王禥，黄氏卒得封为隆国夫人。但自处极谦，每遇邸第亲戚，辄以禥子自称，人颇誉她盛德。似道母胡氏，为民家妇，尝出浣衣，遇似道父贾涉渡河，偶顾胡氏，不觉触起情感，胡氏亦眉目含情，浅挑微逗，涉遂随胡至家，问伊夫何在？胡答以未归，两下里互相问答，间及谐衷，胡氏竟半推半就，一任涉搂抱入床，宽衣解带，成就好事。一度春风，竟结蚌胎。及伊夫回来，涉尚在妇家，向伊夫购妇。伊夫询明底细，知涉已任朝官，自想势不可敌，乐得做个人情，受了金钱，将妇给涉。涉竟携妇归任，妇已失节，自不如受金弃妇，伊夫可谓智氓。未几产下一子，名叫似道。既而胡色已衰，又被涉斥出，嫁为民妻。始爱终弃，涉亦负心。及似道年长，始觅母归养，性极严毅，似道颇加畏惮。当景定、咸淳系度宗年号见后。年间，胡氏已受封秦、齐两国夫人，屡入禁中，至与隆国夫人尝同寝处，恩宠甚渥。年至八十三乃卒，赐谥柔正，柔则有之，正则未也。赙赠无算。当时以一邑产两贵妇，传为奇事。事见《齐东野语》。

　　话休叙烦，且说忽必烈北还，到了开平，诸王莫哥合丹、一作哈丹。塔察儿等来会，愿戴忽必烈为大汗，忽必烈佯不敢受。旭烈兀方镇守西域，亦遣使劝进，忽必烈遂允所请，不待库里尔泰会推许，竟登大位，即于宋理宗景定元年五月中，建元为中统元年。命刘秉忠、许衡等改定官制，立中书省总理政务，设枢密院掌握兵权，置御史台管理黜陟，以下有寺、监、院、司、卫、府等名目，外官有行省、行台、宣抚、廉访诸官，牧民有路有府，有州有县，一代规模，创始完备。命王文统为中书平章政事，统领众官。授廉希宪为陕西、四川宣抚使，商挺为副。

　　希宪方就道，闻阿里不哥也称帝和林，遣部下刘太平、霍鲁怀等至燕京慰谕人民。他即倍道前进，到了京兆，遣人诱执太平、鲁怀锢毙狱中。六盘守将浑塔海正起兵应和林，和林守将阿蓝答儿一作阿拉克岱尔。也领兵往会浑塔海。希宪亟令总帅汪良臣率秦、巩诸军往讨，再命别将八春一作边崇。领蜀卒四千为后援。忽必烈汗亦遣诸王合丹统兵来会，三路俱进，与浑塔海等大战甘州东。浑塔海败死，阿蓝答儿亦被杀，关、陇悉平。

忽必烈汗因遣郝经为国信使至宋修好，通告即位，并促践前日和约。经本任翰林侍读学士，非行人职，因为王文统所忌，特地请遣，一面阴嘱李璮潜师侵宋，为假手害经计。李璮不待经行，便出兵袭击淮安，幸主管制置司事李庭芝先事预防，把璮击退。庭芝得升任淮东制置使，贾似道正令门客廖莹中等撰《福华编》，称颂鄂功，忽接宿州来报，蒙古遣使郝经南来，请求入国日期。似道一想，经若入都，前议必将败露，此事如何使得？随即飞使止住郝经。偏郝经贻书三省及枢密院，且转告淮东制置使李庭芝，欲指日入都。似道既接经书，复得李庭芝报闻，自思一不休，二不息，索性拘住了他，再作计较。只管眼前，不管日后。便命真州忠勇军营，将经拘住。经上表有云，"愿附鲁连之义，排难解纷，岂如唐俭之徒，款兵误国？"最后又上书数千言，无非以弭兵靖乱为宗旨，由小子节述如下云：

贵朝自太祖受命，建极启运，创立规模，一本诸理。校其武功，有不逮汉、唐之初，而革弊政，弭兵凶，弱藩镇，强京国，意虑深远，贻厥孙谋，有盛于汉、唐之后者。尝以为汉似乎夏，唐似乎商，而贵朝则似乎周，可以为后三代。夫有天下者，孰不欲九州四海，奄有混一，端委垂衣，而天下晏然穆清也哉？理有所不能，势有所难必，亦安夫所遇之理而已。贵朝祖宗，深见夫此，持勒捏约，不肯少易。是以太祖开建大业，太宗不承基统，仁宗治效浃洽，神宗大有作为，高宗坐弭强敌，皆有其势而弗乘，安于理而不妄为者也。今乃欲于迁徙战伐之极，三百余年之后，不为扶持安全之计，反断生民之余命，弃祖宗之良法，不以理以势，不以守以战，欲收奇功，取幸胜，为诡遇之举，不亦误乎？伏惟陛下之与本朝，初欲复前代故事，遣使纳交，越国万里，天地神人，皆知陛下之仁，计安生民之意，而气数未合，小人交乱，虽行李往来，徒费道路，迄无成命，非两朝之不幸，生民之不幸也。有继好之使，而无止戈之君；有讲信之名，而无修睦之实；有报聘之名，而无输平之纳；是以藉藉纷纷，不足以明信，而适足以长乱。我主上即位之初，推诚相与，唯恐不及，不知贵朝何故接纳其使，拘于边郡？蔽幂蒙覆，不使进退，一室宛转，不睹天日。试问经有何罪，而窘迫至此耶？或者以为本朝兵乱，有隙可乘，必有如范山语楚子，以为晋君不在诸侯，而北方可图，愚请以贵朝之事质之！熙丰之间，有意于强国矣，而卒莫能强，宣政之间，有意于恢复矣，百年之力，漫费于燕山九空费，而因以致变；开禧之间，又有意于进取矣，而随得随失，反致淮南之师；端平之间，再事夫收复矣，而徒敝师，徒失蜀、汉。是皆贵朝之事，且有为陛下所亲见者。况本朝立国，根据绵括，包括海宇，未易摇荡。太祖皇帝倡义漠北，一举而取燕、辽，再举而取河、朔，又再举而取西夏，遂乃掇拾秦、雍，倾覆汴、蔡，穿漱巴、蜀，绕出大理，东西北皆际海，西南际江淮，自周、汉以来，未有大且强若是者。而其风俗淳厚，禁网疏阔，号令简肃，是以夷夏之人，皆尽死力，岂得一朝变故，便致沦弃者乎？事至今日，贵朝宜皇皇汲汲，以应我主上美意，讲信修睦，计安元元，而乃仍自置而不问，实有所未解者。抑天未厌乱，由是以缔造兵祸耶？抑别有所蕴蓄耶？皆不可得而知也。窃谓必有构议之人，将以敝贵朝误陛下者。就令贵朝所举皆中，图维皆获，返旧京，奄山东，取河朔，划白沟之界，上卢龙之塞，而本朝亦不失故物。若为之而不成，图之而不获，复欲洗兵江水，挂甲淮壖，而遂无事，殆恐不能？一有所

失，后将若何？且贵朝光有天下，三百有余年矣，举祖宗
三百年之成烈，再为博者之一掷，遂以干戈为玉帛，杀戮
易民命，战争易礼乐，窃为陛下不取。或稽留使人，不为
无故，或别有盖藏之迹，亦宜明白指陈，不宜摈而不问，
陈说不答，表请不报，嘿嘿而已，殆非贵朝之长策也。南
望京华，无任待命！

　　这书上后，又不见报。驿吏反棘垣钥户，昼夜巡逻，欲以
慑经。经语从人道："我若受命不进，负罪本国，今已入宋
境，死生进退，惟彼所命，我岂肯屈身辱国？汝等从我南来，
亦宜忍死以待，揆诸天时人事，宋祚殆不远了。"经实蒙古第一
流人物。理宗闻有北使，语辅臣道："北朝使来，应该与议。"
似道奏称："和出彼谋，不应轻徇所请，倘以交邻礼来，令他
入见未迟。"看你能瞒到何时？理宗也即搁过一边。蒙古遣官访
问经等所在，且以稽留信使、侵扰疆场两事来诘宋吏。制置使
李庭芝奏称北使久留真州，应如何发落？偏宋廷一味延宕，毫
无复音。小子有诗叹道：

　　　　北来信使为寻盟，累表修和愿息争。
　　　　怪底权奸不解事，欺心敢把赵宗倾。

　　似道拘住郝经，已开敌衅，还要报复私仇，变更成法，眼
见得蓄害并至了。欲知后事，再阅后文。

　　　　宋至贾似道专政，虽欲不亡，不可得矣。似道无
专阃才，自知不足胜任，何不面请辞职？乃贪权忘
位，谬膺节钺，逗留汉阳，狼狈黄州，所有丑态尽情
毕露。且既知蒙古之遭丧，忽必烈之将退，而犹必遣

使乞和，称臣奉币，果何为耶？胆怯若此，不应诡词报捷，既讳败以欺君，复拘使以怒敌，天下事岂有长令掩饰者？况郝经再三上书，志在靖乱，不务游说，若令其入见，婉词与商，未始非弭兵息民之道，而乃幽之真州，自速其祸，谬误至此，而理宗乃终不察也，如之何而不亡？

第九十六回

史天泽讨叛诛李璮　贾似道弄权居葛岭

却说贾似道既拘住郝经，仍然把前时和议一律瞒住。他尚恐宫廷内外，或有漏泄等情，因此把内侍董宋臣出居安吉州。卢允升势成孤立，权势也自然渐减；阎贵妃又复去世，宦寺愈觉无权；似道又勒令外戚不得为监司，郡守子弟门客不得干朝政，凡所有内外政柄，一切收归掌握，然后可任所欲为，无容顾忌。他前出督师，除吕文德外，多半瞧他不起，如高达、曹世雄、向士璧等，更对他傲慢不情。见前回。他遂引为深恨，先令吕文德摭拾曹世雄罪状，置诸死地；高达坐与同党，亦遭罢斥。潼川安抚副使刘整，抱了兔死狐悲的观感，也觉杌陧不安。会值四川宣抚使，新任了一个俞兴。整与兴具有宿嫌，料知兴一到来，必多掣肘，心中越加顾虑。果然兴莅任后，便托贾丞相命令，要会计边费，限期甚迫。整表请从缓，为似道所格，不得上达，自是虑祸益深，索性想了一条狗急跳墙的法儿，把泸州十五郡、三十万户的版图尽献蒙古，愿作降臣。似道固有激变之咎，若刘整背主求荣，罪亦难逭。参谋官许彪孙不肯从降，阖门仰药，一概自尽。整遂受蒙古封赏，得为夔路行省兼安抚使。俞兴督各军往讨，进围泸州，日夕猛攻，城几垂拔。蒙古遣成都经略使刘元振，率兵援泸，与元振大战城下，胜负未分。偏整出兵夹击，害得兴前后受敌，顿时败走。宋廷以兴妒功启戎，罢任镌职，也是罚非其罪。改命吕文德为四川宣抚使。

文德入蜀，适刘整往朝蒙古，他得乘虚掩击，夺还泸州，诏改为江安军，优奖文德。贾似道意中只以文德媚己，恃作干城，他将多拟驱逐，乃借着会计边费的名目，构陷诸将。赵葵、史岩之等皆算不如额，坐了"侵盗掩匿"四字，均罢官索偿。向士璧已挂名弹章，被窜漳州，至是又说他侵蚀官帑，浮报军费，弄得罪上加罪，拘至行部押偿。幕属方元善极意逢迎似道，欺凌士璧，士璧不堪凌辱，坐是殒命。还要拘他妻妾，倾产偿官，才得释放。似道又忌王坚，降知和州，坚亦郁愤而亡。良将尽了。理宗毫不觉察，一味宠任似道，到了景定三年，复赐给缗钱百万，令建第集芳园，就置家庙。

似道益颐指气使，作福作威。忽报蒙古大都督李璮，举京东地来归，似道大喜，即请命理宗，封璮为齐郡王。璮本陷入海州、涟水军，迭下四城，杀宋兵几尽，淮、扬大震。自蒙古主蒙哥卒，忽必烈嗣位，璮始欲叛北归南，前后禀白蒙古凡数十事，统是虚声恫吓，胁迫蒙主。寻又遣使往开平，召还长子行简，修筑济南、益都等城壁，即歼蒙古戍兵，举京东地归宋。反复无常，酷肖乃父。宋既封他为王，复令兼保信、宁武军节度使，督视京东、河北路军马，并复璮父李全官爵，改涟水军为安东州。璮潜通蒙古宰相王文统，诱作外援，文统亦遣子荛向璮通好，偏为忽必烈汗所觉，拿下文统，按罪伏法。璮失一援应，亟引兵攻入淄州。蒙古遂令宗王哈必赤一作哈必齐。总诸道兵击璮，兵势甚张，因复丞相史天泽出征，诸道兵皆归节制。天泽至济南，语哈必赤道："璮心多诡计，兵亦甚精，不应与他力战。我军可深沟高垒，与他相持，待至日久，他自然疲敝，不患不为我所擒了。"哈必赤称善，乃就济南城下，筑起长围，只杜侵突，不令开仗。璮屡出城挑战，无一接应。及冲击敌营，恰似铜墙铁壁，丝毫不能得手。璮才知利害，遣人至宋廷乞援。宋给银五万两犒璮军，且遣提刑青阳梦炎青阳复姓。领兵援璮。梦炎至山东，惧蒙古兵强，不敢进军。蒙古且添遣史枢阿术，一作阿珠。各将兵赴济南。璮率兵出掠辎重，被北兵邀击，杀得大败，逃回城中。史天泽因来兵大集，遂四面筑垒，环攻孤城。璮日夜拒守，待援不至，渐渐的粮尽食空，因分军就食民家。既而民粟又罄，乃发给盖藏，数日复尽，大家饥饿不堪，甚至以人为食。璮知城且破，不得已手刃妻妾，自乘舟入大明湖。主将一去，城即被陷。蒙兵到处索璮，追至大明湖中，璮自投水间，水浅不得死，被蒙古兵擒住，献与史天泽。那时还有什么侥幸，当然一刀两段，并把他尸骸支解，号令军前。

次日，蒙古兵东行略地，未至益都，城中人已开门迎降，三齐复为蒙古所有。蒙古主命董文炳为经略使。文炳本在军营，受命后，轻骑便服到了益都，既入府，不设警卫，召璮故将吏抚谕庭下，所部大悦。先是璮兵有沂、涟二军，数约二万，哈必赤欲尽行屠戮，文炳面请道："若辈为璮所胁从，怎可俱杀？天子下诏南征，原为安民起见，若妄加屠戮，恐大将亦不免罪哩。"哈必赤乃罢，班师而回，留文炳居守。宋廷闻璮已败死，赠璮检校太师，赐庙额曰显忠。

蒙古主忽必烈汗因宋先败盟，拘郝经、纳李璮，理屈情虚，乃决意南侵，授阿术为征南都元帅，调兵南下。宋廷尚不以为意，贾似道既排去故将，且必欲杀故相吴潜，迭令台官追劾，窜谪循州。似道遥令武人刘宗申监守，伺间下毒，潜亦自知预防，凿井卧榻下，自作井铭，毒无从入。宗申苦难复命，乃托词开宴，邀潜赴席。潜一再不赴，宗申竟移庖至潜寓，强令潜饮。潜不能辞，筵宴已毕，宗申别去，潜即觉腹痛，便长叹道："我的性命休了，但我无罪而死，天必怜我，试看风雷大作，便是感及天心呢。"是夕，潜竟暴亡，果然风雷交至，如潜所言。潜字毅夫，宁国人，夙怀忠悃，两次入相，均不久即罢，至是中毒丧身，免不得有人惋惜。似道恐不容众议，竟归罪宗申，将他罢职。受人嗾使者其鉴诸。且许潜归葬，暂塞众口。是时，丁大全迭次落职，安置贵州，州将游翁明诉大全阴招游手，私立将校，造弓矢舟楫，势将通蛮为变。当由广西经略朱祀孙转达朝廷，诏命改窜新州，拘管土牢。似道以大全素有奸名，乐得下石投阱，买个为国诛奸的美名，遂贻书朱祀孙，令他下手。你自己思量，与大全能判优劣否？祀孙得书，召部将毕迁，授以密计，阳遣他护送大全。及舟过藤州，毕迁请大全登舱，玩景解闷，自己立在大全背后，把手一推，大全立刻落水，谒见河伯去了。大全尚得全尸，还是他的侥幸。迁返报祀孙，祀孙申报似道，也是应有的手续，无庸絮述。

且说贾似道报怨已毕，乃有意敛财。知临安府刘良贵、浙西转运使吴势卿、希承风旨，想了一条买公田的计议上献枢府。似道以为奇计，亟令殿中侍御史陈尧道、右正言曹孝庆、监察御史虞虑、张希颜等上疏请行。书中大意是"规仿祖宗限田制度，请将官户田产逾限的数目，抽出三分之一，买回以充公田，计得田一千万亩，每岁收米六七百万石，可免和籴，可作军糈，可停造楮币，可平物价，可安富室，一举能得五利，是当今无上良法"云云。看官！你想井田制度久已不行，各田早成为民有，豪民田连阡陌，穷民贫无立锥，虽是贫富不均，但由大势所迁，非一时所可补救。西汉、北魏屡有限田诸说，终究不能推行。就使豪贵不法，所有田产籍没入官，也只可听民佃买，较为便民。南宋建炎初年，籍蔡京、王黼等庄作为官田，诏仍令佃户就耕，每岁减税三分。绍兴二年，以福建八郡官田，听民请买，岁入七八万缗，补助军衣，民皆称便。可见得置官领田，不若听民自为。此次贾似道妄信计臣，反欲将官田买回作公，已是违反人情的计画，而且种种弊害，均从此而起。给事中徐经孙条陈弊端，反被御史舒有开劾令罢职。
于是诏令置官田所，收买公田，命刘良贵为提领，通判陈訔为
副，当下立一定额，每亩折价四十缗，不分肥硗。浙西田亩，
或值百缗，数百缗，至千缗不等，经刘良贵等硬令抑买，民间
当然大哗。安抚使魏克愚上疏谏阻，并不见从。未几，由理宗
手诏，谓："永免和籴，原不若收买公田。但东作方兴，且俟
秋成后续议施行。"这数语触怒似道，竟奏乞归田，暗中却讽
令言官抗章请留，并劝理宗下诏慰勉。统是他手做成。理宗乃
促似道仍然任职，且因似道入朝，温颜与语道："收买公田，
当自浙西诸路开手，作为定则。"似道具陈私议，理宗一律照
行，三省奉命惟谨。

　　似道先把浙西私产万亩，为公田倡。荣王与芮也卖出私田
千亩，赵立奎且自请投卖，自是朝野无人敢言。刘良贵等又增
立条款，硬为敷派，凡宦家置田二百亩以上，概令出卖三分之
二。后因公田尚未足额，就是家止百亩，亦勒令卖出若干。现
钱不敷，改给银绢各半。又或奖给虚荣，如度牒告身等类，充
当缗钱。百姓失去实产，只换了一个纸上的诰封，试问他有什
么用处？可怜民间破家失业，怨苦连声，稍有良心的官吏，不
愿操切从事，俱被刘良贵劾罢，且追毁出身，永不叙用。那时
有司多半热中，只好掩了天良，争图多买。不到数月，浙西六
郡买就公田三百余万亩。诏进良贵官两阶，他官亦进秩有差。

　　似道谓公田已成，当派立四分司，分领浙西公田。这四分
司派将出去，便将所买公田原额，照数征收。那时买人多虚报
斛数，凡六七斗均作一石，遂致原数多亏，四分司无从交代，
不得不取偿田主，甚至以肉刑从事。人怨激成天怒，遂于景定
五年，彗星出现，光焰烛天，长至数十丈，自四更现东方，日
高始灭。有诏避殿减膳，许中外直言。台谏士庶上书，以为公
田扰民，致遭天变。似道因上书力辩，并乞避位。理宗又面慰

似道，引"礼义不愆，何恤人言"二语曲为譬解，似道方有喜色。

太学生叶李、萧规等应诏陈言，极诋似道专权，害民误国。似道令刘良贵陷害二人，锻炼成罪，黥配叶李至漳州，萧规至汀州。建宁府教授谢枋得，摘似道政事为问目，有"权奸擅国，敌兵必至，赵氏必亡"等语。漕使陆景思将原稿呈与似道，似道即令左司谏舒有开劾枋得怨望腾谤，犯大不敬罪。遂窜枋得至兴国军。似道又创行推排法，凡江南土地，尺寸皆有租税。民力益困。又因南宋初年，广行交子、会子等楮币，就是今世的钱票、钞票等类。交子、会子，系各票名目。楮多钱少，遂致楮贱物贵。似道更造银关，仍然用票代银，每票用一钤印，如贾字状，掉换旧楮。其实是改头换面，毫无实益，反致物价愈昂，楮价愈贱，民间非常痛苦，那似道却视为良谋。理宗老昏颠倒，但教似道如何说，他即如何行。

至景定五年十月，理宗不豫，下诏征医，如能疗治上疾，自身除节度使，有官及愿就文资，并与比附推恩，仍赐钱十万，田五百顷。始终没人应命。未几，理宗驾崩，太子禥受遗诏即位，尊皇后谢氏为皇太后，以次年为咸淳元年，是为度宗皇帝。元年元旦，适逢日食，时人目为不祥。越三月，葬理宗于永穆陵。总计理宗在位四十年，改元凡六次，享寿六十二岁。史臣谓理宗继位，首黜王安石，从祀孔庙，升濂、洛九儒，表章朱熹四书，士习不变，有功理学，应该庙号为理。哪知他阳崇理学，阴多私蔽，在位四十年间，连用奸相三人，令他窃弄威福，搅坏朝纲。史弥远、丁大全，已是善蛊主心，再继一只手蔽天的贾似道，内逐正士，外怒强邻。看官！试想这积弱不振的宋室，到此还能久存么？评议甚当。

度宗以自己得立，功出似道，更大加宠眷，特授似道为太师，封魏国公。每当似道入朝，必起座答拜，称为师臣，不直呼名。廷臣吹牛拍马，均称似道为周公。理宗安葬，似道以首相资格，兼任总护山陵使。及山陵告竣，即弃官还越，密令吕文德诈报寇至，已攻下沱，朝中大骇。度宗急召似道，他尚摆着架子，不肯应召，再经谢太后手诏敦促，方昂然入都。既谒见度宗，仍声声口口的要辞职还乡，急得度宗惶恐万状，竟起身向他下拜，求他留任。参知政事江万里旧居似道幕下，至此也看不过去，便上前数步，掖住度宗道："自古到今，无君拜臣礼，陛下不应出此，似道亦不可一再言去。"这数语说出，似道也难乎为情，急趋下殿，且举笏谢万里道："非公此言，似道几为千古罪人。"万里还疑似道知过，才有此谢，不意似道偏暗恨万里，经万里窥出隐情，乃拜表告归，疏至再四，诏命为湖南安抚使，兼知潭州。

　　越年，册妃全氏为皇后。后会稽人，系理宗母慈宪夫人侄孙女，幼从父昭孙知岳州，开庆初年，秩满回朝，道出潭州，适蒙古将兀良合台率兵围潭。见前回。后与父避难入城，旋因兀良合台解围而去。潭人谓有神人护卫，因得保全。皇帝且被人掳，何论一后？况后固与度宗同为敌俘耶？无稽之言，不宜轻信。嗣返至临安，昭孙复出调外任，病殁治所。先是理宗从丁大全言，为太子选妃，聘定知临安府顾嵓女，及大全被斥，嵓亦罢去，台臣谓宜别选名族，以配皇储。理宗顾念母族，乃召后入宫，且问后道："汝父曾病殁王事，至今追念，尚觉可哀。"后答道："妾父可念，淮、湖人民更可念哩。"理宗闻言，暗自诧异。越日，出语辅臣道："全氏女言辞甚善，宜妃冢嫡以承祭祀。"辅臣等并无异词，遂册全氏为太子妃，至是乃立为皇后，并选杨氏为美人，寻封淑妃。即后文帝昺生母。册后礼定，晋上皇太后尊号为寿和，一面推恩锡类，加封贵戚勋臣。

　　贾似道又上疏乞归，专用此策要君。度宗命太臣侍从传旨固留，每日必四五至，中使加赐，每日且十数至，到了夜间，饬侍臣交守第外，只恐似道潜逸，他若肯去，赵宗或尚可多延数年。且特授平章军国重事。一月三赴经筵，三日一朝，治事都堂。赐第西湖的葛岭，葛岭在西湖北，相传晋葛洪尝在此炼丹，所以有这名目。似道遂鸠工庀材，大起楼阁亭榭，最精雅的堂宇，取名半间堂，塑一肖像，供诸神龛，并延集羽流，嗫经礼忏，为来生预祝福禄。自己却采花问柳，日访艳姝，无论歌楼娼妓，及庵院女尼，但有三分姿色，便令仆役召她入第，供他淫污。甚至宫中有一叶氏女，妙年韶秀，亦被他逼出宫中，充作小星。度宗虽然知晓，也是无可如何。而且召集旧时博徒，作樗蒲戏，日夕纵博，男女杂集，谑浪笑傲，无所不至。每到秋冬交界，提取蟋蟀，观斗赌彩。狎客尝与戏道："这难道是军国重事么？"他的技艺，只能如此。似道却不以为忤，也对他谈笑开心。整日里兴高采烈，酒地花天，从此把朝政尽行搁置。

起初尚届期五日，乘湖船入朝，就便至都堂小憩，把内外要紧公牍，约略展览，后来竟深居简出，所有军国重事，令堂吏就第呈署，他也不遑审视，都委馆客廖莹中及堂吏翁应龙代理。惟台谏弹劾，与诸司荐辟，暨京尹畿漕一切事情，非经贾第关白，得了取决，宫廷不敢径行。所有正人端士，排斥殆尽，一班贪官污吏，觊得美职，都夤缘贿托，贡献无算。似道建一多宝阁，储藏馈物，日必登楼一玩，不忍释手，就是门下食客也多借此发财，连阍人都做了富家翁。似道又私下禁令，饬人民不准擅窥私第，如因事出入，必须先由门卒通报。一日，有姜兄入第，门卒因他谊关亲戚，不先入白，便放他进去。将至厅门，为似道所见，即喝令左右缚投火中。及姜兄自道姓名，大声呼救，方得牵出，但已是焦头烂额，苦痛不堪。有妾足供淫乐，妾兄原无用处，不妨投诸煨烬。似道反申斥门卒，如何不报？门卒只好磕头认罪。嗣是管钥愈严，好令似道放胆纵欢，无拘无束。谁知蒙古征南都元帅阿术已带同降将刘整等，南下攻襄阳了。小子有诗叹道：

> 无赖居然作太师，狎游纵博算敷施。
> 强邻南下襄、樊震，尚是湖山醉梦时。

欲知襄阳被围情事，且至下回再详。

南宋之纳李璮，犹北宋之纳张毅，毅归宋后，因金人责盟，乃函毅首以畀之，于是金人遂生轻视，纵兵南来，遂亡北宋。璮为逆贼李全子，既降蒙古，复来归宋，宋廷不惩前辙，且封为郡王，贪目前之小利，忘日后之大患，试思蒙古方强，岂肯坐视不讨，一任叛命乎？况北使郝经被拘有年，彼方调兵遣将，为南下之谋，璮之降宋，不啻害宋，蒙古益振振有词，几何而不大举南侵也。璮既败死，宋君若臣方旰食之不遑，乃大丧忽兴，嗣君新立，国势益形岌岌，而犹用一欺君误国、纵欲败度之贾似道，宋其尚可为乎？古人谓小人之使为国家，菑害并至，虽有善者，亦无如何，观于贾似道而益信云。

第九十七回

援孤城连丧二将　宠大憝贻误十年

却说蒙古主忽必烈，早拟侵宋，因阿里不哥抗命，自督军往讨，至昔木土一作锡默图。地方，交战一场，阿里不哥败遁，追北五十里，敌将多降。忽必烈乃引还，尚恐死灰复燃，未敢南牧。及中统五年，阿里不哥自知穷蹙，不能再振，乃与诸王玉龙答失一作玉陇哈什。及谋臣不鲁花等不鲁花一作布拉噶。同至上都，即开平。悔过投诚。忽必烈汗赦阿里不哥，惟归罪不鲁花等数人，说他导王为恶，处以死刑。当命刘秉忠为太保，参领中书省事。秉忠请迁都燕京，忽必烈准如所请，就在燕京缮城池、营宫室，择日迁都，并改中统五年为至元元年。又越四年，方命征南都元帅阿术与刘整等经略襄阳。阿术驻马虎头山，顾汉东白河口，不禁欣然道："若就白河口筑垒，断宋粮道，襄阳不难攻取哩。"遂督兵兴役，筑城白河口。时知襄阳府为吕文焕，闻蒙古兵在白河口筑城，料知不妙，亟通报乃兄宣抚使吕文德。先是忽必烈用刘整计，馈文德玉带，求在襄阳城外，建立榷场。文德好利贪饵，请诸朝廷，许开榷场于樊城外。于是就鹿门山筑起土墙，外通互市，内筑堡壁。蒙古兵也在白鹤山设寨，控制南北要道，且常出哨襄、樊城外，大有反客为主的情状。互市之弊，非自今始。文德弟文焕知乃兄堕入敌计，贻书谏阻，已是不及，文德尚没甚着急。及白河口筑城一事，文焕很是惶恐，文德反谩骂道："汝勿妄言微功，就使有了敌城，也不足虑。襄、樊城池坚深，储粟可支十年，叛贼刘整若果来窥伺襄、樊，但叫汝等能坚守过年，待春水一涨，我顺流来援，看逆整如何对待？恐他就要遁走呢！"狂言何益。文焕无可奈何，只得缮城兴甲，为固守计。

转瞬间已是来春，刘整复献计阿术，造战船五千艘，招募水军，日夕操练，风雨不懈。渐得练卒七万人，遂自白河口进兵，围攻襄阳。警报迭达临安，都被贾似道匿住，不得上闻。宁海人叶梦鼎素有令誉，曾以参政致仕，似道亦欲从众望，特别荐引，召他为右丞相。梦鼎初辞不至，经似道再三劝驾，不得已入朝就职。未至数日，因利州路转运使王价子诉求遗泽，梦鼎查例合格，便准给荫。似道以恩非己出，即罢斥省部吏数人，梦鼎愤激求去。似道母胡氏闻知此事，召似道责问，带着怒容道："叶丞相本安家食，未尝求进，汝强起为相，又复牵制至此，我看汝所为，终要得祸，我宁可绝食而死，免同遭害。"老妪恰还有识。似道素来惮母，乃出留梦鼎，梦鼎知不可为，求去益力，度宗不许。嗣闻襄阳警信，被似道格住，遂长叹数声，单车宵遁。

蒙古复遣史天泽等益兵围襄阳。天泽至襄阳城下，添筑长围，自万山至百丈山，俱用重兵扼守，令南北不得相通。又筑岘山、虎头山为一字城，联亘诸堡，决拟攻取。又分兵围樊城，更城鹿门，京、湖都统制张世杰本蒙古将张柔从子，从柔成杞，有罪来奔。吕文德召至麾下，见他忠勇过人，累擢至都统制，他即率兵往援樊城，至赤滩圃，为蒙古兵所遮。两下交战，蒙古兵非常精悍，世杰孤军不支，只得败退。度宗至此，始闻襄、樊告急，命夏贵为沿江置制副使，进援襄、樊。贵乘春水方涨，轻兵裹粮到了襄阳。恐蒙古兵出来掩袭，只与吕文焕问答数语，立即引还。至秋间天大霖雨，汉水涨溢，贵乃分遣舟师，出没东岸林谷间。蒙古帅阿术望见，语诸将道："这是兵志上所说的疑兵，不应与战，我料他必来攻新城，且调集舟师，专行等着便了。"原来蒙古兵围攻襄阳，共筑十城，新城就在其列。待至翌晨，夏贵果舣舟趋新城，甫至虎尾洲。那蒙古水军已两路杀出，截击夏贵。贵不意敌兵猝至，仓皇失措，眼见得不能抵敌，掉舟急奔，被蒙古兵追杀一阵，贵军多溺入水中，丧失了若干性命。都统制范文虎率舟师援贵，正值贵兵败还，蒙古兵追击前来，文虎本是个没用人物，见蒙古兵这般强悍，吓得胆战心惊，忙乘轻舟遁去。部众亦相率惊溃，冤冤枉枉的做了好千百个鬼奴。虎而称文，宜乎没用。

吕文德闻援师连败，方自悔轻许榷场，不禁叹恨道："我实误国，悔无及了。"晓得已迟。因发生背疽，称疾乞休。诏授少师，兼封卫国公，应封他为误国奴。未几即死。他的女夫就是范文虎，贾似道升他为殿前副都指挥使，令典禁兵。阿翁误国，尚嫌未足。反要添入一婿，何苦何苦！一面调两淮制置使李庭芝转任两湖，督师援襄、樊。文虎恐庭芝得功，自愿再援襄阳，因贻书似道，谓"提数万兵入襄阳，一战可平，但不可使受京阃节制。若得托恩相威名，幸得平敌，大功当尽归恩相"云云。似道大喜，即提出文虎一军，归枢府节制，不受庭芝驱策。庭芝屡约文虎进兵，文虎只推说尚未奉旨，自与妓妾嬖幸，击鞠蹴球，朝歌夜宴，任情取乐。吕文焕日守围城，专待援音，哪知都中的权相，阃外的庸将，统在华堂锦帐中寻些风流乐事，管什么襄阳不襄阳。似道还再四称疾，屡请归田，度宗苦口慰留，甚至泣下。初诏六日一朝，一月两赴经筵，继复诏十日一朝，似道尚不能遵限。间或入谒度宗，度宗必起身避座。及似道退朝，又目送出殿，始敢就坐。似道益傲慢无忌，甚至累月不朝。度宗闻襄阳围急，屡促入朝议事，似道尚延宕不至。

一日，似道与群妾踞地斗蟋蟀，方在拍手欢呼的时候，忽报有钦使到来，似道转喜为怒道："什么钦使不钦使？就令御驾亲临，也须待我斗完蟋蟀哩。"也算督战。言已，仍踞地自若。良久方出见钦使，钦使传度宗命，极力敦劝。似道方允于次日入觐。翌日，入朝登殿，度宗慰问已毕，方语道："襄阳被围，已近三年，如何是好？"似道佯作惊愕道："北兵已退，陛下从何处得此消息？"度宗道："近有女嫔说及，朕所以召问师相。"似道不禁懊恼，半晌才答道："陛下奈何听一妇人？难道举朝大臣，统无耳目，反使妇人先晓么？"你只能骗朝廷，不能骗宫禁，手段尚未绵密。度宗不敢再言，似道悻悻退出。后来盘诘内侍，方知女嫔姓氏，竟诬她有暧昧情事，硬要度宗赐死。度宗硬了头皮，令女嫔勒帛自尽。可怜红粉佳人，为了关心国事，系念民瘼，竟平白地丧了性命。可惜史不书氏。

　　似道才促范文虎统中外诸军往救襄阳，襄阳虽已被围，尚有东西两路可通，由京东招抚使夏贵累送衣粮入城，城内守兵幸免冻馁。蒙古将张弘范，即张柔子。献计史天泽，谓："宜筑城万山，断绝襄阳西路，立栅灌子滩，断绝襄阳东路，东西遏绝，城内自坐毙了。"天泽依计而行，即令弘范驻兵鹿门，襄、樊自是益困。范文虎带领卫卒及两淮舟师十万，进至鹿门。蒙古帅阿术夹江列阵，别令军趋会丹滩，犯宋军前锋。文虎督着战船，逆流而上，好容易到了会丹滩畔，猛听得鼓声大震，喊杀连声，连忙登着船楼，向西望去，但见来兵很是踊跃，已恐慌到五六分。且远远看着大江两岸统是蒙古兵队，旌旗蔽日，戈铤参天，几不知他有若干人马，愈觉心胆欲碎。说时迟，那时快，蒙古兵已鼓噪突阵，顺流冲击，他还未曾鸣鼓对仗，竟先饬舟子返戈数步。看官！你想行军全靠锐气，有进无退，乃能制敌。主将先已退缩，兵士自然懈体，略略交战，便已弃甲抛戈，向东逃走。文虎逃得愈快，所弃战船甲仗不可胜计。

李庭芝闻文虎败还，上表自劾，请择贤代任，有诏不许，且令移屯郢州。庭芝侦知襄阳西北，有水名青泥河，源出均房，当命就河中筑造轻舟百艘，每三舟联成一舫，中间一舟，装载兵器，两旁舟有篷无底。悬揭重赏，募善战善泅的死士，得襄、郢、山西民兵三千人，用张顺、张贵为统辖。两张俱有智勇，素为民兵所服，号贵为矮张，顺为竹园张。二人即奉命，便号令部众道："此行是九死一生，汝等倘尚惜死，宁可退伍，毋败我事。"三千人齐称愿死，无一求去。适汉水方生，两张遂发舟百艘，由团山进高头港门联结方阵，夜漏下三刻，拔椗出江，用红灯为号，贵先登，顺继进，乘风破浪，径犯重围，至磨洪滩上，敌兵布舟蔽江，无隙可入。贵驶舟直进，令顺率善泅水卒，自船底下水，就波流中斫断敌舟铁絙，复凿通敌舟底面，敌舟半解半沉，当然惊惶。贵乘势杀开血路，且战且进。黎明抵襄阳城下，城中久已绝援，闻贵等到来，喜出望外，大家开城迎贵，勇气百倍，战退敌军。及收兵还城，独失张顺。趁数日，有浮尸溯流上来，被甲胄，执弓箭，直抵浮梁。城中遣人审视，不是别人，正是张顺，身中四创六箭，怒气勃勃如生。军士惊以为神，结冢殓葬。曾记宋江部下有一张顺，战死涌金河，此处复得一张顺，战死襄阳城下，同姓同名，然是一奇。

贵入襄阳，文焕留与共守，贵奋然道："孤城无援，不战亦毙，看来只好向范统帅处求救，俟援军到来，内外夹击，或可退敌。"文焕也无词可说，乃令贵设法乞援。贵募得二士，能伏水中数日不食，乃付以蜡书，令泅水赍往范文虎军前。范得书，许发兵五千，驻龙尾洲，以便夹攻，仍令二士持书还复。贵既得还报，即别文焕东下，检视部众登舟，独缺一人，系先前有罪被笞，因致亡去。贵大惊道："我谋被泄了，应赶紧起行，敌或未知，尚可侥幸万一。"乃举炮发舟，鼓楫破围，乘夜顺流断絙，竟得杀出险地。驶至小新河，见敌兵分舣战舰，前来截击，贵正麾众死斗，望见沿岸束荻列炬，火光烛天，隐隐间见有来船，旗帜纷披，此时已近龙尾洲，正道是范军来援，喜跃而前。哪知来舟俱系敌兵，由阿术、刘整两路杀来。及两舟相近，贵始知不是宋军，一时不及趋避，被他困在垓心，杀伤殆尽。贵身受数十创，力尽被执，不屈遇害。原来范军本到龙尾洲，因风狂水急，退屯三十里。阿术得亡卒密报，遂先据龙尾洲，以逸待劳，遂得擒贵。贵已被杀，由敌兵舁尸至城下，呼守兵道："识得矮张都统么？"守兵见是贵尸，不禁大哭，顿时全城丧气，敌兵弃尸而退。文焕出城收尸，附葬顺冢，立双庙以祀二忠，都是范文虎害他。再誓众死守。

　　到了咸淳九年，襄阳已被围五年，樊城亦被围四年了。襄、樊两城，本相倚为犄角，中隔汉水，由文焕值木江中，锁以铁絙，上造浮桥，借通援兵。敌帅阿术督兵将值木锯断，并用斧劈开铁絙，将桥毁去。文焕不能往援。阿术更用兵截江，防襄阳援兵，自出锐师薄樊城。城中支持不住，遂被陷入。守将范天顺仰天叹道："生为宋臣，死为宋鬼。"遂悬梁自缢。别将牛富尚率死士百人巷战，敌兵死伤甚多。富亦身被重伤，用头触柱，赴火捐躯。裨将王福见富死，不觉泣下道："将军死国事，我岂可独生？"亦赴火死。襄阳失去犄角，愈加危急，守兵至撤屋为薪，缉关会为衣。文焕每一巡城，南望痛哭而后下，尚日望朝廷遣援。贾似道至此，也瞒不过去，上书自请防边，阴令台谏上章留己，度宗遂不令亲出。群臣多保荐高达，谓可援襄，御史李旺亦入白似道。似道摇首道："我若用达，如何对得住吕氏？"旺出叹道："吕氏得安，赵氏危了。"似道再请启行，事下公卿杂议。监察御史陈坚等以为："师臣行边，顾襄未必及淮，顾淮未能及襄，不若居中调度，较为得当。"度宗遂从坚议，留似道在都。似道仍然歌舞湖山，暂图眼前的快乐，把襄阳置诸度外。

襄阳愈觉孤危，吕文焕日夕登城，防守不懈。一日，正在城楼指挥军士，忽闻城下有人叫他姓名，急垂目俯视，乃是敌将刘整来劝出降。文焕不与多言，暗令弓弩手射下一箭，整不及防备，适中右肩，亏得甲坚不入，才得免害。当下飞马退回，痛恨不休。他将阿里海涯，一作阿尔哈雅。曾得西城人所献新炮法，造炮攻破樊城，至是又移攻襄阳。接连弹放，一炮击中谯楼，声如震雷，城中汹汹，守卒多越城出降。刘整欲立碎襄城，入擒文焕，报一箭仇，阿里海涯道："且慢！待我再去招降。他若知惧投诚，何必多害生灵。且将军亦不应常记宿嫌，彼此各为其主，何足介意？"阿里海涯系畏吾儿，人颇具有仁心，不应轻视。言毕，即身至城下，招呼文焕道："尔等拒守孤城，迄今五年，为主宣劳，亦所应尔。但已势穷援绝，徒苦城中数万生灵，若能纳款出降，悉赦勿治，且加迁擢，这是我主的诏命，由我代宣，决不相欺。"文焕听着此言，也觉有理，不觉踌躇起来。阿里海涯见他俯首沉思，料已有点说动，索性再进一步，折箭与誓道："我若欺你，有如此箭！"文焕乃应允出降，先纳管钥，次献城邑。阿里海涯先入城中，邀文焕出迎阿术，待阿术进城，文焕交出图籍，即与阿里海涯同往燕都。

是时蒙古主忽必烈，已改国号为大元，小子此后叙述，亦改称蒙古为元朝。特别点明。文焕入朝元主，元主如阿里海涯言，依诏迁擢，拜文焕为襄、汉大都督。文焕遂自陈攻郢计议，且愿为先驱。前时固守五年，可谓坚忍，奈何一变至此。元主称善，暂命休息，再图大举。这消息传报宋廷，贾似道且入对度宗道："臣始屡请行边，不蒙陛下见许，若早听臣言，当不至此。"看你后来如何？度宗亦觉自悔。文焕兄文福知庐州，文德子师夔知靖江府，均上表待罪，当由似道庇护，概置勿问。

度宗曾召用江万里、马廷鸾为左右丞相，万里数月即去，廷鸾逾年亦归。朝中只知有似道，不知有度宗。度宗尝有事明堂，命似道为大礼使，礼毕幸景灵宫，适逢天雨，似道请诸度宗，俟雨止乘辂。度宗自然允诺，偏偏雨不肯停，滂沱终日。胡贵嫔兄显祖侍度宗旁，请如开禧故事，乘逍遥辇还宫。度宗道："恐平章未必允行。"显祖诳言平章已允，度宗乃乘辇还宫。似道闻知，顿时大怒，便入奏道："臣为大礼使，陛下举动，不得预闻，臣尚在此何用？"说着，即大踏步出朝，竟向嘉会门去了。全是撒赖。度宗惊惶万状，忙遣人慰留，似道不允。度宗不得已，罢显祖官，涕泣出胡贵嫔为尼，似道乃还。此段是补述。及襄、樊俱失，又上言："事势如此，非臣上下驱驰，联络情势，将来恐不堪设想。"度宗道："师相岂可一日离左右？"似道乃奏请建机速房，借革枢密院漏泄兵事，及稽迟边报的弊端。还要欺人。

旋有诏令中外大小臣僚，密陈攻守事宜。四川宣抚司参议官上陈救危三策：一系锁汉江口岸，二系城荆门军当阳界的玉泉山，三系峡州、宜都以下，联置堡寨，保聚流民，且屯且耕。并绘筑城寨形势图，连章并献。似道匿不上闻。陈宜中已任给事中，言："襄、樊失守，均由范文虎怯懦所致，宜斩首以申国法！"似道不许。只降文虎一官，调知安徽府，反将李庭芝罢职，改任汪立信为京、湖制置使，赵潜为沿江制置使。

潜系赵葵子，少年昧事，监察御史陈文龙谓潜乃乳臭小儿，不足胜阃外任，顿时触怒似道，把他斥退。嗣复用李庭芝为淮东制置使，兼知扬州，夏贵为淮西制置使，兼知庐州，陈奕为沿江制置使，兼知黄州。奕毫无韬略，谄事贾似道，玉工陈振民呼他为兄，因得夤缘干进，蹿登显要，竟握重兵。咸淳十年似道母死，归越治丧，诏命用天子卤簿送葬，筑墓拟山陵。百官亦奉诏襄事，立大雨中，终日无敢易位。葬毕，即起复入朝。

越数月，度宗竟崩，遗诏令皇子显即位。总计度宗在位十年，寿三十五岁。度宗为太子时以好内闻，既即位，益耽酒色，向例召幸妃嫔，次日必诣阁门谢恩，书明月日。度宗朝，每日谢恩多至三十余人，卒至峨眉伐性，逾壮即崩。子显年仅四岁，为全后所出，庶兄名昰，年龄较长，众议嗣立长君，独贾似道主张立嫡，乃以显嗣帝位，奉谢太后临朝称制，封兄昰为吉王，弟昺为信王，命贾似道独班起居，尊谢太后为太皇太后，全皇后为皇太后，小子有诗咏度宗道：

> 误国何堪至十年，暗君奸相两流连。
> 从知兴替由人事，莫谓苍苍自有天。

帝显即位以后，宋事益日棘了。欲知一切情形，再阅下文便知。

> 襄、樊扼南北咽喉，二城俱失，蒙古兵可顺流而下，江淮即不能守。故宋之存亡，关系于襄、樊之得失。范天顺、牛富等之战死，贾似道实使之，吕文焕之叛主降虏，亦贾似道实使之。似道不死，宋其尚有幸乎？度宗念册立功，始终宠任似道，又每日召幸嫔御，至三十余人，岂以宗社将亡，聊作醇酒妇人之想欤？史谓度宗无大失德，夫色荒已足亡国，况拱手权奸，凡一切黜陟举措，俱受制于大憝之手，不亡亦胡待也。彼如帝显以下，更不足讥矣。

第九十八回

报怨兴兵蹂躏江右　丧师辱国窜殛岭南

却说帝显嗣位，尚未改元，元主忽必烈已谕诸将大举南侵，历数贾似道拘使败盟的罪状，谕中有云：

> 自太祖皇帝以来，与宋使介交通。宪宗之世，朕以藩职，奉命南伐，彼贾似道复遣宋京诣我，请罢兵息民，朕即位之后，追忆是言，命郝经等奉书往聘，盖为生灵计也。而乃执之以致师出，连年死伤相籍，系累相属，皆彼宋自祸其民也。襄阳既降之后，冀宋悔祸，或起令图，而乃执迷，罔有悛心，所以问罪之师，有不能已者。今遣汝等水陆并进，布告遐迩，使咸知之！无辜之民，初无与焉，将士毋得妄加杀掠！有去逆效顺，别立奇功者，验等第迁赏。其或固拒不从，及逆敌者，俘戮何疑！录此谕以甚贾似道之罪。

当下任命两个大元帅，一是史天泽，一是伯颜，一译作巴延。总制诸道兵马。用降将刘整、吕文焕为向导，出兵二十万南行。宋廷上面，小儿为帝，妇人临朝，晓得什么军国大事？挟权怙势、贪财好色的贾似道，正配那八字头衔。依然歌舞湖山，粉饰承平。京、湖制置使汪立信闻元朝又有出兵消息，免不得忧愤交迫，遂献书宋廷道：

今天下大势，十去八九，而君臣宴安，不以为虞。夫天之不假易也，从古已然，此诚宜上下交修，以迓续天命之机，重惜分阴，以趋事赴功之日也。而乃酣歌深宫，啸傲湖山，玩岁愒日，缓急倒施，卿士师师非度，百姓郁怨，欲上以求当天心，俯遂民物，拱揖指挥，而折冲万里者，不亦难乎？为今日之计者，其策有二：夫内郡何事乎多兵？宜尽出之江干，以实外御，算兵帐，现兵可七十余万人，而沿江之守，则不过七千里，若距百里而屯，屯有守将，十屯为府，府有总督，其尤要害处，辄三倍其兵，无事则屯舟长淮，往来游徼，有事则东西齐奋，战守并用，刁斗相闻，馈饷不绝，互相应援，以为联络之固，选宗室大臣有干用者，立为统制，分东西二府以莅任之，成率然之势，此上策也。久拘聘使，无益于我，徒使敌得以为辞，请礼而归之，许输岁币以缓归期，不二三年，边运稍休，藩垣稍固，生兵日增，可战可守，此中策也。二策果不得行，则天败我也，衔璧舆榇之礼，请备以俟！

贾似道接阅此书，勃然大怒，将书掷地道："瞎贼敢这般狂言么？"原来立信一目微眇，因诟他为瞎贼。当即请旨罢斥立信，改用朱祀孙为京、湖制置使，兼知江陵府。元兵渡河南下，将至郢州，史天泽遇疾北还，诸军并归伯颜节制。伯颜遂分大军为两道，自与阿术由襄阳入汉济江，令吕文焕率舟师为先锋，别命博罗欢—作博啰干，系忙兀人。由东道取扬州，监淮东兵，由刘整率骑兵为先行，两个虎伥。水陆并进，旌旗延袤数百里。伯颜直抵郢州，在城西立营。宋都统制张世杰正将兵屯郢，郢在汉北，叠石为城，另有新郢城筑置汉南，中横铁绹锁住战舰。水中密植木桩，夹以炮弩，要津亦皆设守，无隙可乘，元兵进薄郢城下，都被世杰击退。阿术获住侦卒，好言抚慰，问他有无间道可出？俘卒谓："宜出黄家湾堡，由河口拖船入藤湖，转向下江，取道最便。"阿术乃转告伯颜，伯颜复问吕文焕，文焕亦以为然。于是分兵攻拔黄家湾堡，荡舟自藤湖入汉，进至沙洋。沙洋曾设守城，伯颜遣俘卒持檄招降。守将王虎臣、王大用斩俘焚檄，登陴拒守。文焕复至城下招谕，亦不见应。会日暮风起，伯颜命军士放炮纵火，顺风焚城外庐舍，顿时烟焰蔽天，迷乱人目，守卒看不清楚，那元兵已缘梯登城，一拥而入。虎臣、大用力战不支，均为所擒。

元兵遂进薄新郢城。文焕缚大用等至城下，令他招降，都统边居谊不答。次日，大用等又至，居谊答道："我欲与吕参政语，可请他来面谈！"文焕闻言，即纵马临城，但听得一声梆响，城门陡启，伏弩自城内乱射，几似飞蝗。文焕亟欲回走，右臂已中了一箭，勉强忍住了痛，亟用左手挥鞭策马，那马又中箭蹶地，身亦随仆。城中驱出健卒，各挟长矛来钩文焕，文焕险些儿着手，经元兵齐来相救，急将文焕挟起，改乘他马，疾驰得脱。为宋人大呼可惜。城卒已失去文焕，只得走回，城门复闭。元兵奋怒攻城，居谊督众坚守，相持不下。伯颜增兵猛攻，一面射书城中，以爵禄诱降，总制黄顺及副将任宁为所诱惑，竟缒城出降。部下守卒亦多缒城随出。居谊开城驱出，悉数斩首。文焕乘隙来攻，居谊用火箭射退敌兵，不意入城休息未及一时，城上已鼓声大震，元兵蚁附而上，守卒不是被杀，就是却走。居谊自知不支，拔剑自刎，偏锋钝不能断喉，那时急不暇择，竟投火自尽，新郢遂陷。伯颜以居谊忠烈，收尸瘗葬。遂进军蔡店，大会诸将，指日渡江。

宋淮西制置使夏贵正调集汉、鄂水师分据要害，都统制王达守阳逻堡，京、湖制置使朱祀孙用游击军扼住中流，元兵不得前进。伯颜乃用声东击西的计策，往围汉阳，阳言将自汉口渡江，暗中恰遣别将阿剌罕率奇兵袭取沙芜口。夏贵果为所欺，专援汉阳，那沙芜口竟被阿剌罕夺去。伯颜解汉阳围，自沙芜口入江，战舰数千艘，进泊沦河湾口，遣使招降阳逻堡，被他拒回，进攻亦不克。伯颜又抄袭旧法，佯遣阿里海涯再攻阳逻堡，暗令阿术率四翼军溯流渡青山矶。阿术夤夜潜进，适值风雪大作，宋军未及预防，元兵安然上溯。到了天晓，阿术见南岸多露沙洲，即登舟指麾诸将，命他速渡，并载马后随。万户史格即天泽子奉命飞驶，将达青山矶，为荆、鄂都统程鹏飞所阻，逆战失利，阿术率军继进，大战中流。鹏飞抵当不住，退登沙岸。阿术也薄岸进逼，纵马登击。鹏飞复败，负创奔鄂，失船千余艘。元兵遂据住青山矶，径向伯颜报捷。伯颜大喜，挥诸将急攻阳逻堡，夏贵正率舟师往援，闻阿术已经飞渡，竟尔大骇，遽引麾下三百艘，沿流东还，并纵火焚掠西南岸，退屯庐州。阳逻堡孤立失援，王达领所部八千人及定海水军统制刘成陆续战死。伯颜遂渡江与阿术会，进趋鄂州。

朱祀孙方领兵援鄂，闻阳逻堡败没，也不禁惊惧起来，连夜奔还江陵府。吕文焕传檄劝降，于是知汉阳军王仪举城降元。鄂州权守张晏然与都统程鹏飞也开城纳伯颜军。惟幕僚张山翁不屈，元诸将竞欲杀张，伯颜独称为义士，释令自便。山翁乃去。伯颜遂令阿里海涯率四万人守鄂，且规取荆、湖，自与阿术领大军南下，直捣临安。

宋廷闻报大惊，连集群臣会议，大众俱属望贾师相，请他督兵，连三学生也如是云云。贾似道有何能力可督兵拒元？群臣及学生等俱请他督兵，无非嫉他权奸误国耳。贾似道至此，没法推诿，只好允议，遂有诏令他都督诸路军乌，开府临安，用黄万石等参赞军机，所辟官属，均得先命后奏。当就封桩库内，拨金十万两，银五十万两，关子一千万贯，充都督府公用。王侯邸第，皆令输助军糈，并核僧道租税，收供各饷，一面诏天下勤王。是时已是咸淳十年的暮冬，似道且在葛岭私第中与妻妾等围炉守岁，还是花团锦簇，酒绿灯红，快快活活的过了残年。只此一遭了。

越日，为帝显嗣位第一年，纪元德祐，宫廷里面尚循例庆贺。是夕，即有警报到来：元兵入黄州，沿江制置使陈奕出降，元令为沿江都督。奕子岩守江东州，亦随父降元，知蕲州管景模又遣人迎降元兵。似道未免着急，亟召吕师夔参赞都督府军事，任中流调遣。师夔不肯受命，竟与江州钱真孙迎纳元军。伯颜命师夔知江州，师夔因就庾公楼开设盛筵，请伯颜入宴，且献宗室女二人侑酒。良心丧尽。伯颜赴宴入座，见二妹侍侧，不禁发忿道：“我奉天子命，兴仁义师，问罪宋廷，怎么用女色蛊我？我岂为区区所动么？”说得师夔满面含羞，慌忙谢罪，即将二女遣出。伯颜喝过杯酒，便离坐自去，师夔徒叫着几声晦气罢了。还是运气，不致饮刃。知安庆府范文虎闻师夔降元，也起了异心，遣使至江州迎伯颜。伯颜先令阿术至安庆，自率大兵继往，文虎出城恭迓，敬礼备至。伯颜乃授文虎为两浙大都督，独通判夏倚仰药自杀。吕、范本皆贾氏党羽，接连叛去，急得似道不知所为。忽闻刘整病死无为城下，似道竟喜跃道：“刘整一死，敌失向导，这是上天助我呢。”叫你速死。原来元人南侵，本恃刘整、吕文焕为导引，旋由伯颜发令，遣整别将兵出淮南，整自请乘虚捣临安，伯颜不从。整乃率骑兵攻无为军，日久不克。闻文焕入鄂捷音，顿时失声道：“首帅束我，使我功落人后。”因郁愤而死。死已晚了。贾似道偏视为奇遇，竟上表出师，抽诸路精兵十三万人启行。金帛辎重，统满载舟中，舳舻相衔，几达百里。到了芜湖，遣人通问吕师夔，令调停和议，师夔不答。

既而夏贵引兵来会，从袖中取出一书，指示似道，谓宋历只三百二十年，似道也不多辩，但俯首叹了两声，暗思夏贵等人都不可恃，乃复起汪立信为江、淮招讨使，令就建康募兵。

立信闻命，即日就道，与似道会晤芜湖。似道拊立信背道："不用公言，因致如此，今将若何措置？"急时抱佛脚，还有何益？立信道："目今还有何策！寇已深入，江南无一寸干净土，立信此来，不过欲寻一片赵家地上，拼着一死，死要死得分明，方不失为赵家臣子呢。"光明磊落之言。似道暗暗怀惭，勉强对付数语，立信便告别而去。似道自知不妙，再遣宋京至元军请称臣奉币，如开庆原约。伯颜答书道："我军未渡江时，尚可议和入贡，今沿江州郡，尽为我属，还有什么和议可言？必欲求和，请自来面议！"两语甚妙。看官！你想似道得此复书，敢去不敢去么？

元兵进犯池州。知州王起宗遁去，通判赵卯发权摄州事，缮壁聚粮，为固守计。都统张林屡讽卯发出降，卯发忠愤填胸，瞠目视林，林不敢复言。已而林率兵巡江阴，纳款元军，阳助卯发守，守兵俱为林属。卯发知事不济，乃置酒会宴亲友，与诀死别，且对妻雍氏道："城已将破，我为守臣，不当出走，汝可先去避难。"雍氏道："君为忠臣，我独不能为忠臣妇么？"卯发道："妇人女子，也能解此么？"雍氏遂请先死，卯发怡然道："既甘同死，何必求先？"明日元兵薄城，卯发晨起书几上道："国不可背，城不可降，夫妇同死，节义成双。"书毕，即与雍氏对缢室中。张林开门迎降，伯颜入城，问太守所在。左右以死事对，伯颜很是叹惜，命具棺合葬，亲自祭墓而去。忠信可格豚鱼，况乎伯颜。宋廷追赠卯发为华文阁待制，谥文节，妻雍氏为顺义夫人。

似道闻池州又陷，乃简精锐七万余人，尽属孙虎臣，令截击元军，又命夏贵率战舰二千五百艘陆续继进，自率后军驻鲁港，作为援应。虎臣有一爱妾随身不离，至是亦令乘舟相随。身当大敌，尚携爱妾，安能成事？甫至池州下流的丁家洲，望见敌舟相近，即舣舰待战。猛闻炮声迭震，弹火喷薄前来，所当辄靡。虎臣不觉惊愕，勉强麾兵对击，哪知元将阿术复督划船数千艘，乘风疾至，呼声动天地。宋前锋统领姜才颇怀忠勇，挺身奋斗，偏虎臣胆战心惊，忙向姜舟上跃入，部众顿时哗噪道："步帅遁了！"遂相率溃乱。夏贵因虎臣新进，权出己上，本已事前观望，此时即不战而奔，径驶扁舟掠似道船，大呼道："彼众我寡，势不可支，请师相速自为计！"似道大惧，慌忙鸣钲收军，舳舻簸荡，忽分忽合。元将阿术乘间横扫，伯颜复指挥步骑，夹岸助击，宋军不死刀下，也死水中，江水为之尽赤。所有军资器械，统被元兵劫去。

似道奔至珠金沙，夜召夏贵等议事，适虎臣驰至，抚膺恸哭道："我兵无一人用命，奈何？"*但叫爱妾保全，他何足计。*贵微笑道："我从前与他血战，倒也有几次了。"似道因问及御敌事宜，贵答道："诸军已皆胆落，不堪再战，师相惟有速入扬州，招集溃兵，迎驾海上，我当死守淮西便了。"言已，解舟自去。似道与虎臣单舸奔还扬州。次日，见溃卒蔽江而下，似道令队目登岸，扬旗招致，均不见应，或反用恶语相侵，害得似道无法可施。嗣是镇江、宁国、隆兴、江阴守臣皆弃城遁走，太平、和州无为军复相继降元。元军趋陷饶州，知州事唐震不屈被害，阖家殉难。故相江万里在籍，曾凿池芝山后圃，署名止水，至是即自投水中。左右及子镐依次投入，积尸如叠。翌日，万里尸犹浮出水上，由从役替他瘞埋，入告宋廷，追封太傅益国公，赐谥文忠。唐震亦得谥忠介。*历详忠节，力阐潜光。*

似道上书请迁都，太皇太后不许。殿帅韩震系似道爪牙，复以为请，乃下宰臣等详议。当似道出师时，曾用李熉、章鉴为左右丞相，熉尝力辞不允，至此主张固守，为韩震等所反对，竟自遁去。旋经京学生上疏，谏止迁都，因即罢议，再诏令各路勤王。先是勤王诏下，诸将多观望不前，惟李庭芝尝遣兵入援，此时又来了一个张世杰。参政陈宜中还疑他自元军来归，把他部众易去，另调一支新军归他统带。江西提刑文天祥、湖南提刑李芾、从前统忭似道意，贬窜出外。及闻临安危急，文天祥募郡中豪杰，并结溪峒山蛮万余人入卫。芾亦招集壮士三千人，选将统辖，促令勤王。但大局已被似道搅坏，都中风鹤频惊，单靠一二忠臣义士徒手募兵，奋身卫国，已是势成弩末，不足有为。宋廷追回王爚，仍令辅政，右丞相章鉴却托故径归，有诏进陈宜中知枢密院事。

适值郝经弟郝庸奉元主命，来宋访兄，宜中疏请礼遣经归，乃令总管段佑送经出境，经留宋十六年，归至燕都，遇病即殁。元主谥为文忠，悯惜不置，因屡促伯颜进兵。伯颜遂进薄建康。江、淮招讨使汪立信自与似道别后，向建康进发，但见守兵悉溃，四面统是北军，乃折回高邮，意欲控引淮、汉，作为后图。嗣闻似道师溃，江、汉守臣望风降遁，不禁长叹道："我今日犹得死在宋土了。"因置酒诀别宾僚，自作表报谢三宫，且与从子书，属以后事。夜半起步庭中，慷慨悲歌，握拳击案，接连三响，以致失声三日，竟扼吭而终。及元兵至建康，立信爱将金明挈立信家人走避。或以立信三策告伯颜，请戮立信妻孥。伯颜叹息道："宋有是人，能为是言，如果宋廷采用彼策，我怎得率兵到此？这是宋朝忠臣，奈何可戮及妻孥呢？"遂命访求立信家属，恤以金帛。金明扶立信榇，归葬丹阳。建康都统徐旺荣迎伯颜入建康城，伯颜复遣兵四出收降广德军，宋廷益震。似道穷迫无计，因缴还都督府印。

陈宜中问堂吏翁应龙，谓似道现在何处？应龙答以不知。宜中疑他已死，即上疏乞诛似道。太皇太后谢氏道："似道勤劳三朝，不忍因一朝失算，遽置重刑。"乃诏授贾似道醴泉观使，罢免平章都督。凡似道所创弊政，次第革除，将公田给还田主，令率租户为兵，放还窜谪诸人。并复吴潜、向士璧等官职，刺配翁应龙至吉阳军，贬廖莹中、王庭、刘良贵、陈伯大、董朴等官。既而三学生及台谏侍臣复连章请诛似道，太皇太后尚不肯从。似道亦上表乞求保全，且言为夏贵、孙虎臣所误。有旨令李庭芝资遣似道归越，守丧终制。似道尚留扬不归。意欲何为？王爚复上论："似道既不死忠，又不死孝，乞下诏严加谴责。"及颁诏下去，似道乃还绍兴府。绍兴守臣闭城不纳。王爚复入白太后道："本朝权臣稔祸，从没有如似道的厉害，搢绅草茅，叠经弹论，陛下统搁置不行，如此不恤人言，将何以谢天下？"太皇太后乃降似道三官，居住婺州。婺人闻似道到来，争作露布，驱逐出境，不准容留。监察御史孙嵘叟等又均上言罪重罚轻。更流窜至建宁府。国子司业方应发、中书舍人王应麟均谓："必须远投四裔，以御魑魅，且应重惩奸党，借申国法。"乃下诏斩翁应龙，籍没家产。廖莹中、王庭均除名，窜逐岭南。二人皆畏罪自尽。似道再被谪为高州团练使，安置循州，籍产充公。荣王与芮已晋封福王，素恨似道，募人作监押官，令他途次除奸。会稽县尉郑虎臣欣然请行。这一番有分教：

　　作恶从无良结果，丧身徒博丑声名。

欲知似道如何了局，且看下回说明。

　　南宋之亡，事事蹈北宋覆辙，外有强元，犹女真也，内有贾似道，犹蔡京也。女真侵宋，势如破竹，强元亦然。北宋失守中原，尚有江南半壁可以偏安，韩、岳、张、刘诸将各任闸帅，兵力俱足一战。故高宗南渡，传祚犹百余年。至南宋则仅恃江、湖。襄、鄂陷，江、淮去，诚如汪立信所云："无赵氏一寸干净土。"有相与沦胥已耳。贾似道为祸宋罪魁,一死诚不足蔽辜,但宋廷诸臣不于事前发其覆,徒于事后摘其奸,国脉已伤,大奸虽去,亦何益乎?故蔡京死而北宋随亡,贾似道死而南宋亦继之。权奸之亡人家国,固如此其烈哉!

第九十九回

屯焦山全军告熸　陷临安幼主被虏

却说会稽县尉郑虎臣奉福王与芮命，愿充监押官。看官道是何因？原来虎臣父曾为似道所倾，刺配远方，虎臣久欲报怨。凑巧遇着这个差使，当然奉命维谨，遂往押似道启行。似道正寓建宁府开元寺中，侍妾尚数十人。虎臣到后，命将侍妾屏逐，即令似道登程，令舆夫撤去舆盖，使曝行秋日中。且嘱唱杭州歌为谑。每斥似道名，窘辱备至。一日入古寺，壁上有吴潜南行时所题诗句，虎臣因指示道："贾团练！吴丞相何故至此？"似道惭不能答。既而舍陆登舟，进次南剑州的黯淡滩，虎臣复令似道观水，谓此水甚清，可以就死。似道以未接诏命对。再行至漳州木绵庵，虎臣道："我为天下杀似道，虽死何恨？"竟就厕上拉似道胸，折骨而死。先是似道柄国，位极人臣，尝梦金紫人引到一客，语似道云："此人姓郑，能制死公命。"时大珰郑师望方用事，似道疑是师望，且姓与梦合，因假他故勒令外窜，不意后来竟死郑虎臣手中，可见存亡皆有定数，非人力所能强避哩。冥冥间虽有定数，然如似道之怙恶不悛，不死何待？

宋廷命王熵平章军事，陈宜中、留梦炎为左右丞相，并兼枢密使，都督诸路军马。宜中在太学时，与黄镛等纠劾丁大全，编管远州，当时曾号为六君子，应九十四回。后来大全被逐，宜中释归，夤缘似道，渐跻显职。至芜湖丧师，宜中疑似道已死，乃疏请正似道罪名，本来是个反覆刁诈的小人。且因郑虎臣擅杀似道，立捕虎臣下狱，置诸死地。嗣复许似道归葬，赐还田庐。太皇太后谢氏，还道他是存心忠厚，事事依从，又是一个贾似道。一面命张世杰总都督府诸军，分道拒元。怎奈元兵日逼日近，临安一夕数警，不得不格外戒严。同知枢密院事曾渊子、左司谏潘文卿、右正言季可、两浙转运使许自、浙东安抚使王霖龙、侍从陈坚、何梦桂、曾希颜等数十人皆遁去。签书枢密院事文及翁、同签书院事倪普故意令台谏劾己。章尚未上，已出关潜逃。花样翻新。太皇太后闻知此事，特下诏戒禁，榜示朝堂云：

> 我朝三百余年，待士大夫以礼，吾与嗣君，遭家多难，尔大小臣工，未尝有出一言以救国者。内而庶僚，畔官离次，外而守令，委印弃城。耳目之司，既不能为吾纠击，二三执政，又不能倡率群工，方且表里合谋，接踵宵遁。平时读圣贤书，自许谓何？乃于此时作此举措，生何面目对人，死亦何以见先帝？天命未改，国法尚存，其在朝文武官，并转二资，其畔官而遁者，令御史台觉察以闻，量加惩谴！

这诏虽下，朝中百官尚不免有逃逸等情。大家顾命要紧，能有几个忠君爱国的志士肯出来支撑危局？最可笑的是边境守将还是仗着一柄利剑，乱杀外使，一误不足，至再至三，哪得不益挑敌怒，自速危亡呢？元礼部尚书廉希贤及工部侍郎严忠范赍奉国书南抵建康，与伯颜相见。希贤请兵自卫，伯颜道："行人恃言不恃兵，兵多反致增疑哩。"希贤固请，伯颜乃遣兵五百人送行。到了独松关，宋守将张濡不管什么利害，竟遣部曲袭杀忠范，并执希贤送临安。希贤病疮道死，宋廷才知惹祸，亟使人移书元军，略言："戎使事系边将所为，朝廷实未预知，当依法按诛，还乞贵国罢兵修好！"伯颜因再遣议事官张羽，偕宋使还临安，途过平江，又被守将杀死。真是野蛮举动。于是伯颜怒上加怒，遣兵四出，收降常州。阿里海涯又攻入岳州，安抚使高世杰战败降元，为阿里海涯所杀，总制孟之绍举城迎降。再进破沙市城，监镜司马梦求自缢。京、湖宣抚使朱祀孙及副使高达闻元兵连陷州城，已是忐忑不安，及阿里海涯转攻江陵，达累战累败，竟与祀孙等输款元军。阿里海涯入江陵城，命祀孙移檄部属，劝使归附。湖北诸郡，如归峡、郢、复、鼎、澧、辰、沅、靖、随、常德、均、房、施、荆门诸城相继皆降，荆南已为元有，伯颜无西顾忧，安心东下。

阿术前驱至真州，遣弁目李虎持招降书入扬州城，宋制置使李庭芝焚书杀虎，遣统制张俊出战。俊反持元降臣孟之缙书回城招降。庭芝复毁去来书，枭俊首级示众。一面出金帛牛酒，宴犒将士。人人感愤涕泣，誓同死守。真州守将苗再成与宗室子赵孟锦迎击元兵于老鹳嘴，失利而还。阿术乘胜趋扬州，庭芝令统制姜才出战，才赴三里沟，布三叠阵，击败敌众。阿术伴退，诱才往追，至扬子桥，径还兵再战，两军夹水列阵。元将张弘范率二十骑，绝流南渡，来冲宋军，才坚壁不动。弘范屡突不入，又伴为趋避，才将回回跃马出阵，挺着大刀，去追弘范。弘范待他追近，陡然回马，运动手中长枪，把回回刺落马下。回回以骁悍闻，忽被刺死，吓得宋军一齐胆落，竟尔溃退。阿术、弘范后先驰击，宋军自相践踏，伤毙甚众。姜才肩上亦被流矢所中。才大吼一声，拔矢挥刀，回截元兵，剁死了好几人，元兵才不敢逼，由才收溃军入城。

阿术又进薄扬州南门，庭芝登城堵御，一攻一守，还算旗鼓相当，没甚胜败。宋将刘师勇本自民兵进身，积功至濠州团练使，至是克复常州，升任和州防御使，助知州事姚訔守城，兵威少振。浙右诸军亦渐来援助。张世杰乃召刘师勇、孙虎臣等大集舟师，进次焦山，为扬州声援。途次，闻成都安抚使咎万寿举嘉定诸城降元，两川郡县亦多叛去。两川事用简笔带叙。世杰愈觉孤危，定计与元兵死战，决一胜负。令以十舟为方，碇江中流，非有号令，无得发碇，示以必死。世杰计议多迂，实非将才。元阿术登石公山，望见阵势，便微笑道："这军可烧而走呢。"遂选弓弩手千人，用巨舟装载，分作两翼，夹射宋师。阿术由中路进战，方与宋师接仗，即用火箭接连注射。宋师碇舟为阵，无从散驶，徒落得篷樯俱毁，烟焰蔽江。大众进退两难，除投江自尽外，竟无别法。元将张弘范、董文炳等复用锐卒横击，杀得宋师七零八落。张世杰不复能军，只好奔回圌山，弃去黄白鹞船七百余艘。刘师勇还常州，孙虎臣还真州。

世杰表请济师，适宋廷执政互生意见，你排我挤，还有什么心思去顾世杰？先是世杰出师，平章王爚上言："陈、留二相，宜出一人督师吴门，否则自己请行。"陈宜中阴怀忮忌，暗沮爚议。至世杰败绩焦山，爚复入请道："今二相并建都督，庙算指授，臣不得预知。近因六月出师，诸将无统，臣岂不知吴门去京，为路不远？不过因大敌在前，非陛下自将，即大臣出督，方能事专责成，可望却敌。今世杰因诸将离心，遂至失败，试问国家今日，尚堪几败么？臣既无职可守，有言不从，自愧素餐，乞罢平章重任。"太皇太后不许。既而京学生刘九皋等又伏阙上书，历数陈宜中擅权误国，不亚似道。疏入不报。宜中竟悻悻自去，太皇太后遣使召还，累征不至。没奈何捕刘九皋等下狱，罢爚平章军国重事。爚寻病卒。宜中归至温州，仍不造朝，太皇太后自作手书，遗宜中母杨氏，令转促宜中入都。宜中尚乞以祠官入传，进拜醴泉观使。是时左相虚席，太皇太后欲召李庭芝入相，因加夏贵为枢密副使，兼两淮宣抚大使，令与淮东制置副使知扬州朱焕互调。贵不受命，焕仍回扬州，连李庭芝亦不能离任。

会文天祥提兵入卫，久留不遣，至宜中还朝，乃令天祥知平江府，与李莒知潭州的诏命，同日颁行。天祥临行时，特上疏请建四镇，略云：

> 本朝惩五季之乱，削藩镇，建都邑，一时虽足以矫尾大之弊，然国以寝弱，故敌至一州则一州破，至一县则一县残，中原陆沉，痛悔何及？令宜分天下为四镇，建都督统御于其中，以广西益湖南，而建阃于长沙。以广东益江西，而建阃于隆兴。以福建益江东，而建阃于番阳。以淮西益淮东，而建阃于扬州。责长沙取鄂，隆兴取蕲黄，番阳取江东，扬州取两淮。地大力众，乃足以抗敌，约日齐奋，有进无退，日夜以图之。彼备多力分，疲于奔命，而吾民之豪杰者，又伺间出于其中，如此则敌不难却也。汪立信沿江这计，文天祥四镇之谋俱属当时要计，故备录之。

宋廷方用留梦炎为左丞相，再任陈宜中为右丞相，并兼枢密使，都督诸路军马。两相见了此疏，俱以为迂阔难行，搁置不答。天祥叹息而去。

元统帅伯颜方自建康渡江，分兵三路，同时东下，阿剌罕、一作阿楼罕。奥鲁赤一作鄂啰齐。率右军出广德四安镇，趋独松关，董文炳、姜卫率左军出江并海，取道江阴，趋澉浦、华亭，用范文虎为先锋。伯颜自将中军，趋常州，用吕文焕为先锋。水陆并进，期会临安。文天祥至平江，正值常州被围，亟遣部将尹玉、麻士龙、朱华，与陈宜中遣援的张全，会师赴援。士龙与玉陆续战死，全与华不战即还，常州援绝势孤，知州事姚訔、通判陈炤、都统王安节与刘师勇协力固守。伯颜遣使招降，譬喻百端，终不见听。因遂役城外居民，运土为垒，连人带土，一并填筑，且杀民煎膏取油，作炮轰城。城中危急万状，炤等守志益坚。伯颜乃督帐前诸军，奋勇争先，四面并进，城遂被陷，姚訔、陈炤皆战死，王安节被擒，亦骂敌死节。全城屠戮殆尽。惟刘师勇用八骑突围，奔往平江。元将阿刺罕亦攻克广德军四安镇，还有别将苏都尔岱、李恒等又进军隆兴，连拔江西十一城，直逼抚州。安抚使黄万石奔建昌，都统密佑麾众逆战集贤坪，兵败被执，从容就刑。元兵复进取建昌，万石入闽，寻且降元。统制米立。迎战江坊，亦为元军所获。阿刺罕令万石谕降，立始终不屈，杀身全忠。

宋廷令谢枋得招谕江西，其实江西诸郡县已大半没入敌军。枋得本与吕师夔友善，欲贻书相勉，令介绍和议，适师夔北去，不及而返，因请命改知信州。元将阿刺罕略定江西，进攻独松关，守将张濡闻风遁去。宋廷太惧，促文天祥入卫。天祥与张世杰会商，以为："淮东坚壁、闽、广全城，若与敌血战，万一得捷，又命淮师截敌后路，国事或尚可为。"世杰甚以为善，入奏宋廷，偏陈宜中入白太皇太后，谓王师务宜慎重，竟将他奏议打消。慎重慎重，坐待敌军深入，束手就擒而已。左丞相留梦炎且不告而去。宜中没有他法，只有求和一策。当遣工部侍郎柳岳至元军通好。岳至无锡见伯颜，且泣且请道："嗣君幼冲，尚在衰绖，自古礼不伐丧，贵国为何兴师？况前此失信背盟，俱出贾似道一人，今似道伏诛，贵国亦可恕罪了。"伯颜艴然道："汝国执戮我行人，所以兴师问罪。从前钱氏纳土，李氏出降，俱系汝国成制。况汝国得诸小儿，今亦应失诸小儿，天道好还，何必多言！"回应首文。岳无词可对，只好退还。及伯颜入平江，宜中复奏遣宗正少卿陆秀夫及兵部侍郎吕师孟与柳岳再赴元军，情愿称侄纳币，否则降称侄孙。且嘱吕师孟转达文焕，乞他通好罢兵。师孟系文焕犹子，满望就此成议，哪知伯颜仍然不许。秀夫等还报，宜中再白太皇太后，愿奉表求封为小国。太皇太后只泣涕涟涟，毫无成算，一任宜中取决。宜中乃命直学士院高应松草表，应松不允，改命京局官刘褒然属草，再遣柳岳赍表前往，行至高邮秸家庄，被土民秸耸杀死。

元兵逐渐进逼，宋廷惶急得很，好容易度过残年，算作德祐二年的元旦，宫廷内外，统是食不甘，寝不安，也无心行庆贺礼，过了一日，忽接湖南警耗：潭州失守，湖南镇抚大使兼知州事李芾死难。原来潭州为阿里海涯所围，已三阅月，由李芾竭力拒守，大小数十战，无从却敌。阿里海涯督攻益急，且决水灌城，城中大困，力不能支。诸将泣白李芾道："事已急了，我等当为国死，但百姓不堪残虐，奈何？"芾怒叱道："国家平时，厚养汝等，正为缓急起见，汝等但务死守，若再敢多言，我先斩汝。"诸将无言而退。元旦这一日，天尚未晓，元兵蚁附登城。知衡州尹谷时寓城中，料知事不可为，即与家人自焚死。芾正留宾佐会饮，尚手书"尽忠"二字，作为军号。及宾佐出署，城已被陷，参议杨霆投水自尽。芾坐熊湘阁，召帐下沈忠与语道："我已力竭，义当死国，我家人亦不可为敌所辱，汝可尽杀我家，然后杀我。"忠泣谢不能。芾坚令照行，忠乃勉允。当下召集家人，取酒与饮，大众尽醉，乃由忠一一下手。芾亦引颈受刃，阖家俱死。忠遂纵火焚室，复还家杀死妻孥，再至火所大恸，举身投地，随即自刭。烈哉烈哉！幕僚陈亿孙、颜应焱皆自尽。潭民亦多举家殉难，城无虚井，林间悬尸相望。阿里海涯入城后，传檄诸郡，袁、连、衡、永彬、全道、桂阳、武冈诸州县，望风降附，惟宝庆通判曾如骥不屈而死。

宋廷闻警，赠芾端明殿大学士，予谥"忠节"，都城戒备愈严，讹言益甚。参知政事陈文龙、同签书枢密院事黄镛又相继遁去。确是三十六策的上策。有旨命吴坚为左丞相，常楙参知政事。日午宣诏慈元殿，文班止到六人，未几楙又潜遁。旋闻嘉兴知府刘汉杰举城降元，安吉州戍将吴国定复输款元军，知州赵良淳与提刑徐道隆先后死事，诸关兵尽溃。太皇太后日夕惶惶，便欲向元称臣，奉表乞和。陈宜中颇有难色。何必做作？太皇太后泫然道："苟存社稷，称臣亦不足惜呢。"乃遣监察御史刘岊，如元军奉表称臣，上元主尊号，愿岁贡银绢二十五万，乞存境土，聊奉烝赏。伯颜尚不肯允，必欲宋君臣出降。岊无奈返报，太皇太后召群臣会议，文天祥请命吉王、信王出镇闽、广，徐图恢复。议上未决，宗室大臣申请如天祥议，乃晋封吉王昰为益王，出判福州，信王昺为广王，出判泉州。二竖子亦不足济事。陈宜中恰率群臣入宫，面请迁都。太皇太后不许，宜中恸哭以请，乃命具装待发。及暮，宜中不入，太皇太后怒道："我本不欲迁，经大臣固请，才有是命。哪知竟来诳我呢？"遂脱簪珥抛掷地上，闭合而泣。全是一村妪俗态。其实宜中尚非面欺，不过因诸事仓皇，未及预奏时期，才有此误。越宿，闻元伯颜已至皋亭山，阿剌罕、董文炳各军皆会，前锋直抵临安府北新关。文天祥、张世杰联名上请，愿移三宫入海，自率众背城一战。宜中视为危事，入定秘谋，竟遣监察御史杨应奎赍奉传国玺及降表往投元军。降表有云：

> 宋国主臣显，谨百拜奉表言：臣眇然幼冲，遭家多难，权奸贾似道，背盟误国，至劳兴师问罪，臣非不能迁避以求苟全，只以天命有归，臣将焉往？谨奉太皇太后命，削去帝号，以两浙、福建、江东西、湖南、二广、四川、两淮，现存州郡，悉上圣朝，为宗社生灵祈哀请死。伏望圣慈垂念，不忍臣三百余年宗社，遽至陨绝，曲赐存全，则赵氏子孙，世世有赖，不敢弭忘！

伯颜受了玺表，遣还杨应奎，令传语首相陈宜中，出议降事。不料宜中竟于是夕遁归。<small>宗社已拱手让人，乐得逃回。</small>张世杰、刘师勇等因朝廷不战即降，愤愤入海。元遣都统卞彪劝世杰降，世杰割断彪舌，磔死中子山。师勇忧患成疾，纵酒而亡。太皇太后至此，只好就出降问题做将下去，遂命文天祥为右丞相，与左丞相吴坚偕赴元军，会议降约。天祥辞职不拜，即与吴坚同行。及见了伯颜，遂进言道："北朝若以宋为与国，请退兵平江或嘉兴，然后议岁币与金帛犒师，北朝得全师而还，最为上策。若必欲毁宋宗社，恐淮、浙、闽、广，尚多未下，兵连祸结，利钝难料，请执事详察！"伯颜因他语言不逊，留置军中，只遣坚还都。当即改临安为两浙大都督府，命将忙兀台<small>一作蒙固岱</small>。及降臣范文虎入城治事，再命张惠、阿剌罕、董文炳、张弘范、唆都<small>一作索多</small>。等入封府库，收史馆礼寺图书及百司符印告敕，罢官府及侍卫军，寻复索宫女内侍及诸乐官，宫女多赴水死节。太皇太后尚命贾余庆为右丞相，刘岊同签书枢密院事，与左丞相吴坚，签书枢密院事家铉翁等并充祈请使如元，先至伯颜军营，伯颜引文天祥与坚等同坐，贾余庆语多谄谀，天祥即斥余庆卖国，并责伯颜失信。吕文焕从旁劝解，天祥起身叱文焕道："君家受国厚恩，不能以死报国，尚合族为逆，失复何言！"文焕语塞。一面进驻钱塘江沙上。钱江本有大潮，每日两至，临安人方望波涛大作，一洗而空，谁知潮竟三日不至，舆论以为天数，相率咨嗟罢了。

伯颜闻益王、广王已出临安，复遣范文虎率兵南追。驸马都尉杨镇本随二王同行，闻报反驰还临安，与二王作别道："我将就死该处，藉缓追兵。"途次遇着文虎，伪言二王已往就镇。文虎乃执镇还报。伯颜因入临安城，建大将旗鼓，率左右翼万户巡城，观潮浙江。又登狮子门览临安形胜，部分诸将。适福王与芮自绍兴至，伯颜好言抚慰，令随帝㬎及全太后入觐元都。且遣使入宫宣诏，免牵羊系颈礼。德祐二年三月丁丑日，伯颜劫帝㬎及全太后并福王与芮、沂王与㰒、度宗母隆国夫人黄氏、驸马都尉杨镇等一律北去。小子有诗叹道：

> 残局由来未易支，六龄天子更何知？
> 岂真天道无差忒，得失都应自小儿！

帝㬎北去，南宋已亡，尚有一段亡国尾声，容至下回续叙。

宋多贤母后，而太皇太后谢氏实一庸弱妇，以之处承平之世，尚或无非无议，静处宫闱，若国步方艰，强邻压境，岂一庸妪所能任此？观其初信贾似道，及继任陈宜中，而已可知谢氏之不堪训政矣。似道为祸宋之魁，夫人知之，宜中之罪，不亚似道。当元兵东下之时，如文天祥四镇之谋，及其后血战之策，俱属可行。即至元兵已薄临安，文、张请三宫移海，背城一战，利钝虽未可必，宁不胜于束手就俘乎？宜中一再阻挠，必欲以国授虏而后快，是似道所不敢为者，而宜中竟为之。赵氏何负于宜中，顾忍出此谋？太皇太后何爱于宜中，顾宁受此辱？要之似道误国，宜中卖国，谢后妇人，偷生惜死，卒为所欺，盖亦一亡国奴也。灵鹊之祥，何足信哉。

第一百回

拥二王勉支残局　覆两宫怅断重洋

却说帝㬎被虏，除全太后、福、沂二王及隆国夫人、驸马都尉外，庶僚谢堂、高梦松、刘褒然暨三学生等皆从行。独太学生徐应镳与二子琦、崧及一女元娘，皆赴井殉难。太皇太后谢氏因病不能行，暂留临安。元伯颜留阿剌罕、董文炳等经略闽、浙，自劫帝等北去。时知信州谢枋得为元兵所逐，窜往建宁山中，妻子皆被执，江东陷没。制置使夏贵又以淮西降元。知镇巢军洪福为贵所杀。惟淮东、真、扬、泰各州尚为宋土。孙虎臣已经忧死，李庭芝、姜才、苗再成等各死守不去。会文天祥北行至镇江，与幕客杜浒等十二人，乘夜亡入真州。苗再成迎入，与天祥共图恢复。天祥贻书李庭芝，令同时举兵，扼敌归路。不意庭芝误信溃卒，传言元遣宋相说降真州，因疑天祥有诈，密嘱再成亟杀天祥。再成不忍，绐天祥出阅城垒，才把庭芝文书相示。天祥愤甚，愿往扬州自诉。再成乃遣兵二十人送往扬州，夜抵城下，闻门卒宣言，谓奉制置使令，捕文丞相甚急。天祥知事不妙，因变易姓名，沿东入海。途中饥寒交困，幸得樵夫相救，挈往高邮。稂家庄民稂耸迎天祥至家，遣子德润护送至泰州，遂由通州泛海至温州，访求二王。还要访求二主，恋主真诚，可谓仅有。途次闻益王昰已嗣立福州，改元景炎，乃自温州再行航海，奔赴福州。

原来益王昰与弟广王昺，自渡浙南行，由昰母杨淑妃，及淑妃弟亮节，并昰毋俞修容弟如珪，及宗室秀王与檡，拥护同往，途中为元兵所追，徒步匿山中七日。亏得统制张全，率数十骑走卫，乃同往温州。适宋臣陆秀夫、苏刘义等亦接踵前来，乃议召陈宜中于清澳，<small>召他何为？</small>张世杰于定海，两下遣使去讫。未几陈、张俱至，因奉益王昰为都元帅，广王昺为副，发兵除吏，命秀王与檡为福建察访使，先入闽中，抚吏民，谕同姓，檄召诸路忠义，同谋兴复。闽人颇多响应。于是陈宜中等奉二王至福州，立益王昰为帝，改号景炎元年，尊杨淑妃为皇太妃，同帝听政。遥上帝㬎尊号为"恭帝"，加封广王昺为卫王，授陈宜中左丞相兼枢密使，都督诸路军马。<small>卖国贼臣，尚堪重任么？</small>李庭芝为右丞相，陈文龙、刘黻参知政事，张世杰为枢密副使，陆秀夫签书枢密院事，苏刘义主管殿前司。命旧臣赵溍、傅卓、李班、翟国秀等，分道出兵，改福州为安福府，温州为瑞安府，循例大赦。是日有大声出府中，众多惊仆。

越数日，文天祥来谒，廷议以李庭芝扼守淮东，不便至闽，右相尚是虚席，应授天祥为右相，兼知枢密院事。天祥不悦宜中，固辞不拜，乃改授枢密使，同都督诸路军马。天祥请还温州，借图进取，偏宜中欲倚用张世杰，规复两浙，自盖前愆，特命天祥开府南剑州，经略江西。江西由吴浚出兵，克复南丰、宜黄、宁都三县，翟国秀亦进取秀山。傅卓至衢信，诸县民亦多起应，偏元将唆都率兵拔婺州，复进陷衢州，故相留梦炎降元。唆都遣兵进击吴浚，浚战败引还，国秀不战即遁，傅卓亦为元兵击败，径诣元江西元帅府乞降。还有广东经略使徐直谅，初遣部将梁雄飞奉款元军，元将阿里海涯授雄飞招讨使，使徇广东。自益王昰立，檄至广州，直谅变计拒雄飞，令李性道、黄俊等扼守石门。雄飞甘作虎伥，竟引元兵来攻，性道不战先走，俊战败退归，直谅弃城遁。雄飞竟入广州，全城皆降。独俊不降被杀。赣、粤事皆失败，淮东又报沦亡。制置使李庭芝与姜才协守扬州，元将阿术屡攻不下。自临安被陷，元伯颜迫令太皇太后谢氏手诏谕庭芝降。诏至阿术军前，阿术使人至城下宣诏，庭芝登城与语道："我只知奉诏守城，未闻有诏谕降。"阿术没法，仍然再攻，依旧不克。及帝㬎等被虏北去，庭芝涕泣誓师，尽散金帛犒士，令姜才率四万人截击瓜洲，谋夺两宫。接战至三时，元兵拥帝㬎避去，才追战至浦子市，遇阿术督兵夹击，料知不能取胜，只好退还。阿术令人招才，才慨然道："我宁死，肯作降将军么？"真州苗再成亦欲出兵夺驾，均不能如愿。

帝㬎与全太后等至燕都，祈请使贾余庆已先病死，高应松亦绝食而亡，惟吴坚及家铉翁迎谒，伏地流涕，自言奉使无状，不能保存宗社，全太后等相对唏嘘。及帝㬎进见元主，元主怜他幼弱，封为瀛国公，全太后自愿为尼，乃令出居正智寺，嗣复命帝㬎为僧。㬎时年仅六岁，后来竟病终沙漠。太皇太后谢氏，本留居临安，过了数月，被元兵从宫中舁出，北至燕都，降封为寿春郡夫人，留燕七年乃殁。了过帝㬎及全太后。福王与芮亦受元封为平原郡公。家铉翁不就元官，自号则堂，馆河间教授弟子，为诸生谈宋兴亡，常至泣下。至元成宗时，放还眉州原籍，赐号处士，赠金不受，卒以寿终家中，特提出家铉翁以表节义。这是后话。

且说太皇太后谢氏，未发临安，再遣数使谕李庭芝降元，庭芝不答，命发弩射死一使，余使奔去。元阿术遣兵守高邮、宝应，阻绝扬州粮道，复索得帝㬎谕旨，遣使招降。庭芝开壁纳使，将他杀死，焚诏陴上。既而淮安、盱眙、泗州，均因粮尽出降，庭芝尚力战不屈，粮尽继以牛皮曲蘖，甚至兵民易子相食，尚无叛志。会福州使命至扬，召庭芝为右相，庭芝令制置副使朱焕守扬城，自与姜才率兵七千趋泰州，不意庭芝甫出，朱焕即献城出降。元阿术分道追庭芝，庭芝驰入泰州，泰州裨将孙贵、胡惟孝潜开北门纳元兵，姜才适背上生疽，不能迎战，庭芝亟投莲池中，水浅不死，致为元兵所缚。姜才亦被执，由元兵押送扬州。阿术责他不降，姜才愤叱道："我是第一个不降，要杀就杀，何庸多言！"言下犹痛骂不已。阿术爱他才勇，不忍加刃，偏降将朱焕入请道："扬州自用兵以来，积骸满野，统是李、姜二人所致，不杀何待？"丧尽良心。阿术乃将李庭芝、姜才同时杀害，扬民莫不泣下。

元兵转攻真州，守将赵孟锦乘雾出袭。及日出露消，元兵见来骑不多，鼓噪往逐，孟锦登舟失足，至堕水溺死。未几城陷，苗再成亦死难。淮东州县尽归元属。元再遣阿剌罕、董文炳、忙兀台、唆都等领舟师出明州。唆出、一译作达春。李恒、吕师夔等领骑兵出江西，水陆南下，分徇闽、广。复檄阿里海涯率兵略广西。先是东莞民熊飞起兵，联络宋制置使赵溍，攻入广州，元降将梁雄飞遁去。熊飞又进取韶州，新会令曾逢龙亦率兵来会，元将吕师夔越梅岭，径达南雄。赵溍令熊飞、曾逢龙拒战，逢龙败死，飞走还韶州。师夔攻韶，守将刘自立以城降，飞巷战不支，赴水自尽。赵溍窜出广州，不知去向。元阿剌罕、董文炳入处州，宋秀王赵与檡适出兵浙东，往截元兵，逆战瑞安，败绩被杀。弟与虑，子孟备、及观察使李世达、监军赵由噶、察访使林温皆从死。元兵长驱至建宁府，执守臣赵崇鑛。知邵武军赵时赏等。均弃城逸去，福州震动。陈宜中、张世杰亟备海舟，奉帝昰及杨太妃、卫王昺，登舟西走。

福建招抚使王积翁送款元军，导阿剌罕等至福州。知州王刚中举城降元。泉州招抚使蒲寿庚至泉州港迎谒帝昰，请就州治驻跸。张世杰以为非计，并取寿庚舟西行。寿庚大为怨望，竟把泉州城内的皇亲国戚，搜杀多人，自与知州田子真，举城降元。元阿剌罕收降泉州，遣使至兴化军劝降，宋正命参政陈文龙知兴化军事，当下斩了来使，饬部将林华出战。华反引元兵至城下，通判曹澄孙开门迎敌，文龙无从脱身，骤被执去。阿剌罕胁令归降，文龙用手指腹道：“此中皆节义文章，怎得为汝胁迫呢？”也是个硬颈子。乃械送杭州，文龙竟绝粒而死。元将阿里海涯一军趋入广西，知邕州马墍屯兵静江，前后数十战，死伤相籍。阿里海涯贻书招墍，许为江西大都督，又请元主降诏劝谕。墍焚诏斩使，阿里海涯泄濠傅陴，督众登城。墍犹率死士巷战，臂伤被获，断首后，尚握拳奋起，逾时才仆。兵民多被坑死。元兵遂分取郁林、浔、容、藤、梧等州。宋广西提刑邓得遇闻静江已破，朝服南望拜辞，投南流江自尽。

那时赤胆忠心的文天祥，尚奔走汀、漳间，专想从江西进兵。汀州守将黄去疾已与吴浚叛宋降元，浚且至漳州游说天祥。天祥以大义相责，斩浚示众，即引兵自梅州出江西，拔会昌，下雩都，又使赵时赏等分道取吉、赣诸县，进围赣州，自居兴国县调度。广东制置使张镇孙复克广州，张世杰奉帝昰至潮州，又还军讨蒲寿庚。寿庚闭城自守，世杰传檄诸路，攻取邵武军。陈文龙犹子名瓒，也举兵杀林华，夺还兴化。又有淮人张德兴、傅高用宋景炎年号，举民兵攻入黄州及寿昌军，杀元宣慰使郑鼎。四川制置副使张珏，自合州进兵，规复泸、涪诸州，一隅残宋，大有勃兴的气象。大约是回光返照。看官道是何因？原来元诸王昔里吉一译作锡喇勒济。叛据北平，元主因调回南方诸将，改图北方，残宋因得乘隙进兵，略得各地。嗣由元伯颜讨平昔里吉，乃更命塔出、吕师夔、李恒等率步卒出大庾岭，忙兀台、唆都、蒲寿庚及元帅刘深等，率舟师下海，合追二王。李恒方遣兵援赣，自至兴国县袭击天祥。天祥不意恒兵猝至，与战失利，往就永丰。永丰守将邹凤兵先溃，乃改趋方石岭。恒督兵追及，天祥部将巩信、张日中皆战死，余卒尽溃。天祥妻欧阳氏及二子佛生、环生，俱被元兵掳去。天祥脱身急走，赵时赏坐着肩舆，在后徐行。追兵问时赏姓名，时赏诡说姓文，遂为追兵所拘，天祥乃得与长子道生及杜浒、邹洬等乘骑奔循州。李恒既拿住时赏，令俘卒审视，才知是假冒天祥。时赏奋骂不屈，竟为所害。恒送天祥妻子家属至燕，二子病死道中。元将唆都进援泉州，宋张世杰只好解围，于是邵武复失，兴化随陷。陈瓒为唆都所获，轘裂毕命。唆都再取漳州，转至惠州，与吕师夔合军趋广州。张镇孙又以城降元，就是淮西的义民张德兴，亦被元宣慰使昂吉儿攻杀，傅高变姓名出走，终遭捕戮。黄州寿昌军又陷，到了景炎三年，四川制置副使张珏，被元将不花、一作布哈。汪良臣等分道掩击，合州失守，走至涪州，遇伏被执，解弓弦自经死。满盘失去。

　　各路宋师，倏起倏灭，单剩张世杰一军，奉帝昰走浅湾，又遇元将刘深来袭，不得已趋避秀山，转达井澳。老天也助元为虐，陡起了一夜狂风，竟把帝昰坐舟掀翻海滩，可怜冲龄孱主溺入水中，经水手急忙救起，已是半死半活，好几日不能出声。刘深又率元兵追袭，张世杰再奉昰入海，至七里洋，欲往占城，陈宜中托名招谕，先至占城达意，竟做了一去不还的壮士。世杰更迁帝昰至碙州，帝昰疾尚未愈，禁不起东西簸荡，出入洪波，急惊慢惊诸风症一并上身，两眼一翻，呜呼死了。年仅十一，名目算作三年的小皇帝。不堪卒读。

　　群臣多欲散去，签书枢密院事陆秀夫道："度宗皇帝一子尚存，何妨嗣立。古人一成一旅，尚致中兴，今百官有司皆具，士卒尚有数万。天意若未绝宋，难道竟不可为国么？"乃与众人共立卫王昺，年方八岁。适有黄龙现海中，因改元祥兴，升碙州为翔龙县。杨太妃仍同听政。适都统凌震与转运判官王道夫复取广州，张世杰遂择得广州外海的厓山，以为天险可恃，奉主移驻，遣士卒入山伐木，筑行宫军屋千余间，造舟楫，制器械，忙碌了好几月，即就厓山瘞葬帝昰，号为"端宗"，进陆秀夫为左丞相。秀夫正色立朝，尚日书"大学章句"，训导嗣君。其行似迂，其志可哀。文天祥因母与弟均在惠州，复收集散卒，奉母携弟，同出海丰，进次丽江浦，且上表厓山，自劾兵败江西的罪状。诏加天祥少保衔，封信国公，张世杰为越国公。可巧湖南制置使张烈良等也起兵应厓山，雷、琼、全、永，与潭州人民周隆、贺十二等同时举义，大群数万，小群数千。元主命张弘范为都元帅，李恒为副，再下闽、粤，一面促阿里海涯，速平湖、广。阿里海涯兼程至潭州，周隆、贺十二等不及防备，均被擒斩。张烈良等逆战皆死。阿里海涯进略海南，招宋琼州安抚赵与珞降。与珞不从，率兵拒白沙口，偏偏州民作乱，执与珞降元，与珞被磔。海南一带，相率归元。

　　李恒由梅岭袭广州，凌震、王道夫累战皆败，弃城奔厓山。张弘范由海道进兵，袭击漳、潮、惠三州。适文天祥屯兵潮阳，与邹㵯、刘子俊等剿海盗陈懿、刘兴，兴伏诛，懿遁走，竟以海舟导元兵入潮阳。天祥率麾下走海丰，母与长子已遇疫皆亡，他尚始终为宋，心总不死，方至五坡岭造饭，与众共餐，突由元先锋将张弘正领兵追到，众皆骇散，单剩天祥、刘子俊、邹㵯、杜浒等数人，尽为元兵拘住。天祥吞脑子不死。邹㵯自刭。刘子俊冀免天祥，佯说天祥是假天祥，自云是真天祥，彼此互争一番，毕竟有人认识，子俊以欺诳被烹，杜浒忧愤不食，未几身死。弘正执天祥至潮阳，与弘范相见，左右叱天祥拜谒，天祥毅然不屈。弘范欲羁縻天祥，亲为解缚，待以客礼。天祥一再请死，弘范不许，令处舟中。凡天祥族属被俘，概令还伴天祥。天祥早具死念，因尚存一死灰复燃的希望，聊且在舟中寓着，满腔忠愤，尽付诗歌。后世有文信国专集，小子不及细述。

惟张弘范进攻厓山，尝使张世杰甥三次招降，世杰不从。弘范令天祥作书相招，天祥道："我不能捍父母，乃教人叛父母，如何使得？"弘范固令作书，天祥提笔写就八句，乃是过零丁洋感怀诗，着末一韵道："人生自古谁无死，留取丹心照汗青。"弘范览毕，付诸一笑，遂督兵攻厓山。张世杰又用联舟为垒的法儿，结大舶千余，作一字阵，碇泊海中，中艫外舳，四周起楼棚如城堞，奉帝昺居中，为必死计。将士多以为非策，我亦云然。世杰慨然道："频年航海，何时得休？不若与决胜负，胜乃国家幸福，败即同归于尽罢了。"厓山两门如对立，北面水浅，舟不能进。弘范绕舟大洋，转入南面，用锐卒薄世杰舟，坚不可动。再用茅茨沃膏，乘风纵火，偏世杰已早防着，舟上皆涂水泥，经火不爇，弘范倒也没法，遣人语宋军道："汝陈丞相已去，文丞相已执，尚欲何为？"宋军置诸不答。弘范乃用舟师据海口，断宋军樵汲要路，宋军遂困。元将李恒又率舟师来会，弘范命守山北，自分部下为四军，相去里许，下令诸将道："宋舟西舣厓山，潮至必遁，宜乘潮进攻，闻我作乐乃战，违令立斩！"

祥兴二年二月六日，大书特书。晨间有黑气出山西，早潮骤涨。李恒先乘潮进攻，世杰率兵死战，相持至午，胜负未分。俄闻南军乐作，弘范督军继进，世杰南北受敌，军士皆疲，不能再战。但见旗靡樯倒，波怒舟摇，翟国秀、凌震等，俱解甲降敌。世杰兀自支持，战至日暮，值风雨大作，昏雾四塞，咫尺不辨南北。料知大势已去，竟与苏刘义断缆出港，带着十六舟径去。陆秀夫走至帝昺舟上，帝昺已惊作一团，秀夫见诸舟环结，度不能脱，乃先驱妻子入海，随语帝昺道："国事至此，陛下当为国死。德祐皇帝受辱已甚，陛下不可再辱。"遂负帝昺同投海中。后宫诸臣从死甚众。杨太妃闻昺死耗，抚膺大恸道："我忍死至此，单为赵氏一块肉，今还有什么余望!"也赴海而死。

世杰舟至海陵山下，适遇飓风大作，将士劝他登岸，世杰太息道："无须无须。"因自登柁楼，焚香祷天道："我为赵氏，已力竭了，一君亡，又立一君，今又亡，我尚未死，还望敌兵退后，别立赵氏以存宗祀，今风涛若此，想是天意应亡赵氏，不容我再生呢。"祷毕，风愈大，波愈涌，竟覆世杰舟。世杰堕水溺死。苏刘义出海洋，为下所杀，无一非可怜事。南宋乃亡。自高宗至帝昺凡九主，历一百五十二年，若与北宋合算，共得三百二十年。

文天祥被执至元都，越三年，受刑燕市，由妻欧阳氏收尸，面目如生。张毅甫负天祥骸骨，归葬吉州原籍。又越七年，谢枋得被胁北行，绝食死义，子定之护骸骨归葬信州。二人为故宋遗臣，所以并志死节。宋事至此已终，后事备见《元史演义》，小子无庸申述了。爰赋二绝，作为《宋史演义》全部的收场。

> 黄袍被服即当阳，三百年来叙兴亡；
> 一代沧桑说不尽，幸存三烈尚流芳。
> 北朝无将南无相，华胄夷人混一朝；
> 写到厓山同覆日，不堪回首忆陈桥。

本回叙南宋残局，一气赶下，几似山阴道上，目不暇接。然每段恰自有线索，阃阃呼应，无一蟏漏，是叙事文绵密处，亦即叙事文收束处。至若写二王之殂逝，及文、张、陆三人之奔波海陆，百折不回，尤为可歌可泣，可悲可慕。六合全覆而争之一隅，城守不能而争之海岛，明知无益事，翻作有情痴，后人或笑其迂拙，不知时局至此，已万无可存之理，文、张、陆三忠，亦不过吾尽吾心已耳。读诸葛武侯《后出师表》，结末云："鞠躬尽瘁，死而后已，成败利钝，非所逆睹。"千古忠臣义士，大都如此，于文、张、陆何尤乎？宋亡而纲常不亡，故胡运不及百年而又归于明，是为一代计，固足悲，而为百世计，则犹足幸也。